Höhe; die in der Mitte befindlichen Halbkugeln haben einen Durchmesser von 120 m und geben dem Raumschiff eine Gesamthöhe (ohne Teleskopkuppel) von 240 m.
Die 48 Impuls-Plasmatriebwerke arbeiten mit Wasserstoff, der als Plasma auf über 200.000 m/sek beschleunigt und durch verstellbare Magnetklappen gesteuert wird. Um höheren Schub bei Starts und Landungen zu erzeugen, wird zusätzlich Sauerstoff eingespritzt. Die Besatzung besteht aus 800 Mann (200 zur Schiffsführung und 600 Wissenschaftler).

Perry Rhodan
Alarm für die Galaxis

Perry Rhodan
Alarm für die Galaxis

**VPM Verlagsunion
Pabel Moewig KG, Rastatt**

Alle Rechte vorbehalten
© 1993 by VPM Verlagsunion Pabel Moewig KG, Rastatt
Redaktion: Horst Hoffmann
Titelillustration: Johnny Bruck
Druck und Bindung: Graphischer Großbetrieb Pößneck
Printed in Germany 1999
ISBN 3-8118-2063-X

Vorwort

Der vorliegende 44. Band der Perry Rhodan-Bibliothek bildet in mancherlei Hinsicht einen neuen Höhepunkt des PR-Weltraumepos. Als Abschluß eines hundert Heftromane umfassenden Zyklus liefert er die Auflösungen von lange gehüteten Geheimnissen und schließt den mit der Ankunft der Zeitpolizei begonnenen und in M 87 weitergezogenen Kreis. Er ist gleichzeitig die Spitze der Polarisierung in einem »Gute-und-Böse«-Schema, das heute sicher so nicht mehr zu verantworten wäre. Als die entsprechenden Romane verfaßt wurden, entsprach das Feindbild der »einfach nur bösen« Gegenmacht durchaus dem Zeitgeist. Wir haben das große Glück, in einer Zeit des in dieser Hinsicht veränderten Bewußtseins zu leben. Die Faszination der hier zusammengefaßten Romane braucht darunter allerdings nicht zu leiden. Den Kontrast zur »realen Welt« zu bilden, war schon immer eine der interessantesten Seiten der spekulativen Literatur.

Die in diesem Buch enthaltenen Originalromane sind, ungeachtet der vorgenommenen Kürzungen, (in Klammern die Heftnummern): *Mond der Rebellen (389)* von *Hans Kneifel*; *Die CREST im Strahlensturm (390)* und *Tödliche Ernte (391)* von *H.G.Ewers*; *Die Hyperseuche (395)* von *Kurt Mahr*; *Das Versteck in der Zukunft (396)* von *Clark Darlton*; *Das System der 13 Monde (397)* von *William Voltz*; *Das Ende der Dolans (398)* von *Hans Kneifel*, und *Alarm für die Galaxis (399)* von *H.G. Ewers*.

Ich bedanke mich bei allen, die durch ihre geleistete Arbeit und konstruktiven Vorschläge zur Entstehung dieses Buches beigetragen haben, und sehe mit Freude einem neuen großen Abschnitt der Perry Rhodan-Story entgegen, der mit Buch 45 beginnt und neue Abenteuer, neue faszinierende Figuren, neue Völker und neue Rätsel bringen wird.

Der Flug geht weiter zu neuen, noch phantastischeren Welten.

Bergheim, im Frühjahr 1993   Horst Hoffmann

Zeittafel

1971 Perry Rhodan erreicht mit der STARDUST den Mond und trifft auf die Arkoniden Thora und Crest.

1972 Mit Hilfe der arkonidischen Technik Aufbau der Dritten Macht und Einigung der Menschheit.

1976 Das Geistwesen ES gewährt Perry Rhodan und seinen engsten Wegbegleitern die relative Unsterblichkeit.

1984 Galaktische Großmächte (Springer, Aras, Arkon, Akonen) versuchen, die aufstrebende Menschheit zu unterwerfen.

2040 Das Solare Imperium ist entstanden und stellt einen galaktischen Wirtschafts- und Machtfaktor ersten Ranges dar.

2400-2406 Entdeckung der Transmitterstraße nach Andromeda; Abwehr von Invasionsversuchen von dort und Befreiung der Andromeda-Völker vom Terror-Regime der Meister der Insel.

2435 Mächte aus der Großen Magellanschen Wolke versuchen, den Riesenroboter OLD MAN zum Werkzeug einer Bestrafungsaktion wegen angeblicher Zeitverbrechen der Terraner zu machen.

2436 Die Zweitkonditionierten erscheinen mit ihren Dolans. Perry Rhodan wird mit seinem Flaggschiff CREST IV in die 32 Millionen Lichtjahre entfernte Galaxis M 87 verschlagen. Nach der Rückkehr Kampf um das Solsystem. OLD MAN gibt seine Geheimnisse preis, und die Terraner treten das Erbe der Lemurer an.

2437 Roi Danton bricht in die Kleine Magellansche Wolke auf und trifft auf die Pseudo-Gurrads. Perry Rhodan erscheint mit einer Riesenflotte und bereitet den entscheidenden Schlag gegen die geheimnisvolle Erste Schwingungsmacht vor.

Prolog

Auf Terra und den Welten des Solaren Imperiums herrscht großes Aufatmen, als Perry Rhodan und die anderen Totgeglaubten, die mit dem solaren Flaggschiff CREST IV in die ferne Galaxis M 87 geschleudert wurden, im September 2436 in die Milchstraße zurückkehren. Die Menschen fassen neuen Mut im Kampf gegen die gnadenlos zuschlagende Zeitpolizei. Denn noch ist kein Ende der Bedrohung durch die Dolans und die hinter ihnen stehende, geheimnisvolle »Erste Schwingungsmacht« abzusehen.

Wo sich schon Chaos breitzumachen begann, bewirkt Rhodans Rückkehr einen spürbaren moralischen Ruck. Aufgrund der in M 87 gewonnenen Erkenntnisse verspricht sich Perry Rhodan wertvollste Informationen von einer Expedition nach Halut, wo er sich entscheidende Hinweise auf eine ultimate Waffe gegen die Zeitpolizisten erhofft. Diese Hinweise führen ihn und seine Begleiter weiter zu uralten Stationen der Lemurer, und Rhodan findet die Pläne des Kontrafeldstrahlers. Diese Waffe wurde bereits überraschend vom Robotgiganten OLD MAN gegen die Dolan-Flotten angewendet, die in der Zwischenzeit den bisher schwersten Angriff gegen das Solsystem flogen.

Man beginnt damit, die Schiffe der Solaren Flotte mit der neuen Waffe auszurüsten. Dem Geheimnis der Ersten Schwingungsmacht scheinen allerdings Roi Danton und seine Freifahrer von der FRANCIS DRAKE näher zu sein, als sie der Spur der Explorerschiffe folgen, die im Laufe der letzten Monate in der Kleinen Magellanschen Wolke verschollen blieben. Sie begegnen unheimlichen Fremden in der Gestalt von Gurrads. Die FRANCIS DRAKE wird vernichtet, Danton und seine Leute müssen um ihr Leben fliehen und werden Opfer von grausamen Bioexperimenten der Pseudo-Gurrads. Nur ein Plasmasymbiont, der Danton und rund hundert seiner Begleiter zu Paraplanten macht, rettet ihnen das Leben.

Ein Beiboot der DRAKE, dem die Flucht aus der KMW gelang, erreicht die Milchstraße und alarmiert Perry Rhodan, der mit der CREST V und einem großen Flottenaufgebot in Richtung KMW aufbricht. Nach Rettung der überlebenden Freihändler stößt man auf die Spur eines Volks von Rebellen gegen die unheimlichen Beherrscher der KMW und bemüht sich darum, mit diesen Freiheitskämpfern Kontakt aufzunehmen.

Perry Rhodan erhofft sich von ihnen entscheidende Hilfe in dem unausweichlichen entscheidenden Kampf gegen die Erste Schwingungsmacht. Die von ihr ausgehende Bedrohung muß ausgeschaltet werden, oder die letzten Tage der Menschheit sind angebrochen . . .

1.

7. Juni 2437

Die Lage war etwas ungewöhnlich.

Eigentlich hatte Perry Rhodan, ehe er sich mit dem Schiff zurückzog, mit einem großen Flottenaufgebot des Gegners gerechnet. Es erschienen aber nur ein einziges Mal dreitausend Dolans, die offensichtlich die Kampfstärke der terranischen Verbände testen wollten – anders konnte man sich diesen Angriff nicht erklären. Abgesehen von einigen konusförmigen Raumschiffen, die hin und wieder gesichtet worden waren, erfolgte nicht ein einziger weiterer Angriff.

Das ergab ein Problem für Perry Rhodan.

Es war strategisch wichtig, zu welchem Zeitpunkt, an welcher Stelle und in welcher Art der Gegner reagieren würde. Niemand hatte die Kriegserklärung der Terraner beantwortet. Sie schien ungehört verhallt zu sein . . . man wußte es nicht.

Perry Rhodan dachte lange nach und begann zu handeln. Diese Handlungsfreiheit war stark eingeschränkt, denn alles, was er vorläufig tun konnte, war, sich aus dem Zentrumsgebiet der Kleinen Magellanschen Wolke zurückzuziehen.

Verglichen mit den Entfernungen und Größenverhältnissen des Weltalls war jeder andere Punkt von mikroskopischer Winzigkeit. Sogar ein Raumschiff von der Größe des Flaggschiffs. Der kugelförmige Schiffsgigant stand über dem in den Karten als Nordpol bezeichneten Punkt der kleinen Galaxis, weit draußen im sternenlosen Raum.

Antriebslos, ohne die gewaltigen Energieemissionen der Düsensätze, war die CREST bestenfalls ein undeutliches Echo auf den besten und schärfsten Fernortungsschirmen. Die Unbeweglichkeit des Schiffes täuschte. Es war erfüllt vom Leben mehrerer Tausend Menschen.

Minuten später zeichnete sich auf den Ortungsschirmen des Flaggschiffs ein Punkt ab, der schnell größer wurde und dann rapide an Fahrt verlor. Die Vergrößerungen zeigten an, daß es ein terranisches Schiff war. Dann kam die schnelle Identifikation.

»Hier Experimentalkreuzer ARIMAN.«

»Tadelloses Manöver hat der Junge geflogen«, sagte jemand in der Ortungszentrale.

»Schließlich hat Mercant keine Blinden an der Steuerung«, erwiderte der Mann am Nebenschirm. »Die Burschen von der Solaren Abwehr wissen, was sie zu tun haben. Schließlich wird der Anflug von ein paar hundert Leuten entsprechend kommentiert werden.«

Das andere Schiff blieb 100 Kilometer neben oder über der CREST stehen, verringerte den kinetischen Impuls bis auf den Nullwert, dann stand auch die Funkverbindung. Die Zentrale legte das Bild und den dazugehörigen Ton hinunter auf einen Spezialschirm vor dem Sessel des Großadministrators. Das Bild baute sich auf, und Rhodan und Allan D. Mercant blickten sich an.

»Sie sind verdammt pünktlich«, sagte Rhodan und grüßte nachlässig. »Kommen Sie zu mir ins Schiff?«

Mercant nickte.

»Eine Jet wird eben bemannt. Lassen Sie bitte eine Schleuse öffnen. Ich habe interessante Nachrichten.«

Rhodan lächelte knapp und nickte.

»Ich habe ebenfalls Informationen, die Sie – und darüber hinaus eine Menge anderer Leute – interessieren dürften. Alles andere mündlich. Bis gleich.«

Bei Männern, die sich jahrhundertelang kannten, konnte getrost auf übertriebene Förmlichkeiten verzichtet werden.

Die Beobachter sahen, wie sich in der glatten, silbernen Wandung der ARIMAN eine rechteckige Schleuse öffnete, daraus schoß der Diskus. Gleichzeitig gab die wachhabende Besatzung der Schleuse entsprechende Meldungen. Die Schleusentore glitten auf, und das strahlend helle Lichtrechteck war ein deutlicher Wegweiser. Der Pilot der Jet fegte durch das All, bremste mit Höchstwerten ab und bugsierte den Diskus vorsichtig und mit geringer Geschwindigkeit in den Hangar. Magnetblöcke fingen den Flugkörper auf und verankerten die Landestützen. Dann schloß sich der Hangar wieder. Luft wurde hineingepumpt. Bangk Thorens, ein zum Empfang geschickter Spezialist für moderne Waffentechnik, verließ den Kontrollraum und blieb vor der Personenschleuse stehen. Hinter Mercant kamen drei Männer herein.

Thorens grüßte und führte die Ankömmlinge in die Kommandozentrale der CREST V. Perry Rhodan und Mercant begrüßten sich knapp, aber herzlich.

Dann übergab der Abwehrchef drei geschützte Behälter mit den letzten Auswertungsergebnissen NATHANS.

Rhodan vertraute ihm im Gegenzug die beiden terranischen Explorer-Raumfahrer an, die man auf dem Planeten Ukiah gefunden hatte, wo sie nach dem Untergang ihres Raumschiffs von den Eingeborenen als Götter verehrt worden waren.

Von ihnen wußte Rhodan, daß es in der Kleinen Magellanschen Wolke eine Rebellengruppe gegen die, unheimliche Macht gab.

Die ARIMAN sollte Captain McNab und Sergeant Mashayne zur Erde mitnehmen, wenn dieses intergalaktische Rendezvous beendet war.

Mercant drehte sich nach seinen drei schweigenden Kurieren um.

»Nehmen Sie die beiden Männer an Bord, bereiten Sie ihnen einen netten Empfang und bitten Sie sie, sich an alles zu erinnern. Wir bleiben nicht lange.«

»Selbstverständlich, Sir.«

Die Unterlagen waren inzwischen in den Raum der Bordpositronik gebracht worden, und Thorens, der auch damit beauftragt gewesen war, kam zurück. Er lehnte sich vorsichtig gegen eine Wand, die hinter Stahlblenden voller positronischer Bauelemente war und ließ seinen Blick durch den gesamten Raum gehen. In einem Bezirk des runden Raumes, in einer kleinen Insel aus Licht, saßen um einen Tisch die Verantwortlichen.

»Mehrere Programme laufen gleichzeitig«, sagte Mercant gerade. »Besonders die Forschungen auf Halut werden mit der gebotenen Eile vorangetrieben. Unter Waxo Khanas Leitung werden sämtliche Archive durchgesehen, außerdem hat NATHAN ja die Unterlagen, die Sie und Bontainer von Halut mitbrachten.

Man beschäftigt sich dort also intensiv mit der Vergangenheit – nicht nur mit dem Abschnitt, der mit der Erde als Planeten zusammenhängt – und erhofft sich weitere Anhaltspunkte. Wir können nichts anderes tun als warten. Ich bin jedoch ziemlich sicher, daß Waxo Khana einiges von Interesse finden wird.«

»Gut. Was sagt NATHAN?«

Lordadmiral Atlan hatte sich interessiert vorgebeugt und beide Unterarme auf den Tisch gelegt. Seine Finger waren ruhig ineinander verschränkt. Er sah Mercant ins Gesicht.

»NATHAN sagt nicht viel. Noch nicht. Er spricht von einer langfristigen Invasionsoffensive.

Die ausgeschriebenen Ergebnisse finden Sie auf den Speicherkristallen. Das Rechengehirn auf dem Mond kommt zu folgenden Schlüssen, beziehungsweise Teillösungen:

Die unbekannten Machthaber der Kleinen Magellanschen Wolke haben es bisher verstanden – nach allen Unterlagen, die ausgewertet worden sind –, alle Völker, die sich in dieser Minigalaxis seit Jahrtausenden oder seit noch wesentlich längerer Zeit angesiedelt haben und jene Wesen, die dort ihre eigentliche Heimat hatten und vielleicht noch haben, durch die Übernahme der wichtigen Persönlichkeiten der jeweiligen Völker oder Gruppen auszuschalten und kaltzustellen. Sie haben sich einen uneingeschränkten Herrschaftsbereich geschaffen.

Zweitens scheinen unsere unbekannten Freunde keinen Wert darauf zu legen, mit großen Flottenverbänden aufzutauchen. Die Fremden scheuen den offenen Kampf, und damit verbunden, die notwendige Entscheidung. Entweder fürchten sie sich ganz einfach, oder sie haben eine Taktik, deren Grundzüge noch nicht ganz erkannt werden konnten. Jedenfalls, und das ist das Wichtige, scheuen sie eine Entscheidung.

Der Gegner hat sich darauf verlassen, daß die Tätigkeit der Dolan-Streitkräfte ausreicht, um uns zu zermürben und genügend lange zu beschäftigen. Unsere Flotten werden dadurch auseinandergerissen, die einzelnen Teile an bestimmten Punkten gebunden. NATHAN vermutet allerdings, daß sich die militärische Stärke unserer Gegner damit praktisch erschöpft hat. Vermutlich haben sie andere Möglichkeiten, uns zu bekämpfen. Das dürften schon die Erlebnisse von Roi Danton gezeigt haben. Das war es. Die einzelnen Ziffern und die Höhe der jeweiligen Wahrscheinlichkeiten finden Sie auf den Kristallen, meine Herren.«

Mercant lehnte sich zurück, schloß die Augen sekundenlang und faltete die Hände vor der Brust. Jetzt sah er aus wie ein alternder Mann, der fürchterlich müde ist und darauf wartet, von seinen lärmenden Enkeln gestört zu werden. Wer Mercant kannte, wußte, daß dies das Paradebeispiel einer Fehleinschätzung war.

»Nein.«

Rhodan stand unruhig auf, ging einige Mal hinter dem Sessel hin und her, dann setzte er sich auf die Tischkante. Er streckte den linken Arm aus, mit dem rechten stützte er sich ab. Er deutete auf Mercant, dann auf Atlan.

»Die Berechnungen klingen absolut logisch«, sagte er. »Aber das bedeutet noch lange nicht, daß sie es auch sind. Meinem Gefühl nach erscheinen sie ein wenig unglaubwürdig.«

»Sir«, sagte Mercant, »das können Sie nicht ernst meinen!«
Rhodan zeigte ein Lächeln, das alles oder nichts bedeuten konnte.
»Die Dolans«, sagte Atlan fest, »waren über Jahrzehntausende hinweg so gut wie unschlagbar. Gut, hin und wieder gelang es, einen oder mehrere zu vernichten, aber sie waren in der Masse unbesiegbar.«
Rhodan machte eine Kopfbewegung in die Richtung der wenigen Sterne, die von der Panoramagalerie wiedergegeben wurden.
»Bis es schließlich verbannten lemurischen Wissenschaftlern gelang, einen Kontrafeldstrahler zu entwickeln.«
Mercant und Rhodan sahen sich an, dann zuckte Rhodan die Schultern.
»Ich habe dieses Gesetz nicht erfunden oder aufgestellt, aber dieses Gesetz scheint zu den kosmischen Konstanten zu gehören. Jedesmal muß eine Waffe durch eine andere, schwerere, energiereichere oder andersartige übertrumpft werden. Das bedeutet eine pausenlose Eskalation der Systeme. Und mehr Kosten. Und größere Zerstörung. Wir müssen uns dieser tödlichen Spirale aus einer furchtbaren Vergangenheit anschließen, ob wir es wollen oder nicht!«
»Sie brauchen weder sich noch jemand anderen zu verteidigen, Sir«, gab Mercant zu bedenken.
»Ich verteidige nicht«, erwiderte Rhodan. »Ich mache mir nur Gedanken, die ich hin und wieder laut ausspreche. Wo sonst, wenn nicht in der Gegenwart meiner Freunde?«
»Auch recht«, sagte Atlan. »Was aber bedeutet das Kontrafeld, außer seiner Eigenschaft als Waffe, für die unbekannten Herrscher oder Beinahe-Herrscher der Kleinen Magellanschen Wolke?«
Mercant antwortete schnell:
»Sie stehen jetzt vor einer neuen, für sie verblüffenden Sachlage. NATHAN sagt, daß sie überraschend schnell in die Defensive gedrängt worden sind. Sie sind erschrocken und sinnen nach, entwickeln neue Dinge, neue Theorien und planen neue Angriffe. Eben deswegen spricht die Großpositronik von einer *langfristigen Infiltrationsoffensive*.
Ihr Rat: Aus allen diesen Gründen wird mehr als große Vorsicht bei jeder Aktion und Operation empfohlen. Wenn wir NATHAN richtig interpretieren, dann sollten wir uns zurückziehen und zittern.«
Atlan lachte laut.
Die Offiziere in der Kommandozentrale drehten die Köpfe herum und sahen von ihren Instrumenten und Anzeigen auf. Sie sahen nichts anderes als auch vor einer halben Stunde.

»Sie ahnen, was ich zu tun beabsichtige?« fragte Rhodan grimmig.
»Auf keinen Fall das, was uns NATHAN empfohlen hat, nämlich allergrößte Zurückhaltung.«
Zwischen den Männern hatte sich ein Feld unsichtbarer Spannung ausgebreitet. Nur wer sie genau kannte, war in der Lage, aus Tonfall, Gesten und der Wortwahl die nervliche Belastung zu ermessen.
»Captain Turlock McNab, einer der Männer in Ihrer Jet, hat mitverfolgen können, wie die Fremden mit dem Kommandanten der EX-3493 Kontakt aufgenommen haben. Man gab ihnen den Namen *Ansiktos*.
Sie sollen in der Kleinen Magellanschen Wolke die einzigen noch raumfahrenden Intelligenzen sein, außer unseren Freunden in den Konusschiffen. Zwischen Synd Keshet, das war der Kommandant der Ex-3493 und den Ansiktos wurde ein Treffpunkt ausgemacht, nach einem merkwürdigen Zeremoniell der gegenseitigen Erkennungsweisen. Diese Daten waren auf einem Träger der zerstörten EX gespeichert, den Paladin mitgenommen hat.
Diese Daten werden wir verwenden, diesen Treffpunkt werden wir anfliegen!«
Langsam stand Mercant auf.
»Wofür und wobei ich Ihnen allen sehr viel Glück wünsche«, sagte er und starrte in die blinden Panoramaschirme.
»Wir werden es brauchen«, schloß Rhodan. »Sie sind in Eile?«
Mercant grinste traurig.
»Ich habe es immer eilig«, sagte er. »Immer passiert irgendwo etwas. Wie einfach war das Leben, als ich noch kleiner Geheimdienstchef war . . . irgendwo auf der Erde!«
Er schüttelte den Kopf, erschüttert und hoffnungslos. Aber gerade Mercant war einer der Männer, deren seelische Schwächeanfälle nur Sekunden dauerten. Er drehte sich schnell herum und streckte Rhodan die Hand entgegen.
»Viel Glück«, sagte er. »Wann starten Sie?«
Statt des Großadministrators gab Atlan die Antwort.
»Sobald Sie abgeflogen sind.«

An sämtlichen Pulten, vor sämtlichen Sesseln brannten die Armaturen, leuchteten die Skalen und Uhren, flackerten unaufhörlich und in einem Rhythmus, der an den Nerven zerrte wie psychedelische Lichtarrangements. Rhodan stand neben dem wuchtigen Sessel des Kommandanten Akran.

»Die Navigation wird hier im Zentrum nicht besonders angenehm sein«, sagte der Epsaler.

»Erinnern Sie sich an frühere Zeiten. Wir haben mit der alten CREST IV schon Schlimmeres geschafft. Fertig?«

»Fünfzehn Sekunden!«

»Gut. Lassen Sie sich die Daten herunter . . . aha, da sind sie schon!«

Vor Oberst Akran leuchtete ein Schirm auf. Die Auswertung der Steuerpositronik lag bereits vor. Da die astronomische Vermessung der beiden kleinen Galaxien erst begonnen hatte und noch wenig genaue Anhaltspunkte vorlagen, würde es weniger ein Problem der Astrogation sein, als eines der fehlenden Bezugspunkte und exakten Entfernungen.

»Eine Linearetappe bis in die Nähe des anvisierten Zielorts. Dort die Suche nach der entstehenden Nova. Sie liegt 616 Lichtjahre vom Visalia-System entfernt. Diese Daten hier.«

Der Finger Akrans deutete auf eine lange Kolonne von Zahlen und positronischen Begriffen.

»Wir haben den Stern beobachtet, aber wir brauchen mindestens fünf Sonnen, um eine exakte Koordinatenebene zu finden und die entsprechenden Schnittpunkte. Es wird auch deswegen, weil die Sonne kurz vor der Explosion zur Nova steht, ein gefährlicher Anflug werden, Sir.«

Rhodan legte Akran kurz die Hand auf die Schulter.

»Sie schaffen es«, sagte er.

Der Epsaler nickte. Er tippte rasend schnell Zahlen und Befehle in die Tasten seiner Geräte. Aus sämtlichen Abteilungen des Schiffes kamen die Klarmeldungen. Der Kommandant drehte sich herum und fragte Rhodan:

»Ehe Sie sich an die Auswertung der NATHAN-Berechnungen begeben . . . soll ich Alarmbereitschaft anordnen?«

Rhodan überlegte.

Er flog los, um sich mit potentiellen Freunden oder Verbündeten zu treffen, auf alle Fälle mit Individuen eines Volkes, das sich für die Terraner interessierte, weil es sich Vorteile oder einfach nur Kontakte versprach. War es notwendig, diesen riesigen Apparat des Schiffes anlaufen zu lassen, die Männer zu beunruhigen und ihre Nerven zu reizen, die sie zu einer anderen Zeit bitter notwendig brauchten? Er entschied sich und erwiderte halblaut:

»Sämtliche technischen Abteilungen, die Ortung und die angeschlossenen Abteilungen haben erhöhte Aufmerksamkeit zu beobachten. Geben Sie leichte Vorwarnung. Klar?«

»Klar, Sir.«

Rhodan ging hinüber zu Atlan, der eine große Sternenkarte studierte, und blieb neben dem Arkoniden stehen.

»Kommst du mit?« fragte er.

Atlan blickte auf.

»Wohin? In die Messe?«

»Nein. Hören wir uns an und sehen wir, was NATHAN uns zu sagen hat.«

»Gut.«

Sie verließen die Kommandozentrale.

Die CREST startete.

Die silberne Kugel, glatt und schimmernd, flog in einer Flut von Feuer und Strahlen los, beschleunigte wie rasend und nahm den Kern der kleinen Galaxis zum Ziel.

Die Ortungsabteilung suchte fieberhaft und mit sämtlichen Geräten nach der Nova, denn um einen schnellen und exakten Anflug durchführen zu können, brauchte man Bezugszahlen und Entfernungen, die man genau kannte und verwenden konnte. Die Sonnen wurden angemessen, die gegenseitigen Entfernungen festgestellt. Pausenlos flossen Informationen hinunter zum Kommandanten, der sie zurückgab an die Positronik.

Plötzlich knackte ein Lautsprecher neben Akran.

»Hier Dave Lumbic, Astrogation. Darf ich Sie kurz unterbrechen?«

Akran kontrollierte seine Schirme und fragte: »Ja, was ist los?«

»Ich lese eben das Datum des Kristalls, den wir von der EX-3493 haben. Demnach ist die EX vor einem halben Jahr zerstört worden. Sechs Monate, rund. Glauben Sie im Ernst, daß die Ansiktos noch auf uns warten?«

Eine Pause entstand.

Ständig kamen neue Informationen, die verarbeitet und umgeleitet werden mußten. Während das Schiff der einfachen Lichtgeschwindigkeit entgegenfegte, wurde das Ziel genauer und genauer. Wenn sie in der Nähe des Kerns herauskamen, mußte die Astrogation reibungslos vonstatten gehen.

»Glauben Sie es?« fragte Akran zurück.
»Im Vertrauen: Nicht recht.«
»Ich weiß es nicht. Lassen wir uns überraschen. Wir werden jedenfalls am Treffpunkt erscheinen und das vereinbarte Signal abgeben. Ich halte es nicht für ausgeschlossen, daß sie warten.«
»Gut. Das wollte ich nur hören. Ende.«

Akran hatte es geschafft, die genaue Entfernung zum Ziel festzustellen. Das bedeutete, daß er die Entfernung kannte, nämlich die zeitliche und räumliche Distanz, die im Linearflug überwunden werden mußte. Das Schiff ging, nachdem es beschleunigt hatte, plötzlich und offensichtlich unerwartet in den Linearraum. Wenn die CREST der Pränova zu nahe kam, war sie zumindest gefährdet. Die sich rasend ausbreitende Energie der Sonne konnte von den Schutzschirmen absorbiert werden – aber die energetischen Störungen konnten das Schiff beschädigen. Wenn sich das Schiff allzu auffällig bewegte, dann konnte es von den Konusschiffen geortet werden. Das bedeutete zumindest ein Gefecht; und in diesem Fall stand der Sieger keineswegs fest . . .

Ferner bestand das unmittelbare Risiko, daß am Treffpunkt niemand mehr wartete.

Die CREST V kam aus dem Linearraum.

Augenblicklich begann in den verschiedenen Abteilungen die weitere Arbeit. Die Männer an den Pulten und an den Rechengeräten der Fernortung und der Astrogation fanden Bezugspunkte, verglichen sie mit den angefertigten provisorischen Karten und gaben dann die abweichenden Werte durch. Eine Meldung kam über die Interkome:

»Der Stern, den wir suchen, steht tatsächlich dicht vor seiner endgültigen Explosion. Wir rechnen gerade nach – die Zeit und die Wahrscheinlichkeit der Ausbreitung. Ende.«

Während der schnellen, dicht aufeinanderfolgenden Linearmanöver stellte es sich heraus, daß der wichtigste Punkt der fünf eingepeilten Bezugspunkte, der fünf verschiedenen Sonnentypen, die Pränova war. Sie bildete förmlich ein Signal, das nicht zu übersehen war. Die Manöver, mit denen die CREST V sich dem Ziel näherte, verlangten von den Männern im Kommandozentrum und in der astrogatorischen Abteilung den höchsten Einsatz. Ein Stern, nur eins Komma drei Lichtjahre von der Pränova entfernt, wurde zuletzt angeflogen. Zwischen dieser Sonne und dem pulsierenden Stern lag der angegebene Treffpunkt. Merlin Akran rechnete die Koordinaten einmal durch, und das Hämmern der kleinen Schreibapparatur an seinem Pult sagte ihm, daß niemand sich geirrt hatte. Zwischen den beiden Sonnen, in gerader Linie. Somit befand sich der Punkt, den die Ansiktos wünschten, in unmittelbarer Nähe der gefährlichen Sonne. Schon beim nächsten Auftauchen in den normalen Raum sahen die Männer auf den Schirmen, wie die Sonne pulsierte.

»Das wird mehr als nur knapp, Kameraden!« stöhnte Merlin Akran und arbeitete weiter. Auf seinem Pult glühten reihenweise die Lichter; die optischen Anzeigen zitterten und leuchteten auf, erloschen wieder.

Die CREST verringerte ihren kinetischen Impuls rapide und hielt endlich an. Mitten im Weltraum der Kleinen Magellanschen Wolke, zwischen zwei Sonnen, glänzte der riesige Körper des Schiffes. Die Kugel wurde von zwei Seiten ausgeleuchtet; nicht ein einziger Schatten zeichnete sich auf der silbern schimmernden Hülle ab.

Merlin Akran aktivierte einen kleinen Interkomschirm an seinem Pult und rief hinauf in die Auswertungszentrale. Sekunden später war Perry Rhodan auf dem Schirm zu sehen. Über ihm, auf dem konkaven Schirm der Panoramagalerie, pulsierte die Sonne.

Der Treffpunkt war erreicht.

»Ja, was gibt es?« fragte Rhodan und sah sich um.

»Wir stehen mit laufenden Maschinen, aber ohne Fahrt, auf den genauen Koordinaten des von den Ansiktos vorgeschlagenen Treffpunktes, Sir. Was ordnen Sie an?«

Rhodan nickte und winkte kurz.

»Ich bin sofort bei Ihnen, Oberst.«

Der Schirm verblaßte. Jetzt würde es sich in Kürze herausstellen, ob die sagenhaften Ansiktos, jenes offensichtlich insektenähnliche Volk, von denen die beiden Überlebenden der EX gesprochen hatten, tatsächlich ein halbes Jahr lang auf den Kontakt mit den Terranern gewartet hatten. Aufmerksam beobachtete Merlin Akran die Schirme und sah vorläufig nichts anderes als den pulsierenden Stern im Vorstadium der Detonation.

Eine dunkle, auffallende Stimme meldete sich in der Kommandozentrale:

»Hier Energieortung!«

»Ich höre!« sagte Akran und drehte, da er Rhodan aus dem Antigravschacht kommen sah, den Lautstärkeregler weiter auf.

»Wir haben die Sonne genau angemessen. Sie steht kurz vor dem Ausbruch. Wir sollten dieses Gebiet verlassen. Möglichst schnell!«

»Wir haben noch keinen Grund dazu!« sagte Rhodan und pfiff leise durch die Zähne, als er das Bild auf dem Schirm sah. Es war wirklich ein sehr gefährlicher Ort, den sie sich da herausgesucht hatten.

Abgesehen davon, daß die Schirme des Schiffes die Gase abwehren konnten, würden die energetischen Wellen das Schiff herumwirbeln. Die Ansiktos, falls sie es wagten, mit einem weniger großen und geschützten Schiff zu kommen, mußten hoffnungslos verloren sein.

»Es ist ein Unterzwerg des Spektraltyps A im Hertzsprung-Russel-Diagramm. Noch ist das Spektrum der Sonne normal, aber es sind inzwischen die Linien von hochionisierten Atomen zu sehen. Die Temperatur ist bereits angestiegen . . . es scheint der erste Ausbruch dieses Sterns zu sein!«

»Gut, danke«, sagte Rhodan. »Uns bleibt nichts anderes übrig, als mit dem Programm zur Herstellung der Kontakte zu beginnen.«

Die Männer an den Bildschirmen, den Lautsprechern und den Interkomen warteten. Zum erstenmal in dieser Galaxis schien sich die Möglichkeit einer fruchtbaren Zusammenarbeit mit einem anderen Volk abzuzeichnen. Man wußte noch nicht, wie sich die ersten Sekunden abspielen würden, aber man war voller Hoffnung.

Im gesamten Schiff verstummten die Unterhaltungen, und jedermann wartete darauf, was der Großadministrator jetzt unternehmen würde. Perry Rhodan sah auf die Uhr.

Dann entschloß er sich zum Handeln.

2.

Offensichtlich hatten die noch immer nur schemenhaft bekannten Fremden die verheerende Wirkung einer terranischen Transformkanone beobachtet und die Werte dieser Waffe genau ermittelt. Rhodan und die anderen Männer, die an dem Problem der ersten Kontaktaufnahme arbeiteten, wußten aus den entschlüsselten Unterlagen des gestorbenen Kommandanten, daß eine Transformsalve Teil des Erkennungszeichens war.

»Achtung, Feuerleitzentrale!« sagte Rhodan in die Kommandomikrophone. »Zeit minus dreißig Sekunden. Die gesamte Steuerbordbreitseite der CREST beginnt synchron zu feuern. Zielpunkt: Drei Millionen

Kilometer vor dem Schiff im freien Raum. Zwanzig Geschütze – ein Ziel. Das Erkennungszeichen für die Ansiktos soll eine konzentrisch angelegte Salve sein. Klar?«

»Klar, Sir. Minus zweiundzwanzig Sekunden – jetzt.«

An den Zielschirmen der Feuerleitzentrale hatten die Männer bereits Serienschaltungen durchgeführt. Zwanzig Geschütze, also die einer Hemisphäre der CREST V, richteten sich ein. Die Sekunden tickten.

»Zeit minus fünfzehn Sekunden!«

Atlan hob den Blick und sah auf die Panoramagalerie hinauf. Dort, wohin er blickte, schien sich das Ziel zu befinden – irgendwo in der sterndurchsetzten Schwärze. Der Arkonide sagte ruhig:

»Sie hätten auch eine etwas weniger auffällige Markierung verlangen können. Ich bin überzeugt, daß diese Energieemission angemessen wird. Was das für uns bedeuten kann, wissen wir alle sehr genau.«

Schnell erwiderte Rhodan:

»Wir tauschen lediglich die Risiken aus. Wir suchen diesen Kontakt ebenso wie die Ansiktos. Wir müssen dafür in Kauf nehmen, gesehen oder bemerkt zu werden. Andererseits . . . denke an die Nova. Die explodierende Sonne wird unter Umständen als der Ursprungsort der expandierenden Energie angesehen werden.«

»Ich hoffe nicht, mit meinem Pessimismus recht zu haben«, erwiderte der Arkonide. In der Kommandozentrale war es totenstill. Nur aus einem Lautsprecher kamen Arbeitsgeräusche und einige Kommandos aus der Feuerleitzentrale.

»Minus fünf Sekunden!«

Abgesehen von den beiden markanten Sonnen in der unmittelbaren Umgebung und den Sternen der kleinen Magellanschen Wolke, waren die Schirme noch stumpfschwarz. Leblos, aber voller Geheimnisse.

»Minus drei . . . zwei . . . eins . . . Feuer!«

Synchron geschaltete Geschütze entluden sich schlagartig. Die riesige Metallmasse des Schiffes erbebte unter den freiwerdenden Energiemengen. Die geballte Feuerkraft von vielen Gigatonnen wurde nicht dazu verwendet, etwas zu zerstören, sondern um einen Kontakt zwischen zwei Völkern herzustellen. In der gleichen Zeiteinheit detonierten weit draußen im Raum zwanzig Transformbomben.

Drei Millionen Kilometer vor dem Schiff entstand aus dem absoluten Nichts eine blau glühende Atomsonne.

»Sehr beeindruckend«, meinte Atlan etwas spöttisch. »Wie lange werden wir warten müssen?«

Rhodan lächelte kurz.

»Ich kann nur hoffen, nicht so lange wie unsere unbekannten Freunde irgendwo dort draußen. Ich weiß genau, daß wir bis jetzt keinen Fehler gemacht haben. Jede einzelne Ziffer stimmte, alle Koordinaten waren absolut korrekt. Warten wir also, auch wenn es schwerfällt.«

Die gesamte Besatzung des Schiffes war auf das, was jetzt geschehen würde, ebenso gespannt wie Rhodan und der Lordadmiral selbst.

Tausende von Terranern warteten auf die Ansiktos. Auf Wesen, die keine normalen Sprechwerkzeuge besaßen, wenn man den Informationen der beiden Überlebenden aus der EX-3493 glauben durfte.

Sie sollten sich durch ein Organ verständigen, das ultrakurze Wellen sowohl aussandte als auch empfangen konnte. Vermutlich waren die Ansiktos den Insekten verwandt oder trugen noch heute die Merkmale einer früheren Stammesform. Man wußte es nicht und stellte daher wilde Mutmaßungen an.

Die Mannschaften, lange Wartezeiten gewöhnt, gingen ihren normalen Beschäftigungen nach. Sie waren nicht so leicht aus der Ruhe zu bringen. Nur an insgesamt vier Stellen des riesigen Schiffes herrschte eine gewisse Unruhe; eine merkwürdige Art von Nervosität. Sie war leicht zu erklären. Man wußte nicht, wen man erwartete. Es konnte ein Freund oder ein Feind sein.

In der Kommandozentrale, der Feuerleitzentrale, in der Ortungsabteilung des Schiffes und in den zahlreichen Räumen, in denen Wissenschaftler und Spezialisten versuchten, ihre Geräte sinnvoll anzuwenden – hier herrschten Unruhe und Nervosität. Eine aufgeregte Stimme durchschnitt plötzlich die Stille.

»Achtung! Hier Ortungszentrale, Nahbereich. Sektor Grün!«

Gleichzeitig flammten in den Pulten einige zusätzliche Schirme und Projektionsflächen auf. Sie enthielten die ermittelten Werte. Lautsprecherstimmen verkündeten die genauen Punkte, dann sahen die Männer in der Kommandozentrale selbst, worum es sich handelte. Lichtschnell war dicht vor der CREST ein winziger, diskusförmiger Körper aus dem Linearraum gekommen. Er raste, schnell größer werdend, auf das Raumschiff zu.

»Sie sind da!« sagte Rhodan laut. »Wenn sie es wirklich sind!«

Die drehbar gelagerten Mündungen einiger Transformgeschütze richteten sich auf das fremde Boot. In der unsicheren Lage jetzt und hier war jeder solange Feind, wie es nicht bewiesen war, daß er ein Freund der Terraner sein konnte.

»Verdammt«, sagte einer der Männer mit Nachdruck. »Er ist so schnell, daß er uns rammen wird!«

Der Diskus fegte genau auf die riesige CREST zu, und er konnte sie nicht verfehlen.

»Keine Sorge«, sagte Akran beruhigend, »die Burschen wissen, was sie tun. Da, sie verzögern!«

Das kleine Schiff bremste mit extrem hohen Werten negativer Beschleunigung, und nur Sekunden später hatte es in einem tollkühnen Manöver, das zugleich bremsend wirkte und in einer Kurve auslief, die hohe Eintauchfahrt in den Normalraum aufgehoben und schwebte jetzt ruhig neben der mächtigen Masse aus Stahl.

»Es hat einen Durchmesser von nur vierzig Metern!« sagte der Sprecher aus der Ortungszentrale. Sie hatten die genaue Entfernung des Diskus von der CREST nachgemessen und die Eigengröße des Raumbootes dadurch ermitteln können. Jetzt würde die Arbeit der Funkzentrale beginnen.

»Translatoren ein, funken Sie das ausgemachte Erkennungssignal, sobald wir die genauen Frequenzen haben. Versuchen Sie, mit ihnen möglichst schnell Kontakt zu bekommen. Sonst überrascht uns die Nova!«

Perry Rhodan räusperte sich.

Bewegungslos hing jetzt der Diskus zweitausend Meter neben dem Giganten.

Turlock McNab und Mashyane hatten mit ihren Unterlagen ganze Arbeit geleistet, und die Spezialisten der CREST hatten ihre Möglichkeiten wahrgenommen. Die Translatoren des Schiffes waren an die Funkgeräte angeschlossen worden. Einige Hundert der Ansiktos-Symbolgruppen, die dem Kommandanten des vernichteten EX-Schiffes übermittelt worden waren, lagen bereits halbausgewertet vor und konnten zur Verständigung herangezogen werden, wenn erst einmal eine weitere Anzahl von Begriffen zur Verfügung stand.

Die Positronik wartete, die Programmierer warteten ebenfalls.

»Wenn sie ultrakurze Wellen senden, dann kann der Kontaktversuch kaum eingepeilt oder abgehört werden«, sagte Atlan nachdenklich. Er schien, wenn Rhodan seinen Gesichtsausdruck und die Worte richtig deutete, nicht unbedingt dafür zu sein, in einem gefährlichen Bezirk inmitten einer fremden, von Gefahren wimmelnden Kleingalaxis zu warten, bis die Mannschaft des Diskusschiffes die Initiative ergriff. Atlan sah aber die Notwendigkeit ein und verhielt sich ruhig und abwartend. Seine Skepsis konnte er nicht verbergen und wollte es auch nicht.

»Richtig. Außerdem werden die Signale so schwach sein, daß nur wir sie empfangen können. Wir brauchen keine hohe Sendeenergie einzusetzen.«

Rhodan ging langsam zu seinem Platz neben dem Schaltpult von Merlin Akran.

Linsen richteten sich auf ihn.

Ein Scheinwerfer wurde eingeschaltet, und die Anzeigen des Steuerpultes leuchteten auf. Von hier konnte sich Rhodan direkt in die Funksprüche zwischen den beiden Schiffen einschalten. Die Kontaktsendung konnte beginnen. Bis jetzt hatten die Fremden von sich aus noch nichts unternommen – ihr Schiff schwebte noch immer bewegungslos zwei Kilometer neben der CREST.

»Erst dann antworten«, sagte Rhodan ins Mikrophon, »wenn das Anrufsignal der Ansiktos identisch ist mit dem auf den Unterlagen. Kein unnötiges Risiko! Der Diskus könnte Tarnung sein; von diesen Möglichkeiten weiß Danton inzwischen ein trauriges Lied zu singen.«

»Verstanden, Sir!« antwortete einer der Wissenschaftler.

»Erster Impuls, Ultrakurz. Ich leite um auf Ihren Schirm, Sir.«

Die Funkabteilung hatte sich eingeschaltet, die Sendeantenne des Diskus hatte einen längeren Impuls in ultrakurzen Schwingungen abgegeben. Vor Rhodan und – angeschlossen an diesen Kanal – an vielen Stellen des Schiffes flammten Schirme auf. Sie alle zeigten das erste Symbol: Auch dieses Zeichen war in den Unterlagen vermerkt gewesen.

Rhodan blickte auf den riesigen Schirm direkt vor ihm. Hinter Perry stand der Arkonide und hatte die Unterarme auf die Rückenlehne des Sessels gestützt.

Ein rotes Dreieck, das auf der Spitze stand!

»Ausgezeichnet!« rief Perry Rhodan, »das ist genau das Zeichen, auf das wir gewartet haben. Feuerleitzentrale!«

»Wir hören, Sir!« kam die Antwort.

»Schalten Sie die Transformgeschütze aus! Der Diskus gehört den Ansiktos, die mit uns soeben offiziellen Kontakt aufgenommen haben.«

Wieder kamen die Kommandos aus der Feuerleitzentrale aus den Lautsprechern im Kommandoraum. Einige hundert Offiziere, Wissenschaftler und Spezialisten entspannten sich schlagartig. Die Gefahr, auf die sie gewartet hatten, schien sich in Nichts aufgelöst zu haben.

»Wir geben die Leitung frei, Sir!«
»Einverstanden!«

Zwischen der CREST V und dem Diskus entstand binnen Sekunden eine Funkbrücke, die gleichermaßen Bild und Ton übermittelte. Rhodan und Atlan waren im Bereich der Optiken, und die engmaschigen Gitter der Richtmikrophone drehten sich in ihre Position. Linien flimmerten über den großen Bildschirm und löschten die Wiedergabe des roten Dreiecks.

Merlin Akran drehte seinen schweren Sessel und sah herüber. Die anderen Männer in der Zentrale blickten abwechselnd auf den Schirm und die Kontrollinstrumente. Das Dreieck verschwand endgültig, und dann war ein fremdes Wesen auf dem Schirm zu sehen. Rhodan holte tief Atem und stand langsam und wie unter einem hypnotischen Zwang auf. Direkt vor den Optiken blieb er stehen. Er wußte, daß jeder einzelne Tonimpuls über die Translatorenanlage des Schiffes lief.

Diese positronische Riesenmaschine, mit Hunderten von Symbolgruppen bereits vorprogrammiert, lernte bereits während der ersten Sekunden der Arbeit. Also hatten die ersten ausgesprochenen Sätze einfach zu sein und dennoch aussagekräftig.

»Phantastisch!« murmelte jemand hinter Rhodan. »Sind das Robots oder Lebewesen?«

Niemand gab eine Antwort.

Rhodan versuchte, dem Fremden auf dem Bildschirm in die Augen zu sehen und sagte scharfbetont und laut:

»Ich bin der Vertreter meines Volkes. Mein Name ist Perry Rhodan, mein Amt ist das des Großadministrators. Ich begrüße den Vertreter der Ansiktos.«

Es gab weder Augen noch Sehorgane, in die Perry Rhodan seine Blicke bohren konnte.

Eine quälende Pause entstand.

Die Männer der CREST, die sich um die Schirme versammelten, sahen den Fremden. Er stand vor einer umfangreichen Anordnung von Instrumenten, deren Aussehen und wohl auch deren Funktion nicht so fremdartig und unbegreiflich wirkten wie der Fremde selbst.

Die Größe betrug etwa hundertsechzig Zentimeter, also rund einen Kopf kleiner als der durchschnittliche Terraner. Ein Vorahne im langen Weg der Evolution mußte ein Insekt gewesen sein. Jahrhunderttausende waren vergangen, und jetzt stand das annähernd humanoid gebaute Endprodukt vor den Terranern.

Der Ansikto sah grazil, ja fast zerbrechlich aus, aber keineswegs abstoßend. Er besaß eine stark vorgewölbte Brust mit einer leichten Einschnürung oberhalb des ovalen Unterkörpers. Beide Körperteile, Brust und Körperfortsetzung, waren ungefähr gleichgroß.

Rhodan hob die geöffnete rechte Hand bis in Schulterhöhe und führte eine grüßende Bewegung aus. Der Fremde begriff die universale Bedeutung dieser offenen Handfläche und vollführte die gleiche Geste.

Und dann sprach er.

Die Geräte gaben eine hohe, leicht knisternde Stimme wieder.

»Ich bin . . .«, sagte er, und es folgte ein Name oder ein Begriff, der weder verständlich noch zu übersetzen war. » . . . der Vertreter meines Volkes. Ich freue mich, euch getroffen zu haben – wir mußten sehr lange warten. Sie sagten einen Namen, Terraner Rhodan?«

Rhodan nickte. »Wir nannten euch die ›Ansiktos‹!«

Die Übersetzungsanlage funktionierte immer schneller und zuverlässiger; jetzt war die Wortfolge fast synchron.

»Dieser Begriff ist falsch. Wir wissen nicht, woher Sie diesen falschen Namen haben, denn wir nennen uns *Baramos*!«

Atlan lachte.

»Es heißt also wieder einmal schnell umdenken! Ab sofort wissen wir, daß Ansiktos falsch war. Vermutlich haben die Männer des Explorerschiffes diesen Namen geprägt, weil ihnen nichts Besseres oder – nichts Schlechteres eingefallen war.«

»Entschuldigen Sie bitte«, sagte Rhodan. »Wir werden ab jetzt nur diesen Begriff anwenden und uns daran halten.«

Atemlos hörte die Besatzung der CREST mit. Sämtliche Geräte der Schiffskommunikation waren zusammengeschaltet worden.

»Ich werde Ihnen jetzt eine Information überspielen«, sagte Rhodan. Er hielt kurz inne, dann sprach er weiter.

»Sie schildert Ihnen genau die Rettung der beiden Terraner aus dem Schiff, dessen Vernichtung Sie mit angesehen haben –, die vor einer Zeit von hundertfünfzig Tagen unserer Berechnung auf dem Planeten Ukiah notgelandet waren.«

Rhodan lehnte sich zurück.

»Noch immer sind sie mißtrauisch«, flüsterte der Arkonide so leise, daß es niemand außer Rhodan verstehen konnte. »Nicht nur wir haben das Mißtrauen gelernt und die Furcht vor Überraschungen, sondern auch die Baramos scheinen diesen Hang zu besitzen. Vermutlich haben sie Grund dazu.«

Atlan lächelte; er war genügend erfahren, um genau zu wissen, welche Emotionen frei wurden, wenn sich unter diesen Umständen zwei grundverschiedene Völker begegneten. Und grundverschieden waren sie – das war mehr als deutlich zu sehen. Das grazile Geschöpf hier vor ihnen auf dem Schirm war von hellroter Farbe. Statt einer Haut, oder wie man es von einem Insektenabkömmling erwarten sollte, einem Chitinpanzer oder wenigstens dessen Resten trug die Haut das Aussehen eines feingliedrigen Ringpanzers.

Das Wesen war viergliedrig.

Zwei Beine, die sehr dünn waren und eigentlich zerbrechlich wirken sollten, aber offensichtlich recht stabil waren mit ihren zwei Gelenken. Sie riefen den Eindruck von großer Belastbarkeit hervor. Zwei Arme, die wie die Beine jeweils zwei Gelenke hatten. Die Hände waren schlank, ohne knochig oder hölzern zu wirken. Kugelartige Gelenke, aus denen sechs Finger wuchsen. Vermutlich waren die Füße der Baramos ebenfalls mit sechs Zehen ausgerüstet. Die Kopfform war interessant und erschreckend gleichermaßen.

Fast zeitverlustfrei wurden die Daten überspielt.

Der Baramo hatte sich gegen die Kante eines modernen und faszinierend aussehenden Sessels gelehnt und studierte, wie man seiner Haltung entnehmen konnte, aufmerksam und konzentriert die Informationen auf seinem Bildschirm.

Betrachtete man seinen Kopf vorn, so hatte er die Form eines gleichschenkligen Dreiecks. Von der Seite aus gesehen, lief der obere Teil des Dreiecks weit und eiförmig nach hinten aus. Von Schläfe zu Schläfe zog sich ein etwa handbreiter Streifen, der grünlich fluoreszierte. Es sah aus, als habe man ein halbflexibles Band um zwei Drittel des Kopfes geklebt.

Zwischen der Unterkante des Bandes und dem spitzen Kinn konnte man einen dreieckigen Mund erkennen, der seine Verwandschaft mit den Mandibeln der Insekten nicht verleugnen konnte. Der Mund war schmal und fast lippenlos und auch der Kopf war hellrot, wie der gesamte sichtbare Körper des Baramos. Man erkannte weder Gehör- noch Riechorgane, noch konnte man eine Sprechöffnung entdecken, denn der Mund hatte sich während des kurzen Dialogs nicht bewegt.

»Danke«, sagte der Baramo schließlich. »Ich sehe, daß Sie wirklich Angehörige jenes Volkes sind, mit dem wir vor geraumer Zeit einen kurzen Kontakt aufgenommen haben. Besitzen Sie noch den Datenträger, der im Schiff aufgenommen worden ist, ehe es unmittelbar darauf vernichtet wurde?«

Rhodan war bemüht, seine Erleichterung nicht zu zeigen. Diese Frage beseitigte einen weiteren tiefen Zweifel.

»Wir haben diese Aufzeichnungen. Wollen Sie sie ebenfalls studieren?«

»Gern. Ausschließlich zur Sicherheit. Wir sind wißbegierig und von großer wissenschaftlicher Neugierde erfüllt, aber wir müssen wachsam bleiben. Denn Wachsamkeit ist das Mittel für uns, um überleben zu können.«

Die Übersetzungsanlage hatte pausenlos neue Begriffe gesammelt und sie verglichen. Nach rund einer Viertelstunde arbeiteten Speicher und Arbeitsblöcke vollkommen sicher und vor allem schnell. Die Verständigung war einwandfrei.

Rhodan erfüllte den Wunsch des Fremden.

Nach zwei weiteren Minuten winkte der Baramo mit einer durchaus menschlich wirkenden Geste ab.

»Danke, ich konnte vergleichen. Das ist der gleiche Text, den wir sendeten. Ich bin restlos überzeugt.«

Rhodan und Atlan wechselten einen langen Blick.

Die Ortungsabteilung meldete sich genau zwei Sekunden später.

»Der Diskus hat sich bis auf einen Kilometer genähert, Sir!«

Rhodan riß den Kopf herum und starrte auf die Schirme der Panoramagalerie. Das kleine Raumschiff mit den Insektenabkömmlingen an Bord bremste gerade wieder seine Fahrt ab und blieb bewegungslos eintausend Meter vor dem Ringwulst im Raum schweben.

Auf dem Platz vor Rhodan war noch immer in voller Größe der Baramo zu sehen. Lange überlegte Rhodan, dann sagte er:

»Ich bemühe mich schon seit einiger Zeit, in Ihrem Gesicht etwas wie eine Regung zu erkennen oder in Ihre Augen zu sehen. Beides war leider nicht möglich. Obwohl ich überzeugt bin, daß Sie uns sehen und hören können.«

»Der Schein trügt nicht«, sagte der Baramo laut. Sein Mund öffnete und schloß sich, was aber nicht im Zusammenhang mit den Worten stand. Die Lautsprecher gaben die Übersetzung wieder.

»Das ist Ihnen auch nicht möglich, Terraner Rhodan. Dieses sichtbare Band um unseren Kopf«, der Baramo machte eine entsprechende Bewegung mit seinen dünnen Fingern, »ist Auge, Mund und Ohr zugleich. Wir nennen dieses Dreifachorgan . . .«

Wieder eine Störung; die Übersetzung blieb aus. Die Maschine formulierte ein Kunstwort.

». . . *Kombinoband*.«

»Dreifachorgan?« fragte Atlan.

»Ja, denn es bedeutet für uns Auge, Ohr und Mund.«

Atlan lachte verständnisvoll.

»Ich begreife«, erwiderte Perry Rhodan. »Ich vermute, daß uns geeignete Unterscheidungsmerkmale fehlen werden. Die Angehörigen Ihres Volkes werden sich untereinander sehr ähnlich sehen. Es wird uns etwas einfallen müssen, um Sie voneinander unterscheiden zu können. Keinesfalls konnten wir Ihren Namen verstehen oder begreifen . . . nicht einmal aussprechen konnten wir ihn. Habe ich recht, wenn ich glaube, daß Sie der Kommandant dieses kleinen Schiffes sind?«

»Ja. Ich bin der Kommandant.«

Rhodan lächelte verlegen und führte weiter aus:

»Dann werde ich Sie Nummer Eins nennen. Im Flottenkode heißen Sie bei uns MAX-1. Das ist keine Beleidigung, sondern für uns eine wertvolle Hilfe. Sind Sie damit einverstanden?«

»Wir sind damit einverstanden, Terraner Rhodan«, sagte der Baramo.

»Ausgezeichnet, MAX-1. Was schlagen Sie jetzt vor?«

»Ich schlage vor, daß Ihre Männer ihre Aufmerksamkeit wieder den Sichtschirmen zuwenden, da es in Ihrem Schiff keine Luken zu geben scheint. Es wird ihnen dann nicht entgehen, daß die Sonne bereits nach uns zu greifen beginnt.«

»Er meint die Nova, Sir!«

Merlin Akran grinste breit und blickte mit zusammengekniffenen Augen auf die Panoramagalerie. Dort detonierte gerade die Sonne.

Rhodan musterte Akran und blickte dann ebenfalls die Nova an.

»Ich muß sagen, daß MAX-1 recht hat. Das Schauspiel ist einmalig, aber gefährlich. Verlassen wir diese Position!«

Die Nova wölbte sich mit Flammenzungen, Protuberanzen und mit Glut hinaus in den Weltraum. Die Schleier aus Gas und Hitze griffen nach den beiden Schiffen.

Etwas mehr als ein halbes Lichtjahr von der CREST entfernt, blähte sich der Stern mehr und mehr auf. Aus einer kleinen, stechenden Kugel wurde ein Ball, der größer wurde und heller, ein Globus aus Feuer und Hitze, aus kalkweißem Licht und weit hinausreichenden Energiefingern. Durch die CREST ging ein Schütteln, das kleinere Raumschiff driftete ab. Im Innern des aufgeblasenen Sternes, dessen Helligkeit jetzt von den Sichtschirmen aus den Raum erfüllte und die Männer zu blenden begann, fanden gigantische Wasserstoffexplosionen statt. Langsam aber unaufhaltsam füllte sich der Raum zwischen den Sonnen mit Licht und brennendem Gas.

»Wir sollten starten, Sir!« drängte Akran.

»Sofort!« sagte Rhodan.

Er wandte sich wieder an den Baramo MAX-1, der unbeweglich auf dem Schirm zu sehen war. Hinter ihm standen jetzt drei andere Wesen, die in Raumanzüge gekleidet waren, jedoch den Helm nicht geschlossen hatten. Irgendwie schien es, als sähe der Baramo Rhodan nachdenklich an.

»Ich bitte Sie, MAX-1, zu uns ins Schiff zu kommen. In unseren Hangars sind Sie sicher. Sie und Ihr kleines Schiff. Wir können dann über die weiteren Vorgänge sprechen.«

»Nein, Terraner Rhodan. Noch nicht. Wir möchten uns noch nicht auf einen näheren Gedankenaustausch einlassen. Das hat nichts mit mangelndem Vertrauen zu tun, sondern mit unserem Wunsch nach Sicherheit. Wir bitten Sie, uns auch weiterhin zu glauben und zu vertrauen.«

Atlan schaltete sich ein und sagte laut:

»Wir sind nicht mißtrauisch, aber wir finden es wirklich richtig, daß Sie das kleine Diskusschiff unter unseren Schutz stellen. Wir haben genügend Platz und können für Ihre Sicherheit garantieren.«

Der Baramo widersprach.

»Danke; wir starten jetzt. Wir bitten Sie, uns zu folgen, wenn Ihre Maschinen die hohe Beschleunigung aushalten, die wir gewöhnt sind. Fliegen Sie uns einfach nach, wir bleiben weiterhin im normalen Raum.«

Während Merlin Akran ein heiseres Lachen hören ließ, wechselten Atlan und Rhodan einen amüsierten Blick.

»Ich denke, wir können mit Ihnen mithalten«, versprach Rhodan. »Wo liegt das nächste Ziel?«

»Fliegen Sie uns einfach nach. Wir bleiben in Sichtverbindung und werden Sie führen.«

»Einverstanden!« sagte Rhodan. »Starten Sie, Merlin!«

Der Diskus beschleunigte bereits. Er raste, nur von den Ionenströmen seiner Triebwerke begleitet, davon, im rechten Winkel zu der Linie, die beide Sonnen verband. Die mächtigen Maschinen der CREST liefen an, die Projektionsfelddüsen sandten dicke Ströme von Gasen ins All, und das riesige Schiff raste dem kleineren Boot nach.

»Wie hoch ist die Beschleunigung des fremden Schiffes?« erkundigte sich Rhodan.

Nach einem kurzen Blick auf ein großes Rundinstrument erwiderte Merlin Akran: »Knapp zweihundert Kilometer im Sekundenquadrat.«

Das war ein Wert, den die CREST mühelos erreichen konnte.

Die beiden Schiffe entfernten sich schnell von der Position. Die metallenen Körper schienen die Spitzen der Protuberanzen direkt anzuziehen; die feurigen Finger griffen nach den Schiffen. Zwischen ihnen glühte das Gas der detonierenden Sonne, und die energetischen Störungen ließen die Hülle vibrieren. Langsam wurde es wirklich gefährlich. Rhodan sah auf die Panoramaschirme, betrachtete einige Sekunden lang die Werte der Instrumente, dann drehte er sich zurück und starrte den Verbindungsschirm an, der jetzt ein anderes Bild zeigte. Der Baramo saß in dem Sessel und schien sich um die Kontrollen zu kümmern. Seine schlanken Hände waren außerhalb des Sichtbereiches, aber er arbeitete schnell und konzentriert.

»Ich rufe MAX-1!« sagte Rhodan in die Mikrophone.

Er hörte die letzten Worte der Übersetzung und bemerkte, wie der Baramo den Kopf hob.

»Ich höre Sie, Terraner Rhodan.«

»Wir haben den Eindruck, daß ein weiteres Verbleiben im Normalraum beiden Schiffen schaden würde. Ich schlage vor, wir gehen in den Linearraum!«

Der Baramo schien mehr als überrascht zu sein, denn er schwieg ausdauernd.

»Ja. Ich sehe es ein. Wir gehen gemeinsam in den Linearraum. Sie können uns dort orten?«

»Mühelos«, sagte Akran und begann zu rechnen. Sekunden später, als gerade wieder eine gewaltige Feuerzunge nach den ungleichen Schiffen zu greifen drohte, als sich die Gefahr durch ein donnerndes Schütteln des metallenen Körpers ankündigte, verschwanden beide Schiffe fast gleichzeitig im Linearraum.

Die beiden Schiffe rasten durch das fremde Kontinuum. Sie waren den Gefahren der Nova entkommen. Auf den Schirmen zeichnete sich deutlich und klar der Impuls des kleinen Schiffes ab, und Merlin Akran hatte nicht die geringsten Schwierigkeiten, dem Diskus zu folgen. Unklar war noch immer, aus welchen Gründen die Baramos den Kontakt mit den Terraner gesucht hatten, unklar war auch das Ziel. Rhodan beschloß, diese Unsicherheit zu beseitigen.

Er drückte einen breiten Schalter nieder und aktivierte einen Nebenschirm.

»Psychologische Abteilung«, sagte er.
Sofort hatte er den Leiter der Kosmopsychologen vor sich.
»Ich brauche eine Auskunft, Doktor Tycho«, sagte er. »Kommen Sie bitte in die Kommandozentrale.«
»Selbstverständlich, Sir.«
Der Flug ins Ungewisse ging weiter.

Nach etwas mehr als fünfhundert Lichtjahren fiel der Diskus in den Normalraum zurück. Die CREST folgte ihm augenblicklich.
Die Kalupschen Konverter rissen sie zurück in das dreidimensionale Gefüge. Die Sterne der Kleinen Magellanschen Wolke erschienen auf den Schirmen der Panoramagalerie. Dreißig Kilometer vor dem Schiffsgiganten sahen die Männer den Diskus. Er verlangsamte die hohe Eintauchfahrt und manövrierte sich in die Nähe der CREST.
»Was haben sie vor?« murmelte Rhodan.
»Das werden wir gleich sehen«, sagte Merlin und zeigte auf die Schirme. Das kleine Schiff raste heran, bremste ab und blieb nur hundert Meter neben der CREST unbeweglich stehen. Auf dem Kontaktschirm richtete sich MAX-1 auf und hob die Hand.
»Wir sind mehr als dreieinhalbtausend Lichtjahre von unserem endgültigen Ziel entfernt, Terraner Rhodan. Jetzt haben wir genügend Zeit, uns kennenzulernen. Dürfen wir jetzt auf Ihren ersten Vorschlag zurückkommen?«
»Sie wollen in unser Schiff?« fragte Rhodan.
»Ja. Dort können wir uns kennenlernen. Sie werden alle Antworten auf alle Fragen bekommen. Und wir sind sehr wißbegierig, was Sie und Ihr Riesenschiff angeht.«
Rhodan sah das zustimmende Kopfnicken Atlans und erwiderte:
»Wir werden unseren Schutzschirm an einer Stelle öffnen. Sie brauchen den Diskus nur ins Schiff zu steuern – aber zuerst eine wissenschaftliche Frage. Ich schalte um.«
Er berührte kurz einen Schalter, und die Biologische Abteilung meldete sich.
»Sir?«
»Stellen Sie bitte fest, welche Atemluft, beziehungsweise welches Gasgemisch unsere zukünftigen Gäste brauchen. Fragen Sie einfach; Sie werden die Antwort bekommen.«
Innerhalb einer Minute war auch dieses Problem gelöst.

Die Baramos konnten unter den gleichen Bedingungen an Schwerkraft und Luftzusammensetzung leben. Sie würden sich also ohne Raumanzüge oder besondere Schutzmaßnahmen in der CREST bewegen können. Das war ein offensichtlicher Vorteil für beide Parteien. Unnötige Beschränkungen und technischer Aufwand fielen weg.

»MAX-1!«

»Ich höre Sie, Terraner Rhodan.«

»Wir werden jetzt eine Schleuse öffnen. Wenn Sie aussteigen, werde ich Sie und Ihre Mannschaft erwarten. Alles klar?«

»Einverstanden. Wir haben miteinander viel zu besprechen.«

»Das glaube ich auch«, erwiderte Rhodan und sah zu, wie Merlin Akran die entsprechenden Schaltungen vornahm und eine Serie von Befehlen durchgab. Alles war vorbereitet. Rhodan, Atlan und einige Offiziere verließen die Zentrale und schwangen sich in den Abwärtsschacht. Minuten später standen sie vor dem verschlossenen Schott, hinter dem Vakuum herrschte. Die Signale wiesen aus, daß der Diskus eingeschifft worden war.

Weitere Signale deuteten an, daß die äußeren Schleusentore noch offen waren. Jetzt schlossen sie sich; die Lichter wechselten. Dann pumpten die mächtigen Gebläse den Raum wieder voller Atemluft und Wärme. Ein neues Licht – Druckausgleich. Schließlich brannte nur noch ein viereckiges grünes Signal. Das Schott konnte geöffnet werden. Rhodan griff nach dem wuchtigen Schalter und drehte ihn herum. Das Stahlschott schwang auf. Im Licht der Scheinwerfer stand der Diskus.

Die Oberfläche schimmerte silbern, und es waren keine Nähte oder einzelne Bauelemente zu erkennen. Das ganze Schiff schien aus einem Guß zu bestehen oder sah zumindest danach aus. Aus dem Unterschiff, mit Drehpunkten dicht über dem tiefsten Punkt des Schiffes, waren vier Segmente herausgeklappt, die den Boden berührten. Jetzt schob sich zwischen ihnen ein stählern scheinender Zylinder hervor und berührte den Boden. Er hielt an, drehte sich und zeigte eine Öffnung, die ein hochkant gestelltes Oval darstellte.

»Ganz hübsch!« bemerkte Atlan.

Rhodan schwieg und wartete auf die Baramos. Einer kletterte jetzt schnell und gewandt aus dem kleinen Schiff. Ein zweiter folgte, und Rhodan war nicht in der Lage, Unterscheidungsmerkmale zu erkennen. Sie glichen sich wirklich wie ein Pingpongball dem anderen.

»Trotz unserer Zusicherung tragen sie Raumanzüge«, sagte einer der Offiziere leise.

Die Anzüge waren aus einem elastischen Gewebe und lagen eng an den Insektenkörpern an. Die Helme waren ungeöffnet und bestanden aus einer durchsichtigen Masse. Die Form war ungewöhnlich: in dem glasartigen Material waren Scharniere und Dichtungsleisten eingearbeitet, so daß die Helme sowohl halb geöffnet als auch abgezogen werden konnten. Der erste der Baramos ging geradewegs auf Rhodan zu, klappte den Helm auf, streckte die Hand in einem dünnen, schwarzen Handschuh aus und sagte: »Ich bin der Baramo, den Sie MAX-1 genannt hatten.«

Die Techniker hatten ganze Arbeit geleistet und diesen Raum wie vermutlich eine Reihe anderer an die Translatoren angeschlossen. Die Stimme des Insektenabkömmlings war ebenso, wie die Männer sie von dem Gespräch in der Kommandozentrale in Erinnerung hatten. Hell und zirpend. Man spürte, daß sie nicht durch einen Kehlkopf und Stimmritzen erzeugt wurde.

»Ich bin Rhodan. Das hier ist Lordadmiral Atlan, und meine Offiziere werden sich selbst vorstellen.«

Der Baramo öffnete mit einer eleganten Bewegung den Helm völlig und verbeugte sich knapp.

Dann nahm er den Helm ab und behielt ihn unter dem Arm. Rhodan begann die Fremden zu zählen und kam bis zwanzig.

»Ich danke Ihnen, Terraner Rhodan, daß Sie mich und meine neunzehn Mitarbeiter eingeladen haben. Ich hoffe, Ihre Gastfreundschaft bei Gelegenheit erwidern zu können.«

Rhodan lächelte zuvorkommend und begrüßte nacheinander MAX-2 bis MAX-20.

»Ich glaube, daß wir uns recht gut verstehen können. Darf ich Sie in einen der kleinen Konferenzsäle bringen? Dort werden weitere Personen auf uns warten – ich werde Ihnen dann berichten, aus welchen Gründen wir hier auftauchen.«

»Gern, Rhodan.«

Sie bewegten sich bis zum nächsten Antigravschacht, und Atlan blieb davor stehen.

»Erschrecken Sie nicht«, sagte er. »Dieser Lift arbeitet nach dem Prinzip der aufgehobenen beziehungsweise reduzierten Schwerkraft. Folgen Sie uns einfach. Diesmal wissen wir den genauen Weg.«

»Eine Frage zuvor«, sagte Rhodan. »Sollen wir mit unserem Schiff inzwischen starten und ein bestimmtes Ziel anfliegen?«

»Nein«, erwiderte der Baramo schnell. »Das wäre voreilig. Sie wissen noch nicht, ob sich unser Ziel auch für Sie als richtig und erwünscht herausstellen wird.«

Rhodan nickte und sagte ironisch:

»Sie haben recht. Ihr Ziel wird vielleicht nicht unser Ziel sein.«

Mit gewissem Erstaunen hatte Atlan zugehört. Die Unbefangenheit, mit der MAX-1 sprach, beeindruckte ihn. Ferner schienen sich die Baramos glühend für die hier angewendeten Techniken zu interessieren, denn sie blieben ständig stehen und betrachteten dieses oder jenes.

Und – vier der Fremden trugen schmale, runde Koffer, in denen vermutlich Dokumente oder Karten enthalten waren. Oder Bilder, die zur gegenseitigen Information dienen konnten. »Hier entlang, bitte.«

Die Gruppe wurde bereits erwartet.

Es war ein runder Raum mit einem halbkreisförmig angeordneten Auditorium. An sämtlichen Wänden sah man die verschiedenen technischen Einrichtungen; es wimmelte von Mikrophonen und Lautsprechern, von Schirmen und Abspielgeräten sämtlicher Systeme.

Mehrere Gruppen von Wissenschaftlern und Spezialisten standen bereits umher und drehten sich wie auf Kommando um, als die zwanzig Baramos mit Rhodan und den anderen Männern hereinkamen.

»Meine Herren«, sagte Rhodan laut. »Das sind unsere neuen Freunde. Wenigstens hoffen wir es alle.«

Er bot den Baramos Plätze an, und die Türen schlossen sich.

Zahllose Mikrophone sorgten dafür, daß es keinerlei Verständigungsprobleme gab.

Auch die anderen Baramos legten die Raumhelme ab und setzten sich. Sie wurden sofort umringt und mit Fragen überschüttet. Gucky spazierte mit wichtigtuerischer Miene herum und begutachtete die Insektenabkömmlinge und gab wenig geistvolle Kommentare von sich. Perry Rhodan blieb neben Atlan stehen, betrachtete die heftig diskutierenden Gruppen und grinste breit.

»Offensichtlich kommen unsere Männer gut mit den Baramos aus. Sieh dir das an!«

»Du hast recht. Aber wir müssen etwas System in die Sache bringen.«

Rhodan ging bis hinter einen Tisch, der voller Analysegeräte stand und hob eine Hand.

»Ich bitte um einen Augenblick Aufmerksamkeit, meine Herren!«

Einige Sekunden später verstummten die Gespräche.

»Bevor wir beginnen, einzelne Unterhaltungen anzufangen, sollten wir unsere Gäste mit einigen grundsätzlichen Dingen bekannt machen. Zuerst also der Grund, der uns hierher geführt hat.«

Rhodan begann zu sprechen. Die Baramos hörten konzentriert zu. Während er sprach, übergab MAX-1 den Kosmonauten des Flaggschiffes die Unterlagen aus einem der Behälter. Die Männer, die den Weg der CREST hierher kannten, stürzten sich auf die Sternkarten. Sie schienen mehr als ausgezeichnet zu sein, so daß nach einiger Zeit einer der Offiziere die Hand hob und Perry Rhodan unterbrach.

»Sir!«

»Ja?«

»Mit diesen Unterlagen haben wir, was wir lange suchten. Die Sternkarten sind hervorragend. Wenn es gelingt, sie in unsere Bezugssysteme zu übertragen, können wir in dieser Kleingalaxis ausgezeichnet navigieren. Sollen wir mit den Arbeiten anfangen?«

»Wenn es MAX-1 gestattet!« sagte Rhodan.

»Aus diesem Grund haben wir Ihnen die Karten übergeben, Rhodan«, erwiderte MAX-1.

»Einverstanden. Fangen wir an, die Erkenntnisse unserer fremdartigen Kollegen auszuwerten. Das wird unsere Anstrengungen entscheidend erleichtern.«

»Wir nehmen die Karten mit in unsere Abteilung. Eigentlich könnten uns ein paar der Gäste dabei unterstützen.«

Zwei Baramos, MAX-14 und MAX-15, verließen mit den Kosmonauten zusammen den Sitzungssaal.

Rhodan sprach weiter.

». . . und aus diesem Grund sind wir sehr froh, daß wir den Kontakt mit Ihnen aufgenommen haben. Ich hoffe, daß wir alle Probleme gemeinsam lösen können und werden.«

MAX-1 verbeugte sich wieder und zirpte:

»Davon sind wir überzeugt. Wir sind sehr darüber erstaunt, mit welcher Selbstverständlichkeit wir hier aufgenommen worden sind. In einer Zeit, in der wir unfaßbarem Druck ausgesetzt sind, erstaunt es uns doppelt. Wir hoffen, gute Partner gefunden zu haben. Sie müssen wissen, daß wir von Natur aus sehr sensibel und ziemlich leicht einzuschüchtern sind, aber hier fällt es uns leicht, gelöst zu sein.«

Atlan drehte sich zu den Baramos um.

»Darf ich Sie zwei Dinge fragen, MAX-1?« erkundigte er sich höflich.

»Selbstverständlich. Sicherlich wollen Sie wissen, aus welchen Gründen wir den Kontakt mit Ihnen gesucht haben?«

»In der Tat ging es mir hauptsächlich darum«, sagte Atlan bestätigend und steckte die Hände in die Hosentaschen.

»Das ist eine lange und etwas komplizierte Geschichte«, begann MAX-1. »Unser Volk ist sozusagen in zwei Gruppen gespalten. In die konservativen Mitglieder und in die Revolutionäre. Wir, die Insassen dieses kleinen Schiffes, vertreten die Revolutionäre. Wir sind zwar keine geborenen Kämpfer, aber die härteste und am meisten entschlossene Gruppe der Revolutionäre.«

Rhodan mußte wider Willen lächeln.

Revolutionäre . . . diese grazilen und zurückhaltenden Individuen? Es klang mehr als erstaunlich, aber dann sagte er sich, daß er hier alles andere als terranische Maßstäbe ansetzen durfte. Vielleicht waren sie es wirklich!

»Sie sind also die revolutionäre Gruppe. Wogegen revoltieren Sie?« fragte Rhodan. Die übrigen Versammelten lauschten atemlos.

»Wir revoltieren gegen die dauernde Versklavung durch die Vernichter.«

»Durch wen, bitte?« fragte Atlan laut.

»Durch die Vernichter. Sie halten uns seit undenkbar langer Zeit in Sklaverei. Sie können das Risiko nicht eingehen, uns auszurotten, denn sie brauchen uns, um leben zu können. Trotzdem – das Bewußtsein einer dauernden Sklaverei zählt nicht zu den Dingen, die ein tapferer Baramo lange Zeit aushalten kann. Die Konservativen sagen, es sei besser weiter zu warten und so zu leben wie wir es tun. Wir dagegen wollen kämpfen. Wir wollen die Freiheit!«

Atlan nickte. »Wer will das nicht«, sagte er. »Und wie teuer wird überall für diesen Wunsch gezahlt!«

Rhodan räusperte sich.

»Ich glaube, wir sollten uns hinsetzen und schweigend hören, was uns die Baramos zu erzählen haben. Sie wissen, in groben Umrissen natürlich, fast alles von uns, aber jetzt sind Sie dran, MAX-1.«

MAX-1 drehte sich um und deutete mit den knochigen Fingern auf einen anderen Baramo.

Der stand auf.

»Dies ist MAX-7«, erklärte MAX-1. »Er wird Ihnen alles berichten, was Sie wissen wollen und wissen müssen.«

»Ich werde vergröbernd wirken, aber es ist unmöglich, Ihnen die traurige Geschichte unseres Volkes in einigen Sätzen zu erzählen«, sagte MAX-7 deutlich. Die Terraner spürten den Ernst dieser Worte.

Der Baramo begann.

Schon nach den ersten Sätzen wußten die meisten der Versammelten, daß die bisherige Ereignislosigkeit vorbei war. Es gab plötzlich einen deutlichen Grund, der für das Warten und die Zweifel entschädigte. Es war klar: Dieses Volk suchte verzweifelt einen Freund, der in der Lage war, ihm zu helfen. Der stark genug und schnell genug war, um diesen Kampf nicht sinnlos erscheinen zu lassen, noch bevor er begonnen hatte. Sie waren verzweifelt, die zwanzig Revolutionäre der Baramos. Es war eine lange Geschichte, und von Satz zu Satz begannen die Terraner zu ahnen, daß sie buchstäblich die Retter der letzten Sekunden waren.

Rhodan lehnte sich zurück, verschränkte die Arme und hörte zu. Sein vorzüglicher Verstand, gewohnt, mit unheimlicher Schnelligkeit zu arbeiten, knüpfte schon während des Berichts die Verbindungen und sondierte die Wahrscheinlichkeiten aus.

Die zirpende, singende Stimme von MAX-7 erfüllte den Raum.

3.

»Unser Volk ist uralt«, sagte der Insektenabkömmling und wiegte nachdenklich seinen Schädel. »Vor etwa fünfzigtausend Jahren – wenn ich mir Ihre Zeitrechnung zu eigen mache – beherrschten wir schon die überlichtschnelle Raumfahrt. Wir wandten sie auch an und durchquerten mit unseren Schiffen zunächst diese kleine Galaxis, die Sie Kleine Magellansche Wolke nennen.

Wir hatten auch einzelne Stützpunkte in der benachbarten Kleingalaxis; einige kolonisierte Planeten, Nachschublager und kleine, verborgene Häfen. Die große Sterneninsel, aus der Sie kommen, war für uns immer tabu; wir waren nicht so zahlreich, als daß wir sie hätten kolonisieren können. Wir blieben also hier, weit oberhalb des riesigen Feuerrades aus Sternen. Wir waren vorsichtig und zurückhaltend.

Bis zu jenem schrecklichen Augenblick.

Damals kamen die Fremden, die Vernichter, die Unheilvollen. Es sind diejenigen Wesen, von denen auch Ihr Schiff vernichtet wurde, mit dem wir von uns aus Kontakt aufgenommen hatten. Die Fremden unterjochen uns. Das geschah etwa vor fünfzig Jahrtausenden.«

»Er meint die Pseudo-Gurrads«, sagte Atlan kurz. Rhodan unterbrach die Erzählung des Baramos.

»Diese Fremden, die von uns die Bezeichnung Pseudo-Gurrads bekommen haben, können sich verwandeln. Haben Sie jemals in der langen Geschichte der Sklaverei diesen Umstand bemerkt?«

Der Baramo richtete sich steil auf und schien zu erschrecken.

»Nein!« sagte er. Seine Stimme war sehr leise. In den nächsten Sekunden schwirrten die Laute einer aufgeregten Unterhaltung der Insektenabkömmlinge untereinander durch den Raum. Sie schienen von diesem Umstand, der ihnen so lange Zeit verborgen geblieben war, verblüfft zu sein.

»Sie sind verwandlungsfähig, wirklich?« fragte MAX-1.

»Ja. Wir haben gewisse Erfahrungen gemacht. Wir können später dieses Teilgebiet genauer untersuchen und klären, aber ich bitte Sie, sich zu beruhigen. Berichten Sie bitte weiter.«

Nur langsam beruhigten sich die achtzehn Baramos. Dann fuhr MAX-7 weiter fort.

»Sie erleben natürlich einen Widerspruch in sich. Ein versklavtes Volk darf weiterhin relativ ungehindert mit seinen Schiffen durch den Raum fliegen.«

Rhodan nickte.

»Das ist ein deutlicher Widerspruch. Ich weiß, daß wir ihn aufdecken werden.«

»Es ist nicht besonders schwer. Hören Sie weiter – die Beherrscher dieser kleinen Milchstraße müssen uns die Raumfahrt einfach gestatten. Würden wir nicht den Raum erforschen, Planeten besuchen und bestimmte einschlägige Forschungen betreiben können, dann würde unser Volk dem Stumpfsinn verfallen und völlig degenerieren. Das aber können die Vernichter nicht riskieren.«

»Warum, MAX-7?« fragte Atlan.

»Wir sind vor rund vierzig Jahrtausenden von unserer Heimatwelt vertrieben worden. Diese Maßnahme rottete beinahe unser Volk aus, weil sich die Ältesten von der Heimat nicht trennen wollten. Unsere Heimatwelt hat den ehrwürdigen Namen Baykalob.«

»Baykalob?« buchstabierte einer der Techniker.

»Richtig. Dieser Planet ist und bleibt für unsere Fortpflanzung unerläßlich. Unsere Eier werden auf keiner anderen Welt dieser Galaxis ausgebrütet, nur auf Baykalob. Nur dort gibt es an den Ufern der großen und heißen Ozeane jenen Quarzsand, der, zusammen mit den übrigen Umweltbedingungen dieser Welt, als Befruchtungskatalysator für die Eier wichtig ist. Gäbe es Baykalob nicht, würden wir innerhalb kurzer Zeit ausgestorben sein.«

Rhodan erkannte das biologische System, das hinter der Erzählung verborgen war.

Die Baramos waren Insekten, die ihre Eier in den Sand ablegten. Dort wurden sie befruchtet, beziehungsweise war dieser Quarzsand die Garantie dafür, daß die befruchteten Eier Leben erzeugten. Den Sand gab es nur auf diesem einzigen Planeten, der die ursprüngliche Heimat der Baramos war. Dorthin flogen sie, um die Eier abzulegen, dort wurden die Jungen geboren. Vielleicht machten die Baramos ebenfalls eine Metamorphose durch, ehe sie zu den Individuen wurden, die hier Rhodan und seinen Begleitern gegenübersaßen.

Durch die dünnen, hochelastischen Raumanzüge sah man jetzt, daß am Rücken, zwischen den beiden streng geteilten Körperhälften, die Reste von verkümmerten Flügelansätzen waren. Es handelte sich nur noch um Stümpfe, die vor undenkbar langen Zeiten vermutlich libellenähnliche Flügel gewesen sein konnten.

»Eine Frage«, sagte Rhodan. »Beleidige ich Sie, wenn ich mich nach der Art Ihrer Fortpflanzung erkundige?«

»Nein, durchaus nicht. Wir sind eingeschlechtlich und legen Eier ab. Bis zu fünfhundert Stück, die innerhalb des Körpers einundzwanzig Monate nach Ihrer Rechnung reifen müssen. Im Grunde sind wir außerordentlich fruchtbar. Das Merkwürdige ist, daß wir einen Befruchtungskatalysator brauchen, ohne den die Eier nicht lebenserzeugend bleiben, sondern absterben. Es ist klar, daß dieser Katalysator nur auf Baykalob vorkommt.

Gerade das ist unsere Tragödie!

Wir sind duldsam und in gewissem Maß auch fatalistisch, und jetzt wundert es keinen der Revolutionäre mehr, wie schnell unsere Ahnen damals die Sklaven der Furchtbaren werden konnten. Wir sind leichte Opfer für eine Machtgruppe, die sich nicht scheut, andere Wesen zu versklaven.«

»Diesen Eindruck haben wir inzwischen auch bekommen«, sagte Atlan. »Berichten Sie bitte weiter.«

»Dieses Umherfliegen in unserer Galaxis ist unsere Hauptaufgabe, unser eigentlicher Lebenszweck, denn wir sind von Natur aus mit einem bemerkenswerten Forschungsdrang ausgerüstet.«

Rhodan nickte.

»Haben Sie eigentlich niemals versucht, die Bedingungen, die Ihre Eier zum Ausreifen brauchen, künstlich nachzuahmen? In Laboratoriumsversuchen oder auf anderen Welten mit Sonnen des gleichen Typs?« fragte einer aus dem biologischen Team der CREST.

»Doch, natürlich. Wir haben jahrtausendelang ausgedehnteste Experimente durchgeführt. Tausende von Wissenschaftlern waren an der Arbeit. Inzwischen haben wir es fast aufgegeben. Wir haben keine Resultate erzielt, die uns hoffen ließen.

Es ist bisher nicht gelungen, die Eier künstlich auszubrüten. Trotzdem sind wir von den Mächtigen vertrieben worden. Wir erhielten jedoch die Genehmigung, uns auf allen Welten, die uns gefielen, anzusiedeln.«

Atlan meinte sarkastisch:

»Das ist außergewöhnlich nett von den Neuankömmlingen, dies den eigentlichen Besitzern dieser Welten zu gestatten.«

»Etwas eigentümlich«, murmelte Rhodan, ging aber nicht weiter auf diese Unklarheit ein.

»Wenn ein Baramo fühlt, daß die Reifezeit seiner Eier herbeigekommen ist, fliegt er mit einem Raumschiff nach Baykalob. Dies geschieht immer und unter allen Umständen. Nur in diesem Fall darf ein Schiff von uns auf Baykalob landen.

Dort legt der Baramo seine Eier in den heißen Sand, begeht das uralte Ritual und startet wieder. Längerer Aufenthalt ist verboten. Dieses Ritual ist seit undenklichen Zeiten unverändert – neu ist nur, relativ gesehen, die Bewachung des Planeten und die Tatsache, daß nur die Eiablage dazu berechtigt, die ehemalige Heimat zu betreten, obwohl sie noch immer die Herkunftswelt aller Baramos ist.

Aber . . . es gibt dagegen eine Ausnahme.

Wir, die Revolutionäre. Wir nennen uns in traditioneller Anhänglichkeit an diesen Planeten die Baykalobos! Wir kämpfen seit Jahrtausenden gegen die furchtbaren Herrscher der Kleinen Magellanschen Wolke. Wir ziehen den passiven Widerstand vor, wir kämpfen nicht aktiv. Wir legen unsere Eier nicht auf Baykalob ab, sondern auf anderen Welten, wo wir in Verstecken trotz aller negativen Erfahrungen versuchen, sie künstlich auszubrüten. Aus diesem Grund werden wir von den Vernichtern verfolgt. Wenn sie uns ertappen, kann es geschehen, daß wir getötet werden . . . das geschieht sogar ziemlich häufig. Der letzte schwere Fall dieser Art ereignete sich vor ganz kurzer Zeit; wir hörten es durch Funk.«

»Was passierte?« fragte Rhodan.

»Das größte Raumschiff, über das wir Revolutionäre verfügen, wurde bei dem Versuch abgeschossen, auf dem Planeten zu landen, der von euch Ukiah genannt wird. Unser größtes Schiff! Sie schossen es mit einem riesigen Raumschiff ab, als es die beiden gelandeten Terraner retten wollte. Wir haben beobachtet, daß diese beiden Männer in einem winzigen Boot gelandet waren.«

Rhodan und Atlan blickten sich an.

»Jetzt wird mir einiges klar«, sagte der Arkonide. »Ich verstehe plötzlich einiges besser.«

Der Baramo redete weiter.

Es war für ihn sicher nicht weniger bitter, die Geschichte seines versklavten Volkes zu berichten, als für die anwesenden Terraner, sie zu hören. Das, was die Insektenabkömmlinge von den Machthabern berichteten, die mit den Pseudo-Gurrads identisch waren, von den Furchtbaren, den Zerstörern, den Vernichtern ... das war eine traurige Geschichte.

»Aus welchem Grund verhalten sich die Mächtigen so merkwürdig?« fragte Perry Rhodan.

»Das ist schnell erklärt, denn sie brauchen unsere abgelegten Eier zu ihrem Lebensunterhalt.«

»Was?« staunte der Arkonide.

»Das klingt mehr als unglaubwürdig«, sagte Rhodan. »Entschuldigen Sie, aber ich kann es nicht so schnell glauben. Die Mächtigen lassen euch nur deswegen auf Baykalob landen, um eurer Eier habhaft zu werden?«

»Genauso ist es«, bestätigte MAX-1 laut. »Sie haben sich nicht verhört, Rhodan.«

»Ich brauche weitere Daten«, hörte sich Rhodan in die Stille hinein sagen.

»Bitte. Unsere Wissenschaftler haben in ihren geheim vorangetriebenen Forschungen schon lange entdeckt, daß die unbekannten Vernichter die Eier nicht als Nahrungsmittel brauchen, sondern vermutlich zur Stabilisierung ihrer Gesundheit. Vielleicht sogar zur Erhaltung ihres Daseins. Auf alle Fälle stellen bestimmte Grundstoffe oder endokrine Ausschüttungen des abgelegten Eies eine Art Lebenselixier für sie dar. Nur aus diesem Grund dürfen wir landen.«

MAX-7 erläuterte weiter.

»Es steht genau fest, daß die Baramo-Eier sehr ungewöhnliche und in der Natur sonst nicht vorkommende Hormone und eine Anzahl sonst unbekannter biochemischer Wirkstoffe besitzen. Es ist unseren Wissenschaftlern leider unbekannt, welche Wirkstoffe von den Fremden benötigt werden. Wir wissen es nicht.«

Rhodan stützte sich schwer auf die Lehnen seines Sessels und stand dann auf. Er ging nachdenklich und mit langen Schritten durch den Raum und blieb vor einem kleinen Schirm stehen, den Merlin Akran angeschaltet hatte. Der Schirm zeigte die Sterne der kleinen Galaxis. Rhodan drehte sich um und lehnte sich gegen die Verkleidung eines schweren Dechiffrierpultes, das an die Bordpositronik angeschlossen war. Die Kontrollichter waren blind, die Maschine war abgeschaltet.

»Ja«, sagte der Terraner leise. »Ich verstehe jetzt auch einige Zusammenhänge. Alles ist klarer geworden.«

»Sie verstehen unsere Lage, Rhodan?« fragte MAX-1. »Wir werden von diesen Bestien geduldet, weil man unsere Eier benötigt. Man läßt uns viele Freiheiten, das ist richtig. Für uns war dieses Warten und der Flug mit Ihnen hierher auch kein Risiko. Nur für Sie. Nur ab und zu werden wir hart gestraft, weil wir die Anwesenheit, die drohende Allgegenwärtigkeit nicht vergessen sollen. Das ist unsere Situation.

Aus diesen Gründen werden Sie es auch sicher verstehen, warum wir uns Rebellen und Revolutionäre nennen – und es auch sind. Wir gehören zu den Baykalobos, die ständig in Lebensgefahr schweben. Das hat uns hart gemacht und kämpferisch.«

»Ich stimme Ihnen zu«, sagte Rhodan. »Wir wissen jetzt also, was hier gespielt wird. Aber noch immer sind die beiden Fragen nicht beantwortet. Erstens: Aus welchem Grund suchten Sie unseren Kontakt?«

Schnell erwiderte MAX-1:

»Um Sie zu bitten, uns in unserem Kampf zu unterstützen. Gleich, welcher Art diese Unterstützung sein kann. Wir bitten Sie hiermit offiziell und feierlich. Als Gegengewicht haben wir Ihnen bereits einen kompletten Katalog aller unserer Sonnen und erforschten Planeten übergeben. Sollten wir zusammen Sieger bleiben, können wir über weitere Dinge verhandeln. Wir können auch wissenschaftliche Erkenntnisse austauschen. Das aber hat Zeit bis später.«

»Da gebe ich Ihnen recht. Zweitens: Wo liegt das Ziel unseres Fluges? Oder genauer: Wohin wollen Sie, daß wir jetzt fliegen?«

»Zum Residenzort des ›Erhaltungsrates‹«, erwiderte MAX-1. »Dort können Sie auch einen offiziellen Vertrag unterzeichnen. Wir haben die Vollmacht, Sie dort hinzuführen.«

»Sie sprachen vorhin von mehr als viertausend Lichtjahren?«

»Ja. Viertausenddreihundertelf Lichtjahre«, erwiderte der Baramo oder Baykalobo. »Wollen Sie dieses Risiko eingehen?«

»Ich bin nicht abgeneigt«, sagte Rhodan. »Zumal mich die Bereicherung des Wissens interessiert, das Sie mir bisher übermittelt haben. Ich bitte Sie um folgendes: Die jeweiligen Fachleute helfen meinen Leuten bei der Übertragung der mitgebrachten wissenschaftlichen Unterlagen. Der Kommandant des Schiffes und sein Astrogator folgen mir bitte in die Kommandozentrale. Dort werden wir ausprobieren können, wie gut die Verständigung klappt. Sind Sie damit einverstanden, MAX-1?«

MAX-1, der Kommandant des Diskusschiffes, verbeugte sich abermals höflich und etwas devot.

»Ich hätte mir nichts Besseres wünschen können«, bestätigte er.

MAX-1 und MAX-5 folgten Rhodan und Atlan hinauf in die Kommandozentrale. Sekunden später hatten sie in schöner Zusammenarbeit mit der astrogatorischen Abteilung die Zielpunkte ermittelt und die Koordinaten des endgültigen Zieles.

»Start!« sagte Rhodan und schlug Akran leicht auf die Schulter.

Neben ihm stand der grazile Baramo im Raumanzug und starrte die Panoramaschirme an. Die Baramos waren gescheite Techniker, aber dieses Riesenschiff schien ihnen trotzdem zu imponieren. Und dabei ahnten sie noch nicht einmal, in welche tödliche Waffe sich dieser Schiffsgigant verwandeln konnte.

Der erste, schnelle Flug hatte eine Distanz von 500 Lichtjahren überwunden.

Also mußte die CREST noch einen Linearraumflug von 3811 Lichtjahren hinter sich bringen.

Das Schiff beschleunigte, wurde schneller und ging, als es sieben Zehntel der Lichtgeschwindigkeit erreicht hatte, in den Linearraum. Rhodan wandte sich an die beiden Baramos.

»Berichten Sie meinem Kommandanten und mir etwas über das Ziel. Ist ein Planet der Endpunkt unserer Fahrt, ein Mond oder eine Verbindung von Koordinaten im leeren Raum?«

Der Baramo schüttelte den Kopf und antwortete:

»Nein. Dort, in dreitausendachthundertelf Lichtjahren Entfernung, gibt es eine kleine gelbe Sonne mit vier Planeten. Der zweite Planet, von der Sonne aus gerechnet, besitzt drei Monde. Auf dem Mond Nummer Eins, einem zerklüfteten Körper ohne jede Atmosphäre, gibt es einen zentralen Stützpunkt der Revolutionäre. Eine Welt der Baykalobos. Das wird unser Ziel sein.«

»Wie alt ist dieser Stützpunkt?« fragte Atlan.

»Er ist bereits vor einigen Jahrtausenden ausgebaut worden. Es ist in der Tat eine der wichtigsten und ältesten Stationen der Revolutionäre.«

»Nennen wir ihn der Einfachheit halber BAY-1«, schlug Merlin Akran vor.

»Gut, einverstanden«, erwiderte Rhodan.

Atlan machte eine einschränkende Geste und sah Rhodan durchdringend in die Augen.

»Ich nehme sicher nicht zu Unrecht an, daß du, verehrter Freund, dich in dieses Abenteuer stürzen wirst, wie ein Springer sich ins Wasser stürzt, wenn es warm ist. In diesem Fall wird mir die ehrenvolle Aufgabe bleiben, dieses Schiff zu befehlen. Und genau hier hake ich ein – was denkst du dir bei allem?«

Der Baykalobo sah unschlüssig von einem zum anderen.

»Zuerst denke ich mir, daß ich kein Risiko eingehen will«, erwiderte Rhodan. »Ich werde nur eine beschränkte Anzahl von Männern mitnehmen, dazu deinen Getreuen Kasom. Eine entsprechende Bewaffnung, denn wir rechnen unter Umständen mit der Gegenwart von Pseudo-Gurrads auf diesem Mond.«

»Das ist ausgeschlossen!« sagte MAX-1 und erntete von Atlan einen fast mitleidigen Blick.

»Wenn Sie erlebt hätten, was ich erlebt habe, MAX-1, dann würden Sie das Wort ›ausgeschlossen‹ nicht verwendet haben. Niemand rechnet mit dem Unerwarteten, aber jeder von uns ist erfahren genug, um mit der Möglichkeit einer bösen Überraschung zu rechnen. Aus genau diesem Grund leben wir alle noch.«

»Trotzdem – ich bin bereit, mich für die Unberührtheit dieses Geheimstützpunktes zu verbürgen.«

»Warten wir ab«, schränkte der Arkonide ein. »Jedenfalls werde ich, sobald du von Bord bist, meine eigenen Maßnahmen treffen. Einverstanden?«

Rhodan lächelte schief.

»Ich beuge mich deiner Erfahrung, lieber Freund.«

»Das ist einer deiner klügsten Entschlüsse der letzten Zeit«, erwiderte Atlan spöttisch.

Der Linearflug ging weiter.

»Ich werde zusammen mit den zwanzig Baramos diesen Mond besuchen«, sagte Rhodan. »Dazu brauche ich eine Korvette mit einer Stammannschaft – sowie ein Team von zusätzlichen fünfzig Mann. Die

Hauptakteure dieses Teams werden der Paladin unter Harl Dephin sein, Melbar Kasom, Gucky und Tako Kakuta. Dazu kommt Bangk Thorens als Waffenspezialist. Wir alle wissen, wie schwer den Pseudo-Gurrads mit herkömmlichen Waffen beizukommen ist. Ich brauche diese Korvette samt Mannschaft in startklarem Zustand . . . wann, Merlin?«

Ohne sich umzudrehen, sagte der Kommandant:

»In genau acht Minuten, Sir!«

»Aus welchem Grund sind Sie derart vorsichtig, Rhodan?« fragte MAX-1 und breitete seine knotigen Arme mit den beiden Gelenken aus. Irgendwie sah es grotesk aus, aber nicht so, daß es lächerlich wirkte.

»Ich glaube nicht, daß dieser Stützpunkt so geheim ist, wie Sie es behaupten. Ich glaube, daß die Mächtigen wesentlich gerissener sind, als wir glauben. Und mehr Vorsicht hat noch niemandem geschadet. Ich werde jetzt Ihre Männer hinunter zur Korvette bringen lassen. Das Diskusschiff ist sicher aufgehoben, und wir ersparen uns ein Ausschleusmanöver. Wenn wir angegriffen werden sollten, kann uns diese Zeitersparnis viele Leben retten helfen.«

Der Insektenabkömmling bog den Kopf nach unten und sah seine schlanken Raumanzugstiefel an. »Sie haben recht, Terraner Rhodan.«

Die acht Minuten vergingen, und dann fegte die CREST V lichtschnell aus dem Linearraum hinaus. Die Triebwerke brüllten auf und bremsten die gewaltige Masse des Schiffes ab. Dreihundert Kilometer rechts von ihnen war der Mond, fast 700 000 Kilometer von dem nächtlichen Schatten des Planeten entfernt.

»Das Ziel, Sir!« rief Merlin Akran.

Vor dem bremsenden Schiff tauchte ein runder, zerrissener Steinbrocken auf, der sich unmerklich drehte. Eine schmale, sichelförmige Zone war im Sonnenlicht, der Rest des Steinkörpers lag im Schatten.

Perry Rhodan und alle Baramos brachen zur startbereiten Korvette KC-1 auf.

Als Rhodan die Kommandozentrale verlassen hatte und sich das Schiff mit schwacher Fahrt dem Mond Eins näherte, setzte sich Lordadmiral Atlan auf das Pult neben Akran und rieb sich die Hände.

»Jetzt werden wir diesen tollkühnen Terranern einmal zeigen, was ein alter arkonidischer Admiral unter Vorsicht und risikolosem Einsatz versteht, nicht wahr, Oberst Akran?«

Akran nickte, und in seine Augen kam ein verdächtiges Leuchten.

»Hier, die Signale«, sagte er. »Der Herr Großadministrator verlassen das Schiff.«

»Ausgezeichnet«, entgegnete Atlan. »Schalten Sie die Knöpfe für Korvettenalarm ein!«

»Alle neunundvierzig Korvetten, Sir?«

Atlan nickte grimmig, dann holte er das Mikrophon zu sich heran.

»Alle!« bestätigte er.

Er blickte hinauf auf den Schirm und sah, wie die Korvette langsam auf den Mond zuflog. Die Baramos an Bord würden mit ihren ultrakurzen Signalen dafür sorgen, daß die Korvette nicht als feindliches, sondern als Schiff der neuen Verbündeten betrachtet würde.

4.

Rhodan hatte sich nicht entschließen können, mit der wertvollen CREST V den Mond anzufliegen und dort zu landen. Er zog es vor, mit einer zahlenmäßig begrenzten Menge von Spezialisten, die sich notfalls auch verteidigen konnten, in einer Korvette zu fliegen. Er stand in der Zentrale des Beibootes, hatte einen leichten Kampfanzug an und zwei schwere Waffen umgeschnallt. Hinter Rhodan standen Melbar Kasom, Atlans wuchtiger USO-Spezialist, und Gucky, dem die Last der Waffe beinahe die Wirbelsäule ausrenkte.

Hundert Meter vor ihnen flog das Baramo-Schiff.

Rhodan schüttelte den Kopf.

Noch kurz vor Betreten der Korvette hatte ihn MAX-1 gebeten, seine Entscheidung rückgängig zu machen. Er hatte den Baramo zu der Jet-Schleuse geschickt, und von dort aus war der kleine Diskus gestartet.

»Übervorsichtig«, brummte er.

Der Baramo neben ihm rührte sich nicht. Er war der einzige, der jetzt in der Korvette mitflog.

»MAX-1 wird dafür sorgen, daß wir richtig eingeschleust werden. Er bereitet den Erhaltungsrat schon auf die Gäste und auf deren Aussehen vor«, erklärte er unbewegt.

»Gut.«

Rhodan dachte nach.

In der langen Zeit, in der diese Station schon bestand, konnte es geschehen sein, daß die Revolutionäre mehr als einmal unvorsichtig gewesen waren. Das konnte den Pseudo-Gurrads den Standort dieses Verstecks gezeigt haben. Mit ihrer Fähigkeit, sich die Körperformen anderer Wesen anzueignen, konnten sie dann einzelne oder mehrere Baramos übernommen haben.

Dann aber hätten sie es gemerkt und zugeschlagen.

Nein!

Sie würden sich hier ebenso versteckt halten und abwarten. Sollten sich die Baramos verbünden, saßen sie direkt an der Quelle der Informationen. Rhodan wußte, daß diese seine Theorie stimmen konnte, aber nicht stimmen mußte. Es gab, nach Dantons Erfahrungen, nur eine einzige Möglichkeit, die Anwesenheit von Pseudo-Gurrads festzustellen.

»Man muß sie wiegen!« murmelte Rhodan, dann lachte er verzweifelt auf. »Sie wiegen zwei Tonnen, weil sie bei der Übernahme anderer Wesen ihr Eigengewicht mitbringen müssen – warum auch immer.«

Wie konnte man es anstellen, hier mit einer transportablen Zwei-Tonnen-Waage herumzulaufen und die Baramos zu testen . . . unmöglich.

Vielleicht aber ließen die Vernichter jene Rebellen gewähren, weil man die Baykalobos für harmlos und leicht vertrottelt hielt. Was immer hier vorging, das Erscheinen der Terraner würde als Katalysator wirken.

»Kakuta?«

»Ja?«

»Atlan würde, wenn er mich jetzt hören könnte, seine helle Freude haben. Zur Grundausrüstung einer jeden Korvette gehört ein kleiner transportabler Transmitter.

Das entsprechende Gegengerät befindet sich im Flaggschiff. Kennen Sie den Standort hier an Bord?«

»Ja. Ich schaffe den Transmitter mit einem Satz wohin auch immer Sie fliegen wollen.«

»Gut. Das wäre im Ernstfall unsere letzte Hoffnung.«

»Hier. Wir sind da. Der Mond öffnet sich!«

Rhodan sah, wie sich inmitten der zerklüfteten Landschaft aus Felsen ein kreisrundes, genau eingesetztes Stück öffnete, sich zur Seite drehte und einen zylindrischen Schacht freigab. Das Diskusschiff fegte hinein und verschwand hinter dem Rand. Licht erfüllte schlagartig den Hohlraum, und die Terraner sahen die Verstrebungen, die Träger und die riesige stählerne Landeplattform. Winzige Gestalten unter Glaskuppeln und in Schutzanzügen bewegten sich.

»Genügend Abstand«, sagte der Baramo. »Fliegen Sie ein.«

Die Korvette verringerte ihre Fahrt, korrigierte dann den Anflugwinkel und schwebte zwischen den haarfein ausgearbeiteten Flächen in den Mond hinein. Hinter ihr schloß sich die dünne Felsplatte, die mit Stahl gefaßt war, wieder. Riesige Luftschächte trieben Atemluft in den Hohlraum hinein, und die Terraner warteten, bis der Druckausgleich erfolgt war.

»Wir werden langsam bis ins Zentrum des Mondes gehen«, versprach der Baramo. »Auf halbem Wege befinden sich die Wohnräume. Dort werden wir auch den Erhaltungsrat treffen; er weiß inzwischen, wer kommt.

Der größte Teil dieses Mondes ist ausgehöhlt. Riesige technische Anlagen, teilweise zur Energieerzeugung, teilweise zur Versorgung, sind vorhanden.

Aber die Hauptsache sind unsere großen, mit voller Kraft arbeitenden Forschungslabors. Wir haben aber trotzdem noch immer keinen Weg gefunden, unsere Eier außerhalb von Baykalob auszubrüten.«

»Das ist traurig«, erwiderte Rhodan, »aber darüber können wir uns später unterhalten.«

»Sicher. Ich werde Sie führen, Terraner Rhodan.«

Rhodan wandte sich an den Kommandanten.

»Wie viele Männer gehören zur Besatzung der Korvette?«

Der Kommandant sagte schnell:

»Da es sich um einen kurzen, unproblematischen Einsatz handelt, habe ich nur insgesamt fünfzehn Männer mitgenommen. Zusammen sind es also sechzehn.«

Diese sechzehn Mann blieben an Bord, und die einundfünfzig Terraner mit Rhodan – er zählte den Paladin nur einfach, was vermutlich den wütenden Protest der Siganesen hervorgerufen haben würde – verließen mit den neunzehn Baramos die Korvette.

Ein riesiger Hangar nahm sie auf, dann durchschritten sie ein System von Sicherheitsschotten, anschließend einen breiten, lichterfüllten Korridor und einen kleinen Saal.

Dort stieß MAX-1 zu ihnen.

Rhodan hätte ihn nicht unter den anderen Baramos herausfinden können, aber der Kommandant des Diskusschiffes stellte sich vor.

»Kommen Sie bitte, Rhodan«, sagte er. »Der Rat wartet schon auf uns.«

Rhodan aktivierte den Minikom und sagte:

»Atlan!«
»Ich höre.«
»Wir haben soeben die Korvette verlassen. Bis jetzt ist alles klar.«
»Gut. Hier ebenfalls.«

Drei Dinge waren es, die Atlan mit großer Geschwindigkeit und der für ihn charakteristischen Entschlossenheit unternahm.

Er schleuste die restlichen neunundvierzig Korvetten aus. Sie waren voll bemannt und hatten den Auftrag, mit sämtlichen Erfassungssystemen den Weltraum rings um den Mond abzusuchen und zu sichern. Bei der geringsten Meldung würde er dann eingreifen können.

Dann zog er sich mit der CREST V so nahe an die Sonne zurück, wie es die Schirme aushielten. Im Ortungsschutz des Sterns war die CREST so sicher, wie es unter den gebotenen Umständen möglich war.

Schließlich schwor er sich, ständig mit Rhodan über Minikom zu verkehren. Allerdings mußten sowohl die ankommenden wie auch die gesendeten Impulse verstärkt werden, um überhaupt empfangen werden zu können. Wie eine Perlenschnur umgaben die Korvetten den Mond.

Die Ortungsstationen waren dreifach besetzt. In den neunundvierzig Schiffen herrschte absolute Wachsamkeit. Ebenso im Flaggschiff . . .

In lockeren Gruppen, die kleinen, tragbaren Translatoren zwischen sich, gingen die einundfünfzig Terraner weiter und weiter in den Mond hinein. Neben Rhodan ging mit schnellen, trippelnden Schritten MAX-1 und erklärte unaufhörlich.

Die Baramos, denen sie begegneten, grüßten freudig, betrachteten sowohl Kasom als auch die riesige Gestalt Paladins und gingen vorbei. Weitere Korridore, Laufbänder, Treppen und Lifts . . . dann kamen die Terraner in eine kleine Rundhalle.

Ein wabenförmig gestaltetes Band lief in halber Höhe rund um die Wände, und der Boden war mit einem schaumstoffähnlichen, gelben Material ausgelegt. Das Licht in diesem Raum war von einer tiefen Gelbtönung und stach nicht in die Augen.

»Dort kommen die vierzehn alten Baramos. Sie bilden den Erhaltungsrat. Sie sind unfruchtbar und können sich daher den Problemen der Politik mit mehr Konzentration widmen«, erklärte MAX-1 und deutete nach links.

Dort öffnete sich eine wabenförmige Tür in der Wand.

Nacheinander kamen vierzehn Baramos in den Saal. Sie trugen statt der Raumanzüge oder den overallähnlichen Kleidern der anderen, hier arbeitenden Individuen, eine Art Toga aus Metallgewebe, die aber wesentlich kürzer war und in der Körpermitte durch einen blau schimmernden breiten Gürtel gehalten wurde. Die Arme und Beine schienen noch dünner und zerbrechlicher zu sein als die der Raumfahrenden.

Rhodan stellte den Translator vor sich auf den Boden.

»Wir begrüßen euch, Terraner. Wir sind bereits auf euch vorbereitet worden, und unsere Freude ist grenzenlos. Endlich haben wir Verbündete, wenn es auch nur die Rebellen sind, die sich euch anvertrauen und um eure Hilfe nachsuchen.«

Etwas feierlich, dachte Rhodan, aber recht angenehm.

»Ich danke für den herzlichen Empfang«, sagte er und bemerkte, wie sich entlang der Wände andere Baramos aufstellten.

»Werdet ihr uns helfen?« fragte einer der Räte.

»Wenn es in unserer Macht steht«, entgegnete Rhodan diplomatisch, »dann gern und mit allen Kräften. Was ist vordringlich?«

»Seht!« Einer der Baramos kam näher und breitete die Arme aus, als wolle er die Verzweiflung seines Volkes mit einer einzigen Geste demonstrieren. »Seit dem Bestehen unserer Untergrundbewegung ist es noch keinem einzigen Forschungskommando gelungen, in Ruhe und ohne Störung auf Baykalob zu arbeiten und zu erforschen, warum nur die Verhältnisse dort die Eier reifen lassen. Vielleicht solltet ihr uns helfen, indem ihr eine große Menge von diesem Sand holt und unbemerkt hierher schafft.«

Rhodan sah, daß Kasom sich langsam an ihn heranschob.

»Das könnten wir tun, beispielsweise«, sagte Rhodan. »Aber das hat noch etwas Zeit. Ich schlage vor, daß wir zuerst ein Abkommen schließen und es fixieren – schriftlich oder auf einem Dokumentenspeicher. Sind Sie damit einverstanden?«

Fast alle Räte nickten synchron mit den großen, kahlen Köpfen.

»Dann erledigen wir zuerst diese Formalität«, sagte Rhodan. »Ich bin dafür, daß wir einen Text entwerfen und ihn in beiden Sprachen auf zwei Träger sprechen. Unsere ausgesprochenen Namen und die beiden Daten gelten als Unterschriften. Klar?«

Einer der Räte winkte einigen Baramos, die sofort den Raum verließen und ihn Minuten später mit den entsprechenden Aufnahmegeräten wieder betraten.

Die zahlreichen Forschungslabors, die sie auf dem Weg gesehen und betreten hatten, ließen Rhodan sicherer werden. Etwaige Pseudo-Gurrads sollten eigentlich von einer gewaltigen Menge arbeitender Forscher und Wissenschaftler nicht unentdeckt bleiben.

Gleichzeitig bedeutete der Umstand, daß hier geforscht wurde, folgendes: Brachten die Forschungsergebnisse die Erkenntnis, daß die Eier auch an anderen Stellen ausgebrütet werden konnten, dann waren die Fremden das Monopol auf Baykalob los! Also mußte es ihr Interesse bleiben, daß keine Forschung getrieben wurde. Forschung bedeutete für sie Verlust an Kontrolle.

»Sir?«

Rhodan wandte sich um und sah Melbar Kasom neben sich. Der USO-Spezialist schleppte eine Raketenwaffe an einem Arm über der Schulter. Die andere Hand schützte ein dicker Handschuh. Die Waffe wog sicher nicht viel weniger als einen Zentner und hatte ein riesiges Magazin.

»Was ist los?«

Der Riese schielte nach rechts und flüsterte:

»Einer der vierzehn Insektengreise bewegt sich nicht so wie die anderen. Ich habe wenig Erfahrung darin, aber könnte dies nicht einer der Übernommenen sein?«

Rhodan blickte unauffällig hin, konnte aber nichts entdecken.

»Ich sehe nichts. Danke für den Tip – und bleiben Sie weiterhin wachsam. Es kann immerhin sein, daß wir schnell zum Handeln gezwungen werden.«

»Natürlich«, sagte Kasom und stapfte zurück zu der Gruppe, die Gucky, Thorens und Kakuta bildeten, alle drei schwer bewaffnet.

Die Zeremonie, von den vierzehn Räten und Rhodan vollzogen, dauerte drei Minuten, dann hatte jeder der beiden Vertreter einen Datenträger mit dem wertvollen Inhalt. Er sicherte den Baramos die Hilfe zu, den Terranern diente es zur Legitimierung ihres Aufenthalts in der KMW.

Rhodan schüttelte eine Anzahl Hände und erklärte dann laut:

»Ich werde jetzt mit meinen Männern in mein Schiff zurückkehren. Dort werden wir zusammen mit den beiden Verantwortlichen des Kontaktschiffes beraten, was zu tun ist.«

Er wandte sich an seine Männer.

»Macht euch fertig, Leute, wir gehen zurück.«

Er kam nicht dazu, weitere Erklärungen abzugeben. Der Minikom an seinem Handgelenk begann durchdringend zu summen. Rhodan winkelte den Arm ab und sagte:

»Hier Rhodan. Was ist los?«

Die Stimme des Arkoniden war drängend und laut.

»Ich hatte es doch geahnt, Perry. Ich habe sämtliche Korvetten ausschleusen lassen und um den Mond postiert. Vor zwanzig Sekunden hat eine der Korvettenbesatzungen einen Rafferspruch aufgefangen.«

»Bist du sicher, Atlan?« keuchte Rhodan.

»Natürlich.«

Schlagartig versammelte sich eine Gruppe um Rhodan. Mit gewollt langsamen Bewegungen kam der Paladin näher und blieb hinter Kasom und Thorens stehen.

»Weiter. Was weißt du noch?« fragte Perry schnell.

»Es handelt sich um einen einzigen, genau ausgerichteten Rafferspruch in der Länge von zehn Millisekunden. Dieser kodierte Spruch kam unzweifelhaft aus dem Innern des Mondes. Die entsprechenden Schlußfolgerungen kannst du selbst ziehen.«

Rhodan starrte Kasom an, als er langsam antwortete:

»Das bedeutet, daß sich tatsächlich in diesem Mond, mitten unter den Baramos, Pseudo-Gurrads verbergen.«

»Nichts anderes, Freund Perry«, sagte Atlan. »Vergewissere dich und verschwinde sofort. Ihr seid nur in der CREST sicher, nicht dort in den Stollen des Mondes.«

Rhodan überlegte fieberhaft.

Bis sie zur Korvette zurückgelaufen wären, verginge mehr als eine halbe Stunde, außerdem würden sie sich allein in den Gängen und Korridoren, den Abzweigungen und Lifts verirren. Er wirbelte herum und rief: »Kakuta!«

Der Teleporter war augenblicklich zur Stelle.

»Schnell! In die Korvette. Holen Sie mit Gucky zusammen den Transmitter. Sagen Sie dem Kommandanten, er solle unverzüglich starten. Vermutlich wird man versuchen, uns den Rückweg abzuschneiden. Die Männer sollen schwere Kampfanzüge anziehen und, falls sie nicht mehr starten können, die Korvette verlassen.«

Kakuta winkte Gucky, erklärte ihm seinen Plan, und die beiden Mutanten teleportierten ins Innere der KC-1.

»Ich rufe dich, wenn wir dich brauchen, Atlan«, sagte Rhodan hastig und schaltete ab. Er deutete auf MAX-1 und sagte laut, so daß es jeder im Raum verstehen konnte:

»Bitte, MAX-1, beweisen Sie, daß wir Partner sind. Lassen Sie die Oberflächenschleuse öffnen, hinter der unser kleines Kugelschiff steht. Ich erkläre Ihnen alles. Kasom?«

Melbar Kasom rückte das kleine Raketengeschütz auf seiner Schulter zurecht und trat zwei Schritte vor.

»Können Sie fünfzig Kilogramm von einer Tonne unterscheiden?«

»Ziemlich mühelos, Sir.«

Der USO-Spezialist grinste und nahm den Werfer von der Schulter. Er drehte ihn in seinen Händen wie ein Plastikspielzeug.

»Welche Stahlträger soll ich abknicken, Sir?« erkundigte er sich laut.

»Noch nicht«, sagte Rhodan. »Männer, bitte her zu mir!«

Die Terraner schlossen einen dichten Ring um den Großadministrator. Die Translatoren wurden abgeschaltet, und Rhodan sah, wie MAX-1 den Raum in großer Hast verließ.

»Folgendes ist geschehen«, sagte Rhodan schnell. »Hier in diesem Mond sind mit größter Wahrscheinlichkeit wirklich Pseudo-Gurrads versteckt. Wir können sie nicht von den Baramos unterscheiden. Nur eine Möglichkeit bleibt uns dazu: Wir werden sie wiegen. Die Gewichtsunterschiede sind derart horrend, daß es nicht schwerfallen sollte.

Wenn die Mutanten zurück sind, werden wir Stichproben machen. Falls wir einen Gurrad finden, wird er sich wehren. Wir werden zurückschießen. Vermutlich wird dies die Baramos nicht freuen, aber darauf können wir jetzt keine Rücksicht nehmen.

Also – Waffen heraus, äußerste Wachsamkeit. Es geht los!«

Gucky und Kakuta rematerialisierten und trugen den schweren Transmitter mit sich. Fünfhunderttausend Kilometer weit reichte dieses Gerät.

»Gucky – Kakuta ... bitte greift wahllos einige der Baramos heraus. Sie versuchen, ebenfalls das Gewicht zu schätzen, Kasom!«

Rhodan drehte sich um und gab eine Reihe weiterer Befehle. Seine Männer entsicherten die Waffen und bildeten an strategischen Punkten des Raumes kleine Gruppen.

Die fieberhafte Eile, mit der die Terraner ihre Kampfpositionen einnahmen, überraschte die Baramos.

»Sie scheinen sich zu fürchten«, sagte ein Rat, nachdem Rhodan seinen Translator wieder eingeschaltet hatte.

»Mit einigem Recht«, erwiderte Rhodan und winkte Kasom. Der Riese griff nach dem Rat und hob ihn hoch, als sei er eine leichte Bordsache.

»Negativ!« sagte der USO-Spezialist.

Perry Rhodan wandte sich an den Rat.

»Ich muß Ihnen leider sagen, daß sich in Ihrem Stützpunkt eine Anzahl von Vernichtern befindet. Sie haben die Gestalt von Baramos angenommen.«

»Das ist unmöglich«, erwiderte der Baramo. »Völlig unmöglich.«

»Warten Sie ab, und wenn wir schießen müssen, dann gehen Sie schnell in Deckung«, sagte Rhodan. Er sah, wie Thorens das schwere Raketengeschütz des USO-Spezialisten aufhob und entsicherte. Im Gürtel des Mannes steckte ein merkwürdig aussehender Strahler.

»Hier, der nächste!« kreischte der Mausbiber und setzte einen weiteren Baramo vor Melbar Kasom ab. Der Riese hob ihn an, schüttelte den Kopf und setzte ihn wieder ab.

»Männer!« rief Perry Rhodan.

Die Blicke richteten sich auf ihn.

»Wir ziehen uns langsam zurück, in Richtung auf die Schleuse. Vermutlich ist das Beiboot schon gestartet.«

»Verstanden!«

Langsam setzten sich die Gruppen in Bewegung. Ein paar Männer trugen den Transmitter. Die Terraner verließen den kleinen Saal und arbeiteten sich in den breiten Korridor vor. Einige der Baramos in Raumanzügen, also Mannschaften des Diskusschiffes, waren bei ihnen und hielten plötzlich leichtgebaute, silbern glitzernde Waffen in den dünnen Fingern. Die Terraner achteten darauf, stets in der Nähe von Deckungsmöglichkeiten zu bleiben, und gingen langsam und vorsichtig. Ihre Waffen deuteten nach vorn und nach hinten. Noch war nichts geschehen.

Pausenlos arbeiteten die Mutanten.

Gucky und Kakuta sprangen hin und her. Sie und Kasom ergriffen wahllos Wissenschaftler und setzten sie wieder ab. Noch immer hatte man keinen der Pseudo-Gurrads ertappt.

Rhodan aktivierte den Minikom und rief:

»Atlan?«

Der Arkonide meldete sich augenblicklich.

»Hast du etwas Neues feststellen können?«

»Noch nicht«, sagte Atlan. »Was gibt es bei dir?«

»Wir haben einen Transmitter von Bord der Korvette gebracht. Richte dich darauf ein, uns entgegenzufliegen und das Gegengerät betriebsklar zu halten.«

»Das bedeutet«, erinnerte sich der Arkonide, »daß ich mit der CREST V nahe an den Mond heranfliegen muß. Gut, ich werde tun, was ich kann. Ich gebe dir ein entsprechendes Signal, wenn ich auf Transmitterentfernung heran bin. Was unternimmst du?«

»Wir überzeugen uns, ob sich Pseudo-Gurrads hier befinden. Bis jetzt haben wir noch keinen entdeckt. Ansonsten ziehen wir uns zurück, bis in die Außenbezirke des Mondes. Ende.«

»Ende«, sagte Atlan.

Langsam zogen sich die einundfünfzig Terraner zurück. Rhodan und Thorens, der sich in seiner Nähe aufhielt, versuchten die Merkmale wiederzuerkennen, die sie bei dem Marsch ins Zentrum gesehen hatten. Pausenlos arbeiteten die Mutanten und Melbar Kasom. Zufälligerweise erwischten sie ständig normalgewichtige Baramos. Wenn Rhodan an den Ausgang der Aktion dachte, trieb es ihm den Schweiß auf die Stirn. Er umklammerte den schweren Raketenwerfer, den er in beiden Händen trug, und ging weiter.

Die Härte und Entschlossenheit, mit denen die Terraner vorgingen, erschreckte die Baramos.

Die Männer um Rhodan bahnten sich durch die aufgeregt durcheinanderwimmelnden Insektenwesen eine Gasse, schoben alles zur Seite, was ihren Weg behinderte, griffen nach den Individuen und hoben sie hoch. Sie rannten durch die Korridore und stürmten die Lifts. Sie hörten nicht auf die beschwörenden Einwände der Regierungsmitglieder und ließen sich nicht aufhalten.

Fünfzehn Minuten lang veränderte sich nichts.

Jetzt befanden sich die Terraner, umgeben von den neunzehn Mitgliedern der Diskusschiff-Besatzung und flankiert von einer riesigen Menge Baramos, in einem Verteilerstück des Korridorsystems. Vier Schrägflächen und drei Treppen mündeten, von oben kommend, in eine Kreisfläche. In der Mitte der Kreisfläche stand Melbar Kasom und hob gerade einen Rat hoch, dann schüttelte er den Kopf.

»Wieder nichts!« rief er zu Perry Rhodan hinauf, der neben Bangk Thorens an einem Treppengeländer lehnte und alles konzentriert beobachtete.

Gucky und Kakuta sprangen von dem Zentrum des jetzt bis auf Kasom leeren Kreises hinüber zu der Gruppe von Erhaltungsräten, griffen einen der Baramos an den Armen und transportierten ihn in einem blitzschnellen Teleportersprung hinüber zu Kasom. Der Riese spannte seine mächtigen Muskeln und hob den Baramo an.

Rhodans Augen wurden weit, als er die Szene betrachtete.

Kasom stemmte den Baramo nur etwa zehn Zentimeter vom Boden hoch, dann ließ er ihn fallen und warf sich zur Seite.

»Alarm!« schrie er auf. »Er ist schwerer!«

Diesen Ausruf hätte er sich sparen können.

Melbar raste im Zickzack über die leere Fläche und warf sich zwischen einer Gruppe von Baramos in die Deckung einer massiven, niedrigen Stützmauer. Er drehte sich auf den Rücken und riß seine Handwaffe heraus, einen überschweren Strahler. Dann schob er seinen Kopf über die Brüstung. Überall flohen die Baramos in panischer Hast. Sie stolperten übereinander, flüchteten in die Lifts, in die Gänge und über die schrägen Flächen. Der überschwere Baramo zog unter seinem Kleid eine merkwürdig aussehende Waffe aus einem unsichtbaren Halter, richtete sie auf Kasom und begann zu feuern.

Kasom rettete sich wieder hinter die Mauer und robbte ein Stück weiter.

Die Terraner begannen sich zu wehren.

Thorens richtete den Raketenwerfer ein, zielte sorgfältig und drückte viermal auf den Auslöser. Vier bleistiftdicke Projektile rasten heulend auf den Pseudo-Gurrad zu, trafen auf und detonierten.

Eine atomare Ladung, eine Säurekapsel und zwei hochbrisante Thermoladungen gingen gleichzeitig hoch. Das Wesen wehrte sich verbissen, aber es veränderte sich nicht.

Die Waffe in seiner Hand spuckte Feuer und Vernichtung, und Kasom spurtete um sein Leben.

Dann drückte Thorens ein zweites Mal auf den Auslöser. Zwei atomare Glutkerne verbrannten das rätselhafte Wesen.

Das Zirpen der angstvollen Baramos, das Tappen unzähliger Füße, das Kreischen der Raketen und das donnernde Krachen der unbekannten Waffe, die Kasom verfolgte, die Kommandos der Terraner und die sirrenden Geräusche, mit denen die Raumfahrer der Insektenrasse ihre schlanken Waffen abfeuerten ... das alles vermischte sich zu einer höllischen Melodie. Sie erfüllte den hohen Raum über den Treppen und Schrägflächen und wurde nur langsam schwächer.

Dann herrschte Stille.

Thorens hustete und deutete hinunter auf den kegelförmigen, schmorenden Haufen in der Mitte des Kreises.

»Ab jetzt wissen wir Genaues. Und ab jetzt werden wir erbarmungslos bekämpft werden.«

»Wobei uns die Baramos helfen. Was sind das für Waffen, MAX-2?« fragte Rhodan.
Die Terraner sammelten sich und verschanzten sich an strategisch wichtigen Stellen. Drei Mann bauten den Transmitter im Schutz einer dicken Wand auf.
»Wir haben keine derart fürchterlichen Dinge, wie wir sie eben erlebt haben. Ja, es ist wahr. Die Vernichter sind unter uns.«
»Das ist richtig. Welche Waffen besitzen Sie?«
MAX-2 zuckte mit den oberen Gelenken seiner Arme und beugte den Kopf.
»Wir haben nie mehr als relativ harmlose Desintegratoren gebaut, einige thermisch wirkende Energiegeschütze und atomare Bomben. Wir haben niemals bessere oder größere Waffensysteme konstruieren wollen, weil wir vor der gewaltigen Zerstörungskraft Angst hatten.«
Rhodan erwiderte trocken:
»Und jetzt könntet ihr sie brauchen. Kannst du Verbindung mit MAX-1, deinem Kommandanten, aufnehmen?«
Er war sich nicht bewußt, daß er im Augenblick der größten Gefahr das »Sie« vergessen hatte.
»Ich kann, aber es wird schwierig werden.«
»Dann rufen Sie ihn bitte«, sagte Rhodan, »und fragen Sie ihn, ob die Korvette schon gestartet ist.«
»Selbstverständlich!« Der Baramo rannte davon.
Kasom kam kopfschüttelnd aus der Deckung hervor und murmelte immer wieder vor sich hin:
»Mann! Hatte der ein Gewicht!«
Die Terraner hatten sich strategisch richtig verteilt. Sie kontrollierten sämtliche Eingänge dieses Kessels, wobei sie selbst relativ geschützt waren. Sämtliche Waffen waren feuerbereit, und in den Gesichtern der Männer zeigte sich die Entschlossenheit, ihr Leben so teuer wie möglich zu verkaufen. In diesem Mond wimmelte es vermutlich von Übernommenen.
»Wenn mich nicht alles täuscht«, sagte Rhodan zu Kasom und Thorens, »dann werden wir in wenigen Sekunden angegriffen werden. Und zwar mit aller Gewalt. Machen wir uns auf einen Verzweiflungskampf gefaßt.«
Kasom nahm Thorens den Raketenwerfer aus den Händen und entsicherte ihn wieder. In dicken Brusttaschen trug der USO-Spezialist Ersatzmagazine bei sich.

»Darauf warte ich seit der Sekunde, in der ich das enorme Gewicht des Verformten spürte.«

Die Terraner machten sich bereit.

Langsam vergingen die Sekunden. Die Männer wollten das Feuer eröffnen, aber dann erkannten sie die Gestalt im Raumanzug, die winkend auf Rhodan zurannte. MAX-2 blieb vor dem Terraner stehen und sagte schrill:

»MAX-1 sagte, daß die Korvette soeben startet.«

Rhodan nickte beruhigt.

»Hoffentlich wird sie nicht während des Fluges abgeschossen«, sagte er.

Er wußte, wie berechtigt seine Befürchtungen waren.

»Es wird hier nicht nur in wenigen Sekunden von Pseudo-Gurrads wimmeln«, sagte er bekümmert, »sondern auch außerhalb des Mondes von Konusraumschiffen. Das verspricht äußerst prekär zu werden.«

Und dann brach der fürchterliche Kampf los.

Die Korvette war startbereit.

Sie hatten die Meldung von Atlan mitgehört. Dann erschienen die beiden Mutanten, brachten die Anordnungen des Großadministrators und holten den Transmitter.

Der Kommandant befahl seinen Männern, die schweren Kampfanzüge anzuziehen und sich auf Beschuß vorzubereiten. Anschließend bemerkten sie, wie sich die Schleuse öffnete. Binnen Sekunden hob das Schiff ab.

Die Männer warteten förmlich darauf, daß etwas Unerwartetes geschah.

Das Schiff hob sich mit dem oberen Pol über den Rand des Mondes, flog hinaus ins Sonnenlicht und kam höher.

Dann erschütterten harte Schläge die Schiffszelle.

Ein Kranz von Geschützen, bisher unsichtbar in der Oberfläche des Mondes untergebracht, begann zu feuern. Das Beiboot wurde getroffen, die Triebwerke arbeiteten unregelmäßig und verstummten dann. Das Schiff hing noch einige Sekunden bewegungslos zwischen den Rändern der Schleuse, dann sank es zurück. Mit einem Schlag auf den Notknopf öffnete der Kommandant sämtliche Schleusen. Er brüllte in die Mikrophone der Interkomanlage:

»Helme schließen, Schutzschirme an. Wir verlassen das Schiff, fliegen hinaus auf die Oberfläche des Mondes und verstecken uns in den Spalten der Felsen. Schnell!«

Dann krachte die Korvette zurück in den Hangar.

Sechzehn Gestalten lösten sich von dem brennenden, zerschossenen Wrack und schwebten durch den Raum aufwärts. Die Schleuse schob sich wieder zusammen, und als letzter der sechzehn Männer raste der Kommandant mit eingeschaltetem Triebwerk durch den Spalt. Die Männer flogen langsam und dicht über den zerklüfteten Felsen. Sie sammelten sich und fanden etwas wie eine Höhle. Dort warteten sie.

»Bevor wir etwas unternehmen, warten wir, bis die CREST herangekommen ist. Riskieren wir keinen Funkverkehr, man könnte uns orten.«

Im Augenblick waren sie in Sicherheit.

Sie warteten, während tief unter ihnen ein höllischer Kampf tobte.

Der Paladin stand vor einem der breiten Korridore. Sämtliche Systeme waren eingeschaltet, und die SERT-Haube hatte sich über den Kopf von Harl Dephin gesenkt.

Der Roboter wartete auf die Angreifer.

Das halbe Hundert Terraner hatte sich verschanzt, und der wertvolle Transmitter stand schaltbereit in einem Winkel des Treppensystems, an dem er vor den Unbekannten einigermaßen sicher war. Drei Terraner versuchten inzwischen, einen Fluchtweg herauszufinden. Drei Baramos, drei der »tollkühnen« Rebellen des Diskusschiffes, begleiteten sie. Ihre Ortskenntnisse konnten wertvoll und lebensrettend sein. Rhodan kauerte neben Kasom und Thorens in einem Winkel, den ein Aufgang und eine Stützmauer bildeten, die sich aus einem Gewirr von Stahlsäulen erhob.

Rhodan nickte zufrieden.

»Im Augenblick nehmen wir einen taktisch hervorragenden Platz ein. Der Angriff wird uns nicht überraschen. Trotzdem wäre mir wohler, wenn Atlan das Flaggschiff etwas näher an den Mond heranbringen würde.«

Thorens deutete auf den Minikom.

»Warum rufen Sie ihn nicht, Sir?«

»Sie haben recht. Er wollte sich zwar melden, aber ich kann auf die Dringlichkeit der Lage hinweisen.«

Als Rhodan den Minikom aktivierte, begann die Auseinandersetzung.

Die Gegner schienen den Plan zu verfolgen, keinen der Terraner lebend entkommen zu lassen. Wesen, die wie Baramos aussahen und keine waren, griffen an. Sie stürmten durch den Korridor, dessen Ausgang der Paladin bewachte. Die riesige Konstruktion des siganesischen Robots begann sich zu bewegen. Harl Dephin und seine Thunderbolts waren fest entschlossen, die Angreifer nicht über eine bestimmte Linie des Korridors gelangen zu lassen.

Paladin kämpfte mit allem, was er besaß.

Die Strahlen der überschweren Angriffswaffen prallten von seinem Schutzschirm ab. Die vier Arme bewegten sich mit der ungeheuren Geschwindigkeit, die einen weiteren Überraschungsfaktor darstellte. Die Waffensysteme begannen zu arbeiten und überschütteten die Angreifer mit einem Hagel von Raketen. Ein Höllenlärm tobte in dem Korridor. Flammen brachen aus, die Decke fiel in riesigen Stücken herunter, und die verbogenen, schmelzenden Träger der stählernen Konstruktion bildeten ein Absperrgitter. Der Paladin bewegte sich rasend schnell, sprang hin und her, zermalmte die falschen Baramos unter seinen Tritten. Er streute todbringende Strahlen und Geschosse um sich und verwandelte diesen Korridor in eine Stätte des Todes. Dann, nach etwa fünf Minuten, versperrte ein dicker Korken aus Stahl, schmelzendem Gestein und Feuer den Gang. Niemand konnte mehr herein, niemand hinaus.

Mitten aus dem schwarzen, fettigen Rauch und aus den Flammen raste der Paladin hinaus und hielt an. Seine Füße hinterließen tiefe Spuren im Boden des Ganges.

»Ich rufe Atlan«, rief Rhodan, nachdem der Lärm des Kampfes verklungen war.

Melbar Kasom hielt die Hand über die Augen, schien etwas zu sehen und stand auf, die schwere Waffe mit beiden Händen haltend und an die Hüften gepreßt.

»Paladin . . . dort drüben!«

Kasom jagte fünfzehn Projektile über die Weite des Verteilersystems hinweg in einen zweiten Korridor. Dort detonierten die Projektile mit dumpfem Krachen. Helle Blitze schmetterten durch das Halbdunkel des Ganges. Sämtliche Beleuchtungskörper dieses Abschnittes fielen schlagartig aus, dann war der Paladin heran. Die anderen Terraner erschienen auf der obersten Stufe einer breiten Treppe und winkten hinüber zu Perry Rhodan. Sie schienen einen Ausgang gefunden zu haben. Rhodan winkte ab.

Das Kreischen der fünfzehn Projektile verebbte.
»Hier Atlan. Ich höre Kampflärm.«
»Ja. Wir werden angegriffen. Ich bitte, die CREST in richtige Entfernung zu bringen, Atlan!«
Atlan lachte bitter auf.
»Ich kann nicht. Eben ist etwas geschehen, was meinen Entschluß, den Mond anzufliegen, unmöglich macht. Ich komme zurück, sobald ich mir einen Weg freigeschossen habe.«
»Atlan!« rief Rhodan.
Vergeblich. Der Arkonide hatte abgeschaltet. Rhodan sah Thorens in die Augen und murmelte:
»Verdammt! Atlan muß sich gegen Raumschiffe wehren.«
»Das bedeutet . . .«
»Das bedeutet, daß wir auf eine unbestimmte Zeit noch hier warten müssen, Thorens. Suchen Sie Ihren gesamten persönlichen Mut zusammen und zaubern Sie mit Ihren Spezialwaffen!«
Thorens schlug auf den schweren Strahler, den er in der Hand hatte.
Eine weitere Gruppe griff an und wurde von dem Raketenhagel Kasoms gestoppt. Sie sammelte sich, griff erneut an, und dann raste wie ein silberner Schemen Paladin heran.
Die Lage wurde immer kritischer.

5.

Der Arkonide stand hinter dem Sessel von Merlin Akran. Er betrachtete die Schirme vor ihm. Die Hälfte der Panoramagalerie war in das stechende Gelb der Sonne getaucht, in deren Ortungsschatten sich das Flaggschiff befand. Die andere Hälfte zeigte die Dunkelheit des Alls, während sich am Übergang zwischen der hellen und der dunklen Hälfte die Schleier brennender Gase breitmachten. Weit voraus, als reflektierender Lichtpunkt, befand sich der Planet. Darüber kreisten die Monde.
Atlan senkte den Kopf.
Links von Akran stand auf einem Schirm die Vergrößerung.
BAY-1 war zu sehen, ein düsterer Felsbrocken, kugelförmig, mit einer zerklüfteten Oberfläche. In diesem Mond wußte Atlan seinen

Freund mit fünfzig Begleitern und einer kleinen Korvettenbesatzung. Wie die Dinge lagen, waren beide gefährdet – die Korvette und Rhodans Gruppe. Atlan überlegte in diesen Sekunden, was er tun sollte. Es gab eine Möglichkeit:

»Wenn wir Landetruppen ausschleusten, die ihrerseits den Mond stürmen und Rhodan herausschlagen könnten, dann wäre viel gewonnen«, sagte Atlan leise.

Die Männer an den anderen Pulten hörten mit. Sie waren wachsam und betrachteten aufmerksam die Anzeigen. Das Schiff zitterte leicht unter den Vibrationen der laufenden Maschinen.

»Das würde nur die Leben dieser Männer kosten«, sagte Akran. »Hier sehen Sie es ganz genau, Lordadmiral.«

Er schaltete die Vergrößerung des Mondes um eine Zehnerpotenz höher.

Jetzt wurden die Einzelheiten noch deutlicher. Atlan und die anderen konnten sehen, wie sich ein schmaler Lichtspalt auftat, der zu einer Sichel wurde, dann zu einer runden Öffnung, hinter der man die silbern schimmernde Hülle der Korvette erkennen konnte.

»Die Korvette startet. Wir werden sofort Anweisung geben, daß sie in den Hangar zurückkehren soll«, sagte Atlan und streckte seine Hand nach dem Mikrophon aus, das ihn mit der Funkabteilung des Schiffes verband.

»Sie werden beschossen!« stöhnte Akran auf.

Sie sahen die Strahlen und die Lichtblitze, die aus den zerstörten Triebwerken und den detonierenden Maschinen schlugen. Die Männer der CREST erlebten mit, wie die Korvette zurücksank, in einer Wolke aus Rauch und Feuer aufschlug und wie sich nacheinander sechzehn Gestalten, die Flammen der kleinen Triebwerke auf dem Rücken sichtbar, aus der Schleuse schwangen.

»Die Besatzung ist in Sicherheit – aber wir müssen sie direkt von der Mondoberfläche holen«, sagte Atlan.

Dann rief er:

»Funkabteilung!«

»Sir?« kam die Antwort.

»Haben Sie das Geschehen auf BAY-1 gesehen?«

»Ja, Sir.«

»Schicken Sie einen entsprechenden Funkspruch los. Die Männer sollen sich verbergen und warten. Wir holen sie ab. Sie sollen Funkstille bewahren. Ein Wort der Bestätigung reicht.«

»Befehl wird ausgeführt, Lordadmiral!«
»Ende.«
Atlan atmete zufrieden auf. Sie waren vorläufig in Sicherheit, aber das Problem war dadurch nicht kleiner geworden. Er wollte eben die Befehle geben, die neunundvierzig Korvetten vom Mond abzuziehen und ihnen entgegenzufliegen, um sie einzuschleusen, als sich die aufgeregte Stimme eines Spezialisten der Fernortungsabteilung meldete.
»Hier Ortung. Wir haben etwa achtzig Energieechos geortet. Zwischen uns und dem Planeten sind Schiffe aus dem Linearraum gekommen. Ich lege das Bild hinunter in die Zentrale.«
»Zu spät!« murmelte Akran.
Das Bild erschien klar und deutlich. Die Vergrößerung zeigte, daß es sich tatsächlich um etwa achtzig jener charakteristischen Konusraumschiffe handelte, die aus dem Linearraum kamen.
Atlan deutete auf die Gabelung des Bildes. Der Schwarm teilte sich in zwei Hälften. Eine von ihnen schlug einen Kurs ein, der sie zum Mond BAY-1 führen würde, die andere Hälfte raste auf die CREST zu.
»Flucht!«
Akran nickte und beschleunigte das Schiff. Er wich seitlich aus dem Ortungsschatten der gelben Sonne aus und brachte die Maschinen auf höchste Leistung.
Atlan griff nach dem Mikrophon und schrie:
»Hier Lordadmiral Atlan. Ich rufe die neunundvierzig Korvettenkommandanten. Wir ziehen uns zurück und sammeln uns, sobald wir nicht mehr verfolgt werden. Augenblicklich starten. Der CREST nachfliegen. Höchste Gefahr. Auseinandersetzungen mit den Konusschiffen unter allen Umständen vermeiden.«
Nacheinander kamen die Verstanden-Meldungen durch.
Die CREST raste davon, hinter sich rund vierzig Konusschiffe. Dann kam die Meldung von Rhodan durch, und Atlan erklärte, was sich hier im Raum abspielte. Während des kurzen Gesprächs beschleunigte die CREST mit Werten tief im kritischen Bereich, und Atlan schaltete die Minikomverbindung ab.
Dann rief er in das Mikrophon, das ihn mit den Korvetten verband:
»In zehn Sekunden Linearflug. Vierzig Lichtjahre! Dort schleusen wir ein. Los!«
Die CREST floh, gefolgt von den neunundvierzig Korvetten. Die Terraner wußten, daß es im Augenblick sinnlos war, etwas anderes tun zu wollen; zuerst mußten die Männer in Sicherheit gebracht werden, die

in den Beibooten waren. Die CREST ging in den Linearraum, blieb kurze Zeit dort und schwang sich, als vierzig Lichtjahre zurückgelegt worden waren, wieder in den Normalraum zurück. Schlagartig öffneten sich die Hangarschleusen.

Die Bedienungsmannschaften suchten gespannt und hochnervös das All ab. Dann erschienen unmittelbar neben dem Schiff, nur wenige hundert Kilometer entfernt, nach und nach die Korvetten. Keiner der Kommandanten verwechselte die Schleuse.

Eine Korvette nach der anderen raste heran, bremste mit allen verfügbaren Maschinen und schwebte dann in den Hangar. Die schweren Tore schlossen sich.

Der Gefechtsalarm heulte durch das Schiff, und die Ersatzmannschaften rasten in die Kampfstände, in die Feuerleitzentrale und in ihre Nachschubmagazine. Sämtliche Stationen waren doppelt besetzt. Die Korvettenmannschaften verließen die Boote und begaben sich an ihre Plätze innerhalb des Schiffes.

Atlan gab seine Befehle.

»Transmitterstationen empfangsbereit!«

Sekunden später kamen die Klarmeldungen. Die Männer richteten sich darauf ein, erschöpfte und verwundete Terraner in Empfang zu nehmen, wenn sie aus den Bögen der Transmitter taumelten.

»Geschützstationen feuerbereit.«

»Sind feuerbereit!«

»Atlan an alle: Wir fliegen jetzt zurück und tauchen dicht neben dem Mond auf. Wir bleiben dort solange wie möglich. Wir haben die Aufgabe, die sechzehn Männer der zerstörten Korvette einzuschleusen und Rhodan und seine fünfzig Männer an Bord zu bekommen. Unter Umständen müssen wir die Aktion mehrmals wiederholen. Es geht los!«

Atlan hatte die Erfahrung gemacht, daß ein wohlausgewogener Plan noch besser in die Wirklichkeit umgesetzt werden konnte, wenn die terranischen Elitemannschaften das Problem kannten und mitdenken konnten. Die CREST nahm abermals Fahrt auf, beschleunigte, und die Kosmonautische Abteilung gab die exakten Daten durch. Die CREST würde nur wenige Dutzend Kilometer neben BAY-1 aus dem Linearraum auftauchen. Dort mußte gleichzeitig die hohe Eintauchfahrt abgebremst, die Angriffe der fremden Schiffe abgewehrt und die Rettung der beiden Gruppen ermöglicht werden. Das war fast zuviel, als daß es gutgehen konnte.

»Start!« sagte Atlan.

Die CREST wurde schneller und schneller und ging bei sieben Zehntel Licht in den Linearraum. Die Sekunden vergingen rasend schnell, und Akran drückte kurz den Alarmknopf, als das Schiff in den Normalraum zurückkehrte.

Die Verzögerung setzte ruckartig ein; das Schiff stöhnte in den Verbünden.

Dann waren die anderen Schiffe heran und eröffneten das Feuer.

Atlan aktivierte den Minikom.

»Ich rufe Perry Rhodan. Der Transmitter ist empfangsbereit!«

Die CREST feuerte nach allen Richtungen. Die Kontrafeldstrahler brachen die Schutzschirme der Konusschiffe auf, dann vereinigte sich das Feuer der Transformkanonen. Das erste der angreifenden Schiffe detonierte und brannte aus. Pausenlos schlugen Treffer und Strahlen in die Schirme der CREST. Merlin Akran manövrierte das Schiff dicht an den Mond heran, und eine Jet-Schleuse öffnete sich. Nacheinander, da es nur wenige hundert Meter waren und die gesamte Zone im toten Winkel lag, retteten sich die Männer der Korvettenbesatzung. Dann zählte der Schleusenwart: »Sechzehn!« und riß den Hebel herunter.

Die Schleuse glitt zu.

Der Schirm an dieser Stelle wurde wieder aufgebaut, und die CREST driftete langsam vom Mond BAY-1 weg. Die Raumschlacht war in vollem Gange. Atlan hörte die Meldung des Schleusenwartes und nickte zufrieden. Ein Teil der Terraner war in Sicherheit.

Wo aber waren die Männer von Perry Rhodan . . . und dieser selbst?

Atlan schaltete eine Verbindung in den Transmitterraum hinunter.

Die mächtigen Transformsalven der CREST brachten Erschütterungen energetischer Art in das kleine Sonnensystem. Die Schiffe der Gegner waren über einen sehr großen Raum verteilt. Einige von ihnen hielten sich in der Nähe des Mondes auf, und auf diese konzentrierte sich das Abwehrfeuer der CREST.

Eine Minute lang konnte Atlan im Bereich des kleinen, transportablen Transmitters bleiben, dann war die Übermacht zu groß.

Die CREST floh ein zweites Mal . . .

Im Innern des Mondes herrschte das Chaos.

Die Beleuchtung war ausgefallen. Einige der Baramos dienten inzwischen als Kuriere; irgendwie funktionierten die Nachrichtenverbindungen in diesem Teil des Mondes noch, obwohl das Dunkel von Flammen erhellt und von Rauch durchzogen wurde. Zwischen den Abschüssen der schweren Raketenwaffen hörte man das würgende Husten der Männer.

Die Terraner hatten sich zurückgezogen, nachdem das Verteilersystem in einen Trümmerhaufen verwandelt war. Sie befanden sich jetzt oberhalb dieses Systems, in einem Korridor und einer kleinen Halle. Man hatte den Transmitter mitgeschleppt. Bis jetzt hatte es noch keinen Toten oder Verwundeten gegeben.

»Hier Rhodan!« schrie Perry in den Minikom. »Ich rufe Atlan!«

Das Gerät schwieg. Rhodan hatte den Lautstärkeregler weit aufgedreht, um nichts zu überhören. Vor und hinter ihm tobte der Lärm. Der Paladin versperrte die Treppe gegen ungefähr zehn Angreifer. Sie bildeten Reihen, und der Robot raste die Treppe hinunter wie eine Lawine des Todes. Er schlug mit den Beilen zu, die sich aus den Handlungsarmen geschoben hatten, feuerte Raketen ab und schoß pausenlos um sich. Die Angreifer waren gehandikapt, weil sie sich gegenseitig trafen, wenn sie auf den mächtigen Robot schossen. Harl Dephin arbeitete im Nahkampf.

Als sich zwei Gegner selbständig machten und die Treppe hinaufstürmten, alarmierte ein röhrender Schrei den USO-Spezialisten.

»Kasom! Die Treppe!«

Der Riese rannte an Rhodan vorbei, richtete seinen Werfer aus und schoß. Er stand mitten in den gekreuzten Strahlen aus den Waffen der Fremden.

»Ich rufe Atlan! Bitte melden!« rief Rhodan.

»Noch immer keine Antwort?« fragte Thorens.

»Nein.«

Rhodan ergriff die schwere Waffe, zielte sorgfältig und feuerte. Er rettete einigen seiner Männer das Leben, denn auf dem nächsten Treppenabsatz waren drei falsche Baramos erschienen.

»Das Schiff wird im Linearraum sein«, sagte Thorens und hielt sich die Ohren zu, als an ihm einige Geschosse vorbeirasten und oben am Treppenabsatz donnernd detonierten.

Die Terraner bildeten jetzt, grob gesehen, einen Kreis um den Transmitter. Sie schossen nach allen Seiten, und was die schweren Handwaffen nicht schafften, erledigten der schwere Raketenwerfer von Melbar Kasom, Thorens' Spezialstrahler und die todesmutigen Angriffe des riesigen Roboters.

Paladin nahm Anlauf, ließ sich auf die Laufarme nieder und stürmte die Treppe aufwärts. Er drängte vorsichtig einige Terraner zurück und warf sich dann laut schreiend auf die Feinde. Es waren ausnahmslos Wesen, die wie Baramos aussahen, aber keine waren. Die Baramos aus dem Diskusschiff halfen den Terranern, aber der Einsatz ihrer Waffen war fast sinnlos. Sie leisteten zu wenig. Merkwürdigerweise richteten sich die Angriffe der Verformten nur gegen die Terraner; sie schienen mit voller Absicht nicht auf die Baramos zu zielen. Dort, wo der Paladin wütete, entstand eine neuerliche Zone der Verwüstung.

»Rhodan an Atlan. Ich rufe die CREST!« wiederholte Perry pausenlos.

Endlich hatte er Erfolg.

»Hier Atlan. In genau zehn Sekunden können die Männer den Transmitter benutzen. Ich werde vermutlich nicht lange genug bleiben können. Ein erneuter Anflug wird nötig sein.«

»Danke!« schrie Rhodan und winkte Kasom.

Der Riese blieb neben dem Transmitter stehen, der eingeschaltet wurde. Rhodan zählte langsam bis zehn, dann riß er zwei der Männer an den Armen herum und deutete auf den Transmitter.

»Los! Schnell!«

Er stand rechts vom Transmitter, und Kasoms Waffe drehte sich langsam nach allen Richtungen.

Rhodan hielt den Minikom ans Ohr, um genau zu hören, wann die CREST wieder fliehen mußte. Was er in den wenigen Pausen, die ohne den Lärm der Abschüsse waren, hören konnte, war die Tätigkeit der Transformkanonen.

»Vier!«

Rhodan zählte mit.

Zwei Männer zogen sich zurück, über die Schultern schießend. Sie hatten ein neues Ziel. Eine Gruppe von fünf Pseudo-Gurrads war aufgetaucht und eröffnete das Feuer auf die Männer rings um den Transmitter.

»Sechs!«

Die Terraner sprangen paarweise in den Transmitter und verschwanden. Gucky riß einen stählernen Träger aus der Verankerung und ließ ihn auf die Pseudo-Gurrads fallen; ein Großteil der Deckenkonstruktion folgte, und ein riesiger Steinbrocken polterte die Treppe herunter und fiel krachend irgendwo unten in den Verteiler hinein. Schutt, Rauch und Flammen bedeckten die Stelle, an der eben noch die Pseudo-Gurrads standen. Kasom jagte zur Sicherheit einige Raketen hinterher.

Er hatte nur noch zwei der schweren Vierziger-Magazine an dem breiten Brustgürtel hängen, die anderen Projektile waren verschossen.

»Landekommandos scheinen eingesetzt worden zu sein!« brüllte Thorens und legte seine Waffe am Unterarm an. Ein dünner Strahl spannte sich über den Köpfen der Kämpfenden und zerschmetterte einen der Schutzschirme der neuen Angreifer.

»Vermutlich haben sie sich von der anderen Seite des Mondes angeschlichen. Atlan hätte eine Landung sicher verhindert.«

»Zwanzig!«

Zehnmal waren paarweise die Männer verschwunden. Tako Kakuta nahm den erschöpften Mausbiber, gab ihn einem anderen Raumsoldaten und deutete auf den Transmitter. Diesmal sprangen zwei Terraner und ein Baramo.

Rhodans gehetzter Blick fiel auf MAX-1 und MAX-2, die sich zitternd an einen der Männer klammerten. Sie schienen fast überfordert zu sein, jedenfalls hatten sie in ihrem Leben einen solchen Kampf noch nicht mitmachen müssen.

»Mitnehmen!«

Weitere Männer verließen den Schauplatz und kamen in den Räumen des Flaggschiffes an.

Die Gruppe der Terraner schmolz immer mehr zusammen.

Rhodan beobachtete angstvoll die Aktion. Je mehr die Männer sich zurückzogen, desto mehr Pseudo-Gurrads erschienen in den verschiedenen Ebenen und griffen an. Es war ein Wunder, daß außer einigen Verbrennungen und Prellungen noch keine ernsthaften Verletzungen aufgetreten waren und daß alle Männer noch lebten.

Dreißig Terraner und zwei Baykalobos waren verschwunden.

»Ende!« rief Atlan. »Wir fliehen und kommen in einigen Minuten wieder, die Übermacht ist zu groß. Wir haben zwanzig Schiffe vernichten können. Wartet bitte!«

Rhodan konnte das Klicken des abgeschalteten Gerätes hören.

Dann sah er sich um.

»Sammeln!« rief er. »Wir ziehen uns zurück. Dort hinein!«

Neben ihm stand ein Baramo aus der Diskusbesatzung und redete pausenlos auf ihn ein. Der Translator war von Staub und umherrollenden Geröllsplittern stark mitgenommen, schien aber noch ziemlich gut zu funktionieren.

Rhodan stutzte und sah dann den Baramo an.

»Sie werden uns in Sicherheit bringen, MAX?« fragte er laut.

»Ja. Die Abteilung, in der ich arbeite. Dort sind wir sicherer, weil es nur zwei Eingänge gibt. Einer ist ganz in der Nähe.«

»Gut. Ich vertraue Ihnen. Weitersagen, Kasom. Den Transmitter mitnehmen. Wir ziehen uns zurück. Dorthin.«

Rhodan deutete in die Richtung, in die der Baramo rannte.

Dort winkelte sich der Gang ab, war durch eine massive Konstruktion aus Steinen, bearbeitetem Mondgestein und Stahlstützen abgeschlossen. Ein kleines rundes Schott zeichnete sich hinter dem Staub und in der halben Dunkelheit ab.

Die Terraner hatten begriffen.

Zwei Männer schleppten keuchend den Transmitter mit sich, hasteten der kleinen Gestalt nach. Rhodan hob seine Waffe und zielte auf die hoch angebrachten Beleuchtungskörper. Einer nach dem anderen wurde zerstört, es wurde dunkler und dunkler. Der Paladin zog sich kämpfend zurück, und die drei letzten, die durch das Schott liefen, waren Rhodan, Thorens und Kasom.

Hinter ihnen schwang das Schott zu.

»Wohin, MAX?« fragte Rhodan.

Insgesamt sechs von den Baramos aus dem Diskus waren noch übrig, und zwanzig Terraner, rechnete man den Paladin nicht mit.

»Geradeaus. Ich schalte die Sicherheitsanlage ein.«

Er berührte einen Hebel, während die Terraner durch eine Reihe von Schleusen liefen. Hier verzweigten unzählige Gänge und mündeten ineinander. Wegen des drohenden Vakuumseinbruchs gab es hier eine Menge von Schleusenkammern. Hinter den Terranern schlossen sich schwere Stahlplatten.

Schließlich standen die Gruppen, verschwitzt, verschmutzt und keuchend, in einem kleinen, würfelförmigen Saal. Er war angefüllt mit Speichern und altmodisch wirkenden Karteien. Offensichtlich ein Raum, der zum Observatorium gehörte.

»Hier sind wir vorläufig in Sicherheit«, sagte Rhodan. »MAX . . . was befindet sich in diesen Karteien?«

»Unter anderem die geheimen Koordinaten unserer anderen Stützpunkte. Was sollen wir tun – die Vernichter werden auch hier eindringen und diese Daten finden.«

Rhodan schüttelte erst den Kopf und fuhr sich über die Augen.

»Das muß nicht sein«, erklärte er.

Der Baykalobo starrte ihn ohne Verständnis an.

»Warum nicht?«

»Es gibt ein Mittel dagegen.«

»Welches?« fragte der Insektenabkömmling.

Rhodan winkte Melbar Kasom heran und sagte:

»Kasom. Hier befinden sich sechs Baramos. Heben Sie jeden von ihnen auf. Wir gehen kein Risiko ein.«

Er ließ sich von Kasom die schwere Waffe geben, entsicherte sie und machte mit einigen Kommandos und einer Handbewegung Platz. Zwischen ihm und der Gruppe der zitternden Insektenwesen bildete sich eine breite Gasse.

Drei Männer justierten bereits wieder den Transmitter ein und hielten ihn schaltbereit.

Während Melbar Kasom mit seinen Pranken die einzelnen Baramos um die Körpermitte packte und mühelos hochhob, ehe sie noch dazu kamen, über die Maßnahme nachzudenken, richtete Rhodan den Lauf der Waffe auf den jeweiligen Baramo.

»Negativ.«

Der nächste.

»Wieder negativ.«

In den Gesichtern der Terraner zeigte sich erneut die ungeheure Nervenanspannung.

»Nichts.«

Wieder hob Kasom einen Baramo hoch, grinste breit und sagte laut:

»Immer noch kein Übernommener. Kein Grund zum Mißtrauen.«

»Warten wir ab.«

Der letzte.

Melbar Kasom griff nach ihm, aber der Insektenabkömmling drehte sich aus seinen Händen. Er holte aus der Tasche des Raumanzuges eine lange, schlanke Waffe heraus und richtete sie auf Rhodan. Kasom warf sich auf ihn, preßte seine mächtigen Arme um seinen Körper und hob ihn hoch.

Er schaffte einige Zentimeter, dann brach er fast zusammen. Mit einem gewaltigen Satz rettete er sich aus der Zone des Todes.

Rhodan stand mit gespreizten Beinen da, schoß fünfmal und schwankte unter dem Rückstoß der Projektile.

»Das war es. Wir hätten ihn beinahe in die CREST mitgenommen«, sagte er.

Es war dem Gegner gelungen, auch ein Mitglied der Raumschiffsbesatzung auszutauschen. Ob allerdings erst während der Auseinandersetzungen im Innern des Mondes oder schon vorher war im Moment gleichgültig.

Jedenfalls war diese Gefahr beseitigt.

Rhodan fuhr herum und schwenkte die Waffe. Zwischen den Schränken war ein Baramo aufgetaucht, der sich langsam Rhodan näherte. Er trug einen kastenförmigen Behälter unter dem Arm und blieb einige Schritte vor dem Terraner stehen. Die anderen fünf Baramos schienen plötzlich Respekt zu bekommen, jedenfalls wichen sie zurück und bildeten einen Ring um ihren Partner.

»Was ist das?« fragte Rhodan und deutete auf den unheimlich anmutenden Kasten.

Melbar Kasom war mit einigen schnellen Schritten heran, hob den Baramo hoch und setzte ihn dicht vor Rhodan wieder ab.

»Er ist etwas unterernährt«, sagte er, »sonst aber in Ordnung.«

Rhodan mußte grinsen.

»Das ist unser Chefastronom«, sagte einer der Raumfahrer wie entschuldigend. »Er hat . . .«

Der andere unterbrach ihn; man konnte aus dem Translator den Wortwechsel hören.

»Ich habe die Unterlagen. Ich wollte sie eben zerstören, um sie nicht in die Hände der Vernichter fallen zu lassen. Die Möglichkeit, von der Sie vorhin sprachen – was ist es?«

»Es wird am einfachsten sein, ich nehme Sie, Ihre Kameraden und die Unterlagen mit an Bord unseres großen Schiffes.«

Der Baramo neigte würdevoll seinen Kopf.

»Aus welchem Grund tun Sie das?« fragte er leise.

»Wir haben mit Ihnen einen Vertrag abgeschlossen.«

»Und Sie halten den Vertrag?«

»So gut wie möglich. Das heißt . . . vorausgesetzt, wir kommen hier lebendig heraus. Ich höre jenseits der Panzertür schon Lärm. Es werden unsere gemeinsamen Freunde sein.«

»Möglich. Hier im Block des Observatoriums gibt es viele Verstecke«, erklärte der Baramo. »Ich kann sie Ihnen zeigen.«

»Noch nicht nötig«, sagte Rhodan. »Warten wir noch einige Sekunden.«
Er schaltete das Armbandgerät ein und wiederholte seinen Ruf.
»Rhodan ruft Atlan . . . Atlan, bitte kommen!«
Das Gerät blieb stumm.

Atlan fluchte lautlos und erbittert.

Die CREST V befand sich, sämtliche neunundvierzig Korvetten an Bord sowie dreißig der geretteten Terraner und zwei Rebellen, wieder im Linearraum. Dreiundzwanzig Konusschiffe waren inzwischen zerstört worden, aber der Lordadmiral hatte die Landung von Gurradtruppen nicht verhindern können, obwohl die Transformkanonen pausenlos geschossen hatten.

»Es hat sich gezeigt, daß der Einbau des Kontrafeldstrahlers von entscheidender Wichtigkeit war«, sagte Merlin Akran und beendete einen Rechenvorgang. In wenigen Minuten würde die CREST wieder in der Nähe des Planeten erscheinen, den Mond anfliegen und den Rest der Terraner zu retten versuchen.

Die CREST war in den Linearraum geflohen und beabsichtigte, nach einer Zeit von zwei Minuten wieder zu erscheinen. An einer anderen Stelle und ebenso unerwartet. Dann würden die Richtschützen mit dem Kontrafeldstrahler die Paratronschutzschirme aufspalten – die Transformgeschütze taten dann das ihre, um die Schiffe flugunfähig zu schießen oder zu vernichten. Hundertzwanzig Sekunden.

Sie vergingen schnell. Dann brach die CREST dreihunderttausend Kilometer von BAY-1 entfernt wieder in den Normalraum ein. Die Sterne, der Planet, die Sonne und die drei Monde waren plötzlich auf den Schirmen der Panoramagalerie. Und knapp sechzig Schiffe. Sie bildeten ein System von Punkten, als ob BAY-1 zahlreiche kleine Monde hätte. Das Schiff, das der CREST am nächsten stand, eröffnete das Feuer.

Der Kontrafeldstrahl bohrte sich in den Paratronschirm, riß ihn der Länge nach auf, und dann vereinigten einige Transformgeschütze das Feuer ihrer Waffen auf das ungeschützte Schiff.

»Vierundzwanzig«, sagte jemand laut.

Atlan rief in das Mikrophon: »Atlan an Rhodan: Transmitter frei!«

»Verstanden, Arkonide – hoffentlich bleibst du etwas länger in der Nähe des Mondes.«

»... *hoffentlich bleibst du etwas länger in der Nähe des Mondes!*« sagte Rhodan und winkte.

Ein Terraner nahm den Baramo am Arm, hielt die Kassette mit den wertvollen Unterlagen fest und trat durch den Transmitter. Er löste sich sofort auf und rematerialisierte auf der CREST.

»Schneller!« rief Rhodan. »Sie sind schon jenseits des Schotts.«

Die angreifenden Pseudo-Gurrads hielten sich nicht mit Kleinigkeiten auf. Das Feuer ihrer Waffen vereinigte sich auf den Riegeln und Verschlüssen der runden Stahlplatte. Der Stahl begann zuerst zu rauchen, dann rotglühend zu werden, schließlich zeichneten sich weißglühende Kreise ab. Die Riegel fielen.

»Paladin – los!« rief Melbar Kasom.

Der Roboter stapfte heran und baute sich vor dem Schott auf. Hinter dem Koloß vollzog sich der endgültige Rückzug der Terraner aus dem Mond BAY-1.

Neben Rhodan warteten Kasom und Thorens mit feuerbereiten Waffen. Der Transmitter war in die äußerste Ecke des Raumes gezerrt worden. Dort war er einige Sekunden länger geschützt.

»Schaffen wir es?« fragte Rhodan laut.

Er fühlte, wie ihm breite Streifen von schmutzigem Schweiß über das Gesicht liefen. Der ausgeglühte Stahl rief Übelkeit hervor, und die Exhaustoren funktionierten nicht mehr. Rhodan richtete seine Waffe auf die Beleuchtungskörper und zerschoß einige von ihnen.

Ein donnerndes Krachen erscholl.

Die große Stahlplatte fiel langsam in den Raum hinein, und der Paladin regierte mit Bewegungen, die schneller waren als die Leistungsfähigkeit des menschlichen Auges. Er bückte sich, griff nach der Platte und richtete sich wieder auf. Dann schleuderte er die Platte den Angreifern entgegen. Er stürzte der Platte nach und hieb wild um sich.

»Rechts!« sagte Rhodan scharf und schoß zusammen mit Thorens auf die beiden Pseudo-Gurrads, die von der linken Seite her in den Raum eindringen wollten.

Melbar Kasom hatte eben sein letztes Magazin eingesetzt und feuerte einen breiten Strom von Raketen in die Schleusenöffnung.

Rhodan drehte sich um.

Seine Augen durchsuchten die Dunkelheit.

Er sah ... daß außer ihm, Thorens, Kasom und Paladin niemand mehr im Raum war. Die Terraner und die Baykalobos waren in Sicherheit.

»Thorens – los. Transmitter!« stieß er hervor.

»Nach Ihnen, Sir«, sagte Thorens mit Galgenhumor, griff Rhodan um die Schultern und stieß ihn in die Richtung auf den Transmitter.

Zusammen verschwanden sie.

»Paladin!« brüllte Kasom mit der konzentrierten Kraft seiner Lungen.

Der riesige Roboter antwortete während des Kampfes. Riesige Lautsprecherleistungen verwandelten die Antwort in einen Geräuschorkan.

»Ja?«

»Ich springe zurück und taste die Vernichtungsschaltung ein. Du hast, wenn ich weg bin, nur noch zehn Sekunden Spielraum.«

»Verstanden. Los!«

Der USO-Spezialist visierte sorgfältig, leerte das letzte Magazin und schaltete an dem Mechanismus den Regler für die Vernichtungsschaltung um. Dann schleuderte er die leergeschossene Waffe am Paladin vorbei gegen den Kopf eines Pseudo-Gurrads und verschwand.

Der Paladin zog sich zurück, wartete, solange er es verantworten konnte, und sprang dann zwischen die Energiesäulen des Transmitters.

Und tauchte in der CREST auf.

Noch bevor sich der Transmitter in einer gewaltigen Detonation in Gas auflöste und das Archiv der Baramos vernichtete, gelang es einem der nachsetzenden Pseudo-Gurrads, die CREST zu entern.

Kasom, der eben erschöpft neben Thorens dem Ausgang der Transmitterhalle zuwankte, blieb stehen, als habe ihn der Schlag getroffen.

»Verdammt!« schrie er wütend auf. »Nicht einmal in der CREST hat man seine Ruhe vor diesen Quälgeistern. Zeige es ihm, Paladin!«

Die unbewaffneten Bedienungsmannschaften sprangen in Deckung, und die wenigen Raumsoldaten, die noch ihre Waffen in den Händen hielten, gaben gezielte Schüsse ab.

Dann senkte sich der Paladin auf die Laufarme, nahm einen Anlauf und raste wie ein startendes Schiff dicht über dem Boden auf den Gegner zu. Der Zusammenprall warf beide zurück, aber da war schon der Robot mit seinen schnellen Bewegungen über dem Gurrad. Auch jetzt wirkten die mechanischen Kräfte und die Projektile zusammen. Drei Meter vor den Grenzlinien des Transmitters endete das unheimliche Leben dieses Wesens.

Rhodan stand neben dem Ausgang, schüttelte jetzt fassungslos den Kopf und murmelte:

»Das war knapp!«

Vor ihm stand nur Sekunden später der Lordadmiral. Er war aus der

Kommandozentrale nach unten gerast. Jetzt lag sein Arm um die Schultern Rhodans, und Atlan fragte:

»Alles klar?«

»Selbstverständlich..Wir haben nicht ein Opfer zu beklagen.«

Dann blieb er stehen und sah Atlan erschrocken ins Gesicht.

»Die Korvette . . . ich bekam eine Meldung, daß sie gestartet sei. Ich meine die Korvette, mit der ich den Mond angeflogen habe. Was ist mit ihr los? Eingeschleust?«

Atlan schüttelte den Kopf.

»Nein. Sie wurde vernichtet, als sie starten wollte. Sie lag, als ich sie das letztemal sah, als rauchender Schrott in dem Hangar.«

»Mein Gott – die Männer.«

»Beruhige dich«, erwiderte Atlan. »Soeben geht die CREST V in den Linearraum. Die sechzehn Männer haben sich mit schweren Kampfanzügen retten können. Sie flogen aus der Schleuse und versteckten sich in den Spalten der Oberfläche. Ich habe sie eingeschleust.«

Rhodan sah seinen Freund mit Erleichterung an.

»Kein Mensch hat ahnen können, daß der erste Kontakt mit den Rebellen der Baramos in einen derartig harten und erbarmungslosen Kampf ausartet. Die Übernommenen haben nur auf uns Jagd gemacht; die Baramos haben sie nicht angetastet.«

Atlan atmete tief ein und aus.

»Das ist erledigt, und wir alle sind in Sicherheit«, sagte er. »Jedenfalls für den Augenblick.«

6.

13. Juni 2437

Die CREST V stand im Nordostsektor der Kleinen Magellanschen Wolke. Die Bordpositronik hatte die Ereignisse und Informationen von BAY-1 ausgewertet und gleichzeitig die neuen Berechnungen mitverarbeitet, die inzwischen von NATHAN eingetroffen waren.

Die Baykalobos MAX-1 und MAX-2 waren dabei, als die Positronik ihre Ergebnisse in der Zentrale vortrug, die in der Hauptsache aus bekannten Hypothesen bestanden, soweit sie die Baramos und die Herrscher der KMW betrafen. Die Positronik forderte:

»Voraussetzung für die Richtigkeit der Berechnungen ist, daß die Unterlagen keinen Fehler enthalten. Ich schlage vor, daß ein Einsatzkommando auf dem Ursprungsplaneten der Baramos landet und Informationen über die besonderen Bedingungen dieses Planeten einholt. Die Sicherstellung von Baramo-Eiextrakt zu Untersuchungszwecken wird dringend empfohlen.«

Perry Rhodan hatte nichts anderes erwartet. Die Folgerungen des Rechengehirns hinsichtlich der Gefahr für die Milchstraße waren konkreter.

Danach hatte die sogenannte langfristige Infiltrations-Offensive der Ersten Schwingungsmacht erheblich an Bedeutung verloren. Als wichtiger wurde die derzeitige Taktik der Zurückhaltung eingeschätzt, die sowohl von den Dolans als auch von den Konusraumschiffen innerhalb der KMW geübt wurde.

Diese Taktik hätte einen schwerwiegenden und bedrohlichen Grund. Abel Waringers Team, so berichtete NATHAN, mußte bei der Untersuchung der Kontrafeldstrahler der ausgestorbenen Lemurer erhebliche konstruktiv bedingte Schwächen erkennen. Zum Beispiel sei der hyperfrequente Phasenregler der Waffe anfällig für bestimmte physikalische Einwirkungen; so könnte der Transmissionsleiter durch eine Verlagerungsschaltung, also ein vorgelagertes Fremdparatronfeld, die Wirkung des Kontrafeldstrahlers vom eigentlichen Ziel in den Hyperraum ablenken, wodurch die Waffe unwirksam würde. Falls die Beherrscher der KMW über ausreichende Laboratorien und Positroniken verfügten, dürfte es ihnen nicht schwerfallen, innerhalb absehbarer Zeit ein Gegengerät zu entwickeln und in Massen zu produzieren.

»So lange wollen die Vertreter der Ersten Schwingungsmacht uns offenbar hinhalten«, schloß die Positronik. »Dafür spricht weiterhin, daß die Dolans zwar immer noch die relativ ungeschützten Außenplaneten des Solaren Imperiums angreifen, aber sofort fliehen, wenn ein terranisches Kampfschiff auftaucht. Das wird als Ablenkungstaktik eingestuft. Es wird empfohlen, umgehend mehr über die Erste Schwingungsmacht in Erfahrung zu bringen, ihre schwachen Punkte herauszufinden und dort zuzuschlagen, wo dem Gegner entscheidender Schaden zugefügt werden kann. Vordringlich sollte das Geheimnis der Baramo-Eier enträtselt werden.«

Perry Rhodan und Atlan sahen sich vielsagend an.

Einen Teil von dem, was die Positronik ihnen soeben mitgeteilt hatte, hatten sie bereits geahnt. Nun war es zur Gewißheit geworden, daß die Zeit gegen das Solare Imperium und für die Erste Schwingungsmacht arbeitete.

»Die Zeit brennt uns unter den Nägeln, Freund«, erklärte der Arkonide sorgenvoll. »Was willst du tun?«

»Die Ratschläge befolgen, was sonst.«

Roi Danton ging zum Kartentisch hinüber, wo sein Vater mit den geretteten Baykalobos diskutierte.

Dort angekommen, musterte Roi die Sternkartenprojektion. Sie stammte aus dem Material der Baykalobos. Roi erkannte, daß das Huas-System 5012 Lichtjahre vom sogenannten Sektor KMW-Nord entfernt war. In KMW-Nord standen fünftausend Schiffe der Imperiumsflotte in Bereitschaft.

»Wir müssen ziemlich dicht an den Zentrumskern der Kleinen Magellanschen Wolke herangehen«, sagte Oberst Akran soeben warnend. »Die dort herrschende starke Hyperstrahlung wird eine Funkverbindung zu KMW-Nord unmöglich machen, Sir.« Er blickte Perry Rhodan an.

Der Großadministrator nickte. Sein Gesichtsausruck wirkte konzentriert. Die grauen Augen blickten kühl und entschlossen auf die durch einen roten Ring markierte weiße Sonne Huas, deren dritter Planet identisch war mit der Ursprungswelt der Baramos.

»Ich weiß, Akran. Deshalb werde ich der Flotte in KMW-Nord auch die Koordinaten von Baykalob übermitteln.«

Er wandte sich an Oberstleutnant Ditmond Algur, den Chef des strategisch-technischen Planungsstabes der CREST V.

»Welche Zeitspanne haben Sie für den geplanten Einsatz errechnet?«

Ditmond Algur hob den schmalen, hochstirnigen Schädel und blickte ihn aus seltsam hellen Augen an. Mit den Fäusten stützte er sich auf die Kante des Kartentisches.

»Mindestens zwölf und höchstens achtzehn Tage, Sir. Ich habe alle Details und den maximal zu erwartenden Schwierigkeitsgrad berücksichtigt.«

»Danke!«

Rhodan stellte den Interkom zur Funkzentrale durch und diktierte einen Hyperfunkspruch an die Einsatzflotte KMW-Nord, wobei er besonders darauf hinwies, daß sein Einsatz nicht länger als achtzehn

Tage dauern würde. Meldete er sich nach Ablauf dieser Zeitspanne nicht wieder, so sollte sich die Flotte zum Huas-System in Marsch setzen.

»Koordinaten und Spruchtext sind über die Funkbrücke unverzüglich zum Flaggschiff Staatsmarschall Bulls weiterzuleiten«, schloß er. »Während der Abwesenheit der CREST V hat Staatsmarschall Bull volle Handlungsfreiheit. Melde ich mich nicht wieder, kann er über die fünfzigtausend Kampfschiffe im Sektor Morgenrot nach eigenem Ermessen verfügen. Ende.«

Er schaltete ab und sah Atlan lächelnd an.

»Zufrieden?«

Der Arkonide erwiderte den Blick, aber er lächelte nicht.

»Vorerst ja. Ich bitte jedoch darum, nicht zu vergessen, daß selbst hunderttausend Kampfschiffe uns nicht mehr helfen können, wenn die CREST V vernichtet werden sollte.«

»Das wird nicht geschehen. Oberstleutnant Algur, bitte tragen Sie die strategisch-taktische Planung detailliert vor.«

Ditmond Algur nickte und sagte:

»Bitte, nehmen Sie Platz. Mein Vortrag dauert etwa fünfundsiebzig Minuten – wenn ich mich kurz fasse.«

Er lächelte ironisch, als er Atlans unwilliges Stirnrunzeln bemerkte.

»Ich möchte nicht unbescheiden sein, meine Herren, aber diese fünfundsiebzig Minuten ersparen uns viele Stunden späterer Diskussionen, wenn jeder konzentriert zuhört und danach Ergänzungsfragen stellt.«

»Worum ich dringend ersuche«, ergänzte Perry Rhodan.

Nachdem jeder Mann sowie die acht Baykalobos Platz genommen hatten, begann Oberstleutnant Algur mit seinem Vortrag.

Es stellte sich heraus, daß der strategisch-technische Planungsstab zusammen mit der großen Bordpositronik mehrere Rahmenpläne mit allen erforderlichen mutmaßlichen Einzelheiten vollgestopft hatte, so daß die führenden Offiziere des Flaggschiffs eigentlich durch keine Situation mehr überrascht werden konnten. Selbst solche Kleinigkeiten wie es die Bewaffnung und Ausrüstung jedes einzelnen Mannes der geplanten Einsatzkommandos waren, waren nicht vergessen worden.

Der Plan enthielt aber auch einen vollkommen neuen Faktor: Für kein einziges eventuelles Einsatzkommando war Perry Rhodan vorgesehen!

Ditmond Algur schien Rhodans Protest vorhergesehen zu haben, denn er fügte seinen Ausführungen hinzu:

»Ihr Name wurde nicht willkürlich von mir ausgelassen, Sir. Die Berechnungen sind lediglich über die Dauer des Einsatzes ausgedehnt worden und führten zu dem Schluß, daß die Person des Großadministrators bei jedem der möglichen Kampfeinsätze entbehrlich sei, nicht aber als materiell und ideell führende Kraft für die Erhaltung des Solaren Imperiums.«

Perry Rhodan hörte mit verkniffenem Gesicht zu. An seinen Schläfen traten deutlich die Zornesadern hervor. Dennoch beherrschte er sich. Mit gepreßter Stimme entgegnete er:

»Ich habe zahllose Einsatzkommandos geführt, bevor Sie überhaupt auf die Welt kamen, Oberstleutnant. Meinen Sie nicht auch, daß es Ihnen nicht zusteht, über meine Person zu verfügen?«

Algur blickte ihm gelassen in die Augen. Ebenso gelassen erwiderte er:

»Es steht Ihnen selbstverständlich frei, den Plan in dieser Beziehung zu ändern. Aber meine Pflicht ist es, alle möglichen Konsequenzen zu berücksichtigen und meiner Verantwortung nicht aus Gründen des persönlichen Respekts vor Ihnen auszuweichen. Deshalb wiederhole ich noch einmal: Ihre Beteiligung an den geplanten Einsätzen ist absolut unnötig; gemessen an der Bedeutung Ihrer Person für den Zusammenhalt des Imperiums wäre sie sogar unverantwortlich. Das wär's.«

Rhodan wollte von seinem Sessel auffahren, aber Atlans Hand legte sich schwer auf seine Schulter.

»Oberstleutnant Algur hat völlig recht, Freund«, erklärte der Lordadmiral energisch. »Er hat nichts anderes gesagt als das, was ich – und nicht nur ich – dir immer wieder vorgehalten habe. Und ich sage dir: Du wirst entweder Plandisziplin wahren, oder ich kündige dir die Freundschaft!«

Perry Rhodan schluckte hörbar. Dann holte er tief Luft und erklärte:

»Das ist nicht mehr nötig.« Er lächelte matt. »Ich werde also Plandisziplin üben. Oberst Akran, wann können wir aufbrechen?«

»In etwa einer Stunde, Sir. So lange dauert es, bis ich den genauen Kurs detailliert berechnet und in die Navigationsgehirne eingegeben habe.«

»Gut, also dann . . .« Rhodan sah auf das helle Rechteck der Zeitansage. » . . . Start um null Uhr vierzehn.«

»Auf der CREST V während des Linearflugs mit Kurs auf die Sonne Huas, am 14. Juni 2437 Erdzeit, 2 Uhr 31. Roi Danton spricht. Die Entscheidung ist gefallen. Wir werden den Planeten Baykalob aufsuchen und – wie ich hoffe – das Geheimnis der Baramo-Eier enträtseln. Bisher verlief der Flug ohne Zwischenfälle. Die CREST V hat im Verlauf der ersten Linearetappe dreihundert Lichtjahre zurückgelegt. Die zweite Linearetappe soll uns vierhundertdreißig Lichtjahre näher an Huas heranbringen.

Die relativ kurzen Linearetappen sind notwendig, um die Gegend, die wir betreten, so gut wie möglich zu erkunden und eine Zunahme des Fremdschiffsverkehrs so früh wie möglich zu erkennen.

Zweifellos ist Baykalob von der Ersten Schwingungsmacht gut abgeschirmt worden. Deshalb müssen wir uns anschleichen, denn eine vorzeitige Ortung könnte unser Unternehmen zum Scheitern verurteilen.

Die wichtigste Entscheidung der letzten Lagebesprechung aber scheint mir zu sein, daß mein Vater sich endlich den begründeten Argumenten nicht mehr verschlossen hat und auf eine Beteiligung an den geplanten Einsätzen verzichtet.

Ich bin froh und glücklich darüber, nicht nur, weil Perry Rhodan mein Vater ist, sondern auch, weil die Menschheit ihn dringender braucht als jemals zuvor. Zwar sieht es augenblicklich noch so aus, als wären die schlimmsten Zeiten für das Solare Imperium vorüber, aber die Berechnungen und Schlußfolgerungen der Positronik haben uns klargemacht, daß die größten Schwierigkeiten uns erst noch bevorstehen.

Eine einzige waffentechnische Neuentwicklung der Pseudo-Gurrads könnte das Blatt wenden und unter Umständen erneut die Existenz der Menschheit in Frage stellen. Ein Chaos wäre die Folge, und mein Vater ist der einzige Mann, der in solcher Lage als ruhender Pol fungieren könnte.

Was den Einsatz auf Baykalob angeht, so werde ich versuchen, die Leitung des Kommandos zu erhalten. Ich fühle mich nicht mehr als Freihändler, sondern als exponierter Vertreter des Solaren Imperiums. Als solcher ist es meine Pflicht, meine Kräfte dort einzusetzen, wo das größte Maß an Einsatz- und Opferbereitschaft gefordert wird.

Sollte ich von diesem Einsatz nicht zurückkehren, so bitte ich meinen Vater, der dieses Notizbuch sicher zuerst anhören wird, folgende Koordinaten aufzusuchen und mein Vermächtnis zu übernehmen . . .«

Roi Danton schwieg einige Sekunden lang, dann sprach er die Koordinaten ins Flachmikrophon des positronischen Notizbuches.

Als Perry Rhodan nach einer zweistündigen Ruhepause die Zentrale betrat, fand er Iwan Iwanowitsch Goratschin im Kreis der acht Baykalobos am Kartentisch, in ein Gespräch über die Vorgeschichte der Baramos vertieft.

Die acht Baykalobos schienen dem Doppelkopfmutanten von vornherein ohne Scheu begegnet zu sein. Dafür zeigten sie mit ihren Fragen einen fast penetranten Wissensdurst. Weniger ausgeglichene Menschen als der Gehirnzwilling wären sicher längst ungehalten geworden.

Perry Rhodan trat zu der eifrig diskutierenden Gruppe. Er nickte Goratschin zu und ließ sich in einen Sessel fallen.

»Wie geht es Ihnen, Iwan und Iwanowitsch?«

Die beiden Köpfe des Mutanten wandten sich ihm zu.

»Ausgezeichnet«, sagte Iwan.

»Es könnte besser sein«, entgegnete Iwanowitsch, »wenn mein Bruder sich mit mir über das Diskussionsthema einigen würde. So muß ich ständig umdenken. Man bekommt allmählich Kopfschmerzen davon, Sir.«

Iwan schnitt eine Grimasse.

»Hören Sie nicht auf ihn, Sir. Er möchte die Baramos unbedingt nach ihrer Vergangenheit ausfragen und sieht nicht ein, daß ich ihnen auch auf ihre Fragen antworten muß.«

Rhodan lächelte, weniger über die Meinungsverschiedenheiten zwischen den beiden Gehirnen – das war nichts Ungewöhnliches –, sondern über die Reaktion der Baykalobos.

Die Insektenabkömmlinge hatten den Streit natürlich über Translator verfolgen können. Nun debattierten sie aufgeregt über das Phänomen zweier Individuen in zwei Köpfen und einem gemeinsamen Körper.

Iwan und Iwanowitsch stritten sich noch einige Sekunden lang, dann brachen sie verwundert ab. Offensichtlich nahmen sie erst jetzt wahr, worüber die Baramos debattierten.

»Sprich du für uns«, sagten die beiden Köpfe gleichzeitig in seltener Übereinstimmung. Ebenfalls gleichzeitig lachten sie ironisch.

»Also werde ich sprechen, einverstanden?« fragte Iwan.

Iwanowitsch nickte.

»Hört mir bitte zu, teure Insektenfreunde!« rief Iwan Goratschin ins Mikrophon der Translatoranlage.

Die Baykalobos verstummten und richteten ihre Kombinobänder auf den Doppelkopfmutanten.

Iwan setzte ihnen mit erstaunlicher Exaktheit auseinander, wie es sich mit den beiden in sich geschlossenen Bewußtseinen seiner beiden Köpfe verhielt. Er schloß mit den Worten:

»Populärwissenschaftlich ausgedrückt: Unsere beiden Bewußtseine benötigen hin und wieder einen kleinen Streit untereinander, damit sie sich ihrer Individualität bewußt bleiben und nicht als gleichgeschaltetes Kollektivgehirn verkümmern. Entgegen zahlreicher wissenschaftlicher Theorien würde sich dadurch die Intelligenz nämlich nicht verdoppeln, sondern sich um mindestens fünfzig Prozent verringern. Außerdem könnte ich meine Parafähigkeit nicht mehr ausüben.«

Er grinste breit, als er aus dem Translatorlautsprecher Ausrufe des Erstaunens wahrnahm.

»Bist du bereit, Bruder Iwanowitsch?«

»Bereit, Brüderchen«, antwortete der andere Kopf.

Iwan deutete in die Luft, wo sich die Strahlen der Deckenbeleuchtung an flirrenden Staubkörnern brachen.

»Ein Körnchen nur, bitte!«

Die zwei Augenpaare Goratschins richteten sich auf die kaum erkennbare Substanz. Den Bruchteil einer Sekunde später zuckte mitten in der Luft ein kugelförmiger Blitz auf und erlosch, bevor Perry Rhodan geblendet die Augen schließen konnte.

»Das waren höchstens drei Millionen Atome«, erklärte Iwan. »Vielleicht genügte es aber, um sich vorstellen zu können, was bei Zündung der Atome eines Roboters oder eines Lebewesens geschehen wäre . . .«

»Wir sind sehr beeindruckt«, sagte einer der Baramos und stellte sich rasch als MAX-7 vor. »Mit dieser Fähigkeit sind Sie jedem Pseudo-Gurrad, wie Sie die Vernichter nennen, hoch überlegen, Goratschin.«

Goratschin wiegte seine beiden Köpfe.

»Erstens muß ich den Pseudo-Gurrad sehen können – und zweitens kann ich immer nur eins dieser Wesen auf einmal unschädlich machen.«

»MAX-1«, meldete sich einer der Insektenabkömmlinge. »Wir begreifen nun, was ihr unter Parafähigkeiten versteht. Es ist ein Phänomen, das wir gern genauer erforschen möchten.«

»Sobald die Erste Schwingungsmacht besiegt ist, steht dem nichts mehr im Wege«, erwiderte Perry Rhodan. »Sie werden verstehen, daß unsere Mutanten – wie wir die Wesen mit Parafähigkeiten nennen – zur Zeit ihre Kräfte schonen müssen, um im Notfall voll einsatzbereit zu sein.«

»Das sehen wir ein«, sagte MAX-1. »Wir werden Ihnen helfen, damit die Vernichter bald endgültig zurückgeschlagen werden.«

Rhodan erhob sich wieder.

»Ich komme darauf zurück. Nun entschuldigen Sie mich bitte. Ich muß mich um den Kurs kümmern.«

Er ging durch die Kommandozentrale zu jener Empore, auf der Merlin Akrans breites Schaltpult stand.

»Bis jetzt keine Zwischenfälle, Sir«, sagte der Epsaler mit seinem dröhnenden Baß, noch bevor der Großadministrator ihn angesprochen hatte. »In zwei Minuten treten wir in den Normalraum ein; ich hoffe, dort einige gute Tasterechos zu erhalten.«

Er warf einen schnellen Blick auf den Wandlerschirm der Relieftasterortung. Inmitten eines Irrgartens von grell leuchtenden Energiespiralen und sich drehenden nebelhaften Spindeln leuchtete leicht nach Backbord versetzt das Bild einer tiefroten großen Sonne.

Nachdem er einige Meßinstrumente abgelesen und eine Berechnung mit dem Pultcomputer vorgenommen hatte, fuhr Akran fort:

»Wir werden in nur achtzehn Lichtminuten Distanz zu dieser Sonne herauskommen. Das deckt uns weitgehend gegen Fremdortung ab und ermöglicht zugleich einen eigenen Erfassungswinkel von hundertzwanzig Grad.«

»Maßarbeit, was?« fragte Rhodan und lachte.

Der Epsaler grinste über das ganze breite Gesicht.

»Der Sohn meines Vaters macht nur Maßarbeit, Sir.«

Perry Rhodan ließ sich auf dem Reservesitz schräg hinter Akran nieder und nickte.

»Sonst wäre er nicht Kommandant meines Flaggschiffs. Ich bin gespannt, ob wir bereits eine Raumverkehrsschneise berührt haben.«

Merlin Akrans Berechnungen stimmten genau. Die CREST V fiel achtzehn Lichtminuten steuerbords der Sternatmosphäre in den Normalraum zurück. Ihre starken Impulstriebwerke hoben die hohe Fahrt innerhalb von sechs Minuten nahezu auf. Das Schiff bewegte sich langsam in einer Kreisbahn um die rote Sonne. Ihre Backbordtriebwerke feuerten ab und zu, um die starke Anziehungskraft des Sterns zu kompensieren.

Zwei Bildschirme über Akrans Pult zeigten die beiden Männer der Ortungsauswertung. Sie saßen vor ihren Computern und werteten laufend die Ergebnisse aus, die von der Mannschaft der Ortungszentrale erzielt wurden.

Die rote Sonne verfügte über acht Planeten. Da die Energieortung jedoch keine Emissionen freigesetzter Kernenergie feststellte, waren sie für die Aktion bedeutungslos. Innerhalb der KMW interessierten zur Zeit nur solche Himmelskörper, auf denen intelligente Wesen das Geheimnis der gesteuerten Kernfusion ergründet und damit die Voraussetzung zur Entwicklung der interstellaren Raumfahrt geschaffen hatten.

Einmal wurden die Energieechos von drei Konusraumern ausgemacht. Die Schiffe der Pseudo-Gurrads schienen die rote Sonne ebenfalls als Orientierungspunkt zu benutzen. Diese Tatsache wurde sofort in der Bordpositronik verankert; sie konnte für spätere Aktionen nützlich sein.

Ansonsten blieb der Raum »stumm«, wenn man von den Hyperechos absah, die ihren Ursprung in der Hyperstrahlung des fernen Zentrums hatten.

Aus diesem Grund nahm die CREST V nach einer Umkreisung der Sonne wieder Fahrt auf. Bei achtzig Prozent LG wurden die Impulstriebwerke abgeschaltet, der erste Kalup schickte die Schallwellen seines Arbeitsgeräuschs durch das ganze Schiff. Eine flimmernde Energieblase baute sich um die CREST V auf – und wurde unsichtbar, als das Ultraschlachtschiff in den Linearraum gezogen wurde.

Diesmal hatte Merlin Akran eine Linearetappe von anderthalbtausend Lichtjahren angesetzt.

»Nach den Unterlagen der Baykalobos sind wir nur noch vierhundert Lichtjahre von der Sonne Huas entfernt, Sir«, berichtete er, nachdem Rhodan von einem Bordrundgang zurückgekehrt war und sich neben ihm niedergelassen hatte.

Die CREST V war vor wenigen Minuten in den Einsteinraum zurückgekehrt und hatte sich erneut in den Ortungsschutz einer Sonne begeben.

Laufend gingen Ortungs- und Meßergebnisse ein. Die Sonnendichte betrug in diesem Raumsektor 1,2 Lichtjahre. Näher an Huas heran wurde sie auf 0,5 Lichtjahre geschätzt. Ständig wirbelten – wenn auch für menschliche Zeitbegriffe unendlich langsam – gigantische Materiemengen aus dem rotierenden Kern der Kleingalaxis. Sie schufen einen breiten Ring leuchtenden Wasserstoffs außerhalb des eigentlichen Zentrumskerns und sonderten Ballungen ab, in denen man die Sternentstehung der verschiedensten Entwicklungsstufen deutlich beobachten konnte.

»Es ist ein ähnlicher Vorgang wie in unserer Galaxis, Sir«, berichtete der Chefastronom. »Das Zentrum der KMW fängt die ›Abfälle‹ der Galaxienbildung ein, die als Halo die ganze Satellitengalaxis umgeben, aber die Tendenz zeigen, zu den beiden Polen des Kerns zu strömen. Innerhalb des Kerns wird die Materie aufgeheizt, teilweise auch ›veredelt‹ und nach der Verdichtung abgeschleudert. Danach beginnt die Sternentwicklung. Am Ende steht die Freigabe der Materie als Folge von Supernova und das erneute Eingliedern in den Zyklus der Evolution, wobei die schweren Elemente von Stufe zu Stufe zunehmen.«

Rhodan nickte ihm dankend zu, ließ sich die letzten Ortungsdaten geben und besprach mit Merlin Akran die letzte Phase der Annäherung an das Huas-System.

Sie einigten sich darauf, künftig nur noch Linearetappen kleineren Ausmaßes durchzuführen und jeweils den Normalraum nur im Ortungsschutz von Sonnen aufzusuchen.

Diese Vorsichtsmaßnahmen waren berechtigt, denn die Ortungszentrale meldete immer wieder Einzelschiffe der Pseudo-Gurrads oder ganze Verbände von Konusschiffen, Tatsachen, die zwar bereits von den Erkundungskreuzern registriert worden waren, aber erst bei längerem Verweilen in Zentrumsnähe an Gewicht gewannen.

Nach und nach legte die CREST V in kurzen Linearetappen zwei Drittel der restlichen Entfernung zu Huas zurück. Praktisch tastete sie sich dabei von Sonnensystem zu Sonnensystem vor. Die Energieechos von Konusschiffen wurden immer öfter registriert.

Der Funkverkehr zu den Relaisschiffen und Erkundungskreuzern brach völlig zusammen. Die starke Hyperstrahlung des galaktischen Zentrums überlagerte die relativ schwachen Hyperkomwellen von Raumschiffen.

Die Männer der CREST waren endgültig auf sich allein gestellt.

Perry Rhodan sah an ihren Gesichtern die seelische Anspannung, der sie ausgesetzt waren. Er fühlte diese innere Anspannung auch bei sich selbst, obwohl er wahrscheinlich mehr solche Einsätze geflogen war als alle fünftausend Besatzungsmitglieder zusammen.

Plötzlich wurde Rhodan durch Oberst Akrans erbittertes Fluchen aufgeschreckt.

Er blickte den Kommandanten vorwurfsvoll an. Doch Merlin Akran schien seinen Blick gar nicht zu bemerken. Er starrte auf das Zentrum des Reliefschirmes und nahm gleichzeitig mit beiden Händen Einstellungen an der RS-Justierung vor.

Die Wiedergabe änderte sich, wurde einmal heller, dann dunkler, dann wieder durchlief sie alle Farben des Spektrums. Eines jedoch blieb unverändert: der tiefschwarze kreisrunde Schatten, der sich langsam über den angepeilten Zielstern schob und anscheinend Bestandteil eines vielfarbigen größeren Ringes war.

»Was ist das?« fragte Perry Rhodan verwundert. Er hatte eine solche Erscheinung noch nicht gesehen. Vor allem aber hätte sie niemals auf dem Reliefschirm erscheinen dürfen, wo im Gegensatz zu den Panoramaschirmen die Realität des Normalraums abgebildet wurde.

Akran zuckte die mächtigen Schultern.

»Ich wollte, ich wüßte es, Sir.«

»Sieht aus, wie Iris und Linse eines dämonischen Auges«, murmelte Atlan, der neben den Großadministrator getreten war. »Eigentlich erstaunlich, daß wir dieses Phänomen des Zwischenraums noch nicht kennen.«

»Wenn ich Sie darauf hinweisen darf, Lordadmiral . . .«, begann Merlin Akran, wurde jedoch von dem Arkoniden schroff unterbrochen.

»Ich weiß, der Reliefschirm bildet nur den Normalraum ab. Das Phänomen ist aber auch auf den Panoramaschirmen zu sehen. Folglich existiert es auch im Zwischenraum.«

»Verdammt!« knurrte Akran. Sein ölig glänzendes Gesicht wurde grau. Mit geweiteten Augen starrte er abwechselnd auf den Normalkontrollschirm und den Reliefwandlerschirm.

Das »Auge« wirkte im Zwischenraum blasser als im Normalraum, aber keineswegs harmloser. Vor allem veränderte es sich nicht wie alle anderen Erscheinungen der Librationszone. Und es stand näher an der CREST V. Die tiefschwarze Linse wölbte sich allmählich vor wie ein finsterer Sack, der das Schiff zu verschlingen drohte.

»Ändern Sie den Kurs um neunzig Grad Backbord, Akran!« befahl Rhodan mit vor Erregung heiserer Stimme. »Ich halte es für besser, dem Ding auszuweichen, was immer es sein mag.«

Der Kommandant bestätigte, gab einige Kommandos über Interkom und übernahm das Ultraschlachtschiff in Manuellsteuerung.

Die CREST V wich allmählich nach Backbord vom bisherigen Kurs ab. Bei zehntausendfacher Lichtgeschwindigkeit mußte man die Ausweichkurve nach Lichtminuten rechnen. Schon bald wurde allen Beteiligten klar, daß Rhodans Ausweichbefehl zu spät gekommen war.

»Was soll ich tun, Sir?« fragte Akran mit gedämpfter Stimme. »In den Normalraum gehen?«

Perry Rhodan überlegte angestrengt. Das augenähnliche Gebilde mußte, wenn der Eindruck nicht täuschte, mindestens dreihundert Lichtjahre durchmessen. Wahrscheinlich gehörten unvorstellbare Energiemengen dazu, so etwas überhaupt aufzubauen. Andererseits glaubte er nicht, daß es sich dabei um eine Abwehrwaffe der Ersten Schwingungsmacht handelte; dafür war der Wirkungsradius einfach zu groß. Kein intelligentes Wesen verschwendet unnötig Unmengen von Energie.

Er wünschte, es wäre Zeit genug für Berechnungen mit Hilfe der Bordpositronik. Diese Zeit aber hatten sie nicht.

»Ich fürchte, es handelt sich um eine seltene Abart eines Energiesturms«, antwortete er. »Wir dürften ihm im Normalraum schutzloser ausgesetzt sein als im Linearraum. Richten Sie den Kurs wieder normal aus, Akran. Wir fliegen genau in die schwarze Linse hinein.«

Lordadmiral Atlan lachte. Wahrscheinlich sollte es ironisch klingen; es klang jedoch bestenfalls verkrampft.

»Die alte bewährte Taktik von euch Barbaren«, flüsterte er. »Den Stier bei den Hörnern packen.«

Rhodan preßte die Lippen zusammen, bis sie nur noch blutleeren Strichen glichen. Merlin Akran hatte inzwischen Alarm gegeben. Jeder Mann und jede Frau an Bord würde sich jetzt anschnallen und die Druckhelme schließen.

Er schloß seinen Helm ebenfalls, als die Schirme der Panoramagalerie und der Reliefschirm gleichzeitig schwarz wurden. Wie unter hypnotischem Zwang verfolgte er den grünen Elektronenbalken des Geschwindigkeitsrechners.

Soeben wanderte er über die Dreißigtausend-Lichtjahrmarkierung.

Also dreißigtausendfache Lichtgeschwindigkeit.

Sekunden später waren es vierzigtausend, dann fünfzigtausend.

Eine ungeheure Kraft schien das Schiff erfaßt zu haben und auf ein unbekanntes Ziel hin zu ziehen.

»Millionenfache LG«, flüsterte Oberst Akran.

Im nächsten Augenblick heulte der Andruckalarm durch das Schiff. Perry spürte, wie eine unsichtbare Kraft ihn auf das Konturlager seines Sessels preßte und ihm die Luft aus den Lungen drückte. Die Rückenlehne klappte nach hinten. Wie aus weiter Ferne vernahm Rhodan das Knirschen und Knistern der Schiffszelle und ein langgezogenes Stöhnen, das offenbar von Merlin Akran ausgestoßen wurde.

Kurz bevor ihm die Sinne endgültig schwanden, stach ihm grelles, blendendes Licht aus allen Panoramaschirmen in die Augen. Er mußte sie fest zusammenpressen.

Gleichzeitig fühlte er sich gewichtslos. Der ungeheuerliche Andruck, der nicht einmal von den starken Absorbern der CREST V hatte kompensiert werden können, war schlagartig verschwunden.

Perrys Rechte tastete nach den Schaltknöpfen der Sesselautomatik. Endlich fand er den richtigen Schaltknopf. Die Lehne klappte hoch und nahm seinen gemarterten Oberkörper mit.

Inzwischen war das grelle Licht automatisch abgeblendet worden, so daß man die Umgebung des Schiffes wieder einwandfrei beobachten konnte.

Rhodan sah, daß der Reliefschirm erloschen war. Entweder hatte Merlin Akran ihn im Moment der Katastrophe abgeschaltet, oder er war durchgebrannt.

Die CREST V schwebte im Normalraum – aber in einem Sektor, der alles andere denn normal war . . .

»Was ist das?« fragte eine fremdartig klingende Stimme.

Rhodan wandte mühsam den Kopf und erkannte Atlans Gesicht. Blut rann aus Mundwinkeln, Nase und Ohren. Zahllose Äderchen waren in den Augäpfeln geplatzt.

Der Großadministrator erschrak, denn bestimmt sah er nicht besser aus als der Freund.

»Ich weiß es nicht«, antwortete er flüsternd. Seine eigene Stimme kam ihm fremd vor.

Schräg vor ihnen saß Merlin Akran aufrecht in seinem Spezialsessel und betätigte unaufhörlich die Signaltaste des Interkoms. Der Epsaler schien die Auswirkungen der Katastrophe bereits überwunden zu haben.

Rings um das Schiff »schwamm« eine weiß strahlende Substanz, soweit das Auge reichte. Keine Sterne, keine Dunkelwolken – nichts außer dem strahlenden Weiß.

Nach einer Zeit nahm Perry Rhodan rotierende Verdichtungen wahr, die rasch an der CREST vorbeiwanderten und von Zeit zu Zeit den aktivierten HÜ-Schirm streiften. Dann gab es jedesmal heftige Entladungen.

Wieder etwas später entdeckte er hinter oder in dem grellen Weiß dunklere kreisförmige Ballungen. Nach und nach erholten sich die Männer der Ortungszentrale. Die ersten Messungen konnten vorgenommen werden.

Die dunkleren Ballungen zeigten hauptsächlich typische Sternspektren, folglich handelte es sich bei ihnen um Sonnen. Die strahlend weiße Materie erwies sich als hocherhitzter, von Energieentladungen aufgewühlter leuchtender Wasserstoff sehr großer Dichte.

Perry Rhodan, Atlan und Merlin Akran wußten bereits, wohin sie geraten waren, bevor das Bordgehirn aus den eingegebenen Fakten seine Schlußfolgerung gezogen hatte:

Die CREST V stand im Zentrum der Kleinen Magellanschen Wolke!

Bevor weitere Anordnungen getroffen werden konnten, tauchten die ersten Medo-Roboter in der Kommandozentrale auf. Sie schwebten getreu dem Grundsatz, zuerst den am schwersten Verletzten und danach den wichtigsten Männern zu helfen, sofort zu den acht Baramos, die noch immer bewußtlos waren. Die Insektenabkömmlinge regten sich nach wenigen Minuten wieder. Nun machte sich die oft von anderen Völkern verlachte pedantische Gründlichkeit der Terraner bezahlt; die Medo-Roboter brauchten nicht erst umständlich herauszufinden, wie der Metabolismus der Baramos beschaffen war. Alle notwendigen Daten waren wenige Stunden nach der Übernahme dieser Wesen ermittelt und in die Zentralpositronik der Bordklinik eingegeben worden.

Endlich wurden auch die Terraner behandelt. Perry Rhodan fühlte zahlreiche Sonden in seinen Körper eindringen, nachdem der Medo-Roboter ihn in seinen Behandlungs-Hohlraum aufgenommen und teilweise entkleidet hatte. Anschließend zischten die Hochdruckdüsen von Injektionspistolen; wohltuend tropfte kühlende und linderne Emulsion in die Augen. Ein hauchdünner Schlauch senkte sich mühelos in seine Luftröhre, sonderte eine warme Flüssigkeit aus und saugte Schleim und Blut aus dem Bronchialsystem.

Fünfzehn Minuten später war die Behandlung vorbei. Der Roboter, der Rhodan behandelt hatte, stieß eine Symbolfolie aus, auf der zu lesen stand, daß der Patient Rhodan Perry sich unverzüglich zur stationären Nachbehandlung in die Bordklinik zu begeben habe.

Er lachte lautlos darüber.

Die gleiche Reaktion zeigten fast alle behandelten Offiziere der Zentrale. Niemand war gewillt, sich den Empfehlungen der programmgemäß »besorgten« Roboter zu beugen.

Roi Danton, Oro Masut und Merlin Akran hatten unterdessen einen

Lagebericht zusammengestellt. Merlin Akran, weil seine Konstitution ihn vor Schäden bewahrt hatte – und die beiden anderen Männer, weil sie als Paraplanten längst wieder intakt waren.

»Viertausendsechshundertdreißig Fälle leichter innerer Blutungen«, las Roi von einem Blatt ab. »Zweiunddreißig Männer mußten wegen Zerreißung größerer Blutgefäße sofort in die Klinik eingeliefert werden, davon schweben vier Mann in Lebensgefahr. Die Besatzung ist bedingt einsatzbereit.«

Perry Rhodan dankte, dann rief er die Ortungszentrale an.

»Nehmen Sie genaue Messungen vor«, befahl er. »Die Daten müssen gespeichert werden und nach Rückkehr an das Wissenschaftliche Zentralinstitut Terrania weitergeleitet werden. Das gleiche gilt für alle Meßdaten über den seltsamen Energiesturm. Fügen Sie bitte eine Anfrage bei, ob derartige Phänomene bereits anderweitig beobachtet werden konnten. Wenn ja, soll man mich benachrichtigen. Diese Dinge sind von höchstem Interesse für die Raumfahrtforschung und -praxis.«

Lordadmiral Atlan lächelte still vor sich hin.

Das war wieder typisch für seinen terranischen Freund: Mitten in höchster Gefahr dachte er bereits daran, wie er die eigenen bitteren Erfahrungen seiner geliebten Menschheit zugänglich machen konnte, damit ihr auf dem Weg ins Universum möglichst viele Steine aus dem Weg geräumt würden.

Sekunden später materialisierte der Mausbiber mitten unter ihnen.

Gucky hinkte etwas und beschwerte sich bitter über den »miserablen« Flug.

Niemand lachte darüber, wie es sonst der Fall gewesen wäre. Diesmal wurde der Ilt kaum beachtet. Jeder Mann in der Zentrale arbeitete konzentriert. Denn so interessant das beobachtete Phänomen auch war, so wußte jedermann, daß sie noch längst nicht aus den Schwierigkeiten heraus waren.

Nach dreieinhalb Stunden lagen endlich die Analyse und der Plan vor, wie man der Strahlenhölle heil entrinnen konnte.

Es gab nur eine Möglichkeit: Die CREST V mußte, trotz der hohen Materiedichte und der zahlreichen Sonnen, in kurzen Linearetappen und bei ständiger Überbelastung des Lineartriebwerks, das Zentrum der Kleinen Magellanschen Wolke verlassen.

Die Alternative dazu wäre der Unterlichtflug gewesen. Doch dann wären Perry Rhodan und seine Männer nicht mehr in diesem Jahrhundert zurückgekehrt . . .

7.

Mit klopfendem Herzen lauschte Perry Rhodan dem ohrenbetäubenden Tosen der Kraftwerke im Kugelleib der CREST V. Sein Gesicht war bleich und schweißüberströmt. Nach insgesamt neunzehn Linearetappen, von denen jede eine Zerreißprobe für Menschen und Maschinen gewesen war, fühlte er sich innerlich ausgelaugt.

Wieder einmal schlugen die Überlastungsfeldsicherungen durch, und wieder einmal drückten die dafür bereitstehenden drei Techniker die Sicherungsplatten gewaltsam in die Sockel zurück.

Auf den Bildschirmen der Panoramagalerie wirbelten die Schleier und bizarren Formen des Linearraums. Ab und zu ging das Tosen einer Kraftwerkseinheit in nervenzerrüttendes Kreischen über; dann wurde die betreffende Einheit abgeschaltet und durch eine Reserveeinheit ersetzt.

Im dichten und gefährlichen Medium des galaktischen Zentrumskerns hatte das Schiff seine Beschleunigungskraft nicht voll einsetzen können. Der HÜ-Schirm wäre zusammengebrochen. So mußte die CREST bei Werten von sechs bis zehn Prozent LG bereits zum Linearmanöver ansetzen, was wiederum die Kalups überlastete und die Männer der Maschinenzentrale zwang, die Fusionskraftwerke permanent zu überbeanspruchen. Es wurden Deuteriumkonzentrationen in die Reaktionskammern eingespritzt, wie man das in normalen Situationen niemals gewagt hätte.

Aber die Situation war eben nicht normal.

Ein allgemeiner Seufzer der Erleichterung wehte durch die Kommandozentrale, als das Schiff zum zwanzigstenmal in den Normalraum zurückfiel und die Panoramaschirme in Fahrtrichtung das normale Sternengewimmel der Kleinen Magellanschen Wolke zeigten.

Hinter der CREST V stand drohend der glühende Kern der Kleingalaxis. Er sandte seine Ausläufer noch über das Schiff hinaus, aber das störte niemanden mehr. Die nächste Linearetappe würde endlich wieder normal sein.

Perry Rhodan wischte sich den Schweiß von der Stirn und zog mit einer ungeduldigen Bewegung das Mikrophon des Interkoms zu sich heran. Die andere Hand drückte die Taste der Ortungszentrale.

»Stellen Sie schnellstens fest, in welchem Gebiet der KMW wir uns befinden. Ich schicke Ihnen sofort die Baramos, die Ihnen mit ihren kosmonautischen Kenntnissen beistehen werden. Vor allem möchte ich wissen, wie weit wir vom Huas-System entfernt sind. Ende!«

Er schaltete ab.

Atlan legte ihm die Hand auf die Schulter und sagte beschwörend:

»Was soll diese Eile, Perry? Laß den Leuten Zeit, sich von den unmenschlichen Strapazen zu erholen. Sogar ich fühle mich trotz meines Zellaktivators völlig zerschlagen.«

Die Augen in Rhodans hagerem Gesicht glühten fast fanatisch.

»Wir werden nicht eine Sekunde Zeit verschwenden, Freund. Viel zuviel haben wir schon verloren. Denke daran, daß von den achtzehn Tagen bereits fünf verstrichen sind. Folglich bleiben uns nur noch dreizehn Tage, um unsere Aktion durchzuführen und in den Nordsektor zurückzufliegen. Oder möchtest du riskieren, daß die Flotte eingreift, während wir in aller Heimlichkeit versuchen, das Geheimnis Baykalobos zu entschlüsseln?«

Der Arkonide schüttelte den Kopf. »Natürlich nicht. Aber wir könnten nach einer ausgiebigen Ruhe- und Überholungspause noch einmal zum Nordsektor vorstoßen und die Flotte benachrichtigen.«

»Nein!« entgegnete Rhodan heftig. »Nein, und nochmals nein! Die Zeit arbeitet für die Erste Schwingungsmacht.«

Er stöhnte und fuhr sich durch sein schweißverklebtes Haar.

»Vielleicht sind die Pseudo-Gurrads jetzt schon dabei, die neue Abwehrwaffe gegen den Kontrafeldstrahler auf ihren Schiffen zu installieren. Die Situation verlangt von uns den Einsatz der letzten Leistungsreserven, und ich gedenke nicht, mich dieser Forderung zu widersetzen.«

Atlan blickte den Freund ernst an, dann zuckte er resignierend die Schultern.

»Wahrscheinlich hast du recht, Perry. Vielleicht ist es gerade die Härte gegen sich selbst, die euch Terraner besonders auszeichnet. Ich hoffe nur, deine Leute werden nicht im entscheidenden Augenblick physisch zusammenbrechen, wenn du jetzt schon das Letzte aus ihnen herausholst.«

Perry wölbte die Brauen. Ein nachdenklicher Zug trat in sein Gesicht. Dann lächelte er, schaltete den Interkom ein und befahl:

»Roi Danton zu mir, Hauptzentrale.«

Wenige Minuten später meldete sich der Freihändlerkönig bei seinem Vater.

»Wen würden Sie für das Landekommando auf Baykalob vorschlagen, Danton?« fragte Rhodan knapp. »Immer vorausgesetzt, wir können nach dem Plan vorgehen.«

Roi lächelte; er schien erleichtert zu sein.

»Oro Masut als meinen Begleiter natürlich, Grandseigneur . . .«

»Wer hat von Ihnen gesprochen, Danton?« fragte Rhodan mit unverkennbarer Schärfe. Gleichzeitig aber zuckte es verdächtig um seine Mundwinkel.

Roi Danton verneigte sich leicht.

»Sie selbst, Grandseigneur. Wie ich erfuhr, ist es Brauch auf terranischen Schiffen, daß der Kommandoführer seine Gruppe persönlich zusammenstellt. Da Sie mich mit der Zusammenstellung beauftragten, hielt ich es für selbstverständlich . . .«

»Geschenkt! Ich bin einverstanden. Weiter!«

»Harl Dephin – Lordadmiral Atlans Zustimmung vorausgesetzt . . .?«

Atlan nickte, und der Freifahrer fuhr fort:

»Dann Gucky, André Noir, Iwan und Iwanowitsch Goratschin – und wahrscheinlich noch Dr. Bysiphere und Dr. Beriot.«

»Weshalb wahrscheinlich?«

»Nun, die exakte Zusammenstellung ergibt sich erst aus den tatsächlichen Verhältnissen, die wir am Ziel vorfinden. Außerdem möchte ich noch einen oder mehrere Baykalobos mitnehmen, falls es möglich ist.«

»Hm!« machte Perry Rhodan. »Was hältst du davon, Arkonide?«

»Die Zusammenstellung ist gut. Wahrscheinlich werden wir nur wenige Leute nach Baykalob bringen können – wenn überhaupt.«

»Na schön. Danton, ich bin einverstanden. Alle potentiellen Mitglieder des Kommandotrupps haben sich unverzüglich in einen bioregenerierenden Hypnoseschlaf versetzen zu lassen. Ich gebe der Klinik selbst die genauen Anweisungen.«

Das Gesicht des Freihändlerkönigs wäre wert gewesen, für eine psychologische Untersuchung des menschlichen Mienenspiels festgehalten zu werden.

»In die Klinik . . .?« stammelte er. »Ja, aber . . .«

»Keine Widerrede«, entgegnete Rhodan. »Wir alle sind so erschöpft, daß wir am Ziel wahrscheinlich Stimulantia nehmen müssen, um wach zu bleiben. Das aber wäre für die Männer eines Einsatzkommandos nicht gut. Folglich schlafen Sie sich aus, um Ihren Einsatz frisch und gestärkt beginnen zu können; klar?«

Roi grinste und sagte:

»Die Fürsorge des größten Terraners aller Zeiten ist wirklich allumfassend, Grandseigneur. Ich danke Eurer Hoheit!«

Er verneigte sich ironisch und ging.

Perry Rhodan sah ihm kopfschüttelnd nach, dann meinte er zu Atlan:

»Diese Jugend heutzutage. Und so etwas soll von meinem Fleisch und Blut sein . . .!«

Lordadmiral Atlan lächelte verstohlen.

»Ganz unverkennbar«, erwiderte er trocken.

Je mehr sich die CREST V dem Huas-System näherte, desto zahlreicher wurden außer den Konusschiffen der Pseudo-Gurrads die Diskusschiffe der Baramos geortet.

»Offenbar handelt es sich um Schiffe, die Baramos zur Eiablage nach Baykalob bringen und danach wieder abtransportieren«, meinte Rhodan. Bedauernd fügte er hinzu: »Schade, daß ich vorsichtshalber alle Baykalobos in Tiefschlaf versetzen ließ. Sie könnten uns jetzt wertvolle Auskünfte geben.«

Atlan blickte auf die Uhr und sagte:

»Immerhin schlafen sie bereits vierunddreißig Stunden. Ich schlage vor, du läßt zwei von ihnen wecken. Das genügt.«

Rhodan dachte nach. Er war noch zu keinem Entschluß gekommen, als die Ortungszentrale drei absolut fremdartige Schiffe meldete.

Auf dem Übertragungsschirm erschien gleich darauf die Wandelfeld-Silhouette eines dieser Schiffe.

Es glich einer Reihe von Kugeln, die man miteinander verbunden hatte.

»Gesamtlänge fünfhundert Meter«, gab einer der Auswertungstechniker über Interkom bekannt. »Fünf Kugeln, offenbar miteinander verschweißt, von jeweils hundert Metern Durchmesser, Typ unbekannt.«

Nun entschloß sich Perry Rhodan sehr schnell. Er ordnete an, zwei der schlafenden Baramos aufzuwecken und in die Kommandozentrale zu bringen.

Unterdessen verschwanden die drei seltsamen Schiffe aus dem Erfassungsbereich der Ortung. Außerdem führte die CREST V ein weiteres kurzes Linearmanöver aus. Aber nachdem sie in den Normalraum zurückgekehrt war, meldete die Ortungszentrale gleich siebzehn Perlschiffe, wie man sie genannt hatte.

Inzwischen waren MAX-1 und MAX-2 in der Zentrale eingetroffen. Sie versicherten, daß sie sich völlig erholt fühlten.

Rhodan zeigte ihnen den Pulk der siebzehn Perlschiffe und danach in Sektorvergrößerung ein einzelnes Raumschiff.

»Ich hätte Sie darauf vorbereiten sollen, Terraner Rhodan«, erklärte MAX-1. »Es handelt sich um Schiffe der Redesiacs.«

»Redesiacs . . .! Können sie uns gefährlich werden?«

»Auf keinen Fall«, meinte MAX-1. »Die Redesiacs werden niemandem gefährlich. Ihre Schiffe sind so gut wie unbewaffnet. Sie dienen ausschließlich dem Transport von Lebensmitteln.

Wir Baramos sind leider nicht nur fortpflanzungsbedingt von Baykalob abhängig. Nachdem die Vernichter uns von dort vertrieben hatten und wir uns auf Exilplaneten ansiedelten, erlosch bei einem großen Teil meines Volkes der Wille, um den Lebensunterhalt zu kämpfen. Die Exilwelten wurden kaum landwirtschaftlich erschlossen. Millionen Baramos verhungerten einfach. Sobald die Vernichter das bemerkten, organisierten sie eine Versorgung mit Nahrungsmitteln, die teilweise von Baykalob, teilweise von anderen Planeten stammen. Ein ganzes Volk, nämlich die Redesiacs, wurde praktisch darauf abgerichtet, Versorgungsschiffe zu bauen und Lebensmitteltransporte durchzuführen.«

»Interessant!« entfuhr es dem Arkoniden. »Ich habe mehrfach hochmoderne Eierfabriken gesehen, Hühnerfarmen, in denen die bedauernswerten Vögel nichts anderes mehr taten, als planvoll zusammengestellte Nahrung zu fressen und in ein Maximum von Eiern zu verwandeln. Sie verloren dabei nicht nur Flügel und Federkleid, sondern wären niemals mehr imstande gewesen, aus eigener Kraft in der Natur für ihren Lebensunterhalt zu sorgen, nackte hilflose Fleischklumpen, die sie waren. Die Eierfabrikanten versorgten sie dennoch mit allen Nährstoffen und Vitaminen, die sie benötigten, auf daß sie recht viele Eier legten. Ähnlich scheinen die Pseudo-Gurrads unsere Freunde hier einzustufen.«

»Ein Zeichen dafür . . .«, meinte Rhodan sinnend, » . . . wie stark die Existenz der Ersten Schwingungsmacht von der Eierproduktion der Baramos abhängt – und ein zusätzlicher Ansporn für uns, das Rätsel zu lösen.«

»Noch achtundsiebzig Lichtjahre bis zum Huas-System, Sir!« meldete Merlin Akran. »Möchten Sie meine Kursplanung begutachten?«

Perry Rhodan ließ sich den recht einfachen Kursplan zeigen. Danach sollte die CREST V sich dem Huas-System mit drei Linearetappen über dreißig, vierundzwanzig und sechzehn Lichtjahre nähern, jeweils von einer Sonne zu einer anderen. Wie die verbleibenden acht Lichtjahre zu bewältigen waren, mußte sich nach dem letzten bzw. vorletzten Orientierungsaustritt ergeben.

»Einverstanden, Oberst«, sagte Rhodan.»Ich schlage vor, Sie ordnen vorsichtshalber volle Gefechtsbereitschaft an.«

Oberst Merlin Akran bestätigte. Er gab die entsprechenden Befehle und begann danach mit dem nächsten Linearmanöver.

Das Schiff verblieb ganze zwölf Minuten im Linearraum; dreißig Lichtjahre waren, gemessen an den möglichen Geschwindigkeiten in der Librationszone, ein Katzensprung.

Die CREST V fiel dicht neben einem blauen Sonnenriesen in den Einsteinraum zurück. Merlin Akran aktivierte augenblicklich den Hochenergie-Überladungsschirm, denn die Protuberanzen des blauen Riesen schossen weit über den Eintauchort des Schiffes hinaus.

Perry Rhodan starrte wie gebannt auf die automatisch abgefilterte Wiedergabe der Umgebung. Infolge der Filterwirkung sah der Sonnenriese wie ein zerfaserter, gelbbrauner Fleck aus. Von seiner Oberfläche lösten sich ununterbrochen gelbe, braune und schwarze Tupfen. Sie wirkten so harmlos wie fallendes Herbstlaub, aber sobald einer dieser Tupfen lediglich mit seinen Ausläufern den HÜ-Schirm der CREST streifte, entfachte er ein buntes Farbenspiel tödlicher Energien, und im Schiffsinnern rasten die Fusionsmeiler zur Versorgung des HÜ-Feldes bis zur äußersten Grenze ihrer Leistungskapazität hinauf.

Glücklicherweise bewegten sich die Protuberanzen mit geringen Unterlichtgeschwindigkeiten, so daß die CREST V einem Frontalzusammenstoß mit ihnen ausweichen konnte. Ihre große Zahl jedoch erforderte von Akran und den übrigen Männern der Schiffsführung die Anwendung ihres gesamten Repertoires an Navigationskünsten.

Auch die Ortungszentrale vollbrachte außergewöhnliche Leistungen. Trotz der starken normal- und hyperenergetischen Störfronten ortete sie laufend Strukturerschütterungen von Hypersprüngen und die Tasterechos von Konusschiffen und Dolans, die zahlreich in den Normalraum gingen, wahrscheinlich, um nach Eindringlingen zu suchen.

Rhodan beobachtete, wie dem Kommandanten wahre Schweißbäche den Nacken herabliefen. Der Epsaler arbeitete intensiv und konzentriert.

Andere Männer wurden allmählich nervös. Teilweise dröhnten die Befehle und Meldungen in den Interkomanlagen wie Trommelfeuer. Der Chefnavigator der CREST saß auf der vorderen Kante seines Kontursessels und tippte mit den Fingern der rechten Hand Daten in seinen Pultcomputer, während die Linke das Mikrophon des Interkoms umklammerte, in das er laufend Anfragen und Anweisungen schrie.

Erneut stieß die CREST V in die Librationszone des Zwischenraums vor. Niemand kümmerte sich mehr um das prächtige Farbenspiel unfaßbarer Energien. Der Erste Offizier erhielt nacheinander vierzehn Meldungen über ausgefallene Aggregate. Offenbar hatten sie unter den Einflüssen des multidimensionalen Energiesturms gelitten und nun endgültig ihren maschinellen Geist aufgegeben. Glücklicherweise handelte es sich um Aggregate, für die Ersatz vorhanden war oder die in kurzer Zeit repariert werden konnten. Die beiden Baramos verfolgten die Vorgänge in der Kommandozentrale mit ehrfürchtigem Staunen.

Als das Schiff die zweite Annäherungsetappe vollendet hatte, wartete bereits ein heftiger Energiesturm im Zielgebiet. Sekundenlang brach der HÜ-Schirm zusammen. Tausende von Sicherungen flogen heraus und die Schiffshülle wurde hypermagnetisch so stark aufgeladen, daß weder Ortungstaster noch Außenbildoptiken mehr funktionierten.

Zudem stand die CREST nur neun Lichtsekunden von einem weißen Zwergstern entfernt, der einen starken Gravitationseinfluß ausübte.

Bevor alle notwendigen Maschinen wieder arbeiteten, hatte der weiße Zwerg das Schiff bis auf sechs Lichtsekunden zu sich herangezogen, und die Triebwerke mußten zehn Minuten lang mit Vollschub arbeiten, um die Absturzgefahr aufzuheben.

»Schlimmer kann es kaum noch kommen«, ächzte Atlan, nachdem der Energiesturm abgeebbt war.

Nach zwei weiteren Unterbrechungen näherte sich die CREST V endlich ihrem Ziel. Überall wurden jetzt Konusraumer geortet, die in den Weltraum hinauslauschten.

Dann war es soweit. Die Sonne Huas zeigte sich als grell strahlender weißer Stern im Zentrumssektor der Kleinen Magellanschen Wolke, mitten in einem Gebiet, in dem Strahlungsstürme und Energiegewitter an der Tagesordnung waren . . .

Vier Lichtminuten von ihr entfernt stürzte die CREST V aus dem Linearraum.

Im Augenblick des L-Austritts heulte bereits der Ortungsalarm durch das Schiff. Stereotyp meldete eine Automatenstimme mehr als dreitausend konusförmige Objekte in schalenförmiger Formation um den dritten Planeten der weißen Sonne.

Oberst Merlin Akran reagierte, als hätte er mit dieser Situation gerechnet. Er riß die CREST, die noch immer achtzig Prozent LG flog, um anderthalb Grad aus dem Kurs und steuerte sie genau auf Huas zu. Knapp viertausend Kilometer über der brodelnden Oberfläche kam das Schiff zum relativen Stillstand.

Perry Rhodan holte tief Luft und merkte, daß er seit dem L-Austritt den Atem angehalten hatte.

Der Großadministrator stellte eine Interkomverbindung zur Ortungszentrale her.

»Messen Sie vor allem die Energieemissionen der Konusschiffe an«, befahl er. »Ich möchte herausfinden, ob man uns geortet hat. In dem Fall müßte eine gesteigerte Triebwerksaktivität zu bemerken sein.«

Die Antwort kam drei Minuten später. In der Zwischenzeit hatte die CREST V ihren Tanz zwischen den Protuberanzen der Sonne begonnen. Die Manöver wirkten spielerisch, aber jeder wußte, daß ein einziger Fehler ihren Untergang bedeuten konnte.

»Keine gesteigerte Triebwerksaktivität, Sir«, meldete der Cheforter. »Vergleiche mit den Aufzeichnungen der Automatortung, die unmittelbar nach dem L-Austritt erfolgten, bestätigen das. Etwa dreitausend Konusraumschiffe umkreisen den Planeten Baykalob in konzentrischen Kreisen.«

Rhodan atmete erleichtert auf und unterbrach die Verbindung.

»Dreitausend Konusraumer sind eine beachtliche Streitmacht«, sinnierte Atlan. »Ich bezweifle, daß Baykalob ständig so massiv bewacht wird, Perry . . .«

Rhodan blickte den Freund nachdenklich an. Atlan sagte selten etwas ohne bestimmte Absicht, vor allem nicht in Lagen wie dieser.

»Du vermutest, daß man uns erwartet . . .?«

»Es spricht einiges dafür. Und ich wundere mich nicht einmal besonders darüber. Schließlich wissen die Pseudo-Gurrads, daß wir Kontakt mit den revolutionär eingestellten Baykalobos aufgenommen haben. Der Schluß liegt nahe für sie, die Baykalobos könnten uns das Geheimnis ihres Ursprungsplaneten mitgeteilt haben.«

Perry nickte, dann schaltete er den Interkom ein, dessen Ruflampe intervallartig flackerte.

»Rhodan!«

Der Cheforter meldete sich.

»Sir, um den gesamten Planeten Baykalob liegt ein starkes Paratronfeld.«

»Wie stark etwa?« fragte Rhodan unwillig. »Vergleichen Sie mit dem Widerstand, den es unseren Kontrafeldstrahlern entgegensetzt!«

Der Cheforter besaß offenbar einen hintergründigen Humor, denn er antwortete nach einer Weile ironisch:

»Paratronschirmstärke mindestens hundert ›Kon‹, Sir.«

Atlan lachte lautlos.

»Ihr Terraner seid Meister im Prägen neuer Begriffe. Immerhin, ein sehr praktischer Vergleich. Wenigstens wissen wir nun, daß wir mit der CREST V allein niemals an den Planeten herankommen.«

Rhodan schlug die Beine übereinander und stützte das Kinn in die Hand. Seine Lider waren halb geschlossen.

»Was gibt es da zu überlegen?« fragte Atlan. »Ich an deiner Stelle würde tausend Schiffe herbeordern, die über den Kontrafeldstrahler verfügen. Zweihundert greifen den planetaren Paratronschirm an und zerstören anschließend die Kraftwerke auf Baykalob; die restlichen achthundert Schiffe können sich mit den dreitausend Konusraumern befassen. Das dürfte . . .«

Er stockte, als er Rhodans hintergründiges Lächeln bemerkte.

»Was gefällt dir nicht?«

Perry Rhodan verschränkte die Arme.

»Dein Plan wäre gut, wenn es allein um die Zerstörung des Paratronschirms ginge. Wir wollen aber Baykalob weder besetzen noch zerstören. Was wir brauchen, ist Aufschluß über den geheimnisvollen Befruchtungskatalysator und die Verwendung der Baramo-Eier. Den bekommen wir aber nur, wenn die Pseudo-Gurrads sich weiterhin sicher wähnen.«

Er schaltete den Interkom ein und wählte den Anschluß des Chefs des Landekommandos.

»Ich brauche eine Space-Jet, die mit dem Waringerschen Anti-Ortungsschirm ausgestattet ist, sowie vier Männer, die sich sowohl auf artistische Beherrschung des Fahrzeugs verstehen als auch Spezialisten mehrerer Ortungsarten sind.«

»Kein Problem«, antwortete der Chef des Landekommandos. »In zehn Minuten steht eine Space-Jet für Sie bereit, Hangar SJ-Grün-12, Sir.«

»Danke!«

Rhodan schaltete ab und sah den arkonidischen Freund an.

»Keine Sorge, das ist nur ein kleiner Erkundungseinsatz. Mich interessiert die Absicherung von Baykalob. In wenigen Stunden bin ich zurück.«

Der Lordadmiral nickte.

»Ich wünsche dir Hals- und Beinbruch. Du wirst bald erkannt haben, daß mein Vorschlag der einzig durchführbare ist.«

Perry Rhodan lächelte wieder einmal undefinierbar. Mit routinierten Bewegungen schnallte er den Waffengurt um und ging zum Tor des Hauptantigravlifts.

Die vier Männer warteten bereits im angegebenen Hangar.

Leutnant Surprise Nagatin meldete die Space-Jet einsatzbereit. Der hochgewachsene, braunhäutige Mann mit der hohen Stirn und den schmalen Händen sah wie ein Medizinstudent im letzten Semester aus. In der zwanglosen Unterhaltung während des Fluges erfuhr Perry Rhodan, daß Nagatin 27 Jahre alt war, vor zwei Jahren die Space-Academy Terrania verlassen hatte und vor allem auf die Fachgebiete Positronische Sprachen und Subenergietechnik spezialisiert war. In letzterem Gebiet hatte er vor einem Jahr seinen Doktortitel erworben. Auf der Raumakademie war er Mitglied des Klubs der Raumartisten gewesen und hatte drei Kunstflugmeisterschaften mit Space-Jets gewonnen.

Die übrigen drei Männer verfügten zwar über keine akademische Vorbildung – sie stammten vom Siedlungsplaneten Wampus, wo sie als Agrotechniker gearbeitet hatten, bis man sie als Reservisten der Flotte einzog – aber sie hatten sich in der Flotte zu Spezialisten ausgebildet.

Surprise Nagatin steuerte die Space-Jet mit salopper Eleganz, indem er wenige hundert Kilometer neben einer von der Sonne Huas abgeschleuderten Wasserstoffwolke herflog und den damit verbundenen normalen Strahlensturm als Energiedeckung benutzte. Danach ging er in den Linearraum und tauchte hinter dem ersten Abschirmring der Konusschiffe ins Einstein-Kontinuum zurück. Mit desaktivierten Triebwerken fiel das Schiff im freien Fall auf Baykalob zu.

Perry Rhodan kontrollierte persönlich die Fremdortungserfassung. Schon in den ersten Minuten nach dem Linearraumaustritt wurde ihm klar, daß ein so großes Schiff wie die CREST V sich dem Planeten unmöglich unbemerkt nähern konnte. Die Energiemengen, die in einem Ultraschlachtschiff ständig erzeugt wurden, würden eine Anmessung mit Sicherheit hervorrufen.

Eine Umrundung des weitgespannten Paratronschirms bewies außerdem, daß es keine Möglichkeit gab, ihn an einer schwachen Stelle zu durchdringen.

Dagegen gelang es, zusätzliche Daten über Baykalob zu gewinnen. Der Ursprungsplanet der Baramos durchmaß am Äquator 11 993 Kilometer, die Schwerkraft betrug 1,21 Gravos, die Rotationsdauer 14,67 Stunden. Als mittlerer Temperaturwert wurden 38,4 Grad Celsius ermittelt.

Außer kleineren Inselgruppen besaß Baykalob zwei sehr große Hauptkontinente, die von Pol zu Pol reichten. Zwei riesige Ozeane trennten sie. Die Ufer der Kontinente bestanden zumeist aus breiten Sandstränden. Dahinter erhoben sich mittlere bis hohe Gebirge; jedoch überstieg die Gipfelhöhe niemals 4500 Meter. Hinter den Gebirgszügen erstreckten sich weite Buschsavannen und heiße Sandwüsten. Nur in den nördlichen und südlichen Breiten, also nach den Polen hin, herrschte gemäßigteres Klima, vergleichbar dem der terranischen subtropischen Gebiete. Hier war das Land größtenteils kultiviert. Bestellung, Pflegearbeiten und Ernte wurden von riesigen Robotmaschinen selbständig erledigt. Überall standen Aufbereitungsanlagen für Nahrungsmittel, und zentral angelegt dazu erkannte Rhodan zahlreiche Raumhäfen, von denen in regelmäßigen Abständen die Perlraumschiffe der Redesiacs starteten.

Was ihn aber weit mehr interessierte, waren die Diskusraumschiffe der Baramos, die bestimmte Zonen des Paratronschirms anflogen, dort von Gurradschiffen kontrolliert wurden, worauf sich jedesmal ein Strukturriß im Schirmfeld bildete und das Schiff hindurchließ. Die gleiche Prozedur wiederholte sich, wenn ein Diskusraumschiff den Planeten verließ.

Was die Baramos auf Baykalob wollten, war klar. Die zahlreichen gelandeten Schiffe auf den Sandstränden bestätigten es lediglich. Sie brachten Baramos, die kurz vor der Eiablage standen, in die einzigen Gebiete, in denen sich in den Eiern die jungen Baramos entwickeln konnten.

In Rhodans Gehirn reifte ein Plan heran.

Er hatte genug gesehen und befahl Leutnant Nagatin, in Schleichfahrt zur CREST V zurückzukehren. Ein Linearmanöver konnten sie hier nicht wagen, da die starken Energieemissionen der Beschleunigungsphase sicher geortet worden wären.

So kam es, daß die Space-Jet für den Rückflug sechzehn Stunden benötigte, obwohl der Hinflug nur knapp eine halbe Stunde gedauert hatte.

Rhodan nahm zufrieden zur Kenntnis, daß Atlan das schlafende Einsatzkommando inzwischen geweckt hatte. Er bat es sowie alle acht Baramos zu einer Lagebesprechung.

Nachdem er über den Erkundungsflug berichtet hatte, sagte er:

»Keines unserer Schiffe wäre in der Lage, den Paratronschirm um Baykalob zu durchdringen. Aber es gibt eine recht einfache Lösung für dieses Problem: Wir benutzen ein Diskusschiff der Baramos.«

Diese Eröffnung rief einige Überraschung hervor. Nur Atlan, der zusammen mit Perry Rhodan zahlreiche ähnliche Einsätze durchgeführt hatte, wußte sofort, worauf dessen Plan abzielte.

Rhodan legte ihn dar. Zuerst waren die Baramos schockiert, aber im Verlauf der Diskussion ließen sie sich davon überzeugen, daß Rhodans Plan gute Erfolgschancen besaß.

8.

Nach einem Linearraumflug, bei dem erneut mit achtzig Prozent LG in die Librationszone gewechselt werden mußte, steuerte Merlin Akran die CREST V dicht an eine pulsierende grüne Sonne heran. Der Stern bot den Vorteil, daß er zwar keine Protuberanzen, aber eine Menge Hyperstrahlung aussandte, so daß eine Ortungsgefahr ausgeschlossen war.

Rhodan, Atlan, Roi Danton und die acht Baramos hatten sich um den Kartentisch versammelt und betrachteten die Projektion dieses Raumsektors.

Rhodan wandte sich an MAX-1.

»Sind Sie absolut sicher, daß diese grüne Sonne ein Orientierungspunkt innerhalb der Einflugschneise Ihrer Diskusschiffe ist?«

Der Baramo spreizte bestätigend die Finger.

»Ich weiß es. Ich selbst war bereits viermal hier, um pulsierende Baramos dazu zu überreden, zur Eiablage mit auf unseren Experimentalmond zu kommen.«

»Und . . .?« fragte Roi.

»Wir konnten sie nicht überreden. Sie wollten eine Garantie dafür haben, daß wir einen wirksamen Ersatz für den Befruchtungskatalysator beschaffen konnten, und die vermochten wir ihnen nicht zu geben.«

»Verständlich«, warf Professor Dr. Ekhum Lafzar, der Chefkosmobiologe der CREST V, ein. »Nachdem ich die Strahlung im Sektor Huas untersucht habe, kann ich mir lebhaft vorstellen, daß der Brutplanet Baykalob eine Sonderstellung einnimmt. Wahrscheinlich summieren sich die Hyperstrahlungen und Gammastürme des Zentrums mit der harten Strahlung der Sonne Huas zu jenem Faktor, der für Befruchtung und Wachstum der Eier verantwortlich ist. Etwas Gleichartiges dürfte entweder sehr selten sein oder in der KMW überhaupt nicht vorkommen.«

»Wir haben es in unseren Versuchsstationen mit allen denkbaren Strahlenkombinationen versucht . . .«, sagte MAX-3 und brach resignierend ab.

»Ohne Erfolg – Terraner Rhodan, ich bitte noch einmal darum, unsere Artgenossen nicht anzugreifen, sondern ein Arrangement mit ihnen anzusteuern.«

»Aber die Anwendung von Narkosestrahlen ist völlig unschädlich für Ihren Metabolismus!« wandte Rhodan ein.

»Uns widerstrebt eine solche Handlungsweise prinzipiell«, sagte MAX-1. »Bitte, verstehen Sie doch!«

»Hm!« machte Rhodan. Er wich scheinbar vom Thema ab. »Sie selbst waren also viermal hier, um Ihre Artgenossen zu überreden. Warum eigentlich nur viermal . . .?«

»Als wir zum fünftenmal hier auftauchten, konnten wir nur mit Mühe sechs wartenden Konusschiffen entgehen«, antwortete MAX-1. »Seitdem mieden wir diesen Sektor.«

»Und seitdem kommen offenbar keine Konusschiffe mehr hierher. Sonst hätten wir welchen begegnen müssen«, erklärte Atlan ungeduldig. Der Arkonide hatte Rhodans Taktik durchschaut und spielte mit. »Seltsam, nicht wahr? Wie erklären Sie sich das?«

»Wahrscheinlich war es reiner Zufall«, meinte MAX-8.

»Das wäre möglich«, sagte Perry Rhodan lächelnd. »Aber vorsichtshalber wollen wir doch eine Wahrscheinlichkeitsberechnung anstellen.«

Er stellte eine Interkomverbindung zur Bordpositronik her und gab dem Computer die Fakten mit der Aufforderung durch, eine Wahrscheinlichkeitsberechnung über den Grund des Auftauchens der Konusschiffe anzustellen.

Die Antwort kam nach anderthalb Sekunden.

Mit einer Wahrscheinlichkeit von 97 Prozent, teilte das Gehirn mit, hätten zwar die Besatzungen der ersten drei angehaltenen Baramo-Schiffe auf Baykalob über ihre Begegnung geschwiegen, die Besatzung des vierten Schiffes aber hätte das Geheimnis an die Pseudo-Gurrads verraten, möglicherweise aus Furcht vor Repressalien.

»Die Chancen stehen also etwa eins zu drei«, erläuterte Rhodan, »daß unser Einsatzkommando von den Baramos während der Kontrolle verraten wird. Dieses Risiko dürfen wir nicht eingehen.«

»Das sehe ich ein«, sagte MAX-1 nach einer Weile. »Aber ihre vorübergehende Bewußtlosigkeit wird sie argwöhnisch machen, und wahrscheinlich berichten sie bei der Kontrolle darüber. Außerdem könnten sie das Einsatzkommando auf ihrem Schiff entdecken.«

Perry lachte.

»Das lassen Sie unsere Sorge sein. ›Unsere‹ Baramos werden weder etwas von ihrer Bewußtlosigkeit wissen noch jene Schiffssektionen betreten, in denen sich unsere Leute verbergen. André Noir, unser Hypno, erledigt das.«

Der Hypno-Mutant hob die Hand.

»Ich bitte darum, daß ein möglichst kleines Diskusschiff ausgesucht wird, Sir. Hunderte von Baramos lassen sich schlecht unter Kontrolle halten.«

»Wie viele Baramos befinden sich auf Ihren kleinsten Schiffen, MAX-1?« fragte Rhodan.

»Zwischen achtzig und neunzig.«

Er wandte sich an MAX-2 und blickte ihn stumm an. MAX-2 erwiderte den Blick einige Sekunden lang, dann nickte er mit dem Kopf.

»MAX-2 und ich«, erklärte MAX-1 daraufhin, »sehen ebenfalls der Reifezeit unserer Eier entgegen. Wir fragen Sie, ob Sie in der Lage sind, uns heimlich mit nach Baykalob zu nehmen, damit wir die Eier dort ablegen können.«

»Das wird sich machen lassen, Sir«, warf Noir ein. »Es hängt natürlich davon ab, in welcher Art die Passagiere der Diskusschiffe registriert werden.«

»Sie haben es gehört, MAX-1«, sagte Rhodan. »Wenn irgend möglich, nehmen wir Sie und MAX-2 mit.«

»Eine Frage hätte ich noch«, wandte sich Ekhum Lafzar an MAX-1. »Was verstehen Sie unter ›pulsierenden Baramos‹?«

»Dicht vor der Eiablage beginnt der Unterleib eines Baramos zu pulsieren«, antwortete der Insektenabkömmling. »Von da an kann er höchstens noch sechs Tage Ihrer Zeitrechnung warten, dann muß er die Eier ablegen, ganz gleich, ob er sich auf Baykalob befindet oder nicht.«

»Danke«, sagte der Kosmobiologe.

»Das wäre es wohl«, meinte Perry Rhodan und erhob sich. »MAX-1 und MAX-2, ich bitte Sie, mit zur Hauptzentrale zu kommen und die Ortungsergebnisse zu sichten. Sobald Sie ein Diskusschiff entdecken, auf dem Ihres Wissens nicht mehr als neunzig Baramos an Bord sind, sagen Sie mir Bescheid.«

»Diskusschiff gesichtet. Entfernung zweieinhalb Millionen Kilometer!« meldete der Cheforter über Interkom.

Gleichzeitig blendete der Übertragungsschirm über Oberst Akrans Platz auf. Die Sektorvergrößerung holte das Baramo-Schiff soweit heran, daß es als grüne Reflexsilhouette deutlich zu erkennen war.

»Größter Horizontaldurchmesser sechshundert Meter«, berichtete der Cheforter weiter. »Größter Vertikaldurchmesser zweihundertfünfzig Meter.«

Der Translator übersetzte die Meldungen in die Baramo-Sprache und strahlte sie aus einem Richtlautsprecher ab.

Perry Rhodan blickte die beiden Baramos fragend an.

»Zu groß für unsere Zwecke«, erklärte MAX-1. »Schiffe dieser Größe nehmen neunhundert und elfhundert Passagiere mit.«

»Gut, warten wir weiter.«

Sie beobachteten, wie das Diskusschiff etwa zwanzig Minuten im freien Fall dahintrieb. Offenbar errechneten die Navigatoren während dieser Zeit die Daten für die letzte Linearetappe nach Baykalob. Danach beschleunigte das Schiff bis auf 95 Prozent LG und verschwand im Linearraum. Der Großadministrator unterdrückte seine steigende Nervosität so gut es ging. Immerhin waren seit ihrem Aufbruch vom Nordostsektor der KMW sieben Tage vergangen. Blieben noch elf Tage bis zur Rückkehr, und jeder Tag, den sie vergebens auf ein geeignetes Schiff warteten, verkürzte die Zeitspanne, die für den eigentlichen Kommandoeinsatz zur Verfügung stand.

Dankbar blickte er auf, als Atlan mit zwei Bechern heißen Kaffees kam und ihm einen reichte.

Anderthalb Stunden später tauchte ein zweites Diskusschiff auf. Es war kleiner als das erste, aber noch immer zu groß für den beabsichtigten Zweck.

Perry Rhodan überwand seine Enttäuschung darüber und erkundigte sich bei Roi Danton nach dem Stand der Vorbereitungen. Der Freihändlerkönig leitete die Zusammenstellung und Anfertigung der benötigten Ausrüstung: Unter anderem sollte ein transportabler Kleintransmitter mitgenommen werden.

Bei Danton lief alles planmäßig. Um so unruhiger wurde Perry Rhodan.

Diesmal dauerte es acht Stunden, bis das nächste Diskusschiff auftauchte.

»Hundertfünfzig Meter größter Horizontaldurchmesser, Sir!« schrie der Cheforter. Seiner Stimme war der Triumph anzumerken. »Größter Vertikaldurchmesser achtzig Meter!«

»Das nehmen wir, ganz gleich, wie viele Baramos sich darin aufhalten«, sagte Rhodan und stand auf.

»Es hat die richtige Größe, Terraner Rhodan«, erklärte MAX-1 gelassen.

Oberst Merlin Akran wandte den Kopf und blickte den Großadministrator fragend an.

Perry Rhodan brauchte nur zu nicken. Alle Einzelheiten der Aktion lagen fest.

Die CREST V schoß aus dem Ortungsschutz der grünen Sonne hervor. Ihre Triebwerke arbeiteten auf höchsten Touren. Ein kurzer Linearflug brachte das Ultraschlachtschiff bis auf fünfhunderttausend Meter an den Diskusraumer heran.

Sämtliche Narkosegeschütze der CREST feuerten auf das Baramos-Schiff. Die unsichtbare Strahlenflut tat augenblicklich ihre Wirkung. Gucky meldete schon nach zweieinhalb Sekunden, daß kein Baramo mehr bei Bewußtsein wäre. Inzwischen war die CREST V auf zweihunderttausend Kilometer herangekommen. Neun Traktorstrahler schleuderten ihre energetischen Fesselfelder in den Raum, umklammerten das Diskusschiff und zogen es unaufhörlich an die CREST heran.

»Auf dem oberen Pol verankern!« befahl Rhodan. »Enterkommando ab!«

Während die CREST V ihr »Opfer« in Richtung der grünen Sonne zog, stiegen Rhodan und Atlan sowie die beiden Baramos in ihre Kampfzüge und fuhren mit dem Achslift zur oberen Polkuppel. Als sie dort ankamen, war das Diskusschiff bereits verankert. Sie mußten noch einige Minuten warten, da Kommandant Akran aus Sicherheitsgründen einen kurzen Linearflug bis dicht an die Sonne durchführte.

Dann stiegen sie an der Spitze des hundertköpfigen Enterkommandos durch die Bodenschleuse in das Raumschiff der Baramos.

Die Untersuchung des Diskusschiffes ergab, daß alle Baramos an Bord in tiefer Narkose lagen. Insgesamt wurden zweiundachtzig Insektenabkömmlinge gezählt.

Perry Rhodan und Atlan begaben sich in die Zentrale. Sie unterschied sich funktionell nicht sehr von den Kommandozentralen terranischer Raumschiffe. Nur die Formen der Sessel, der Pulte und die Anordnung der Instrumente waren etwas anders.

Vierzehn Baramos lagen bewußtlos in den Sesseln der Zentrale, so, wie die Narkosestrahlen sie getroffen hatten.

Atlan überprüfte die Hyperfunkeinrichtung, dann atmete er erleichtert auf.

»Sie sind nicht mehr dazu gekommen, einen Notruf abzustrahlen«, erklärte er.

Rhodan wandte sich um, als die beiden Baramos eintraten.

»Wir müssen uns beeilen, Terraner Rhodan«, sagte MAX-1. Der tragbare Translator übersetzte die Worte ins Interkosmo. »Unsere Artgenossen an Bord müssen in spätestens sechs eurer Tage das Legeritual vollziehen.«

Rhodan lachte grimmig.

»Da sind wir uns also wieder einig. Ich habe nicht die Absicht, länger als fünf Tage zu warten.«

Er schaltete sein Telekom-Armband ein und rief nach Roi Danton.

»Wann kann das Schiff spätestens starten?«

»In drei Tagen, hoffe ich«, kam Dantons Antwort. »So lange brauchen die Techniker, um Zwischenwände zu ziehen, Ortungsschutzmaterial einzubauen und die Ausrüstung unterzubringen.«

»Sagen Sie ihnen, daß ich in achtundvierzig Stunden die Vollzugsmeldung erwarte – von jetzt an gerechnet!« befahl Rhodan.

Er schaltete ab, ohne sich Dantons heftigen Protest anzuhören.

»Offenbar ahnt er nicht, daß ich die Leute auch wegen seines Einsatzes so antreibe«, meinte er zu Atlan. »Schließlich können wir nicht hoffen, das Einsatzkommando würde das Geheimnis Baykalobs in einem Tag lüften.«

Er lächelte, als André Noir die Zentrale betrat.

»Wie sieht es bei Ihnen aus, Noir?«

Der Hypno erwiderte das Lächeln. Leise antwortete er:

»Bei Terranern wäre ich in einundzwanzig Stunden fertig. Die

Gehirne artfremder Lebewesen zu beeinflussen, dauert mindestens doppelt so lang. Ich werde Ansotrac-Stimulantia nehmen müssen, um durchzuhalten.«

»Ansotrac . . .?« fragte Atlan. »Hoffentlich sind Sie sich klar darüber, daß Ihnen furchtbar übel wird, wenn die Wirkung abklingt.«

André Noir verzog das Gesicht, dann lächelte er erneut.

»Ich kenne das, Lordadmiral. Aber was nützt es! Wenn meine Arbeit einwandfrei sein soll, muß ich mich zweiundvierzig Stunden lang voll konzentrieren. Da ist es mit schwächeren Mitteln nicht getan.«

Perry Rhodan nickte dem Mutanten aufmunternd zu.

»Kommen Sie, Terraner Rhodan«, flüsterte MAX-1. »Wir müssen den Erhaltungsspeicher umprogrammieren.«

»Was ist das?« fragte Rhodan leise, um Noir nicht zu stören.

Die beiden Baramos entfernten sich in Richtung einer Verbindungstür.

»Eine positronische Sonderschaltung«, erklärte MAX-1. »In ihr werden jeweils alle Baramos registriert, die sich zum Zweck der Eiablage nach Baykalob begeben. Vor der Landung auf unserer Welt werden sehr genaue Kontrollen durchgeführt. Also muß die Registrierung stimmen.«

Perry Rhodan blieb stehen.

»Einen Augenblick, bitte! Sie wollen sich in die Registrierung einreihen, wenn ich Sie recht verstanden habe?«

»Ja, wir halten das für besser, als uns zu verstecken. Die typischen Schwingungen bei der Pulsation würden uns doch verraten.«

Rhodan nickte.

»Dann warten Sie bitte noch.«

Er ging zu André Noir, der in absoluter Konzentration vor »seinem« Baramo hockte, und rüttelte ihn an den Schultern.

Der Hypno erwachte langsam aus seiner Starre. Dann sprang er erschrocken auf.

»Entschuldigen Sie, André«, sagte Rhodan. »Ich mußte Sie unterbrechen. MAX-1 und MAX-2 werden offiziell an Bord mitfliegen. Können Sie den Baramos suggerieren, daß sie schon immer dabei waren?«

Noir kratzte sich hinter dem Ohr.

»Das wird schwierig sein, Sir. Ich kann die Namen der beiden Baykalobos nicht einmal verstehen, geschweige denn parapsychisch weitergeben. MAX-1 und MAX-2 werden auffallen, weil niemand ihre Namen kennt.«

»Die Pulsierenden kennen sich gegenseitig nicht, bis auf wenige Ausnahmen«, warf MAX-1 ein. »In ihrem Stadium verfallen sie kurz nach dem Betreten des Schiffes in Lethargie und interessieren sich nicht für ihre Mitreisenden.«

»Das ist etwas anderes«, erwiderte André Noir erleichtert. »Dann brauche ich ihre Erinnerungen nur hinsichtlich der Anzahl der Passagiere zu beeinflussen.«

Auch Perry Rhodan fühlte sich erleichtert. Noirs Bedenken hatten ihn bereits befürchten lassen, daß der ganze Einsatz an einer Kleinigkeit scheitern könnte.

»Gut, André, machen Sie weiter«, sagte er. »Und wir gehen zum Erhaltungsspeicher.«

Entgegen Rhodans Hoffnungen hatten die Techniker doch drei volle Tage benötigt, um das Diskusschiff für den Kommandoeinsatz herzurichten.

Rhodan inspizierte zusammen mit Roi Danton die Verstecke. Größtenteils hatten sich die Probleme durch das Einziehen von Zwischenwänden lösen lassen. Nur für den ungefügen Metallkörper des Riesenroboters Paladin war die Unterteilung eines Lagerraums notwendig gewesen.

»Halt, Sir!« sagte ein Meßtechniker, der hinter Rhodan und Danton herging und auf einer Antigravplatte eine Batterie von Detektoren vor sich herschob. »Ausschlag!«

Die beiden Männer kehrten um und betrachteten den Diagrammschirm, auf den der Zeigefinger des Meßtechnikers gerichtet war. Scharfe Zacken verrieten, daß in unmittelbarer Nähe eine starke Energiequelle lief.

»Das ist Paladins Kraftstation«, sagte Roi und deutete auf eine Wand, die sich äußerlich in nichts von anderen Wänden unterschied. »Dahinter steht er. Ich möchte darauf verzichten, den komplizierten Öffnungsmechanismus zu benutzen. Wir würden hinterher mindestens zwei Stunden für die neuerliche Tarnung brauchen.«

Rhodan schaltete seinen Armband-Telekom ein.

»Harl Dephin, hören Sie mich?«

»Einwandfrei, nur etwas zu laut, Sir«, wisperte die verstärkte Stimme des Siganesen aus dem Empfangsteil.

»Wir haben Ihre Kraftstation klar angemessen«, erklärte Rhodan besorgt. »Können Sie die Aggregate nicht ganz abschalten?«

»Sie müssen einen sehr empfindlichen Detektor benutzen, Sir«, ertönte Dephins Stimmchen. Es klang beleidigt. »Die Kraftstation ist abgeschaltet. Was Sie anmessen, ist nur die Reststrahlung der Reaktionskammer.«
»Können Sie den Reaktor nicht abschirmen?«
»Womit?« zirpte Harl Dephin erregt. »Mit einem Energiefeld etwa? Dann würde die Energieemission des Felderzeugers erst recht angemessen werden.«
»Seien Sie bitte nicht beleidigt, Dephin«, meinte Rhodan in beschwichtigendem Tonfall. »Mir geht es ausschließlich um Ihre Sicherheit.«
»Risiken gibt es immer, Sir«, erwiderte der Siganese. »Wenn der Einsatz erfolgreich verlaufen soll, muß ich dabei sein. Folglich haben Sie nur die Entscheidung zwischen dem Verzicht auf den geplanten Einsatz oder dem Eingehen eines gewissen Risikos.«
Roi grinste über Harls starkes Selbstwertgefühl. Aber so waren die kleinen Männer von Siga nun einmal. Ihre körperliche Winzigkeit verursachte im Umgang mit Erdgeborenen naturgemäß Komplexe, die irgendwie kompensiert werden mußten.
»Ich denke, wir müssen es riskieren«, sagte der Freihändlerkönig. »Ohne Paladin sind wir nur halb soviel wert.«
»Dafür könnte ich Sie umarmen, Freibeuter!« zirpte Harl Dephin geschmeichelt.
»Also gut«, entschied Rhodan. »Wir gehen das Risiko ein. Hoffentlich brauchen wir es später nicht zu bereuen.«
Er gab dem Meßtechniker ein Zeichen, daß er weitergehen sollte. In den übrigen Sektionen des Schiffes verlief die Prüfung zufriedenstellend. Nur das Kraftwerk im Sockel des Einmann-Transmitters emittierte eine meßbare Reststrahlung. Daran war allerdings nichts zu ändern. Vor allem aber konnte der Einsatztrupp niemals auf die einzige Möglichkeit der Rückkehr verzichten.
André Noir meldete, er hätte alle zweiundachtzig Besatzungsmitglieder hypnotisch beeinflußt. Der Hypno sah ganz grün im Gesicht aus; die Wirkung der Aufputschdroge schien nachzulassen. Nun kam die unweigerliche Reaktion des überbeanspruchten Geistes und Körpers.
»Ich hätte es nie allein geschafft«, bekannte Noir. »Die Telepathen haben mich unterstützt, indem sie zuerst den Bewußtseinsinhalt der Baramos sondierten, so daß ich meine Parakräfte individuell ansetzen konnte.«

Perry Rhodan reichte ihm die Hand.

»Vielen Dank, André. Ich hoffe, wir sehen uns bald wieder. Passen Sie gut auf sich auf. Ich lege keinen Wert darauf, daß Sie sich opfern.«

Noirs Gesicht wurde von einem breiten Grinsen überzogen.

»Wie oft haben Sie mir das eigentlich schon gesagt?«

Rhodan lachte und schlug dem Hypno-Mutanten freundschaftlich auf die Schulter.

»Ungezählte Male, mein lieber André.«

Er wurde ernst. Noir war einer der Männer, denen er tatsächlich freundschaftliche Gefühle entgegenbrachte. Ohne ihn und ohne die anderen Mutanten der ehemaligen Dritten Macht stünde die Menschheit heute nicht da, wo sie jetzt stand. Vielleicht wäre sie unter den ersten heimtückischen Angriffen technisch haushoch überlegener Völker zugrunde gegangen, versklavt oder ausgerottet worden. Sogar jetzt, da die Menschheit über Machtmittel verfügte, die sich Perry Rhodan in der Anfangszeit seines Sternenreiches nicht einmal hätte träumen lassen, wäre der Einsatz auf Baykalob ohne Mutanten so gut wie unmöglich gewesen.

»Hals- und Beinbruch!« murmelte er.

Nachdem er sich auch von den anderen Mitgliedern des Kommandotrupps verabschiedet hatte, gab er das Zeichen zum Start.

Mit maskenhaft starrem Gesicht verfolgte er von der Zentrale der CREST aus, wie der Diskus ablegte und sich rasch entfernte . . .

»Alles klar, Majestät«, murmelte Oro Masut von seinem Fernbeobachtungsgerät aus. »Die Baramos sind alle zur gleichen Zeit erwacht. Niemand schöpft Verdacht.«

»Ich kann die Bezeichnung Majestät nicht mehr hören«, fuhr Roi seinen Leibwächter an.

Unvermittelt wechselte er das Thema.

»Noir, wie geht es Ihnen?«

Aus dem hintersten Winkel ihres engen Verstecks kam ein Stöhnen.

Roi Danton kroch hinüber; aufrechtes Gehen erlaubte der knappe Raum zwischen Zentraleboden und der frisch eingezogenen Decke des Versammlungsraumes nicht.

André Noir kauerte in seiner Ecke, die Hände gegen den Unterleib gepreßt. Seine Haut war jetzt nicht mehr grün, sondern kalkweiß und schweißbedeckt. Der Hypno zitterte am ganzen Körper.

»Kann ich etwas für Sie tun?« fragte Danton eindringlich.
Noir schüttelte mühsam den Kopf.
»Nichts, Sir. In . . . Ruhe . . . lassen!«
Ein neuer Anfall schüttelte ihn durch. Die Zähne klapperten gegeneinander; Speichel rann von den Mundwinkeln herab. Die Finger öffneten und schlossen sich krampfhaft. Dann warf Noir den Kopf hin und her, öffnete den Mund und stöhnte jämmerlich.

Roi Danton sah den Mutanten mitleidig an und kroch zurück. Wahrscheinlich war es wirklich besser, wenn ein Mensch diese Qual ganz allein ausstand. Bei völlig gesunden Menschen bestand glücklicherweise keine Lebensgefahr; und Noir war wegen seines Zellaktivators so kerngesund, wie außer den anderen Aktivatorträgern niemand.

»Es hat ihn ganz schön gepackt, wie Ma . . . Sir?« fragte Oro Masut.
Roi nickte.
»Hoffentlich hat er sich erholt, bevor wir kontrolliert werden. Sonst müßten wir ihn nämlich knebeln und festhalten. Jedes Geräusch könnte uns verraten.«

Er winkte seinen Leibwächter zur Seite und kauerte sich vor den Beobachtungsschirm. Überall im Schiff der Baramos waren winzige Kombi-Empfänger versteckt. Sie arbeiteten mit Strom aus chemischen Energieblöcken, so daß sie nicht angemessen werden konnten.

Zur Zeit war das Gerät in der Kommandozentrale des Diskusschiffes aktiviert. Vierzehn Baramos – die Zentralebesatzung – saßen in ihren seltsam geformten Sesseln, beobachteten ihre Kontrollen und nahmen hin und wieder eine Schaltung vor. Viel hatten sie nicht zu tun, denn ihr Schiff befand sich im Linearraum.

Auf dem Schirm, der in etwa den Reliefschirmen der terranischen Schiffe glich, stand die flackernde weiße Sonne Huas.

Roi hätte gern gewußt, was die Baramos wohl empfanden, wenn sie das Gestirn ihrer Urheimat sahen. Es mußte schmerzlich für sie sein, die Sonne der einzigen Welt, auf der sie sich wohl fühlten und fortpflanzen konnten, zu sehen und gleichzeitig zu wissen, daß sie nur so lange auf Baykalob bleiben durften, bis die Eiablage vorüber war. Noch schlimmer für ihre sensible Psyche war sicherlich das Wissen, daß ein Teil der befruchteten Eier den Beherrschern der Kleinen Magellanschen Wolke zur Bereitung irgendeines Extraktes diente, anstatt den naturgegebenen Zweck zu erfüllen.

Roi seufzte.

Sie konnten den bedauernswerten Geschöpfen nicht helfen. Nicht eher jedenfalls, als bis die Erste Schwingungsmacht endgültig besiegt war.

Im Schein der matten Beleuchtung sah er Guckys glattes, seidiges Fell schimmern.

»Wie sieht es in den Gehirnen der Baramos aus, Gucky?« flüsterte er.

»Sie ahnen nichts davon, daß sie gekapert wurden«, flüsterte der Mausbiber zurück. »Die Anwesenheit unserer beiden Revolutionäre wird von ihnen akzeptiert, als wären MAX-1 und MAX-2 schon immer an Bord gewesen. Und wie du bemerkt haben dürftest, hüten sich die Baramos, in die Nähe unserer Verstecke zu gehen.«

»Sehr gut. Ich werde jetzt zu unseren Baykalobos umschalten.«

Er drückte eine der zahlreichen Schalttasten auf dem flachen Aktivierungsgerät. Augenblicklich erlosch das Bild auf dem Beobachtungsschirm und machte dann einem anderen Bild Platz.

Ungefähr sechzig Baramos standen in einem großen Aufenthaltsraum, zu einer spiralförmigen Kette formiert. Sie vollführten Bewegungen, die für menschliche Begriffe grotesk wirkten; ihre Unterleiber pulsierten in gleichmäßigem Rhythmus. Dabei stießen sie Laute aus, die der Translator nur ungenügend übersetzte. Anscheinend vollzogen sie eine Art Fruchtbarkeitszeremonie.

Da für Menschen ein Baramo wie der andere aussah, konnte Roi nicht erkennen, ob sich die beiden befreundeten Baykalobos in der Menge aufhielten.

»Sie sind dabei«, flüsterte Gucky, der nicht auf äußerliche Merkmale angewiesen war, »aber ihre Gedanken kreisen fast ausschließlich um die Eiablage.«

»Hoffentlich vergessen sie darüber nicht den eigentlichen Zweck der Reise«, flüsterte Oro Masut.

»Reise ist gut!« lispelte der Mausbiber. »Ich bin schon bequemer gereist.«

»Ruhe!« flüsterte Roi Danton. Er hob den Arm mit dem Telekomband und erhöhte die Abgabeleistung des winzigen Lautsprechers.

Schwach, aber klar verständlich, war die Stimme des Hyperphysikers Dr. Jean Beriot zu hören. Beriot befand sich zusammen mit seinem Kollegen Dr. Armond Bysiphere und Iwan Iwanowitsch Goratschin in einem anderen Versteck.

»Achtung, an Gruppe A«, sagte Beriot. »Meßdiagramme deuten auf dicht bevorstehenden Linearraum-Austritt des Diskusschiffes hin. Bitte Energieverbrauch auf das Minimum reduzieren.«

»Danke, Beriot«, sagte Danton. »Ich werde meinerseits die Siganesen verständigen.«

»Ich habe mitgehört«, erklang die wispernde Stimme Harl Dephins, des Chefs der Paladin-Mannschaft. »Wir schalten die Aggregate ab. Was tun wir, wenn man uns entdeckt?«

»Jedenfalls nichts ohne meinen ausdrücklichen Befehl. Im Notfall müssen wir die Kontrolleure unschädlich machen und die CREST V herbeirufen. Dann könnten wir durch den Transmitter fliehen.«

»Inzwischen würden die Pseudo-Gurrads uns wahrscheinlich vernichtet haben«, erwiderte der Siganese. »Sobald sie merken, daß sie uns nicht überwältigen können, vernichten sie den Diskus.«

»Darüber bin ich mir ebenfalls klar«, gab Roi zurück. »Deshalb meine Anordnung, daß niemand ohne meinen ausdrücklichen Befehl handeln soll. Gucky und ich stimmen überein. Der Mausbiber mit seinen Parafähigkeiten und seinen Erfahrungen wird versuchen, eine bedrohliche Lage allein oder mit mir zu bereinigen.«

»Beim Gongschlag war es dreizehn Uhr«, erscholl Noirs gequälte Stimme aus dem Hintergrund.

»Jetzt schlägt's dreizehn!« schimpfte Gucky und fuhr empört auf. Prompt kam es zu einem neuen schmerzhaften Kontakt mit der Decke.

Stöhnend sank der Mausbiber zurück.

»Offenbar geht es Ihnen besser«, sagte Roi erfreut zu dem Hypno.

»Besser als vorhin«, erklärte André Noir. »Nur ab und zu . . .« Er stieß einen unterdrückten Schmerzenslaut aus, schwieg einige Sekunden und fuhr dann mit rauher Stimme fort: »Ab und zu fährt mir eine glühende Nadel durchs Gehirn.«

»Möchten Sie etwas essen?« fragte Masut den Mutanten. »Ihr Körper muß vollkommen ausgelaugt sein.«

»Ich habe bereits Energietabletten gegessen, von denen sogar ein ertrusischer Vielfraß wie Sie satt würde«, gab Noir zurück.

Oro Masut wollte protestieren, aber Danton hob die Hand.

Dr. Beriot gab soeben eine neue Meldung durch.

»Diskusschiff ist in den Normalraum zurückgekehrt. Bremst mit vollem Gegenschub ab. Kontrollsektor wurde offenbar erreicht.«

»Danke«, erwiderte Roi. »Sie haben alle mitgehört. Energieerzeuger herunterschalten. Und: Drücken Sie die Daumen!«

»Ich wollte, ich hätte vier – an jeder Hand«, sagte Noir trocken.

Vor einer Minute waren sechzig der riesigen Konusraumschiffe vor dem Diskus der Baramos aufgetaucht.

Roi Danton hatte sie auf dem Beobachtungsschirm sehen können, da auch die Außenbeobachtung des Diskusschiffes von den Technikern der CREST V angezapft worden war.

Die Schiffe der Pseudo-Gurrads schwebten gleich mittendurch geschnittenen Kinderkreiseln im Raum. Unzählige starke Scheinwerfer waren an ihnen aufgeflammt; ihre Strahlen brachen sich an der Hülle des Baramos-Schiffes.

Der Diskus stand beinahe fahrtlos im System der Sonne Huas. Anscheinend gab es noch mehr Diskusschiffe, denn die Kontrolle ließ auf sich warten, obwohl die Konusraumer zahlreiche Beiboote ausgeschleust hatten.

Roi Danton konnte von den anderen Schiffen allerdings nichts sehen, da sie im toten Winkel seiner Bilderfassung lagen. Er beschloß, die Außenbeobachtung so lange aufrechtzuerhalten, bis das Kontrollkommando an Bord ihres Schiffes kam. Dann allerdings würde er wegen der Ortungsgefahr abschalten müssen.

Nach anderthalb Stunden Wartezeit tauchten zwei Beiboote der Konusschiffe aus dem toten Winkel der Bilderfassung auf. Sie näherten sich mit langsamer Fahrt dem Diskusraumschiff und legten an zwei verschiedenen Schleusen an.

Roi desaktivierte die Zapfleitung zu den Schirmen der Baramos. Auf die Tätigkeit der Innenbeobachtung jedoch wollte er nicht verzichten. Nur so würden sie rechtzeitig bemerken, ob die Pseudo-Gurrads Verdacht schöpften oder nicht.

Er spürte, wie sich seine Nackenhaare sträubten, als nacheinander sechzehn Pseudo-Gurrads die Kommandozentrale des Diskusraumers betraten.

Wieder einmal fragte sich der Freihändler, ob diese Wesen tatsächlich die Erste Schwingungsmacht verkörperten oder ob sie wie die Zweitkonditionierten nur willfährige Diener waren.

Angesichts der bisherigen Erfahrungen erschien es ihm zweifelhaft, daß die Erste Schwingungsmacht sich unmittelbar an den Kämpfen beteiligte. Jedenfalls hatte sie bisher immer nur ihre Hilfskräfte in die Schlacht geworfen, zuerst die Hypnokristalle aus der Großen Magellanschen Wolke, dann die Perlians und die Zweitkonditionierten mit ihren Dolans.

Ein weiteres Problem war, warum die Erste Schwingungsmacht alle ihre Angriffe auf die Menschheit als Strafaktion gegen Zeitverbrecher bezeichnet hatte. Roi glaubte längst nicht mehr daran, daß es ihr dabei nur um die Verhütung von Zeitparadoxa ging. Hinter diesem Argument mußte ein handfestes Motiv stecken. Möglicherweise hatte die Erste Schwingungsmacht etwas in der Vergangenheit zu verbergen.

Er unterbrach seine Überlegungen, als ein unförmiger Roboter in die Kommandozentrale schwebte. Die Maschine glich dem Alptraum eines Futurologen; sie bestand aus einem buckeligen, gerippten Hauptkörper mit zahlreichen Auswüchsen, die wahrscheinlich Ortungsantennen darstellten.

Es lief Roi Danton kalt über den Rücken, als er daran dachte, welche Möglichkeiten in dem Ortungsroboter verborgen waren.

»Gucky«, flüsterte er, »halte dich bereit. Das Ding da sieht nicht so aus, als könnte ihm die Reststrahlung unserer Geräte entgehen.«

Der Mausbiber rückte näher heran. Seine Knopfaugen schimmerten feucht.

»Eine Maschine!« sagte er mit all der Verachtung, die er aufzubringen vermochte. »Ich bin schon mit ganz anderen Maschinenwesen fertig geworden.«

»Aber hier kannst du keine Brachialgewalt anwenden, mein Kleiner«, gab Roi zurück. »Hier hilft im Notfall nur List, Geschicklichkeit und Schnelligkeit.«

»Das sind meine besten Eigenschaften«, versicherte der Ilt treuherzig.

Er hätte sich wahrscheinlich noch ausgiebiger gelobt, wenn die Pseudo-Gurrads in diesem Moment nicht mit der eigentlichen Kontrolle begonnen hätten.

Sie ließen die Baramos in der Zentrale in einer Reihe antreten und aktivierten den positronischen Erhaltungsspeicher. Baramo für Baramo mußte vor das Gerät treten und seine Individualstruktur abtasten lassen. Anschließend mußten die Insektenabkömmlinge sich entkleiden. Die Pseudo-Gurrads musterten die Unterkörper genau; sie wollten sich versichern, ob die Ankömmlinge pulsierten, also der Eiablage entgegensahen.

Unterdessen war der Ortungsroboter zweimal im Kreis durch die Kommandozentrale geschwebt. Dabei hatten seine Ortungsantennen sich beständig in alle Richtungen gedreht.

Dort gab es jedoch nichts zu entdecken.

Aber nun schwebte die Maschine durch das Panzerschott in die Gänge des Schiffes.

Roi Danton mußte laufend andere Beobachtungsgeräte aktivieren, um den Weg des Roboters verfolgen zu können. Der kalte Schweiß brach ihm aus bei dem Gedanken, daß der Robot die schwachen Aktivierungsimpulse anpeilen könnte.

Doch entweder vermochte die Maschine die außerordentlich geringfügigen Impulse nicht aufzunehmen, oder sie verzichtete vorerst darauf, ihren Ursprung zu suchen. Alles kam darauf an, wie das positronische Gehirn programmiert worden war.

Immer mehr jedoch näherte sich der Roboter Paladins Versteck. Seine Ortungs- oder Tasterantennen drehten sich, wurden weiter ausgefahren und berührten die Wände und zogen sich wieder zurück, um nach einem anderen Objekt ausgestreckt zu werden.

Vor der Tür zum geteilten Lagerraum blieb die Maschine stehen. Sie verharrte in der Luft und streckte zwei Drittel ihrer Tastorgane nach vorn.

Etwa zehn Minuten lang verharrte sie in dieser Stellung.

Roi Danton umklammerte den Mausbiber, um jederzeit mit ihm springen zu können. Er trug neben einem Desintegrator eine großkalibrige Raketenpistole mit Säuregeschossen. Atomare Sprengsätze innerhalb eines kleinen Raumschiffs zu verwenden, verbot sich von selbst. Gucky war nur mit einem kleinen Kombistrahler bewaffnet. Seine stärksten Waffen blieben unsichtbar.

Der Freihändler atmete auf, als der Roboter plötzlich wendete und auf die Öffnung eines Antigravlifts zuglitt.

»Ich würde mich nicht zu früh freuen«, flüsterte Gucky. »Sicher hat das Monstrum etwas bemerkt. Nun wird es nach weiteren verdächtigen Strahlungsquellen suchen.«

Roi hantierte an seinem Schaltgerät, um den Roboter nicht aus den Augen zu verlieren.

Die Maschine schwebte den Antigravschacht hinauf und verließ ihn in jenem Deck, in dem der Kleintransmitter verborgen worden war.

»Zufall oder nicht?« überlegte Danton halblaut. »Sollte er die Reststrahlung des Sockelkraftwerks schon angepeilt haben?«

Er überlegte, ob er Goratschin und die beiden Hyperphysiker warnen sollte, die den Transmitter bewachten, verzichtete jedoch darauf. Ein Telekomspruch konnte zu leicht abgehört werden.

Der Roboter glitt einen breiten Gang entlang und bog dann in Richtung der Maschinenräume ab. Hinter einer Kontrollwand lag das Versteck des Transmitters. Die Techniker waren bei der Wahl davon ausgegangen, daß die Reststrahlung der Triebwerksreaktoren die Reststrahlung des Sockelkraftwerks überlagern müßte.

Unterdessen waren Danton ernste Zweifel über die Zuverlässigkeit dieser Methode gekommen. Der Ortungsroboter bewegte sich einfach zu zielstrebig auf das Versteck des Einmann-Transmitters zu.

Mitten in der Maschinenhalle verharrte der Roboter erneut. Diesmal hielt er sich über zwanzig Minuten auf. Entweder konnte er die Reststrahlung des Transmitters nicht von der der Schiffskraftwerke unterscheiden, oder er wollte lediglich ganz sichergehen.

Als er jedoch auf die Kontrollwand zuglitt, hinter der der Transmitter verborgen war, bestand für Danton und Gucky kein Zweifel mehr daran, daß ihr Geheimnis entdeckt war.

Sie blickten sich kurz an, dann konzentrierte sich der Mausbiber auf die Teleportation.

Sie rematerialisierten wenige Meter hinter dem Ortungsroboter. Die Maschine verharrte dicht vor der Kontrollwand. Ihre Positronik konzentrierte sich offensichtlich völlig auf die Energieortung, sonst hätte sie die Wiederverstofflichung der beiden Wesen bemerken müssen.

Gucky hielt die Augen geschlossen und schickte seine telekinetischen Impulse aus. Mit ihnen konnte er das Innere des Roboters einigermaßen abtasten. Natürlich »sah« er nicht, was hinter der Verkleidung lag, aber an dem spezifischen Widerstand, den die unterschiedlichen Materien seinen telekinetischen Tastversuchen leisteten, vermochte er auf ihre Funktionen zu schließen.

Roi zitterte innerlich vor Erregung. Er wagte kaum zu atmen, aus Furcht, der Roboter könnte das Geräusch wahrnehmen. In der Rechten hielt er den schweren Desintegrator. Allmählich erlahmte sein Arm.

Kalter Schweiß trat ihm auf die Stirn, als der Mausbiber vorsichtig seine linke Hand nahm und ihn näher an den Roboter heranführte.

Die Situation war irgendwie unwirklich.

Der Freihändlerkönig fühlte sich von einem grauenhaften Druck erlöst, als Gucky auf einige Schaltungen am Oberteil des Ortungsroboters zeigte. Endlich konnte er handeln!

Er begriff, was der Ilt von ihm erwartete. Die Schalter lagen zu hoch für Gucky, und telekinetisch wollte er offensichtlich nicht emporsteigen, da er diese Paragabe für andere Zwecke benötigte.

Roi Danton biß die Zähne zusammen und berührte den ersten Schalter. Die nervliche Überreizung gaukelte ihm einen elektrischen Schlag vor.

Schreiend fuhr er zurück.
Doch er hatte den Schalter bereits bewegt. Der Ortungsroboter begann laut zu summen. Die Tasterantennen drehten sich wie verrückt im Kreis.
Roi überwand seinen Schock und sprang erneut vor. Hastig verstellte er die anderen drei Schalter, die der Mausbiber ihm angegeben hatte. Der Ilt schien unterdessen ebenfalls nicht untätig gewesen zu sein. Eine Stichflamme schoß aus dem Vorderteil des Roboters und versengte die Kontrollwand.
Die Bewegungen der Maschine wurden unregelmäßig. Sie kippte nach rechts. Einige Tasterantennen brachen ab. Kreischend schleifte die rechte Seite des Robots über den Boden, rammte den Sockel eines Fusionsreaktors und hob sich so rasch wieder, daß die Maschine sofort nach der anderen Seite kippte. Erneut krachte die Entladung eines Kurzschlusses.
Einen Sekundenbruchteil später dröhnten schwere Schritte im angrenzenden Flur.
»Die Gurrads!« flüsterte Danton. »Schnell, Gucky!«
Der Mausbiber ergriff Rois ausgestreckte Hand und teleportierte in ihr Versteck zurück.
Keinen Augenblick zu früh. Auf dem Beobachtungsschirm war zu sehen, wie drei Pseudo-Gurrads die Maschinenhalle betraten. Sie blieben dicht hinter dem Eingang stehen und betrachteten argwöhnisch ihren Ortungsroboter, der vergebens um sein Gleichgewicht kämpfte und immer wieder gegen Maschinenverkleidungen, den Boden und die Decke stieß. Der größte Teil seiner Tasterantennen war bereits abgebrochen.
Roi hielt den Atem an.
Alles hing jetzt davon ab, ob der Ortungsroboter noch dazu gekommen war, das Eingreifen Fremder zu melden, oder ob er mit einem Notsignal lediglich seine Funktionsuntüchtigkeit gemeldet hatte.
Anscheinend traf letzteres zu, denn die Pseudo-Gurrads durchsuchten zwar die Maschinenhalle, aber nur sehr flüchtig. Offenbar glaubten sie an einen technischen Versager.
Schließlich sammelten sie sich wieder in respektvoller Entfernung von dem kreiselnden Roboter und diskutierten kurz.
Dann hob einer von ihnen seinen Strahler und löste die nutzlos gewordene Maschine in grünliche Gasschwaden auf.
Roi Danton spürte grenzenlose Erleichterung. Er nahm den Mausbiber in die Arme und gab ihm einen Kuß auf den entblößten Nagezahn.

»Schon gut«, murmelte Gucky verlegen. »Wenn du mich losläßt, darfst du mir nächstens auch zehn Stunden lang das Fell kraulen.«

Roi ließ den Ilt frei und sagte ernst: »Da wirst du wohl noch einige Zeit warten müssen, Kleiner. Das war nur die erste Hürde.«

9.

Eine halbe Stunde, nachdem die Pseudo-Gurrads das Diskusschiff verlassen hatten, begannen die Fusionskraftwerke in seinem Innern wieder zu rumoren.

Als das Schiff sich drehte, konnte Roi Danton endlich den Planeten Baykalob sehen. Er schwamm als blaugraue, von weißen Wolkenformationen größtenteils bedeckte Kugel hinter dem weitgespannten, flimmernden Paratronschirm.

Vierzehn der gewaltigen Kreiselschiffe der Pseudo-Gurrads bildeten einen weiten Kreis vor einer Stelle des Schirms, in der ein Strukturriß klaffte. Soeben durchstieß ein anderes Diskusschiff die Öffnung im Paratronschirm.

Auch ihr Schiff setzte sich allmählich in Bewegung. Langsam durchflog es den Kreis der Wachschiffe und glitt auf die Öffnung zu, an deren Rändern blauweiße Entladungen flammten.

Roi bemühte sich, nicht daran zu denken, was geschehen würde, wenn der Strukturspalt sich in diesem Augenblick schloß. Wohin würde das Diskusschiff geschleudert werden?

»Wie sieht es aus?« fragte André Noir und kroch aus seiner Ecke.

Der Hypno schien sich halbwegs erholt zu haben. Dennoch wirkte sein Gesicht verfallen, obwohl doch der Zellaktivator die Regenerierung des angegriffenen Organgewebes beschleunigen mußte.

»Im Augenblick gut – für uns«, erwiderte der Freihändlerkönig. »Soeben geht der Diskus in einen Orbit um Baykalob. Wahrscheinlich wartet er noch auf Zuteilung seines Landegebiets.«

»Hoffentlich nicht zu lange«, sagte Noir. »Ich möchte wieder einmal frische Luft atmen und nicht dieses verbrauchte Gas innerhalb des Verstecks. Hier merkt man erst, welchen penetranten Geruch menschliche Körper verbreiten.«

Er fixierte dabei den Ertruser.
Oro Masut hob beschwörend die Hände.
»Ich stinke jedenfalls nicht. Vor dem Einsatz habe ich noch in Parfüm gebadet.« Er deutete mit dem Daumen auf den Mausbiber. »Riechen Sie lieber mal an unserem Pelztier. Es ›duftet‹ wie eine ganze Menagerie.«
»Gemeinheit!« schrillte Gucky empört. »Wenn mein seidiges makelloses Fell tatsächlich riechen sollte, dann nur von deinem Gestank, der sich darin festgesetzt hat.«
»Streitet euch später«, bat Roi.
Rasch kamen die Wolkenfelder des Planeten Baykalob näher.

Roi Danton hatte gehofft, ihr Diskusschiff würde in eine flache Landebahn einschwenken. Dann hätte er nämlich einiges mehr von der Oberfläche gesehen, die ihren Blicken zuvor größtenteils durch Wolkenfelder verborgen gewesen war.
Leider senkte sich der Diskus nahezu senkrecht hinab. Als er die Wolkendecke durchstieß, erkannte Danton unter dem Schiff eine gewellte Sandwüste. Hier und da ragten Ruinen und auch unversehrte Bauwerke aus dem wandernden Sand: ganze Stadtteile, bestehend aus oval geformten Kuppelbauten, schlanken Türmen und Monumentalbauten auf Pyramiden, die an aztekische Tempel erinnerten.
»Offenbar die verlassenen Städte der Baramos«, murmelte André Noir.
»Ja«, erwiderte Roi Danton, »es muß auf Baykalob einst eine blühende Zivilisation gegeben haben, bevor die Pseudo-Gurrads kamen.«
»Sie werden ihre Strafe dafür erhalten«, sagte Gucky zornig. »Und für ihre anderen Verbrechen ebenfalls.«
Das Diskusschiff schwenkte nach Steuerbord ab, überflog einen Gebirgszug – und dann sahen die Männer und der Mausbiber das Meer.
Unübersehbar erstreckte sich die Wasserwüste nach Osten. Ihre Wogen rollten in gleichmäßigem Rhythmus zum Ufer, brachen sich an den Untiefen und stürzten schäumend und sich überschlagend einen flachen, kilometerbreiten Sandstrand hinauf. Es war ein Anblick, wie er wahrscheinlich seit Jahrzehntausenden gleich geblieben war.
Der warme Ozean mußte sehr fruchtbar sein, denn weite Teile des Strandes waren bedeckt von Tang und angeschwemmtem Meeresgetier: kein Wunder, denn diese Gegend lag in der Nähe des Äquators. Die

grellweiße Sonne Huas stand im Zenit und sandte ihre heißen Strahlen unbarmherzig herab.

Roi blendete in die Zentrale über. Die dort weilenden Baramos hatten ihren bisher gezeigten Gleichmut abgelegt. Sie blickten auf die Schirme der Außenbeobachtung und unterhielten sich schnell in den seltsamen Lauten ihrer Sprache.

Als einer der Insektenabkömmlinge aufstand, erkannte Danton deutlich, daß das Pulsieren des Unterleibs stärker geworden war. Möglicherweise wirkte bereits die unmittelbare Nähe der Ursprungswelt stimulierend auf die Fortpflanzungsorgane der Baramos.

Tiefer und tiefer sank der Diskus. Seltsamerweise war in der Nähe kein anderes Baramo-Schiff zu sehen. Wahrscheinlich sorgten die Pseudo-Gurrads dafür, daß die einzelnen Besatzungen keinen Kontakt miteinander pflegen konnten.

In etwa hundert Metern Höhe wurden die Landestützen ausgefahren. Nahezu zentimeterweise schwebte das Schiff nach unten. Die Auflageteller berührten den Boden und sanken ungefähr einen Meter in den feuchten Sand. Wasser quoll an ihren Rändern empor und bildete kleine flache Seen.

Erneut blendete Roi zur Zentrale um. Die Baramos hatten sich erhoben und schritten mit tänzelnden Schritten im Kreis umher. Dabei legten sie nach und nach alle Kleidungsstücke ab, bis sie völlig nackt waren.

Ihre Abstammung von Insektenwesen wurde noch deutlicher als bisher. Die schmalen Ringpanzer des Unterleibs ruckten konvulsivisch, während sich an den Körperenden rosettenartige muskuläre Hautlappen vorwölbten.

»Wenn die noch lange tanzen«, bemerkte Oro Masut trocken, »verlieren sie ihre Eier schon im Schiff.«

Gucky kicherte und hielt sich die Hand vor den Mund, um nicht herauszuplatzen.

Roi wölbte indigniert die Brauen. Er war der Ansicht, daß mit solchen Dingen keine Scherze getrieben werden sollten.

Er blendete erneut nach draußen um.

Das Donnern der heranrollenden Brecher und das wispernde Rauschen der zurückfließenden Fluten hörten sich nicht anders an als an den Sandstränden Terras. Nur der feuchte Sand trocknete infolge der heißen Sonnenstrahlung schneller als dort ab.

Und plötzlich bemerkte der Freihändlerkönig das milliardenfache

Gleißen und Glitzern zwischen den Sandkörnern. Er kniff die Augen zusammen. Möglicherweise war dieser Sand nur besonders stark quarzhaltig, und die Quarzkristalle wiesen eine außergewöhnliche Reinheit auf. Doch Roi wurde das Gefühl nicht los, daß etwas anderes dahintersteckte.

Seine Gedanken wurden jedoch abgelenkt, als die ersten Baramos mit ihrem tänzelnden Gang das Diskusschiff verließen. Keiner trug noch Kleidungsstücke, und die verdickten Unterkörper pulsierten von Sekunde zu Sekunde stärker.

»Hoffentlich vergessen unsere revolutionären Freunde unsere Abmachung nicht«, sagte er besorgt. »Die Burschen scheinen sich ja in Ekstase zu befinden.«

»Wir müssen auf jeden Fall warten, bis alle – außer den Baykalobos – das Schiff verlassen haben«, warnte Gucky. »Die Baramos dürfen von unserer Existenz nichts erfahren.« André Noir runzelte die Stirn. »Ich will nur hoffen, daß durch die Ekstase nicht meine Hypnosperren aufbrechen. Sobald wie möglich werde ich einige der Baramos aus der Nähe kontrollieren müssen.«

»Zweiundachtzig«, sagte Oro Masut, der die aussteigenden Baramos gezählt hatte.

Er griff nach dem Öffnungsmechanismus ihres Verstecks, doch Roi hielt ihn zurück.

»Warte! Wir wissen nicht, ob die beiden fehlenden Insektenabkömmlinge unsere Baykalobos oder zwei Baramos sind. Gucky, würdest du bitte nachsehen?«

Während er sprach, hatte er die Beobachtungsgeräte nacheinander aktiviert. Er fand die noch fehlenden beiden Insektenabkömmlinge im Antigravschacht. Offenbar waren sie auf dem Weg zur Kommandozentrale.

Der Mausbiber teleportierte, sobald er den Aufenthaltsort und das Ziel der Insektenabkömmlinge kannte. Er rematerialisierte in der Zentrale und versteckte sich in einer Nische.

Als die beiden Wesen die Zentrale betraten, blickten sie sich suchend um.

Gucky watschelte aus seiner Ecke hervor und winkte in Richtung des Aufnahmegeräts. Dann sagte er:

»Wir hatten uns schon Sorgen gemacht. Ist alles in Ordnung?«

Da Roi seinen Translator eingeschaltet hatte, verstand er die Antwort.

»Wir müssen zu den anderen. Die Ablage läßt sich nur noch um kurze Zeit verschieben.«

Danton aktivierte seinen Armband-Telekom und sagte: »Wir können die Verstecke verlassen. Bringen Sie soviel an Ausrüstung mit wie möglich. Wir treffen uns in der Bodenschleuse.«

»Wir haben keine Zeit mehr«, erklärte MAX-1, als Roi Danton ihm kurz darauf in der Zentrale gegenüberstand. »Das Pulsieren verstärkt sich.«

»Wie lange etwa dauert die Eiablage?« fragte Roi.

»Ungefähr fünf Ihrer Stunden, Terraner Danton.«

Der Freihändler atmete auf. »Das genügt, um unsere Ausrüstung abzutransportieren. Ich wünsche Ihnen einen reichlichen Eiersegen, Freunde. Sie wissen ja, daß Sie anschließend mit den Baramos zurückfliegen müssen, da sonst der Erhaltungsspeicher nicht mehr stimmen würde. Hoffentlich haben Sie keine Schwierigkeiten.«

»Wir werden einen Weg finden, um wieder zu den Revolutionären zu stoßen«, antwortete MAX-1. »Aber nun müssen wir gehen. Wir können sonst die Eier nicht mehr halten.«

In ziemlicher Eile tänzelte er aus der Zentrale, MAX-2 nach, der schon einige Sekunden vorher fluchtartig den Raum verlassen hatte.

»Wie gut, daß ich kein Baramo bin«, sagte Gucky.

Roi blickte ihn durchdringend an.

»Du bist aber auch kein Mensch. Willst du uns nicht endlich verraten, wie sich Geschöpfe deiner Art fortpflanzen? Seit Jahrhunderten deckst du den Schleier des Geheimnisses darüber.«

Der Ilt reckte sich.

»Er wird auch nicht weggezogen werden, du Freibeuterlümmel! Eher teleportiert Gucky in ein Hühnerei!«

»In ein gekochtes oder ein rohes?« fragte André Noir.

Der Mausbiber warf ihm einen wütenden Blick zu, dann teleportierte er. Sekunden später kehrte er auf die gleiche Weise zurück. Er mußte sehr erregt sein, denn er wiederverstofflichte mitten in der Luft und plumpste anschließend mit dem Hinterteil auf Masuts Schädel.

»Wir werden beobachtet!« schrillte er.

Oro Masut ergriff ihn und setzte ihn auf dem Boden ab.

»Kein Grund, dein heißes Hinterteil auf meinen gepflegten Schädel zu pressen. Was ist los?«

Gucky holte tief Luft.

»Über dem Strand kreisen zahlreiche Gleiterfahrzeuge. Sie beobachten offenbar das Schiff und die eierlegenden Baramos. Wir können nicht hinaus!«

Roi Danton wurde blaß.

Geistesgegenwärtig informierte er die Gefährten über Telekom und forderte sie auf, das Schiff nicht zu verlassen.

»Glaubst du, die Pseudo-Gurrads wären mißtrauisch geworden?« fragte er den Ilt.

Die Männer sahen sich betreten an.

Mit diesem Problem hatten sie nicht gerechnet. Auch der Planungsstab der CREST V war nicht auf den Gedanken gekommen, die Pseudo-Gurrads könnten die ehemaligen Beherrscher der KMW sogar bei der Eiablage pedantisch genau kontrollieren.

Danton trat auf die Kontrollen des Hauptschaltpultes zu, überlegte und sagte dann leise:

»Ich riskiere es, die Außenbeobachtung zu aktivieren. Solange wir keine Tasterstrahlen verwenden, dürften die Gleiterbesatzungen nichts davon bemerken.«

Er zog den Hebel zurück, den MAX-1 vor dem Verlassen der Zentrale umgelegt hatte.

Die zahlreichen Bildschirme flammten auf.

Oro Masut holte tief und lautstark Luft, als er die drei großen Gleiterfahrzeuge sah, die in etwa dreihundert Metern Höhe über dem Diskusschiff kreisten. Weitere Gleiter hingen näher zum Ozean hin über den vierundachtzig Baramos, die einen großen Kreis gebildet hatten und mit ihren Füßen den Sand stampften.

»Ich glaube nicht, daß man mißtrauisch geworden ist«, meinte der Mausbiber. »Wahrscheinlich handelt es sich bei der Beobachtung um eine ganz normale Kontrollmaßnahme.«

»Es sind robotgesteuerte Beobachtungseinheiten«, rief eine tiefe Stimme.

Der Paladin-Robot kam mit stampfenden Schritten näher. Die verstärkte Stimme Harl Dephins erklärte weiter:

»Ich habe mit meinem Ortungssystem die Gleiter ziemlich genau analysieren können. Es sind keine lebenden Wesen an Bord, aber eine Menge Aufzeichnungsgeräte und Mehrbereichstaster. Auf gar keinen Fall dürfen wir das Schiff verlassen, bevor die Fahrzeuge abgeflogen sind.«

Roi Danton blickte den Roboter bestürzt an.

»Wissen Sie, welche Menge an Ausrüstungsgütern wir abtransportieren müssen, Harl Dephin? Hoffentlich bleibt uns genügend Zeit dafür. Die Eiablage der Baramos dauert nur fünf Stunden. Was tun wir, wenn die Beobachtungseinheiten so lange hierbleiben, bis das Diskusschiff wieder startet?«

»Dann muß Gucky uns alle zu einem Versteck außerhalb teleportieren«, erwiderte der Siganese ungerührt.

Der Ilt stöhnte. »Nein! Nur das nicht! Das schaffe ich niemals!«

Roi sah den Mausbiber ernst an.

»Gibt es überhaupt etwas, das du nicht könntest, lieber Gucky?«

»Ha!« machte Gucky, drehte sich um und watschelte zur Tür hinaus.

Roi Danton kratzte sich hinter dem Ohr.

»Ich fürchte auch, Gucky allein kann es niemals schaffen. Es sei denn, wir fingen schon jetzt damit an. Doch das halte ich für verfrüht. Der Mausbiber muß seine Kräfte nach Möglichkeit schonen. Wenn er den Paladin, den Transmitter, die übrige Ausrüstung und uns alle innerhalb von fünf Stunden eine weite Strecke teleportieren muß, ist er hinterher für zwei Tage nicht mehr zu gebrauchen.«

»Vielleicht warten die Beobachter nur so lange, bis unsere Baramos mit der Eiablage begonnen haben«, warf André Noir ein.

»Vielleicht . . .«, dehnte Roi. »Schön, folgen wir einstweilen ihrem Beispiel und sehen den Baramos zu.«

Er wandte sich jenem Teil der Bildschirmgruppe zu, die den Strand zeigte.

Die vierundachtzig Baramos hatten inzwischen ihren Tanz beendet und gingen – jeder für sich – auf das Wasser zu.

Wenige Meter vor dem Ufer blieben sie stehen. Hier warfen die größeren Wellen regelmäßig einen Teil ihrer Wassermassen an den Strand. Dadurch blieb der Sand stets fest und feucht. Anscheinend benötigten die Baramo-Eier nicht nur den Sand, sondern auch die Einwirkung von Wasser.

Jeder Insektenabkömmling schritt einen kleinen Kreis ab, wobei die tänzerischen Bewegungen in einen rasenden Wirbel übergingen. Offenbar das letzte Ritual vor der Eiablage.

Roi Danton hob den Blick und musterte die unbeweglich über dem Strand schwebenden Robotgleiter.

Bisher hatten sie alle Schwierigkeiten überwunden – und ausgerechnet an diesen Maschinen sollte der ganze Plan scheitern?

Sicher, sagte sich der Freihändler, wenn wir im Schiff blieben, wäre wenigstens die Rückkehr gesichert. Aber ihre Aufgabe hieß eben nicht, nach Baykalob fliegen und wieder zurückkehren, sondern alles untersuchen, was mit den Baramo-Eiern und ihrer Verwendung zusammenhing.
Er seufzte schwer.
Nein, sie würden hierbleiben und ihren Auftrag ausführen, ganz gleich, was danach mit ihnen geschehen mochte.

10.

»Unsere Frist ist abgelaufen«, sagte Roi Danton mit Bitterkeit und starrte hinaus auf den Sandstrand, an dem die Baramos soeben mit einem feierlichen Ritual ihre Legezeremonie beendeten.
Geistesabwesend beobachtete er die tänzerisch anmutenden Bewegungen der Insektenabkömmlinge. Gleich den Elfen der terranischen Sage »schwebten« sie scheinbar schwerelos um die Stellen im Sand, unter denen jeder von ihnen durchschnittlich fünfhundert längliche, grauweiße Eier abgelegt hatte.
»Vielleicht sollte ich jetzt doch teleportieren«, meinte Gucky und blickte den Freihändler treuherzig an. Er schien wieder von altem Tatendurst und Selbstvertrauen erfüllt zu sein.
»Zu spät«, murmelte Roi, »da kommen sie bereits.«
Er deutete auf den Bildschirm, auf dem die vierundachtzig Baramos zu sehen waren. Mit ihren tänzelnden Schritten kamen sie langsam zu dem Diskusschiff zurück.
Ihre Sorgen waren vorüber. Sie hatten das getan, wozu ein unwiderstehlicher natürlicher Zwang sie trieb. Und sie schienen sich keine Sorgen darüber zu machen, daß ein großer Teil ihrer Eier von den Pseudo-Gurrads zweckentfremdet werden würde.
Danton wußte, daß die Ausbrütungszeit genau zweiundsechzig Tage terranischer Standardzeit betrug. Während dieser Zeitspanne würden die Eier wachsen, und in ihnen die jungen Baramos. Von einer Länge von acht Zentimetern und einem Durchmesser von zwei Zentimetern entwickelten sie sich dabei zu Gebilden von fünfzig Zentimeter Länge und zwanzig Zentimeter Durchmesser.

Das stellte ein Phänomen dar, dessen Schilderung die Kosmobiologen der CREST V zunächst skeptisch gegenübergestanden hatten. Sie hielten es für einen Übersetzungsfehler des Translatorgeräts. Erst entsprechende Zeichnungen der Baramos hatten sie halb überzeugen können.

Kein Wunder, denn nirgendwo in der Natur des erforschten Universums fanden sich ähnliche Phänomene – jedenfalls bisher nicht. Sich vorzustellen, daß ein Ei außerhalb eines Körpers und ohne Nahrungszufuhr seine Größe vervielfachte, mußte jedem kritisch eingestellten Wissenschaftler schwerfallen. Und Wissenschaftler waren von Natur aus kritisch eingestellt.

Roi Danton riß sich von diesen Überlegungen los. Er wandte sich an André Noir. Der Hypno stand mit geschlossenen Augen und vorgeneigtem Oberkörper da, als lausche er auf etwas.

Roi wartete ungeduldig.

Endlich hob der Mutant den Kopf und sah den Freihändler an.

»Die Hypnoblöcke existieren noch. Erstaunlich, wenn man bedenkt, welchen Gefühlsstürmen die Baramos während der Legephase ausgeliefert waren.«

Danton atmete erleichtert auf.

»Ich kann Andrés Feststellung bestätigen«, erklärte der Mausbiber. »Die Baramos werden uns überhaupt nicht wahrnehmen, selbst wenn wir sie ansprechen sollten. André hat eine Meisterleistung vollbracht.«

Der Hypno lächelte verlegen. Er schüttelte den Kopf und erklärte:

»Erstens hätte ich sie ohne Gucky nicht vollbringen können, und zweitens scheint die allgemein schwache psychische Widerstandskraft der Insektenabkömmlinge den Wirkungsgrad meiner Arbeit verstärkt zu haben.«

Roi nickte nachdenklich.

»Das wäre durchaus möglich. Gehen wir zur Schleuse. Sobald die Baramos im Schiff sind, haben wir nur wenige Minuten Zeit. Ich nehme an, daß sie Befehl haben, schnellstens wieder zu starten.«

Hastig bestiegen sie den Lift und kehrten in die große Hangarhalle zurück, in der Paladin, Goratschin und die beiden Hyperphysiker mit der Ausrüstung warteten.

Die Schleusentore standen weit offen. Nacheinander betraten die Baramos den Hangar und strebten dem Lift zu. Sie blickten dabei, soweit ein Mensch das bei ihnen überhaupt beurteilen konnte, an den Terranern vorbei, als wären sie nicht vorhanden. Das war genau die Reaktion, die bei intaktem Hypnoblock auftreten mußte.

Die beiden Goratschins atmeten hörbar auf.
Roi Danton sah den Doppelkopfmutanten an und flüsterte:
»Los, Ausrüstung verstauen, an die Spezialhalterungen der Kampfanzüge anklammern. Gucky, du nimmst bitte unsere ›Lebensversicherung‹.«
Er deutete mit dem Daumen auf den schweren Kleintransmitter, eine knapp zweieinhalb Meter durchmessende, fünfzig Zentimeter starke Terkonitplatte mit den Abstrahlprojektoren für das Transmissionsfeld an der Oberseite. Niemand von ihnen, außer Paladin, hätte das schwere Gerät mit rein physischen Kräften bewegen können. Und bei Paladin würde die hohe Belastung eine entsprechende, verräterische Steigerung der Energieerzeugung erfordern. Nur der Mausbiber konnte jetzt helfen, indem er seine telekinetischen Kräfte einsetzte oder teleportierte.
»Nicht verzagen, Gucky fragen«, flüsterte der Ilt grinsend zurück.
Sein Grinsen erlosch, als er versuchte, den Transmitter telekinetisch anzuheben.
»Verdammt, ist das Ding schwer!« entfuhr es ihm.
Ächzend ließ er es auf den Boden zurücksinken.
»Ich werde teleportieren, Kommandoführer. Eine kurze Höchstleistung ist besser zu verkraften als eine geringere Dauerbelastung.«
»Das ist deine Entscheidung«, erwiderte Roi lächelnd.
»Schön, Boß!« Der Mausbiber ließ seinen Nagezahn in voller Größe sehen. »Und wohin?«
Roi runzelte ungeduldig die Stirn.
»Wir haben aus der Zentrale einen Gebirgszug sehen können. Erinnerst du dich daran?«
»Klar«, meinte Gucky großsprecherisch. »Der Hopser ist zu schaffen. Ihr meldet euch, wenn ihr dort ankommt, okay?«
»Moment!« meldete sich Harl Dephin aus dem »Nervenzentrum« Paladins. »Ortung!«
Die Männer und Gucky warteten.
Sekunden später kam ein schwacher Seufzer über die Lautsprecheranlage des haluterähnlichen Ungetüms.
»Ein zweites Baramo-Schiff setzt zur Landung an, etwa sechseinhalb Kilometer von hier entfernt. Energetische Aktivität in den Beobachtungsgleitern. Sie entfernen sich, fliegen zum Landeplatz des anderen Schiffes!«
Die letzte Meldung kam wie ein Fanfarenstoß.
Roi Danton und André Noir sahen sich strahlend an.

»Das ist unsere Chance«, erklärte Roi. »Deflektorgeräte einschalten. Wir gehen zu Fuß, damit unsere Streustrahlung so gering wie möglich bleibt.«

Wortlos gehorchten die Männer.

Der Mausbiber watschelte unbeholfen zum Transmitter hinüber, umklammerte mit seinen beiden kleinen Händen eine Transporthalterung – und verschwand mitsamt dem Gerät. Das typische Geräusch einer starken Implosion donnerte durch den Hangar, als die Luft in das entstandene Vakuum stürzte.

Die Baramos ließen sich dadurch nicht beirren. Mit schlafwandlerischer Mißachtung der realen Umgebung tänzelten sie weiterhin in die Hangarschleuse und verschwanden in Richtung Lift. Nur etwa fünfzehn der Insektenabkömmlinge befanden sich noch außerhalb ihres Schiffes.

»Die Ortungsroboter sind fort«, meldete Harl Dephin. Paladin war unsichtbar wie die anderen auch. Nur Danton hatte seinen Deflektorgenerator noch nicht aktiviert. Er wartete auf etwas Bestimmtes.

»Geht schon voraus, Leute. Ich muß mich noch von unseren beiden Revolutionären verabschieden.«

Außer scharrenden Geräuschen und einer schwachen Luftbewegung war nichts vom Abgang der Männer zu bemerken. Unsichtbar verließen sie das Diskusschiff, das sie nach Baykalob gebracht hatte und nun auf irgendeinen Exilplaneten der Baramos zurückkehren würde.

Roi wartete.

Wie der Freihändler erwartet hatte, hielten sich MAX-1 und MAX-2 am Ende der langen Reihe.

Die beiden verbündeten Baykalobos gingen zielsicher auf den Freihändler zu. Einen Schritt vor ihm blieben sie stehen.

Roi aktivierte das programmierte Translatorgerät, das ihm vor der Brust hing.

»Von der ursprünglichen Besatzung droht Ihnen keine Gefahr, Freunde. Sie wissen nichts von uns und sehen in Ihrer Anwesenheit etwas ganz Normales. Aber wie geht es weiter, sobald das Schiff auf dem Herkunftsplaneten gelandet ist?«

»Darüber machen wir uns noch keine Gedanken«, antwortete einer der beiden Revolutionäre.

Roi Danton war zwar der Auffassung, daß sie sich frühzeitig Gedanken darüber machen müßten, aber er wußte auch, daß es wenig Sinn hatte, die Mentalität eines anderen Volkes ändern zu wollen.

»Werdet ihr wieder zu euren Familien zurückkehren können?«

»Wir werden eine Möglichkeit finden. Ihnen wünschen wir großen Erfolg – und uns auch.«

Der Freihändler nickte knapp.

»Danke – und alle Gute!«

Er wandte sich um, schaltete den Deflektorschirm ein und verließ die Hangarschleuse. Hinter ihm schlossen sich die Schleusentore.

Roi beeilte sich, aus der Nähe des Diskusschiffes zu kommen. Als er etwa hundert Meter zurückgelegt hatte, glomm jenes fluoreszierende Leuchten um die Triebwerke auf, das die Fremdartigkeit des Antriebs verriet.

Der Diskus stieß nahezu lautlos in den Himmel über Baykalob. Als glühender Punkt entschwand er dem Auge des Freihändlers.

Roi Danton registrierte, daß die Sonne versunken war. Ein Farbenspiel in Gelb, Orange und mattem Rot kroch über den Himmel und wurde allmählich von der Dämmerung verdrängt.

Nur vom Sand des Strandes ging ein schwaches Glimmen aus, das die Umgebung vor der völligen Dunkelheit bewahren würde.

Roi verankerte die Beobachtung in seinem Gedächtnis. Wie alles Besondere auf Baykalob konnte es sich möglicherweise als wichtige Tatsache erweisen.

Dann marschierte er zielstrebig weiter auf die düsteren Schatten des Gebirgszuges zu.

Rois Telekom war auf nur fünfzig Meter Reichweite eingestellt, deshalb verriet ihm der Anruf, daß die Hauptgruppe nur knapp vor ihm sein konnte.

Es war Goratschin gewesen, der über Telekom gesprochen hatte.

»Paladin hat eine Patrouille entdeckt«, flüsterte er hastig. »Wir liegen hinter der Buschgruppe, die die Form eines ›V‹ hat.«

»Verstanden«, flüsterte Roi zurück. »Ich komme.«

Mit Hilfe des Infrarot-Sichtgeräts war die V-förmige Buschgruppe deutlich zu erkennen. Von Paladin und den Männern entdeckte der Freihändler allerdings nichts; die Deflektorschirme ließen keine Wärmestrahlung durch.

Obwohl sein Deflektor ebenfalls aktiviert war, lief Danton geduckt zu der Gruppierung fremdartiger Sträucher hinüber. Er wußte nicht, ob die gesichtete Patrouille aus Robotern oder aus Pseudo-Gurrads bestand, aber er wußte, daß die Unbekannten über hervorragende Ortungsmöglichkeiten verfügten. Selbst der beste Anti-Ortungsschirm erzeugte eine minimale Zone von Streustrahlung, die mit hochempfindlichen Ortungsgeräten angemessen werden konnte, wenigstens, wenn man sie mit einem scharf gebündelten Tasterstrahl exakt anpeilte.

Er aktivierte seinen Antiflektor-Orter, ein Gerät, das, soviel er aus der Geschichte des Imperiums wußte, vor langer Zeit zur Ausmachung von Raumschiffen der Laurins und einzelner Laurins entwickelt worden war. Die Laurins waren Lebewesen mit organischen Deflektorfelderzeugern gewesen.

Das kleine Gerät, das der Freihändlerkönig trug, wurde auch vereinfacht Antiflexbrille genannt. Die abschirmende Wirkung normaler Deflektorschirme konnte damit völlig kompensiert werden; bei den neuartigen Anti-Ortungsschirmen, die von Wissenschaftlern der Freihändler entwickelt worden waren, versagte die Antiflexbrille teilweise.

Roi Danton sah von den Gefährten lediglich die vagen Andeutungen von unscharfen Flimmerbewegungen, vergleichbar jenem Flimmern über glatten Flächen, das bei starker Sonneneinstrahlung entsteht und eine Wasserfläche vortäuscht, wo fester Boden ist.

Für seinen Zweck genügte es jedoch.

»Dort vorn in der Talsenke zwischen hier und dem Gebirgszug«, meldete Harl Dephin über Telekom. »Zwei offene Gleiter. Sie haben angehalten. Aus jedem von ihnen steigt ein seltsam geformter Roboter aus. Die Roboter gehen in entgegengesetzte Richtungen. Einer kommt direkt auf unser Versteck zu.«

Iwan oder Iwanowitsch Goratschin stieß einen Fluch aus. Vielleicht auch beide gleichzeitig.

Roi überlegte angestrengt.

Eine Flucht kam nicht in Frage. Dabei würden die Roboter der Patrouille zumindest Paladins Energieaggregate anmessen. Aber wenn sie hierblieben – und wenn der Roboter vorhatte, die Buschgruppe genau zu untersuchen –, würde das Ergebnis im Endeffekt das gleiche sein.

Die Lage war nahezu hoffnungslos.

»Jetzt könnten wir den Ilt gebrauchen«, murmelte Noir undeutlich.

Der Freihändlerkönig sah zwar nicht ein, wie Gucky die Lage bereinigen sollte, ohne gewalttätig zu werden, aber er schwieg. Über Wunschträume brauchte man nicht zu debattieren.

»Ich hätte eine Einsatzmaske mitbringen sollen«, erklärte Harl Dephin. »Als Vogel oder so würde ich keinen Verdacht erwecken.«

Unwillkürlich grinste Roi bei der Vorstellung, der winzige Siganese könnte in der Imitation eines Vogels um den Roboter herumflattern. Doch im nächsten Augenblick wurde er wieder ernst.

»Oro, wir beide machen das!« befahl er leise. »Ich erledige den Roboter, der uns am nächsten liegt; du übernimmst die Gleiter und den anderen.«

Der Ertruser brummte zustimmend. Mit seinem überschweren Strahler stellte er eine nicht zu unterschätzende Kampfmaschine dar.

Roi Danton zog seine Waffe und entsicherte sie.

»Sofort nach Ausbruch des Kampfes benutzen die anderen die Flugaggregate und fliegen hinter den ersten Gebirgskamm. Während des Gefechtes kann man Ihre Aggregate nicht anmessen.«

»Sir«, flüsterte Harl Dephin beschwörend. »Durch das Gefecht werden wir uns verraten.«

Danton zuckte die Schultern.

Sicher, danach würde für sie alles viel schwerer sein. Die Pseudo-Gurrads waren die mißtrauischsten Wesen, die er je kennengelernt hatte. Doch es gab keine annehmbare Alternative.

»Fertig, Oro?« fragte er und richtete sich auf.

»Moment!« rief Dephin erregt. »Halt!«

Roi wölbte die Brauen.

»Was gibt es, Dephin?«

»Etwas Komisches«, erwiderte der Chef des Thunderbolt-Teams. »Der andere Roboter ist gestürzt. Anscheinend hat er etwas entdeckt, denn ›unser‹ Robot kehrt um und marschiert zu seinem Kollegen hinüber.«

Der Freihändler holte tief Luft.

»Das ist Guckys Werk!« sagte er.

Dankbarkeit gegenüber dem kleinen Mausbiber erfüllte ihn. Er vergaß jedoch nicht, ihren Vorteil sofort auszunutzen.

»Wir setzen uns in Richtung Strand ab und marschieren nach zweihundert Metern parallel der Talsenke nach Norden, und zwar schnell. Los!«

Sie setzten sich in Bewegung. Der Paladin ließ sich auf die Laufarme nieder und verringerte so seine Höhe, obwohl das dichte Buschwerk höchstens gegen direkte Sicht schützen konnte, niemals aber gegen empfindliche Peilstrahlen. Aber infolge des Zwischenfalls beschäftigten sich die Roboter wahrscheinlich ausschließlich mit dem jenseitigen Teil der Talsenke.

Danton merkte erst jetzt, daß seine Stirn schweißbedeckt war. Ohne Guckys Eingreifen hätten sie ein gefährliches Risiko eingehen müssen.

Dem Freihändler war in etwa klar, wie Gucky vorgegangen war. Er mußte von seinem Bergversteck aus die Gedankengänge der Männer belauscht und die drohende Gefahr erkannt haben. Dann war er in die Talsenke teleportiert und hatte einen Roboter telekinetisch zu Fall gebracht, und zwar den, der sich von der Buschgruppe entfernte. Das Positronengehirn des Roboters besaß offenbar keine Informationen über parapsychische Fähigkeiten. Er hatte den Sturz seines Körpers lediglich deshalb so verdächtig eingestuft, weil es keine erkennbare Ursache dafür gab. Der Kollege wurde herbeigerufen, um das Problem mitlösen zu helfen.

Wahrscheinlich würden die beiden Positronengehirne zu dem Schluß kommen, daß nur ein kurzfristiges Versagen des Gleichgewichtsmechanismus für den Sturz verantwortlich sein könne. Falls die Konsequenzen dieses Trugschlusses lediglich dazu führten, daß der betreffende Roboter sich zu einer technischen Überprüfung meldete, war alles gut.

Roi hoffte, daß dies die ganze Auswirkung von Guckys Aktion bleiben würde. Seine Hoffnung beruhte auf dem Wissen, daß Roboter sich mit der Meldung nackter Tatsachen begnügten. Ihre ursprünglichen Überlegungen würden die Positronengehirne löschen, sobald sie zu einem logisch erscheinenden Schluß gekommen waren.

Er sah, daß sie ungefähr zweihundert Meter in östlicher Richtung zurückgelegt hatten.

»Und jetzt nach Norden!« flüsterte er in das Mikrophon seines Telekomgeräts.

»Ungefähr zwei Kilometer«, schrillte eine piepsige Stimme dazwischen. »Danach dreieinhalb Kilometer genau nach Westen, Leute. Dort liegt unser komfortables Quartier.«

»Hallo, Gucky!« sagte Roi und lächelte. »Ich kann dir gar nicht sagen, wie dankbar wir dir für deine Hilfe sind.«

»Nicht der Rede wert«, wehrte der Mausbiber bescheiden ab und setzte etwas weniger bescheiden hinzu: »Für Gucky ist so etwas doch selbstverständlich. Immerhin: Einige Dosen Spargelspitzen könntest du dafür beim Küchenbullen für mich organisieren, Freibeuter.«

»Wird gemacht«, antwortete Roi. »Vorausgesetzt, wir sehen die CREST wieder.«

»Haltet euch nur immer an Gucky«, lispelte der Mausbiber. »Dann kann euch nichts passieren. Und nun: Bis bald, Freunde.«

Roi Danton wußte, daß der Ilt entmaterialisiert war, obwohl das bei einem Unsichtbaren natürlich nicht beobachtet werden konnte.

»Wir legen einen Schritt zu«, befahl er. »Es dürfte noch einigen Schweiß kosten, bis wir Guckys Höhle erreichen.«

»Verdrehtes Universum!« schimpfte Dr. Armond Bysiphere halblaut. »Mir brennen die Füße jetzt schon, und die Ausrüstung reißt mir fast die Arme aus den Gelenken.«

»Und mir schlägt bei jedem Schritt dieses Strahlungsmeßgerät zwischen die Schulterblätter«, erklärte sein Kollege, Dr. Jean Beriot.

»Hängen Sie es vor die Brust«, empfahl der Freihändler. »Etwas Abwechslung kann Ihnen bei dem eintönigen Marsch nur guttun.«

Beriot murmelte eine unverständliche Verwünschung.

Roi Danton lächelte.

Er wußte, daß er sich auf seine Gefährten verlassen konnte. Die beiden Hyperphysiker hatten schon so viele gefahrvolle Einsätze mitgemacht, daß sie terranischen Elitesoldaten durchaus gleichwertig waren. Nur über Anstrengungen zu murren, hatten sie noch nicht verlernt. Aber solange sie nicht schwiegen, gab es keinen Grund zur Besorgnis.

Roi blickte hinüber zu dem schimmernden Halo, der über dem Strand lag. Das Rauschen der Brandung drang bis zu ihnen herüber.

Die steil aufragende Wand des Gebirgsmassivs hatte die Männer unwillkürlich zögern lassen. Doch dann war erneut Gucky aufgetaucht und hatte sie zu einem günstigen Aufstieg geführt.

Der Aufstieg war Schwerstarbeit gewesen. Einzig und allein Paladin kannte keine Erschöpfung; ein Roboter war immer in Hochform, so lange wenigstens, wie seine Energieversorgung funktionierte.

Hier oben auf dem Gebirgskamm wehte ein kalter Wind. Große, wäßrige Schneeflocken wirbelten den Männern in die Gesichter. Der Weg über den Grat wurde zum Alptraum.

An beiden Seiten des kaum meterbreiten Weges fiel der Hang jäh in eine Tiefe von mehreren hundert Metern. Der unebene Felspfad war durch den halbgeschmolzenen Schnee schlüpfrig wie Schmierseife geworden, und mehr als einmal rutschten die Männer darauf aus. Sicher, ein Mann mit Flug- und Antigravaggregat brauchte keinen Absturz zu fürchten, doch die uralte instinktive Furcht des Menschen vor der Tiefe ließ sich auch durch logisch fundierte Einsicht nicht gänzlich verdrängen.

Außerdem hätte der Einsatz energiefressender Aggregate wahrscheinlich eine andere Gefahr heraufbeschworen. Immer wieder zogen hoch oben am Nachthimmel die Glutkegel der Triebwerke von Atmosphärengleitern oder kleinen Raumschiffen vorbei. Die Pseudo-Gurrads bewachten Baykalob wie ein Juwel.

»Hierher, Freunde!« erscholl die Stimme Guckys schwach in Rois Telekom. »Diese Stufen hinunter.«

Der Freihändler warf einen Blick durch die Infrarotoptik in die angegebene Richtung.

»So etwas nennst du Stufen! Das ist glatte Verhöhnung. Nicht einmal eine terranische Gemse würde sich freiwillig dieser Rutschbahn anvertrauen.«

»Keine Angst«, erklärte der Mausbiber beruhigend. »Ich werde notfalls telekinetisch eingreifen, wenn jemand das Gleichgewicht verliert.«

»Das wollen wir nicht hoffen«, meinte Roi Danton und betrat die erste natürliche Stufe.

Im gleichen Moment glitt er auf der geneigten und feuchten Felsplatte aus. Er warf sich zwar zurück, doch es nützte nichts. Instinktiv fuhr seine Hand nach dem Antigravregler.

Aber da wurde sein Sturz bereits sanft abgebremst. Telekinetische Kräfte hielten ihn fest und setzten ihn einige Meter tiefer ab.

Kurz danach landete Goratschin auf die gleiche Art neben ihm.

»Bitte weitergehen!« mahnte Gucky. »Nicht drängln, bitte.« Er stieß eine Verwünschung aus und fing die beiden Hyperphysiker auf, die soeben zum Flug in die Tiefe angesetzt hatten.

Schwitzend krochen Goratschin und Danton von ihrer relativ sicheren Plattform tiefer. Der Platz dort wurde dringend benötigt, denn nach den Hyperphysikern legten Noir und Masut eine verdächtige Eile an den Tag.

Oro Masut stieß eine Verwünschung nach der anderen aus. Seine gewaltige Körperkraft nützte ihm nichts, wenn er keinen Halt für Hände und Füße fand.

Mehr rutschend, fliegend und schwebend als gehend, erreichten sie endlich ungefähr fünfzig Meter tiefer ein breites Felsband.

»Teleporter müßte man sein«, sagte André Noir. »Dann könnte man sich auch ein Versteck aussuchen, ohne auf normale Menschen Rücksicht nehmen zu müssen.«

»Du solltest lieber erst einmal logisch denken lernen!« zeterte der Ilt. »Die Wahl dieses Platzes entsprang ausschließlich taktischen Überlegungen. Kein Pseudo-Gurrad würde sich jemals zu Fuß über die famose Treppe wagen, und falls er ein Fahrzeug oder Flugaggregat benutzt, kann Paladin ihn sofort orten. Das erspart uns die Notwendigkeit, Wachen aufstellen zu müssen.«

»Schon gut, Kleiner«, meinte Roi beschwichtigend. »Du bist ein Genie, und Genies werden meistens verkannt. Aber wenn es geht, dann führe uns bitte in deine komfortable Höhle.«

»Ich gehe ja schon«, antwortete der Mausbiber. »Es ist nicht mehr weit.«

Danton orientierte sich an dem schwachen Flimmern, das mit der Antiflexbrille wahrgenommen werden konnte. Er folgte dem davonschwebenden Schemen.

Nach ungefähr hundertfünfzig Metern verschwand er plötzlich. Als Roi die Stelle erreichte, sah er lediglich eine der breiten, immergrünen Hängepflanzen, die in diesen Höhen prächtig gediehen.

Schon wollte er über Guckys scheinbares Versteckspiel schimpfen, da wurden die Zweige von unsichtbaren Händen auseinandergebogen.

»Nur herein, meine Herren«, zirpte Guckys Stimme. »Für Terraner und ähnliche Monstren ist der Eintritt kostenlos.«

Der Freihändler ließ sich auf Hände und Knie nieder und kroch zwischen den Zweigen hindurch.

Die Infrarotoptik zeigte dahinter einen schmalen Spalt im Fels, gerade groß genug für den Paladin-Roboter, aber auch wirklich keinen Zentimeter größer.

»Wirklich komfortabel«, murrte er.

Seine Enttäuschung verkehrte sich jedoch ins Gegenteil, als er nach etwa fünf Metern die Stelle erreichte, an der der Gang sich verbreiterte. Stalagmiten und Stalaktiten bildeten in dem domartigen Saal eine märchenhaft bunte Kulisse. Von weiter drinnen kam das Plätschern eines Baches.

Der Mausbiber stand ohne Deflektorschutz neben einem riesigen, grün, blau und rosa schillernden Stalagmiten, der mit einer Höhe von etwa acht Metern fast die Höhlendecke berührte.

Gucky hatte die Arme vor der Brust verschränkt und trug sein typisches ›Nun-was-habe-ich-euch-gesagt‹-Gesicht zur Schau.

Roi richtete sich auf und schaltete ebenfalls seinen Deflektorgenerator aus.

Er erfüllte Guckys offensichtliches Bedürfnis nach überschwenglichem Lob, während im Telekom noch die Verwünschungen der anderen

Männer zu hören waren. Besonders Harl Dephin beklagte sich bitter über die Enge des Zugangs.

Nach und nach verstummten jedoch die Proteste, und zwar mit zunehmender Zahl derjenigen, die die Tropfsteinhöhle betraten.

Der Ilt sonnte sich im Glanze seines Ruhmes.

»Den Transmitter habe ich sechzig Meter tiefer versteckt, damit die Streustrahlung seines Kraftwerkes nicht angemessen werden kann. Dort wird auch Paladins Strahlung nicht angemessen werden.«

Danton nickte und winkte zum Weitermarsch.

Dr. Armond Bysiphere braute einen starken Kaffee. Roi gab Konzentratnahrung aus.

Nach dem Frühstück besprachen die Männer den kommenden Einsatz.

»Bysiphere und Beriot bleiben am besten in der Höhle zurück. Sie können ihre Versuchsanordnungen aufbauen. Gucky und ich werden zum Strand teleportieren und auf Eiersuche gehen.«

Armond Bysiphere hob die Hand.

»Ja, bitte!« sagte Roi.

»Denken Sie bitte daran«, meinte der Hyperphysiker, »die frischgelegten Eier sind für uns vermutlich uninteressant. Wir benötigen Eier, die mindestens die Hälfte ihrer Reifezeit hinter sich haben.«

»Gut«, antwortete Roi. »Wir werden darauf achten. Außerdem bringen wir Sandproben vom Strand mit. Dieser Sand enthält meiner Meinung nach strahlende Bestandteile.

Gucky, du teleportierst zuerst mit Noir und Goratschin zu einem Punkt, von dem aus die beiden Mutanten Rückendeckung geben können. Wir beide teleportieren anschließend. Am Strand solltest du dich in erster Linie auf die Sondierung der Lage und das Feststellen eventuell auftauchender Pseudo-Gurrads konzentrieren, während ich die Eier ausgrabe. Du wirst die Proben anschließend in die Höhle bringen. Ich bleibe am Strand zurück und beobachte. Und der Paladin sollte wegen der Ortungsgefahr vorerst zurückbleiben. Er kann die Höhle absichern.«

Da niemand Einwände gegen diese Einteilung erhob, brachen Gucky, André Noir und Iwan Iwanowitsch Goratschin kurz danach auf.

Der Mausbiber kehrte bereits nach zehn Minuten zurück und meldete, daß er seinen Auftrag ausgeführt habe.

Roi Danton kontrollierte noch einmal seinen Kampfanzug und die Handwaffen, dann ergriff er Guckys Hand.

Eine nicht meßbare Zeit später rematerialisierten sie beide in einer halb vom Sand zugewehten Felsmulde, ungefähr hundertfünfzig Meter vom Strand entfernt.

11.

Roi kroch bis zum Rand der Mulde und nahm das Elektronenfernglas an die Augen.

Die Sonne stand etwa eine Handbreite über dem östlichen Horizont. Dennoch brannten ihre weißen Strahlen bereits unangenehm heiß. Hier, wo die Wellen höchstens bei Sturm hinkamen, war der Sand staubtrocken und ebenso fein. Er wurde vom kleinsten Luftzug aufgewirbelt und drang in Augen, Nase, Mund und Ohren ein.

Roi Danton verzichtete dennoch darauf, den Helm zu schließen. Niemand wußte, ob und wie lange sie vielleicht später nur mit geschlossenen Helmen operieren konnten. Für diesen Eventualfall wollte Roi Sauerstoff sparen.

Langsam suchte er den Strand von links nach rechts ab. Das einzige Geräusch war das donnernde Heranrollen und rauschende Auslaufen der Wellen. Ab und zu kamen die Schreie von Seevögeln und fernes Tosen von Raumschiffen hinzu, die in die Planetenatmosphäre eindrangen oder sie verließen.

»Keine Ortungsroboter zu sehen«, murmelte Danton. »Auch keine Diskusschiffe mit ›trächtigen‹ Baramos. Beinahe glaube ich, daß wir ungehindert arbeiten können. Oder stellst du etwas Verdächtiges fest?«

Der Ilt blinzelte ins grelle Licht. »Ja, die Sonnenstrahlung. Hoffentlich übersteigt der harte Strahlungsanteil nicht die Toleranzgrenze.«

Roi warf einen Blick auf ein Meßgerät, das zusammen mit anderen in einem breiten Armband vereinigt war.

Verwundert kniff er die Augen zusammen.

»Was ist?« fragte der Mausbiber beunruhigt. »Doch zuviel harte Strahlung?«

Der Freihändler schüttelte den Kopf.

»Eben nicht, Gucky. Die harte Strahlung liegt weit unter der Toleranzgrenze.«

Er kontrollierte ein anderes Meßgerät, dann pfiff er leise durch die Zähne.

»Der Paratronschirm, Kleiner. Er hält den größten Teil der schädlichen Strahlung ab. Dafür geht von ihm selbst allerdings eine starke Energieemission aus, aber ohne schädliche Bestandteile.«

Gucky hob den Kopf und starrte in den Himmel, als könnte er etwas von dem gewaltigen Paratronschirm sehen, der Baykalob umspannte.

»Vielleicht . . .! Nein, das war Unsinn!«

»Laß immerhin hören, Kleiner. Woran dachtest du eben?«

»Daran, daß der Paratronschirm für die Reifung der Baramo-Eier sorgen könnte. Aber dann müßten ihn die Baramos ja schon besessen haben, bevor die Pseudo-Gurrads auftauchten. Vergiß also den Blödsinn wieder.«

Danton lächelte.

»Nur wer nicht denkt, begeht keine Denkfehler, Gucky. Es stimmt natürlich; der Paratronschirm kann es nicht sein. Aber dann kann es auch nicht die Sonne mit ihrer Strahlung sein – und auch nicht die starke kosmische Hyperstrahlung, die wir von der CREST V aus in diesem Raumsektor feststellten. Wir alle unterlagen einem Trugschluß, als wir glaubten, diese vielfältigen Strahlungsausbrüche könnten den Reifeprozeß der Eier bewirken. Sie können es wegen des Paratronschirms nicht.«

Gucky ließ seinen Nagezahn sehen und zog die Stirn kraus. Dann hellte sich seine Miene auf.

»Folglich gibt es nur zwei Faktoren, die jenes unnachahmliche Phänomen bewirken, Roi: das Meer, das ständig die Legestellen befeuchtet – und der Sand selbst.«

»Jedenfalls etwas darin«, beendete Danton den Gedankengang. »Nun, wir sind hier, um das herauszufinden.«

Noch einmal beobachtete er den Strand und den Luftraum darüber gewissenhaft. Beides war frei. Wäre das gelegentliche Tosen ferner Triebwerksaktivität nicht gewesen, man hätte Baykalob für eine unbewohnte Welt halten können.

Roi Danton richtete sich auf und schneuzte sich den Sand aus der Nase.

»Ich gehe jetzt dort hinüber, wo die Sandhügel zu sehen sind. Du bleibst etwa fünfzig Meter hinter mir und beobachtest.«

Langsam, eine Leichtstahlschaufel in der Hand, schritt der Freihändler zu jenen Sandhügeln hinüber, die er für Bodenaufwerfungen heranwachsender Baramo-Eier hielt.

Als er sich umblickte, sah er, daß der Mausbiber seine Anweisung genau befolgte. Er kniff die Augen zusammen und spähte zu dem zerrissenen Felsvorsprung im Westen, auf dem sich nach Guckys Aussage Goratschin und Noir verbargen. Von den beiden Mutanten war nichts zu sehen.

Er überlegte, was Oro Masut unterdessen herausbringen würde. Der Ertruser sollte die weite Umgebung des Höhlenverstecks durchstreifen, um alle möglichen Überraschungen auszuschalten.

Wenige Minuten später stand Roi zwischen den Sandhügeln. Seine Stiefel wurden jedesmal benetzt, wenn eine größere Woge auslief.

An einem unregelmäßigen Schaum- und Tangstreifen erkannte der Freihändler genau die Grenze der stärksten Wellenausläufer. Er erkannte auch, daß sich die Hügel allesamt innerhalb dieses Gebiets befanden. Die Feuchtigkeit mußte also wichtig für das Heranreifen der Baramo-Eier sein, aber gewiß nicht sie allein, denn diese Bedingung war auf dem Experimentiermond der revolutionären Baykalobos immer wieder rekonstruiert worden – ohne den gewünschten Erfolg. Es mußte etwas anderes sein, das den Planeten Baykalob zum einzigen Ort innerhalb der Kleinen Magellanschen Wolke machte, auf dem eine Reifung der Baramo-Eier erfolgte.

Roi kauerte sich nieder und ließ den feuchten Sand zwischen seinen Fingern zerkrümeln. Er sammelte etwas davon in Tüten. Wieder fiel ihm jenes eigenartige Glitzern auf, das mit bloßem Auge nicht auf einzelne Sandkörner zu lokalisieren war und das in nassem Sand keinesfalls in dem Maße vorkommen durfte.

Gucky hatte sich inzwischen dem Strand auf fünfzig Meter genähert. Er beobachtete wachsam die Umgebung.

Roi Danton erhob sich wieder und begann, den Hügel vorsichtig abzutragen. Nach etwa zwanzig Zentimetern stieß er auf ein längliches, blaugrünes Gebilde von metallischem Glanz.

Behutsam schob er die Hände darunter und hob es heraus.

Das Ei hatte ungefähr die Hälfte der Reifezeit hinter sich. Seine Länge mochte fünfundzwanzig Zentimeter betragen, der Durchmesser zehn Zentimeter. Es besaß ein beachtliches Gewicht. Die Schale glänzte nicht nur metallisch, sie fühlte sich auch so fest an wie Metall, war jedoch nicht kalt, sondern etwa handwarm.

Der Freihändler zögerte einige Sekunden, dann rief er den Ilt herbei.

»Bring das zu Bysiphere und Beriot«, sagte er und hielt dem Mausbiber das Ei hin.

Mit glänzenden Augen musterte Gucky das Gebilde, in dem ein intelligentes Lebewesen heranreifte. Die Ehrfurcht vor allem Leben ließ auch den Ilt zögern.

»Nimm schon!« drängte Roi. »Schließlich weißt du von den Baykalobos, daß man ein Ei in diesem Reifestadium unbesorgt für achtundvierzig Stunden aus dem Sand entfernen kann. Sein Wachstum steht während dieser Zeitspanne still, aber dem heranreifenden Wesen darin wird kein Schaden zugefügt. Es schlüpft lediglich um die gleiche Zeit später, die es außerhalb des Brutplatzes verbracht hat.«

»Wir bringen es also nach spätestens achtundvierzig Stunden wieder zurück?« fragte Gucky.

»Selbstverständlich.«

Der Mausbiber öffnete den wattierten Plastikbeutel, den er sich umgehängt hatte. Roi Danton ließ das Ei vorsichtig hineingleiten. Gucky verschloß den Beutel, nickte dem Freihändler zu und verschwand.

Roi schaufelte den abgetragenen Sand auf den Hügel zurück und richtete alles so her, daß niemand erkennen konnte, was hier geschehen war. Dann sah er sich nach dem nächsten Sandhügel um.

Er befand sich bereits auf dem Weg, als er stutzte.

Stirnrunzelnd sah er sich um.

Zum erstenmal fiel ihm auf, daß die einzelnen Hügel voneinander etwa zwischen zehn und dreißig Meter entfernt waren.

Er rekonstruierte gedanklich den Legevorgang der Baramos, den er aus dem Diskusschiff beobachtet hatte. Soweit er sich erinnerte, hatten die Insektenabkömmlinge ihre Eier im Abstand von höchstens anderthalb Metern vergraben – und zwar in sehr regelmäßigen Abständen.

Warum waren dann die Abstände hier bedeutend größer und noch dazu unregelmäßig . . .?

Roi Danton beschloß, der Sache auf den Grund zu gehen. Er stellte sich so an den nächsten Sandhügel, daß seine Stiefelabsätze den unteren Rand berührten, dann machte er anderthalb lange Schritte von dem Hügel weg. Anschließend umschritt er den Hügel etwa kreisförmig und sorgte dafür, daß seine Stiefel deutlich Abdrücke in dem feuchten Sand hinterließen. Auf dieser Linie begann er dann zu graben.

Er war so in seine Arbeit vertieft, daß er erschrocken zusammenzuckte, als Guckys Stimme hinter ihm sagte:

»Ein schöner Entwässerungsgraben – aber wozu . . .?«
Roi schüttelte den Kopf und sagte ernst:
»Das soll kein Entwässerungsgraben werden.«
Er erklärte das Problem.
Danach machte er sich wieder an die Arbeit.
Nach zwei weiteren Schaufeln Sand kam ein runzliges, graubraunes Etwas zum Vorschein. Es war von zylindrischer Form, mit abgerundeten Enden.
Der Freihändler sagte nichts dazu, sondern grub weiter. Bald hatte er das zweite runzlige Gebilde gefunden.
Er ließ seine Schaufel liegen und stieg aus dem Graben.
»Nun, was sagst du dazu, Kleiner?«
Der Ilt zuckte die Schultern.
»Es sind Baramo-Eier, die aus irgendeinem Grund abgestorben sind.«
Roi nickte.
»Und zwar kurz nach der Ablage. Sie sind keinen Zentimeter gewachsen.«
»Schade um die schönen Eier.«
»Durchaus nicht«, entgegnete Danton. »Ich hatte mich bereits gewundert, warum die Baramos nicht vor dem Erscheinen der Pseudo-Gurrads die gesamte KMW überschwemmten, wenn jedes Wesen jedesmal fünfhundert Eier ablegt.
Die Natur selbst verhindert eine Bevölkerungsexplosion und läßt immer nur einen Teil der Eier zur Reife kommen. Ein sehr sinnvoller Mechanismus, der in abgewandelter Form auch bei anderen Lebewesen regulierend wirkt.«
Er zog seine Minikamera aus der Brusttasche und fotografierte die nähere Umgebung so, daß später ein lückenloser Überblick zusammengefügt werden konnte.
»Damit werden wir ausrechnen können, wieviel Prozent der Eier etwa zur Reife gelangen. Wir wissen ungefähr, wie viele auf einen Quadratmeter gelegt werden.«
»Ist das so wichtig?« fragte Gucky.
Der Freihändler begann damit, den Graben wieder zuzuschaufeln.
»Alles ist wichtig, was wir über die Eier der Baramos erfahren können – vielleicht sogar lebenswichtig für die gesamte Menschheit. Und nun bringe einige der abgestorbenen Eier und den von mir gesammelten Sand zu Beriot und Bysiphere. In zehn Minuten kannst du mich holen kommen.«

Vier Stunden später . . .

Die beiden Hyperphysiker arbeiteten noch an ihren Analysen. Gucky hatte Roi Danton vom Strand zurückgeholt. Als es ihm schließlich in der Höhle zu langweilig wurde, teleportierte er mit Rois Erlaubnis zu André Noir und Iwan Iwanowitsch Goratschin, die noch auf ihrem Beobachtungsposten waren.

»Hallo!« flüsterte Noir. »Besuchst du uns endlich auch einmal. Eigentlich brauchen wir doch nicht in der brütenden Sonne zu liegen und uns rösten zu lassen, wenn niemand am Strand ist.«

»Ganz recht«, pflichteten Iwan und Iwanowitsch bei. »Ich glaube . . .«

Guckys Warnruf unterbrach ihn.

Sofort warfen sich die beiden Männer und der Ilt flach auf den Boden. Zwischen großen Steinblöcken hindurch spähten sie in die Richtung, in die Gucky zeigte.

Über dem Meer, etwa einen Kilometer vom Strand entfernt, schwebte ein Kreiselschiff der Pseudo-Gurrads. Langsam glitt es parallel zum Ufer in ungefähr zweihundert Meter Höhe dahin.

»Was mögen die wollen?« flüsterte André Noir. »Ob sie Verdacht geschöpft haben?«

»Das können sie nur dann, wenn deine Hypnoblöcke nicht bis zur Abflugkontrolle unserer Freunde gereicht hätten«, meinte Iwan.

Das Konusraumschiff glitt näher an den Strand heran, überflog die sogenannte Legezone und näherte sich dem Versteck der drei Mutanten.

Sie preßten sich eng an den heißen Felsboden und warteten auf einen Strahlschuß oder die Landung von Übernommenen.

Aber nichts dergleichen geschah. Kurz vor dem Felsvorsprung brüllten plötzlich die Haupttriebwerke des Schiffes auf, und rasch stieg es in den Himmel und verschwand.

Gucky setzte sich auf und blickte ihm nach.

»Das hätte ins Auge gehen können. Ich möchte nur wissen, was das Schiff hier gewollt hat . . .!«

André Noir richtete sich ebenfalls auf. Nachdenklich sah er zum Strand hinab, wo sich die Sandaufwerfungen heranreifender Baramo-Eier inzwischen vermehrt hatten.

»Wenn sie nichts von unserer Anwesenheit ahnen – und es sieht tatsächlich so aus –, dann können sie nur eins gewollt haben: nämlich kontrollieren, ob und wann die ›Eierernte‹ beginnen kann.«

»Hm! Das hat etwas für sich«, brummte Iwan. »Aber wenn sie dafür ein ganzes Raumschiff benutzen, müssen die Pseudo-Gurrads schmerzlich auf Nachschub warten.«

»Das bedeutet, daß sehr bald ein Erntekommando erscheinen wird«, meinte der Mausbiber. »Wir müssen unbedingt dafür sorgen, daß ein größeres Beobachtungskommando an den Strand verlegt wird. Seid bitte so gut und meldet über Telekom-Richtstrahl sofort, wenn Erntekommandos am Strand auftauchen.«

»Wird gemacht.«

Gucky entmaterialisierte, um praktisch im gleichen Moment in der Höhle aufzutauchen.

Nachdem er Roi Danton berichtet hatte, sagte der Freihändler:

»Gut, wir alle bereiten uns auf schnelle Abberufung vor. Kampfanzüge anziehen, überprüfen, Waffen bereitlegen. Paladin bleibt vorerst hier, aber ich hätte gern, daß uns ein Mann vom Thunderbolt-Team begleitet, sobald Goratschin uns alarmiert.«

»Ich werde selbst mitkommen«, sagte Harl Dephin. »Mein Stellvertreter ist inzwischen soweit, daß er den Paladin notfalls allein steuern kann.«

»Ausgezeichnet. Gucky, brauchst du eine Erholungspause?«

Der Ilt beeilte sich, in seinen schweren Kampfanzug zu steigen. Diese »Einmann-Panzer«, wie man sie oft nannte, wurden nur ungern getragen. Sie verlangten dem Träger eine Menge zusätzlicher Kraftanstrengung ab. Andererseits gewährten sie ihm im Fall bewaffneter Auseinandersetzungen einen unvergleichlichen Schutz.

Währenddessen berichtete Dr. Armond Bysiphere über die bisher erzielten Untersuchungsergebnisse.

»Wir haben zuerst den Sand untersucht, in dem die Baramos ihre Eier ablegen, also aus einem Gebiet am Strand, das ständig von Meerwasser feuchtgehalten wird.«

Bysiphere hob die Stimme.

»Es ist eindeutig erwiesen, daß dieser Sand den Ausbrütungs- und Befruchtungskatalysator für die Eier der Baramos enthält!«

Armond Bysiphere legte eine kurze Pause ein und blickte sich bedeutsam um. Dann fuhr er fort:

»Wir alle kennen den Katalysator seit langem – es handelt sich um winzige Kristalle von Neo-Howalgonium, das in reinster Form auf dem Planeten Monol in der Galaxis M 87 gefunden wurde . . .!«

Gucky sprang auf und starrte den Plophoser verblüfft an.

Kaum ein Name war so unauslöschlich in sein Gedächtnis eingegraben wie der Name des Kristallplaneten aus der Kugelgalaxis M 87. Das hatte einen ganz persönlichen Grund, denn der Mausbiber war dort in einem Kristallberg eingefangen und bis auf seine subatomare Struktur völlig aufgelöst worden. Anschließend hatte die seltsame Einwirkung des Neo-Howalgoniums eine Neugeburt herbeigeführt, ein Vorgang, der mit dem Namen »biophysikalische Hyperregenerierung« belegt worden war.

Dr. Jean Beriot nickte.

Auch er war auf Monol unfreiwillig der biophysikalischen Hyperregenerierung unterzogen worden. Seitdem besaß er den Körper eines Apoll, denn die ehemalige starke Mißbildung war während der Regenerierung korrigiert worden. Er sagte:

»Durch verschiedene Untersuchungen fanden wir heraus, daß die Strahlung des Neo-Howalgoniums innerhalb des Baramo-Eies in Masse umgewandelt wird, entsprechend der Austauschbarkeit von Energie und Masse.

Und zwar – aber das ist nur ein logischer Schluß – schlägt sich die NH-Energie in der Form eines zellaufbauenden und zellerhaltenden Drüsenwirkstoffes nieder, der nicht nur das Wachstum der Eier bedingt, sondern vor allem auch für das Phänomen verantwortlich sein dürfte, daß frisch ausgeschlüpfte Baramos innerhalb von nur acht terranischen Standardtagen die volle Erwachsenengröße erreichen. Auch ihr Nervensystem bildet sich in dieser kurzen Zeit vollständig aus, so daß die jungen Baramos über das volle Intelligenzpotential Erwachsener verfügen und sehr schnell lernen.«

Roi Danton hob die Hand.

»Das würde bedeuten, daß die Pseudo-Gurrads nicht an vollreifen Eiern interessiert sind, sondern nur an solchen, die den Hauptanteil des erzeugten Drüsenwirkstoffes noch ungenutzt speichern . . .?«

»So ist es«, antwortete ihm Armond Bysiphere. »Unseren Berechnungen nach ist die günstigste ›Erntezeit‹ die der Dreiviertelreife. Wir können uns allerdings nicht vorstellen, daß die Pseudo-Gurrads die Wirkstoffe – wir gaben ihnen den Sammelnamen Neo-Bilatium – in ihrer natürlichen Zustandsform für ihre Zwecke verwenden können. Folglich müssen hier auf Baykalob Aufbereitungsanlagen existieren.«

Jean Beriot zögerte etwas, bevor er mit leiser Stimme wieder zu sprechen begann.

»Im Interesse der Untersuchungen wäre es notwendig, das vorliegende Baramo-Ei zu öffnen und das Neo-Bilatium genauer zu untersuchen. Mit indirekten Methoden lassen sich Fehlschlüsse nicht vermeiden.«

Er blickte den Freihändler an.

»Wie denken Sie darüber?«

Roi schüttelte langsam den Kopf.

»Ich glaube Ihnen, daß Sie mit indirekten Untersuchungsmethoden keine eindeutigen Ergebnisse erzielen können, Dr. Beriot. Aber ich darf Ihnen vom ethischen Standpunkt aus nicht gestatten, das Ei zu öffnen und damit ein heranreifendes intelligentes Lebewesen zu töten. Das wäre Mord.«

Beriot und Bysiphere schienen erleichtert darüber zu sein, daß der Freihändlerkönig kein Experiment mit dem Leben eines reifenden Baramos gestattete, jedenfalls wechselten sie sofort das Thema.

»Was die abgestorbenen Eier betrifft, von denen Gucky uns zwei Exemplare mitbrachte, so zeigen uns vergleichbare Zählungen, daß von fünfhundert abgelegten Eiern zwischen fünfundzwanzig bis fünfzig zur Reife kommen. Alle anderen sterben ab. Ein ganz natürlicher Ausleseprozeß übrigens.« Bysiphere hielt die abgestorbenen Eier hoch.

Dr. Beriot deutete auf das zu halber Größe gereifte Baramo-Ei.

»Wir sollten es schnellstens zurückbringen, damit die Frucht keinen Schaden erleidet. Wer erledigt das?«

Roi blickte den Mausbiber an.

Gucky nickte, nahm das Ei in die Arme und entmaterialisierte.

Die anderen lösten sich in debattierende Gruppen auf.

Vorerst konnte weiter nichts unternommen werden.

Jedenfalls nicht, bevor die Erntekommandos der Pseudo-Gurrads erschienen.

Dem Mausbiber kam zugute, daß seine Vorfahren auf dem Planeten Tramp jahrtausendelang und noch bis in Guckys Generation hinein mit bloßen Händen Wohnhöhlen in Sanddünen gegraben hatten.

Mit unnachahmlichem Geschick grub Gucky eine Röhre in den Eierhügel, bugsierte das Baramo-Ei hinein und schüttete die Röhre wieder zu.

Er blickte sich um, entdeckte, daß weit und breit nichts von Pseudo-Gurrads oder Robotern zu sehen war, und beschloß, ein Stück ins Meer hinauszuschwimmen.

Er zog seinen Kampfanzug und die leichte Kombination darunter aus, machte ein handliches Paket daraus und legte es neben einen Eierhügel.

Dann watschelte er barfuß und auch ansonsten unbekleidet in die Brandung. Das Wasser war angenehm kühl, obwohl es sicher fünfundzwanzig Grad Celsius hatte. Aber gegen die sonnendurchglühte Luft wirkte es erfrischend.

Gucky schloß genüßlich die Augen und ließ sich von einer Woge überrollen. Die Brandung erwies sich als zu stark. Sie ließ den Ilt nicht tiefer ins Meer gelangen, sondern warf ihn immer wieder zurück.

Deshalb teleportierte er hinter die Brandungszone, legte sich mit hohlem Kreuz aufs Wasser und ließ sich von den Wellen schaukeln. Im Unterschied zu den meisten Gestaden Terras gab es hier keine Quallen. Nur lange Tangfäden verfingen sich manchmal an Guckys Nase oder seinen großen Ohren. Doch das störte ihn nicht.

Dann stutzte er, als er ein fremdes Geräusch vernahm.

Gucky richtete sich auf – und versank prompt. Eine Welle klatschte gegen seinen Nagezahn. Der Ilt schluckte Wasser, tauchte wieder auf und würgte und spuckte krampfhaft.

Wassertretend gewahrte er über dem Sandstrand sechs seltsam geformte Roboter. Mit lautem Summen senkten sich die Maschinen auf den Sand herab.

Fasziniert musterte der Ilt die elliptisch geformten Rümpfe mit den Halbschalen auf den Oberseiten. Die Roboter landeten. Mit jeweils drei dreigliedrigen Beinen staksten sie scheinbar schwerfällig durch den Sand. Ihre beiden Arme trugen ebenfalls Halbschalen. Nun senkte sich der vordere Tentakelarm eines der Roboter auf einen Eierhügel. Ein Preßluftstrahl blies den Sand weg. Behutsam saugte die Halbschale das Baramo-Ei an. Der Tentakel drehte sich und legte das »geerntete« Ei vorsichtig in die Rückenschale. Sofort schwenkte der Tentakel vom hinteren Ende der Maschine herum und senkte seine Halbschale auf die offene Rückenschale, das Baramo-Ei vor allen Gefahren behütend.

»Phantastisch«, murmelte Gucky.

Dann fiel ihm ein, daß es nicht seine Aufgabe war, den Ernterobotern bei der Arbeit zuzusehen.

Er mußte schleunigst Roi Danton alarmieren.

Und am Ufer lagen seine Sachen!

Der Mausbiber begann zu schwitzen, denn einer der Roboter stakste soeben wenige Meter an seinen Sachen vorbei, glücklicherweise, ohne ihnen die geringste Beachtung zu schenken.

Aber wie sollte er sie holen?

Vor den Augen der Roboter war das unmöglich. Einen bewegten Gegenstand bemerkte man leichter als einen unbewegten. Selbst wenn die Maschinen nur eine ›Ernteprogrammierung‹ besaßen, war doch nicht auszuschließen, daß sie verdächtige Beobachtungen an ihre Leitstelle weitermeldeten.

Gucky kam zu dem Schluß, daß er seinen Kampfanzug und die Unterkombination vorerst liegen lassen mußte. Die Alarmierung Rois war dringlicher.

Behutsam schob er telekinetisch eine Sandschicht über seine Sachen. Dann teleportierte er ins Höhlenversteck zurück.

»He!« rief Armond Bysiphere ihm entgegen. »Was soll die Striptease-Nummer?«

Oro Masut lachte.

Roi Danton trat an den Mausbiber heran, befühlte das nasse, teilweise salzverkrustete Fell und schüttelte vorwurfsvoll den Kopf.

»Wie konntest du in dieser Lage baden, Gucky?«

Der Ilt hatte seine Fassung rasch wiedergewonnen. Grinsend erwiderte er:

»Sonderoffizier Guck meldet: Ernteroboter der Pseudo-Gurrads aus Wasserversteck heraus bei der Arbeit beobachtet.«

Er räusperte sich, als er Rois sarkastisches Grinsen bemerkte.

»Kein Grund zum Lachen, mein Lieber. Mit dem schweren Kampfanzug wäre ich versunken – oder ich hätte das Antigravaggregat einschalten müssen. Dann wäre ich wahrscheinlich geortet worden. Folglich entkleidete ich mich und tauchte bis zur Nasenspitze. Unter allergrößten Gefahren konnte ich auf diese Weise wertvolle Beobachtungen machen.«

Er beschrieb die Ernteroboter und ihre Tätigkeit.

»So . . .«, sagte Danton gedehnt, nachdem der Ilt geendet hatte. »Und wo liegt dein Kampfanzug? Ich hoffe nicht, daß die Roboter darüber stolpern . . .!«

»Nur, wenn sie direkt drauftreten, Roi«, antwortete Gucky.

Der Freihändler schluckte.

»Los, wir starten. Am besten bringt Gucky uns zu Goratschin und Noir. Dort können wir beobachten. Ich möchte den Ernterobotern folgen, sobald sie ihre Arbeit beendet haben. Bessere Führer zu der Aufbereitungsanlage können wir nicht finden.«

Der Mausbiber nickte.

Er teleportierte zuerst mit Roi Danton, Armond Bysiphere und Harl Dephin. Danach brachte er Jean Beriot und Oro Masut zu dem Felsvorsprung, der sich hervorragend als Beobachtungskanzel eignete.

Es stellte sich heraus, daß Goratschin und Noir die Ernteroboter ebenfalls bemerkt hatten. Noch jedoch hatten sie aus Vorsichtsgründen auf eine Meldung über Telekom verzichtet.

Sie erklärten, daß die Erntemaschinen von einigen Luftgleitern abgesetzt worden seien. Die Gleiter stünden fünfzehn Kilometer entfernt am Strand und hätten nach beiden Richtungen Ernteroboter losgeschickt.

»Sobald sie starten«, sagte Roi, »folgen Goratschin, Gucky, Bysiphere, Harl Dephin und ich ihnen mit Hilfe unserer Fluganzüge. Die anderen warten hier.«

»Mein Fluganzug liegt am Strand«, erklärte der Ilt kläglich. »Soll ich vielleicht mit den Armen flattern?«

»Das wäre vermutlich die gerechte Strafe für deine Disziplinlosigkeit«, sagte Roi Danton streng. »Leider ist sie undurchführbar. Du wirst also zu deinen Sachen teleportieren, sobald die Ernteroboter das Feld geräumt haben. Dort ziehst du schnellstens deinen Kampfanzug an und folgst uns per Teleportation. Schalte bitte deine Antiflexbrille ein; wir müssen mit aktivierten Deflektorschirmen fliegen. Klar?«

»Jawohl, gestrenger Gebieter«, erwiderte Gucky ironisch.

»Sie lassen pro Wurf nur zwei reifende Eier zurück«, murmelte André Noir und setzte das Fernglas ab.

»Also werden die meisten reifenden Eier abgeerntet«, sagte Roi Danton nachdenklich. »Das dürfte ein weiterer Beweis dafür sein, daß die Pseudo-Gurrads verzweifelt auf große Mengen Neo-Bilatium angewiesen sind. Sonst würden sie die Nachkommenschaft der Baramos nicht derartig dezimieren: damit verringern sich nämlich die künftigen Ernten automatisch.«

»Vielleicht rechnen die Pseudo-Gurrads mit der Ausgleichsfähigkeit der Naturgesetze«, warf Jean Beriot ein. »Ich halte es für durchaus möglich, daß um so mehr Eier zur Reife kommen, je weniger übrig bleiben. Die Kosmobiologie kennt zahllose Beispiele dafür, wie durch hormonale Steuerung stets ein Gleichgewicht zwischen Geburtenzahl und Nahrungsangebot erreicht wird.«

»Diese Rechnung wird hier auf Baykalob nicht aufgehen«, rief Harl Dephin über sein Megaphon. »Wenn die Baramos noch auf Baykalob lebten, dann vielleicht. Aber so sind sie aus ihrer natürlichen Umwelt gerissen, und ihr Hormonhaushalt kann demzufolge auch nicht auf Veränderungen dieser Umwelt reagieren.«

»Wahrscheinlich hast du recht, Harl«, meinte Gucky.

Roi Danton verfolgte die Diskussion nachdenklich, beteiligte sich aber nicht mehr daran.

Plötzlich stieß Noir einen Warnruf aus.

»Die Ernteroboter kehren zu ihren Gleitern zurück!«

Danton nahm den Siganesen auf die Handfläche.

»Es wäre besser, Sie flögen in einer Tasche von mir mit, Dephin. Mit Ihrem kleinen Aggregat könnten Sie unser Tempo nicht mithalten.«

»Einverstanden«, erwiderte Dephin. »Obwohl mein Flugaggregat ganz hervorragende Leistungen vollbringt.«

Danton nickte lächelnd. Er setzte den Siganesen behutsam in einer Beinaußentasche ab. Dann blickte er die Gefährten an.

»Fertig?«

Die Männer bestätigten. Gucky teleportierte zum Strand.

»Los!«

Roi Danton aktivierte seinen Deflektorgenerator, schaltete das Pulsationstriebwerk seines Kampfanzuges ein und startete mit geringen Werten, um die anderen nicht zu gefährden.

Kurz danach aktivierte er den Antiflektor-Orter, so daß er wenigstens erkennen konnte, welche Positionen die Gefährten einnahmen.

Er war sich des Risikos bewußt, das sie eingingen, indem sie starke Energieverbraucher laufen ließen. Es war jedoch ihre einzige reale Chance, die vermutete Aufbereitungsanlage für das Neo-Bilatium zu finden. Außerdem wurde die Ortungsgefahr dadurch verringert, daß die Aggregate der Ernteroboter und Fluggleiter bedeutend stärkere Energieemissionen erzeugten. Falls die Ortungsanlagen des Planeten den Energieverbrauch ihrer eigenen Fahrzeuge nicht genau kontrollierten, bestand keine Gefahr. Sie mußten sich nur in größtmöglicher Nähe der Fluggleiter halten.

Roi kontrollierte die Reichweiteeinstellung seines Helmtelekoms. Sie stand wieder auf nur fünfzig Meter. Er flog näher an die Gefährten heran und schaltete den Helmfunk ein.

»Achtung! Danton spricht. Bitte Antigravaggregate zuschalten, damit wir die Leistungsabgabe der Pulsationstriebwerke möglichst niedrig halten können.«

Gleichzeitig führte er die betreffenden Schaltungen selbst aus.

Nun brauchten die Pulsationstriebwerke kein Gewicht mehr zu schieben. Der Massenwiderstand war bereits während der ersten Flugphase überwunden worden, so daß praktisch nur der Luftwiderstand übrig blieb.

Die hochkomprimierten, glühenden Luftmassen der Triebwerksdüsen gingen bis auf ein Minimum zurück. Damit war die Gefahr der optischen Ortung weitgehend vermieden worden.

Roi betätigte die Steuerknöpfe an dem halbrunden Lenkautomaten vor seiner Brust und legte sich auf die linke Seite. Er versuchte, etwas von Gucky zu entdecken.

Der Mausbiber war noch nicht zu sehen.

Hoffentlich kam er allein mit seinem Kampfanzug zurecht. Roi machte sich Vorwürfe, daß er ihm nicht Noir oder Beriot als Helfer beigegeben hatte. Doch das war nun nicht mehr zu ändern. Irgendwie würde der Ilt sich schon zu helfen wissen.

»Triebwerke ausschalten. Treiben lassen!« befahl er, als sie sich den Luftgleitern bis auf etwa fünfzig Meter genähert hatten.

Es waren insgesamt siebzehn diskusförmige Gleiter, die auf dem Sandstrand standen. Durch die offenen Schleusen stiegen nacheinander die Ernteroboter ein. Ungefähr zwölf Roboter warteten noch.

Langsam trieben die Männer gewichtslos über die Gleiter hinweg. Roi Danton verzichtete darauf, die Triebwerke zum Bremsen zu benutzen. Dazu hätte es zu großer Energieentfaltung bedurft, was die Ortungsgefahr erhöht hätte. Man würde die Gleiter auch dann nicht aus den Augen verlieren, wenn man einige hundert Meter entfernt war.

»Kann jemand den Mausbiber sehen?« fragte Roi besorgt.

Niemand hatte Gucky gesehen.

»Er holt uns jederzeit durch Teleportation wieder ein«, sagte Armond Bysiphere beruhigend. »Ich würde mir also an Ihrer Stelle keine Gedanken machen.«

Der Freihändlerkönig antwortete nicht darauf.

Soeben verschwand der letzte Ernteroboter in einer Gleiterluke. Sekunden später brüllten die Impulstriebwerke der Diskusfahrzeuge auf. Sie stiegen rasch bis auf tausend Meter Höhe, dann jagten sie auf einen tiefen Einschnitt im Gebirge zu.

Die Männer erkannten bereits nach wenigen Minuten, daß sie mit der Geschwindigkeit der Luftgleiter nicht Schritt halten konnten. Immer größer wurde die Distanz, obwohl die Pulsationstriebwerke mit den für Planetenatmosphäre zulässigen Werten arbeiteten. Maximalwerte waren das natürlich nicht; die ließen sich nur im Vakuum erreichen. Innerhalb dichter Atmosphäre hätte eine Maximalbelastung zu Flammrückschlägen und möglicherweise sogar zu Explosionen der Aggregate geführt.

»Wo nur Gucky bleibt«, sagte Roi verzweifelt.

»Spezialist und Sonderoffizier Guck zur Stelle!« meldete sich eine lispelnde Stimme im Helmempfänger.

Gleich darauf überholte der Mausbiber mit tosendem, überlastetem Pulsationstriebwerk den Freihändler.

»Wo warst du nur solange?«

Aus dem Helmempfänger kam nur unverständliches Gemurmel, dann sagte Gucky:

»Gleich haben diese Burschen euch endgültig abgehängt. Ich erbitte Erlaubnis, den Gleitern mit Teleportation folgen zu dürfen.«

»Erlaubnis erteilt«, antwortete Danton. »Hals- und Beinbruch, Kleiner! Sei bitte vorsichtig!«

Der Ilt entgegnete etwas, das wie »Ich wünsche euch sandige Hosen« klang, dann entmaterialisierte er.

Roi Danton schaltete sein Triebwerk aus. Die anderen Männer folgten seinem Beispiel. Einige Kilometer vor ihnen verschwanden die Luftgleiter der Pseudo-Gurrads hinter einem Tafelberg.

»Ich möchte nur wissen, was Gucky mit seiner letzten Bemerkung gemeint hat . . .« murmelte Bysiphere.

»Hm!« machte Roi, ging jedoch nicht darauf ein. »Wir wenden und fliegen mit Minimalschub zurück.«

»Hoffentlich findet Gucky die Aufbereitungsanlage«, sagte Oro Masut zweifelnd.

»Ich bin sicher, daß er sie findet«, meinte Roi und führte das Wendemanöver aus. »Hauptsache, er selber läßt sich nicht finden . . .«

12.

Der Ilt rematerialisierte knapp hundert Meter hinter den Luftgleitern. Er hatte das Pulsationstriebwerk desaktiviert und lediglich das Antigravaggregat eingeschaltet. Gewichtslos schwebte er auf der Stelle. Die Distanz zu den Gleitern nahm rasch wieder zu.

Gucky murmelte eine endlose Kette von Verwünschungen vor sich hin. Seine Unterkombination war nicht nur naß geworden, während sie am Strand gelegen hatte, sondern außerdem voller Sand. Jede Bewegung rief ein unangenehm reibendes Jucken hervor, das wahrscheinlich durch den Gehalt an Neo-Howalgonium noch verstärkt wurde.

Anfänglich hatte der Mausbiber noch gehofft, die Klimaanlage seines Kampfanzuges würde die Feuchtigkeit schnell absorbieren. Diese Hoffnung hatte sich zwar erfüllt, aber eine Erleichterung war das nicht gewesen. Im Gegenteil. Der staubtrockene Sand kroch in jede Hautfalte und Körperöffnung. In den Ohren summte es, und die Augen waren gerötet wie bei einem Angorakaninchen.

Gucky hustete qualvoll und spie sandigen Schleim aus. Er fluchte, als sich das Gemisch über die Sichtscheibe des Helms verteilte. Mühselig entfernte er das Zeug mit Hilfe der Manipulatoren.

Die Gleiter mit den Ernterobotern hatten unterdessen den westlichen Horizont erreicht. Gucky teleportierte erneut dicht hinter sie, um sie nicht aus den Augen zu verlieren.

Seine Augen tränten. Er mußte niesen, was erneut zur Verunreinigung der Sichtscheibe führte. Sein Rücken juckte schier unerträglich. Der Ilt hätte viel dafür gegeben, wenn ihn jemand kräftig kratzen würde.

»Eigentlich sollte ich einen Pseudo-Gurrad fangen und darauf abrichten«, murmelte er.

Plötzlich mußte er grinsen.

Die Vorstellung eines abgerichteten Pseudo-Gurrads, der ihm den Rücken massierte, wirkte unwiderstehlich erheiternd.

Leider sahen die Realitäten anders aus. Gucky erinnerte sich glücklicherweise rasch daran, sonst hätte er noch die voranfliegenden Gleiter verloren.

Er teleportierte erneut.

Als er wiederverstofflichte, hielt er unwillkürlich den Atem an.

Die siebzehn Gleiter befanden sich im Landeanflug auf ein gigantisches Areal riesiger Bauwerke. Es erstreckte sich bis zum Horizont und lag auf einer Hochebene, die sich nach drei Seiten hin scheinbar endlos dehnte.

Der Mausbiber orientierte sich schnell. Er sah in ungefähr zweieinhalb Kilometer Entfernung einen unvollendet gebliebenen Hochbau mit scheibenförmig angeordneten Etagen. Die Stockwerke waren unverkleidet geblieben. Man konnte von einer Seite zur anderen hindurchsehen. Niemand hielt sich in dem unfertigen Gerippe auf. Es war der ideale Platz für einen heimlichen Beobachter, zumal die Gleiter offensichtlich ganz in der Nähe landen wollten.

Bevor Gucky teleportierte, überzeugte er sich durch Kontrolle seines Armband-Meßgeräts davon, daß weder um den Gesamtkomplex noch um einzelne Bauwerke Schutzschirme existierten. Dann sprang er. Er rematerialisierte im vorletzten Stockwerk des Hochhauses.

Als seine Füße den Boden berührten, spürte er sofort das starke Vibrieren großer Maschinen. Da das Gebäude leer war, mußten die Maschinen sich entweder in anderen Gebäuden befinden oder unter der Planetenoberfläche.

Der Ilt hielt sich in Deckung der sichelförmigen, dünnen Pfeiler aus einer Art dunkelblau gefärbter Glasfaserplastik. Er sah, wie die siebzehn Luftgleiter auf markierten Landeplätzen niedergingen und anschließend in Hangarschächten versanken. Gucky prägte sich den Ort in sein Gedächtnis ein. Wo die Baramo-Eier ausgeladen wurden, konnten die Aufbereitungsanlagen nicht weit sein.

Doch die siebzehn Gleiter blieben nicht die einzigen. Wenige Minuten danach schwebte der zweite Pulk herein und landete auf einem anderen Platz. In größerer Entfernung starteten etwa sechzig Luftgleiter.

Von Pseudo-Gurrads oder Robotern war allerdings nichts zu sehen.

Gucky musterte eine Kuppel in der Nähe eines flachen Gebäudes. Die Farbe der Kuppel war schwarz. Runde Luken wiesen darauf hin, daß es sich um ein Abwehrfort handeln konnte. Guckys Armbandgerät reichte jedoch nicht aus, unter den zahllosen starken Energieausstrahlungen spezifische Streustrahlung von Energiewaffen herauszufinden. Das würde den Geräten der Hyperphysiker überlassen bleiben.

Der Gedanke an die Gefährten bewog den Mausbiber, sich etwas gründlicher umzusehen. Er teleportierte auf das Flachdach eines kubischen Bauwerks von mindestens einem Kilometer Kantenlänge. Abgesehen von etwa dreißig Pfortenkuppeln war das Dach leer.

Vorsichtig kroch der Mausbiber bis an den Rand und spähte in westliche Richtung. In der Ferne entdeckte er eine glänzende, spiegelnde Fläche; der Ozean auf der anderen Seite dieses Kontinents. Dort fiel das Hochplateau jäh ab und ging in den typischen breiten Sandstrand über, wie er überall an den Küsten Baykalobs zu finden war.

Die Luftgleiter hatten ungefähr dreitausend Kilometer zurückgelegt, überschlug Gucky im Kopf. Das war eine beachtliche Entfernung. Es würde schwer sein, einen Flug von dreitausend Kilometern Länge so durchzuführen, daß man nicht geortet werden konnte.

Einmal in der Nähe des Aufbereitungskomplexes, brauchte man keine Ortung mehr zu befürchten. Die Energieemission der Anlagen und Kraftwerke waren so vielfältig und stark, daß nicht einmal Paladin bei Aktivierung aller seiner Aggregate angemessen werden konnte.

Der feine Sand peinigte Gucky so sehr, daß er beschloß, es fürs erste genug sein zu lassen. Er mußte unbedingt und so bald wie möglich seinen Anzug ablegen und auswaschen und sich die wunden Körperstellen eincremen.

Er wußte jedoch auch, daß er ein Versteck finden mußte, das dem Kommandotrupp als Stützpunkt dienen konnte.

Bei der Annäherung hatte er gesehen, daß ein reißender Fluß in ein offenbar künstlich erzeugtes Felsentor unterhalb des Plateaus mündete und wahrscheinlich das Wasser für die Versorgung des Aufbereitungskomplexes lieferte.

Die Tunnelanlage würde natürlich unbrauchbar als Versteck sein. Sie wurde sicher bewacht. Aber der Fluß schoß zuvor etwa zwölf Kilometer weit durch einen Cañon, in dessen Wänden der Ilt die Löcher zahlreicher Höhlen gesehen hatte.

Er teleportierte zur Mitte des Cañons, beobachtete die Umgebung und stellte fest, daß es hier außer Vögeln, Insekten und Kriechtieren kein Leben gab, von der Flora einmal abgesehen.

Die vermeintlichen Höhlen erwiesen sich als Hohlräume, die wahrscheinlich bei Überschwemmungen von den reißenden Wassern ausgewaschen worden waren.

Gucky suchte sich den größten Hohlraum aus und teleportierte hinein. Einen normalen Zugang gab es nicht.

Kaum war er rematerialisiert, als sich ein grüngeschupptes Reptil auf ihn stürzte und versuchte, seinen Kampfanzug zu durchbeißen. Das Tier glich einer übergroßen Eidechse, war etwa drei Meter lang und trug einen gewaltigen Höcker. Seine Zähne zeugten davon, daß es gemischte Nahrung bevorzugte.

Augenblicklich schien sein Appetit auf Mausbiberfleisch zu stehen. Es vermochte zwar den Kampfanzug nicht zu durchdringen, warf jedoch mit seiner Körperkraft den Ilt um.

Gucky wehrte sich verzweifelt. Aber das Reptil gab nicht auf, so daß er es schließlich telekinetisch aus der Höhle beförderte. Klaglos versank es in den reißenden Fluten.

»Tut mir leid«, murmelte der Mausbiber und betrachtete angewidert den gelblich-grünen Schleim, den das Maul des Reptils bei seinen wütenden Attacken auf seinem Kampfanzug hinterlassen hatte.

Er schaltete die Helmlampe an und leuchtete den Hohlraum aus. Er war ungefähr fünfzehn Meter breit, aber nur knapp fünf Schritte tief. Wahrscheinlich aber gab es in der Nähe keine tieferen Hohlräume.

Gucky überprüfte die Energieemission und staunte über die Intensität der verschiedenen Streustrahlungen. Die Kraftwerke mußten eine Kapazität haben wie zehn Ultraschlachtschiffe der Solaren Flotte.

Das war günstig, denn diese Streustrahlung überlagerte garantiert die Emission, die dabei entstand, wenn man den Hohlraum mit Desintegratoren vertiefte.

Gucky beschloß, daß die Informationen genügten. Er konzentrierte sich auf das Höhlenversteck am jenseitigen Ufergebiet des Kontinents und entmaterialisierte.

Er rematerialisierte unmittelbar neben dem Höhlenbach und begann sich zu entkleiden, ohne auf seine Umgebung zu achten.

Mit einem Seufzer der Erleichterung stieg er endlich in ein natürliches Felsbecken, das sogar Oro Masut als Badewanne hätte dienen können.

Im nächsten Augenblick verschlug ihm die eisige Kälte des Wassers den Atem. Gurgelnd sank er unter. Rote Ringe kreisten vor seinen Augen, und Bewußtlosigkeit drohte ihn zu übermannen.

Da streckte sich ein langer, behaarter Arm aus, packte ihn am Nackenfell und zog ihn an Land.

»Wie kann man sich bloß in dieses Eiswasser stürzen!« brummte Masuts Stimme besorgt und ärgerlich zugleich. »He, Gucky, wach auf!«

Als der Mausbiber sich nicht rührte, legte er ihn über sein Knie und klopfte behutsam den nassen Rücken ab.

Ein Schwall Wasser schoß aus Guckys Mund. Ein tiefer Atemzug folgte, dann schrie der Ilt wütend:

»Willst du mir das Rückgrat zertrümmern, du Kraftprotz! Sofort läßt du mich los, oder ich befördere dich auf die Spitze des nächsten Stalagmiten!«

Der Ertruser ließ erschrocken los – und um ein Haar wäre der Mausbiber wieder ins Wasser zurückgefallen. Glücklicherweise griff der Paladin rechtzeitig mit einem Traktorstrahl ein.

Gucky kam auf die Beine, winkte zu Paladin hinüber und sagte dann zu Oro: »Wenn du schon zu weiter nichts zu gebrauchen bist, dann kannst du wenigstens meinen Kampfanzug und die Unterkombination auswaschen. Das Zeug ist voller Sand.«

»Selbstverständlich«, beeilte sich Masut zu versichern. »Aber du solltest nicht so undankbar sein. Ich habe dich immerhin vor dem Tode des Ertrinkens bewahrt.«

»Du spinnst«, gab der Ilt trocken zurück. »Ich wäre niemals ertrunken, höchstens erfroren. Das Wasser ist kalt wie antarktisches Eis.«

»Wenn du wieder mal hier baden willst«, erwiderte Oro Masut, »sagst du mir vorher Bescheid. Dann wärme ich es an.«

Der Mausbiber legte den Kopf schief und pfiff auf seinem Nagezahn.

»Lieber nicht, Oro. Dann würde ich womöglich gesotten.«

Hinter ihm lachten einige Männer. Dann sagte Roi Danton:

»Sonderoffizier Guck, wo bleibt Ihre Meldung?«

Gucky machte mit seinen nassen Füßen eine ziemlich lahme Kehrtwendung und sagte:

»Sonderoffizier Guck verwundet vom Risikoeinsatz zurück. Aufbereitungsanlage gefunden, Versteck für neue Station von Monstren befreit und festgelegt.«

»Verwundet . . .?« fragte der Freihändlerkönig besorgt. »Wo?«

Wahrscheinlich wäre Gucky errötet, wenn er das gekonnt hätte. Verlegen murmelte er:

»Unter den Achselhöhlen, zwischen den . . . äh . . . Gesäßfalten und so weiter. Mein Anzug war voller Sand, und der hat natürlich gerieben. Die bewußten Stellen brennen, als hätte sie jemand mit Schmirgelpapier bearbeitet und anschließend mit Pfeffer bestreut.«

»Hm!« machte Masut und schmatzte laut. »Ein großes Pfeffersteak habe ich mir schon lange gewünscht.«

»Verschwinde, du Unmensch!« schrie der Mausbiber ihn an. »Nein, bleib hier. Wer soll sonst meine Sachen auswaschen?«

Danton lächelte unterdrückt.

»Du mußtest ja auch unbedingt baden, Kleiner. Tja, ich freue mich jedenfalls, daß du so gute Nachrichten bringst. Wie steht es mit der Ortungsgefahr?«

»Könnte nicht zuerst jemand meine wunden Stellen behandeln?« fragte Gucky kläglich.

»Na schön. Würden Sie so nett sein, Dr. Bysiphere. – Aber während Bysiphere dich verarztet, wirst du berichten, Gucky. Wir haben wenig Zeit, was du wohl selbst weißt.«

Der Ilt nickte.

Er berichtete in allen Einzelheiten, was er vorgefunden hatte und daß die starke Energieemission der Aufbereitungsanlage jegliche Streustrahlung ihrer Ausrüstung überlagern würde.

Zwischendurch bückte er sich, damit Armond Bysiphere an die rotgescheuerten Stellen der unteren Körperregion herankonnte. Oro Masut stand bis zum Hals im eiskalten Wasser und wusch Guckys Sachen aus. Dem Ertruser schien die Kälte nichts auszumachen. Er prustete behaglich und trank mindestens fünfzig Liter Wasser.

»Gute Arbeit, Gucky«, lobte der Freihändler. »Wir werden in einer Stunde aufbrechen und die gesamte Ausrüstung mitnehmen. Hier können wir ohnehin nichts mehr tun. Folglich verlagern wir unseren Stützpunkt. Einwendungen oder Fragen? – Nicht? Gut. Es bleibt also dabei. In einer Stunde.«

Sie hatten in der Berghöhle sämtliche Spuren ihrer Anwesenheit beseitigt und waren anschließend zum neuen Stützpunkt geflogen. Das hörte sich einfach an, aber sie brauchten für die rund dreitausend Kilometer fast drei Tage.

Der Grund dafür lag in den zahlreichen Ortungsstationen und Abwehrforts Baykalobs. Bevor eine kurze Flugroute festgelegt werden konnte, mußte der Mausbiber erst mit zahlreichen Teleportationen erkunden. Ein einziges Mal fanden sie eine Strecke von vierzig Kilometern Länge, auf der sie die Fluganzüge benutzen konnten, ohne eine Ortung befürchten zu müssen. Die anderen Strecken wurden teilweise zu Fuß zurückgelegt.

Dabei mußten sie eigentlich noch für den Umstand dankbar sein, daß die Pseudo-Gurrads auf Baykalob keine Ortungsstation besaßen, mit der sie Psiaktivität anmessen konnten. Auf dem Planeten Ukiah war eine solche Ortungsstation Perry Rhodan und seinem Einsatzkommando beinahe zum Verderben geworden.

Vielleicht fühlten sich die Beherrscher der KMW auf Baykalob so sicher, daß sie nicht mit dem Eindringen Unbefugter rechneten. Der Paratronschirm war schließlich ein nahezu perfekter Schutz. Wer ihn durchdringen wollte, mußte das mit dem massierten Einsatz des Kontrafeldstrahlers tun – und dazu gehörten mindestens hundert Ultraschlachtschiffe.

Auf den Gedanken, daß Unbefugte ihre strengen Kontrollen überlisten könnten, waren die Pseudo-Gurrads offensichtlich noch nicht gekommen.

Dies alles ging Roi Danton durch den Kopf, als er auf seinem Lager lag und einzuschlafen versuchte. Seine Füße brannten, und die Beinmuskeln schmerzten stark. Die Gewaltmärsche der letzten Tage hatten ihn ziemlich erschöpft.

Da waren die Mutanten besser dran. Ihre Zellaktivatoren regenerierten ihre verbrauchten Körperkräfte innerhalb kürzester Zeit. Und Oro Masut hatte sich nicht einmal besonders anstrengen brauchen. Nur einen unwahrscheinlichen Appetit hatte er entwickelt. Ein Glück, daß Paladin unterwegs mehrmals eßbares Wild mit dem Traktorstrahl eingefangen hatte, sonst wären ihre Vorräte bereits verbraucht gewesen.

Überhaupt – ohne Paladin hätten sie es niemals geschafft. Von dreitausend Kilometern Wegstrecke waren sie rund neunhundert marschiert: durch unwegsames Gelände, eine in mehr als fünfzigtausend Jahren völlig verwilderte Kulturlandschaft, schroffe Berge, Sümpfe und vorbei an kaum noch erkennbaren Überresten von Städten der Baramos. Niemand hatte unter diesen Umständen Interesse für die ehemalige Kultur der rechtmäßigen Planetarier gezeigt. Und wenn Paladin die Männer – außer dem Ertruser – nicht den größten Teil der Strecke getragen hätte, wären sie noch mitten im Kontinent.

Dennoch: Auch zweihundert Kilometer Fußmarsch in drei Tagen reichten für Männer, die an vielfältige technische Hilfsmittel gewöhnt waren.

Roi blickte auf, als Dr. Armond Bysiphere sich neben ihn auf einen Hocker setzte. Der Hyperphysiker hielt eine bauchige Flasche in der Hand.

»Möchten Sie einen Schluck trinken, Sir? Es ist plophosischer Whisky, nicht schlechter als terranischer. Wenn man nicht einschlafen kann, hilft ein kräftiger Schluck.«

Dankbar nahm Danton den gefüllten Becher entgegen. Der Whisky schmeckte wirklich gut, wenn auch etwas anders als der terranische, den Roi kannte. Nachdem er den Becher geleert hatte, spürte er eine bleierne Müdigkeit in allen Gliedern.

»Vielen Dank, Bysiphere«, sagte er und reichte den Becher zurück. »Ich denke, nun kann ich schlafen.«

Der Hyperphysiker lächelte und ging zu seinem Lager zurück.

Roi Danton zog den geheizten Schlafsack bis ans Kinn, drehte sich auf die Seite und war Sekunden später fest eingeschlafen.

Gleich nach dem Frühstück teilte der Freihändler seine Gefährten ein. Die beiden Hyperphysiker sollten während des ganzen Tages Messungen vornehmen, die in erster Linie dazu dienten, die sich überlagernden Energieemissionen der riesigen Aufbereitungsanlage zu zerlegen und anschließend zu analysieren. Roi wollte wissen, wofür die gewaltigen Energiemengen gebraucht wurden. Er hatte zwar einen bestimmten Verdacht, äußerte ihn jedoch nicht, um eine subjektive Färbung der Analysen zu vermeiden.

Goratschin, Masut und Noir sollten mit Hilfe ihrer Fluganzüge bis zur Tunnelmündung vorstoßen, in der der Fluß verschwand, und dort Energiemessungen vornehmen.

Roi Danton selbst wollte mit Gucky in die Anlage eindringen und zu klären versuchen, wie man auch ohne Hilfe der Teleportation unbemerkt eindringen konnte und wo sich die eigentliche Aufbewahrungsstation für das Neo-Bilatium befand.

Das Thunderbolt-Team würde inzwischen mit Paladin am weiteren Ausbau ihres Stützpunktes arbeiten, einen Fluchttunnel anlegen und den Transmitter installieren.

Nachdem die anderen Männer aufgebrochen waren, ergriff der Freihändler Guckys Hand und ließ sich von ihm zuerst in den scheibenförmig unterteilten Rohbau teleportieren, auf dem der Ilt drei Tage zuvor gewesen war.

Interessiert betrachtete Roi Danton die Umgebung. Soeben senkten sich neun Luftgleiter auf den benachbarten Platz und verschwanden kurz darauf in den subplanetaren Hangarschächten.

»Es gibt noch mehr Landeplätze als diesen hier«, erklärte Gucky.

Roi nickte nachdenklich. Er zog seine Minikamera hervor und reichte sie dem Mausbiber.

»Würdest du bitte vertikal teleportieren, Gucky. Zweitausend Meter Höhe müßten genügen. Von dort aus machst du so viele Aufnahmen, daß möglichst der gesamte Komplex erfaßt wird.«

»Kleinigkeit für mich«, lispelte Gucky, nahm die Kamera und verschwand.

Eine Minute später war er wieder zurück.

Danton zog den entwickelten Film aus der Umwandlungsspule und trennte die Aufnahmen. Nach Guckys Anweisungen fügte er sie zusammen. Dadurch erhielt er ein scharfes Luftbild des Areals. Deutlich zeichneten sich darauf zwölf Landeplätze ab.

Roi stellte einige Berechnungen mit dem Armband-Computer an, dann verband er die Landeplätze mit Linien. Mit dem Magnetschreiber deutete er auf den Kreuzungspunkt.

»Hier etwa müßte die eigentliche Aufbereitungsanlage liegen. Es erscheint logisch, daß jeder Landeplatz etwa gleich weit von ihr entfernt ist. Also, Gucky, dort sehen wir uns demnächst um.«

»Wollen wir nicht sofort teleportieren?«

Der Freihändler schüttelte den Kopf.

»Nein, im Herzen der Anlage gibt es bestimmt zahlreiche Warnanlagen. Wenn wir eindringen, müssen wir genau wissen, wo sich diese Anlagen befinden, sonst kommen wir nicht weit.«

»Und wie willst du herausbekommen, wo diese Warnanlagen liegen?«

Roi lächelte.

»Ganz einfach, Kleiner. Heute nachmittag teleportierst du mit den beiden Hyperphysikern und ihrer Ausrüstung in die Nähe dieses Kreuzungspunktes.«

Er deutete auf die Luftbildkarte.

»Bysiphere und Beriot verstehen sich ausgezeichnet auf das Anmessen der Energieimpulse von Warn- und Schutzanlagen. Sie werden alle diese Stellen dreidimensional erfassen und uns den günstigsten Weg in die Aufbereitungsanlage vorschlagen. Ich denke, heute nacht können wir den ersten Einsatz starten.«

»Meinetwegen«, erwiderte Gucky. »Und was tun wir jetzt?«

Roi Danton blickte auf seinen Chronographen.

»Wir haben noch dreieinhalb Stunden Zeit bis Mittag. Die werden wir nutzen, um das gesamte Areal zu untersuchen – zumindest von außen. Jede noch so kleine Information kann dazu beitragen, daß wir nicht nur in die Aufbereitungsanlage hineinkommen, sondern sie auch lebend wieder verlassen können.«

Nach dem Mittagessen setzten die Männer sich zusammen und berichteten über die Ergebnisse ihrer Arbeit.

Oro Masut, André Noir und der Doppelkopfmutant hatten festgestellt, daß man etwa dreihundert Meter tief in den Wassertunnel eindringen konnte. Danach gab es zahlreiche Alarmanlagen und Abwehreinrichtungen, die mit den Mitteln des Kommandotrupps nicht unbemerkt zu überwinden waren.

Bysiphere und Beriot hatten eine viel bedeutendere Entdeckung gemacht.

»Das Hauptkraftwerk der Anlage arbeitet mit Milliarden von Gigawatt«, berichtete Dr. Armond Bysiphere. »Jedenfalls haben wir das aus der Stärke der Hyperemissionen abgeleitet, die von ihm ausgehen. Außerdem wird die erzeugte Hyperenergie vertikal projiziert, wobei sich anhand der Streustrahlung von Normalenergie eine Art Trichter berechnen ließ.«

»Allgemeinverständlich ausgedrückt«, warf Roi Danton lächelnd ein, »speist das Hauptkraftwerk einen Sektor des planetaren Paratronschutzschirms.«

»So ist es«, bestätigte Bysiphere. »Wahrscheinlich gibt es auf den beiden Kontinenten noch etwa sechzig andere Kraftwerke, die den Paratronschirm erzeugen. Was ich noch sagen wollte: Der Kreuzungspunkt auf Ihrer Luftbildkarte, Danton, befindet sich in großer Nähe des Hauptkraftwerks mit dem Paratronprojektor. Das bedeutet, daß dort derart starke Störfronten entstehen, daß wir keine Ortung zu befürchten brauchen – selbst dann nicht, wenn Paladin mitkäme.«

»Das hatte ich gehofft«, erklärte Roi. »Denn Paladin müssen wir unbedingt mitnehmen. Trotz aller für uns günstigen Fakten rechne ich damit, daß es früher oder später zu Kämpfen kommt.«

Er beauftragte die beiden Hyperphysiker mit der Erstellung einer dreidimensionalen Übersichtskarte, auf der die Positionen der Alarm- oder Abwehranlagen eingetragen werden sollten.

Bysiphere und Beriot ließen sich von Gucky zu dem unvollendeten Bauwerk teleportieren.

Gegen Abend kehrten sie zurück.

Die Positionen der Punkte, die man meiden mußte, wurden genau studiert. Jeder prägte sie sich ein. Anschließend besprachen die Männer und Gucky den Einsatzplan.

Der Mausbiber würde Paladin an einen bestimmten Punkt in der Nähe der Aufbereitungsanlage bringen. Wegen der großen Metallmasse des Paladin-Roboters hielt Roi Danton es für riskant, ihn zu Fuß in den Komplex eindringen zu lassen.

Roi selbst, Oro Masut, Goratschin, Noir und die beiden Hyperphysiker würden mit ihren Fluganzügen bis zum Rand des Komplexes fliegen und anschließend zu Fuß in die Anlage eindringen.

Gegen 11.15 Uhr planetarischer Zeit war es soweit.

Roi schaltete sein Pulsationstriebwerk aus. Langsam verringerte er die Leistung des Antigravprojektors, wodurch die Schwerkrafteinwirkung den Rest des Beschleunigungsimpulses allmählich aufzehrte und er auf einer Viertelkreisbahn auf das riesige Plateau herabsank.

Neben und hinter ihm setzten die Gefährten auf. Noch waren die Deflektorschirme aktiviert, denn sie mußten eine Zone mit Abwehrstellungen durchqueren.

Der Freihändler beobachtete die schwarze Kuppel einer Abwehrstellung und die in der Nähe vorbeiführende Straße. Nichts rührte sich. Es war so dunkel, daß man sich nur mit Hilfe der Infrarotortung orientieren konnte.

»Ich habe die tote Zone der Stellung ermittelt«, flüsterte Bysiphere über Telekom. »Es ist, wie wir bereits vermuteten: Die Abwehreinrichtungen sind auf Angriffe aus dem Raum orientiert. Nur ein einziges Tastgerät kontrolliert die Umgebung der Kuppel, vermutlich deshalb, um Pseudo-Gurrads oder Roboter zu warnen, sobald sie in die Zone geraten, die beim Aufbau eines Schutzschirmes erfaßt würde.«

»Ich nehme an, der Taststrahl wandert langsam im Kreis – und wahrscheinlich in einer Höhe von etwa einem Meter?« fragte Danton.

»So ist es. Wir brauchen nur zu kriechen, um der Ortung zu entgehen. Allerdings empfehle ich die Desaktivierung unserer Deflektorschirme. Bei dem Taststrahl handelt es sich um gewöhnliches Radar. Eine Ablenkung durch einen Deflektorschirm würde den Radarstrahl aus der Rückkehrbahn werfen, was Verdacht erregen müßte.«

Danton überlegte kurz, dann gab er den entsprechenden Befehl.

Die sechs Männer wurden sichtbar – allerdings wegen der Dunkelheit nur für Infrarotortung.

Einer nach dem anderen robbten sie durch die gefährliche Zone der Abwehrkuppel. Roi vernahm im Helmtelekom ihre keuchenden Atemzüge. Die schweren Kampfanzüge waren sehr hinderlich.

Glücklicherweise brauchten sie sich danach nicht mehr besonders vorzusehen. An der Oberfläche des Komplexes gab es keine weiteren Abwehr- und Überwachungsanlagen.

Dr. Jean Beriot hielt sich neben dem Freihändler. Er trug ein schweres Energieortungsgerät vor der Brust, das die charakteristische Streustrahlung des Paratronkonverters von den übrigen Emissionen isolierte und die Richtung zum Hauptkraftwerk anzeigte.

Einmal mußten sie sich flach auf den Boden legen, als einige Fluggleiter dicht über sie hinwegflogen. Doch die Piloten kümmerten sich offenbar nur um ihren Kurs und sonst um nichts.

Die diskusförmigen Fahrzeuge landeten auf einem Platz in der Nähe und wurden in die Hangarschächte gezogen.

Das brachte Roi Danton auf eine Idee. Im Zeitraum von wenigen Sekunden stieß er einen Teil der Planung um.

»Wir schleichen uns an die Schächte heran«, teilte er den Gefährten mit. »Es muß dort auch Personenschächte geben, wenn die Pseudo-Gurrads nicht gänzlich anders bauen als wir. In einen solchen Schacht steigen wir ein, warten, bis die nächsten Transporter landen und nutzen die Zeit, in der die Hangarbesatzung mit dem Ausladen der Fracht beschäftigt ist, indem wir das subplanetare Gangsystem betreten.«

Die Männer machten ihre schweren Handraketenwerfer feuerbereit. Die fingerlangen Projektile trugen zur Hälfte Sprengköpfe mit STOG-Säureladungen, zur anderen Hälfte Mikro-Atomsprengköpfe für Thermalreaktionen. Erfahrungsgemäß ließen sich die Pseudo-Gurrads nur mit solchen Waffen vernichten.

Dennoch machte sich keiner der Männer Illusionen darüber, daß ihre Chancen bei einem Zusammenstoß mit den Unheimlichen sehr schlecht standen. Also galt es, einen solchen Zusammenstoß zu verhindern.

Roi teilte seine Männer halbkreisförmig ein und ließ sie auf den Platz mit den Landeschächten zurobben. Er selbst beobachtete den Nachthimmel, damit sie nicht von landenden Gleitern überrascht wurden.

Nach einer halben Stunde, die ihm wie eine kleine Ewigkeit vorkam, hörte er den Schrei einer terranischen Nachteule, das für André Noir festgelegte Signal.

Folglich mußte der Hypno einen Personenschacht gefunden haben.

Der Freihändlerkönig robbte in die Richtung, in der Noir verschwunden war. Unterwegs begegnete er den anderen Männern, die ebenfalls zu Noir unterwegs waren.

Minuten später lagen sie neben dem Mutanten.

André Noir hatte den Personenschacht bereits geöffnet. Es war eine Röhre von etwa drei Metern Durchmesser, mit einem Antigravfeld und außerdem Notsprossen an den Wänden.

Oro Masut rüttelte an einer Sprosse und verzog das Gesicht.

»Die hält sogar einem Elefanten stand«, flüsterte er.

Danton wußte, was das bedeutete: In der Aufbereitungsanlage mußten sich Pseudo-Gurrads aufhalten oder zumindest von Zeit zu Zeit erscheinen, um den Produktionsablauf zu kontrollieren.

Er zuckte die Schultern. Sie mußten hinein, und wenn es darin von Pseudo-Gurrads wimmelte.

Roi schwang sich über den Rand und ließ sich im Antigravfeld nach unten sinken. Masut folgte ihm, dann kam Jean Beriot.

Iwan Iwanowitsch Goratschin stellte sich auf die Sprossen, so daß seine beiden Köpfe über den Lukenrand ragten. Aufmerksam spähten die vier Augen den finsteren Himmel nach den Triebwerksgluten von Gleitern ab.

Sie mußten eine Dreiviertelstunde warten, bevor die nächste Gruppe Transportfahrzeuge zur Landung ansetzte.

Goratschin schloß das Luk und stieg zu den Männern hinab.

Dr. Beriot hatte indessen das Kraftwerk erneut eingepeilt. Nun brauchten sie nur noch auf den Beginn des Landevorgangs zu warten.

Das Geräusch starker Maschinen zeigte ihnen an, daß die Landeschächte sich öffneten.

Roi Danton entriegelte das untere Luk und spähte vorsichtig hinaus. Er sah einen scheibenförmigen Raum, von dem acht Tunnels abgingen. Von Pseudo-Gurrads oder Robotern war nichts zu entdecken.

Roi blickte sich um, und Beriot deutete auf den Tunnel, der ungefähr in ihre Richtung führte.

Leise stiegen die Männer aus dem Personenschacht und schlichen den Tunnel entlang, die Waffen schußbereit in den Händen. Goratschin bildete weiterhin den Schluß. Mit seiner Zünderfähigkeit konnte er jeden Hinterhalt eliminieren.

Falls er ihn rechtzeitig entdeckte ...

Gucky und der Paladin waren zuerst ins Hauptkraftwerk eingedrungen. An die eigentlichen Reaktionskammern kamen sie jedoch nicht heran. Deren Zugänge waren mit Vernichtungsschaltungen abgesichert. Paladin ortete sie rechtzeitig.

Durch einen Antigravschacht gelangten sie anschließend vierzig Etagen tiefer. Die Berechnungen Dantons erwiesen sich als beinahe absolut zutreffend.

Der Mausbiber studierte noch einmal genau den Plan der Alarmanlagen, den die Hyperphysiker ausgearbeitet hatten. Dann teleportierte er. Er rematerialisierte mitten in der eigentlichen Produktionshalle. Sofort schaltete er seinen Deflektorschirm ein. Aber das wäre nicht nötig gewesen. Die Produktion erwies sich als vollautomatisch. Weder ein Pseudo-Gurrad noch ein Roboter waren zu sehen.

Gucky teleportierte zu Paladin zurück und unterrichtete Harl Dephin. Sie beschlossen, daß Gucky die Produktionsanlage vorerst allein erkunden sollte. Der Paladin sollte an den Treffpunkt zurückkehren, den man mit Danton vereinbart hatte.

Als der Ilt zum zweitenmal in der riesigen Halle rematerialisierte, rollte gerade eine neue Ladung Baramo-Eier aus einem Schacht an der Hallendecke. Die Eier wurden auf gepolsterten Transportbändern zu der eigentlichen Aufbereitungsanlage gebracht, deren Tätigkeit man durch die transparenten Wände verfolgen konnte.

Dort wurden die Eier an zwei Seiten geöffnet. Der Inhalt wurde abgesaugt und in einen transparenten Kessel gepumpt, in dem starke Energiefelder die weitere Verarbeitung übernahmen.

Gucky wandte sich schaudernd ab, als er sah, wie die nahezu vollausgebildeten ungeborenen Baramos mitsamt der sie umgebenden Flüssigkeit zu einer Art Emulsion verarbeitet wurden.

Das war Massenmord – Massenmord an ungeborenen Baramos, die bereits richtige intelligente Lebewesen waren, die fühlen konnten und wahrscheinlich auch schon denken.

Der Mausbiber hielt es nicht mehr aus. Er teleportierte zu Paladin zurück.

Auch Harl Dephin und seine Mannschaft wurden von Ekel vor den Pseudo-Gurrads ergriffen, nachdem Gucky berichtet hatte. Siganesen waren bekanntlich noch sensibler als Normalterraner oder Ertruser. Um so stärker waren die Thunderbolts erschüttert, als sie von dem Massenmord an wehrlosen, denkenden Geschöpfen hörten.

Nicht viel anders erging es Roi Danton und seinen Männern, als sie am Treffpunkt ankamen.

Der Mausbiber führte sie in die Produktionshalle. Immer noch sahen sie nichts von beweglichen Robotern oder Pseudo-Gurrads. Obwohl sie sich keineswegs nach einer solchen Begegnung sehnten, kam ihnen das doch unheimlich vor.

»Mir kommt es vor, als würden wir heimlich beobachtet«, kleidete Oro Masut seine Bedrückung in Worte.

Roi schüttelte den Kopf.

»Falls das Neo-Bilatium für die Pseudo-Gurrads tatsächlich so lebenswichtig ist, wie wir glauben, würden sie uns niemals wissentlich in die Aufbereitungsanlage eindringen lassen. Stell dir vor, Oro, welchen Schaden wir dort anrichten könnten!«

»Hm!« machte der Ertruser. »Sie haben recht. Aber sollten wir dann nicht die gesamte Anlage zerstören?«

»Und die lebenden Baramo-Eier mit?« brauste Gucky empört auf.

»Das würde mich nicht daran hindern, wenn ich es für notwendig hielte, Gucky«, erklärte der Freihändler hart. »Die hier befindlichen Eier werden auf jeden Fall abgetötet. Aber auf Baykalob gibt es sicher eine zweite oder noch mehr Aufbereitungsanlagen, die die Lücke wieder füllen würden. Folglich wäre eine Zerstörung dieser Anlage sinnlos.«

Sie waren unterdessen in die Produktionshalle gekommen. Schubweise wurden die Baramo-Eier in die eigentliche Aufbereitungsanlage transportiert. Was am Ende dieser transparent verkleideten Anlage herauskam, war ein weißer, zähflüssiger Extrakt.

Bysiphere untersuchte die Verkleidung mit einem Meßgerät.

»Hermetisch abgedichtet«, berichtete er. »Die Wandung ist übrigens doppelt. Im Zwischenraum befindet sich ein farbloses Gas, das offenbar keimtötende Eigenschaften besitzt; es sendet eine starke Strahlung aus. Halten Sie sich möglichst nicht lange in der Nähe auf.«

Gucky rematerialisierte vor ihm.

»Ich komme aus dem Nebenraum«, meldete er. »Dort wird der Extrakt in Stahlflaschen abgefüllt.«

Roi Danton drängte sich heran und bat den Ilt, sie zur Abfüllstation zu führen.

Sie stellten fest, daß auch dort äußerst behutsam und vorsichtig mit dem Neo-Bilatium umgegangen wurde. Hermetikleitungen und gasgefüllte Zwischenräume sorgten dafür, daß zwischen dem Extrakt und der Außenwelt jeder Kontakt vermieden wurde.

Eine automatische Abfüllanlage preßte das fertige Neo-Bilatium in Stahlflaschen von einem Meter Länge und dreißig Zentimeter Durchmesser. Auf einer Bandstraße wurden die Stahlflaschen mit fünf Lagen Isoliermaterial umgeben, unter einem Strahlenprojektor nochmals sterilisiert und in die Haltefelder schalenförmiger Robotfahrzeuge gelegt. Jedes Fahrzeug nahm nur eine einzige Stahlflasche auf und schwebte dann langsam davon.

»Es sieht so aus, als wäre das Neo-Bilatium stoßempfindlich. So etwa wurde früher auf Terra Nitroglyzerin abgefüllt«, meinte André Noir. »So vorsichtig, meine ich.«

»Hm!« machte Danton nachdenklich. »Der Extrakt wird kaum explodieren. Aber vermutlich leidet seine Wirksamkeit, wenn er Erschütterungen ausgesetzt wird. Wir werden also unseren Behälter ebenfalls vorsichtig transportieren.«

Oro Masut erbleichte.

»Sie wollen so einen Stahlzylinder entwenden?«

»Selbstverständlich«, warf Armond Bysiphere ein. »Hier besitzen wir nicht genügend Ausrüstung, um das Neo-Bilatium zu analysieren. Es ist aber wichtig, zu wissen, wie es zusammengesetzt ist und auf welche Weise es wirkt.«

»Ich würde das Zeug nicht mit der Zange anfassen«, meinte Oro.

Roi Danton räusperte sich.

»Du wirst sogar eine Stahlflasche auf den Armen tragen müssen, Oro. Gucky, du teleportierst bitte mit Oro in den Lagerraum, in den die Robotfahrzeuge die Behälter bringen. Nehmt bitte einen und kommt sofort wieder zurück. In anderthalb Stunden wird es hell, und wir müssen vorher den Komplex verlassen haben.«

Der Mausbiber reckte sich.

»Dank Gucky werden wir das noch früher schaffen.« Er ergriff Oro Masuts Daumen. »Komm, Großer!«

Als sie verschwunden waren, atmete Dr. Jean Beriot auf.

»Das ging einmal glatt. Gleich haben wir es geschafft. Ich kann es kaum fassen ...«

Roi lächelte.

Aber sein Lächeln erlosch, als mit ohrenbetäubendem Pfeifen sämtliche Alarmanlagen des Komplexes ansprachen.

Im nächsten Moment rematerialisierten Gucky und Oro. Der Ertruser hielt einen Stahlzylinder in den Armen.

»Es ging los, als ich die Flasche telekinetisch anhob«, meldete der Ilt atemlos. »Wahrscheinlich positronische Standortkontrolle.«

Das Schrillen der Alarmpfeifen war verstummt. Doch von überall her erscholl jetzt das Krachen zuschlagender Schotte und das Stampfen von Robotern oder überschweren Lebewesen.

»Gucky!« rief Roi. »Du springst zu dem unfertigen Gebäude, zweite Etage. Nimm so viele von uns mit, wie dir möglich ist. Los!«

Der Mausbiber fragte nicht lange. Er wußte selbst, daß sie die Produktionshalle nur noch per Teleportation verlassen konnten. Er griff nach Masuts Hand, holte telekinetisch die Hyperphysiker und Noir zu sich heran – und entmaterialisierte.

»Achtung!« meldete der Ortungsmechaniker aus dem Paladin. »Bewegung auf den Zugängen. Wahrscheinlich Pseudo-Gurrads.«

Seine Waffenarme schwenkten auf die nächste Tür zu. Der Paladin-Roboter wartete nicht erst, bis die Pseudo-Gurrads dahinter die Tür geöffnet hatten. Er feuerte mit Impuls- und Desintegratorgeschützen. Die Tür und zehn Meter des dahinterliegenden Ganges verglühten.

Inzwischen versuchten jedoch weitere Pseudo-Gurrads durch die zweite Tür einzudringen.

Der Doppelkopfmutant konzentrierte sich mit beiden Gehirnen auf das erste Wesen. Paraströme vereinigten sich in einer Atomballung des fremden Körpers und verursachten einen explosiven Kernverschmelzungsprozeß.

Der Pseudo-Gurrad verging in einer gewaltigen Explosion.

Roi Danton feuerte mit seinem Raketenwerfer auf das nächste Ungeheuer. Es löste sich unter der Einwirkung von STOG-Säure auf und verformte sich zu einem gallertartigen Klumpen.

Gucky rematerialisierte und sprang schreiend zur Seite, als Rois Raketengeschosse ihm um die Ohren jaulten. Mit einer wahrhaft titanischen Para-Anstrengung riß er Danton, Goratschin und den Paladin an sich heran – und materialisierte im gleichen Augenblick mit ihnen auf der zweiten Etage des Bauwerks.

»Und nun nacheinander in unsere Höhle!« befahl der Freihändler.

»Nein!« rief Armond Bysiphere. Er sah Rois verwunderten Gesichtsausdruck und ergänzte: »Die gesamte Anlage wurde vor wenigen Sekunden unter einen fünfdimensionalen Energieschirm gelegt. Niemand von uns kommt mehr hinaus.«

13.

Die Männer hielten den Atem an, als überall ringsum starke Scheinwerferbatterien aufflammten. Aus zahllosen Schächten stiegen schwerbewaffnete Pseudo-Gurrads, sammelten sich und formierten danach Ketten, die das Gelände systematisch durchkämmten.

»Es sind mindestens tausend übernommene Gurrads«, erklärte Gucky. »Wenn wir uns mit einiger Aussicht auf Erfolg verteidigen wollen, dürfen wir nicht länger zögern. Wir müssen schlagartig angreifen.«

Roi Danton biß sich auf die Unterlippe. Er wußte, daß der Ilt recht hatte. Andererseits hegte er immer noch die verzweifelte Hoffnung, die Pseudo-Gurrads könnten ihr Versteck übersehen. Doch das war eine Illusion, und er wußte es selber.

»Also gut«, erwiderte er mit spröder Stimme. »Goratschin, Sie übernehmen den Westsektor der Anlagen. Gucky, du übernimmst die Verteidigung im Nordsektor. Oro, wir beide und Dr. Bysiphere verteidigen den südlichen Sektor; Paladin, Noir und Dr. Beriot halten den östlichen Sektor frei.«

»Einwand!« meldete sich Harl Dephin aus dem Paladin. »Im Ostsektor befinden sich nur wenige Pseudo-Gurrads. Dort wird nicht unbedingt die Feuerkraft des Roboters benötigt.«

»Im Osten liegt unser Stützpunkt mit dem Transmitter, Dephin«, erwiderte Roi. »Den Weg dorthin müssen wir uns vordringlich freihalten für den Fall, daß der Schutzschirm zusammenbricht.«

»Verstanden«, antwortete der Siganese.

Die Pseudo-Gurrads hatten das Versteck des Einsatzkommandos offenbar noch immer nicht entdeckt. Aber sie suchten mit einer perfektionistischen Gründlichkeit. Es wirkte unheimlich, wie die Ketten sich im Gleichschritt vorwärts bewegten. Die Schritte der schwergewichtigen Übernommenen dröhnten dumpf durch die Stille der Nacht.

»Feuer frei!« befahl Roi, nachdem jeder an seinem Platz war.

Paladins Impulsgeschütze röhrten auf. Sonnenhelle Entladungen verwandelten augenblicklich den Ostsektor des Plateaus in eine Hölle.

Aus den Raketenwerfern schossen in rascher Folge und mit infernalischem Jaulen die Projektile mit den Fusionssprengköpfen. Überall breiteten sich die Glutbälle von Miniatursonnen aus. Druckwellen orgelten über das Gelände, und die typischen Rauchpilze stiegen hoch.

Goratschin stand breitbeinig da und blickte konzentriert auf den westlichen Sektor. Dort waren die Suchkolonnen der Pseudo-Gurrads noch am weitesten entfernt. Das gab dem Zünder-Mutanten Gelegenheit, seine Parafähigkeit in reichlichem Maße einzusetzen. Er entfesselte Kernexplosionen im Kilotonnenbereich. Obwohl das Material der Oberflächenbauten außerordentlich widerstandsfähig war, brachen einige Gebäude zusammen und zerfielen in hell strahlender Glut.

Andere Gegner hätten wahrscheinlich versucht, sich durch die Flucht jenem höllischen Bombardement zu entziehen. Doch die Pseudo-Gurrads bewiesen einen Mut, der erschreckend war. Dazu kam die Widerstandskraft ihrer kompakten Körper. Wenn sie nicht voll getroffen wurden, setzten sie den Angriff fort.

Roi duckte sich, als in den obersten Stockwerken des Gebäudes eine Serie Kampfraketen einschlug. Mehrere Scheibenetagen brachen zusammen. Tonnenschwere Trümmerstücke flogen durch die hocherhitze Luft, in der ohne die Kampfanzüge und Schutzschirme kein Mensch mehr hätte atmen können. Der Freihändler preßte die Lippen zusammen. Lange würden sie sich hier nicht mehr halten können.

Aus den Rauchschleiern vor ihm tauchte das verzerrte Gesicht eines Pseudo-Gurrads auf. Roi Dantons Waffe ruckte wie von selbst herum; vier Säuregeschosse lösten sich aus dem Lauf und schlugen im Ziel ein. Der Übernommene löste sich unter dem Säureregen auf.

Oro Masut schoß mit einer achtläufigen Waffe, die fast so groß war wie ein kleines stationäres Raketengeschütz. Wo seine Projektile einschlugen, entstand ein Hexenkessel, den kein Pseudo-Gurrad überlebte.

Doch immer neue Übernommene tauchten auf. Es war, als kämen für jeden toten Pseudo-Gurrad zwei neue hinzu.

Hinter Danton brach das Mittelstück der nächsthöheren Etage zusammen. Ein Pfeilerfragment stürzte in Rois Schutzschirm und rief krachende Entladungen hervor.

Er wandte sich nicht um. Es wäre vielleicht sein Tod gewesen.

Armond Bysiphere schleuderte eine Handgranate mit Atomthermsprengsatz. Sechzehn Sekunden lang wurde die Sicht nach Süden durch eine atomare Glutbarriere verdeckt, durch die kein Pseudo-Gurrad hindurchgekommen wäre.

Sie warteten auf der gegenüberliegenden Seite.
Die drei Männer im Südsektor sahen sie, als die Glutbarriere erlosch.
Ungefähr vierzig Übernommene setzten im gleichen Augenblick zum Sturm an. Der Freihändler wußte, daß sie sich gegen die Übermacht nicht halten konnten.
Er rief nach Harl Dephin.
Aber der Siganese hatte die Gefahr bereits erkannt. Er hatte den Paladin in den Rücken der Angreifer gesteuert, ließ ihn auf die Laufarme nieder und in die Kolonne der Pseudo-Gurrads rasen, wie ein lebendes Geschoß.
Die Übernommenen waren zu überrascht, um sich intensiv zu wehren. Sie erstarrten förmlich, als sie den vermeintlichen Zweitkonditionierten oder Haluter vor sich sahen. Bevor sie an Gegenwehr dachten, waren sie tot. Doch die nächste Welle tauchte bereits auf.
»Die Munition wird knapp«, meldete Armond Bysiphere.
Roi Danton faßte einen Entschluß.
»Gucky, du mußt versuchen, eine Mikro-Atombombe in das Kraftwerk für den Schutzschirm zu legen. Unsere Stellung wird unhaltbar.«
Wie zur Bestätigung seiner Worte schlug ein feindliches Raketengeschoß durch die Reste der oberen Stockwerke, raste bis zum Erdgeschoß durch und explodierte dort.
Es war ein Glück, daß die Pseudo-Gurrads auf ihrem Areal keine Kernsprengsätze zu verwenden wagten, sonst wäre vom Einsatzkommando nichts mehr übriggeblieben.
So fühlte Danton sich lediglich hochgeschleudert – und landete wenig später zwischen den Trümmern, die von dem Hochhaus übrig geblieben waren. Der Schutzschirm bewahrte ihn vor Verletzungen.
»Wo ist der Ilt?« fragte er.
»Teleportiert«, meldete André Noir keuchend.
»Gut, wir schlagen uns zum Ostrand durch. Ich hoffe, daß Gucky Erfolg hat.«
Er fuhr erschrocken zusammen, als er ein fürchterliches Gebrüll vernahm.
Der Paladin hatte es durch seine sämtlichen Lautsprechersysteme ausgestoßen. Jetzt raste die haluterähnliche Kampfmaschine in eine Gruppe Pseudo-Gurrads hinein, tötete fünf der Übernommenen und umklammerte mit Lauf- und Handlungsarmen zugleich den sechsten.
»Den nehmen wir mit!« rief Harl Dephin.
Paladin schleppte den Gefangenen zwischen die Trümmer, suchte

einige schwächere Stahlträger heraus und fesselte den Pseudo-Gurrad damit.

Nahe dem Zentrum zuckte plötzlich ein greller Blitz auf. Eine heftige Erschütterungswelle durchlief das Plateau, und die folgende Druckwelle wirbelte die Pseudo-Gurrads gleich welken Blättern davon.

Das war der Augenblick, auf den Roi gewartet hatte.

»Flugaggregate aktivieren, in Richtung Höhle absetzen!« befahl er.

Der fünfdimensionale Schutzschirm war zusammengebrochen. Nichts konnte den Einsatztrupp mehr daran hindern, sich in Sicherheit zu bringen – in eine trügerische Sicherheit zwar, aber jede Kampfpause gab ihnen die Möglichkeit, die nächsten Schachzüge vorzubereiten.

Der Mausbiber rematerialisierte kurz, meldete, daß er in die Höhle teleportieren und einen Notruf an die CREST V absenden wolle, und verschwand wieder.

Der Freihändler lächelte dankbar. Ohne Gucky wären sie wahrscheinlich in wenigen Minuten tot gewesen, trotz des Paladin-Roboters.

Die Pseudo-Gurrads wurden durch den Zusammenbruch des Schutzschirms und die plötzliche Flucht der Terraner so überrascht, daß sie die Verfolgung einige Sekunden zu spät aufnahmen.

Und dann zögerten sie, das Feuer auf die Nachhut zu eröffnen. Oro Masut flog als letzter und schwenkte den Stahlbehälter mit Neo-Bilatium demonstrativ. Er hatte sich nicht verkalkuliert. Die Übernommenen wagten nicht, auf den Behälter mit dem kostbaren Inhalt zu schießen.

Der Paladin floh zu Fuß. Er trug den Pseudo-Gurrad mühelos auf seinen breiten Handlungsarmen und raste mit der Geschwindigkeit eines Geschosses davon. Rasch entschwand er aus Dantons Sichtbereich.

Der Freihändler lächelte, als er bemerkte, daß die Pseudo-Gurrads ihnen zu Fuß folgten und am Rand der Hochebene schließlich zurückblieben. Sie hatten bestimmt nicht damit gerechnet, daß es ihren Gegnern gelingen könnte, ihrem Angriff zu widerstehen und sogar den Schutzschirm zu eliminieren, sonst wären sie ebenfalls mit Flugaggregaten ausgerüstet gewesen.

Nun würde man sogar einen Pseudo-Gurrad entführen können. Endlich konnten die Wissenschaftler der CREST das Geheimnis dieser Überschweren lösen.

Roi Danton fühlte das Gefühl des Triumphes in sich aufsteigen.

Es erlosch jedoch schnell wieder, als Paladin unter ihnen auftauchte – ohne den Gefangenen.

In der nächsten Sekunde ging wenige Kilometer voraus eine künstliche Sonne auf.

Danton ahnte, was das zu bedeuten hatte. Offensichtlich hatte der Pseudo-Gurrad erkannt, daß es für ihn kein Entkommen mehr gab, und sich selbst vernichtet. Auf welche Weise das geschehen war, vermochte vorerst niemand zu sagen. Vielleicht hatte er die komprimierte Masse seines Körpers in Energie verwandelt.

Roi verdrängte die Gedanken daran, als viele Kilometer über ihnen die Triebwerksgluten großer Schiffe aufleuchteten.

»Konusraumschiffe!« meldete Harl Dephin über Telekom. »Fünf Stück! Sie wollen anscheinend hier landen.«

Sie schafften es noch einmal. Bevor die fünf Konusraumschiffe der Pseudo-Gurrads auf dem Plateau landeten, erreichten die Männer des Einsatzkommandos ihr Höhlenversteck.

Dafür wartete Gucky mit einer Hiobsbotschaft auf sie.

»Ich konnte die CREST nicht erreichen«, berichtete er aufgeregt. »Der Paratronschirm läßt nicht einmal Hyperimpulse durch.«

Roi Danton nahm die neue Tatsache gefaßt hin.

»Wir hätten es uns denken können, Gucky. Aber keine Sorge, uns wird schon etwas einfallen.«

»Ja, die Höhle über den Köpfen«, erwiderte der Ilt trocken. »Die Pseudo-Gurrads werden keine halbe Stunde brauchen, um uns aufzuspüren. Was dann kommt, daran wage ich nicht zu denken.«

Roi kniff die Augen zusammen.

Langsam ging er zum Höhlenausgang und starrte in die Dämmerung des beginnenden Tages. Ein Blick auf die Uhr zeigte ihm, daß man auf Terra die letzte Stunde des ersten Juli 2437 schrieb. Es wurde höchste Zeit, mit der CREST V zum Gros der KMW-Flotte zurückzukehren.

Er lächelte ironisch.

Dazu mußten sie erst einmal auf der CREST sein – wenn das Schiff überhaupt noch existierte. Ebensogut konnten die Pseudo-Gurrads es entdeckt und mit ihrer Übermacht vernichtet haben.

Das gleiche mochte man dort über den Kommandotrupp denken. Keiner wußte etwas vom anderen.

Soeben starteten drei Konusraumschiffe vom Plateau. Sie stiegen langsam auf etwa zehn Kilometer Höhe und begannen dort oben zu kreisen.

Der Freihändler runzelte die Stirn.

Wie wollten die Pseudo-Gurrads sie finden? Die Streustrahlung und die hyperenergetischen Stoßwellenfronten des Paratronkraftwerks überlagerten die verhältnismäßig schwachen Energieemissionen des Paladin und der Ausrüstung völlig.

Oder sollten die Übernehmer etwa . . .

»Bysiphere, Beriot!«

Die Hyperphysiker kamen nach vorn.

»Messen Sie bitte, ob das Paratronkraftwerk noch arbeitet!« befahl Danton.

Er wischte sich den Schweiß von der Stirn, während die beiden Männer ihre Geräte aufstellten und ihre Messungen vornahmen.

»Stoßfronten unver . . .«, begann Bysiphere. Er brach mit einer Verwünschung ab. »Sie haben das Kraftwerk abgeschaltet!«

Roi holte tief Luft.

»Alle außer Gucky und mir ziehen sich in südlicher Richtung zurück. Bleiben Sie im Cañon beziehungsweise im Stromtal. Gucky, wir versuchen, die CREST zu erreichen. Paladin, nehmen Sie den Transmitter!«

Die Männer hatten Armond Bysipheres Meldung mitgehört. Deshalb bedurfte es keiner Erklärung, warum die Flucht notwendig geworden war. Ohne den Stoßfrontenschutz des Paratron-Kraftwerks würden die Konusraumschiffe sie innerhalb weniger Minuten orten. Dagegen half nur ständiger Stellungswechsel.

Während die Gefährten aufbrachen, kniete der Freihändler vor dem aktivierten Hyperkomgerät und ließ den vereinbarten Notruf immer und immer wieder senden.

»Keine Antwort«, flüsterte Gucky voller Verzweiflung. »Was machen wir bloß, wenn sich die CREST nicht meldet?«

»Ich weiß es nicht«, flüsterte Roi tonlos zurück. »Sieh bitte einmal draußen nach, Gucky!«

Der Ilt teleportierte und war Sekunden später wieder da.

»Sie kommen!« schrie er mit sich überschlagender Stimme. »Drei Kreiselschiffe im direkten Anflug auf unsere Höhle!«

Roi Danton nickte nur. Er hatte nichts anderes erwartet. Für die Meßgeräte der Kreiselschiffe war es kein Problem, einen arbeitenden Hypersender anzupeilen.

Mit sicheren Griffen schaltete er den Hyperkom auf Automatensendung, überprüfte noch einmal die Einstellung der Richtantenne auf die Lücke im Paratronschirm und nickte dann dem Mausbiber zu.

Gucky faßte nach seiner Hand und entmaterialisierte mit Roi zusammen.

Sie rematerialisierten dicht hinter den Gefährten, schalteten ihre Flugaggregate ein und rasten hinter ihnen her. Wenige Zentimeter unter ihren Stiefelsohlen schäumte und gurgelte der Fluß.

Die Wände des Cañon traten hier allmählich auseinander und machten einem bewaldeten Bergtal Platz.

Roi Danton wandte sich nicht um; das Geräusch der Konusraumschiffe war unüberhörbar. Er konnte sich vorstellen, wie sie über dem eingepeilten Sender kreisten. Blieb lediglich die Frage, wie die Pseudo-Gurrads vorgehen würden, da sie die Stahlflasche mit Neo-Bilatium im Besitz der Gegner wußten.

Diese Frage wurde nach wenigen Minuten beantwortet – und zwar eindeutig. Die Strahlenflut einer Kernexplosion leuchtete grell und weiß über dem Gebirge. Dann toste die Druckwelle über die Fliehenden dahin.

Der Besitz des Extraktes bot also keinerlei Sicherheit mehr. Die Übernehmer waren entschlossen, den Behälter mit Neo-Bilatium zu opfern, wenn sie nur gleichzeitig die Eindringlinge töten konnten.

»Ins nächste Seitental abbiegen!« befahl Roi Danton über Telekom.

Er verstärkte die Leistung seines Pulsationstriebwerks und überholte die Gefährten. Beim nächsten Seitental bog er ab, suchte nach einer überhängenden Felswand und steuerte darauf zu.

Die Gefährten landeten unmittelbar nach ihm.

»Tut mir leid, Gucky«, sagte Roi mit mattem Lächeln. »Du mußt wieder einmal unseren Retter spielen. Ich schätze, die Schiffe sind in wenigen Minuten hier. Sie können unsere Streustrahlung anmessen. Inzwischen müssen wir fort sein. Und du mußt uns wegbringen.«

»Was tut man nicht alles für seine Freunde«, meinte der Mausbiber säuerlich. Er atmete keuchend und war offenbar erschöpft. »Gut, aber weiter als hundert Kilometer schaffe ich es nicht mehr.«

Er teleportierte mit den ersten Männern.

Unterdessen stellten Roi und die beiden Hyperphysiker eines der Universalortungsgeräte auf und ließen seine atomare Kraftquelle auf Hochtouren laufen. Das würde den Pseudo-Gurrads ein gutes Ziel bieten und sie für eine kurze Zeitspanne ablenken.

Falls die CREST V allerdings den Notruf nicht empfangen hatte ...

Roi Danton beschloß, nicht daran zu denken.

Perry Rhodan hatte mit geschlossenen Augen in einem Kontursessel der Kommandozentrale gelegen und versucht, wenigstens ein paar Minuten zu schlafen.

Es war ihm nicht gelungen.

Die fehlenden Nachrichten vom Einsatzkommando Baykalob zermürbten ihn allmählich. Alles wäre leichter zu ertragen gewesen als diese permanente Ungewißheit.

Er fuhr wie elektrisiert hoch, als sich die Ortungszentrale mit dem vereinbarten Signal meldete.

»Ja, was gibt es?« fragte er und zog das Mikrophon des Interkoms näher zu sich heran.

»Kode-Notruf von Danton, Sir«, meldete der Cheffunker. Auch seiner Stimme merkte man die Aufregung an.

»Stellen Sie durch!« befahl der Großadministrator.

»Nicht möglich«, gab der Cheffunker zurück. »Wahrscheinlich ist das Gerät auf Automatensendung geschaltet.«

»Versuchen Sie es weiter.«

Rhodan wandte sich an Oberst Merlin Akran, der ihn bereits fragend ansah. Er nickte dem Epsaler zu.

Kommandant Akran drückte nur einige Sekunden den Alarmknopf, dann dröhnte seine Stimme auf und verkündete über die Rundrufanlage den Sofortstart des Ultraschlachtschiffes.

Perry Rhodan lächelte Atlan entgegen, der hastig aus der Verbindungstür zur Ortungszentrale gestürzt kam.

»Es ist soweit, Perry?« fragte der Arkonide.

»Ja, es ist soweit. Und wir werden uns beeilen müssen. Der Sender arbeitet automatisch. Das bedeutet, sie befinden sich auf der Flucht.«

Die Stimme des Cheffunkers meldete sich erneut.

»Sir, Notruf ist verstummt.«

»Danke«, sagte Rhodan.

Er und Atlan blickten sich stumm an. Jeder von ihnen wußte, daß es wieder einmal ein Wettlauf gegen die Zeit werden würde. Beide Männer hatten sich so oft in der gleichen Situation befunden wie die Männer auf Baykalob, daß sie sich deren Lage plastisch vorstellen konnten.

Unterdessen beschleunigte die CREST V mit Werten, die weit über der festgelegten Sicherheitsgrenze lagen. Merlin Akran schien die Maschinen ruinieren zu wollen.

Bereits wenige Minuten später ging das Schiff in den Linearraum. Die Klarmeldungen der Geschützstände waren längst eingegangen.

Perry Rhodan wußte, daß die Männer dort hinter den Zielerfassungsautomaten saßen und auf den Feuerbefehl warteten. Jeder an Bord war über die Bedeutung von Dantons Einsatz informiert und jeder würde das letzte aus sich herausholen. Blieb nur die Frage, ob das genug sein würde.

»Dreißig Sekunden bis L-Raum-Austritt«, meldete Akran mit ruhiger Stimme.

Rhodan lächelte etwas verzerrt.

»Oberst, alle Manöver auf maximale Wirksamkeit des Kontrafeldstrahlers einstellen!«

»Ich habe verstanden, Sir.«

Der Epsaler hatte kaum ausgesprochen, da stürzte die CREST V in den Normalraum zurück. Entsprechend der Vorprogrammierung kam sie inmitten der Baykalob bewachenden Flotte heraus.

»Feuer frei!« befahl Akran.

Das Ultraschlachtschiff bockte und zitterte unter dem Rückschlag der schweren Breitseiten. Auf den Bildschirmen der Panoramagalerie tauchten die Glutbälle künstlicher Sonnen auf: Transformexplosionen.

Die Wirkung des Kontrafeldstrahlers konnte nur auf Spezialschirmen verfolgt werden. Dabei bemerkte Perry Rhodan etwas, mit dem er nicht gerechnet hatte.

Jedes Konusraumschiff, das durch Kontrafeldbeschuß seinen Paratronschirm verlor, zog sich in panischer Hast zurück. Einige Kreiselschiffe flohen sogar in den Linearraum. Man schien dort zu wissen, wie vernichtend die terranischen Transformkanonen wirkten, wenn man keinen Paratronschirm mehr besaß. Dazu kam das Überraschungsmoment. Kein Pseudo-Gurrad schien damit gerechnet zu haben, daß ein einziges terranisches Raumschiff mitten in der Abschirmflotte auftauchen und innerhalb der ersten zehn Sekunden bereits fünf Abschüsse erzielen würde.

»Rhodan an Transmitterzentrale. Noch immer kein Kontakt?«

»Bis jetzt noch nicht, Sir«, kam die Antwort über Interkom.

Perry wischte sich den Schweiß von der Stirn. Seine Augen begegneten dem Blick Atlans.

»Wir haben wenig Zeit«, stellte der Arkonide fest. »Sobald die Pseudo-Gurrads sich vom ersten Schock erholt haben und unsere Absicht erraten, werden sie ohne Rücksicht auf eigene Verluste angreifen.«

Perry Rhodan nickte. Dann sah er hinüber zum Kommandanten.

Akran gab mit ruhiger Stimme seine Befehle, als befänden sie sich in einem Manöver. Doch der Schweiß in seinem Nacken bewies deutlich, daß er sich durchaus bewußt war, wie rasch ihre Chancen mit jeder verstreichenden Sekunde sanken.

Rhodan wollte erneut die Verbindung zur Transmitterzentrale durchstellen, als er von dort angerufen wurde.

»Kontakt!«

Für den Bruchteil einer Sekunde erlosch Rhodans Spannkraft. Dann schnellte er wie katapultiert aus seinem Sessel und stürmte zum Lift.

Atlan folgte ihm langsamer, ein gelöstes Lächeln auf den Lippen.

Die gigantische Masse des Kreiselschiffes ragte gleich einem Planetoiden über ihnen, obwohl es noch mehrere Kilometer hoch war.

Roi Danton biß die Zähne zusammen. Gucky hätte längst zurück sein müssen, um sie abzuholen.

Er hob das elektronische Fernglas an die Augen – und erbleichte.

Aus einem winzigen Schacht des Kreiselschiffes löste sich ein metallisch blinkender Gegenstand und stürzte taumelnd der Oberfläche entgegen: eine Kernbombe.

Flucht war sinnlos.

Roi fragte sich, ob er etwas davon spüren würde, wenn er im Zentrum einer Atomexplosion verdampfte.

Guckys Ankunft riß ihn aus den makabren Überlegungen.

»Schnell, eine Bombe!« schrie Jean Beriot.

Roi fühlte sich telekinetisch erfaßt, dann verschwanden der Felsvorsprung, das Konusschiff und die herabstürzende Bombe.

In dem Augenblick, in dem sie wohlbehalten bei den anderen Männern rematerialisierten, ging etwa hundert Kilometer nordwestlich eine künstliche Sonne auf.

»Das war knapp«, flüsterte Bysiphere.

Roi wollte etwas erwidern, da schrie Oro Masut gellend:

»Kontakt mit der CREST!«

Keiner sagte mehr etwas. Alle starrten auf den blauweiß flimmernden Torbogen des Kleintransmitters, der die Rettung und die Rückkehr zur CREST V bedeutete.

Nachdem Danton seine Sprache wiedergefunden hatte, rief er seine Leute namentlich auf. Ohne dienstlichen Befehl hätte wahrscheinlich einer hinter dem anderen zurücktreten wollen.

Dr. Armond Bysiphere mußte den Anfang machen und den Behälter mit Neo-Bilatium auf seinen Armen tragen. Ihm folgte Dr. Jean Beriot, dann kamen Iwan Iwanowitsch Goratschin und André Noir an die Reihe.

Jeder beeilte sich, so gut er konnte, denn aus nordwestlicher Richtung näherten sich jetzt gleich acht gigantische kreiselförmige Gebilde, angezogen von den Arbeitsimpulsen des Transmitters.

Möglicherweise hatten die Pseudo-Gurrads endlich begriffen, daß sie es nicht nur mit Flüchtlingen zu tun hatten, die sie früher oder später einholen und vernichten konnten.

Der Freihändler hoffte nur, daß die Lücke im Paratronschirm nicht vorzeitig geschlossen würde.

Nun waren nur noch er und Paladin übrig.

»Gehen Sie!« rief Harl Dephin. »Ich komme sofort nach.«

Der Paladin-Roboter fuhr ein Werferrohr aus und richtete die Mündung auf das nächste der Konusraumschiffe.

Roi Danton sprang mit einem Satz in den Transmitter. Er glaubte noch, das Heulen von Paladins Raketengeschoß zu vernehmen, da stand er bereits im Empfänger an Bord der CREST.

Im allgemeinen Begeisterungstaumel fiel es kaum auf, daß Perry Rhodan und sein Sohn sich umarmten.

Endlich erschien auch der Paladin. Einen Sekundenbruchteil später erlosch der Transmitterbogen, ein Zeichen dafür, daß der Transmitter auf Baykalob vernichtet worden war.

Perry Rhodan hob sein Armbandminikomgerät an die Lippen.

»Rhodan an Kommandant! Einsatzkommando Baykalob vollzählig zurück. Holen Sie aus den Maschinen heraus, was Sie können. Kurs KMW-Nord!«

»Es wurde auch allerhöchste Zeit«, erscholl der Baß des Epsalers.

14.

3. Juli 2437

Als die CREST V nach der ersten Linearetappe in den Normalraum zurückfiel, wimmelte es auf den Orterschirmen von Echos. Die Schiffe, die sie verursachten, waren jedoch Lichtjahre entfernt. Die CREST wurde gesucht und gejagt.

Die Beherrscher der Kleinen Magellanschen Wolke schienen alles an Konusschiffen und an Dolans aufgeboten zu haben, was sie besaßen. Doch Oberst Akran manövrierte sein Schiff mit fast stoischer Ruhe aus der akuten Gefahrenzone, und nach jeder weiteren L-Etappe wurde die Zahl der Ortungen geringer. Das hieß aber noch nicht, daß man den Verfolgern entkommen war. Außerdem bedeuteten die Tücken des Weltalls jetzt keine geringere Gefahr als beim Eindringen in die Zentrumszone. Perry Rhodan gab nach kurzem Zögern dem Drängen Roi Dantons und der Wissenschaftler nach, das erbeutete Neo-Bilatium bereits während des Rückflugs zu untersuchen.

Also begannen Dr. Beriot, Dr. Bysiphere und ihre Helfer mit ihrer Arbeit. Mindestens zwei Dutzend Männer und Frauen vom wissenschaftlichen Stab waren anwesend, sowie einige dienstfreie Offiziere. Sie fingen vorsichtig an und entnahmen der Stahlflasche nur fünfhundert Milligramm des Baramoeierextrakts. Die Laborräume waren vom übrigen Schiff abgeschottet, die Wissenschaftler trugen Spezialanzüge. Es bereitete enorme Schwierigkeiten, die Stahlflasche von den zentimeterdicken Isolierschichten zu befreien, und es dauerte Stunden, bis ihr der Extrakt entnommen werden konnte. Dabei wurden alle Sicherheitsmaßnahmen beachtet.

Die erste Überraschung bestand darin, daß das Neo-Bilatium Hyperstrahlungen aussandte, und zwar so kurzwellige, wie sie den Terranern überhaupt noch nicht bekannt waren. Dann begann sich die bisher weißlich-farblose Flüssigkeit plötzlich zu verändern. Sie nahm eine leicht grünliche Färbung an und schien sich ausdehnen zu wollen.

Im nächsten Moment löste sich das entnommene Neo-Bilatium in einer grünen Leuchterscheinung explosionsartig auf, und die Hyperstrahlung erlosch.

Die Wissenschaftler erschraken, ließen sich jedoch nicht entmutigen. Sie führten die Auflösung des Stoffes auf eine Reaktion mit dem Sauerstoff im Labor zurück und unternahmen einen zweiten Versuch unter Vakuumbedingungen. Wieder wurden fünfhundert Milligramm Neo-Bilatium entnommen, und wieder registrierten die Wissenschaftler die starke, kurzwellige Hyperstrahlung.

Fünf Minuten nach Beginn dieses zweiten Experiments wurde die Strahlung von einer Sekunde zur anderen stärker und intensiver, ohne daß sich der Extrakt in grünes Licht verwandelte.

Und dann begann der Spuk.

Zuerst traf es diejenigen, die dem Neo-Bilatium am nächsten standen. Sie begannen langsam, sich aufzulösen. Sie wurden zu grünen Schemen, lösten sich aus ihren Schutzanzügen und gingen durch die nächste Wand. Gleichzeitig wurde in der Zentrale der CREST registriert, daß die kurzwellige Hyperstrahlung in Schauern das gesamte Schiff durchdrang. Sie war zweifellos die Ursache der grauenvollen Veränderung, und wen sie erreichte, der verwandelte sich in einen halbstofflichen grünen Schemen, der jede Verbindung zur Materie der Umgebung verlor.

Innerhalb kürzester Zeit gab es keinen normalen Menschen mehr an Bord der CREST. Die Schemen hatten keine Stimmwerkzeuge mehr, doch sie verständigten sich auf hyperfrequenter Wellenlänge. Die CREST befand sich zu dieser Zeit noch im Linearflug und mußte von Hand gesteuert werden, sobald sie nach der programmierten Etappe in den Normalraum zurückfiel. Gelang das nicht, drohte eine Katastrophe. Doch die Schemen in der Zentrale konnten nichts tun. Ihre Hände glitten durch die Kontrollinstrumente hindurch.

Die vorläufige Rettung erfolgte durch Gucky und die Paladin-Besatzung, die zur Zeit des Experiments beide durch einen HÜ-Schirm geschützt waren, den die Strahlung nicht durchdrang. Sie blieben als einzige Lebewesen an Bord stofflich. Gucky landete die CREST V mit Oberst Akrans Unterstützung auf einem Urweltplaneten, Neo-II. Die Verständigung zwischen den »Geistern« und den Normalgebliebenen lief über Paladin, dessen Hyperfunkempfänger die Äußerungen der Schemen empfing.

Ein SOS-Ruf und Rafferspruch sollte die wartende Flotte im Nordostsektor der KMW um Hilfe rufen und informieren. Dadurch bestand natürlich die Gefahr einer Ortung durch die Pseudo-Gurrads. Während das Warten auf terranische Schiffe begann, suchten die Wissenschaftler fieberhaft nach einer Möglichkeit, die Verwandlung rückgängig zu machen, jedoch ohne Erfolg. Als dann tatsächlich die befürchteten Konusraumer auftauchten, mußte die CREST sich auf dem Grund eines Schlammozeans verstecken. Ein Notstart war unmöglich, da auch die Positronik der CREST geschädigt war.

Die Rettung erfolgte in buchstäblich letzter Sekunde, als die Konusraumer die CREST so gut wie gefunden hatten. Oberst Vivier Bontainer, der schon die Überlebenden der CREST IV rettete, erschien mit einem Explorerraumer und brachte per Transmitter dreihundert Spezialisten an Bord des Flaggschiffs, die sofort Leitstand, Feuerzentrale und die anderen wichtigen Stationen besetzten. Die Kreiselschiffe und ein hinzugekommener Dolan konnten von der startenden CREST vernichtet oder in die Flucht geschlagen werden, bevor die beiden terranischen Schiffe in den Linearraum entkamen und zur Flotte zurückkehren konnten.

Doch damit war das Problem der grünen Geister nicht gelöst. Der Prozeß der Auflösung setzte sich im Gegenteil noch weiter fort. Erst nach einer Woche und mehreren vergeblichen Versuchen gelang die Rückumwandlung durch Beschuß mit Kontrafeldstrahlern. Die Idee kam von Dr. Bysiphere und basierte auf der energieverzehrenden, beziehungsweise energieableitenden Wirkung der Waffe. In diesem Fall absorbierte sie die kurzwellige Hyperenergie, die aus Menschen Halbstoffliche gemacht hatte, und neutralisierte anschließend die Reststrahlung in der CREST V.

Ein Alptraum war vorüber, doch die Terraner hatten wichtige Informationen über das Neo-Bilatium und seine Bedeutung für die Pseudo-Gurrads erhalten. Die bisherige Vermutung, das Neo-Bilatium könnte auf die Beherrscher der KMW eine lebensverlängernde Wirkung haben oder sie gar unsterblich machen, konnte nicht mehr gehalten werden. Statt dessen stand nun so gut wie hundertprozentig fest, daß die Fremden den Extrakt dazu benötigten, ihre eigenen Körper in Körper anderer Größe und anderen Aussehens verwandeln zu können – beziehungsweise halbmateriell oder völlig unstofflich in die Körper anderer Wesen zu schlüpfen. Dabei galt nach wie vor, daß sie ihr Eigengewicht mitbrachten. Dieses Problem löste das Neo-Bilatium also nicht für sie.

Ihr Metabolismus mußte sich stark vom Menschen unterscheiden, was sich aus der unterschiedlichen Wirkung des Extrakts ableiten ließ.

Perry Rhodan ließ die Stahlflasche mit dem Neo-Bilatium wieder sorgfältig verschließen und anschließend von einem Schnellen Kreuzer nach Terra bringen, wo ihr Inhalt unter allen nur denkbaren Vorsichtsmaßnahmen analysiert werden sollte. Auf der Erde hatte man ungleich bessere Möglichkeiten dazu.

Zur gleichen Zeit machte die Besatzung des Leichten Kreuzers SCENDALA, der sich auf Erkundungsflug innerhalb der Materiebrücke zwischen der Großen und Kleinen Magellanschen Wolke befand, eine folgenschwere Entdeckung.

Sie fand das Wrack eines Baramo-Diskusraumers, der als Totenschiff seit 521 Jahren in der Materiebrücke trieb. Überall waren die Leichen der Baramos, aber auch von Gurrads, die allem Anschein nach aus der Großen Magellanschen Wolke entführt worden waren und zu einem noch unbekannten Ziel gebracht werden sollten. Es mußte zu einem furchtbaren Kampf gekommen sein, doch nicht Baramos und rebellierende Gurrads hatten sich gegenseitig getötet, sondern beide Gruppen waren einem Ungeheuer zum Opfer gefallen, das die Terraner in einem Hangar fanden – eine vier Meter große Bestie, wie sie vor rund 70 000 Jahren in M 87 gezüchtet worden waren. Nur hatte die Bestie im Baramos-Schiff eine blaugrüne Schuppenhaut.

Das Monstrum, das eine ganze Schiffsbesatzung niedermetzelte, wurde für tot gehalten, und dieser Irrtum war verhängnisvoll. 521 Jahre nach ihrem Amoklauf erwachte die Bestie, nachdem sie an Bord der SCENDALA gebracht wurde. Sie begann sofort mit Zerstörung und Töten. In ein Paratronfeld gehüllt, war sie durch nichts aufzuhalten. Viele Raumfahrer verloren ihr Leben, und erst als die Bestie ihre eigene Vernichtung vortäuschte, kehrte die SCENDALA zum Flottensammelpunkt zurück.

Doch die Bestie lebte und konnte erst im letzten Moment vor Erreichen der Flotte getötet werden, als sie versuchte, in eine andere Gestalt zu schlüpfen. Nachdem er sich von den Überlebenden Bericht erstatten ließ, war Perry Rhodan nun so gut wie davon überzeugt, daß es sich bei den mysteriösen, grausamen Herrschern der KMW um die einst aus M 87 geflohenen Bestien oder deren Nachfahren handelte. Dies wurde zur hundertprozentigen Gewißheit, als der Haluter Icho Tolot überraschend auftauchte und eine Reihe von wichtigen Erklärungen abgab. Er und andere Forscher seines Volkes waren in den uralten Archiven Haluts fündig geworden und hatten Unterlagen entdeckt, die viele der offenen Fragen beantworteten und für die Gegenwart von eminenter Bedeutung waren.

Der riesige Haluter war bemerkenswert ernst, als er Perry Rhodans Flaggschiff betrat. Mit sich führte er eine Kassette, in der sich seine Informationen befanden.

Er wurde zu dem Quartier geführt, das Perry Rhodan in unmittelbarer Nachbarschaft des großen Kommandostands bewohnte. Die Begrüßung zwischen den beiden Freunden war herzlich, aber kurz. Icho Tolot kam ohne längere Vorrede zur Sache.

»Man erinnert sich«, eröffnete er mit seiner schweren, dröhnenden Stimme, »daß ich nach Halut zurückkehrte, um dort die ältesten Unterlagen zu studieren, über die die halutischen Archive verfügen, und Licht in das Geheimnis der sogenannten Bestien zu bringen, die aus der Galaxis M 87 stammen und soviel Unheil über jene Sterneninsel gebracht haben.

Die Unterlagen in den Altarchiven waren höchst aufschlußreich. Ereignisse, über die sie keine explizite Auskunft geben konnten, ließen sich anhand damit zusammenhängender Hinweise rekonstruieren. Ich glaube, daß wir ein recht geschlossenes Bild der Vorgänge haben, die vor einigen Jahrtausenden zur Besiedlung des Planeten Halut und in engem Zusammenhang damit zum Krieg zwischen den Halutern und der Ersten Menschheit führten. Wir sind in der Lage zu rekonstruieren, woher die Haluter kamen und warum sie kamen, und wir können über die Begleitereignisse hier, im Gebiet der beiden Magellanwolken, ein paar intelligente Mutmaßungen anstellen, die wahrscheinlich nicht weit an der Wahrheit vorbeitreffen.

Wir alle sind überzeugt, daß mit jeder Sekunde, die wir unnütz vertun, die Gefahr einer feindlichen Großoffensive gegen die Milchstraße wächst. Wir haben keine Zeit zu verlieren. Was ich zu sagen habe, ist für jeden einzelnen von Wichtigkeit. Anstatt meinen Bericht aufzunehmen und ihn später an die Mannschaften Ihrer Schiffe zu verteilen, lassen Sie mich bitte zu den Leuten direkt sprechen. Wir sparen Zeit dadurch. Ich habe auf dem Anflug die Formation Ihrer Schiffe beobachtet. Alle Einheiten mit Ausnahme der Vorpostenschiffe befinden sich in der Reichweite konventioneller Radiosender. Wir gehen kein Risiko ein, wenn wir ausstrahlen, was ich zu sagen habe. Ein elektromagnetischer Sender kann aus Entfernungen von zwei Astronomischen Einheiten oder mehr nicht mehr geortet werden.«

Perry Rhodan stimmte zu. Er setzte sich mit Solarmarschall Tifflor, dem Befehlshaber des aus fünftausend Einheiten bestehenden Flottenverbandes, in Verbindung und informierte ihn über die bevorstehende

Funksendung. Gleichzeitig wies er ihn an, einer möglichst großen Anzahl seiner Männer das Mithören der Sendung zu ermöglichen. Man befand sich in Sicherheit. Es gab keinen Grund, warum Icho Tolots Botschaft nicht bis selbst in die Geschützstände übertragen werden sollte.

Die Vorbereitungen nahmen nicht mehr als eine halbe Stunde in Anspruch. Dann begann der Haluter zu sprechen, und der Klang seiner Stimme eilte auf normal-lichtschnellen Radiowellen durch den Raum, um Sekunden später auch das letzte der fünftausend Schiffe zu erreichen, die das Solare Imperium in diesem Sektor des Kosmos versammelt hatte.

»Die Entstehung der Art der Bestien«, begann Icho Tolot, »ist bekannt. Bestien sind eine Züchtung, die Ergebnisse eines Experiments, das vor rund siebzigtausend Jahren von den Beherrschern der fernen Galaxis M 87 angestellt wurde, um eine Rasse hochwertiger Kämpfer zu erzeugen. Der Versuch schlug fehl – zumindest vom Standpunkt der Experimentatoren aus. Die Geschöpfe wandten sich gegen den Schöpfer. Im Besitze einer überragenden Intelligenz, die durch keinerlei moralische Vorschriften eingeengt wurde, überzogen sie ihre Heimatgalaxis mit einem Krieg, der Milliarden, wenn nicht Billionen Opfer forderte und den Bestien, die allein nach dem Gesichtspunkt der Zweckmäßigkeit handelten, ihren Namen eintrug.

Nach einiger Zeit jedoch gewannen die so grausam getäuschten Experimentatoren, wir kennen sie unter dem Namen Okefenokees, die Oberhand. Das Schlachtenglück hatte sich gewendet. Die Bestien wurden geschlagen, wo immer sie sich zu zeigen getrauten. Sie sahen den Untergang vor Augen und faßten den Entschluß, der sich angesichts der bedrohenden Entwicklung noch fassen ließ: zu fliehen.

Sie besaßen Raumschiffe mit Dimetranstriebwerken. Als sie sich aus der Galaxis M 87 absetzten, zählten sie rund achthundert Millionen. Sie zerteilten sich zu Gruppen von denen jede ein anderes Ziel anflog. Eine der Gruppen wandte sich in Richtung unserer Milchstraße. Sie bestand aus zweihundert Millionen Wesen. Die Gruppe gelangte ohne Zwischenfälle ans Ziel. Gemäß der Wirkungsweise der Dimetranstriebwerke tauchte sie nach kurzem Flug im Zentrum unserer Milchstraße auf. Nach den Ereignissen, die sich während der letzten Jahre in der M 87 abgespielt hatten, waren sie von panikartiger Furcht vor Verfolgung durch die Okefenokees erfüllt. Sie waren gewiß, daß der Gegner sie verfolgen und im Zuge dieser Jagd vor allen Dingen den Zentrumskern fremder Galaxien durchsuchen werde. Es lag ihnen also daran, den Mittelpunkt der Milchstraße so rasch wie möglich zu verlassen. Sie entdeckten die beiden Wolken, selbst wiederum Miniaturgalaxien, die am Rande der Milchstraße stehen und von Ihnen die Große und Kleine Magellansche Wolke genannt werden. Dorthin setzten sie sich ab, und zwar siedelten sie sich in der größeren der beiden Wolken an.

Jahrtausende vergingen, ohne daß die Bestien sich rührten. Sie begnügten sich damit, in Sicherheit zu sein. Immer noch lebte in ihrem Herzen die Furcht vor der unerbittlichen Rache ihrer Schöpfer, und soviel Zeit auch verging, diese Furcht wurde niemals bezwungen. Rund sechzigtausend Jahre vor unserer Zeit zeigten die Bestien wieder Zeichen von Aktivität. Sie besannen sich plötzlich ihrer Vergangenheit, die sie selbst als ruhmreich bezeichneten. Die Bestien erwachten zu einem zweiten Leben. Der Raumschiffsbau begann von neuem. Sie fingen an, ihre Einflußsphäre zu erweitern – nicht in offenem Kampf, sondern indem sie sich hier und dort die Regierungen ganzer Sternenvölker verpflichteten und dadurch in ihren Dienst zwangen.

Dann begannen sie, mit sich selber zu experimentieren. Sie erinnerten sich daran, daß sie selbst der Retorte entwachsen waren, und gelangten zu der Überzeugung, daß das Erzeugnis der alten Okefenokees noch lange nicht alles war, was aus einer solchen Versuchsserie herausgeholt werden konnte. Sie hatten Erfolg. Ein neuer Bestientyp entstand. Er unterschied sich von dem bisherigen durch erhöhte Widerstandskraft, größere Angriffslust, vermehrte Intelligenz – all dies Unterschiede, die man als graduell bezeichnen möchte. Aber zwei Züge besaß der neue Bestientyp, der ihn wesentlich von seinen Vorfahren unterschied.

Erstens: Er war unfruchtbar, jedoch relativ unsterblich.

Zweitens: Er besaß nach der Entdeckung des Neo-Bilatiums die Möglichkeit, sein Wesen in den Körper einer anderen Intelligenz zu verpflanzen.

Angesichts dieser überragenden neuentwickelten Fähigkeiten ist es nicht erstaunlich, daß der neue Typ sich alsbald vom alten absonderte und eine Führungsrolle übernahm. Die Absonderung vollzog sich nicht nur im Geiste, sondern auch physisch. Die neugeschaffenen Bestien wanderten aus und siedelten sich in der Kleinen Magellanwolke an. Von dort aus beherrschten sie ihre Untertanen, die alten Bestien-Typen, in der Großen Wolke.

Eines schien bei dem neuen Typ noch stärker ausgeprägt als beim alten: die Furcht vor der Verfolgung durch die Okefenokees. Ein neuer

Gesichtspunkt tauchte auf. Ein Raumschiff, das in die Randgebiete der Milchstraße eingeflogen war und dort umfangreiche Beobachtungen angestellt hatte, berichtete nach seiner Rückkehr von einem Sternenreich mit hochentwickelter Technologie, dessen Wissenschaftler Versuche mit Zeitmaschinen anstellten. Die Herrscher vom neuen Typ waren sofort alarmiert. Ihre bisher wenig spezifizierte Angst vor Verfolgung konzentrierte sich nun auf ein genau umschriebenes Objekt und wurde zur Psychose. Obwohl zwischen den Wesen, die zur Zeit experimentierten, und den Okefenokees keinerlei logischer Zusammenhang bestand, waren die Herrscher davon überzeugt, daß hinter der Experimentiererei niemand anders als der Feind steckte. Sein Ziel, so behaupteten sie, sei klar. Gelänge es ihm jemals, eine Reise in die ferne Vergangenheit zu unternehmen, so wäre es ihm ein leichtes, die Ereignisse, die zur Entstehung der ersten Bestien führte, ungeschehen zu machen. Die Folge eines solchen Vorgehens wäre die sofortige Auslöschung sämtlicher Nachkommen der ersten Retortenwesen, denn ein Zeitparadoxon korrigiert sich selbst, und zwar auf streng logische Weise.

Die fremden Wesen, die am Rande der Milchstraße mit der Zeit herumtüftelten, wurden zum Staatsfeind erklärt. Sie erraten, um wen es sich handelt. Es war die Erste Menschheit, das Sternenreich Lemuria, auf das sich der ganze Zorn der Bestien richtete.

Eine Expedition wurde ausgesandt – eine Streitmacht von so ungeheuerlichen Ausmaßen, wie sie die Milchstraße noch nie zuvor gesehen hatte. Insgesamt dreihundert Millionen Bestien machten sich in Dutzenden von Flottenverbänden auf den Weg. Sie durchstreiften die Milchstraße und fanden den Planeten Halut, auf dem sie sich niederließen. Unter ihnen befanden sich einige der Machthaber, die, ohne sich zu erkennen zu geben, darauf achteten, daß das Unternehmen ihren Befehlen entsprechend verlief.

An dieser Stelle muß gesagt werden, daß der neue Typ sich nicht nur durch Mentalität und parapsychische Fähigkeiten von dem alten unterschied, sondern auch körperlich. Die Bestien des neuen Typs waren größer und stärker, ihre Haut bestand aus einer neuartigen Substanz und hatte infolge eines bei den Retortenversuchen entstandenen Pigments einen grünlichen Farbschimmer. Aber die Wesen des neuen Typs besaßen die Möglichkeit, ihr Wesen in den Körper eines anderen zu versetzen, und unter den dreihundert Millionen Teilnehmern der Strafexpedition gegen Lemuria bewegten sie sich natürlich in der Gestalt von Bestien des alten Typs. Wir wissen inzwischen, daß sie dennoch leicht zu erkennen gewesen wären, denn bei der Übernahme des neuen Körpers mußten sie ihre eigene Körpermasse mitnehmen, waren also, ihrem überaus kräftigen Körperbau entsprechend, weitaus schwerer als ein Wesen des alten Typs. Wir wissen jedoch nicht, ob die Mannschaften der Expeditionsschiffe über diesen Sachverhalt informiert waren und ob der Besitz dieser Kenntnis die Entwicklung der Dinge geändert hätte, denn wir müssen bedenken, daß die Bestien des alten Typs ihren neuen Herrschern keineswegs nur aus Zwang untertänig waren, sondern weil sie ihnen gottähnliche Fähigkeiten zutrauten.

Der Krieg gegen die Erste Menschheit begann. Den Verlauf des Krieges kennen wir. Lemuria wurde geschlagen. Erst als der Krieg schon vorüber war, entwickelte eine Gruppe von irdischen Wissenschaftlern, die sich auf einem Geheimstützpunkt niedergelassen hatte, die Sorte von Waffen, die benötigt wurden, um die bislang unverletzlichen Schiffe der Bestien – der Haluter – zu vernichten, und schließlich auch das Mittel, das Friedfertigkeit in die Seelen der Angreifer pflanzte und sie in ein Volk verwandelte, dem nichts ferner lag, als sich mit anderen Arten in Streit einzulassen.

Soweit die Geschichte des Planeten Halut. Die dreihundert Millionen, von denen fünf Sechstel gerade die letzte Phase des Krieges nicht lebendig überstanden hatten, ließen sich für immer auf Halut nieder. Wir müssen annehmen, daß die wenigen Bestien des neuen Typs, die sich unter ihnen befanden, sich unauffällig in Richtung Magellan absetzten. Die Gefahr, durch die Zeitmaschine der Lemurer einfach ausgelöscht zu werden, schien vorerst gebannt. Jedoch bestand selbstverständlich die Möglichkeit, daß irgendein anderes Volk auf den Gedanken käme, ihrerseits Versuche mit der Zeit anzustellen und dadurch eine neue Bedrohung zu erstellen. Die Bestien des neuen Typs, die sich selbst *Uleb* nannten, hatten die Absicht, sich gegen eine solche Möglichkeit ein für allemal zu schützen.

Dreihundert Millionen Bestien waren ursprünglich nach Halut ausgewandert, aber eine nahezu ebenso große Anzahl war in der Großen Magellanwolke zurückgeblieben. Die Herrscher begannen aufs neue zu experimentieren. Es galt, einen dritten Bestientyp zu schaffen, der den Körperbau, die Stärke und den unerbittlichen Angriffswillen der Herrscher zeigte, ohne jedoch deren Selbständigkeit zu besitzen.

Was nun folgt, ist zu neunzig Prozent Vermutung. Aus der neuen Versuchsserie entsprang der Typ des Zeitpolizisten, das Wesen der sogenannten Zweiten Schwingungsmacht. Es ist offenbar, daß es nur eine begrenzte Zahl von Zeitpolizisten gibt, und ebenso, daß keine der beiden Magellanwolken heutzutage mehr eine nennenswerte Bevölkerung an Bestien des ursprünglichen Typs enthält. Wir müssen also schließen, daß die Herrscher bei ihren Experimenten den Großteil ihrer Untertanen opferten. Es muß Jahrhunderte gedauert haben, bis sie den ersten Erfolg verzeichneten.

Schließlich jedoch wurde der erste Zeitpolizist erzeugt. Noch weitaus freier von moralischen Bindungen, wurde er vor die Aufgabe gestellt, durch die Milchstraße zu patrouillieren und dafür zu sorgen, daß niemand Versuche mit der Zeit anstellte. Die Technologie, die die energetische Anpeilung von Zeitexperimenten ermöglichte, war inzwischen bis zur Vollendung entwickelt worden.

Ein weiteres, wichtiges Instrument der Zeitpolizisten war ebenfalls vorhanden: der Dolan. Schon die alten Okefenokees hatten mit der Idee gespielt, ein halborganisches Raumfahrzeug zu entwickeln. Die Bestien des neuen Typs, teilweise im Besitz ihrer Kenntnisse, die die Schöpfer ihrer Rasse ihnen vererbt hatten, nahmen den Gedanken wieder auf und erzeugten das Gebilde, halb Wesen, halb Maschine, das wir als Dolan kennen.

Der Rest ist bekannt. Seit der Zeit unmittelbar nach dem lemurisch-halutischen Krieg achten die Zeitpolizisten auf alles, was mit der Manipulation der Zeit auch nur im entferntesten zu tun haben könnte, und schlagen unerbittlich zu, um jede Gefahr, die der Existenz ihrer Rasse daraus erwachsen könnte, sofort zu beseitigen. Von den Herrschern, den Bestien des neuen Typs, müssen wir annehmen, daß sie weiterhin in der Kleinen Magellanwolke leben und Pläne zur Beherrschung der Milchstraße schmieden.«

Der Haluter schwieg. Auf den fünftausend Schiffen des Flottenverbandes wandten die Männer und Frauen ihre Aufmerksamkeit wieder von den Radioempfängern ab und kehrten zu ihren Aufgaben und Beschäftigungen zurück, den Kopf noch schwer von den Bildern längst vergangener Zeiten, die Icho Tolot vor ihrem geistigen Auge heraufbeschworen hatte.

Die Funkverbindung wurde unterbrochen. Perry Rhodan fand endlich Gelegenheit, einen Einwand vorzubringen, der ihm seit einiger Zeit auf der Seele brannte.

»Sie sagen«, begann er, »die Bestien des neuen Typs, die sich unter die Haluter geschmuggelt haben, zogen sich zur Kleinen Wolke zurück – gewiß, daß die Gefahr eines Angriffs aus der Zeit wenigstens vorläufig gebannt war. Sie sind sich natürlich noch weitaus besser als ich darüber im klaren, daß da ein gewisser Widerspruch vorliegt. Die Lemurer evakuierten die Milchstraße über die Sonnentransmitterstrecke und siedelten sich in Andromeda an. Ihre Nachkommen existieren dort heute unter dem Namen Tefroder. Die Versuche mit der Zeit wurden niemals eingestellt. Wir selbst wissen ein Lied davon zu singen. Wie kam es, daß die Bestien zwar die ersten Zeitexperimente bemerkten, jedoch nicht den regelmäßigen, beinahe schon routineartigen Zeitverkehr, der sich noch während des Krieges und besonders danach zwischen Andromeda und der Milchstraße abspielte?«

»Dieser Widerspruch ist mir klar«, bestätigte der Haluter. »Leider gibt es auf Halut keinerlei Unterlagen, die es uns ermöglichen, die Frage im einen oder anderen Sinne zu beantworten, aber solange ich auch nachdenke, fällt mir doch immer nur eine einzige plausible Erklärung ein.«

»Die Lemurer hatten gelernt, ihre Zeittransmitter abzuschirmen?«

»Genau. Und die Abschirmung war so vollkommen, daß selbst gewichtige Zeittransmissionen nicht einmal die Spur eines energetischen Echos ausstrahlten.«

»Infolgedessen hatten die Bestien allen Grund zu glauben, daß ihre Aufgabe tatsächlich erfüllt sei.«

»Richtig. Und das, wie die Geschichte beweist, ohne nachträgliche Folgen für ihre weitere Existenz. Die Lemurer-Tefroder beherrschten die Zeitreise zwar, jedoch zeigten sie keinerlei Interesse daran, diese Kenntnis zum Nachteil der Bestien auszuwerten.«

»Was wiederum«, schloß Perry Rhodan nicht ohne einen Unterton leisen Spottes, »auf ihre Mentalität ein freundliches Licht wirft.«

Nach kurzer Pause fuhr er fort:

»Ihre Informationen, lieber Freund, sind für uns von unschätzbarem Wert, das versteht sich von selbst. Wir sind Ihnen dankbar, daß Sie sich die Mühe gemacht haben, in den ältesten Unterlagen Ihres Volkes zu suchen. Aber auch wir sind in der Zwischenzeit nicht gerade faul gewesen.«

Icho Tolot entblößte sein mächtiges Gebiß – eine Geste, die das Äquivalent eines Lächelns darstellte, obwohl sie einen Unvorbereiteten zu Tode hätte erschrecken können.

»Ich dachte mir Ähnliches«, bestätigte der Haluter.

»Zuvor eine Frage – Sie besitzen nur eine ungefähre Vorstellung vom Aussehen der Bestien des neuen Typs, nicht wahr?«

»Das ist richtig. Die Unterlagen enthalten keine genaue Beschreibung.«

»Ich frage mich . . .«, begann Rhodan, unterbrach sich jedoch mitten im Satz und schritt auf die Schalttafel zu, die in die Platte seines großen Arbeitstisches eingelassen war.

»Ich frage mich«, nahm er den Faden wieder auf, nachdem er eine Serie von Schaltern gedrückt hatte, »ob wir nicht etwa ein Objekt in unserem Besitz haben, an dem sich auch mit mangelnden Unterlagen einige Vergleiche anstellen ließen.«

Die Szene auf dem großen Bildschirm wechselte. Das flache Geglitzer der weit entfernten Sterne erstarb. Gewölbte, hell erleuchtete Metallwände kamen zum Vorschein.

»Was Sie sehen«, erklärte Perry Rhodan, »ist das Innere eines diskusförmigen Raumschiffes, das vor kurzem von einer unserer Bergungseinheiten aufgebracht wurde. Die Besatzung war tot. Ich habe die Absicht, Ihnen die Leichen vorzuführen.«

Die tote Bestie war, da man die Reparaturarbeiten so gut wie beendet hatte, wieder an Bord des Diskusraumers zurückgebracht worden, wo sie nach Perry Rhodans Plan eine gewichtige Rolle zu spielen hatte. Die Kamera schwenkte. Die Linse erfaßte den Boden des kleinen Lagerraumes an Bord des fremden Schiffes.

Die Bestie kam ins Blickfeld.

Icho Tolot, ein Wesen, dem die Selbstbeherrschung zur zweiten Natur geworden war, stieß einen Laut der Überraschung aus. Selbst Perry Rhodan, der den Anblick während der vergangenen Tage mehrmals über sich hatte ergehen lassen, fühlte von neuem das unbestimmbare Grauen, das ihn angesichts des fremden, leblosen Wesens stets überfiel.

Es war gigantisch. Ein gewaltiger, halbkugelförmiger Kopf wölbte sich ohne sichtbaren Halsansatz über dem Rumpf. Drei riesige Augen, rötlich gefärbt, starrten leblos ins Nichts. Der Fremde hatte zwei ungeheuer starke Säulenbeine, zwei kurze, kräftige Laufarme in Hüfthöhe und ein Paar langer Handlungsarme, die aus den Schultern wuchsen.

Er hätte ausgesehen wie ein Haluter in Großformat, wenn nicht die eigentümliche Färbung der Haut gewesen wäre. Es war, um genau zu sein, mehr als die Farbe, die den flüchtigen Eindruck der Ähnlichkeit zerstörte. Die Konsistenz der Haut selbst wies ein anderes Muster auf, als es bei Halutern oder Zweitkonditionierten beobachtet wurde.

Die Haut bestand aus Schuppen, von denen jede das Licht des kräftigen Scheinwerfers in einem anderen Winkel zu brechen schien, so daß der seltsame, grünlichblaue Schimmer entstand, der für das fremde Ungeheuer charakteristisch war.

Icho Tolot ließ sich Zeit, das Bild zu studieren. Als er sich Perry Rhodan zuwandte und zu sprechen begann, war seine Stimme schwer und von ungewöhnlichem Ernst:

»Ich wies schon darauf hin, daß uns die Unterlagen zu einer einwandfreien Identifizierung fehlen. Aber soweit die Hinweise reichen und soweit ich mir zutraue, Folgerungen aus vorhandenem Material zu ziehen, haben wir hier eine der Bestien des neuen Typs vor uns.

Einen der Herrscher aus der KMW.

Ein Mitglied der Ersten Schwingungsmacht.«

Icho Tolot holte einige faustgroße, transparente Zylinder aus seinem Schiff, aus deren Innerem es rötlich leuchtete.

Er tat dies, nachdem ihm Perry Rhodan den Plan erläutert hatte, der von ihm entwickelt worden war.

Tolot sagte:

»Ich glaube, zu Ihrem Unternehmen etwas Wesentliches beitragen zu können. Ich wußte es nicht sicher. Um keine voreiligen Hoffnungen zu erzeugen, schwieg ich. Jetzt jedoch ist die Geheimwaffe sicher in unserer Hand, und wir können darüber sprechen.«

Atlan und Roi Danton wurden hinzugezogen. Atlan meldete bei dieser Gelegenheit den entsprechend wiederhergestellten Diskusraumer der Baramos als startbereit und gab zu verstehen, daß er lieber jetzt als in fünf Stunden aufbrechen wolle.

»Geduld«, wehrte Perry Rhodan freundlich ab, »hat manchmal ihre Vorteile. Es sieht so aus, als hätte unser Freund Icho Tolot hier ein neues Mittel, mit dem wir unsere Erfolgsaussichten ein wenig vergrößern können – und du weißt so gut wie ich, daß ihnen nichts so sehr fehlt wie Vergrößerung!«

Icho Tolot begann:

»Ich berichtete Ihnen darüber, daß sich unter den dreihundert Millionen Halutern, die zu Beginn des Hundertjährigen Krieges sich auf Halut ansiedelten, eine Reihe von Bestien des neuen Typs befanden – verwandelt, unerkannt, um das Voranschreiten der Offensive an Ort und Stelle überprüfen zu können. Die einfachen Bestien zwar verehrten ihre Herrscher als Götter, aber die Wesen des neuen Typs empfanden ihren Untertanen gegenüber keineswegs jene Freundlichkeit, die man von

Göttern erwartet. Sie waren mißtrauisch – und bereit zu strafen, sobald ihr Mißtrauen einen Anhaltspunkt fand. Um wirksamer strafen zu können, entwickelten sie ein Mittel, das speziell auf den Metabolismus der Bestien zugeschnitten war und gleichzeitig zwei wichtige Funktionen erfüllte: Es tötete den Unglücklichen, dem die Herrscher mißtrauten, und es erzeugte ein Gefühl abgrundtiefen Grauens in denen, die Zeuge der Hinrichtung wurden. Es strafte und schreckte ab.

Allerdings hatte es einen gewaltigen Nachteil, den die Bestien des neuen Typs keine Sekunde außer acht ließen: Es war gegen die Herrscher selbst anwendbar. Sie besaßen keine Immunität.

Die Wirkungsweise des Giftstoffes war den besonderen Umständen angepaßt, unter denen es zur Verwendung kommen sollte. Es konnte zum Beispiel der Fall entstehen, daß eine ganze Raumfahrergruppe bestraft und ausgelöscht werden mußte, während sie sich an Bord ihres Schiffes befand und das Fahrzeug durch einen Paratronschirm geschützt war. Das Mittel mußte in der Lage sein, den Schirm zu durchdringen und seine Wirkung innerhalb von Sekundenbruchteilen zu tun. Die Herrscher lösten diese Probleme mit einer Genialität, die eines besseren Unterfangens würdig gewesen wäre.

Im Normalzustand wird das Gift in gasförmig-flüssigem Phasengemisch in durchsichtigen Behältern aufbewahrt.« Er nahm einen der transparenten Zylinder zur Hand, um zu demonstrieren, was er meinte. »Es handelt sich hier um eine Virenkultur, deren Basis von leuchtendroter Farbe ist. Wird der Behälter durch einen einfachen Bruch des Verschlusses geöffnet, so entweichen die Viren aus ihrer Nährflüssigkeit. Im selben Augenblick vollzieht sich an ihnen eine entscheidende Verwandlung. Sie werden zu hyperenergetischen Quanten, deren Flugrichtung recht einfach durch die Wahl der Lage der Behälterlängsachse bestimmt wird.« Er demonstrierte auch dies, indem er den Zylinder so hielt, daß seine verlängerte Längsachse zwischen Atlan und Roi Danton hindurchzeigte. »Beim Auftreffen auf die Körpermaterie des Opfers verwandeln sich die Energiequanten zurück in ihre ursprüngliche Gestalt und verwüsten den befallenen Körper in Sekundenschnelle. Ihre Wirkung führt zu inneren Organexplosionen, deren Wucht so beträchtlich ist, daß sie die Körperoberfläche in Mitleidenschaft ziehen und kraterartige Einbrüche erzeugen.

Einmal im Körper des Opfers, vermehrt sich das Virus mit hektischer Geschwindigkeit. Es greift andere Wesen an, die sich in der Nähe des ursprünglichen Opfers befinden. Seine Verbreitungsgeschwindigkeit ist so phänomenal, daß die Bevölkerung eines ganzen Planeten durch Infizierung eines einzigen Wesens innerhalb weniger Stunden ausgelöscht werden kann.

In seiner Form als Energiequant ist das Virus in der Lage, jegliche Schirmfeldhülle, also auch den Paratronschirm, zu durchdringen. Auch nachdem es sich im Körper des Opfers in seine ursprüngliche Gestalt zurückverwandelt hat, besitzt es noch die Fähigkeit der Wandlung. Löst es sich zum Beispiel nach dessen Tod vom Körper seines Opfers und trifft von neuem auf einen Paratronschirm, dann wird es abermals zum Quant, durchdringt den Schirm und erhält erst dann seine eigentliche Gestalt wieder, wenn es von neuem auf den Körper eines Opfers trifft.

Sie verstehen, daß die Herrscher aus der KMW sich mit diesem Gift ein zweischneidiges Schwert geschaffen hatten. Einerseits wurde das Mittel gebraucht, um die nach Ansicht der Bestien des ersten Typs unzuverlässigen Untertanen zu kontrollieren – andererseits konnte es sich bei dem geringsten Versehen gegen den Besitzer selbst richten und unermeßlichen Schaden verursachen.

Es spricht für die Mentalität der Herrscher, daß sie das Gift während der Expedition gegen die Milchstraße trotzdem bei sich führten und es in Hunderten, wenn nicht gar Tausenden von Fällen zur Anwendung brachten. Kennzeichnend für ihre Disziplin ist dagegen, daß kein einziger Fall überliefert wird, in dem das Gift seinem Besitzer zum Verhängnis wurde.«

Roi Danton deutete auf den rot leuchtenden Zylinder, den der Haluter nach wie vor zu Demonstrationszwecken in der Hand hielt.

»Angesichts Ihrer erleuchtenden Darlegungen wären wir Ihnen alle zu Dank verpflichtet, wenn Sie die Güte besäßen, das entsetzliche Zeug an einem sicheren Ort unterzubringen – etwa eintausend Lichtjahre weit von hier.«

Icho Tolot bleckte die Zähne zu einem vergnügten Grinsen.

»Sie brauchen sich nicht zu sorgen. Was die Zylinder enthalten, ist nicht das wahre Gift. Allerdings gibt es zwei wesentliche Züge, in denen der Inhalt der Behälter dem wahren Gift ähnelt. Erstens: Er ist rot. Zweitens: Er gibt eine schwache Strahlung von sich. Ich war nicht sicher, ob uns die Bereitungen eines solchen Stoffes in der geringen Zeit, die uns noch zur Verfügung stand, gelingen würden. Daher schwieg ich. Ich wollte Sie nicht enttäuschen.«

»Die Zylinder enthalten nicht das wahre Gift?« fragte Danton.

»Das ist richtig.«

»Sondern einen – hoffentlich harmlosen – Stoff, der dem Gift in zwei wichtigen Zügen ähnelt?«

»Auch das ist richtig.«

»Ja aber – wozu nützt uns das Zeug dann?«

»Wenn der Herr«, meldete sich Perry Rhodan zu Wort, »etwas nachdächte, käme er vielleicht von selbst auf die Antwort. Sie reden von Organexplosionen, mein Freund, die auf der Oberfläche des Körpers kraterähnliche Einbrüche erzeugen. Sie dachten dabei an die Bestie, die uns in die Hände fiel?«

»Nicht ursprünglich, natürlich«, antwortete der Haluter. »Ich wußte nichts von der Auffindung des Diskusraumschiffes. Das Mittel wäre auch so von Nutzen gewesen. Die Anwesenheit der Bestie ist ein zusätzlicher Vorteil, der sich rein zufällig ergab. Das fremde Wesen wurde von der Besatzung der SCENDALA mit Explosiv- und Säuregeschossen getötet. Die Haut mitsamt den darunterliegenden Körperschichten erlitt beachtlichen Schaden. Ist die Kamera an Bord des Diskusraumers noch auf die Leiche gerichtet?«

»Allezeit«, antwortete Perry Rhodan mit nicht ausgesprochen freundlichem Lächeln. »Irgend jemand an Bord dieses Schiffes hat zu jeder Sekunde sein Auge auf dem Leichnam. Wir beabsichtigen nicht, uns ein zweites Mal überraschen zu lassen.«

Er betätigte eine Serie von Schaltern auf der Schaltplatte seines Arbeitstisches. Der Bildschirm zeigte den Lagerraum, in dem die tote Bestie aufbewahrt wurde. Die Wunden, die die Geschosse der Angreifer gerissen hatten, waren deutlich zu sehen.

»Vorzüglich«, stieß der Haluter hervor, »da haben Sie es! Wir wissen nicht genau, wie die Einbrüche ausgesehen haben, die das unheimliche Gift erzeugte, aber es ist anzunehmen, daß sie eine gewisse Ähnlichkeit mit der Wirkung eines Säure- oder Explosivgeschosses besaßen.

Mit anderen Worten: Die tote Bestie sieht ungefähr so aus, als wäre sie durch Kontakt mit dem Gift umgekommen. Das und die Behälter, die mein Kurier gebracht hat, sollten sich nach meiner Ansicht als eine psychologische Waffe ersten Ranges verwenden lassen.«

Er sah rundum und entdeckte Zustimmung in aller Mienen. Mit einem freundlichen Lächeln in Roi Dantons Richtung fügte er hinzu:

»Zu Ihrer Beruhigung, mein Freund, wäre zu sagen, daß das Gift nur in Körpern von der Beschaffenheit des meinen wirksam wird. Sie wären völlig ungefährdet gewesen – selbst wenn die Zylinder den wahren Stoff enthielten.«

Nach diesen Eröffnungen des Haluters und im Vertrauen darauf, mit der roten Flüssigkeit und dem Aussehen der toten Bestie die Uleb bluffen zu können, mit denen sie es nun vielleicht zu tun bekamen, beschloß Perry Rhodan, seinen Plan umgehend zu realisieren. Techniker hatten das Baramos-Wrack bereits wieder flugtauglich gemacht und quasi in den Zustand vor seiner Zerstörung versetzt. Nun machte sich ein aus Atlan, Icho Tolot, Paladin, mehreren Mutanten und einer Handvoll Terraner bestehendes Kommando in dem Diskus auf den Weg zu dessen früherem Ziel. Das System, zu dem es unterwegs gewesen war, war noch in der Bordpositronik zu finden. Die CREST begleitete das Schiff bis kurz vor diesen Bestimmungsort, ein Sonnensystem am Rand der Materiebrücke, etwa fünftausend Lichtjahre von der KMW entfernt. Danach war das Einsatzkommando auf sich gestellt. Die Leichen der Baramos, der Gurrads und der Bestie waren wieder so im Schiff arrangiert worden, wie die Männer von der SCENDALA sie gefunden hatten. Als sich das Schiff dem Zielplaneten näherte, der die Bezeichnung »Port Gurrad« erhielt, zeigten die Optiken den Bewohnern des Planeten nur diese Bilder. Die Terraner und ihre Verbündeten blieben verborgen.

Die Unbekannten auf Port Gurrad holten den Diskus nach nur kurzem Zögern herab in eine subplanetarische Station, die sich rasch als bedeutender Stützpunkt der Uleb herausstellte. Auf Port Gurrad, so erfuhr das Einsatzkommando, wurden seit Jahrtausenden Gurrads aus der GMW in Gefangenschaft gehalten, um den Bestien mit ihren Körpern zur Verfügung zu stehen. Momentan waren es rund zehntausend. Die Uleb übernahmen sie, wenn sie sie brauchten, und agierten fortan als Pseudo-Gurrads in der KMW. Dieses grausame Schicksal war also auch den Gurrads im Diskuswrack zugedacht gewesen.

Atlan und seinen Gefährten gelang es schließlich, die Bestien mit dem angeblichen Virus so in Panik zu versetzen, daß sie Amok liefen und sich im Bemühen, von dem Planeten zu fliehen, zum großen Teil selbst umbrachten. Die letzten hundert starben im Atomfeuer des Konusraumschiffs, mit dem dreihundert Uleb mitten aus dem Stützpunkt in den Raum starteten.

Das war es, worauf Atlan gehofft hatte. Das Schiff mit den dreihundert Flüchtigen sollte den Terranern den Weg zu ihrer Zentralwelt zeigen. Es war wahrscheinlich, daß sich die Bestien dorthin wenden würden.

Atlan informierte Rhodan, so schnell es ihm möglich war, und noch bevor das Einsatzteam an Bord der CREST geholt wurde, nahm eine

Space-Jet die Spur des Konusschiffs auf. Sie ortete es auf seinem vermuteten Fluchtkurs, wo es im All stand und auf etwas zu warten schien. Die CREST und andere terranische Einheiten entfesselten daraufhin mit ihren Transformkanonen ein energetisches Chaos, das die Uleb glauben lassen mußte, ihre bei der Flucht aktivierte Selbstvernichtungsschaltung für die Station und den Planeten habe alles vernichtet, was verräterisch sein konnte.

Die Space-Jet, die SC-13, teilte der CREST in einer Sequenz von drei kurzen Impulsen mit, daß sich das Fremdschiff wieder in Bewegung setzte und die Jet die Verfolgung aufnahm.

Im Augenblick war nichts wichtiger als das. Die vernichtende Offensive der Ersten Schwingungsmacht stand nach allen eingeholten Hochrechnungen dicht bevor. Ohne die Möglichkeit zu wirkungsvollen Gegenmaßnahmen war das Solare Imperium wahrscheinlich verloren – trotz aller im Kampf gegen die Dolans erzielten Erfolge.

15.

In der Kommandozentrale der SC-13 war es eng. Sie bot fünf Personen zwar genügend Platz, aber immerhin befanden sich fünfeinhalb Personen an Bord der Space-Jet – sehr zum Kummer Guckys, der wieder einmal als halbe Portion berechnet wurde.

Dementsprechend war auch sein Gesichtsausdruck, als der Chefmathematiker Dr. Josef Lieber ihn kurzerhand in die Höhe hob, sich setzte und ihn dann auf seinem Schoß plazierte.

»Sitzt doch so gern weich«, sagte er begütigend und strich über das rostbraune Fell des Mausbibers. »Warum verziehst du denn so das Gesicht?«

»Ich muß wieder an die halbe Portion denken, als die ich bei der Einteilung bezeichnet wurde.«

»Das bezieht sich nur auf ein Körpervolumen«, tröstete ihn Dr. Lieber, der nicht nur ein Menschenfreund, sondern auch ein Tierfreund war. »Geistig betrachtet, bist du ein Riese.«

Guckys Gesicht wurde um eine Nuance heller.

»Das hast du schön gesagt, Josef, wirklich schön. Und ich lese in deinen Gedanken, daß du es auch so meinst. Bei Gelegenheit werde ich dich dafür retten – ich hoffe doch, daß wir bald in eine entsprechende Situation geraten.«

»Hoffe lieber nicht«, riet Roi Danton, der Kommandant des Unternehmens. Er hatte neben dem Piloten Major Pandar Runete Platz genommen und ließ den Bildschirm nicht aus den Augen. »Ich fürchte, wir werden auch ohne deinen Wunsch in peinliche Lagen geraten, wenn wir den Konusraumer konsequent verfolgen. Und das müssen wir ja wohl.«

In Richtung Port Gurrad stand noch immer der grellflammende Feuerball der künstlichen Sonne im All. Er sah wirklich so aus wie ein in Atomglut vergehender Planet. Die fliehenden Uleb mußten annehmen, ihre Station dort bestünde nicht mehr.

Die restlichen Teilnehmer der Expedition waren die Wellensprinter Tronar und Rakal Woolver, die erstaunlichen Mutantenzwillinge, denen es jederzeit möglich war, sich in einen Energiefluß einzufädeln und so überall dort, wo sie es wünschten, rematerialisierend wieder zu erscheinen. Fünf Männer und der Ilt Gucky.

Ein Todeskommando.

Noch aber lebten sie, und einige Millionen Kilometer vor ihnen beschleunigte der Konusraumer mit hohen Werten. Es durfte als sicher angesehen werden, daß seine Ortergeräte die Space-Jet nicht entdeckten.

Und das hatte seine besonderen Gründe.

Zwar handelte es sich bei der SC-13 rein äußerlich gesehen um ein ganz normales Flottenmodell mit Überlichtantrieb, aber in ihrem Innern besaß sie einige Umbauten und Zusatzgeräte, die sie zu einem bemerkenswerten Schiffchen machten. In erster Linie gehörte dazu ein ultramoderner Halbraumspürer, mit dessen Hilfe es möglich war, auch im Linearraum und damit beim überlichtschnellen Flug andere Raumschiffe zu orten und ihren Standort und Kurs zu bestimmen. Ferner verfügte die Jet über einen in Kompaktbauweise hergestellten Strukturtaster, der sehr genaue Anmessungen fünfdimensionaler Schwingungen ermöglichte.

Und dann gab es noch etwas, das gerade im vorliegenden Fall besonders wichtig wurde. Die SC-13 besaß einen neuen von Dr. Geoffry Abel Waringer entwickelten Orterschutz. Dieses Gerät verhinderte weitgehend die Reflektierung ausgeschickter Tastimpulse und machte somit eine Ortung durch andere Raumschiffe nahezu unmöglich.

Das jedoch konnte Roi Danton nicht zur Unvorsichtigkeit verleiten.

»Rücken Sie nicht weiter auf, Major«, riet er dem Piloten. »Wir wollen den Heimatplaneten der Bestien finden, das ist unsere Aufgabe.«

Major Pandar Runete, der dunkelhaarige und schlanke Inder, verzog keine Miene.

»Vergessen Sie nicht, Sir, daß die Bestien von panischer Furcht erfüllt sind. Sie glauben, sich tödlich angesteckt zu haben, und ihre einzige Rettung liegt dort, wo sie zu Hause sind. Sie werden uns hinbringen.« Er deutete auf die Flugkontrollgeräte. »Außerdem haben wir den Orterschutz. Er ist fast so wirksam, als umkreisen wir eine Sonne in nächster Entfernung.«

»Richtig, Major, aber er schützt nicht gegen Sicht.«

Das stimmte allerdings. Wenn die Uleb sich der Mühe unterzogen, sich nicht nur auf ihre Orter zu verlassen, sondern das All mit starken Teleskopen absuchten, bestand durchaus die Möglichkeit, daß sie den winzigen Punkt hinter sich entdeckten. Eine Jet bot zwar nur kleine Umrisse und war ein schwer auszumachendes Objekt, aber wenn der Zufall den Bestien zu Hilfe kam . . .

Darauf wollte Roi Danton es auf keinen Fall ankommen lassen.

»Du hast ganz schön harte Knochen«, beschwerte sich Gucky bei Dr. Lieber. »Ich verziehe mich besser in meine Kabine und lege mich aufs Ohr. Oder werde ich hier dringend benötigt?«

»Eigentlich nicht«, erklärte Roi trocken. »Ich hole dich, wenn es soweit ist.«

Gucky rutschte von Dr. Liebers Schoß und watschelte zur Tür. Dort drehte er sich noch einmal um.

»Ich wäre dir dankbar, Pandar, wenn du den Interkom einschalten könntest. Mit Blick auf den Panoramaschirm, damit ich stets informiert bin. Ich sehe mir dann den Zirkus vom Bett aus an.«

Sprach's und war verschwunden.

»Ein lustiges Kerlchen, der Kleine. Man kann ihm nichts übelnehmen.«

Roi Danton sah wieder auf den Panoramaschirm. »Keine Kursänderung bisher, Major?«

»Keine. Aber das läßt keine Rückschlüsse auf das Ziel des Konusraumers zu. Die allgemeine Richtung ist die Kleine Magellansche Wolke, doch das kann sich jederzeit ändern. Nicht mehr lange, und die erste Linearetappe ist fällig.«

»Halbraumspürer einsatzbereit?«

»Alles klar. Geschwindigkeit jetzt zweitausend Sekundenkilometer. Schöne Schleicherei für einen Flüchtling.«

»Auch das wird sich ändern. Ich nehme an, die Burschen sind noch durcheinander nach der Katastrophe, die über sie hereinbrach. Schließlich haben sie zehntausend für eine Körperverwandlung geeignete Gurrads verloren und glauben, sich mit einer tödlichen Seuche infiziert zu haben. Da wundert mich nichts mehr.«

»Mich wundert aber doch etwas«, versicherte Major Runete und zeigte mit dem Daumen auf die Kontrolltafel. »Kein einziger Tasterimpuls zu empfangen. Die Uleb verzichten völlig darauf, ihre Ortergeräte einzusetzen. Kann man so etwas Lebenswichtiges in dieser Situation überhaupt übersehen? Hat die scheinbare Sorglosigkeit nicht vielleicht ganz andere Gründe?«

Roi Danton nickte langsam.

»Sie denken an eine Falle, in die man uns locken könnte? Möglich, aber nicht wahrscheinlich. Sie haben uns noch nicht entdeckt, das ist ziemlich sicher. Außerdem rechnen sie damit, daß Port Gurrad vernichtet wurde. Vielleicht nehmen sie sogar an, daß ein Teil unserer Schiffe dabei verlorenging. Nein, wir sind ihre geringste Sorge. Ihre Hauptsorge ist ihr eigenes Leben, Major.«

Auf dem Interkom-Schirm erschien Guckys Kabine. Er lag auf dem Bett und hatte die Arme unter dem Kopf verschränkt. In dieser bequemen Stellung schien er sich entschlossen zu haben, an der beginnenden Debatte teilzunehmen.

»So, meinst du, Roi? Und du bist auch sicher, daß an Bord des Konusraumers eine Panik ausgebrochen ist?«

»Allerdings, dieser Auffassung bin ich.«

Gucky grinste und nickte.

»Ich auch mein Lieber, ich auch. Es sieht ganz so aus, als hätten diese Uleb noch immer kein Medikament gegen den Infektionsstoff gefunden. Jedenfalls glaubt die Besatzung dort vorn, sie müsse sterben, wenn keine Hilfe einträfe. Welcher Art diese Hilfe sein soll, wissen die Uleb wohl selbst nicht. Aber was tut man nicht alles in Todesangst . . .?«

»Sie fliegen zur Heimatwelt«, konstatierte Roi Danton.

Major Runete schüttelte den Kopf.

»Und genau das ist es, was ich mir nicht vorstellen kann. Sie müssen wissen, daß sie dann die Bevölkerung dieser geheimnisvollen Heimatwelt anstecken. Es kann keine intelligenten Wesen mit solcher Verantwortungslosigkeit geben.«

»Doch, es gibt sie«, erklärte Dr. Lieber aus seiner Ecke her. »Es gibt sie wirklich. Sie kennen keine Skrupel, sie kennen nur die Sorge um sich selbst. Auch das hat Icho Tolot herausgefunden, und sicher hat er sich nicht geirrt.«

»Hat er auch nicht«, kam Gucky dem Mathematiker zu Hilfe. »Und weil er sich nicht geirrt hat, können wir mit der Panik an Bord des Konusschiffes rechnen – und auch damit, daß die Uleb unbesonnen und vielleicht sogar dumm handeln. Das ist unsere größte Chance. Ich glaube nicht, daß sie uns überlegt in eine Falle locken wollen. Die haben jetzt ganz andere Sorgen.«

»Sie beschleunigen nun mit höheren Werten«, unterbrach Major Runete die Diskussion. »Fünfzigtausend in der Sekunde.«

»Das ist ein Sechstel der Lichtgeschwindigkeit«, stellte Dr. Lieber fest. »Wann gehen sie in den Linearraum?«

»Bald«, vermutete Roi Danton und starrte auf den Panoramaschirm. »Halbe Lichtgeschwindigkeit«, las er von den Kontrollen ab.

Der Konusraumer stand deutlich sichtbar auf dem Bildschirm. Umgekehrt würde die SC-13 auf den Schirmen des anderen Schiffes weiterhin kaum wahrnehmbar sein.

Die Geschwindigkeit steigerte sich regelmäßig, und dann verrieten erste Schockimpulse, daß das Eintauchmanöver in den Linearraum begann.

Darauf war Major Runete natürlich vorbereitet.

Ohne dem Navigationscomputer einen Kurs mitgeteilt zu haben, leitete auch er das Linearmanöver ein. Gleichzeitig setzte er den Halbraumspürer in Tätigkeit.

Auf dem normalen Bildschirm verschwand der Konusraumer, und unter normalen Bedingungen wäre er nun auch für immer verloren gewesen, nicht aber mit den Spezialinstrumenten der Space-Jet.

Auf einem anderen Bildschirm begannen sich die Umrisse des Konusraumers abzuzeichnen, kaum daß die SC-13 in den Linearraum eintauchte. Diese Umrisse wurden durch den positronischen Zeichner hervorgerufen, mit gleichzeitiger Angabe der Entfernung und der Flugrichtung. Major Runete hatte es einigermaßen leicht, dem mit unvorstellbarer Geschwindigkeit dahinrasenden Schiff zu folgen. Allerdings gab es sonst keine Orientierungsmöglichkeiten mehr, denn alle Sterne waren vom Bildschirm verschwunden.

Major Runete lehnte sich bequem zurück.

»Es kann nichts passieren – wir verlieren sie nicht.«

Roi Danton atmete erleichtert auf.

»Geht glatter, als ich erwartete. Können Sie etwas über den Kurs aussagen?«

»Richtung KMW, wie bisher.«

»Was sagen Sie, Dr. Lieber? Werden sie uns wirklich zu ihrer Heimatwelt bringen?«

»Natürlich! Wohin sonst? Hören Sie, die Sache ist doch ganz einfach, wenn man sie vom psychologischen Standpunkt aus betrachtet. Nehmen Sie alles, was Icho Tolot herausgefunden hat und was wir sonst wissen, dann haben Sie die wahrscheinliche Mentalität der Uleb. Dann wissen Sie, wie sie handeln *müssen*, zumindest in einer ganz bestimmten Situation wie dieser. Untereinander pflegen sie nicht den geringsten freundschaftlichen Kontakt. Jeder ist sich selbst der Nächste. Und darum glaube ich, daß sie keine Skrupel kennen, nur an Hilfe für sich selbst denken und dorthin fliegen, wo sie Hilfe erhoffen – nämlich zu ihrem uns unbekannten Heimatsystem.«

Niemand hatte Dr. Lieber unterbrochen. Roi Danton nickte. Vom Interkomschirm her sagte Gucky nur:

»Bravo, mein Lieber – ganz meine Meinung!«

Major Runete hatte ebenfalls aufmerksam zugehört, widmete sich aber nun wieder seinen Instrumenten und der Navigation. Das von der Positronik gezeichnete Bild des Konusraumers hatte sich fast unmerklich verändert.

»Das Eintauchmanöver ins Einsteinuniversum steht bevor«, sagte der Major ruhig. »Wahrscheinlich kurze Orientierung, und dann geht es weiter. Wir müssen uns zurückhalten, denn wenn sie uns entdecken, dann nur in einer Ruheperiode.«

Niemand sagte etwas. Jeder starrte gebannt auf die Orterschirme und den normalen Bildschirm, auf dem die Sterne und der Raumer bald wieder auftauchen mußten.

Und dann war es soweit.

Die ersten Sterne wurden sichtbar, während auf dem Orterschirm das gezeichnete Bild des Konusraumers allmählich verblaßte. Dann wurde er auf dem normalen Bildschirm sichtbar. Die Entfernung betrug fast zehn Millionen Kilometer, auf jeden Fall zu groß, um ein Objekt wie die Space-Jet optisch zu entdecken. Und da noch immer keine Tastimpulse aufgefangen wurden, stand es fest, daß der Konusraumer mit keiner Verfolgung rechnete.

»Kursänderung«, sagte Major Runete plötzlich. »Zwar nur eine geringfügige, aber sie führt nicht mehr direkt zur KMW. Vielleicht zu ihrem Nordrand. Das nächste Linearmanöver wird vorbereitet. Wir müssen ebenfalls bereit sein.«

Roi Danton, Dr. Lieber und die Woolver-Zwillinge verhielten sich schweigsam und ruhig, um Major Runetes Arbeit nicht unnötig zu erschweren. Sie sahen gespannt zu, wie er die nächste Etappe vorbereitete und dann wartete. Seine rechte Hand schwebte über dem Knopf, der die Robotschaltung auslöste.

Die Kleine Magellansche Wolke, als milchiges Gebilde auf dem Bildschirm erkennbar, wanderte weiter nach links, während der Konusraumer in der Mitte blieb. Sonst waren keine Sterne zu erkennen, nur weit entfernte Galaxien und Sternnebel. Und dann begannen die Umrisse des Konusraumers allmählich zu verschwimmen.

Die zweite Flugetappe durch den Linearraum begann.

Es folgten drei weitere, und jedesmal veränderte sich der Kurs.

Major Runete gönnte sich eine kleine Ruhepause, als die fünfte Etappe begann. Er betrachtete die Aufzeichnungen des positronischen Kursaufzeichners und schüttelte den Kopf.

»Ich weiß nicht, Dr. Lieber, Sie mögen ja recht haben mit Ihrer Vermutung, die Bestien handelten unverantwortlich und würden ihrer eigenen Rasse gegenüber keine Rücksicht nehmen, wenn es um ihr Leben geht. Aber eins muß ich doch sagen: So ganz unbedacht handeln sie nicht. Sehen Sie sich den Kurs an. Eine Zickzacklinie zwischen den beiden Magellanschen Wolken. Die ersten drei Etappen führten auf die KMW zu, die vierte hinaus in den Leerraum, und nun zeigt die fünfte wieder zurück auf den Rand der Großen Wolke. Wir kreuzen die Linie der Materiebrücke zwischen den beiden Galaxien in einer Entfernung von rund zweitausend Lichtjahren vom Rand der KMW. Das bedeutet, daß sie uns ganz schön in die Irre führen. Frage meinerseits: Ist das lediglich eine Vorsichtsmaßnahme, oder haben sie doch bemerkt, daß wir sie verfolgen? Ich kann mir nicht vorstellen, daß sie aus reiner Reiselust einen derartigen Kurs verfolgen.«

Dr. Lieber ließ sich keineswegs aus der Ruhe bringen.

»Na, was würden Sie denn an ihrer Stelle tun, Major? Stellen Sie sich das einmal vor und versetzen Sie sich in die Lage der Verfolgten. Ob Sie einen Verfolger bemerken oder nicht, Sie würden in jedem Fall alles tun, um Ihre Spur zu verwischen, auch im Linearraum. Und genau das tun die Bestien auch. Glauben Sie mir, wir wurden nicht bemerkt.«

»Und der radikale Kurswechsel?«

Dr. Lieber sagte bestimmt:
»Er beweist, daß wir uns unserem Ziel nähern.«
Vom Interkomschirm her piepste Gucky:
»Ganz meine Meinung, Lieberchen! Bald wissen wir, wo die Uleb wohnen und versuchen, ganze Milchstraßen in ihren Griff zu bringen. Dann geht es aber rund, sage ich euch!«
»Gar nichts geht rund«, versicherte ihm Roi Danton ruhig. »Sobald wir die Position ihres Heimatsystems im Positronenspeicher haben, verschwinden wir, und zwar so schnell wie möglich. Wenn wir leichtsinnig werden und etwas riskieren, geht es uns an den Kragen, und wie soll Rhodan dann jemals diese Position erfahren, he?«
Gucky grinste.
»Mann, Roi, du hast überhaupt keinen Humor. Nimm doch nicht alles so wörtlich, was ich von mir gebe. Glaubst du vielleicht, ich würde mich mit ein paar Millionen Uleb einlassen? Keine Spur, sage ich dir. Im Gegenteil: Mir brennen ganz schön die Füße. Natürlich kehren wir um, wenn wir wissen, wo die niedlichen Retortenbabys hausen.«
Die Flugetappe dauerte diesmal etwas länger, und man legte etwa fünfhundert Lichtjahre zurück. Dann machten sich auf den Orterschirmen die ersten Anzeichen bemerkbar, daß man in das Normaluniversum zurückkehren wollte.
Major Runete wurde hellwach und konnte seine Nervosität kaum noch verbergen. Den anderen Männern in der Kommandozentrale der SC-13 ging es nicht anders; lediglich Gucky, noch immer in seinem Bett, trug eine Gelassenheit zur Schau, die ihm natürlich niemand abnahm.
Die Sekunden verstrichen nur langsam, aber dann verschwanden die Umrisse des Konusraumers wieder von den Orterschirmen. Dafür wurde er voll und ganz auf dem Panoramaschirm sichtbar.
Der Abstand betrug sieben Millionen Kilometer.
Die Taster begannen automatisch zu arbeiten, aber sie registrierten in der näheren Umgebung keine einzige Sonne. Die nächste war noch siebenundsechzig Lichtjahre entfernt. Die KMW schien wieder ein Stück näher gerückt zu sein, denn größer und leuchtender als zuvor stand sie auf dem Bildschirm. Hier betrug die Entfernung bis zum Rand genau zweitausendvierhundertsiebzehn Lichtjahre.
»Wir sind noch immer nicht da«, beklagte sich Rakal Woolver.
»Abwarten«, riet ihm Roi Danton. »Abwarten.«
Major Runete kümmerte sich nicht um die Bemerkungen der anderen. Er hatte genug damit zu tun, den Kurs nach dem Eintauchmanöver

zu korrigieren und den Abstand zu verringern. Er durfte auf keinen Fall weniger als fünf Millionen Kilometer betragen.

Erst als Roi Danton ihn fragend ansah, bequemte er sich zu einer Erklärung:

»Noch keine Anzeichen für einen bevorstehenden Linearflug. Sieht ganz so aus, als wollten sie im Normaluniversum bleiben.«

»Das verstehe ich nicht. Die nächste Sonne ist fast siebzig Lichtjahre entfernt, und sonst gibt es keinen Himmelskörper, der näher wäre. Warum also Normalflug mit Lichtgeschwindigkeit?«

»Keine Ahnung. Wir folgen ihnen, vielleicht finden wir es heraus.«

»Wir haben keine andere Wahl.«

Der Kurs des Konusraumers veränderte sich ein wenig, zeigte aber noch immer in Richtung der Kleinen Magellanschen Wolke. Major Runete beobachtete ohne Unterbrechung die Orterschirme, aber kein Echo zeigte sich auf ihnen. Der Raum vor den beiden Schiffen schien leer zu sein.

Aber wenn er es war, waren die Uleb verrückt geworden, zumindest handelten sie nicht mehr folgerichtig. Sie flogen ein Ziel an, das es gar nicht gab.

Oder . . .?

Drei Stunden später änderte der Konusraumer plötzlich wieder den Kurs. Er bog um fast neunzig Grad ab und flog in Richtung des absoluten Leerraums weiter. Die Milchstraße lag nun entgegengesetzt.

Gucky war inzwischen in die Zentrale zurückgekehrt.

Major Runetes Gesicht blieb ausdruckslos, während er die Kontrollen bediente und dem fremden Schiff folgte. Die Entfernung betrug unverändert fünf Millionen Kilometer.

Die nächsten Stunden vergingen ohne weiteren Kurswechsel.

Major Runete deutete auf den Bildschirm.

»Keine Kursänderung mehr. Sieht so aus, als würde auch keine mehr erfolgen. Verstehe ich nicht. Keine Sonne weit und breit . . .«

»Vielleicht etwas anderes«, vermutete Roi bedeutungsvoll. »Was meinen die Orter dazu?«

Runete warf ihnen einen Blick zu, stutzte und sah dann genauer hin. Auf den Schirmen war zwar nichts zu erkennen, aber ihm war, als hätten einige Zeiger kaum merklich ausgeschlagen. Er kontrollierte die Aufzeichnungen, nahm einige Einstellungen vor und nickte Roi dann zu.

»Ich glaube, Sie haben recht. Vor uns ist etwas, in etwa fünf Milliarden Kilometern. Eine halbe Stunde, wenn wir die Geschwindigkeit beibehalten. Muß aber sehr klein sein, auf keinen Fall ein Planet.«
»Ein anderes Schiff?«
Der Major schüttelte den Kopf.
»Dazu ist das Objekt wieder zu groß. Tut mir leid, ich kann keine exakten Messungen vornehmen, weil es vor dem Konusraumer liegt. Man könnte unsere Taststrahlen bemerken. Wir müssen warten.«
Sie mußten sich damit zufrieden geben, ob sie wollten oder nicht.
Immer langsamer verstrich die Zeit, und dann erschien endlich das erste Echo auf dem Hauptschirm der Ortergeräte. Zugleich konnte Major Runete die Daten ablesen.
»Entfernung noch eine Milliarde Kilometer. Allem Anschein nach ein Asteroid, unregelmäßig geformt. Durchmesser zwischen vierzig und zweihundertvierzig Kilometer – bin aber nicht sicher. Keine Sonne.«
»Muß ein öder Brocken sein«, knurrte Dr. Lieber mit verdrießlicher Miene. »Und dafür treiben wir uns hier herum.«
»Der Konusraumer steuert genau darauf zu«, beendete Major Runete seine Mitteilung. »Wir folgen mit ebenfalls sinkender Geschwindigkeit. Abstand bleibt gleich.«
Allmählich wurde das unbekannte Objekt deutlicher auf den Schirmen sichtbar, dann auf dem Panorama-Relief-Schirm. Die plastische Wiedergabe erlaubte besseren Überblick und genauere Abschätzung der Maße. Hinzu kamen die exakteren Daten der Orter.
Es war, wie erwartet, ein Planetoid. Seine Länge betrug hundertachtzig Kilometer. Vorn saß der keilförmige Kopf, etwa zweihundertzehn Kilometer im Durchmesser, während das Ende des Himmelskörpers nur noch vierzig Kilometer dick sein mochte. Ziellos trieb er mit nur geringer Geschwindigkeit durch den Leerraum, von keiner Sonne begleitet, ein öder, atmosphäreloser Felsbrocken ohne jede Lebensmöglichkeit.
»Der Konusraumer hält genau darauf zu«, wiederholte Major Runete. Seine Stimme klang verwundert. »Da bin ich aber gespannt, was ihn dort erwartet.«
»Ich bin viel mehr gespannt«, meckerte Gucky mit nicht ganz sicherer Stimme, »was *uns* dort erwartet.«
Der Konusraumer bremste nun mit erheblichen Werten stark ab. Runete mußte aufpassen, damit der Abstand gleichblieb. Er betrug noch immer fünf Millionen Kilometer. Nichts deutete darauf hin, daß man die Space-Jet entdeckt hatte.

Der zerklüftete Felsbrocken wurde noch deutlicher auf dem Bildschirm. Es konnte kein Zweifel daran bestehen, daß er unbewohnt war. Sicher, es bestand noch immer die Möglichkeit, daß man ihn ausgehöhlt und unter der Oberfläche bewohnbar gemacht hatte, aber in Anbetracht der hohen Zivilisationsstufe der Uleb schien das unwahrscheinlich. Es gab unzählige paradiesische Planeten in den beiden Galaxien, so daß es unlogisch schien, daß sich der Gegner ausgerechnet in einem ausgehöhlten Planetoiden etabliert hatte.

Die Geschwindigkeit betrug nur noch wenige tausend Kilometer pro Sekunde und verringerte sich weiter. Damit konnte kein Zweifel mehr daran bestehen, daß der tote Planetoid das Ziel des geflohenen Konusraumers war.

Und wenige Sekunden später wußten Roi Danton und seine Begleiter auch, daß der einsame Planetoid alles andere als tot war.

16.

»Verdammt!« sagte Dr. Lieber verblüfft und starrte auf die Skalen der verschiedenen Orter. »Das kann doch wohl nicht wahr sein . . .!«

»Ist es aber«, antwortete Major Runete und ließ die Computer die Auswertung übernehmen. »Ziemlich harte Sachen, die da auf uns zukommen. Taststrahlen, Peilimpulse – und was weiß ich noch.«

Die Energieortungen, die von der Space-Jet aufgefangen wurden, waren schließlich so intensiv, daß Pandar Runete die Verstärkerleistung drosseln mußte. Die harten und eindringlichen Fremdimpulse wurden registriert und identifiziert, soweit das möglich war. Immerhin ergab die erste Auswertung eindeutig, daß alle Impulse von dem toten Asteroiden stammten, der die verschiedenartigsten Ortungsstrahlen ausschickte.

»Stoppen!« befahl Roi Danton plötzlich. »Es hat wenig Sinn, wenn wir näher gehen.«

Major Runete stellte keine Fragen. Mit einem Gewaltmanöver drosselte er die Geschwindigkeit, bis die Space-Jet relativ zu dem Asteroiden oder Planetoiden bewegungslos im All stand.

»Jetzt ist mir wohler«, gab Dr. Lieber zu, und die Woolvers nickten erleichtert.

»Mir nicht«, sagte Roi und deutete auf den Panoramaschirm. »Seht euch das an! Als hätten sie nur darauf gewartet.«

Der Konusraumer verringerte in der Tat ebenfalls seine Geschwindigkeit, und zwar so rapide, daß sich der Abstand zwischen den beiden Schiffen kaum vergrößerte. Wie die Space-Jet trieb er mit der Schnelligkeit des Asteroiden durch den Raum.

»Landen scheint er nicht zu wollen«, meinte Tronar Woolver.

»Sieht nicht so aus«, stimmte ihm Runete zu. »Aber was wollen sie sonst?«

»Sie warten auf etwas«, vermutete Gucky, der wieder auf Dr. Liebers Schoß saß. »Warten wir mit ihnen, dann werden wir es vielleicht erfahren.«

Die Zeiger auf den Skalen der Orter sanken dem Nullpunkt entgegen, so daß Runete die Verstärker wieder einschalten mußte.

»Was halten Sie davon, Doktor?« fragte er.

Der Chefmathematiker machte eine unbestimmte Handbewegung.

»Schlecht zu sagen, Major. Vorher, als die Strahlung noch mit voller Intensität ausgeschickt wurde, reichte sie meiner Schätzung nach ein halbes Lichtjahr weit, aber nicht weiter. Nun wird sie gedrosselt, und zwar erstaunlich schnell. Sieht so aus, als würde sich ein energetisches Schutzfeld um den Asteroiden aufbauen, um die Impulse abzuschirmen. Übrigens handelt es sich nach meiner Beobachtung nicht ausschließlich um Orterstrahlung, sondern auch um die einfache Energieabstrahlung laufender Atomreaktoren und Konverter. Es muß sich um eine gigantische Anlage handeln, die Unmengen von Energien erzeugt. Ich frage mich nur, wozu das gut sein soll? Gibt es dort vielleicht verborgene Triebwerke, die den Asteroiden befähigen, beliebig seinen Kurs und seine Geschwindigkeit zu verändern? Erscheint mir doch ziemlich unwahrscheinlich, obwohl es nicht unmöglich wäre.«

»Ich rechne mit allen Überraschungen«, erwiderte Runete, während sich Roi Danton jeder Äußerung enthielt. »Die hyperenergetischen Tastimpulse haben inzwischen völlig aufgehört. Man scheint unten auf dem Asteroiden nun davon überzeugt zu sein, daß sich außer dem Konusraumer kein anderes Schiff in der Nähe aufhält – mit anderen Worten: Wir wurden nicht entdeckt. Ob die Station auf dem toten Himmelskörper robotisch gesteuert wird?«

»Höchstwahrscheinlich«, sagte Dr. Lieber. »Aber fragen Sie mich nicht, welche Bedeutung sie hat. Ich weiß es nicht, und ich kann es auch nicht vermuten. Wir können nur weiter abwarten, das ist alles.«

Der geheimnisvolle Asteroid war fünf Millionen Kilometer entfernt – und diese Entfernung blieb konstant. Für beide Schiffe, denn der öde Felsbrocken bildete den dritten Eckpfeiler eines fast gleichschenkligen Dreiecks. Die Flugbahnen des Konusraumers und der Space-Jet bildeten in ihrer Verlängerung einen Winkel von sechzig Grad, und sie schnitten sich im Zentrum des Asteroiden. Die Geschwindigkeit der beiden Schiffe betrug noch wenige Kilometer in der Sekunde.

»Das kann ja Tage dauern bei dem Schneckentempo«, beschwerte sich Gucky und rutschte unruhig auf Dr. Liebers Schoß hin und her. »Bis dahin habe ich Schwielen am . . . auf den Backen.«

»Leg dich doch wieder ins Bett«, riet ihm Tronar freundschaftlich. »Da kriegst du sie auf dem Rücken.«

Gucky warf ihm einen giftigen Blick zu und schwieg.

Roi Danton sah unentwegt auf den Panoramaschirm. Über seinen Augenbrauen hatten sich scharfe Falten gebildet, und sein Mund war ganz schmal geworden. Er ahnte, daß mit dem Asteroiden ein Geheimnis ersten Ranges verbunden war, und er war fest entschlossen, dieses Geheimnis zu lüften.

Tronar und Rakal Woolver wurden plötzlich unruhig, noch ehe die Spezialtaster für hyperenergetische Schwingungen ansprechen konnten. Aber dann, als die Zeiger auf den Skalen ausschlugen, sagte Tronar:

»Normale Energieschwingungen können den Schutzschirm des Asteroiden nicht mehr durchdringen, diese aber doch. Es sind Impulse, wie sie zum Beispiel nur dann entstehen, wenn ein Materietransmitter anläuft.«

Dr. Lieber sprang erregt auf und vergaß dabei Gucky, der von seinem Schoß rutschte und mit einem Plumps auf dem Boden der Kommandozentrale landete. Noch ehe der Mausbiber zu schimpfen beginnen konnte, bückte sich der Mathematiker schnell und hob ihn auf.

»Entschuldige, Kleiner, aber du wirst das verstehen: Was Tronar eben gesagt hat . . .«

Er setzte sich wieder, als Roi Danton ihm beruhigend zuwinkte.

»Ich denke das gleiche wie Sie, Doktor. Kein Grund zur Aufregung, höchstens ein Grund zur erhöhten Aufmerksamkeit. Nun wissen wir, was der Asteroid bedeutet. Und wir wissen damit noch viel mehr. Wir wissen, daß die Heimatwelt der Uleb auf keinen Fall hier zu suchen ist, aber der Weg zu ihr beginnt bei dem Asteroiden.«

Dr. Lieber nickte schwer.

»Das wissen wir jetzt, da haben Sie recht. Der Asteroid muß die

Sendestation eines gewaltigen Materietransmitters sein. Das würde die starke Energieabstrahlung erklären – und nicht nur das. Die Zickzackflucht des Konusraumers würde verständlicher, denn schließlich müßte ein solcher Transmitter, der eine direkte Verbindung zum Heimatsystem der Uleb darstellt, so ziemlich das größte und wichtigste Geheimnis dieses Volkes bedeuten.«

Roi Danton gab dem Wissenschaftler zwar recht, aber er schränkte ein:

»Sicher, ein großes Geheimnis, aber bei den Uleb bin ich mir nicht sicher, ob sie nicht noch größere Geheimnisse und Überraschungen für uns bereit haben. Vergessen Sie nicht, Doktor, daß es ihnen über sechzigtausend Jahre hinweg gelungen ist, ihr Heimatsystem vor ihren Todfeinden zu verbergen. Es ist noch niemandem gelungen, ihre Position zu erfahren. Wir stehen nun vielleicht dicht davor. Ich glaube nicht, daß keine weiteren Sicherheitsmaßnahmen mehr eingebaut wurden. Jeder hätte den Asteroiden entdecken können. Zwischen hier und dem Heimatsystem muß es also noch etwas geben, das todsicher vor einer Entdeckung schützt.«

Die Zeiger schlugen noch mehr aus.

Roi Danton klopfte Major Runete auf die Schultern.

»Jetzt aufpassen, Major. Ich weiß nicht, was in den nächsten Minuten geschieht, aber wenn meine Vermutungen stimmen, werden wir unter Umständen blitzschnell handeln müssen und keine Zeit zum Überlegen mehr haben. Achten Sie auf meine Kommandos und tun Sie nichts von sich aus, Major. Ich habe in dem, was uns wahrscheinlich bevorsteht, meine Erfahrungen. Aber halten Sie die Triebwerke flugbereit. Wir müssen unter Umständen von einer Sekunde zur anderen derart beschleunigen, daß wir den Asteroiden in wenigen Minuten erreichen. Unser Leben wird davon abhängen, daß uns das gelingt. Halten Sie sich also bereit.«

Major Runete bediente schweigend die Kontrollen, dann nickte er Roi zu.

Roi Danton sah wieder auf den Panoramaschirm, auf dem der Asteroid genausogut zu sehen war wie der Konusraumer. »Meiner Schätzung nach kann es jeden Moment beginnen . . .«

Obwohl er nicht deutlich gesagt hatte, was er damit meinte, wußte es jeder. Wenn es sich bei dem Asteroiden wirklich um eine Transmitterstation handelte, wie die Akonen sie entwickelt hatten, mußte bald der Lichtbogen entstehen, durch den der Konusraumer dann hindurchflog,

um ohne Zeitverlust und in entmaterialisiertem Zustand sein Ziel zu erreichen.
Dr. Lieber sagte:
»Hören Sie zu, Roi Danton, Sie dürfen jetzt keinen Fehler begehen. Wenn wir dem Konusraumer durch den Transmitterbogen folgen, besteht die Möglichkeit, daß wir niemals mehr zurückkehren. Jeder von uns ist bereit, sein Leben zum Wohl des Solaren Imperiums aufs Spiel zu setzen. Wäre das nicht der Fall, gäbe es ein solches Imperium nicht und die Menschheit hätte Rhodan längst vergessen. Aber lassen Sie mich einen Vorschlag machen, bevor es zu spät ist.«
Roi Danton nahm den Blick nicht vom Bildschirm. Auf dem Asteroiden hatte sich noch nichts verändert.
»Reden Sie, Doktor.«
»Wir haben eine wichtige Spur zur Heimatwelt der Uleb entdeckt. Die Position des Transmitter-Asteroiden muß unter allen Umständen Rhodan mitgeteilt werden. Wenn wir Pech haben und von den Uleb erwischt werden, dürfen die Daten nicht verlorengehen. Ich schlage darum vor, daß wir dem Konusraumer *nicht* folgen, wenigstens nicht mit der Space-Jet. Gucky könnte mit mir in den Konusraumer teleportieren, Sie aber kehren mit der Space-Jet zu Rhodan zurück und erstatten Bericht.«
Roi Danton überlegte, während Gucky heftig nickte, sich auf Dr. Liebers Schoß stellte und ihm gönnerhaft auf die rechte Schulter klopfte.
Die Gesichter der Woolver-Zwillinge drückten Zweifel aus.
Endlich erklärte Roi Danton:
»Ein guter Vorschlag, denn natürlich haben Sie recht. Die Position des Asteroiden darf nicht verlorengehen. Major Runete wird zu Rhodan zurückfliegen, sobald wir an Bord des Konusraumers angelangt sind.«
»Wir?« Dr. Lieber sah verblüfft aus. »Wen meinen Sie damit? Auf die große Entfernung kann Gucky höchstens eine Person mitnehmen, keine zwei oder gar vier.«
»Richtig!« seufzte Gucky enttäuscht. »Daran habe ich nicht gedacht. Fünf Millionen Kilometer sind bei dem starken Energieeinfall fünfdimensionaler Natur zuviel. Wir müssen näher an den Konusraumer herangehen.«
»Das werden wir tun, wenn es soweit ist«, sagte Roi Danton. »Und ich würde sagen, bei zehntausend Kilometern muß Gucky es schaffen, Dr. Lieber und mich zu transportieren. Tronar und Rakal bleiben hier

zurück oder versuchen, sich in einen von uns gesendeten Taststrahl einzufädeln. Alle einverstanden?«

Sie besprachen den Plan und fanden ihn alle gut. Er war nicht ungefährlich, aber das ließ sich kaum umgehen. Was immer auch mit den vier Männern und dem Ilt geschah, Major Runete würde auf jeden Fall mit den Positionsdaten des Asteroiden zu Rhodan zurückkehren können. Somit bestand die berechtigte Hoffnung, daß sie früher oder später Verstärkung erhielten, wenn sie in eine Falle gerieten, aus der sie sich nicht mehr selbst befreien konnten.

Und dann geschah genau das, was sie alle erwarteten.

Der zerklüftete Himmelskörper wurde plötzlich in grellweißes Licht getaucht. Über dem dicken Keilende des Asteroiden wurde das weiße Leuchten immer stärker, bis sich aus der Oberfläche ein halbbogenförmiger Energiestrahl nach oben aufbaute. Ein zweiter entstand in der Nähe des verdünnten Endes, und die beiden Bögen trafen sich zehn Kilometer über der Oberfläche im All.

Der Transmittereingang war perfekt.

Im Zentrum des energetischen Bogenringes entstand das typische blauschwarze Flimmern, das von Großtransmittern her bekannt war.

Major Runetes Hand lag vor den Fahrtkontrollen. Er sah Roi Danton fragend an.

»Noch nicht«, warnte Roi angespannt und nervös. Er drehte sich zu Dr. Lieber um. »Sind Sie sicher, daß die Störungsfelder nun stark genug sind, eine Ortung zu verhindern, auch wenn wir näher an den Konusraumer herangehen, sagen wir mal, zehntausend Kilometer?«

»Ich bin sicher.«

»Der Konusraumer hat noch immer keinen Energieschirm aufgebaut«, gab Major Runete bekannt.

»Um so besser«, piepste Gucky aufgeregt und watschelte in der Kommandozentrale auf und ab. Längst hatte er seinen Kampfanzug geschlossen und seine Ausrüstung überprüft. Auch die vier Männer, die an dem Unternehmen teilnehmen wollten, bereiteten sich entsprechend vor. Es handelte sich um besonders schwere und leistungsfähige Kampfanzüge, die erst seit kurzer Zeit bei besonders schwierigen Unternehmungen eingesetzt wurden. »Ich nehme Roi und Doktorchen schon mit.«

»Aufschließen auf zehntausend«, befahl Roi, als er fertig war.

Major Runete nickte. Mit geübtem Griff schaltete er den Antrieb auf Höchstleistung. Die Antigravfelder absorbierten den fürchterlichen Andruck bei der Beschleunigung von nahezu siebenhundert Kilometern pro Sekundenquadrat, aber auf dem Bildschirm war die Positionsveränderung deutlich zu erkennen. Der Asteroid rückte unheimlich schnell näher, ebenso der Konusraumer.

Noch während die Männer ihre Helme schlossen, begann Runete bereits wieder mit dem Bremsmanöver. Knapp zehntausend Kilometer hinter dem Konusraumer kam die Space-Jet zum relativen Stillstand.

In den Lautsprechern der Ortergeräte und in den hyperenergetischen Anlagen wurden die Störgeräusche zu einem einzigen Krachen, so daß keine Impulse mehr eingeordnet werden konnten. Im Konusschiff würde es kaum anders sein, so daß eine Ortung unmöglich wurde.

Pandar Runete peilte das andere Schiff mit einem Taststrahl an und erhielt das optische Echo. Damit stellte er eine energetische Verbindung her, die von den Woolver-Zwillingen benutzt werden konnte. Der hyperenergetische Taststrahl durchdrang zum Teil die Hülle des Konusraumers, ehe er reflektiert wurde. So wurde die Garantie gegeben, daß die Zwillinge bis ins Innere des Schiffes eindringen konnten und nicht auf der Hülle rematerialisierten.

»Los!« Roi nickte den beiden Mutanten zu. »Wir treffen uns im Konusraumer. Gucky wird euch schon finden. Paßt auf, daß ihr nicht von den Uleb entdeckt werdet. Sie dürfen auf keinen Fall ahnen, daß ungebetene Gäste an Bord gekommen sind. Davon wird alles abhängen.«

Tronar hielt seinen Bruder bei der Hand. Sie standen vor den Geräten, von denen aus der Peilstrahl gesendet wurde. Die bloße Nähe des Energieflusses genügte, eine Entmaterialisation herbeizuführen, wenn sie das wollten. Auf diesem Energiefluß konnten sie sich fortbewegen, mit Lichtgeschwindigkeit und über jede beliebige Entfernung hinweg – soweit der Strahl reichte.

»Niemand wird uns sehen«, versprach Tronar und nickte seinem Bruder zu.

Von einer Sekunde zur anderen waren die beiden Männer verschwunden.

Gucky stand zwischen Roi Danton und Dr. Lieber. Er hielt sie bei den Händen.

»Sie wissen Bescheid, Major.« Roi sah auf den Bildschirm und beobachtete, wie der Konusraumer nur langsam Fahrt in Richtung des Transmitterbogens aufnahm. Das überzeugte ihn davon, daß der Sender für längere Zeit in Betrieb sein würde. Vielleicht handelte es sich sogar um eine vollautomatische Anlage, die sich erst dann wieder ausschalten würde, wenn das identifizierte Objekt eingedrungen war. »Sie haben nur die einzige Aufgabe, Rhodan die Positionsdaten des Asteroiden zu überbringen. Wir benötigen eine Bezeichnung für ihn. Wie wäre es mit ›Sesam‹? Paßt doch ausgezeichnet.«

»Guter Name«, sagte Dr. Lieber unbehaglich. Er dachte daran, daß er bald zehntausend Kilometer im entmaterialisierten Zustand zurücklegen würde. »Sesam, öffne dich. War das nicht so eine klassische Oper damals?«

Gucky begann schrill zu lachen, ohne die Hände der Männer loszulassen.

»Ungebildeter Mensch!« schimpfte er voller Verachtung. »Eine Oper! Dabei weiß doch jeder, daß es sich bei ›Sesam, öffne dich‹, um eine berühmte Räubergeschichte handelt – mit Rinaldo oder so ähnlich. Hat Bully mir mal erzählt.«

Ehe Roi Danton die Wissenslücken der beiden Freunde ausfüllen konnte, sagte Major Runete:

»Wenn Sie den Konusraumer noch rechtzeitig erreichen wollen, wird es Zeit. Er fliegt genau auf den Lichtbogen zu.«

Gucky vergaß die Räubergeschichte und konzentrierte sich auf seine Aufgabe. Er sah den Konusraumer deutlich vor sich und peilte ihn an. Genau dahinter, in einer Linie, stand der Leuchtbogen des Materietransmitters.

Und wieder dahinter, in blauschwarzes Flimmern gehüllt, war das Unbekannte – Lichttage oder Tausende von Lichtjahren entfernt.

Gucky teleportierte.

Major Runete starrte auf den Bildschirm und drosselte gleichzeitig die Geschwindigkeit der Space-Jet. Natürlich hätte er nun sofort umkehren und Fahrt aufnehmen sollen, aber er sagte sich mit Recht, daß eine Entdeckung jetzt so gut wie ausgeschlossen sein mußte. Die Uleb hatten genug damit zu tun, ihr Schiff in den Lichtbogen zu steuern. Und daß sie darin auch verschwanden, davon wollte Major Runete sich zuerst überzeugen.

Es war ein faszinierender Anblick, der sich dem einsamen Mann in seiner Space-Jet da bot.

Im Hintergrund stand der Asteroid »Sesam«, darüber der grellweiße Lichtbogen, zehn Kilometer hoch am Scheitelpunkt. Ringsum waren nur wenige Sterne zu sehen, einige verschwommene Flecke – ferne Galaxien, Millionen von Lichtjahren entfernt. Davor erschienen die

Umrisse des Konusraumers tiefschwarz und scharf begrenzt. Er beschleunigte noch immer und glitt mit steigender Geschwindigkeit auf den Lichtbogen zu, der groß genug war, um hundert Konusraumer auf einmal zu schlucken.

Major Runete sah das Eintauchen des Konusraumers in den Lichtbogen. Das Schiff verschwand in dem blauschwarzen Flimmern, Stück für Stück, als würde es von einem Ungeheuer verschlungen. Und es war ja auch ein Ungeheuer, in dessen Rachen sich die Uleb freiwillig begaben.

Das Ungeheuer Zeit und Raum.

Der grellweiße Lichtbogen erlosch, und zurück blieb nur der scheinbar unbelebte und tote Felsbrocken, der Asteroid »Sesam«, äußerlich ohne jede Bedeutung. Und doch schien er der Schlüssel zu einem Geheimnis zu sein, von dessen Entschleierung vielleicht das Schicksal einer ganzen Milchstraße abhing.

Runete war sicher, daß ihn die Uleb nicht bemerkt oder gar angepeilt hatten. Und auch die Orterzentrale tief unter der Oberfläche von »Sesam« hatte ihn nicht entdeckt. Jetzt aber wurde es Zeit, von hier zu verschwinden, ehe die Störungsfelder der fünfdimensionalen Energien restlos zusammenbrachen. Wenn das geschah, würden ihn die Taststrahlen finden und orten.

Nach einem letzten Blick auf den dahintreibenden Asteroiden wendete Major Runete die SC-13 und nahm Fahrt auf. Er beschleunigte mit höchsten Werten und nahm Kurs auf Port Gurrad, wo Rhodan auf ihn wartete.

Gucky mußte nach der Rematerialisation gleich noch einmal springen, damit sie nicht entdeckt wurden. So genau hatte er die Örtlichkeiten des Konusraumers nicht anpeilen können, da die Störungen durch die hyperenergetische Impulsflut zu stark gewesen waren. Er empfing auch noch immer keine Gedankenimpulse, auch die nicht von Tronar und Rakal.

Beim zweiten Sprung hatten sie Glück.

Sie materialisierten in einem abseits gelegenen Hangar, der jedoch, wie Roi Danton mit einem Blick feststellte, mit allen Nachrichteneinheiten versehen war, die zu einem modernen Raumschiff gehörten. So auch mit einem Relais-Bildschirm, der an den Hauptbildschirm der Kommandozentrale angeschlossen war. Obwohl sich kein Uleb in dem Hangar aufhielt, war der Schirm in Tätigkeit.

Roi ließ Guckys Hand los.

»Immer noch nichts?« erkundigte er sich.

Gucky antwortete nicht sofort. Er hielt den Kopf schräg geneigt und schien zu lauschen. Dann nickte er.

»Doch, nicht weit von hier. Sie sind gut angekommen, wissen aber natürlich nicht, wo sie sich befinden. Soll ich sie holen?«

»Schnell und unbemerkt – bitte.«

Gucky entmaterialisierte, und als er Sekunden später wieder erschien, waren die beiden Wellensprinter bei ihm.

Sie versteckten sich hinter einem keilförmigen Beiboot, damit sie auch dann unentdeckt blieben, falls Uleb den Hangar betraten. Der große Bildschirm an der freien Wand konnte von ihnen unbehindert gesehen werden. Das war von äußerster Wichtigkeit, denn ohne diese Orientierungsmöglichkeit hätten sie nicht gewußt, was mit dem Konusraumer und damit auch mit ihnen geschah.

Noch immer stand der Lichtbogen vor dem Konusbug des Schiffes, näherte sich jedoch mit rasender Geschwindigkeit. Es konnte höchstens noch eine Minute dauern, ehe sie darin eintauchten.

Sie hielten die Helme der Schutzanzüge geschlossen und verständigten sich über die Außenmikrophone.

Wie bereits erwähnt, trugen sie die neuen, modernen Schutzanzüge der Solaren Flotte. Es waren sehr schwere Anzüge, aber Roi hielt es in diesem Einsatz für besser, auf jede Bequemlichkeit zu verzichten.

Die Anzüge waren unhandlich und bei Bewegungen aller Art mehr als hinderlich, aber dafür besaßen sie andere Vorteile, auf die Roi und Rhodan nicht hatten verzichten wollen. Die Rückentornister mit den Aggregaten, leistungsstärker als alle bisher bekannten, waren naturgemäß auch größer und schwerer. Breit wie die Schulter eines ausgewachsenen Mannes, reichten sie vom Nacken bis hinab zu den Beinen. Die Gelenkmanschetten der Anzüge waren schwer gepanzert und boten hinreichenden Schutz gegen Verletzungen oder Beschädigungen. Auch die Druckhelme unterschieden sich von den üblichen. Sie waren nicht transparent, sondern ebenfalls stark abgesichert. Die Sichtscheibe, nur etwa acht Zentimeter hoch, reichte von Schläfe zu Schläfe.

Ein Spezialaggregat sorgte dafür, daß der Träger eines solchen Schutzanzuges jederzeit einen eigenen HÜ-Schirm aufbauen konnte, der ihn vor fast allen Gefahren schützte. Der im Rückentornister eingepaßte Antigravitationsprojektor besaß eine Leistungskapazität von fünf Gravos, so daß er überschwere Gravitationskräfte leicht absorbieren konnte.

Die Kombinationsgürtel dieser Anzüge enthielten, ebenso wie die angebrachten Außentaschen, die stärksten Mikrowaffen der Solaren Abwehr und der USO. Die Farbe der Kampfanzüge war lindgrün, sie waren flugfähig und konnten jederzeit ein Deflektorfeld aufbauen, das den Träger unsichtbar machte.

Auch die Sauerstoffversorgung durfte als neuartig bezeichnet werden. Gase, die man auf lebensfeindlichen Planeten antraf, konnten in einem atomaren Umwandlungsprozeß in ein Gemisch atembaren Sauerstoffs und Heliums verwandelt werden.

Selbstverständlich handelte es sich bei dem Kampfanzug Guckys wieder um eine Spezialanfertigung.

Die Hochdruckhelme der Anzüge konnten nicht wie bei früheren Modellen einfach zurückgeklappt werden, allerdings war es möglich, sie mit Halteklammern auf der Schulter zu befestigen. Kopf und Gesicht konnten so von der schützenden Kleidung befreit werden, wenn es angebracht erschien.

Noch dreißig Sekunden . . .

»Wahrscheinlich gibt es einen Transitionsschock«, warnte Dr. Lieber.

Ehe Roi antworten konnte, rief Tronar plötzlich:

»Seht dort, auf dem Schirm . . .! Was ist das?«

Aus dem Transmitterring, nicht mehr weit von dem Schiff entfernt, schoß ein grellweißer Strahl hervor und hüllte das Raumschiff ein. Die Sicht wurde schlechter, und die fernen Milchstraßen verblaßten in dem grellen Licht. Immer noch blieben aber die beiden Bögen des Transmitters sichtbar. Der Konusraumer stieß genau darauf zu.

»Ein Traktorstrahl«, sagte Roi Danton ruhig. »Kein Grund zur Aufregung. Die Station arbeitet automatisch und geht sicher, daß der einmal erfaßte Gegenstand den Transmitter auch richtig anfliegt.«

Die Eindrücke auf dem Bildschirm begannen sich zu vermischen.

Immer noch dominierte der grelle Lichtbogen, aber an seinen Rändern begann es zu flimmern. Das blauschwarze Wabern verwandelte sich allmählich in ein tiefes und absolutes Schwarz, das wie ein abgrundtiefes Maul wirkte, in das der Raumer hineinraste.

Und dann geschah es.

Sie wurden von dem Transmitter verschluckt.

Der Schock war, wie erwartet, ziemlich heftig. Nur die Tatsache, daß sie alle derartige Schocks von früheren Transitionen her noch kannten, bewahrte sie vor der Panik. Außerdem dauerte der Schmerz nur kurze Zeit, dann war alles schon wieder vorbei.

Auf den Bildschirmen war nichts zu erkennen – noch nicht.

Gucky rappelte sich auf.

»Ich kann wieder Gedankenimpulse empfangen«, sagte er überrascht. »Ganz störungsfrei. Die Uleb denken heftig und sehr optimistisch, soweit ich das feststellen kann. Hat jemand etwas dagegen, wenn ich mir das Schiff mal ansehe?«

Roi Danton hatte eine Menge dagegen.

»Wenn sie dich entdecken, war alles umsonst, mein Lieber. Glaubst du, unentdeckt bleiben zu können?«

»Nichts leichter als das, Roi. Aber ich muß mehr wissen, um euch unterrichten zu können.«

»Was meinst du übrigens damit, daß die Uleb optimistischer geworden sind?«

»Sie hoffen auf baldige Hilfe durch ihre Mediziner. Natürlich herrschen noch immer Panik und Furcht vor, aber Hoffnung ist auch vorhanden. Um Genaueres zu erfahren, muß ich mich auf die Suche begeben. Ich muß einzelne Individuen telepathisch belauschen.«

»Gut, dann geh, aber sei vorsichtig. Wir erwarten dich in zehn Minuten zurück.«

Gucky verschwand.

Dr. Lieber hatte die ganze Zeit über den Bildschirm beobachtet, auf dem sich die ersten Veränderungen abzuzeichnen begannen. Plötzlich rief er: »Da – eine Sonne! Und was für eine! Das kann doch wohl nicht die Empfangsstation sein . . .!?«

»Es gibt keine andere«, erklärte Roi Danton verwundert. »Ich habe wenigstens keine andere entdecken können. Aber sehen Sie doch, Doktor, die Lichtkonzentration dicht bei der Sonne, noch im Bereich der Korona – wofür halten Sie das?«

Dr. Lieber sah genauer hin und runzelte die Stirn.

»Nicht für eine Empfangsstation, würde ich sagen, aber natürlich bin ich mir nicht sicher. Der weiße Energieball hat einen Durchmesser von mindestens hundert Kilometern. Er ist mit der blauen Riesensonne durch einen Lichtstrahl verbunden, bezieht also offensichtlich seine Energien aus ihr. Ein künstliches Gebilde, ganz klar, aber eine Empfangsstation . . .? Hm, ich weiß nicht.«

»Dann ist es etwas anderes – aber was?«

Die blaue Riesensonne stand, wie auf dem Bildschirm leicht zu erkennen war, allein im Raum. In der näheren Umgebung gab es keine anderen Sterne.

»Wir befinden uns noch immer im Bereich der Materiebrücke zwischen den beiden Magellanschen Wolken«, stellte Roi Danton fest. »Das bedeutet also, daß der Transmitter uns nicht, wie angenommen, in Richtung der KMW versetzte, sondern eher umgekehrt, wenn nicht sogar in den Leerraum hinaus. Wir werden das noch herausfinden. Die Uleb sind noch raffinierter, als ich bisher annahm. Aber wenn ihr Heimatsystem wirklich hier steht, warum entdeckte man es bisher nicht? Warum diese Sonne, die offenbar keine Planeten besitzt? Sagt, was ihr wollt, da stimmt etwas nicht.«

»Die Materiebrücke ist lang«, warf Dr. Lieber ein. »Auch wenn Sterne weit auseinanderstehen, kann ein System immer noch unentdeckt bleiben. Wir haben bisher nicht die Zeit gefunden, die Materiebrücke genauer zu erforschen. Aber ich gebe zu, daß auch ich ein wenig überrascht bin, nicht in der KMW herausgekommen zu sein. Ich hatte fest damit gerechnet.«

Tronar Woolver meinte:

»Ich möchte wissen, von wo aus der Zapfstrahl zwischen Sonne und Energieball gesteuert wird. Zweitens möchte ich wissen, welche Aufgabe er hat. Transmitterstation? Ich glaube nicht. Aber was sonst?«

In diesem Augenblick kehrte Gucky zurück. Er tauchte so überraschend auf, wie er auch verschwunden war. Sein Gesicht drückte nicht gerade Zuversicht aus. Mißmutig hockte er sich zu den anderen.

»Nun, nichts herausgefunden?« wunderte sich Roi Danton.

»Doch«, sagte Gucky. »Das schon, aber ich weiß nicht, ob es uns weiterhelfen wird. Die Uleb scheinen zwar erleichtert zu sein, daß sie endlich gut zu Hause angelangt sind, aber das ist auch alles. Sie denken nur an ihre Krankheit, an die tödliche Infektion. Keiner hat Mitleid mit dem anderen, jeder denkt nur an sich selbst – auf der anderen Seite erhoffen sie Hilfe von ihren Wissenschaftlern. Alle dreihundert wollen zur Heimatwelt, die ganz dicht in der Nähe sein muß. Seht ihr sie vielleicht auf dem Bildschirm?«

»Wir sehen nur die blaue Riesensonne und den Energieball am Rand ihrer Korona.«

Gucky grinste lustlos.

»Na also, das ist es ja, was ich euch sagen wollte. Es ist nur eine Sonne da, und trotzdem muß der Heimatplanet ganz in der Nähe sein. Wie erklärt ihr euch das?«

Darauf wußte selbst Dr. Lieber keine befriedigende Antwort zu geben. Er gab sich innerlich einen Ruck und bat Roi:

»Die Ortergeräte unserer Schutzanzüge sind denen in kleineren Schiffen ebenbürtig. Gestatten Sie, daß ich mit Gucky auf die Hülle des Konusraumers teleportiere – dort kann uns niemand bemerken. Ich möchte mich davon überzeugen, daß die blaue Sonne in der Tat keine Planeten besitzt. Ich halte das für äußerst wichtig, denn wenn wir keine Planeten entdecken können, steht uns noch eine weitere Überraschung bevor. Die Heimatwelt ist in der Nähe – aber wo?«

»Seien Sie vorsichtig«, riet Roi und gab damit seine Einwilligung.

Gucky seufzte und tat so, als sei ihm die ganze Arbeit furchtbar lästig, aber in Wirklichkeit war er natürlich froh und stolz, wieder unentbehrlich geworden zu sein. Er nahm Dr. Lieber an der Hand und verschwand. Als die beiden wenige Minuten später in den Hangar zurückkehrten, schüttelte der Mathematiker fassungslos den Kopf.

»Es wird immer verrückter und unverständlicher. Unsere Position kann ich erraten, denn sowohl die heimatliche Milchstraße wie auch die beiden Magellanschen Wolken sind deutlich zu erkennen. Wir sind in der Materiebrücke, etwa sechstausend Lichtjahre von der größeren Wolke entfernt. Der Transmitter hat uns also an Port Gurrad und Rhodan vorbei in die umgekehrte Richtung gebracht. Wir dürften etwa genau zwischen der Großen Magellanschen Wolke und Port Gurrad stehen. Ja, und was den Heimatplaneten der Uleb angeht, so muß ich Gucky leider recht geben: Es ist mehr als geheimnisvoll. Die blaue Sonne steht allein im All. Es steht einwandfrei fest, daß sie keine Planeten hat. Sie existieren nicht, das ist alles. Damit scheint die Handlungsweise der Uleb sinnlos geworden zu sein, aber ich frage mich, warum sie so intensiv an die nahe Rettung glauben. Da stimmt doch etwas nicht . . .!«

»Da stimmt eine ganze Menge nicht«, warf Tronar Woolver überzeugt ein. »Ganz abgesehen von den Gedanken der Uleb, die es ja schließlich wissen müssen, gibt mir der Energieball dicht bei der blauen Sonne zu denken. Er ist künstlicher Natur, das dürfte feststehen. Also hat ihn jemand erzeugt. Wozu aber, wenn es keine Planeten gibt, auf denen Lebewesen wohnen, die irgendeinen Nutzen aus der Anlage ziehen?« Er blickte auf den Bildschirm, in dessen Zentrum die blaue Sonne stand. Er sprang auf und deutete darauf. »Seht nur . . .!«

Die Sonne selbst veränderte sich nicht. Aber aus dem weißen Energieball dicht daneben schoß ein blendend weißer Energiestrahl hervor, tastete sich suchend durch den Raum und erfaßte schließlich den Konusraumer.

»Ein neuer Traktorstrahl!« rief Roi Danton überrascht. »Was soll das denn nun wieder? Er wird das Schiff doch wohl nicht in den Energieball ziehen?«

»Vielleicht auch ein Materietransmitter!« vermutete Dr. Lieber. »Das würde einiges erklären – zum Beispiel, warum wir keine Planeten sehen. Der Transmitter wird uns hinbringen.«

Ihnen blieb keine Zeit mehr, ihre Ansichten auszutauschen, denn in diesem Augenblick setzte sich der Konusraumer mit erheblicher Beschleunigung in Bewegung, genau auf den weißen Energieball zu. Da er nur wenige Millionen Kilometer vom Rand der blauen Sonne entfernt stand, bestand durchaus die Möglichkeit, daß deren Gravitationsfeld zu stark wurde und das Schiff in sich hineinriß. Auch würde die Hitze unerträglich werden, falls der Konusraumer nicht über entsprechende Abwehreinrichtungen verfügte.

Das jedoch mußte der Fall sein, denn Gucky stellte in den Gedanken der Besatzung Erleichterung fest. Der weiße Traktorstrahl und der Energieball gehörten also zum Programm. Beide bedeuteten Stationen auf dem Weg in das verborgene System der Uleb.

Die blaue Sonne wurde größer, der weiße Energieball eindrucksvoller und furchterregender. Der Konusraumer hielt noch immer genau darauf zu, vom Traktorstrahl mitgerissen.

»Es wird besser sein, wir bereiten uns vor«, sagte Dr. Lieber. »Aber ich glaube nicht, daß die Entfernung diesmal so groß wie beim ersten Sprung sein wird. Also ist auch der Schock geringer.«

»Mir gehen die Schocks allmählich auf die Nerven«, beschwerte sich Gucky. »Einmal müssen wir doch am Ziel sein.«

»In wenigen Minuten«, versprach Roi Danton ruhig. »Bald wissen wir mehr.«

Sie sprachen nicht mehr, sondern sahen nur noch auf den Bildschirm, der zeigte, was draußen im Raum vor sich ging. Zuerst füllte die blaue Sonne die ganze Fläche aus, wurde aber dann von der grellen Energiekugel überblendet, die immer schärfer hervortrat und zu dominieren begann. Nur allzu deutlich verriet der Bildschirm, daß der Konusraumer genau auf diese Energiekugel zuraste.

Und dann tauchte er in sie hinein.

17.

Der erwartete Transitionsschock blieb aus.

Die Männer stellten es zu ihrer maßlosen Verblüffung fest, aber ehe sie darüber nachzudenken vermochten, geschah etwas ganz anderes.

Zwar begannen sie sich bis zu einer gewissen Grenze zu entmaterialisieren, aber ihre Körper blieben in den Konturen sichtbar, wenn sie auch nahezu transparent wurden. Anorganische Materie schien unempfindlich gegen den Einfluß der merkwürdigen Transition zu bleiben, während lebende Materie transparent, aber immer noch in gewissen Grenzen sichtbar wurde.

Der Bildschirm arbeitete ohne Unterbrechung weiter. Als das Schiff in die Energiekugel hineinraste, strahlte er hellweiß und ohne Kontraste. Sekunden später erlosch er von einer Sekunde zur anderen.

Im selben Augenblick wurden die vier Männer und Gucky wieder voll sichtbar. Sie spürten keinerlei Nachwirkungen oder gar Schmerzen, aber sie ahnten, daß etwas Außergewöhnliches geschehen war.

»Das muß ein Planet sein«, sagte Tronar und deutete in Richtung des Bildschirms. »Ein ziemlich großer. Also sind wir doch wieder durch einen Transmitter geflogen.«

Roi Danton und Dr. Lieber gingen bis zum Bildschirm vor, um die Einzelheiten besser erkennen zu können. Als Tronar das mit dem Transmitter erwähnte, schüttelte der Mathematiker heftig den Kopf.

»Nein, ich glaube nicht, Tronar. Das war kein gewöhnlicher Transmitter, der Materie von einem Ort zum anderen beförderte. Wir werden bald wissen, was *wirklich* geschehen ist.«

Der deutlich erkennbare Planet war wesentlich größer als die Erde. Zwar fehlte jede Bezugsmöglichkeit, aber allein die Dicke der Atmosphäre deutete darauf hin. Seitlich standen einige Monde, die den Planeten umkreisten. Sie besaßen ebenfalls eine sichtbare Atmosphäre.

»Muß ein Riesending sein«, murmelte Dr. Lieber. »Ich schätze den Durchmesser auf eine halbe Million Kilometer. Glauben Sie, daß er bewohnt ist oder der Heimatplanet der Uleb?«

Roi Danton schüttelte den Kopf.

»Nein, das glaube ich nicht. Ich würde eher auf einen der Monde tippen, von denen jeder so groß wie unsere Erde sein dürfte. Aber wo ist denn die Sonne? Das System muß doch eine Sonne haben. Die Tagseiten der Monde sind beleuchtet – wenn auch nur schwach, in einem leicht bläulichen Schimmer.«

Dr. Lieber horchte auf und betrachtete die Monde auf dem Bildschirm genauer.

»Blauer Schimmer – das stimmt. Das erinnert mich an eine blaue Riesensonne und einen weißen Energieball. Vielleicht besteht da ein Zusammenhang.«

»Wie meinen Sie das, Doktor? Die blaue Sonne . . . wer weiß, wie weit entfernt die jetzt ist. Vergessen Sie nicht den Transmitter.«

»Ich vergesse ihn nicht. Aber ich gehe jede Wette darauf ein, daß der Planet dort, und seine Monde ihr Licht von derselben blauen Sonne erhalten, die noch vor wenigen Minuten auf dem Bildschirm zu sehen war. Fragen Sie mich nicht nach einer Erklärung – ich habe keine. Es ist nur eine Vermutung. Wir werden sicher bald Gelegenheit erhalten, sie nachzuprüfen. Aber sollte sie stimmen, stehen wir vor einem neuen Problem.«

»Ja, ich weiß . . .«

»Eben. Jedenfalls würde es sich dann bei der weißen Energiekugel nicht um einen Materietransmitter gehandelt haben.«

»Um was dann?« fragte Tronar Woolver erstaunt.

Dr. Lieber beantwortete die Frage nicht. Er wandte sich an Roi Danton: »Gestatten Sie, daß Gucky mit mir abermals auf die Hülle teleportiert? Wir haben keine andere Möglichkeit, unsere Umgebung zu kontrollieren.«

»Gut, uns bleibt keine andere Wahl. Aber seien Sie vorsichtig.«

Gucky gab überhaupt keinen Kommentar. Er nahm Dr. Lieber bei der Hand, konzentrierte sich und verschwand.

Sie materialisierten auf der Hülle des Konusraumers, nahe beim Heck. Als sie wieder sehen konnten, bot sich ihren Augen ein erstaunlicher Anblick.

Dominierend war die blaue Riesensonne, die sie schon kannten. Sie stand hell strahlend im All, und ihr Licht ließ im ersten Augenblick alles andere verblassen. Aber dann schälten sich allmählich erste Einzelheiten heraus. Der gigantische Planet wurde sichtbar, der die Sonne in einem ungewöhnlich geringen Abstand umlief. Ihn wiederum umkreisten mehrere Monde. Die Ortergeräte verrieten sehr bald, daß es sich insgesamt um dreizehn Monde handelte.

Es konnte kein Zweifel daran bestehen, daß die blaue Riesensonne dieselbe wie vorher war. Der weiße Energieball stand allerdings auf der anderen Seite der Korona, aber er blieb natürlich deutlich erkennbar.

Ein Sonnensystem, wenn auch recht eigenartiger Struktur, das einmal unsichtbar, und Sekunden später sichtbar sein konnte . . .?

Die dreizehn Monde umkreisen den Planeten in einer Entfernung von anderthalb Millionen Kilometern. Sie hatten alle dieselbe Umlaufbahn. Und dieser Planet wiederum kreise um die blaue Riesensonne, die ihnen Licht und Wärme gab, dem Planeten und seinen Monden . . .

Das war mehr als seltsam, und auf keinen Fall ein Zufall.

Der Mathematiker überzeugte sich davon, daß alle Daten gespeichert wurden, und gab Gucky mit dem Ellenbogen einen Stoß. Die beiden wagten es nicht, den Funksprechverkehr einzuschalten.

Gucky teleportierte in den Hangar zurück. Kaum hatte Dr. Lieber seine Außenmikrophone wieder eingeschaltet, da begann er auch schon zu sprechen:

»Alles klar jetzt. Wir sind durch einen Zeittransmitter gegangen – und nicht durch einen Materietransmitter, der uns von einem Ort zum anderen befördert hätte.«

»Zeittransmitter? Wie meinen Sie das?« Roi Danton wirkte plötzlich sehr verstört. »Befinden wir uns in der Vergangenheit?«

»Im Gegenteil. Wir halten uns in der Zukunft auf.«

Roi starrte den Mathematiker ungläubig an.

»Zukunft?« Er schüttelte den Kopf. »Es ist noch niemandem gelungen, in die Zukunft vorzustoßen, wenn wir von den Perlians absehen, die wenige Sekunden in die Zukunft *sehen* konnten. Unsere Wissenschaftler haben festgestellt, daß ein direkter Vorstoß in die Zukunft unmöglich ist.«

Dr. Lieber schüttelte den Kopf.

»Ja und nein. Natürlich haben wir festgestellt, daß eine Reise in die Zukunft aus Gründen der Logik unmöglich sein muß, aber wir stehen vor der verblüffenden Tatsache, daß es den Uleb gelungen ist, sie zu realisieren. Denn eine andere Erklärung für das Phänomen, vor dem wir nun stehen, gibt es nicht. Nur die Sonne war sichtbar, als wir per Transmitter hier eintrafen. Dann kam der weiße Energieball, der nichts anderes als ein Zeittransmitter ist. Wir flogen in ihn hinein – und nun wurde der Planet mit seinen dreizehn Monden sichtbar. Daraus ist zu schließen, daß sich dieses System in der Zukunft befindet, denn befände es sich in der Gegenwart oder gar in der Vergangenheit, wäre es bereits vorher sichtbar gewesen.«

»In der Zukunft . . .?« Roi Danton zuckte die Schultern und sah geistesabwesend zu, wie Gucky seinen zweiten Konzentratwürfel verzehrte. »Wie weit in der Zukunft?«

»Leider kann ich das nicht feststellen, da es keinen temporalen Bezugspunkt gibt. Aber was in der Zukunft existiert, kann man in Gegenwart oder Vergangenheit nicht registrieren. Und das ist der Grund, warum das ganze System in der Gegenwart unsichtbar ist.«

Roi Danton setzte sich wieder.

»Nun wissen wir, warum die Heimatwelt der Uleb niemals entdeckt werden konnte. Das System existiert einfach in der Zukunft – das ist alles. Aber sie haben jederzeit die Möglichkeit, in die Vergangenheit, also unsere Gegenwart zurückzukehren. Wenn dort ihre Aufgabe erledigt ist, verschwinden sie erneut in ihrer Zukunft. Wie sollte man ihnen da jemals folgen können?«

»Eine erstaunliche Erklärung, Doktor . . .! Werden wir sie auch beweisen können?«

Dr. Lieber nickte.

»Jederzeit – falls es uns gelingen sollte, wieder in die Vergangenheit zurückzukehren.«

Es war eine Lage, in der sich noch kein Mensch befunden hatte. Reisen in die Vergangenheit hatte es gegeben, auch eine Rückkehr. Aber die Zukunft war dem Menschen verschlossen geblieben, und das war gut so. Doch nun schien es wahrhaftig geschehen zu sein. Wenn Dr. Lieber recht behielt, war die Gegenwart längst zur Vergangenheit geworden.

»Wir müssen unbedingt herausfinden, wie weit wir in die Zukunft vorstießen«, sagte Tronar Woolver schließlich. »Gucky, das wäre etwas für dich. Die Uleb müßten es eigentlich wissen.«

»Natürlich wissen sie es, aber die Frage ist, ob sie auch daran denken. Wie ich sie kenne, denken sie nur an ihre Rettung, aber nicht an den Zeittransmitter oder die Zeit, die inzwischen verging – natürlich relativ gesehen. Aber ich kann es ja mal versuchen.«

»Wäre reizend von dir«, eröffnete ihm Roi Danton freundlich.

Gucky schielte ihn durch seine Sichtscheibe an, erhob sich schwerfällig und teleportierte.

Er blieb fünf Minuten aus, dann rematerialisierte er wieder. Mit einem deutlich hörbaren Seufzer ließ er sich auf sein nicht gerade mageres Hinterteil nieder und begann den dritten Konzentratwürfel auszupacken.

»Na, was ist?« erkundigte sich Roi Danton ungeduldig.

»Fünf Minuten«, sagte Gucky. »Wir befinden uns genau fünf Minuten in der Zukunft. Ist doch nicht viel, oder . . .?«

Roi sah ratlos zu Dr. Lieber hinüber, der Rhodans Sohn schnell zu Hilfe kam.

»Mein lieber Gucky, nimm die Sache nicht so leicht. Fünf Minuten in der Zukunft, das sind genausoviel wie fünf Millionen Jahre. Die Gegenwart kann diese fünf Minuten Vorsprung niemals einholen, darüber mußt du dir klar werden. Wenn wir also jemals wieder Kontakt mit den Lebenden – den vor fünf Minuten Lebenden meine ich – aufnehmen wollen, müssen wir um fünf Minuten in die Vergangenheit zurückversetzt werden. Ist das klar?«

»Nein«, sagte Gucky. »Absolut nicht klar. Wieso?«

Dr. Lieber stöhnte entsetzt auf.

»Mein Gott, wie soll ich dir das erklären? Es ist eben so, damit basta!«

Gucky grinste.

»Typisch konservativer Wissenschaftler! Es ist eben so, damit basta! Ich will eine Erklärung, mein Lieber. Schließlich leben ja Rhodan und die anderen, und sie leben in die Zukunft hinein . . .«

»Natürlich, aber sie können uns nicht einholen, weil wir ihnen immer um diese fünf Minuten voraus sind. Begreifst du das denn nicht?«

Genau in dieser Sekunde begriff Gucky. Er starrte den Mathematiker entsetzt an. Dann nickte er.

»Ja, das leuchtet mir ein. Also müssen wir wieder zurück. Das kriegen wir hin, wenn es soweit ist. Keine Sorge, wir finden einen Ausweg.«

Dr. Lieber warf Roi Danton einen Blick zu und verzichtete auf jeden Kommentar.

Gucky verzehrte indessen in aller Ruhe seinen Konzentratwürfel. Ihn schien es nicht zu stören, daß er fünf Minuten in der Zukunft weilte.

Eine Weile geschah nichts von Bedeutung.

Dann aber veränderte sich einiges auf dem Bildschirm. Der Planetenriese rückte aus dem Sichtfeld und machte einem der dreizehn Monde Platz. Es handelte sich um eine erdgroße Welt mit Kontinenten und Meeren und einer deutlich erkennbaren Atmosphäre. Mehr ließ sich vom Hangar aus nicht feststellen. Jedenfalls schien der Mond das Ziel des Konusraumers zu sein.

Der Mond wurde langsam und stetig größer. Damit wurde klar, daß der Konusraumer beschleunigte, wenn auch nur geringfügig. Er schien auf etwas zu warten, vielleicht auf Anweisungen.

»Diese Bestien!« knurrte Dr. Lieber wütend. »Die dreihundert Uleb an Bord sind überzeugt, mit einer tödlichen und unheilbaren Seuche infiziert worden zu sein, dem Tode geweiht, weil, wie wir wissen, es kein Gegenmittel gibt. Und das wissen die leitenden und führenden Persönlichkeiten der Uleb-Heimatwelt auch. Ja, glauben Sie denn im Ernst, man wird die gesamte Rasse einer eventuellen Gefahr aussetzen, nur um dreihundert Uleb zu helfen? Nein, es wird ganz anders kommen, als unsere Flüchtlinge von Port Gurrad hoffen. Man wird sie töten, ehe das Schiff landet. Man wird sogar das ganze Schiff vernichten, denn es ist ihrer Meinung nach ja verseucht.«

Roi Danton ging nicht sofort darauf ein. Er nahm den Blick nicht von dem Bildschirm. »Wir nähern uns dem Mond. Er scheint ideale Lebensbedingungen zu bieten, soweit man das von hier aus beurteilen kann. Sollte es sich wirklich um die geheimnisvolle Heimatwelt der Retortenwesen handeln? Ein Mond?«

»Ob Mond oder Planet, das spielt bei diesen Größenverhältnissen keine Rolle mehr. Die Entfernung des Riesenplaneten von seiner blauen Sonne beträgt achthundertfünfzig Millionen Kilometer, das bedeutet in der Relation eine geringere Entfernung als jene, die unsere Erde von ihrer Sonne trennt. Das aber gilt auch für die Monde des Riesenplaneten. Sie bieten, meiner Meinung nach, hervorragende Lebensbedingungen, alle dreizehn. Kann man sich ein idealeres Sonnensystem als dieses vorstellen? Ganz abgesehen davon, daß es in der normalen Zeitebene unsichtbar bleibt?«

»Was wir erleben«, erwiderte Roi Danton, »ist unglaublich. Uns ist das gelungen, was über sechzigtausend Jahre hinweg niemandem gelang. Wir haben das Heimatsystem der Uleb entdeckt, die mit der Ersten Schwingungsmacht identisch sind. Wir haben das Zentrum einer Macht entdeckt, die seit Jahrzehntausenden die Menschheit bewacht und bekämpft. Nun fehlt uns nur noch die Möglichkeit, Rhodan von unseren Ermittlungen zu benachrichtigen, aber das ist aussichtslos, denn Rhodan ist nicht nur Tausende von Lichtjahren entfernt, sondern er befindet sich auch fünf Minuten in der Vergangenheit. Wie sollen wir ihn jemals erreichen?«

Dr. Lieber stand auf und kam zu Roi Danton. Beide Männer standen nun vor dem Bildschirm, der die Oberfläche des Mondes in allen Einzelheiten wiedergab.

»Wir müssen den Zeittransmitter zerstören. Fragt sich nur, wie man eine Energiekugel von hundert Kilometern Durchmesser vernichten kann.«

Tronar Woolver sagte:

»Ich glaube nicht, daß die Kugel der eigentliche Transmitter ist. Er wird eine Art Energiespeicher sein, Doktor. Von ihm erhält der Transmitter oder die Anlage, mit deren Hilfe das gesamte System in der Zukunft gehalten wird, seine Energie. Natürlich würde es vollauf genügen, die Energiekugel platzen zu lassen, aber wesentlich einfacher wäre es schon, wir fänden die Station und vernichteten sie mit einigen Bomben.«

Dr. Lieber drehte sich um und nickte Tronar zu.

»Sie haben völlig recht, mein lieber Freund, aber ich gäbe meine letzten Haare dafür, wenn ich wüßte, wo sich diese Zeitstation befindet. Auf dem Riesenplaneten? Auf einem der dreizehn Monde? Irgendwo frei im Raum schwebend?«

Roi Danton deutete auf den Bildschirm.

»Keine Zeit mehr, darüber zu diskutieren, meine Herren. Ich glaube, die Entscheidung rückt näher.«

Das Raumschiff näherte sich weiter dem Mond und verringerte seine Geschwindigkeit. Die Entfernung betrug nur noch wenige Millionen Kilometer, verringerte sich jedoch ständig.

Und dann geschah das, was Dr. Lieber prophezeit hatte.

Urplötzlich änderte der Konusraumer seinen Kurs.

Roi rief dem Mausbiber zu:

»Stelle fest, ob der Kommandant das veranlaßt hat. Es ist wichtig für uns.«

Gucky machte sich nicht die Mühe, seinen Standort zu wechseln. Die einfallenden Gedankenimpulse der Besatzung waren nun so intensiv und voller Panik, daß er sie leicht empfangen konnte. Es dauerte nur wenige Minuten, und er wußte Bescheid.

»Fernsteuerung, und die Uleb an Bord scheinen zu ahnen, daß man auf dem Heimatplaneten den Grund ihrer Rückkehr erfuhr und eine Landung unter allen Umständen verhindern möchte. Sie wissen, daß sie keine Hilfe erwartet, sondern nur das Gegenteil. Aber sie können nichts dagegen tun. Es gibt keine Rückkehr mehr für sie.«

»Also zum Tode verurteilt . . .!« murmelte Roi Danton entsetzt.

»Ich betonte schon«, warf Dr. Lieber ein, »was ich von der Psyche der unsterblichen Retortenwesen halte. Das Ergebnis bestätigt nur meine Theorien. Sie ist kalt und tödlich logisch. Leider sind wir an Bord des

Schiffes, das bald vernichtet wird. Meine Frage lautet: Was tun wir dagegen?«

Roi Danton hatte seine Starre überwunden. Er sah auf den Bildschirm.

»Wenn mich nicht alles täuscht, ist der Riesenplanet jetzt unser Ziel. Dort soll die Katastrophe stattfinden. Nun gut. Dr. Lieber, würden Sie so freundlich sein, noch einmal mit Gucky eine letzte Analyse des Riesenplaneten vorzunehmen? Wir benötigen alle verfügbaren Daten. Zusammensetzung der Atmosphäre, Rotation, Temperaturen, Gravitation und so weiter. Es ist möglich, daß eine Landung vorgenommen wird, ehe man das Schiff durch einen Funkimpuls in die Luft jagt. Bitte, beeilen Sie sich.«

Gucky nahm Dr. Liebers Hand und verschwand mit dem Mathematiker.

Roi seufzte.

Das Warten dauerte fast zehn Minuten. Inzwischen wurde auf dem Bildschirm der Planetengigant schnell größer. Deutlich waren die atmosphärischen Wirbel zu erkennen, die auf eine ungewöhnlich schnelle Rotation schließen ließen. Die Querstreifen erinnerten an den solaren Jupiter. Kontinente und sonstige Bodenformationen waren nicht zu erkennen. Man war auf die Ergebnisse der Fernorter angewiesen.

Schließlich kehrten Gucky und Dr. Lieber zurück. Der Mathematiker nahm einige Schaltungen an den Orterinstrumenten seines Schutzanzuges vor, während Gucky sich in einer Ecke hinter den Beibooten niederließ.

In aller Ruhe nahm er sich einen Konzentratwürfel vor.

Dr. Lieber sagte dann:

»Wir werden die obersten Schichten der Atmosphäre in einer Stunde erreichen, denn die Geschwindigkeit beträgt nun konstant Viertel Licht. Hier die Daten über den Riesenplaneten: Durchmesser fünfhundertsechsundachtzigtausend Kilometer; Rotationsdauer nicht genau festzustellen, wahrscheinlich aber ungewöhnlich kurz; Gravitation nur 4,1 g, was verblüffend wenig ist. Die Atmosphäre ist ein Gemisch aus Wasserstoff und Ammoniak, mit Methanzusätzen. Für uns reines Gift. Mehr ist nicht herauszufinden. Wollen Sie auch noch etwas über das System an sich wissen?«

»Bitte«, nickte Roi.

»Dreizehn Planeten umkreisen den Giganten, von mir aus auch Monde, wenn Sie wollen. Und zwar alle in einem Abstand von anderthalb Millionen Kilometern. Sie bilden somit einen Ring um einen Mutterplaneten. Alle erhalten Licht und Wärme von der blauen Sonne. Diese Sonne, wie wir sie sehen, ist fünf Minuten alt, wenn man von der Zeitdifferenz absieht, die das Licht für seine Reise benötigt. Der Planet und seine Monde jedoch halten sich fünf Minuten in der Zukunft auf. Die Sonne muß sich in der Vergangenheit – von uns aus betrachtet – aufhalten, damit sie die Energie für den Zeitversetzer spenden kann. Aber auch der Zeittransmitter unterliegt diesen Naturgesetzen. Er ist jetzt fünf Minuten in der Zukunft vorhanden, aber er arbeitet in der Vergangenheit. Da er jedoch in der Vergangenheit existiert, als anorganische Materie, existiert er auch in unserer fünf Minuten älteren Zukunft, ebenfalls um fünf Minuten älter. Wir werden ihn finden, und ich glaube, ich weiß auch schon, wo.«

»Wo?« erkundigte sich Roi, obwohl er es ahnte.

»Auf dem Riesenplaneten«, sagte Dr. Lieber einfach.

Roi sah wieder auf den Bildschirm.

»Noch eine knappe Stunde haben wir Zeit. Vielleicht sollten wir es Gucky nachmachen und essen. Wer weiß, ob wir später noch Zeit dazu haben. Ich fürchte, daß uns einige harte Stunden bevorstehen.«

»Worauf du Gift nehmen kannst«, meinte Gucky und fischte den nächsten Würfel aus seiner Innentasche.

Langsam nur schleppten sich die Minuten dahin, während der Riesenplanet immer größer und seine Oberflächengestaltung deutlicher wurde. Der größte Teil jedoch lag weiterhin unter einer dichten Wolkendecke verborgen, deren Längsformation auf gewaltige Rotationsstürme schließen ließ.

»Atlas«, sagte Roi Danton plötzlich. »Wir werden ihn Atlas nennen.«

Dr. Lieber, der inzwischen einige Berechnungen angestellt hatte, sah wieder auf den Bildschirm, der zum Glück noch immer funktionierte.

»Mir scheint, der Kurs wird geringfügig geändert. Wahrscheinlich ist eine ganz bestimmte Landestelle vorgesehen, denn wenn ein Schiff dieser Größe explodiert, entsteht ein beachtlicher Krater. Aber ich frage mich, was auf einer unbewohnbaren Welt beschädigt werden kann.«

Tronar Woolver stand auf und ging zum Bildschirm. Mit der rechten Hand zeigte er in die linke untere Ecke. Dort rundete sich der Horizont von Atlas, und genau darauf flog jetzt der Konusraumer zu.

Hinter dem Horizont war ein heller Schein zu erkennen, der sich in Form eines Strahls in den Raum fortsetzte, auf die schräg hinter Atlas stehende Sonne zu.

»Das ist ein Zapfstrahl, daran kann kein Zweifel bestehen. Ich verwette meinen Kopf, daß er die Energie für das Kraftwerk aus der Sonne holt, mit dem die Zeitstation gespeist wird. Kann sich jemand von Ihnen vorstellen, wieviel Energie notwendig ist, ein ganzes Planetensystem dauernd fünf Minuten in der Zukunft zu halten?«

Das konnte natürlich niemand, aber jeder war sich darüber klar, daß es unvorstellbare Energiemengen sein mußten. Mit Hilfe normaler Konverter konnten sie niemals erzeugt werden, aber die blaue Riesensonne konnte sie liefern.

»Ich stimme Ihnen zu«, sagte Dr. Lieber. »Ein energetischer Zapfstrahl, ganz klar. Für das Zeitfeld. Wir werden nicht weit davon entfernt landen, wenn der Kurs beibehalten wird. Übrigens sieht die Oberfläche von Atlas nicht gerade sehr einladend aus. Auf dem Infraschirm ist es deutlich zu sehen . . .«

Gebirge wechselten mit Ammoniakmeeren und felsbrockenübersäten Ebenen, dazwischen schoben sich gigantische Spalten und grundlose Schluchten. Fast überall lag grauweißer Schnee, was auf niedere Temperaturen schließen ließ. Nichts deutete auf die Anwesenheit intelligenter Lebewesen hin. Alles wirkte leer und tot.

Bis auf den weißen Zapfstrahl, dessen Beginn hinter dem Horizont des gigantischen Planeten lag.

»Energieversorgung des Zeitfeldes, ganz offensichtlich«, wiederholte Dr. Lieber, nun fest überzeugt. »Sie holen die Energie aus der blauen Riesensonne, die hat ja genug. Mehr als genug. Reicht für ein paar Millionen Jahre, immer fünf Minuten in der Zukunft. Ich fürchte, wir haben die Uleb gewaltig unterschätzt.« Er machte eine Pause und runzelte die Stirn.

»In zehn Minuten schlagen wir auf, oder wir landen«, sagte Roi schließlich. »Wir wollen lieber darüber nachdenken, was wir tun.«

»Keine Sorge«, erwiderte Dr. Lieber. »Wir werden nicht abstürzen. Aus Gründen, die mir unverständlich sind, werden die verantwortlichen Uleb das Schiff nicht einfach abstürzen lassen oder es innerhalb der Atmosphäre von Atlas zur Explosion bringen. Sie werden es landen lassen und erst dann zerstören. Ich nehme lediglich an, der Zapfstrahl hat damit etwas zu tun. Wegen der Energie.«

»Wie kommen Sie auf die Idee?« erkundigte sich Roi.

»Ganz einfach. Wenn sie eine andere Methode besäßen, hätten sie das Schiff längst vernichtet. Warum setzen sie eine Fernsteuerung ein und lenken es nach Atlas? Warum alle Anzeichen, daß eine Landung geplant ist? Glauben Sie mir, die Uleb können das Schiff nur nach einer Landung vernichten, und zwar mit Hilfe der Energie, die sie aus dem Zapfstrahl holen. Wir können also in aller Ruhe abwarten, bis wir gelandet sind. Dann allerdings ist Eile geboten.«

»Eine letzte Frage, Doktor: Was ist mit dem Zeittransmitter? Es muß doch eigentlich zwei geben?«

»Richtig, es gibt zwei. Der erste bewirkt einen Sprung in die Zukunft. Es handelt sich dabei um die Energiekugel, die wir ja gesehen haben und in die wir hineinflogen. Sie schleudert jede Materie, die in sie eindringt, um genau fünf Minuten in die Zukunft. Ein Zeitfeld – und dabei handelt es sich praktisch um den zweiten Transmitter, den Sie erwähnen – sorgt dafür, daß alle Gegenstände, die durch den ersten Transmitter in die Zukunft gelangen, auch dort bleiben. Der Zapfstrahl sorgt für die notwendige Energie. Das Kraftwerk des Zeitfeldes muß sich dementsprechend auf Atlas befinden.«

Roi Danton sagte einfach:

»Und damit dürfte unsere Aufgabe wohl klar umrissen sein.«

18.

Der Konusraumer landete ziemlich hart, aber er landete.

Gucky stellte fest, daß unter den Uleb an Bord panikartige Stimmung herrschte. Die Bestien schienen zu ahnen, was ihnen bevorstand. Sie kannten ihre eigene Mentalität.

Sie wußten, daß ihnen der Tod bevorstand.

Der Kommandant befahl das Anlegen der Schutzanzüge.

Gucky teilte alles, was er erfuhr, Roi Danton mit.

»Die werden doch wohl nicht beabsichtigen, das Schiff zu verlassen?«

»Was bleibt ihnen anderes übrig?« Dr. Lieber sah auf den Bildschirm, auf dem die trostlose Landschaft des Riesenplaneten keine Hoffnung auf ein Überleben offen ließ. »Das Schiff wird zerstört, das dürfte sicher sein. Und der Planet selbst wird für den Tod der Scheininfizierten sorgen, wenn sie rechtzeitig das Schiff verlassen können, was ich bezweifle. Übrigens sollten wir uns beeilen.«

Roi Danton nickte.

»Alles bereit? Dr. Lieber und ich teleportieren mit Gucky. Falls sich kein Energiestrahl findet, wird Gucky später die Zwillinge holen. Auf dem Bildschirm ist ein Gebirgszug zu erkennen, knapp zwanzig Kilometer entfernt, den wir als Treffpunkt ausmachen. Wir werden uns schon finden, mit Guckys Hilfe.«

»Immer Gucky«, knurrte der Mausbiber. »Was würdet ihr bloß ohne mich anstellen? Wenn ich es mir so richtig überlege, könnten wir Ilts das ganze Universum beherrschen, aber wir sind ja ein friedliches und genügsames Volk. Allein ich, den man den Retter des Universums nennt, habe den Terranern zu ihren Erfolgen verholfen. Man stelle sich mal vor, was geschehen würde, wenn auch die anderen Ilts aktiv eingreifen würden! Lieber Roi, was wären die Terraner ohne die Mausbiber?«

Roi Danton verzog keine Miene, als er sagte:

»Und was wären die Ilts ohne die Terraner?«

Gucky seufzte, nahm Rois Hand, dann die von Dr. Lieber. »Alles fertig?« Er drehte sich zu den Zwillingen um. »Bis später, Freunde. Drüben im Gebirge. Soll ich euch holen?«

»Nicht nötig«, lehnte Tronar ab. »Die Uleb senden Orterstrahlen zum Gebirge aus. Wenn du dich nicht beeilst, sind wir eher dort.«

Das ließ der Mausbiber sich nicht zweimal androhen. Mit grimmigem Gesichtsausdruck konzentrierte er sich auf die Teleportation und war Sekunden später verschwunden. Mit ihm Roi Danton und Dr. Lieber.

Genau eine Minute später, als die ersten Uleb in aller Hast ihr zur Vernichtung verurteiltes Schiff verlassen wollten, zweigte aus dem Zapfstrahl zur Sonne ein grellweißes Bündel ab, fand seinen Weg zu dem Konusraumer und traf ihn in der Mitte der abgeplatteten Bugs.

Es gab nicht sofort eine Detonation, sondern dort, wo der Strahl auftraf, begann das Metall zu glühen und dann abzuschmelzen. Die Retortenwesen bemerkten das Unheil zwar noch rechtzeitig, aber die sofort beginnende Flucht nützte ihnen nichts mehr. Sie eilten von dem Schiff weg, aber von dem Energiestrahl zweigten wiederum – von einer unbekannten Stelle aus gesteuert – kleinere Bündel ab und verfolgten jeden Uleb. Die Bestien vergingen eine nach der anderen in der energetischen Glut. Zurück blieben lediglich kleine, qualmende Krater.

Inzwischen konzentrierte sich der vernichtende Energiestrahl mehr und mehr auf das Schiff, das regelrecht auseinanderschmolz, bis der Weg ins Innere frei war.

Dann traf der Strahl auf die atomaren Antriebswerke.

Die Detonation zerriß den Konusraumer und verwandelte ihn in Sekundenschnelle in eine molekulare Gaswolke, die in der Form eines gewaltigen Pilzes in die Atmosphäre emporstieg. Zurück blieb ein gigantischer Krater.

Roi Danton, Dr. Lieber und Gucky konnten die Katastrophe vom Gebirge aus beobachten. Beim zweiten Teleportersprung waren sie auf einem Felsvorsprung hoch über der Ebene rematerialisiert, von wo aus sie einen guten Überblick hatten. Die Atomexplosion kam nicht unerwartet, aber ihre Wirkung erschütterte die unfreiwilligen Zuschauer doch.

»Sie sind unsere Gegner«, sagte Roi Danton über die Außenmikrophone. »Aber ich kann mich nicht über ihre Vernichtung freuen. Sie tun mir leid.«

»Keiner kann das«, gab Dr. Lieber ihm recht. »Der Vorfall beweist meine Theorie über ihre mentale Einstellung. Sie kennen nicht einmal das Mitleid sich selbst gegenüber, wie sollten wir da verlangen, daß sie für andere Verständnis zeigen?«

»Ihr seid beide nicht zu widerlegen«, mischte sich nun auch Gucky ein. »Vor allen Dingen ergibt sich daraus eine wichtige Konsequenz für Rhodan: Er darf seine Hoffnungen auf eine friedliche Verständigung aufgeben. Wir werden niemals mit ihnen verhandeln können, es sei denn, wir beweisen ihnen eindeutig, daß wir ihnen überlegen sind. Aber ich fürchte, eher gehen sie unter, als daß sie einen Kompromiß wählen. Und wenn die Terraner weiterleben wollen, müssen die Uleb untergehen. Ich sehe keine andere Möglichkeit, so sehr mir das auch gegen den Strich geht.«

Roi sah noch immer dem Rauchpilz nach.

»Hoffentlich ist Tronar und Rakal die Flucht rechtzeitig gelungen«, sagte er ruhig.

Gucky nickte.

»Ich empfange ihre Impulse, kann sie aber noch nicht anpeilen. Sie sind jedenfalls in Sicherheit, Roi.«

»Danke. Vielleicht kannst du sie bei Gelegenheit holen. Ich finde, hier ist ein guter Platz.«

»Ganz Ihrer Meinung«, stimmte Dr. Lieber zu und deutete in Richtung des hinter dem Horizont erkennbaren Energiestrahls, der zur Sonne führte. »Sehen Sie die Gebäude dort? Sie stehen vor dem Zapfstrahl, als Fortsetzung des Gebirges, das dort aufhört. Ich nehme an, das ist die Steuerzentrale für den Zapfstrahl, die Energieanlage und damit das Zeitfeld.«

»Ja, ich sehe sie.« Roi schob den Filter vor die Sichtscheibe seines Helms. »Halbkugelförmige Gebäude, ziemlich hoch und auf eine beträchtliche Fläche verteilt. Ob die Station automatisch arbeitet, oder ob wir dort Roboter oder gar Uleb vorfinden?«

Er sah Gucky fragend an. Der Mausbiber hielt den Kopf ein wenig schief, dann meinte er:

»Uleb gibt es genug auf Atlas, Lieberchen. Bedienungspersonal, würde ich behaupten. Die Anlage arbeitet also nicht vollautomatisch.«

»Gut so, dann ist sie auch leichter außer Betrieb zu setzen. Nun kümmere dich erst einmal um die Zwillinge. Vielleicht benötigen sie Hilfe.«

»Keine Spur, Doktorchen«, versicherte ihm Gucky. »Ich habe sie gefunden und hole sie.«

Eine Minute später kehrte er mit den Woolvers zurück.

Die Erleichterung war auf beiden Seiten groß.

Roi Danton schluckte den letzten Bissen eines Konzentratwürfels herunter:

»So, meine Herren, halten wir Kriegsrat. Ich habe mich schon mit Dr. Lieber abgesprochen, und ich glaube, Sie werden unsere Beschlüsse gutheißen und ihnen beistimmen. Die Lage ist folgende: Rhodan und seine Flotte würden das Heimatsystem der Uleb ohne Nachricht von uns niemals finden können. Wir haben somit die Aufgabe, das System in die Gegenwart zurückzubefördern. Im Grunde genommen ist das einfach. Dort drüben, dicht vor dem Horizont, steht das Kraftwerk und wahrscheinlich, wenn auch unter der Oberfläche verborgen, der Generator für das Zeitfeld. Wenn wir eins von beiden zerstören und außer Betrieb setzen, kann Rhodan uns finden.«

Tronar schien nicht ganz überzeugt zu sein.

»Gut und schön, der Plan. Aber haben Sie mit Ihren Geräten auch die enormen Energieschwingungen und Funksprüche festgestellt, die ständig hier einfallen? Sie stammen zum Teil auch von den Monden. Man funkt unbesorgt. Das können sie sich ja auch erlauben, denn auch die Funksprüche können auf der normalen Zeitebene niemals aufgefangen werden. Nun, wie dem auch sei, wir müssen mit einer starken Bewachung der Zeitstation rechnen. Ich glaube nicht, daß wir so einfach eindringen können. Und auch dann, wenn uns das gelingen sollte, wird man uns aufspüren und verfolgen. Und wohin sollen wir uns auf einer Welt wenden, auf der wir keinen einzigen Freund besitzen?«

Roi Danton machte eine unbestimmte Handbewegung.

»Wohin? Wir haben das Gebirge mit seinen unzähligen Möglichkeiten. Wir haben Schluchten und Höhlen, weite Ebenen und enge Täler. Wir haben eine gigantische Welt, auf der wir uns verbergen können. Darüber, Tronar, würde ich mir an Ihrer Stelle noch keine Sorgen machen. Wir müssen dieses System in die Gegenwart zurückfallen lassen, das ist unsere einzige Aufgabe. Unsere eigene Sicherheit kommt erst an zweiter Stelle.«

»Sie dürfen mich nicht falsch verstehen«, bat ihn der Wellensprinter. »Ich dachte in erster Linie an Ihre Sicherheit. Um Rakal und mich mache ich mir keine Sorgen. Die Atmosphäre ist voller Energieleiter. Wenn wir wollen, können wir pausenlos in entmaterialisiertem Zustand um den Riesenplaneten reisen, zu jedem beliebigen Ort, solange wir wollen. Aber was ist mit Ihnen?«

Roi klopfte auf Dr. Liebers Energietornister.

»Ich glaube kaum, daß man die geringfügige Ausstrahlung unserer Aggregate wahrnimmt. Wir können also beruhigt unsere diversen Hilfsmittel in Anspruch nehmen. Gucky muß auch nicht immer teleportieren, falls ihn das zu sehr anstrengen sollte. Er kann, wie wir, mit Hilfe der Flugaggregate fliegen und sich dabei noch durch den Deflektorschirm unsichtbar machen.«

»Finden wir zunächst ein geeignetes Versteck«, schlug Dr. Lieber vor.

Er fand den Beifall der anderen, denn auf die Dauer bot der Vorsprung keinen Schutz. Außerdem benötigten sie alle einige Stunden Ruhe, um sich von den Strapazen zu erholen. Eine Höhle wäre natürlich das richtige gewesen, aber es würde nicht so einfach sein, eine zu finden. Wenigstens nicht in der näheren Umgebung, die zur Beobachtung so ungemein günstig war.

Schließlich erbot sich Gucky, auf die Suche zu gehen. Er schaltete die beiden Aggregate ein, wurde unsichtbar, und dann blieben seine Fußspuren allein im dünnen Schnee des Felsvorsprungs zurück.

Die Männer hockten sich mit dem Rücken gegen die Wand und schalteten die Leistung der Heizgeräte höher.

»Verdammt kalt«, beklagte sich Rakal. »Eigentlich verstehe ich das nicht. Die Monde sind doch praktisch genausoweit von der blauen

Sonne entfernt, aber sie machten einen warmen und lebensfreundlichen Eindruck. Auf Atlas ist es kalt, sehr kalt sogar. Durchschnittstemperatur minus hundertachtzig Grad Celsius. Wie kommt das?«

Dr. Lieber wußte die Antwort.

»Es liegt an den isolierenden Schichten der oberen Atmosphäre. Sie absorbieren die Wärmestrahlen der Sonne und reflektieren sie zum Teil sogar in den Raum zurück. Ich habe bei der Landung festgestellt, daß es in zweihundert Kilometern Höhe ungewöhnlich heiß ist. Auf der Oberfläche von Atlas jedoch herrschen Temperaturen vor, wie sie auf der Nachtseite des irdischen Mondes normal sind. Aber das soll uns nicht stören. Die Schutzanzüge sind ausgezeichnet und die Heizaggregate halten noch mehr als hundertachtzig Grad minus aus.«

Nach einer Stunde fragte Tronar besorgt:

»Wo mag Gucky nur stecken? Er müßte doch längst zurück sein . . .«

Niemand antwortete ihm.

Roi Danton vergaß seinen Ärger und seinen Vorsatz, dem Mausbiber ordentlich die Leviten zu lesen, als dieser nach einer weiteren halben Stunde mit dem harmlosesten Gesicht auf der Felsplatte materialisierte und sofort sichtbar wurde.

»Wo hast du solange gesteckt?«

Gucky setzte sich.

»So einfach ist das gar nicht, hier eine Höhle zu finden«, berichtete er. »Aber ihr dürft euch freuen – ich fand eine. Sie ist für unsere Zwecke wie geschaffen. Sie besteht aus reinen Ammoniakkristallen und funkelt wie Diamant . . .«

»Wo ist sie?« unterbrach ihn Roi ungeduldig. »Wir wollen keine Zeit verlieren. Wer weiß, wie lange es dauert, bis wir die Zeitstation gefunden haben.«

»Das schaffen wir auch noch«, sagte der Ilt einfach.

Wenige Minuten später standen sie in der Höhle.

Gucky hatte nicht zuviel versprochen. Sie genügte allen Ansprüchen, die man in dieser Situation an ein Versteck stellen konnte. Natürlich trugen die Männer unverändert ihre hermetisch abgeschlossenen Schutzanzüge, die ihre Bewegung arg behinderten, auch wenn die hohe Gravitation ausgeschaltet wurde.

Sie suchten sich bequeme Plätze und setzten sich.

Dr. Lieber sagte:

»Die Frage ist, wie viele Kernbomben wir benötigen, um das Kraftwerk und vielleicht sogar die eigentliche Zeitstation zu zerstören. Wenn wir alle unsere diesbezüglichen Vorräte zusammenlegen und auf einmal zünden, sollte es eigentlich genügen. Das Problem dürfte nur sein, die Bomben an der richtigen Stelle zu deponieren.«

»Nach einer wohlverdienten Ruhepause werden wir Tronar und Rakal als Spähtrupp vorschicken«, entschied Roi Danton. »Sie können sich in dem Gewirr von Energieströmen ungehindert bewegen und bei einer eventuellen Entdeckung sofort verschwinden. Niemand wird auf den Gedanken kommen, daß es Lebewesen gibt, die sich auf Funkstrahlen fortbewegen können. Wir aber bleiben hier. Die Höhle ist unsere Operationsbasis.«

»Da wäre noch etwas«, sagte Dr. Lieber überlegend. »Wenn es uns in der Tat gelingen sollte, die Zeitstation außer Betrieb zu setzen, erreichen wir nicht nur, daß dieses ganze System in die Gegenwart zurückfällt. Sie können sich vorstellen, daß ein solches Ereignis nicht unbemerkt bleiben kann. Ein gigantischer Hyperschock wird durch das normale Universum rasen, und soweit ich mich erinnere, haben unsere Schiffe sehr empfindliche Strukturtaster. Es ist also damit zu rechnen, daß Rhodan in derselben Sekunde aufmerksam wird, in der das Zeitfeld zusammenbricht. Er kann es anpeilen. Wir brauchen also kaum etwas anderes zu tun als abwarten.«

Roi Danton blieb skeptisch.

»Rhodan ist Tausende von Lichtjahren entfernt, Doktor. Glauben Sie wirklich, daß der Schock so groß ist . . .?«

»Ja, ich bin davon überzeugt. Man wird ihn überall registrieren können. Sicher, seine Ursache wird auch Rhodan unbekannt bleiben, aber ich bin sicher, er wird ahnen, daß wir etwas damit zu tun haben. Auf jeden Fall wird er, wenn er schon nicht selbst nachforscht, einige Einheiten hierher entsenden, und das sollte ja auch genügen.«

Roi Danton nickte.

»Vielleicht haben Sie sogar recht, Doktor. Nun gut, das erleichtert unsere Aufgabe. Zerstören wir also das Zeitfeld und warten wir danach ab, was geschieht. Und wenn die Uleb uns aufspüren und angreifen?«

»Atlas ist groß«, erwiderte Dr. Lieber und lächelte hinter seiner Sichtscheibe. Es war ein zuversichtliches Lächeln.

Es war der 20. August des Jahres 2437 Terrazeit. Obwohl die blaue Sonne sich dem Untergang zuneigte, zeigten die Uhren die Mittagsstunde an – natürlich ebenfalls Terrazeit.

»Nur Erkundung«, mahnte Roi Danton. »Findet den besten Platz, das ist eure Aufgabe. Wir müssen später die Bomben so legen, daß sie die größte Wirkung hervorrufen. Klar?«

»Bis bald«, erwiderte Tronar und verließ mit Rakal die Höhle.

Die Männer blieben auf dem kleinen Plateau stehen, das der Höhle vorgelagert war. Mit ihren empfindlichen Mutantengehirnen esperten sie die Streustrahlung des fast fünfzig Kilometer entfernten Kraftwerks. Es bedeutete keine Schwierigkeit, sich da einzufädeln, wenn sie auch nicht wissen konnten, wo sie rematerialisieren würden.

Aber sie wagten es.

Bruchteile von Sekunden später standen sie in einer Halle, die von einem mächtigen Gebilde nahezu ganz ausgefüllt wurde. Es handelte sich, wie sie schnell feststellten, um den Sammelspeicher für die Sonnenenergie. Gleichzeitig diente der Speicher auch der Verteilung der Energie an die einzelnen Abnehmer.

Tronar überzeugte sich davon, daß sie allein waren.

»Keine Wachen, weder Roboter noch Uleb. Was meinst du?« Er deutete auf den Metallblock, der haushoch vor ihnen stand. »Wenn wir den später explodieren lassen . . . ob das genügt?«

Rakal wiegte den Kopf hin und her.

»Ich weiß nicht, Bruderherz. Natürlich würde die Vernichtung des Speichers das Zeitfeld lahmlegen, aber ich bin nicht so sicher, daß ein paar Kernbomben das Ding überhaupt außer Betrieb setzen. Es scheint mir zu massiv, zu stark gepanzert. Die entfesselten Energien werden keinen Anhaltspunkt finden, sie werden einfach von dem glatten Metall abgleiten und nichts zerstören. Sicher, ein Teil der Panzerung wird abschmelzen, aber ob das genügt . . .?«

»Vielleicht hast du recht.« Tronar umwanderte den haushohen Metallblock. »Suchen wir etwas anderes.«

Sie fanden genügend Stromleitungen, um schnell an einen anderen Ort zu gelangen, aber als sie diesmal rematerialisierten, standen sie vor einer riesigen Schalttafel, an der ein gutes Dutzend Uleb damit beschäftigt war, die Instrumente zu überwachen und die Energiezuteilungen zu regeln.

Sie wurden sofort entdeckt, wenn auch niemand wissen konnte, wer sich in den schweren Kampfanzügen verbarg. Rakal gelang es, sich unabhängig von Tronar in Sicherheit zu bringen. Er fädelte sich in den nächstbesten Energiestrom ein und verschwand, die Verfolger ratlos zurücklassend. Er wußte auch nicht, welche Strecke er in seinem entmaterialisierten Zustand zurückgelegt hatte und wohin er geraten war, jedenfalls hatte er diesmal mehr Glück. Ein einziger Roboter war in dem kleinen Raum anwesend, und er wandte ihm den Rücken zu.

Die Wände waren mit Bildschirmen bedeckt, auf denen Schalttafeln und Teile der Oberfläche von Atlas zu erkennen waren. Der Roboter stand vor einem Tisch mit schräger Platte und beobachtete Schaltinstrumente. Er schien so in seine Arbeit vertieft, daß er den Eindringling nicht bemerkte.

Rakal verschob seine Absicht, sofort wieder zu verschwinden. Er war sich darüber im klaren, nicht gerade in der Hauptzentrale gelandet zu sein, aber die Bildschirme erregten doch seine Aufmerksamkeit. Sie gaben ihm einen besseren Überblick, als es zielloses Umherwandern hätte jemals geben können.

Eine schematische Darstellung an der freien Wand zeigte die Anlage der gesamten Zeitstation.

Vorsichtig bewegte sich Rakal darauf zu, den Roboter nicht aus den Augen lassend. In der Hand hielt er den starken Strahler, mit dem er notfalls die Maschine außer Gefecht setzen konnte, sollte sich das als notwendig erweisen.

Einen Augenblick lang dachte er an Tronar, aber der würde sich schon selbst zu helfen wissen.

Den Rückweg zur Höhle kannten sie beide und würden ihn auch ohne Hilfe zu finden wissen. So konnte er sich mit ungeteilter Aufmerksamkeit seiner Aufgabe widmen und einen umfassenden Überblick über die gesamte Anlage gewinnen.

Sie schien mehr als kompliziert zu sein. Der Speicher befand sich direkt unter der Auftreffstelle des Zapfstrahles, was alle Vermutungen nur bestätigte. Von ihm aus gingen die Stromleitungen in alle Richtungen. Eine auffällig markierte Linie verlief in westlicher Richtung und endete in einem roten Kreis, der natürlich keine Rückschlüsse auf die natürliche Größe der bezeichneten Anlage zuließ. Rakal ahnte instinktiv, daß es sich bei diesem roten Kreis um das Symbol für den eigentlichen Zeitgenerator handelte, für jenen Generator also, der das Zeitfeld erzeugte und hielt.

Er merkte sich die Richtung und beschloß, zuerst Tronar zu finden, um dann mit ihm die Station aufzusuchen. Notfalls konnte er es auch allein versuchen.

Der Roboter drehte sich langsam um und erblickte Rakal.

Er hatte starre Linsenaugen, in denen Rakal keinerlei Überraschung oder sonstige Empfindungen entdecken konnte. Da aber der Roboter keine Waffen besaß, zögerte er, ihn zu zerstören. Doch dann wurde ihm die Entscheidung abgenommen.

Mitten im Raum materialisierte Gucky.

Tronar sah, wie Rakal blitzschnell verschwand, aber noch ehe er selbst in einem Stromanschluß entmaterialisieren konnte, hatten ihn drei oder vier Uleb mit sicheren Griffen gepackt und hielten ihn fest. Sie ahnten natürlich nichts von den unglaublichen Fähigkeiten des Mutanten, aber sie hatten einen Eindringling gefaßt, und das war für sie die Hauptsache.

Tronar sah vorerst keine Möglichkeit, sich zu befreien, aber er stellte zu seiner Erleichterung fest, daß in dem Raum ein annehmbarer Druck und eine atembare Atmosphäre herrschten. Er würde also nicht gleich sterben, wenn sie seinen Kampfanzug mit Gewalt zu öffnen versuchten.

Daran jedoch dachten die Uleb nicht.

Sie unterhielten sich, und da Tronar keinen Translator mitführte, verstand er kein Wort. Als einer der Uleb zur Funkanlage ging, ahnte er, daß man die Vorgesetzten auf einem der Monde von dem Ereignis unterrichten würde. Damit wurde der ganze Plan gefährdet, denn vielleicht konnten noch Sicherheitsmaßnahmen eingebaut werden, die das Einschmuggeln und den wirkungsvollen Einsatz von Bomben unmöglich machten.

Mit einem heftigen Ruck befreite sich der Mutant, stürzte zu Boden und wäre sofort wieder ergriffen worden, wenn es ihm nicht gelungen wäre, zwischen den stämmigen Beinen der Uleb hindurchzukriechen.

Ihm blieben nur wenige Sekunden. Zum Glück bewegten sich die Bestien nur sehr langsam, wahrscheinlich schon aus der Überzeugung heraus, daß der Gefangene auf keinen Fall fliehen konnte, denn der Raum war geschlossen worden.

Aber da irrten sie sich gewaltig.

Tronar fand einen Energiestrom und verschwand, ehe die Klauen der Bestien erneut zugreifen konnten.

Im Bruchteil der letzten Sekunde jedoch vernahm er noch das Schrillen der Alarmanlagen . . .

Gucky gab sofort Alarm, als er die panischen Gedankenströme der Woolvers esperte.

»Tronar und Rakal sind in eine Falle geraten! Nur ich kann ihnen helfen. Gebt mir die Bomben. Alle! Ich teleportiere in die Generatorenhalle. Telepathisch werde ich Tronar und Rakal schon aufspüren. Ich weiß aus ihren Gedanken, wie es in der Station aussieht, und wo sie verwundbar ist. Ich befreie sie aus der Klemme, in die sie womöglich geraten sind, und lege dann die Eier. Also her mit den Bomben, Roi! Alle in meine Tasche. Wie viele haben wir denn?«

Tronar und Rakal hatten ihre Vorräte zurückgelassen. Gucky sagte: »Zwölf Stück, dazu zwei von mir, macht vierzehn. Das sollte reichen, den ganzen Zirkus in die Luft zu sprengen. Wird ein hübscher Krach!«

»Nimm's nicht auf die leichte Schulter«, riet Roi Danton besorgt.

»Keine Sorge, tu ich nicht«, beruhigte ihn Gucky.

Als er Minuten später in der Station rematerialisierte, zog ihn das Gewicht des Beutels mit den Bomben glatt zu Boden. Er schaltete das Antigravaggregat auf höhere Leistung, blieb aber sitzen.

Es dauerte nicht lange, bis er die Gedankenimpulse der Zwillinge klar genug aus dem Chaos von einfallenden Echos und Gedankenmustern trennen konnte, aber dann wurde er sehr lebendig.

Sowohl Tronar wie auch Rakal steckten in der Klemme, nicht besonders ernsthaft vorerst, aber immerhin . . .

Er teleportierte in die ihm aus ihren Gedanken bekannte Haupthalle und versteckte den Beutel mit den Bomben unter den Polanlagen des Zeitfeld-Generators. Er wußte allerdings nicht, was es bedeutete, daß gerade diese Stelle, an der er die Bomben niederlegte, auf dem Schema mit einem roten Kreis gekennzeichnet wurde.

Tronar entkam seinen Häschern, stellte er dann fest, verlor aber dann die telepathische Spur des Wellensprinters, als der Alarm ausgelöst wurde. Dafür blieb Rakal um so deutlicher.

Er peilte ihn an und sprang.

Mit einem einzigen Blick erfaßte er die Situation, während der Roboter zum Glück wesentlich langsamer und schwerfälliger reagierte.

»Wolltest du Bruderschaft mit ihm trinken?« fragte er Rakal und richtete den Strahler auf das Ungetüm. »Warum hast du ihn nicht rechtzeitig erledigt?«

»Er hat mir nichts getan – bis jetzt nicht«, entschuldigte sich der Wellensprinter.

»Hat man Töne . . .!« entfuhr es Gucky, dann drückte er ab.

Der Energiestrahl zerschmolz den halben Kopf des Roboters, der mit einem gewaltigen Poltern umstürzte und dabei die Schalttafel zertrümmerte. Einige der Bildschirme erloschen, andere flackerten unkontrolliert und wurden urplötzlich zu abstrakten Bildern, die sich dauernd veränderten. Ehe Gucky darüber sein Entzücken zu äußern vermochte, packte ihn Rakal am Arm.

»Was ist mit Tronar? Wo steckt er?«

»Keine Ahnung. Sie hatten ihn erwischt, die Uleb, aber er ist ihnen entkommen. Vielleicht hat er es vorgezogen, zur Höhle zurückzukehren, jedenfalls kann ich seine Gedankenimpulse nicht mehr empfangen. Die Felsschicht über uns ist ziemlich dick.

Wir können die Bomben nicht zünden, ehe wir nicht wissen, ob Tronar in Sicherheit ist. Ich bringe dich in die Haupthalle mit dem Zeitgenerator. Du kannst die Bomben schon mal scharfmachen und auf fünf Minuten einstellen. Ich kümmere mich um Tronar. Sobald ich wieder bei dir eintreffe, zünden wir sie. Dann haben wir fünf Minuten Zeit. Werden die fünfzig Kilometer bis zum Gebirge genügen?«

»Wegen der Sicherheit?« Rakal zuckte die Achseln. »Keine Ahnung. Frage lieber den Doktor, ehe wir sie hochgehen lassen.«

Gucky gab keine Antwort mehr. Er nahm Rakal bei der Hand und teleportierte mit ihm in die riesige Halle, in der noch immer absolute Ruhe herrschte, soweit es Uleb oder Roboter anging. Die Suche nach den Eindringlingen spielte sich etwa drei Kilometer weiter östlich ab. Hier in der Halle vermutete sie niemand.

»Da sind die Eierchen«, sagte Gucky und zeigte Rakal den Beutel. »Laß dir Zeit zum Einstellen, es wird alles davon abhängen. Und drück' nicht zufällig auf den Zündkopf. Fünf Minuten also.«

»Und wann bist du zurück?«

»So schnell wie möglich. Kann sich nur um Sekunden handeln, wenn Tronar in der Höhle ist.«

Rakal machte sich an die Arbeit, während Gucky entmaterialisierte.

Als Tronar in der Höhle auftauchte, verursachte er einige Aufregung. Roi Danton und Dr. Lieber wollten wissen, wo Rakal geblieben war und ob Gucky inzwischen aufgetaucht sei. Aber Tronar konnte ihnen keine Auskunft geben. Er wußte selbst nichts und war froh, den Uleb entkommen zu sein.

Dr. Lieber schüttelte den Kopf.

»Also Alarm! Das ist böse, sehr böse. Sie werden uns suchen, und ich zweifle nicht daran, daß sie uns auch finden. Die Abstrahlungen unserer Aggregate sind zu groß, und wenn wir sie ausschalten, erfrieren oder ersticken wir. Wir werden uns also auf Flucht vorbereiten müssen.«

Roi Danton nickte grimmig.

»Eine Frage, Doktor: Wenn der Laden in die Luft geht, sind wir hier sicher?«

Dr. Lieber sah in Richtung des Höhlenausganges.

»Ich denke schon. Fünfzig Kilometer . . . da kann die Druckwelle uns nicht mehr viel anhaben. Notfalls werden wir auf die andere Seite des Gebirges übersiedeln. Ich kenne die Dicke der Planetenkruste nicht, aber sollte es auch da Überraschungen geben, muß Gucky uns zur anderen Hälfte von Atlas bringen.«

»An welche Überraschungen denken Sie?« erkundigte sich Roi besorgt.

Dr. Lieber zuckte mit den Schultern und setzte ein nachdenkliches Gesicht auf.

»An keine bestimmten, aber Sie wissen ja wohl aus eigener Erfahrung, daß Gefahren, die aus der Detonation von atomarem Material entstehen, nicht immer nur von oben auf uns herabregnen. Gut, die Druckwelle und Hitzewelle – an sie denke ich weniger. Wir sind in der Höhle gut geschützt. Aber was ist, wenn die Kruste des Planeten aufgebrochen wird? Nein, schütteln Sie nicht den Kopf. Wir wissen nicht, wie dick sie ist, können es nicht einmal abschätzen. Unsere Instrumente sind auch nicht zuverlässig, weil sie durch die starken hyperenergetischen Impulse abgelenkt werden. Aber selbst wenn es geschieht, was ich befürchte, haben wir noch immer Zeit, uns in Sicherheit zu bringen, auch ohne Teleportation.«

»Ich mache mir Sorgen um Rakal«, sagte Tronar dazwischen. »Er könnte längst schon hier sein.«

»Und Gucky?« Dr. Lieber sah von einem zum anderen. »Er müßte ihn aufgespürt und hierhergebracht haben. Ich verstehe nicht, warum das alles so lange dauert . . .«

Roi Danton sah auf die Uhr.

»Vierzehn Uhr Terrazeit! Draußen ist Nacht. Wenn die beiden nicht bald zurückkehren, müssen wir selbständig handeln. Dann muß Tronar zurück in die Station und sie suchen.«

»Wo soll ich sie suchen! Die Station ist riesig groß. Man würde Wochen benötigen, sie zu durchkämmen, auch ich. Wenn Gucky es nicht schafft, Rakal aus einer Klemme zu helfen, dann kann ich es auch nicht.«

Roi Danton biß sich auf die Unterlippe und schwieg verdrossen und vielleicht ein wenig ratlos. Insgeheim gab er Tronar recht.

Eine weitere Stunde verging in verbittertem Schweigen.

Genau um drei Uhr nachmittags Terrazeit tauchte Gucky auf.

Er las in den Gedanken seiner Freunde die Sorge, die sie sich um ihn und Rakal gemacht hatten und bereute, sich soviel Zeit gelassen zu haben. Dennoch gab er seinen Abstecher offen zu.

»Es war Rakal, der mich auf die Idee brachte«, sagte er, als Roi ihn mit Vorwürfen zu überschütten begann. »Wenn die Kernbomben explodieren und die Zeitstation in die Luft geht, kann das Gebirge sogar zusammenstürzen – habe ich nicht recht, Lieberchen?« Als der Mathematiker unmerklich nickte, fuhr er eifrig fort: »Na, und da habe ich mir eben gedacht: sieh dich schon mal nach einem neuen und besseren Versteck um. Rakal macht inzwischen die Bomben fertig – das heißt, sie müßten nun schon fertig sein.«

»Hast du wenigstens ein Versteck gefunden?«

»Und was für eins! Ganz große Klasse!«

»Wo?«

»Hundert Kilometer von hier, wieder in einem Gebirge. Aber Berge sind das – so etwas habt ihr noch nie gesehen! Die höchsten Gipfel erheben sich mindestens zwanzig Kilometer über die Oberfläche. Und da habe ich einen wunderbaren Talkessel entdeckt. Hartgefrorener Schnee und Eishöhlen – herrlich gemütlich.«

Roi Danton seufzte.

»Was du so unter Gemütlichkeit verstehst . . .!« Er sah wieder auf die Uhr. »Ich denke, es ist soweit. Du kannst Rakal nicht länger warten lassen. Hoffentlich ist ihm inzwischen nichts passiert.«

Gucky erhob sich und starrte hinüber zum Horizont, wo der Zapfstrahl die Nacht erhellte und deutlicher sichtbar war als am Tage. Dazwischen lagen glitzernd das Ammoniakmeer und die ewigen Schneehügel.

»Da entdeckt ihn keiner, die Halle ist sehr geräumig. Ich bin bald wieder zurück – und dann müßt ihr euch die Ohren zuhalten . . .«

Eine Sekunde später war er verschwunden . . .

19.

Rakal hatte alle vierzehn Bomben den Weisungen Guckys entsprechend vorbereitet und so am Fuß des Generators gelagert, daß man sie in wenigen Sekunden zünden konnte. Dann hatte er sich in eine Nische zurückgezogen und wartete.

Er mußte sehr lange warten, bis Gucky zurückkehrte.

»Wo hast du denn so lange gesteckt?«

Gucky erklärte es ihm und stieß auf volles Verständnis.

»Sehr umsichtig«, lobte Rakal erfreut. »Später haben wir vielleicht keine Zeit mehr, nach einem Versteck zu suchen. Übrigens habe ich Uleb beobachten können. Sie kamen dicht hier vorbei, schöpften aber anscheinend keinen Verdacht. Der Alarm scheint sich nur auf den Sektor zu beschränken, in dem wir vorher waren.«

»Um so größer wird dann ihre Überraschung sein. Den Gedankenimpulsen nach zu urteilen, halten sich in der ganzen Station höchstens zweihundert Uleb auf. Die Zahl der Roboter läßt sich natürlich nicht abschätzen.« Er deutete zu dem Zeitgenerator. »Nun, was ist mit den Bomben?«

»Fertig.«

Gucky nickte. »Gut, dann wollen wir mal.«

In der Halle liefen noch immer alle Maschinen. Der Boden vibrierte stark. Rakal esperte Hunderte verschiedener Hyperimpulse, die von einem Ort zum anderen gingen, und teilweise sogar aus dem Weltraum kamen.

Nur eins war sicher:

Wenn das Zeitfeld zusammenbrach, würde das Raum-Zeit-Kontinuum durch einen hyperenergetischen Schock erschüttert werden.

Darauf mußten Gucky und Rakal es ankommen lassen.

Sie gingen zu dem Generator, der sich wie ein vierstöckiges Haus vor ihnen erhob. Rakal deutete auf die nebeneinanderliegenden Bomben und bückte sich.

»Du fängst links an, ich rechts. Dann geht es schneller.«

»Auf ein paar Sekunden Unterschied bei den Detonationen kommt es auch nicht mehr an. Insgesamt haben wir fünf Minuten Zeit.« Gucky grinste. »Schon wieder fünf Minuten . . .!«

Sie nickten sich zu, dann schnellten ihre Hände gleichzeitig vor und begannen damit, die Zündköpfe der Bomben einzudrücken . . .

Zwei Minuten später standen sie in der Höhle.

»Noch knapp drei Minuten«, gab Gucky atemlos bekannt. »Bleiben wir hier oder verschwinden wir gleich?«

»Vorerst bleiben wir«, entschied Roi Danton. »Auch Doktor Lieber meint, daß noch keine Gefahr droht – wenigstens keine unmittelbare. Alles nach Plan verlaufen?«

»Alles, Roi. Du wirst es sehen . . .«

Aber die Sekunden und Minuten vergingen nur langsam. Sie standen am Eingang der Höhle, durch die schneebedeckten Felsen halb gedeckt. Am Horizont leuchtete der Zapfstrahl. Er hatte seine Richtung verändert und war nur im Ansatz zu erkennen.

»Warum eigentlich?« fragte Tronar.

Dr. Lieber antwortete kurz und knapp, denn ihm blieb nicht viel Zeit für Erklärungen:

»Er zeigt immer zur Sonne, die von hier aus gesehen dicht unter dem Horizont steht. Die Station befindet sich in der Nähe des Nordpols, und Atlas verfügt über eine Ekliptik. Von der Station aus ist die Sonne immer sichtbar.«

Noch eine Minute.

Vielleicht wäre es nicht so dunkel gewesen, hätte Atlas eine dünnere atmosphärische Schicht besessen, so aber wurden die Sonnenstrahlen, die über dem Horizont hochdrangen, von den Wolken verschluckt.

»Jetzt müßte es eigentlich soweit sein . . .«

Ein greller Blitz unterbrach Guckys Ankündigung.

Ihm folgten dreizehn andere, die am Horizont aufzuckten, und sich dann zu einem einzigen Feuerball vereinigten. Die Glutkugel dehnte sich schnell aus und stieg langsam in die Höhe. Bald füllte sie den ganzen Horizont aus. Weiße Dämpfe entstanden, und das Ammoniakmeer begann am westlichen Ufer zu kochen. Bald wirkte der Atomball wie eine neue Sonne, deren intensive Strahlung selbst die dichten Wolkenschichten durchdrang.

Dr. Lieber zog die anderen in die Höhle zurück.

»Vorsicht. Die Strahlung ist hart, sehr hart sogar. Zwar isolieren unsere Anzüge, aber ich habe keine Ahnung, ob sie auch hyperenergetische Zeitimpulse isolieren können. Ziehen wir uns zurück.«

Niemand antwortete ihm, denn genau in diesem Augenblick geschah etwas Seltsames, und es war ein Glück, daß sie es schon einmal erlebt hatten und dadurch vorbereitet waren.

Ihre Körper wurden transparent wie beim erstenmal, als sie durch den Zeittransmitter fünf Minuten in die Zukunft gelangten. Man konnte durch sie hindurchsehen. Aber das dauerte nur wenige Sekunden, dann rematerialisierten sie wieder.

»Geschafft!« rief Roi Danton aus. »Wir haben es geschafft. Wir sind wieder in die Vergangenheit – in unsere Gegenwart – zurückgefallen!«

»Sicher, so müßte es theoretisch sein«, entgegnete Dr. Lieber, skeptisch wie immer. »Die Zeitfelder funktionieren nicht mehr, das ganze System fiel in die Gegenwart zurück. Die enorme Strukturerschütterung, die vom Hyperraum aus auf das Einsteinuniversum übergreift, muß überall geortet werden, Tausende von Lichtjahren weit. Rhodan müßte blind und taub sein, würde er den Herd nicht anpeilen können.«

Roi Danton war am Eingang stehen geblieben. »Ein zweiter Atompilz, Doktor! Vielleicht der Speicher. Der Zapfstrahl ist erloschen.«

»Kein Wunder. Die ganze Anlage wurde zerstört. Nun bin ich gespannt, was man auf den Monden unternehmen wird – also auf den Hauptwelten der Uleb. Man muß wissen, daß Sabotage verübt wurde, ganz davon abgesehen, daß die Besatzung der Station noch vor der Vernichtung Alarm geben konnte. Übrigens, bemerken Sie etwas Auffälliges zwischen Horizont und Gebirge?«

»Was meinen Sie?« fragte Danton. Einige Sekunden war Schweigen. »Ja, allerdings. Das bisher silberne Ammoniakmeer färbt sich rot. Es wird rot, als würde es brennen . . .«

»Das tut es auch – ich habe es befürchtet. Die Kruste des Planeten ist aufgerissen worden. Zum Glück kommt Sauerstoff in der Atmosphäre nur in kaum wahrnehmbaren Mengen vor, sonst entstünde eine weitere Explosion. Die Atmosphäre würde verbrennen – und wir mit ihr. Aber es genügt auch so. Der Planet wurde in seinen Grundfesten erschüttert und spaltet sich an der Explosionsstelle auf. Aus dem heißen Kern wird Magma zur Oberfläche emporschießen. Das inzwischen verdampfte Meer füllt sich damit auf.«

»Und wenn es überläuft?« erkundigte sich Gucky ängstlich.

»Dann kommt es hierher. Aber das Gebirge zwingt die Feuerflut zu einem Umweg. Wir können noch bleiben, falls es keine neuen Risse in der Kruste gibt, die auch uns gefährden. Jedenfalls steht nun fest, daß unser Atlas-System in die Gegenwart – in *unsere* Gegenwart – zurückgefallen ist. Wir befinden uns nicht mehr in der Zukunft. Aber ich finde, die Gegenwart ist auch nicht viel schöner.«

»Das wird sich finden, Doktor.«

Später kamen sie alle wieder zum Eingang, denn Roi berichtete, daß keine weiteren atomaren Explosionen erfolgten. Dafür waren an vielen Stellen Vulkane entstanden, die ihre glutflüssigen Magmamassen hoch in die glühende Atmosphäre schleuderten. Der ganze Himmel schimmerte rot. Es sah so aus, als wolle der Planet Atlas sterben.

Schweigend betrachteten sie das künstlich herbeigeführte Naturschauspiel, und ihnen allen war dabei nicht besonders wohl zumute.

Plötzlich erschütterte ein Erdstoß das Gebirge. Tronar, der nicht rechtzeitig Halt an der Felswand fand, stürzte zu Boden und stöhnte vor Schmerz. Rakal war sofort bei ihm, während Dr. Lieber aufmerksam die tiefer gelegene Ebene beobachtete.

»Ist es schlimm?« erkundigte sich Roi Danton.

»Nur eine Prellung«, erwiderte Tronar, noch immer stöhnend und mit schmerzverzerrtem Gesicht. »Der Antigrav schaltete sich durch eine unwillkürliche Handbewegung aus und darum stürzte ich viermal so schwer. Ist bald wieder vorbei.«

»Ein Glück«, sagte Rakal. »Verbinden könnten wir dich jetzt nämlich nicht.« Er richtete sich auf und trat wieder zu den anderen. »Was war das, Doktor?«

»Das erste Anzeichen der Gefahr für uns. Ich fürchte, es sind gewaltige Hohlräume unter der Oberfläche entstanden. Sie füllen sich mit dem darüber lagernden Material und werden vielleicht sogar das ganze Gebirge zum Einsturz bringen. So sehr mich der Anblick dieser feuerspeienden Urwelt auch fasziniert, ich glaube, wir sollten zuerst an unsere Sicherheit denken.«

Roi Danton zeigte hinauf zum Himmel.

»Merkwürdig, Doktor, die Wolken scheinen höher zu steigen. Wie ist das möglich?«

Auch hier wußte der Wissenschaftler die Antwort:

»Die Hitze, dann die nach oben reißenden Wirbel der Explosionen. Sie nehmen einen Teil der Atmosphäre mit, zumindest die Dunstschichten. Früher hatten wir nur drei Kilometer wolkenfrei, jetzt werden es schon zwanzig sein. Gut für uns, denn Gucky sagte ja bereits, daß das andere Gebirge sehr hoch ist. Vielleicht können wir von dort aus das Geschehen weiter verfolgen.«

Roi Danton sah auf seine Uhr.

»Die Zerstörung des Zeitfeldes erfolgte um genau 15 Uhr und 35 Minuten Terrazeit. Das ist die Zeit der Gegenwart, wohlgemerkt. Jetzt ist eine Stunde vergangen. Noch steht das Gebirge.«

Ein zweiter Stoß warf sie fast auf den Boden.

»Aber nicht mehr lange«, sagte Gucky trocken.

Dr. Lieber nickte ihm zu.

»Richtig geraten, kleiner Freund. Ich würde vorschlagen, wir packen unsere Siebensachen zusammen, und du bringst uns in dein Versteck. Ich bin heilfroh, wenn ich hundert Kilometer weiterkomme.«

Unten in der Ebene am Fuß des Gebirges riß die felsige Erde auseinander, glutflüssige Lavaströme quollen aus der Tiefe und begannen die Hochfläche zu überfluten. Dann erfolgten weitere Erschütterungen, die selbst die Ammoniakkristallsäulen in der Höhle zum Einsturz brachten. Tronar stand inzwischen wieder auf seinen Füßen.

»Ich nehme zuerst Tronar und Dr. Lieber«, sagte Gucky mit einem mißtrauischen Blick in die inzwischen feuerflüssige Ebene. »Dann hole ich dich, Roi, mit Rakal. Hoffentlich gibt es da unten keine Kettenreaktion. Dann sind wir aber im Eimer.«

»Keine Sorge«, beruhigte ihn Dr. Lieber. »Das ist so gut wie ausgeschlossen. Ein Atombrand kann auf keinen Fall entstehen, weil die schweren Elemente nicht gespalten werden. Und hier gibt es eine Menge schwerer Elemente.« Er nahm Guckys Hand, nachdem er einen letzten Blick in Richtung des Horizonts geworfen hatte. »Ich möchte nur zu gern wissen, was von der ganzen Anlage übriggeblieben ist und wie lange die Uleb benötigen würden, eine neue zu errichten.«

»Wir sehen später nach«, vertröstete ihn Roi Danton.

Nach zwei Teleportationen befanden sie sich in Sicherheit.

Wenigstens nahmen sie das an.

Der Talkessel lag fast achtzehn Kilometer hoch und erinnerte an einen erloschenen Krater. Er war nicht sehr groß und hatte einen Durchmesser von höchstens tausend Metern. Steile Felswände, mit Eis und Schnee bedeckt, schützten ihn vor dem orkanartigen Wind, der über den Kamm des Gebirges hinwegfegte.

Sekunden, nachdem Gucky zweimal teleportiert war und die vier Männer in Sicherheit gebracht hatte, wurde der Orkan stärker. Die Druckwelle der Atomexplosionen raste gegen das hohe Gebirge, staute sich an seiner Vorderfront und verwandelte sich in einen Sturm, der fast senkrecht in die Atmosphäre hinaufstieß. Im Talkessel hingegen herrschte nahezu Windstille.

»Guter Platz«, lobte Roi Danton und überprüfte seinen Schutzanzug. »Hier sind wir vorerst sicher.«

»Wenn uns die Uleb nicht finden«, schränkte Dr. Lieber ein.

Gucky watschelte über den hartgefrorenen Schnee auf die Felswand zu. Sein Ziel war der Eingang einer Höhle, von der er behauptete, sie sei bequemer und gemütlicher als das schönste Appartement auf der Erde. Skeptisch folgten ihm die anderen.

Der Mausbiber hatte natürlich wieder einmal übertrieben, aber immerhin mußte sogar Dr. Lieber zugeben, daß sie sich im Augenblick keinen besseren Zufluchtsort wünschen konnten. Es war eine sehr weitverzweigte Höhle mit vielen Nebengängen und Nischen. Die Wände waren fast eisfrei und wirkten dadurch heimischer und nicht so kalt. Über ihnen lagen noch zweihundert Meter Fels, eine gute Isolation für die Abstrahlungen ihrer Aggregate.

»Ausgezeichnet«, lobte Roi Danton zufrieden nach der ersten Besichtigung. »Hier bleiben wir.«

»Einverstanden«, erklärte Dr. Lieber. »Aber vielleicht ist Gucky so freundlich, mich auf den nächsten Gipfel zu bringen. Ich möchte mir den Anblick nicht entgehen lassen, der sich von dort aus bietet. Man sieht nicht alle Tage eine Welt im Urzustand.«

»Wenn Gucky will – gern.«

Gucky wollte.

Sekunden später standen sie auf dem Rand des Talkessels, neunzehn Kilometer über der Ebene, die zwischen den beiden Gebirgen lag. Ein roter Feuerschein waberte über den Kämmen der Berge, fast hundert Kilometer entfernt. Dahinter war das Chaos.

»Es muß bald passieren«, sagte Dr. Lieber. Sie hatten den Sprechfunk eingeschaltet, denn die Atmosphäre war schon so dünn, daß sie den Schall kaum noch leitete. »Das Gebirge . . .«

»Was muß geschehen?«

»Ich nehme es nur an, Gucky. Aber es scheint sehr wahrscheinlich, daß die Berge vor uns dem Ansturm der Naturgewalten nicht standhalten. Entweder werden sie von den Magmamassen regelrecht überflutet, oder ein Beben läßt sie zusammenstürzen. Ich glaube nicht, daß die Katastrophe dort drüben haltmachen wird.«

»Wie meinst du das?«

»Ganz einfach: Ich erwähnte schon die Hohlräume, die durch das

Ausströmen des Magmas entstehen. Sie füllen sich wieder auf, und zwar mit Oberflächenmaterial. Dazu gehört auch das Gebirge.«

»Du meinst es wird einstürzen?«

»Es gibt keine Alternative – und wenn ich mich nicht täusche, beginnt es schon damit. Sieh nur . . .!«

Sie schwiegen. Das Gebirge am Horizont, hundert Kilometer entfernt, begann sich zu senken. Eigentlich geschah nicht mehr – es senkte sich einfach, wurde zusehends kleiner. Der eine oder andere Gipfel versank schneller, verflachte und paßte sich dem Horizont an. Andere wiederum wurden langsamer kleiner und benötigten mehr Zeit dazu.

Und dann erschien zwischen einem der vielen neuentstandenen Pässe die rotglühende Lavaflut eines Magmastroms. Sie fraß sich durch den Sattel und floß in die Ebene zwischen den beiden Gebirgen.

»Da wird ein neues Meer entstehen«, murmelte Gucky ergriffen. »Ein Feuermeer.«

»Richtig, Gucky. Und seine Wellen werden bald gegen den Fuß *dieses* Gebirges schlagen. Aber das kann noch Stunden dauern, und wer weiß, was bis dahin passiert . . .«

»Was soll passieren?« Gucky sah hinauf in den rosaschimmernden Himmel. »Die Uleb?« Er schüttelte den Kopf. »Ich glaube es nicht. Sie haben einen Schock erlitten, nehme ich an. Ihr großartiges Zeitversteck ist dahin. Sie sind ohne Tarnung. Das bereitet ihnen Sorgen genug.«

»Trotzdem werden sie wissen wollen, wer ihnen den Streich spielte, Gucky. Sie werden nach uns suchen. Nur wenn wir Glück haben, werden sie uns nicht finden.«

»Wir haben die Ortergeräte im Schutzanzug. Genügen sie nicht, uns zu warnen?«

»Natürlich tun sie das, aber was dann? Wohin sollen wir fliehen? Wir haben kein Raumschiff. Wir haben keine Gelegenheit, diesen Planeten zu verlassen. Sie werden uns solange jagen, bis sie uns gefunden haben. Und was dann?«

»Ich finde immer einen Ausweg.«

Dr. Lieber sah zu, wie der Lavastrom breiter wurde und die restlichen Gipfel wegschmolz. Selbst auf eine Entfernung von hundert Kilometern hinweg war jede Einzelheit deutlich zu erkennen.

»Wo keiner ist, wirst auch du keinen finden«, sagte er.

Sie standen noch eine Weile auf dem Grat und sahen zu, wie sich die riesige Ebene allmählich mit dem glutflüssigen Magma füllte. Es füllte die Spalten und Schluchten aus, verwandelte Mulden und Täler in feuerflüssige Seen und brandete schließlich träge gegen die ersten Felsenklippen des Gigantgebirges. »Es kann nicht bis zum Gipfel steigen«, hoffte Gucky.

»Natürlich nicht, denn es wird um das Gebirge herumfließen. Aber wissen wir, was wirklich geschehen ist? Vielleicht hat die Detonation den Kern des Planeten angerührt. Dann ist die Lavamasse unerschöpflich. Atlas wird völlig überflutet werden. Eine neuerliche Explosion wird den Planeten sprengen – und dann ade, liebe Heimat.«

»Aber, aber, nicht so pessimistisch, Lieberchen.«

Dr. Lieber knurrte etwas Unverständliches vor sich hin, dann drückte er Guckys Arm.

»Bring uns zurück in den Talkessel.«

Roi Danton kam ihnen in der Höhle entgegen.

»Sie suchen uns schon, Doktor«, sagte er besorgt. »Schalten Sie Ihre Ortergeräte ein. Fünf Schiffe haben wir feststellen können, und sie müssen von den Monden stammen, denn ich glaube nicht, daß auf Atlas jemand der Katastrophe entronnen ist.«

Gucky setzte sich auf einen Felsblock und stützte den Kopf in die Hände. Er verzichtete auf seine technischen Hilfsmittel und begann, nach eventuellen Gedankenimpulsen zu forschen. Im Augenblick der Explosion, die alles vernichtet hatte, waren die vorher so deutlich vorhandenen Impulse der Uleb erloschen. Seitdem hatte Gucky nicht mehr darauf geachtet.

Dr. Lieber schaltete seine Suchgeräte ein. Innerhalb seines Schutzanzuges befand sich auf der Brustseite außer einer kleinen Schalttafel auch ein handgroßer Bildschirm, der verschiedene Funktionen ausübte. Jetzt diente er als Orterschirm.

»Fünf Echos, ganz richtig«, sagte Dr. Lieber. »Sie nähern sich unserem Standort.«

»Gedankenimpulse«, verkündete Gucky von seinem Platz her. »Sehr verworren und unverständlich. Emotionell allerdings lassen sie sich deuten. Die Uleb begreifen nicht, was geschehen ist. Sie wissen nur, daß ihre Zeitstation vernichtet und das ganze System in die Gegenwart zurückgefallen ist. Sie nähern sich uns.«

»Haben sie uns geortet?«

»Kann ich nicht feststellen. Ich würde vorschlagen, die Orter auszuschalten und nur die notwendigsten Aggregate laufen zu lassen. Vielleicht haben sie eine Möglichkeit, uns trotz der Felsdecke aufzuspüren.«

Ohne weiteren Kommentar befolgten die Männer den Rat des Mausbibers, auf dessen telepathische Fähigkeiten sie nun angewiesen waren. Solange er die Gedankenimpulse der Uleb empfing, bestand umgekehrt auch die Möglichkeit, daß die Bestien empfindliche Ortergeräte besaßen, mit denen sie die Ausstrahlungen der Heiz- und Antigravaggregate registrieren und ihre Quelle bestimmen konnten. Die Lufterneuerungsanlage konnte für einige Minuten ausgeschaltet werden.

Sie schwiegen und warteten. Die Sprechfunkgeräte waren auf schwache Leistung geschaltet worden. Die Reichweite betrug nur noch wenige Meter. Auch das ließ sich regulieren, wenn die Verständigung dadurch auch schlechter in der Qualität wurde.

»Sie sind jetzt über der Ebene«, berichtete Gucky, als er die fragenden Blicke der anderen bemerkte. »Ich glaube nicht, daß sie etwas von uns wissen. Aber sie kommen ziemlich genau auf uns zu.«

Sie hatten sich weiter ins Innere der Höhle zurückgezogen und konnten natürlich nicht direkt verfolgen, was draußen geschah.

»Wie weit noch?« erkundigte sich Roi Danton.

»Läßt sich schlecht abschätzen. Sie scheinen sehr langsam zu fliegen. Habt ihr feststellen können, wie groß die Schiffe sind?«

»Kleine Konusraumer, wahrscheinlich Patrouillen- oder Wachschiffe. Für uns aber in jedem Fall zu groß, wenn sie uns entdecken.«

Dr. Lieber meinte:

»Wir haben keine Bomben mehr, sonst könnte Gucky teleportieren und ein oder zwei Schiffe vernichten.«

»Damit sie erst recht auf uns aufmerksam werden?« Roi Danton schüttelte ablehnend den Kopf. »Lieber nicht.«

»Jetzt sind sie genau über uns«, murmelte Gucky. »Genau weiß ich es nicht, aber sie scheinen über dem Gebirge zu kreisen. Vielleicht vermuten sie uns hier, aber sie sind sich nicht sicher.«

Sie schwiegen. Tronar Woolver schaltete sogar sein Heizaggregat ab, um die Energiestrahlung noch weiter zu verringern. Aber er hielt es nur wenige Minuten aus, dann hatte sich die unvorstellbare Kälte durch den Isolierstoff seines Schutzanzuges gefressen. Roi Danton zuckte die Achseln.

»Hat wenig Sinn, Tronar. Darauf kommt es nun auch nicht mehr an.«

Gucky erhob sich und marschierte in Richtung Ausgang.

»Was ist?« erkundigte sich Dr. Lieber besorgt.

Gucky blieb stehen.

»Sie entfernen sich, aber ich will mich mit eigenen Augen davon überzeugen, daß sie aufgeben. Wartet hier, das ist besser.«

Sie blieben zurück. Gucky war so klug, auf einen etwa zehn Kilometer entfernten Gipfel zu teleportieren, der in Sichtweite des Talkessels lag und im Widerschein des vulkanischen Feuers aus der Ebene rot schimmerte. Bevor er daranging, mit Hilfe der Gedankenimpulse der Uleb die Schiffe zu finden, überzeugte er sich davon, daß er seine Freunde in der Höhle jederzeit telepathisch orten konnte.

Die fünf Konusraumer flogen in Längsrichtung über den Gebirgsgrat, sehr niedrig und mit geringer Geschwindigkeit. Aber sie entfernten sich dabei. Sie hatten die vier Terraner und den Mausbiber nicht geortet.

Erst jetzt hatte Gucky Muße, sich die Ebene anzusehen, die inzwischen zu einem einzigen Feuermeer geworden war. Dicht über dem Horizont stand die blaue Riesensonne, von dieser Höhe aus wieder sichtbar geworden.

Aber sie hatte sich ebenfalls verändert.

Sie war zwar noch immer blau und strahlte in gewohntem Glanz, aber mächtige Eruptionen schossen aus ihrer Korona und drangen viele Millionen Kilometer in den Raum hinaus vor. Die Energiekugel konnte Gucky nicht entdecken, auch der Zapfstrahl war verschwunden.

Der Mausbiber stand noch lange Minuten auf dem Gipfel, eine kleine, einsame Figur in einer toten Welt.

»Rhodan wird uns finden«, murmelte er zu sich selbst und spürte plötzlich die Zuversicht und das Vertrauen, das ihm die Gewißheit der baldigen Rettung vermittelte. »Er hat seine Freunde noch nie im Stich gelassen. Und Lieberchen hat schon recht – wenn so ein ganzes Planetensystem aus der Zukunft zurück in die Vergangenheit plumpst, und sei es auch nur um fünf Minuten, so kann man den Strukturschock über Tausende von Lichtjahren hinweg registrieren und anmessen.«

Er warf einen letzten Blick hinab ins Feuermeer der glutflüssigen Lavamasse, dann teleportierte er zurück in die Höhle, wo er bereits ungeduldig erwartet wurde.

»Sie sind fort, und wenn sie so langsam weiterfliegen, werden sie eine Woche benötigen, um den Planeten zu umrunden. In einer Woche aber, da gehe ich jede Wette ein, hat man uns schon hier abgeholt. Oder glaubt ihr, wir würden hier unseren Lebensabend beschließen?«

Roi Danton klopfte ihm freundschaftlich auf die Schultern.

»Natürlich nicht. Aber ich muß immer noch an Liebers Worte denken.«

»Welche Worte?«

»Daß der Planet auseinanderbrechen kann.«

Gucky setzte sich und lehnte sich gegen den Felsen.

»Der Brocken ist so groß, daß irgendein Stück noch immer für uns reichen wird. Reisen wir eben auf ihm weiter, bis Rhodan uns findet. Aber ich glaube nicht, daß wir uns darüber Gedanken machen sollten. So wie es jetzt aussieht, dringen keine weiteren Magmaströme mehr aus dem Planeteninnern hervor. Die Sache hat sich totgelaufen.«

»Vielleicht, Gucky, vielleicht«, gab Dr. Lieber zu. »Jedenfalls stimme ich dir in einem Punkt hundertprozentig zu: Wir können kein besseres Versteck als diese Höhle finden, also bleiben wir. Es kann sich nur um Stunden oder Tage handeln, bis man uns abholt. Wir halten uns ja nicht mehr in der Zukunft versteckt.«

Roi Danton setzte sich neben Gucky und packte einen Konzentratbeutel aus.

»Der Doktor hat recht«, sagte er kauend. »Und das Gute ist: Auch die Uleb sind in die Gegenwart zurückgekehrt. Es gibt kein Versteck in der Zukunft mehr, und ich glaube, damit beginnt die letzte Epoche ihrer Geschichte.«

Gucky nickte. Ihm fielen vor Müdigkeit fast die Augen zu.

Draußen, rund um den Talkessel, tobten sich die Orkane aus und trieben die Wolkenschleier immer höher hinauf in die Atmosphäre. Der Planet Atlas hatte eine Wunde erhalten, aber sie war nicht tödlich gewesen.

Am Horizont verschwanden die fünf Konusraumer der Uleb.

20.

20. August 2437

»Wie konnte das passieren?«

Es war genau 10.45 Uhr.

Perry Rhodans Stimme klang nicht so ärgerlich, wie Melbar Kasom befürchtet hatte.

»Ihrem Gesichtsausdruck nach zu schließen, sind Sie dafür verantwortlich, Melbar«, fuhr Rhodan fort.

Der große Ertruser nickte schuldbewußt.

»Ja, Sir.«

Rhodan zuckte mit den Schultern.

»Früher oder später mußte es ja einmal herauskommen«, sagte er. »Ich bin nur gespannt, was Roi dazu sagt, wenn er zurückkehrt und erfährt, daß seine wahre Identität kein Geheimnis mehr ist.« Rhodan deutete auf den großen Panoramaschirm in der Zentrale der CREST V, auf dem ein paar von General Ems Kastoris Schiffen zu sehen waren. »Die Nachricht, daß Danton mein Sohn ist, hat sich wie ein Lauffeuer an Bord dieser Schiffe verbreitet. Der General wird jetzt natürlich den Unschuldigen spielen und behaupten, daß er nicht jede einzelne Funkbotschaft überprüfen kann. Damit hat er sogar recht.«

Kasom hob langsam den Kopf.

»Ich bin untröstlich, Sir«, sagte er. »Ich versichere Ihnen, daß es sich um ein Versehen handelt. Die Bemerkung, mit der ich Roi Dantons Identität verriet, ist unbewußt passiert.«

Rhodan winkte ab. Er hatte jetzt andere Sorgen. Sollte Roi Danton zusehen, wie er mit dieser Angelegenheit fertig wurde.

Rhodan setzte sich mit der Ortungsstelle der CREST V in Verbindung.

»Die Vorausschiffe von Solarmarschall Tifflors Flotte müßten bald eintreffen«, sagte er. »Schon irgendwelche Ergebnisse?«

»Nein, Sir«, sagte der zuständige Offizier. »Wir rechnen jedoch jeden Augenblick mit der Aufnahme von Kontakten.«

Rhodan brach die Verbindung ab. Er konnte die Ankunft von Tifflors Flotte durch ständige Nachfragen nicht beschleunigen.

Rhodan gestand sich ein, daß er nervös war. Seine Gedanken beschäftigten sich mit dem Schicksal seines Sohnes. An Bord der CREST V kursierten die wildesten Gerüchte, was mit Roi Danton und seinen Begleitern sein mochte. Rhodan war sicher, daß die kleine Gruppe wohlbehalten an Bord des Konusraumschiffs angekommen war. Wohin der Planetoidentransmitter dieses Schiff jedoch geschickt hatte, konnte niemand auch nur ahnen.

Zusammen mit den fünfzig Einheiten von General Ems Kastori umkreiste die CREST V Port Gurrad im Market-System, wie man das Sonnensystem von Port Gurrad getauft hatte.

Rhodan wußte, daß es nicht mehr lange verborgen bleiben konnte, daß die Zerstörung von Port Gurrad nur vorgetäuscht war. Es mußte also mit einem Angriff der Uleb gerechnet werden. Bereits vor drei Tagen hatte Rhodan aus diesen Überlegungen heraus einen Funkspruch an Reginald Bull abstrahlen lassen. Bully hatte den Befehl erhalten, mit allen dreißigtausend Raumschiffen, mit denen er im Randgebiet der Milchstraße auf Warteposition stand, in Richtung Market-System loszufliegen. Zu Bullys Kommando gehörten tausend mit Kontrafeldstrahlern ausgerüstete Einheiten.

Rhodan wurde durch die Stimme Melbar Kasoms aufgeschreckt.

»Ein wichtiger Funkspruch von Port Gurrad, Sir«, unterrichtete ihn der Ertruser. »Lordadmiral Atlan möchte Sie sprechen. Soll ich das Gespräch in den Kontrollstand legen lassen?«

»Ja«, sagte Rhodan.

Atlan war vor ein paar Stunden zusammen mit Icho Tolot, Armond Bysiphere und dem Mutanten Kakuta nach Port Gurrad aufgebrochen, um sich an den Untersuchungen der unterirdischen Station zu beteiligen. Im Verlauf der letzten »Nacht« hatte man zahlreiche Hallen unter der Oberfläche des Planeten entdeckt, die den Suchkommandos bisher verborgen geblieben waren.

Rhodan wartete vergeblich darauf, daß sich Atlans Gesicht auf dem Bildschirm abzeichnete. Nur die Stimme des Arkoniden war zu hören. Atlan und seine Begleiter befanden sich also nicht in der schnell errichteten Hauptstation, sondern in irgendeinem Gebäude des Planeten. Die drei Männer und der Haluter waren auf ihre tragbaren Funkgeräte angewiesen.

»Zunächst einmal möchte ich meiner Verwunderung darüber Ausdruck verleihen, daß plötzlich jeder Raumfahrer im Market-System weiß, wer dein mißratener Sohn ist«, sagte Atlan.

Rhodan warf Melbar Kasom einen wütenden Seitenblick zu. Der Ertruser richtete seine Augen gegen die Decke.

»Kasom hat sich einen Versprecher geleistet«, sagte Rhodan.

»Ich habe inzwischen ein paar Männer des Landekommandos gesprochen«, sagte Atlan. »Sie alle behaupten, daß sie es längst gewußt hätten.«

»Dann ist es ja nicht so schlimm«, warf Kasom erleichtert ein.

»Schweigen Sie!« herrschte ihn Rhodan an. Seine nächsten Worte galten wieder Atlan. »Hast du dich nur mit mir in Verbindung gesetzt, um mir das zu sagen?«

»Natürlich nicht«, sagte Atlan. »Wir haben eine Transmitterhalle entdeckt. Aber der Transmitter, der darin aufgebaut ist, kann kein funktionsfähiges Gerät sein.«

Auf Rhodans Stirn erschien eine steile Falte.

»Was bedeutet das schon wieder?«

»Ich wünschte, du könntest es dir ansehen«, sagte Atlan. »Sobald wir die Voruntersuchung abgeschlossen haben, holen wir ein Kamerateam hierher, damit wir ein paar Bilder zur CREST hinaufschicken können.«

»Das ist sehr freundlich von dir«, sagte Rhodan sarkastisch.

»Ja«, bestätigte Atlan nachdenklich. »Ich bin ein gutmütiger Mensch. Tolot behauptete übrigens, daß diese Transmitterhalle zu einem Fluchtsystem der Uleb gehört. Er ist sehr aufgeregt. Er spricht ständig von den Unterlagen, die er untersucht hat. Ich habe das Gefühl, er weiß mehr über diese Station, als er jetzt schon zu sagen bereit ist.«

»Ich möchte ihn sprechen«, sagte Rhodan.

»Das wird jetzt nicht möglich sein«, gab Atlan zurück. »Er kriecht überall herum und ist nicht von den Schaltanlagen und Kontrollgeräten wegzubringen.«

»Also dann später.«

»Das Eigenartige an diesem Transmitter ist, daß er in einer sehr niedrigen Halle steht«, berichtete Atlan weiter. »Ich wüßte nicht, wo sich die energetischen Schenkelsäulen zu einem Torbogen schließen sollten, wenn die Anlage empfangen oder senden soll.«

»Vielleicht handelt es sich um eine fremdartige Konstruktion mit uns unbekannter Funktion«, vermutete Rhodan.

»Ausgeschlossen«, sagte Atlan entschieden. »Dazu erinnert die gesamte Anlage zu sehr an arkonische Vorbilder. Tolot ruft mich. Anscheinend hat er etwas entdeckt. Wir brechen das Gespräch besser ab.«

Die Strukturerschütterung war an Bord aller Raumschiffe innerhalb des Market-Systems angemessen worden. Vor allem die empfindlichen Ortungsgeräte der CREST V hatten sofort angesprochen.

Der Energiestoß traf das Market-System um 15:35 Uhr.

Schon wenige Minuten später stand fest, in welcher Richtung und Entfernung die Hyperexplosion erfolgt war.

»Ich glaube fest daran, daß diese eigentümliche Explosion auf das Eingreifen meines Sohnes und seiner Begleiter zurückzuführen ist«, sagte Perry Rhodan während einer Blitzfunkkonferenz mit den Kommandanten der anderen Schiffe. »Die Ereignisse liegen zeitlich zu dicht beieinander, als daß man von einem Zufall sprechen könnte. Wir wissen jetzt, wo wir Roi Danton zu suchen haben.«

General Ems Kastori meldete sich.

»Wenn wir unsere seitherigen Überlegungen konsequent weiterverfolgen, müssen wir jetzt sagen, daß das Heimatsystem der Uleb innerhalb der Materiebrücke und nicht, wie wir zuvor angenommen hatten, in der Kleinen Magellanschen Wolke liegt.«

Rhodan zögerte einen Augenblick.

»Richtig, General«, sagte er dann. »Ich bin jetzt sicher, daß alles, was in der Kleinen Magellanschen Wolke geschieht, nur Ablenkungsmanöver der Uleb sind, mit denen sie Fremde von ihrer eigentlichen Hauptwelt ablenken wollen.«

»Ich wäre gern bereit zu glauben, daß es sich bei der georteten Hyperexplosion um eine Nachricht Dantons und seiner Begleiter handelt«, meldete sich der Chefingenieur der CREST V, Bert Hefrich zu Wort. »Ich frage mich nur, wie diese kleine Gruppe ein solches Ereignis ausgelöst haben kann.«

Die Diskussion wurde unterbrochen, als der zuständige Wissenschaftler vom Bordobservatorium der CREST V berichtete, daß bei vielen Sonnen innerhalb der Materiebrücke und der beiden Magellanschen Wolken Eruptionen beobachtet wurden. Auf vielen Planeten in unmittelbarer Nähe wurden heftige Erdbeben angemessen.

Wie immer in solchen Situationen faßte Perry Rhodan einen blitzschnellen Entschluß.

»General, Sie lassen zehn Ihrer Schiffe im Market-System zurück. Mit den übrigen Einheiten folgen Sie der CREST«, befahl er.

Kastoris häßliches Gesicht, das auf dem Bildschirm des Normalfunks deutlich zu sehen war, verzog sich zu einem Lächeln.

»Gehe ich richtig in der Annahme, daß unser Ziel im Zentrum der Hyperexplosion liegt?« erkundigte er sich.

»Genau!« bekräftigte Rhodan.

Zehn Minuten später rasten die Schiffe aus dem Market-System hinaus. Zurück blieben die zehn Einheiten Kastoris und die inzwischen eingetroffenen Kurierschiffe von Julian Tifflors Verband. Atlan, den Perry Rhodan über Funk noch einmal gerufen hatte, weigerte sich weiterhin, Port Gurrad zu verlassen, das immer noch schwer erschüttert wurde.

»Ich habe den Eindruck, daß es nachläßt«, sagte Dr. Armond Bysiphere und hob lauschend den Kopf. Während er sprach, mußte er sich mit einer Hand an einer Metallstange festhalten, um nicht das Gleichgewicht zu verlieren. Der Boden der Halle, in der sie sich beim Ausbruch der Beben befunden hatten, wölbte sich immer wieder auf, aber bisher hatte er den Belastungen standgehalten. Lediglich ein paar feine Risse in den Wänden zeigten, wie stark das Material durch die ständigen Erschütterungen beansprucht wurde.

»Das reden Sie sich ein«, antwortete Icho Tolot, mit der ihm in solchen Situationen eigenen Sachlichkeit. »Im Gegenteil: die Erschütterungen werden stärker.«

Bysiphere sagte seufzend: »Sie können einem Mann den Mut nehmen.«

Atlan, der im Eingang der Halle stand, sah draußen die Angehörigen eines Forschungsteams vorbeistürmen. Die Männer starrten ungläubig zu ihm herüber, als könnten sie nicht verstehen, daß er angesichts der drohenden Gefahren noch ruhig an seinem Platz blieb.

»Die Männer fliehen an die Oberfläche!« rief Atlan seinen Begleitern zu. »Offensichtlich wird es ihnen hier zu ungemütlich.«

Sie wurden über Funk von der Hauptstation an der Oberfläche angerufen. Leutnant Meinardi, der Anführer eines Landungskommandos, meldete sich.

»Sir, wir können einen Vulkanausbruch beobachten«, sagte der Offizier aufgeregt. »Ich habe es unter diesen Umständen für vernünftiger gehalten, alle Männer an die Oberfläche zu rufen.«

»Da haben Sie völlig richtig gehandelt«, lobte Atlan.

»Halten Sie es ... äh ... nicht für besser, wenn Sie mit Ihrer Gruppe ebenfalls nach oben kommen?« Der Leutnant wirkte sehr verlegen. »Wenn die Beben stärker werden, besteht die Gefahr, daß die unterirdischen Hallen einstürzen.«

»Wir kommen bald«, versprach Atlan, der die Seelenqualen des jungen Offiziers verstehen konnte.

Seine Aufmerksamkeit wurde von einigen Dutzend Gurrads abgelenkt, die in wilder Panik auf den nächstgelegenen Antigravschacht zurannten. Bysiphere, der neben Atlan getreten war, schüttelte den Kopf.

»Die Gurrads fliehen an die Oberfläche«, sagte er. »Wir sollten ebenfalls nicht länger warten.«

Atlan blickte in die Transmitterhalle, wo Tolot an einem der Säulenprojektoren stand und mit irgend etwas hantierte. Der Haluter schien die schweren Erschütterungen, von denen die unterirdische Station durchlaufen wurde, überhaupt nicht zu empfinden.

Ein ohrenbetäubendes Krachen ertönte. Atlan sah, wie Bysiphere zusammenzuckte. Von irgendwoher aus den tiefer gelegenen Gängen kam das angstvolle Geschrei der bisher hier gefangengehaltenen Gurrads.

»In unserer Nähe ist eine Decke eingestürzt«, stellte Bysiphere fest.

Atlan nickte. Er ging in die Halle und winkte Kakuta heran.

»Wir wollen unser Glück nicht mißbrauchen«, sagte er. »Gehen wir nach oben.«

Der Mutant und Bysiphere machten einen erleichterten Eindruck.

»Kommen Sie, Tolot!« rief Atlan dem Haluter zu. »Es hat keinen Sinn, wenn wir noch länger warten.«

Atlan wußte, daß er keine Befehlsgewalt über den Haluter besaß. Wenn Tolot beabsichtigte, noch länger in der Transmitterstation zu bleiben, konnte ihn niemand zwingen, nach oben zu gehen. Zu Atlans Erleichterung wandte sich das riesige Wesen jedoch sofort von dem Säulenprojektor ab und kam zu ihnen herüber.

»Wir müssen damit rechnen, daß der Planet durch die Strukturerschütterungen zerstört wird«, sagte Atlan. »Leutnant Meinardi berichtete mir, daß er einen Vulkanausbruch beobachtet hat. Wahrscheinlich werden noch weitere Vulkane ausbrechen.«

Sie verließen die Halle. Draußen auf dem Gang wimmelte es von Gurrads, die den Antigravschächten entgegenstrebten.

»Ich kann mir vorstellen, daß sämtliche Fluchtwege verstopft sind«, sagte Kakuta und ergriff Atlan und Bysiphere am Arm. »Ich springe mit Ihnen nach oben und hole dann Tolot ab.«

Tolot winkte ab.

»Warten Sie an der Oberfläche auf mich«, sagte er. »Sie sollten Ihre Kräfte sparen, Kakuta.«

Atlan nickte dem Teleporter zu. Kakuta konzentrierte sich einen Augenblick und entmaterialisierte dann zusammen mit seinen beiden Begleitern. Als sie an der Oberfläche wieder materialisierten, bot sich ihren Augen ein chaotisches Bild. Der Himmel war von Rauchwolken überzogen. Am Horizont loderten die Flammenkegel zweier Vulkane. Der Boden wurde von Rissen durchzogen.

Atlan deutete in Richtung der Behelfsstation, die von den Männern der Forschungskommandos erbaut worden war.

»Dort drüben steht die Space-Jet, die uns Perry vor seinem Aufbruch geschickt hat«, sagte er.

»Hoffentlich spielen die Gurrads nicht verrückt«, sagte Bysiphere.

Atlan blickte sich um. Aus den Eingängen der Antigravschächte stürmten die Flüchtlinge. Aber auch hier an der Oberfläche des Planeten waren sie nicht sicher. Überall öffnete sich der Boden und drohte die Gurrads zu verschlingen.

Atlan betätigte sein Funkgerät und rief den Kommandanten der im Market-System zurückgebliebenen Schiffe.

»Wir müssen die Gurrads evakuieren, Major Wyndlon!« befahl Atlan. »Wenn wir sie nicht an Bord der Schiffe nehmen, müssen sie auf dieser Welt sterben.«

Kastoris Stellvertreter versprach, die Evakuierung sofort in Angriff zu nehmen. Atlan wußte, daß auf die Raumfahrer keine leichte Aufgabe wartete, denn unter den herrschenden Verhältnissen ließ es sich in der Atmosphäre von Port Gurrad nicht leicht manövrieren.

Inzwischen waren die meisten Forschungskommandos mit ihren Beibooten an Bord der Raumschiffe zurückgekehrt.

»Ich glaube nicht, daß der Major es schafft, alle zehntausend Gurrads rechtzeitig zu retten«, sagte Tako Kakuta. Er sprach mit erhobener Stimme, um das Grollen der fernen Vulkane zu übertönen.

Die drei Männer bewegten sich auf die Behelfsstation zu, deren Westseite nach unten abgerutscht war. Vor der Station stand ein großer Raumfahrer und schrie einer Gruppe von Gurrads Befehle zu. Man konnte nicht verstehen, was der Mann rief, aber seine Gesten waren eindeutig. Es war so heiß geworden, daß jede Bewegung den Männern Schweiß aus allen Poren trieb.

Vor Atlan warf sich der Boden gen Himmel und regnete dann in einer Lawine von Sand und Steinen wieder nach unten.

»Schneller!« rief Atlan.

Er verlor die Behelfsstation einen Moment aus den Augen. Als sich die Staubwolke verzogen hatte, war die Station in sich zusammengefallen. Vor dem rauchenden Trümmerhaufen stand noch immer der große Mann und schrie auf die Gurrads ein, die wie gelähmt auf die zerstörte Station blickten. Die Situation hatte etwas Groteskes.

Die Space-Jet, auf die sich Atlan und seine beiden Begleiter zubewegten, war noch immer unbeschädigt, wurde aber von einer großen Gruppe Gurrads umringt, die vergeblich versuchten, in das Diskusschiff einzudringen.

Aus dem rauchverhangenen Himmel stießen die ersten Beiboote von Major Wyndlons Verband herab, der jetzt das Kommando im Market-System hatte. Als die Gurrads sie erblickten, brach ein unbeschreiblicher Jubel aus. Die Löwenköpfe begriffen, daß sie gerettet werden sollten.

Die drei Männer erreichten das zerstörte Gebäude.

Der große Mann war Leutnant Meinardi.

»Sir!« rief er Atlan entgegen. »Die Station ist zusammengebrochen!«

»Das sehe ich!« entgegnete Atlan trocken. »Was stehen Sie noch hier herum? Warum sind Sie nicht mit einem der Beiboote geflohen?«

»Die Station, Sir«, erklärte Meinardi. »Ich wollte sie retten.«

»Dazu ist es jetzt zu spät«, sagte Atlan. Er deutete auf die Trümmer. »War noch jemand im Gebäude, als es passierte?«

Meinardi schüttelte den Kopf. Atlan befahl ihm, bei der Evakuierung zu helfen. Erleichtert, wieder eine Aufgabe zu haben, rannte der Leutnant davon.

»Diese übereifrigen Burschen gehen mir auf die Nerven«, schimpfte Atlan, als Meinardi verschwunden war.

Sie vertrieben die Gurrads, die sich in der Nähe der Space-Jet aufhielten, dann öffnete Atlan mit Hilfe eines Funkimpulses die Schleuse des kleinen Schiffes.

»Was ist mit Tolot?« fragte Bysiphere besorgt.

Atlan schwang sich in die Schleuse.

»Wir wollen jetzt erst einmal starten«, sagte er. »In der Luft sind wir sicherer als auf der Oberfläche des Planeten.«

Wie um seine Worte zu bestätigen, ertönte ein langanhaltendes Donnergrollen. Die Space-Jet begann zu schwanken. Mit wenigen Schritten erreichte Atlan den Pilotensitz und schaltete die Antigravprojektoren ein. Das Diskusschiff schwebte davon.

»Wir müssen über den Antigravschächten kreisen«, schlug Kakuta vor. »Dort werden wir Tolot am ehesten entdecken.«

Die Evakuierung der Gurrads machte die Suche nach dem Haluter schwierig. Überall landeten die Beiboote von Wyndlons Schiffen. Raumfahrer und Gurrads liefen durcheinander. Etwas später sahen die drei Männer jedoch Tolots riesenhafte Gestalt in der Nähe eines gelandeten Beibootes. Der Haluter war bereits wieder beschäftigt. Er trug zwei Gurrads, die anscheinend so stark verletzt waren, daß sie nicht gehen konnten, auf das Beiboot zu.

»Da unten ist unser Freund!« rief Atlan.

Sie warteten, bis Tolot seine Aufgabe erfüllt hatte, dann landeten sie in unmittelbarer Nähe des Haluters. Wieder wurde die Space-Jet durchgeschüttelt. Tolot rannte auf das kleine Schiff zu. Gleich darauf kam er an Bord.

Atlan ließ das Diskusschiff in eintausend Meter Höhe steigen.

»Jetzt können wir endlich unsere Schutzanzüge anlegen«, sagte Atlan.

»Halten Sie das für notwendig?« erkundigte sich Kakuta.

Atlan nickte nur. Die drei Männer zogen die schweren Spezialanzüge an, während Tolot die Kontrollen der Jet überwachte.

»Ich befürchte, daß der Planet auseinanderfliegt«, sagte Atlan, als er an die Kontrollen zurückkehrte und einen Blick auf die Geräte warf.

Bysiphere blickte durch die Kuppel der Space-Jet nach draußen. Port Gurrad glich tatsächlich einer sterbenden Welt.

»Wir können hier nichts mehr erreichen«, sagte der Arkonide. »Verlassen wir die Atmosphäre des Planeten. Im Weltraum ist es jetzt sicherer.«

In diesem Augenblick explodierte ein Teil des Gebirges, unter dem die Station der Uleb angelegt war.

Auf den ersten Blick sah es aus wie *eine* Explosion, doch dann erkannte Atlan, daß zwei einen Kilometer voneinander entfernte Berggipfel gleichzeitig aufgebrochen und zerborsten waren. Gewaltige Felsmassen wurden in die Luft geschleudert, die komprimierten Luftmassen schlugen über der Space-Jet zusammen und schleuderten sie ein paar hundert Meter weit davon. Atlan umklammerte die Steuerung und brachte das kleine Schiff wieder zur Ruhe.

»Sehen Sie doch!« rief Bysiphere in höchster Erregung.

Rauch und Staubwolken verzogen sich allmählich. An der Stelle, wo die beiden Explosionen erfolgt waren, gähnten jetzt riesige Krater. Aus den gewaltsam entstandenen Öffnungen zuckten dunkelgrün leuchtende Energiesäulen in den Himmel, die sich etwa eintausend Meter über der Oberfläche zu einem Bogen vereinigten.

»Der Transmitter!« sagte Tolot. »Die Automatik hat ihn eingeschaltet.«

Zwischen den grünleuchtenden Energiesäulen entstand das für ein hyperdimensionales Energiefeld charakteristische Wallen. Von Major Wyndlon ausgeschickte Beiboote, die sich mit Gurrads an Bord auf dem Rückflug zu den in der Kreisbahn wartenden Schiffen befanden, beschleunigten mit voller Schubleistung, um aus dem Bereich des Transmitters zu kommen.

»Jetzt wissen wir, warum die Transmitterhalle so flach gebaut war«, sagte Bysiphere. »Die Uleb hatten geplant, daß sich die Schenkelsäulen des Transmitters hoch über den Bergen vereinigen. Die Tatsache, daß bei der Bildung des Transmitterbogens ein Teil der Station zerstört wird, gehört zum kalkulierten Risiko der Uleb. Außerdem ist damit Tolots Vermutung bewiesen, daß es sich nur um einen Fluchttransmitter handeln kann, der im Augenblick höchster Gefahr von einer Automatik justiert wird.«

»Dann verstehe ich nicht, warum der Transmitter jetzt auf Empfang geschaltet ist«, sagte Kakuta nachdenklich. »Die grüne Farbe der Energiesäulen bedeutet, daß der Transmitter jetzt nicht senden kann. Bevor er nicht auf Sendung geschaltet wird, kann durch ihn niemand diesen Planeten verlassen.«

»Vielleicht tauchen bald ein paar Rettungsschiffe auf«, überlegte Bysiphere laut. »Das könnte für Wyndlons Beiboote schwierig werden.«

Atlan schaltete das Funkgerät ein und rief Major Wyndlon.

»Meine Männer haben mir bereits berichtet, was geschehen ist«, sagte der Major, als die Verbindung zustande kam. »Glauben Sie, daß wir mit einem Besuch von Konusraumschiffen rechnen müssen, Sir?«

»Ich weiß es nicht«, sagte Atlan wahrheitsgemäß. »Auf jeden Fall sollten Sie die Evakuierung möglichst schnell abschließen, damit Ihre Schiffe voll einsatzbereit sind.«

»Meine Männer tun, was in ihren Kräften steht«, sagte Wyndlon. »Die Gurrads sind zum Teil sehr nervös, so daß eine Rettung nicht immer einfach ist. Jetzt, da sie den Transmitter sehen können, werden sie wahrscheinlich völlig die Nerven verlieren.«

»Unterbrechen Sie die Evakuierung, sobald Schiffe der Uleb auftauchen«, befahl Atlan.

Er spürte, daß der Major einen Augenblick zögerte. Dann brach es aus dem Raumschiffkommandanten heraus: »Sir, wollen Sie jetzt nicht mit der Space-Jet an Bord eines unserer Schiffe kommen?«

»Nein«, sagte Atlan grimmig. »Wir bleiben hier und beobachten.«

Der Arkonide sah, daß Bysiphere die Lippen zusammenpreßte, als er diesen Entschluß hörte. Auch Tako Kakuta sah nicht gerade begeistert aus. Tolot besaß nicht die Fähigkeit, irgendein Gefühl in seinem Gesicht auszudrücken, aber er zog es wahrscheinlich vor, in der Nähe des Transmitters zu bleiben. Die nächsten Worte des Haluters bestätigten Atlans Meinung.

»Können wir nicht etwas näher heran?« fragte Tolot. »Rauch und Staubwolken verhindern eine einwandfreie Sicht.«

Atlan beschloß, dem Giganten diesen Gefallen zu tun und steuerte die Space-Jet auf den riesigen Torbogen zu. Schließlich war es Tolot, der aufgrund seiner Unterlagen am meisten über die von den Bestien entwickelten Transmitter wußte. Er hatte den drei Männern auch gesagt, was die grüne Farbe der Schenkelsäulen bedeutete. Als er davon gesprochen hatte, war es jedoch jedem von ihnen unmöglich erschienen, daß der Transmitter tatsächlich zu arbeiten beginnen würde.

»Ich verstehe nicht, daß er noch immer auf Empfang steht«, sagte Tolot verbissen. »Die Säulen müßten weiß leuchten, dann wäre der Transmitter sendebereit.«

»Vielleicht ist Ihnen beim Überprüfen der Unterlagen ein Fehler unterlaufen«, meinte Tako Kakuta. »Es ist doch möglich, daß Sie die beiden Farben verwechselt haben.«

Atlan beobachtete schweigend den Transmitterbogen. In seinem Gehirn hatte sich bereits ein bestimmter Plan geformt, über den er noch schwieg.

Dreißig Minuten, nachdem der Transmitterbogen entstanden war, meldete sich Major Wyndlon erneut.

»Die letzten Beiboote sind unterwegs, Sir«, sagte der Raumfahrer. »Wir haben die Evakuierung erfolgreich abgeschlossen.«

»Mein Kompliment, Major«, sagte der Arkonide. »Das war gute und vor allem schnelle Arbeit.«

»Das Lob haben meine Piloten verdient«, versetzte Wyndlon. »In wenigen Minuten wird nur noch Ihre Space-Jet in der Atmosphäre von Port Gurrad herumfliegen.«

Atlan verstand den Wink, aber er reagierte nicht darauf.

»Von hier oben haben wir ein paar neue Vulkanausbrüche georted«, fuhr der Major fort. »Auf dieser Welt wird kein Stein mehr auf dem anderen bleiben – sofern sie die Struktureerschütterung überhaupt übersteht.«

Bevor Atlan antworten konnte, geschah etwas, was seine Aufmerksamkeit völlig in Anspruch nahm.

Das grüne Leuchten der Schenkelsäulen des Transmitters wechselte den Farbton.

»Es wird weiß!« rief Bysiphere erregt, der den Vorgang ebenfalls beobachtete.

»Der Transmitter geht auf Sendung«, fügte Tolot hinzu.

Die drei Männer und der Haluter verfolgten gespannt das Geschehen. Die grüne Farbe war jetzt völlig verschwunden. Die Säulen strahlten in einem grellen Weiß.

»Jetzt können wir durch.«

»Was?« stießen Tako Kakuta und Dr. Armond Bysiphere gleichzeitig aus.

Tolot brach in ohrenbetäubendes, fast hysterisch zu nennendes Gelächter aus.

»Ich wußte es!« schrie er. »Ich wußte, daß Sie hindurch wollen.«

»Aber das ist Wahnsinn!« ereiferte sich Bysiphere entsetzt. »Wir wissen nicht, wo wir herauskommen. Es wäre glatter Selbstmord, den Transmitter zu benutzen.«

»Ich glaube, daß wir mit Sicherheit irgendwo in der Nähe der Hauptwelt der Uleb herauskommen«, antwortete Atlan gelassen. »Mit etwas Glück können wir vielleicht sogar Kontakt mit Roi Danton aufnehmen.«

Bysiphere seufzte und starrte ungläubig durch die Kuppel auf den Torbogen. Kakuta blickte von Atlan zu Icho Tolot, der immer noch dröhnend lachte.

»Selbstverständlich«, sagte Atlan, »ist dieses ein Unternehmen, an dem sich nur Freiwillige zu beteiligen brauchen. Tako, wenn Sie möchten, rufe ich ein Beiboot, das Sie und Bysiphere an Bord eines der zurückgebliebenen Schiffe bringt.«

Der Mutant blickte den Hyperphysiker an, doch Bysiphere wich den fragenden Blicken des Japaners aus.

»Ich beschwöre Sie, es nicht zu riskieren, Sir«, sagte Bysiphere eindringlich. »Wir besitzen nicht genügend Daten über diese Anlage.«

Atlan deutete auf Tolot.

»Mir genügt, was unser halutischer Freund weiß – und er wird sich an dem Unternehmen beteiligen.«

»Natürlich, meine Kinder«, sagte Tolot mit Nachdruck.

»Ich glaube, wir sollten die beiden nicht allein durch den Transmitter fliegen lassen«, sagte Tako Kakuta nachdenklich. »Vielleicht brauchen sie irgendwann einen Teleporter.«

Atlan warf Bysiphere einen Blick zu.

»Und Sie, Doc?«

Bysiphere starrte unentschlossen auf seine Stiefelspitzen. Er wünschte sich weit vom Ort des Geschehens weg, denn das hätte ihm eine Entscheidung erspart. Wenn er sich an diesem verrückten Unternehmen beteiligte, würde er mit Sicherheit bald tot sein. Blieb er zurück und sah die drei anderen niemals wieder, würde er sich zeit seines Lebens Vorwürfe machen.

Er gab sich einen Ruck.

»Ich mache mit«, sagte er. »Allerdings nur aus wissenschaftlichem Interesse und nicht etwa, weil mir Ihr persönliches Schicksal wichtig erscheint.«

Major Wyndlon beugte sich vor. Sein hartes Gesicht glänzte im Licht der Kontrollampen und Bildschirme.

»Warum kommt die Verbindung mit der Space-Jet nicht zustande?« fragte er mit rauher Stimme.

Aus dem Lautsprecher kam die geschäftsmäßig wirkende Stimme des diensthabenden Funkers.

»Die Space-Jet ist soeben im Transmitter verschwunden, Major. Das dürfte der Grund dafür sein, daß wir keinen Funkkontakt mehr bekommen.«

Wyndlon lehnte sich langsam zurück und atmete tief. Seltsam, dachte er. Die ganze Zeit über hatte er damit gerechnet, daß sie so etwas Verrücktes tun würden.

Wer immer für die heftige Strukturerschütterung verantwortlich war: die Uleb konnten sich leicht ausrechnen, daß man sie weit über die Grenzen der Materiebrücke zwischen den Magellanschen Wolken hinaus orten würde. Perry Rhodan rechnete aus diesem Grund damit, daß er, sobald der einundvierzig Schiffe starke Verband sein Ziel erreicht hatte, auf eine Abwehrflotte stoßen würde.

Er war froh darüber, daß über die Funkbrücke aus Leichten Kreuzern und Relaisschiffen eine Verbindung mit Reginald Bull zustande gekommen war. Rhodan hatte seinem Freund befohlen, den 30 000 Schiffe starken Verband in jenen Raumsektor zu führen, wo die Strukturerschütterung ihren Anfang genommen hatte.

Schnell durchgeführte Berechnungen hatten ergeben, daß die CREST und Kastoris Schiffe ungefähr zum gleichen Zeitpunkt an dieser Stelle eintreffen mußten wie die Flotte unter der Führung von Reginald Bull.

Zu dem Zeitpunkt, an dem er an Bord der CREST V dem feindlichen System entgegenraste, ahnte Perry Rhodan noch nicht, daß eine kleine Space-Jet mit drei Männern und einem Haluter an Bord noch schneller sein würde.

21.

Draußen tobte der Ammoniaksturm. Dichte Wolken kristalliner Gebilde wurden gegen das zerfallene Gebäude geweht und hüllten es mehr und mehr ein. Das Tosen des Orkans war auch im tiefsten Raum der Ruine trotz der Schutzhelme zu hören.

Roi Danton richtete sich auf und schaltete seinen Scheinwerfer ein. Er ließ das Licht über die nackten Metallwände gleiten und richtete es dann schließlich auf Gucky, der neben dem Eingang kauerte und mit seinen parapsychischen Sinnen angestrengt lauschte. Der Lichtstrahl wanderte weiter und fiel auf die Woolver-Zwillinge, die nebeneinander auf dem Boden lagen und schliefen. Danton schüttelte unbewußt den Kopf. Es war ihm ein Rätsel, wie die beiden Mutanten jetzt Schlaf finden konnten.

Dr. Lieber kauerte in einer Ecke. Danton wußte, daß der Wissenschaftler völlig erschöpft war. Obwohl die Antigravprojektoren, die sie trugen, die 4,1 Gravos des Planeten Atlas vollkommen absorbierten, bedeutete es doch eine Anstrengung, die schweren Spezialanzüge zu tragen. Jede Bewegung kostete Kraft.

Danton senkte den Scheinwerfer, so daß er seine Uhr sehen konnte. Nach dem Verlassen des Gebirges befanden sie sich jetzt seit drei Stunden in dieser zerfallenen Station, die ihre Erbauer aus unbekannten Gründen schon vor Jahren aufgegeben hatten.

»Wir können nicht mehr lange in dieser Ruine bleiben«, sagte Gucky und watschelte schwerfällig in die Mitte des Raumes. »Draußen ist wieder ein Patrouillenboot vorbeigeflogen.«

»Die Uleb suchen alles ab«, sagte Danton. »Wir müssen damit rechnen, daß sie unsere Energietornister bald orten.«

Er weckte die beiden Woolvers und erklärte ihnen die Lage.

»Es kann nicht mehr lange dauern, bis uns die Uleb orten«, stimmte Rakal Woolver zu. »Aber sie müssen uns erst einmal fangen. Hier gibt es weiterhin unzählige Energielinien, in die Tronar und ich uns einfädeln können. Sie und Dr. Lieber können sich von Gucky immer wieder aus der Gefahrenzone teleportieren lassen.«

»Das wird ein paarmal gehen, aber dann wird der Mausbiber zu erschöpft sein«, wandte Dr. Lieber ein.

»Mein Bruder und ich sind in der Lage, uns frei zu bewegen«, sagte Tronar. »Diese Chance sollten wir nutzen. Wir haben festgestellt, daß die meisten Energieechos von jenem Mond kommen, den die dreihundert flüchtigen Bestien anfliegen wollten, bevor das Konusraumschiff durch Fernsteuerung auf dieser Welt gelandet wurde.«

»Das scheint jener Mond zu sein, den die Uleb als Wohnwelt benutzen«, überlegte Roi Danton.

»Nennen wir die Wohnwelt Uleb I«, schlug Dr. Lieber vor. »Wenn wir jedem der dreizehn Monde eine Nummer geben, kann es nicht mehr zu Verwechslungen kommen.«

Danton lächelte schwach. »Ich frage mich, ob wir überhaupt noch Gelegenheit bekommen werden, die Monde zu verwechseln. Trotzdem bin ich damit einverstanden, Doc. Wir wollen die Wohnwelt . . .« Er unterbrach sich und warf einen Blick auf sein Armbandpeilgerät, das plötzlich stark ausschlug. »Was ist da draußen los?« rief er aus.

»Immer mehr Flugmaschinen tauchen in unserer Nähe auf«, sagte Gucky. »Ich kann nur wenige Gedankenimpulse orten. Die Suchflugzeuge sind also robotgesteuert.«

»Wir müssen hier weg«, sagte Roi Danton. »Ich befürchte, daß die ersten Suchmaschinen bald landen.«

Rakal Woolver legte eine Hand auf Dantons Arm.

»Geben Sie mir noch ein paar Minuten Zeit«, bat er. »Ich will einen Versuch unternehmen.«

Gleich darauf entmaterialisierte der Wellensprinter über ein Funkecho. Danton runzelte die Stirn und wandte sich an Rakal Woolver.

»Was hat er vor?«

Trotz des gepanzerten Schutzanzugs konnte Danton sehen, wie der Mutant mit den Schultern zuckte.

»Ich nehme an, Rakal versucht nach Uleb I zu gelangen«, sagte er ruhig.

»Das ist Wahnsinn«, brummte Danton. »Das überlebt er nicht.«

»Warum nicht?« meinte Tronar. »Wenn auf Uleb I genauso viele Energielinien vorzufinden sind wie auf Atlas, droht meinem Bruder keine Gefahr.«

»Die ersten Suchschiffe landen, Roi!« rief Gucky mit schriller Stimme. »Wenn die Uleb wissen, daß wir in der Ruine sind, werden sie das zerfallene Gebäude zerstören. Dann haben wir kaum noch eine Chance, zu entkommen.«

»Aber Rakal wird uns nicht wiederfinden, wenn wir jetzt fliehen«, wandte Dr. Lieber ein.

»Machen Sie sich um ihn keine Sorgen«, sagte Tronar. »Er findet uns bestimmt.«

Wieder warf Danton einen Blick auf den Massedetektor an seinem Handgelenk.

»Ich habe das ungute Gefühl, daß die Uleb dieses Gebäude bereits umzingeln. Wir verschwinden besser.«

Tronar Woolver wartete keine weiteren Befehle ab, sondern entmaterialisierte. Danton warf einen Blick auf die Stelle, wo der Mutant gerade noch gestanden hatte. Die beiden Woolvers waren zu beneiden. Wenn die Uleb nicht auf die Idee kamen, sämtliche Kraftstationen auf Atlas und den dreizehn Monden auszuschalten, würden sie die Woolvers nur durch einen Zufall fangen können.

»Bist du bereit?« fragte Danton den Mausbiber.

»Natürlich«, gab Gucky zurück. »Gebt mir eure Arme, dann geht es los.«

Er packte Dr. Lieber und Danton und konzentrierte sich auf den Teleportersprung, der sie aus der Ruine herausbringen würde – irgendwohin auf die von Orkanen verwüstete Oberfläche des Riesenplaneten Atlas.

Rakal Woolver materialisierte innerhalb einer großen Funkstation auf Uleb I. Wie er gehofft hatte, hielt sich keiner der monströsen Fremden in diesem Gebäude auf. Die Funkstation arbeitete automatisch. Rakal überzeugte sich, daß es genügend Energieverbindungen in alle Richtungen gab, dann trat er an ein sechseckiges Fenster, um hinauszublicken. Uleb I schien eine paradiesische Welt zu sein. Rakal Woolver erblickte ausgedehnte Parks. Zwischen den Pflanzen und Grünanlagen stand ab und zu ein kuppelförmiges Gebäude.

Woolver wandte sich vom Fenster ab und untersuchte die Station. Es wäre gefährlich gewesen, irgendwelche Zerstörungen vorzunehmen. Das konnte er sich für später aufheben. Jetzt mußte er nach Atlas zurückkehren und seinen Begleitern von dieser Funkstation berichten, die zumindest für Tronar und ihn ein Schlupfwinkel war, wenn es auf Atlas zu gefährlich wurde.

Rakal brauchte nicht lange auf einen Funkstrahl zu warten, in den er sich einfädeln und nach Atlas zurückkehren konnte.

Sie materialisierten und wurden trotz der schweren Anzüge vom Sturm fast von den Beinen gerissen.

»Alles in Ordnung?« fragte Danton.

»Ja«, sagte Gucky. »Wir haben eine Strecke von ungefähr dreihundert Kilometern zurückgelegt.«

Sie gingen schwerfällig auf eine undeutlich sichtbare Felsformation zu und suchten dahinter Schutz. Nebeneinander kauerten sie hinter den vereisten Steinen nieder. Gucky kuschelte sich tief zwischen die beiden Männer, so daß er kaum noch etwas vom Sturm spürte. Schweigend überprüfte Danton die Ortungsgeräte. Irgendwo in der Nähe mußte eine Station der Uleb sein. Vielleicht waren auch ein paar Suchmaschinen in der Umgebung gelandet.

Danton wußte, daß sie keine Ruhe finden würden. Die Uleb hatten eine Spur entdeckt und würden nicht eher nachlassen, bis sie die Fremden gefunden hatten, die für die Zerstörung ihrer wichtigen Umformerstation verantwortlich waren.

Danton rüttelte Gucky am Arm.

»Nicht einschlafen, Kleiner!« beschwor er den Mausbiber. »Es kann sein, daß wir bald wieder aufbrechen müssen.«

Danton zog sich mit beiden Händen an einem Felsvorsprung hoch und blickte sich um. Wolken von Ammoniakschnee, die der Wind vor sich hertrieb, verhinderten eine Sicht über zwanzig Meter hinaus. Sie brauchten nicht zu hoffen, eine der Suchmaschinen oder ein Gebäude entdecken zu können.

»Sieht man etwas?« erkundigte sich Dr. Lieber.

»Nein«, sagte Danton.

Seine Hoffnung, daß die Woolvers auftauchen würden, erwies sich als falsch. Er vermutete, daß Tronar auf der Suche nach seinem Bruder war.

Ein Blick auf den Massedetektor zeigte Danton, daß die Suchflugzeuge der Uleb wieder im Anflug waren. Es ließ sich nicht vermeiden, daß die energetischen Ausstrahlungen der Spezialanzüge geortet wurden.

»Sie haben uns wieder gefunden«, sagte Danton. »Wir müssen weiter.«

Irgendwo vor ihnen blitzte es auf, und ein kurzer Donner übertönte den Lärm des Orkans.

»Bomben!« rief Dr. Lieber. »Ziemlich nah.«

Gucky kam rasch auf die Beine und griff nach den Händen der beiden Männer. Er entmaterialisierte mit ihnen, bevor eine weitere Bombe fiel.

Die Landschaft, in der sie auftauchten, unterschied sich nicht von jener, aus der sie geflohen waren. Überall ragten dunkle Felsmassen aus den wirbelnden Schneewolken. Die Lage wurde langsam immer bedrohlicher.

Der Mausbiber und seine beiden Begleiter fanden Schutz unter einem vorspringenden Felshang. Hier war es verhältnismäßig ruhig.

»Wenn wir nur ein paar Stunden hierbleiben und uns ausruhen könnten«, seufzte Lieber. »Ich bin inzwischen soweit, daß ich mir den Anzug vom Körper reißen möchte.«

Danton ließ sich gegen die rauhe Felswand sinken und schloß die Augen.

»Wie geht es dir, Kleiner?« fragte er Gucky.

Gucky gab nur ein undeutliches Knurren von sich.

Der Wind schien sich zu drehen, denn der Schnee, der bei ihrer Ankunft aufs Land hinausgetrieben war, wirbelte nun unter den Felsvorsprung und begann den schmalen Zwischenraum auszufüllen. Die geheizten Anzüge blieben sauber, aber die Sicht wurde immer schlechter.

Danton beobachtete die Ortungsgeräte, die sie bei sich trugen. Die Anzeige war gleichmäßig; es hielten sich im Augenblick keine beweglichen Metallkörper in ihrer Nähe auf.

»Ich glaube, wir haben sie abgeschüttelt«, sagte Danton. »Jedenfalls vorläufig.«

»Bist du sicher?« fragte Gucky. »Sie werden uns bald wieder aufstöbern.«

»Warum stoßen die beiden Woolvers nicht wieder zu uns?« fragte Dr. Lieber besorgt. »Rakal hätte das Risiko, nach Uleb I zu springen, nicht eingehen dürfen.«

Danton antwortete nicht. Seine Blicke blieben auf den Massedetektor gerichtet, dessen Anzeigenadel wieder auszuschlagen begann. Danton preßte die Lippen aufeinander. Die Suchflotte der Uleb war im Anflug.

»Wir müssen weiter«, sagte Danton. »Die Uleb kommen.«

Gucky richtete sich auf.

»Wir müssen uns etwas Besseres einfallen lassen«, sagte er. »Bald werde ich nur noch kurze Sprünge ausführen können.«

»Vielleicht haben wir eine Chance«, sagte Danton nachdenklich. »Ich glaube nicht, daß die Uleb im Katastrophengebiet suchen werden.«

»Das ist es!« rief Dr. Lieber begeistert. »Dort, wo wir die Station zerstört haben, vermuten uns die Verfolger bestimmt nicht.«

Danton wandte sich an den Ilt. »Gucky, glaubst du, daß du uns bis in dieses Gebiet zurückbringen kannst?«

»Es ist eine Last mit euch«, beklagte sich der Mausbiber. »Erst muß ich mit euch über den halben Planeten teleportieren, dann wollt ihr dahin zurück, wo wir herkommen.«

»Aber es ist eine gute Idee«, sagte Danton. »Wir könnten Glück haben.«

Gucky protestierte noch ein bißchen, aber im Grunde genommen war er mit Roi Dantons Plan einverstanden. Die Uleb würden nicht glauben, daß die Fremden sich dort versteckten, wo sie die Sabotage begangen hatten.

Gucky ergriff seine beiden Begleiter an den Händen und teleportierte.

Sie materialisierten ein paar Kilometer vor einer Feuerwand. Glutflüssiges Magma wurde in gewaltigen Fontänen gen Himmel geschleudert.

Die Hitze traf auf die kalten Luftmassen, was in der Peripherie der Katastrophenstelle gewaltige Orkane auslöste. Die dichte Atmosphäre, von den natürlichen Stürmen bereits aufgewühlt, schien in diesem Gebiet zu kochen.

Es war im Grunde der schiere Wahnsinn, dorthin zurückgekehrt zu sein, von wo man vor Stunden geflohen war. Hier konnten sie nicht überleben.

Plötzlich wurde das Land in grünes Licht gebadet. Danton richtete sich auf und blickte über den Rand der Mulde hinweg. Was er sah, ließ ihn an seinem Verstand zweifeln.

Nur wenige Kilometer von der Mulde entfernt waren die Schenkelsäulen eines Transmitters aus dem Boden geschossen und hatten sich zu dem charakteristischen Torbogen vereinigt.

Aus der dunklen Tiefe des Transmitters heraus schoß eine Space-Jet der Solaren Flotte, die augenblicklich von der Gewalt des Orkans gepackt und hin und her geworfen wurde.

Mit einem Aufschrei rannte Danton auf den Transmitter zu.

Der Schmerz der Rematerialisierung war kurz und heftig. Aus verschwommenen Umrissen formte sich die Umgebung. Ein Knattern, das von den Ortungsgeräten kam, ließ Atlan hochfahren. Er brauchte einen Augenblick, um sich zu orientieren.

Vor ihm lag eine atmosphärische Hölle; eine Welt aus Feuer und Glut, deren entfesselte Naturgewalten die Space-Jet zu verschlingen drohten. Hinter ihm lag der Transmitter: Symbol übermächtiger Technik auf einem wilden Planeten.

Die Space-Jet wurde immer wieder das Opfer heftiger Beben, so daß Atlan die starken Triebwerke einschalten mußte, um das Diskusschiff zu lenken.

»Bei allen Planeten, wo sind wir herausgekommen?« rief Bysiphere entsetzt. »Auf dieser Höllenwelt kann doch niemand leben.«

Tolot blieb ruhig wie immer.

»Die Eruptionen, die wir beobachten können, gehören nicht zu den Naturgewalten dieser Welt«, sagte er. »Die Planetenkruste wurde durch irgendeine Katastrophe aufgerissen.«

»Durch die gleiche Katastrophe, die auch die Strukturerschütterung hervorrief!« fügte Atlan hinzu.

Tako Kakuta trat näher an die Kuppel der Space-Jet heran und starrte in den Orkan hinaus. Die Oberfläche des Planeten war kaum zu erkennen. Man konnte sich auch nicht vorstellen, daß es in diesem Chaos feste Materie gab.

»Wir müssen einen sicheren Platz suchen und landen«, klang Atlans Stimme auf.

Die anderen waren einverstanden.

»Wie Sie sehen, habe ich die alten Unterlagen richtig gedeutet«, sagte Tolot befriedigt, als Atlan die Space-Jet von dem Transmitter wegsteuerte. »Der Transmitter auf Port Gurrad gehört zu einem Flucht- und Verbindungssystem der Uleb. Sie haben in ihrem Mißtrauen alle Möglichkeiten in Betracht gezogen.«

»Glauben Sie wirklich, daß auf dieser Welt Uleb wohnen?« fragte Tako Kakuta ungläubig.

»In befestigten Stationen und unter der Oberfläche«, sagte Tolot überzeugt. »Wahrscheinlich werden wir früher mit ihnen zusammenstoßen, als uns lieb ist.«

Atlan umklammerte mit beiden Händen die Steuerung. Es war sinnlos, die Space-Jet unter diesen Verhältnissen dem Autopiloten anzuvertrauen. Sie kamen nur langsam voran.

Plötzlich sprachen die Normalfunkgeräte an. Atlan warf den beiden anderen Männern einen bestürzten Blick zu.

»Die Uleb!« stieß Bysiphere hervor.

»Die Uleb würden kaum auf der Notfrequenz der Solaren Flotte funken«, entgegnete Atlan und beugte sich über das Gerät. Wenige Sekunden später hielt er den Klartext in der Hand.

»SOS!« las er vor. »Hier ist Danton. Wir können Sie sehen.«

Atlans Hand sank nach unten. Sie zitterte leicht.

»Irgendwo dort unten sind Roi Danton und seine Begleiter«, sagte er. »Wir müssen sie finden und an Bord nehmen.«

»Peilen Sie den Sender an«, sagte Tolot. »Wir müssen uns beeilen. Die Uleb werden die Sendung ebenso wie wir empfangen haben. Auch wenn sie ihren Inhalt nicht entschlüsseln können, werden sie doch versuchen, die Sendequelle zu finden.«

Der Sturm umtoste das diskusförmige Schiff und versuchte es umzuwerfen. Die Triebwerke brüllten auf, als Atlan eine Steuerung gegen den Wind durchführte. Durch die Kuppel waren drei schattenhafte Gestalten zu sehen. Eine davon war sehr klein: Gucky.

»Wo sind die Woolvers?« fragte Bysiphere, als die Space-Jet endlich aufsetzte.

»Ich nehme an, daß sie die Umgebung auskundschaften«, erwiderte Atlan. »Sie können jederzeit mit einem Funk- oder Energiestrahl an Bord kommen.«

»Wenn wir Gucky und die beiden Männer aufnehmen, wird es hier drinnen ziemlich eng«, erkannte Icho Tolot. »Ich werde eine Strukturumwandlung vornehmen müssen und mich auf der Außenfläche der Space-Jet verankern.«

Atlan widersprach nicht, weil er wußte, daß dies die beste Lösung war. Wenn sie diese Welt verlassen mußten, war Tolot außerhalb der Space-Jet am wenigsten gefährdet; er würde seine molekulare Zellstruktur so verhärten, daß er selbst im Vakuum einige Zeit überleben konnte.

Tolot verschwand durch die offene Schleuse. Gleich darauf kamen Danton und Dr. Lieber herein. Für eine lange Begrüßung war keine

Zeit, aber Atlan merkte, wie erleichtert die beiden Männer über dieses glückliche Zusammentreffen waren.

»Wir hätten uns auch von Gucky an Bord bringen lassen können«, sagte Danton. »Der Kleine ist jedoch so erschöpft, daß wir ihn schonen wollten.«

»Ja«, bekräftigte der Mausbiber, der jetzt durch die Schleuse hereinkam. »Lange hätte ich es dort draußen nicht mehr ausgehalten.«

Atlan nickte und ließ die Schleuse zugleiten. Durch die Kuppel konnten die Männer beobachten, wie Tolot auf die Space-Jet kletterte und sich auf der Außenfläche niederließ. Kurz darauf bewegte er sich nicht mehr. Sein Körper besaß jetzt die Härte eines Stahlklotzes.

In diesem Augenblick materialisierte Rakal Woolver in der Zentrale der Space-Jet. Er blickte sich um.

»Es ist gut, daß Sie kommen«, sagte Atlan. »Das erspart mir die Aufgabe, unsere Geschichte zweimal zu erzählen.«

Der Arkonide berichtete in knappen Worten, wie sie mit der Space-Jet nach Atlas gekommen waren.

»Es ist kein Zufall, daß wir uns getroffen haben«, sagte der Lordadmiral abschließend. »Ich verließ mich voll und ganz auf Icho Tolots Angaben, die sich ja als richtig erwiesen haben.«

Nun schilderte Roi Danton die Erlebnisse seiner Gruppe auf dem Planeten Atlas. Atlan erfuhr, was sich auf dieser riesigen Welt abgespielt hatte. Außerdem informierte Danton die Neuankömmlinge über alle wichtigen Daten, die er bisher gesammelt hatte.

»Das Enemy-System besteht aus einer Sonne, diesem gigantischen Planeten und dreizehn erdgroßen Monden, die ihn umkreisen«, beendete Danton seinen Bericht. »Uleb Eins ist zweifellos die Wohnwelt.«

»Ich hielt mich bereits kurz auf Uleb Eins auf«, warf Rakal Woolver ein. »Es ist ein paradiesischer Mond. Ich glaube, daß es dort viele Versteckmöglichkeiten gibt.«

»Wo ist Ihr Bruder?« erkundigte sich Atlan.

»In Sicherheit«, erwiderte Rakal ausweichend. Er blickte sich lächelnd um. »Hier ist es ein bißchen eng«, sagte er. »Ich werde mich wieder zurückziehen.«

Bevor Atlan protestieren konnte, fädelte sich der Wellensprinter in ein Funkecho ein und entmaterialisierte.

Der Arkonide murmelte eine Verwünschung. Es wäre ihm lieber gewesen, wenn die Woolvers in seiner Nähe geblieben wären. Nun wußte er noch nicht einmal, wo sie sich aufhielten.

»Was haben Sie jetzt vor?« erkundigte sich Roi Danton.
Der Arkonide zögerte nicht mit einer Antwort.
»Wir müssen die Space-Jet mit ihrer Besatzung in Sicherheit bringen«, sagte er. »Dazu ist es notwendig, daß wir das Enemy-System verlassen.«
Schon vor Tagen hatten er und Perry Rhodan dem noch unbekannten Heimatsystem der Uleb diesen Namen gegeben.

Die Space-Jet hob vom Boden ab und gewann rasch an Höhe. Atlan beschleunigte das Kleinstraumschiff mit voller Schubleistung, um möglichst schnell den Weltraum zu erreichen.
Dr. Bysiphere, der die Kontrollen beobachtet hatte, sah, wie die Ortungsgeräte plötzlich starke Schockwellen registrierten.
»Starke Energieentfaltung auf allen dreizehn Monden des Planeten Atlas!« rief der Wissenschaftler.
Tako Kakuta beugte sich über Bysipheres Schulter und kniff die Augen zusammen. »Was kann das bedeuten?« fragte er verwirrt.
»Wir werden es bald wissen«, gab Bysiphere leise zurück.
Inzwischen hatte die Space-Jet die Atmosphäre des Riesenplaneten hinter sich gelassen. Über die Ortungsanlage konnten die Männer an Bord des Schiffes verfolgen, wie von allen dreizehn Monden gewaltige Energiebahnen in den Weltraum schossen.
»Da!« rief Danton. »Auf allen Monden muß es große Kraftstationen geben. Die Uleb haben irgend etwas vor.«
Atlan ahnte, daß es sich um die Durchführung einer lange vorbereiteten Maßnahme handelte. Die Energiebahnen, die ihre Schockwellen durch den Weltraum schickten, konnten nur die Antwort der Uleb auf die Zerstörung ihres schützenden Zeitfelds sein.
Atlan drosselte die Geschwindigkeit der Space-Jet, um auf alle Zwischenfälle vorbereitet zu sein.
Durch die Kuppel war zu sehen, wie sich außerhalb des Planeten Atlas und seiner dreizehn Monde plötzlich ein gewaltiges Energiefeld ausdehnte. Gespeist wurde dieses Gebilde von den Kraftstationen auf Uleb I-XIII.
»Ein Paratronschirm!« rief Dr. Bysiphere. »Die Uleb riegeln ihr System ab.«
Atlan schloß die Augen und preßte die Zähne aufeinander. Er wußte, daß es nun kein Entkommen mehr gab. Die Space-Jet konnte ein Paratronfeld nicht durchdringen.

Innerhalb weniger Sekunden weitete sich das Paratronfeld zu einer riesigen Hohlkugel aus, die den Planeten Atlas und seine dreizehn Satelliten umschloß.

Atlan stoppte den Flug des Diskusschiffs. Den Kurs zu halten, wäre unter diesen Umständen einem Selbstmord gleichgekommen.

»Wir können nicht mehr in den Leerraum fliehen«, sagte der Arkonide. »Bedauerlicherweise ist Perry mit Kastoris Schiffen noch nicht eingetroffen.«

»Die Anwesenheit dieses Verbandes würde uns jetzt nichts helfen«, sagte Bysiphere. »Niemand kann das Enemy-System verlassen. Es kann aber auch niemand herein.«

»Unsere Fluchtchancen sind damit erheblich gesunken«, sagte Atlan. »Wenn wir im Weltraum bleiben, werden wir früher oder später geortet.«

»Wir sollten versuchen, auf einem der Monde zu landen«, schlug Tako Kakuta vor.

»Daran habe ich ebenfalls gedacht«, stimmte Atlan zu. »Fliegen wir in Richtung Uleb Eins. Vielleicht finden wir dort ein Versteck.«

Während die Space-Jet ihre Richtung änderte, stiegen von den einzelnen Monden zahlreiche Konusraumschiffe verschiedener Größe auf. Innerhalb weniger Minuten wimmelte es im Raum innerhalb der Paratronblase von Einheiten der Uleb. Atlan beobachtete die Schiffsbewegungen auf dem Bildschirm der Space-Jet.

»Die Jagd beginnt«, sagte er. »Hoffentlich können wir Uleb Eins noch erreichen.«

Rakal Woolver hatte seinen Helm abgelegt und sich mit dem Rücken gegen einen moosbewachsenen Baumstamm gelehnt. Um ihn herum war es so still, daß er das Summen der Insekten zwischen den blühenden Büschen hören konnte. Rakal fühlte sich vollkommen sicher. Da auf Uleb I eine atembare Atmosphäre und eine fast normale Schwerkraft herrschte, hatte der Mutant den Energietornister seines Schutzanzugs abschalten können. Eine Ortungsgefahr bestand deshalb nicht. Nur der Zufall konnte einen Fremden hierher führen – und für diesen Fall war Rakal ebenfalls gerüstet. Da er sich vollkommen ruhig verhielt, würde er jeden herankommenden Uleb hören, lange bevor dieser ihn entdecken konnte. Dann blieb immer noch Zeit zu einer raschen Flucht.

Rakal Woolver befand sich inmitten von einem der zahlreichen künstlich angelegten Wälder auf Uleb I. Der Mond besaß vier Hauptkontinente, von denen je zwei gegeneinander versetzt auf der nördlichen und auf der südlichen Halbkugel lagen. Die Kontinente wurden in Höhe der Äquatorlinie von einem gewaltigen Ozean getrennt.

Auf Uleb I gab es Gebirge bis zu neuntausend Meter Höhe. Auffallend war die große Zahl der weitgehend künstlich angelegten Wasserfälle. Das Land wurde von vielen großen Flüssen durchschnitten. Auf jedem der vier Kontinente herrschten die gleichen klimatischen Bedingungen.

Rakal fand, daß es auf Uleb I sehr heiß war, aber die Bestien des neuen Typs fühlten sich in einer solchen Umgebung vielleicht wohl. Rakal hatte zusammen mit seinem Bruder Tronar eine Anzahl der anderen Monde besucht. Dabei hatten sie herausgefunden, daß die übrigen zwölf Monde ein Versorgungssystem bildeten. Es gab Agrar-, Forschungs- und Industriewelten. Millionen von Gurrads und anderen Wesen dienten den Uleb als Sklaven.

Uleb I war die Wohnwelt. Rakal war dessen sicher, obwohl es keine Städte auf dieser Welt gab. Die Uleb lebten allein; sie fanden sich nur zusammen, wenn es galt, einen Gegner durch eine gemeinsame Aktion auszuschalten. So kam es, daß auf Uleb I nur kleinere Gebäude standen, in denen jeweils eine Bestie lebte. Nur an den Stellen, wo sie ihre Funkanlagen und Kraftstationen eingerichtet hatten, waren die Uleb zum Bau größerer Häuser gezwungen gewesen. Daran, daß die meisten dieser Stationen vollautomatisch arbeiteten, erkannte Rakal Woolver, daß die Uleb wenig Wert darauf legten, gegenseitigen Kontakt zu pflegen.

Rakal richtete sich auf und ging die wenigen hundert Meter bis zum Waldrand. Vor ihm lag jetzt ein langgezogenes Tal, in dem ein halbes Dutzend Kuppelgebäude standen. In jeder Kuppel lebte ein Uleb. Rakal war schon ein paarmal hierher gekommen. Wahrscheinlich hatten die Bestien ihre Kuppeln verlassen, als es zur Zerstörung der Umformerstation auf Atlas gekommen war.

Als Rakal zu seinem Versteck zurückkehrte, war Tronar dort angekommen. Tronar hatte ein Richtfunksignal seiner Helmfunkanlage benutzt, um den Treffpunkt zu erreichen.

»Ich habe mir schon Sorgen um dich gemacht, als ich deinen Helm hier liegen sah«, sagte Tronar erleichtert, als sein Bruder zwischen den Bäumen auftauchte. »Du solltest nicht so ausgedehnte Spaziergänge unternehmen.«

»Ich habe das Tal beobachtet«, erklärte Rakal.

»Die Bestien halten sich jetzt alle in der Nähe der Kraftstation auf«, berichtete Tronar. »Übrigens sind unsere Fluchtchancen stark gesunken. Die Uleb haben ein Paratronfeld um das Enemy-System gelegt. Im Raum innerhalb der Paratronblase wimmelt es von Konusraumschiffen. Ich nehme an, die Uleb machen Jagd auf Atlans Space-Jet.«

»Wir müssen etwas unternehmen«, drängte Rakal.

»Was? Hast du einen Vorschlag?«

»Nein«, gab Rakal zu. »Zumindest sollte jedoch einer von uns wieder an Bord der Space-Jet gehen und mit Atlan sprechen. Vielleicht können wir die Besatzung auf Uleb Eins verstecken. Ich habe sogar einen Plan, wie wir die Uleb ablenken können.«

»Ich frage mich, worauf du dann noch wartest?« fragte Tronar seinen Bruder.

Rakal nickte verbissen und schaltete sein Funkgerät ein. Er rief die Space-Jet. Als die Antwort erfolgte, fädelte er sich in den Energiestrahl ein und sprang an Bord des Diskusschiffs.

Er fand sich inmitten einer niedergeschlagenen Besatzung wieder, die bereits jede Hoffnung auf eine Flucht aufgegeben hatte. Die Space-Jet wurde von einem Verband großer Konusraumschiffe der Uleb verfolgt.

»Tronar und ich haben ein Versteck auf Uleb Eins«, berichtete Rakal. »Ich schlage vor, daß Sie alle mit Guckys und Kakutas Hilfe dorthin fliehen. Dann lassen wir die Uleb die Space-Jet abschießen.«

Atlan deutete auf den großen Bildschirm.

»Dann müßten wir aber näher an Uleb Eins heran«, wandte er ein. »Gucky ist zu erschöpft, um diese gewaltige Entfernung in Begleitung zweier Menschen in einem Sprung zurückzuführen.«

Er starrte auf den Bildschirm. Angesichts ihrer Übermacht beeilten sich die Uleb nicht besonders, um das fremde Schiff einzuholen. Sie waren ihrer Sache sicher.

Atlan umklammerte die Steuerung so fest, daß die Knöchel seiner Hände weiß wurden.

»Wir versuchen es«, sagte er. »Sobald wir nahe genug heran sind, springt Gucky mit Bysiphere und mir nach Uleb Eins. Tako, Sie nehmen Danton und Dr. Lieber.«

Rakal deutete durch die Kuppel auf die Außenfläche der Space-Jet, wo Icho Tolot lag.

»Was ist mit ihm?«

»Entweder Gucky oder Tako müssen zwei Sprünge machen«, erwiderte Atlan. »Doch daran wollen wir jetzt noch nicht denken. Wichtig ist, daß wir nahe genug an Uleb Eins herankommen.«

Mit Höchstgeschwindigkeit raste das Diskusschiff dem Mond entgegen. Ein zweiter Verband von Konusraumschiffen war aufgetaucht und näherte sich dem kleinen Schiff von der Seite.

»Wir sind fast eingekreist.«

Rakal Woolver fädelte sich in einen Peilstrahl der Space-Jet ein und verschwand. Er hatte Gucky und Kakuta erklärt, auf welchem Kontinent er und Tronar sich aufhielten.

»Ich glaube, jetzt kann ich es schaffen«, sagte Tako, als sie näher an Uleb I herankamen.

Der Teleporter ergriff Danton und Dr. Lieber an den Händen und entmaterialisierte.

Atlan wandte sich in seinem Sitz um.

»Wie sieht es aus, Kleiner?«

»Ich glaube, ich kann es riskieren«, erwiderte Gucky.

Atlan schaltete die automatische Steuerung ein und erhob sich. Bysiphere trat neben ihn. Atlans letzter Blick galt dem Haluter außerhalb der Kuppel. Hoffentlich blieb noch genügend Zeit, um ihn zu retten.

Der Entmaterialisierungsschmerz unterbrach seine Gedanken. Als er wieder zu sich kam, befand er sich mitten in einem dichten Wald. Seine Blicke klärten sich, und er sah Roi Danton auf sich zukommen.

»Tako ist wieder unterwegs, um Tolot zu retten!« rief der Freihändlerkönig.

Erst jetzt fiel Atlan auf, daß Danton den schweren Helm abgenommen hatte. Hinter Danton tauchten die beiden Woolvers und Dr. Lieber zwischen den Bäumen auf. Sie alle trugen keinen Helm. Zögernd öffnete Atlan seinen eigenen Anzug. Gleich darauf atmete er die warme Luft von Uleb I.

In ihrer unmittelbaren Nähe materialisierte Tako Kakuta mit Icho Tolot. Der Haluter nahm erneut eine Strukturumwandlung vor und konnte sich jetzt wieder einwandfrei bewegen.

»Die Uleb haben die Space-Jet abgeschossen«, berichtete Tako Kakuta. »Sie werden annehmen, daß sie alle Eindringlinge dabei vernichtet haben.«

Atlan nickte und holte tief Atem.

Vorläufig waren sie in Sicherheit.

22.

Das Tageslicht besaß nicht die übliche Intensität, denn die Paratronblase absorbierte einen Teil des Sonnenlichts. Die Männer, die sich auf Uleb I versteckt hielten, fragten sich, warum die Uleb die Sonne ihres Systems nicht ebenfalls innerhalb des Paratronfelds gebracht hatten.

Die ersten Stunden ihres gemeinsamen Aufenthalts auf Uleb I verstrichen in völliger Ruhe. Vor allem Danton, Dr. Lieber und Gucky waren so erschöpft, daß sie sofort einschliefen, als sie das von den Woolver-Zwillingen ausgewählte Versteck erreichten. Atlan, der dank seines Zellaktivators wesentlich widerstandsfähiger war, unterhielt sich mit Icho Tolot, Tako Kakuta und den Woolver-Zwillingen darüber, was sie nun unternehmen sollten.

»Wir haben Gelegenheit, die Zivilisation der Uleb genau zu studieren«, sagte Tako Kakuta. »Wir können auf Uleb Eins wertvolle Informationen sammeln und an Perry Rhodan übergeben, sobald er hier auftaucht.«

»Es müßte eine Möglichkeit geben, den Paratronschirm zu durchbrechen«, sagte Atlan. »Es nützt uns wenig, wenn Perry mit seinen Schiffen außerhalb der Energiekugel kreist.«

»Die Paratronblase kann nicht zerstört werden«, sagte Tolot. »Jedenfalls nicht mit herkömmlichen Waffen.«

»Vielleicht gelingt es mit Hilfe von Kontrafeldstrahlern«, sagte Tronar Woolver.

Atlan wälzte sich auf den Rücken und bettete seinen Kopf auf den Energietornister, den er abgenommen hatte. Zwischen einer Lücke in den Baumwipfeln konnte er einen großen Vogel beobachten, der über dem Wald kreiste. Atlan beneidete das Tier, das im Gegensatz zu ihnen völlige Freiheit genoß.

»Es hat keinen Sinn, wenn wir über die Paratronblase diskutieren«, sagte er. »Wir sollten uns darüber Gedanken machen, wie wir bei der Beobachtung der Uleb vorgehen wollen. Kakutas Idee, die Lebensgewohnheiten der Fremden zu erforschen, ist ausgezeichnet. Je mehr wir über die Charaktereigenschaften der Uleb wissen, desto leichter können wir sie besiegen.«

»Tronar und ich können die einzelnen Kraftstationen untersuchen«, erbot sich Rakal Woolver. »Wir kommen schnell voran und können bei jeder Gefahr ohne Schwierigkeiten fliehen.«

Atlan war einverstanden. Er teilte insgesamt drei Gruppen ein, von denen jede eine spezielle Aufgabe erhielt. Die Woolver-Zwillinge sollten alle Energieanlagen auf Uleb I und den anderen Monden erforschen. Dr. Lieber und Gucky erhielten den Auftrag, sich um leerstehende Wohngebäude der Uleb zu kümmern. Atlan wollte mit den beiden anderen Männern und Icho Tolot die Beobachtung der Bestien des neuen Typs unternehmen. Er wählte den Haluter für diese Aufgabe aus, weil dieser am meisten über die Uleb wußte.

»Das also ist das Zentrum der sogenannten Ersten Schwingungsmacht«, sagte Tolot, nachdem die beiden Woolvers aufgebrochen waren. »Von hier aus haben die Uleb seit sechzigtausend Jahren Einfluß auf die Entwicklung aller intelligenten galaktischen Völker genommen. Sie haben ihr verbrecherisches Tun mit verlogenen Phrasen glorifiziert.«

Atlan nickte. »Sobald wir uns ausgeruht haben, beginnen wir mit den Beobachtungen«, entschied er.

21. August 2437 – 22:45 Uhr.

Auf den Bildschirmen der CREST V entstand eine riesige blaue Sonne. Sie wurde schnell größer, und als das Flaggschiff der Solaren Flotte zusammen mit den vierzig Begleitschiffen aus dem Linearraum kam, füllte sie bereits einen großen Teil des Panoramabildschirms aus.

»Ein Paratronschirm, der das gesamte System umgibt«, sagte Dr. Jean Beriot, nachdem die ersten Messungen ausgewertet waren.

Perry Rhodan warf dem Wissenschaftler einen Blick zu.

»Sind Sie sicher?«

»Natürlich«, erwiderte Beriot. »Ich war mir bereits sicher, als ich dieses Gebilde auf dem Bildschirm sah. Die Meßergebnisse bestätigen nur, was ich von Anfang an vermutet habe.«

»Haben Sie Befehle für mich?« fragte Oberst Merlin Akran.

Die Frage des epsalischen Kommandanten der CREST V erinnerte Perry Rhodan daran, daß ihm im Augenblick auch Kastoris Verband unterstand. Er ließ eine Funkverbindung zu Kastoris Flaggschiff herstellen. Als das Gesicht des Generals auf dem Bildschirm sichtbar wurde, wirkte es leicht verzerrt; ein sicheres Zeichen, daß die Hyperenergie der Paratronblase eine einwandfreie Übertragung verhinderte.

»Das System, in dem die Strukturerschütterung ausgelöst wurde, ist mit einem Paratronschirm abgesichert«, sagte Rhodan. »Ich hatte zwar damit gerechnet, daß uns die Uleb Schiffe entgegenschicken würden, doch diese Defensivwaffe stellt uns vor völlig neue Probleme.«

Kastori nickte bedächtig. »Glauben Sie, daß Dantons Gruppe sich innerhalb der Paratronblase aufhält?« fragte er.

»Sofern die Mitglieder dieses Unternehmens noch am Leben sind, befinden sie sich innerhalb des Schutzschirms«, antwortete Rhodan.

»Haben Sie schon einen bestimmten Plan, Sir?« erkundigte sich der General.

»Nein«, sagte Rhodan kopfschüttelnd. »Wir warten bis Tifflor und Bull mit ihren Schiffen eingetroffen sind. Dann haben wir eine schlagkräftige Flotte, mit deren Hilfe wir vielleicht sogar die Paratronblase knacken können.«

»Mit jeder Stunde, die wir tatenlos um dieses seltsame System kreisen, verringern sich unsere Aussichten, Danton zu retten«, bemerkte Bert Hefrich, der Chefingenieur der CREST V.

»Das ist richtig«, stimmte Rhodan zu. »Wir haben jedoch keine andere Wahl.«

Die einundvierzig Schiffe schlugen eine weite Kreisbahn um das Enemy-System ein. Genaue Messungen ergaben, daß die Paratronblase keine schwachen Stellen hatte. Rhodan hoffte auf die tausend mit Kontrafeldstrahlern ausgerüsteten Einheiten, die zu Tifflors fünftausend Schiffen starkem Verband gehörten. Auch Reginald Bull würde tausend mit Kontrafeldstrahlern ausgestattete Schiffe in diesen Raumsektor mitbringen. Zweitausend dieser von den alten Lemurern übernommenen Waffen sollten in der Lage sein, den Paratronschirm zu zerstören.

Eine Stunde nach der CREST V und Kastoris vierzig Schiffen traf Tifflors Flotte im Enemy-System ein. Der Solarmarschall nahm sofort Funkverbindung zu Perry Rhodan auf und ließ sich über die bisherigen Ereignisse im Market-System und im Enemy-System berichten.

»Die Uleb haben ihr System durch einen Paratronschirm abgesichert«, sagte Rhodan abschließend. »Anscheinend verfügen sie über keine größere Flotte, um uns zurückzuschlagen.«

Tifflor war über die defensive Haltung der Uleb genauso erstaunt wie Perry Rhodan.

»Worauf warten wir noch, Chef?« fragte er den Großadministrator. »Ich lasse mit allen Einheiten, die einen Kontrafeldstrahler mit sich führen, das Feuer auf den Paratronschirm eröffnen.«

Rhodan war zunächst versucht, dem Drängen Tifflors nachzugeben, dann entschied er sich jedoch dafür, auf das Eintreffen der von Bully befehligten Flotte zu warten.

Die Haltung der Uleb war rätselhaft. Zweifellos beobachteten sie den Flottenaufmarsch in der Nähe ihres Heimatsystems. Warum unternahmen sie nichts dagegen? Fürchteten sie sich vor den Kontrafeldstrahlern der Terraner? Rhodan begann zu befürchten, daß die Uleb einen Trumpf besaßen, den sie erst im letzten Augenblick einsetzen würden.

22. August 2437 – 6:45 Uhr.

Eine Riesenflotte von dreißigtausend Raumschiffen tauchte aus dem Linearraum und nahm Kurs auf das Enemy-System. Funksprüche gingen hin und her. An Bord der CREST V, wo Perry Rhodan sich pausenlos in der Zentrale aufhielt, wurde die Ankunft der Schiffe mit Erleichterung registriert.

Von Bully erfuhr Rhodan, daß sein Schwiegersohn, Dr. Geoffry Abel Waringer, an Bord eines der mit Kontrafeldstrahlern ausgerüsteten Schiffe weilte. Rhodan ließ sich mit Waringer verbinden.

»Du kennst jetzt unsere Lage«, sagte Rhodan, nachdem er Waringer ausführlich berichtet hatte. »Es kommt darauf an, den Paratronschirm um das fremde System zu zerstören. Das ist die einzige Möglichkeit, um an den großen Planeten und seine Monde heranzukommen.«

»Ich schlage vor, daß sich die Flotte auf Warteposition zurückzieht, während die zweitausend mit Kontrafeldstrahlern ausgerüsteten Schiffe den Paratronschirm angreifen«, sagte Waringer. »Der Schirm wird unter einem Punktschuß aller Schiffe sofort zusammenbrechen.«

»Damit rechnen wir alle«, sagte Rhodan. »Sobald die Paratronblase aufgebrochen ist, stoßen alle wartenden Schiffe in das System vor.«

Zweitausend Schiffe lösten sich unmittelbar darauf aus der Gesamtflotte und nahmen Kurs auf den riesigen Energieschirm. Bully und Kastori zogen ihre übrigen Schiffe zurück. Rhodan bezog mit der CREST V ebenfalls Warteposition. In dichten Pulks näherten sich die mit Kontrafeldstrahlern bewaffneten Schiffe dem Schutzschirm.

»Ich habe ein komisches Gefühl«, gestand Oberst Merlin Akran an Bord der CREST V seinen Offizieren.

»Hören Sie auf zu unken, Oberst!« verwies Rhodan den Epsaler. »Einem Punktfeuer aus zweitausend Kontrafeldstrahlern wird der Schirm nicht widerstehen.«

Akran deutete auf den Panoramabildschirm.

»Ich bin davon überzeugt, daß die Uleb unsere Manöver beobachten«, entgegnete er. »Diese Bestien sind intelligent genug, um zu wissen, was der Anflug von zweitausend Schiffen auf ihren Paratronschirm bedeutet. Warum unternehmen sie nichts dagegen? Als Kommandant dieses Systems würde ich meinen Gegnern alle verfügbaren Schiffe entgegenschicken.«

Rhodan nagte an seiner Unterlippe. Akran hatte recht. Die Uleb gaben sich gelassen. Innerhalb der Paratronblase war nur geringfügiger Schiffsverkehr festzustellen. Diese Beobachtungen konnten allerdings täuschen, denn der Schutzschirm verhinderte einwandfreie Ortungen.

Die letzten Messungen hatten ergeben, daß der Paratronschirm von Kraftstationen auf den dreizehn Monden gespeist wurde. Der gleichmäßige Energiezufluß von dreizehn verschiedenen Anlagen gewährleistete die Stabilität des Schutzschirms.

Da die Energiestationen, die den Schirm versorgten, innerhalb des Schutzgebietes standen, waren sie unangreifbar. Es bestand keine Möglichkeit, auch nur eine von ihnen abzuschalten und damit den Schirm zu schwächen.

»Ein Funkruf von der BELTON, Sir!« wurde Rhodan in seinen Gedanken durch den Zuruf eines Funkers unterbrochen.

Auf dem Bildschirm über den Kontrollen zeichnete sich Waringers hageres Gesicht ab. Der Wissenschaftler wirkte übermäßig nervös. Seine Lippen bebten, und er zuckte mit den Augenlidern.

»Was gibt's?« fragte Rhodan.

»Es handelt sich um den Paratronschirm«, erwiderte Waringer hastig. »Dieser Schirm unterscheidet sich irgendwie von jenen, mit denen die Dolans ausgerüstet sind.«

»Ja«, sagte Rhodan grimmig. »Er ist wesentlich größer.«

»Das ist es nicht«, sagte Waringer.

»Es ist mir egal, *was* es ist!« rief Rhodan. »Nehmt jetzt den Schirm unter Beschuß.«

Waringer nickte und schaltete die Funkverbindung ab.

»Steht die Funkbrücke zu allen zweitausend Schiffen?« fragte er Major Hoaskin, den Kommandanten der BELTON.

»Ja«, sagte Hoaskin.

Waringer nahm an den Kontrollen Platz und beugte sich über das Mikrophon. Obwohl sich alles in ihm sträubte, den Befehl zu geben, auf den alle warteten, sprach er ruhig und deutlich.

»Hier spricht Waringer. Alles bereitmachen! Feuer!«

Aus zweitausend Kontrafeldstrahlern brandete eine unvorstellbar starke Energieflut gegen die Paratronblase an. Sie traf auf ein Gebiet von nur einem Quadratkilometer Durchmesser.

Es war unvorstellbar, daß der Schirm einer solchen Belastung standhalten konnte.

Doch das Unvorstellbare geschah.

Der Schirm hielt.

Der Schock, den der Fehlschlag unter den Raumfahrern auslöste, war so groß, daß an Bord der Raumschiffe zunächst völlige Ruhe herrschte. An Bord der BELTON war es Dr. Waringer, der sich zuerst von der Überraschung erholte – vermutlich deshalb, weil er ein ähnliches Ergebnis befürchtet hatte.

»Feuer einstellen!« befahl er.

Der Energiebeschuß wurde unterbrochen. Viertausend Gunneroffiziere kauerten ungläubig auf ihren Plätzen und starrten auf die Bildschirme ihrer Kontrollen, auf denen sich die Paratronblase nach wie vor unbeschädigt abzeichnete.

»Was halten Sie davon?« fragte Major Hoaskin.

Waringer antwortete nicht. Er war auf seinem Sessel zusammengesunken und dachte angestrengt nach.

»Ich verstehe das nicht«, murmelte Hoaskin betroffen. »Mit dieser Energieflut hätte man die Schutzschirme von ein paar tausend Dolans sprengen können. Doch dieser Schirm hat gehalten.«

»Ja, ja«, antwortete der Wissenschaftler geistesabwesend. »Sorgen Sie bitte dafür, daß alle während des Beschusses durchgeführten Messungen sofort zur Auswertung gelangen.«

Waringer wurde in seinen Überlegungen unterbrochen, als sich Perry Rhodan von Bord der CREST V aus meldete.

Waringer blickte auf.

»Also!« sagte Rhodan. »Du hast es geahnt.«

»Ja«, gab Waringer zu. »Aber ich habe niemals geglaubt, daß der Schirm eine solche Stabilität besitzen könnte.«

»Wie erklärst du dir das Verhalten der Kontrafeldstrahler?«

»Die Auswertungen haben soeben erst begonnen, aber ich kann bereits einige grundsätzliche Gedanken zu dem außergewöhnlichen Vorgang äußern.«

»Ich warte darauf.«

Waringer räusperte sich und setzte sich auf seinem Sessel zurecht. Wie immer, wenn er mit seinem Schwiegervater sprach, fühlte er sich unbehaglich.

»Ich befürchte, daß es den Uleb im letzten Augenblick gelungen ist, eine Abwehrwaffe gegen unsere Kontrafeldstrahler zu finden«, sagte er. »Wir müssen damit rechnen, daß von nun an auch die meisten Dolans mit Paratronschirmen ausgerüstet sind, die sich von Kontrafeldstrahlern nicht zerstören lassen.«

»Das wäre entscheidend für den Ausgang eines jeden Kampfes.«

»Leider hast du recht«, sagte Waringer. »Ich nehme an, daß die Paratronblase, die die Uleb um ihr System gelegt haben, eine Anti-Strukturpolung besitzt, die die von den Kontrafeldstrahlern ausgelösten Energien in den Hyperraum ablenken, noch bevor diese den Schirm treffen können.«

»Wir müssen es noch einmal versuchen«, sagte Rhodan.

Waringer hatte mit einer derartigen Entscheidung gerechnet. Er war nicht damit einverstanden. Ein zweiter Fehlschlag, der unweigerlich eintreten mußte, würde nicht nur die Moral der Raumfahrer an Bord der Raumschiffe schwächen, sondern auch eine unnötige Zeitvergeudung bedeuten.

»Diese Idee gefällt dir nicht«, stellte Rhodan fest, der den Gesichtsausdruck seines Schwiegersohns richtig deutete.

»Nein«, gab Waringer zu. »Jeder weitere Versuch mit den Kontrafeldstrahlern ist zum Scheitern verurteilt. Wir vergeuden nur Zeit und Energie.«

»Ich bin nicht stumpfsinnig«, entgegnete Rhodan. »Ich hatte nicht vor, die Spezialschiffe noch einmal in gleicher Formation angreifen zu lassen. Wenn sie sich gleichmäßig um den Schirm gruppieren und gleichzeitig das Feuer eröffnen, haben wir vielleicht eine Chance.«

»Es ist vollkommen gleichgültig, an wieviel Stellen die Paratronblase beschossen wird«, sagte Waringer. »Die Waffen, in die wir so große Hoffnungen gesetzt haben, versagen, weil die von ihnen abgestrahlte Energie den Schirm überhaupt nicht erreicht.«

»Deine Argumente überzeugen mich«, sagte Rhodan. »Trotzdem wollen wir versuchen, die Paratronblase zu knacken. Hast du einen Vorschlag?«

Waringer zögerte mit einer Antwort. Es würden noch ein paar Stunden vergehen, bis alle während des Angriffs auf den Schutzschirm gesammelten Daten ausgewertet waren. So lange wollte Rhodan jedoch bestimmt nicht warten.

»Wir haben über dreißigtausend Raumschiffe in diesem Raumsektor versammelt und sind doch völlig hilflos«, fuhr Rhodan fort. »Es *muß* eine Möglichkeit geben, an das System der Fremden heranzukommen.«

Waringer warf Major Hoaskin einen hilfesuchenden Blick zu, doch der Kommandant der BELTON war intensiv mit der Beobachtung eines Kontrollgeräts beschäftigt.

»Vielleicht sollten wir alle Schiffe aus ihren Transformkanonen das Feuer auf den Schutzschirm eröffnen lassen«, sagte Waringer widerstrebend. Er machte diesen Vorschlag ohne Überzeugung.

»Glaubst du, daß wir damit Erfolg haben könnten?« wollte Rhodan wissen.

»Nein.«

»Wir machen trotzdem einen Versuch«, entschied Rhodan. Er biß sich auf die Unterlippe. »Fünfunddreißigtausend Schiffe sollten bei einem gezielten Beschuß die Paratronblase auslöschen können.«

Die Verbindung wurde von der CREST V aus unterbrochen. Wenig später gab Rhodan neue Befehle an die Flotte. Die Schiffe sollten sich gleichmäßig um die riesige Energieblase verteilen.

»Sie glauben keinen Augenblick an das Gelingen Ihres Planes«, sagte Major Hoaskin zu Dr. Geoffry Abel Waringer.

Der Wissenschaftler antwortete nicht. Natürlich hatte Hoaskin recht. Waringer hatte den Vorschlag eigentlich nur gemacht, um dem verzweifelten Großadministrator nicht jede Hoffnung zu nehmen. Theoretisch war es unmöglich, einen Paratronschirm mit Transformkanonen zu zerstören. Das war oft genug im Kampf terranischer Schiffe gegen Dolans bewiesen worden. Zudem handelte es sich bei dieser Paratronblase um ein Energiegebilde, das eine zusätzliche Anti-Strukturpolung besaß.

Auch der genialste Theoretiker konnte jedoch nicht vorhersagen, was geschah, wenn über dreißigtausend Transformkanonen zur gleichen Zeit schossen, und dabei nur ein Ziel hatten. Bei einem solchen Ereignis wurden unvorstellbare Energien frei. Die Frage, die Waringer in erster Linie beschäftigte, war, in welcher Form sich diese Energien entfalten würden, wenn der Schirm standhalten konnte.

Waringer beobachtete die Bildschirme der Raumortung, auf denen die Schiffe der großen Flotte bei ihren Manövern leicht zu verfolgen waren. Vom strategischen Gesichtspunkt aus war die Verteilung aller Einheiten rund um die Paratronblase unverantwortlich, denn die Schiffe mußten ihre Kampfformationen aufgeben. Es würde schwer sein, die einzelnen Verbände bei einem plötzlichen Angriff der Uleb wieder zusammenzuziehen. Ein solcher Angriff schien jedoch nicht bevorzustehen. In jenem Gebiet des Enemy-Systems, das sich innerhalb der Paratronblase befand, hielten sich kaum Feindschiffe im Weltraum auf. Auch wenn man voraussetzte, daß die Uleb diese Zahl innerhalb weniger Minuten verdoppeln konnten, bildete sich noch immer keine ernstzunehmende Gefahr.

Die BELTON gehörte zu jenen zweitausend Schiffen, die ihren Standort nicht zu wechseln brauchten.

»Die letzten Schiffe beziehen ihre Positionen«, sagte Hoaskin.

»Ja«, antwortete Waringer. Und erleichtert fügte er hinzu:»Diesmal wird der Großadministrator selbst den Feuerbefehl geben.«

Minuten später erkundigte sich Rhodan über die Funkbrücke, ob die Gunneroffiziere bereit waren.

Von allen Schiffen ging das Einsatzbereitschaft bezeichnende Funksignal zur CREST V.

Eine Minute später gab Perry Rhodan den Befehl, das Feuer aus den Transformkanonen zu eröffnen. Rund um die Paratronblase blitzte es auf. Dann geschah eine Sekunde lang nichts. In dieser Sekunde schien der Weltraum in der Nähe des Enemy-Systems gleichsam Atem zu holen, als müßte er den Schock dieser ungeheuren Energieentfaltung erst überwinden. In dieser Sekunde starrten drei Millionen Augenpaare wie gebannt auf den gigantischen Schutzschirm.

Die Sekunde ging vorüber.

Das Universum schien in einem einzigen Blitz zu zerbersten. Rund um den Energieschirm entstanden Tausende von sonnenähnlichen Kugeln, die grelle Helligkeit verströmten. Die Strukturtaster an Bord der angreifenden Schiffe, die sich besonders nah am Paratronschirm befanden, überstanden das Chaos nur, weil die Kommandanten geistesgegenwärtig genug waren, rechtzeitig die Schutzschirme einzuschalten.

Aber auch die größeren Schiffe wurden erschüttert. An Bord der Ultraschlachtschiffe verdunkelte sich ein Teil der Bildschirme. Ein unheilvolles Knistern, das den Raumfahrern Schauer über den Rücken jagte, durchlief die gigantischen Schiffshüllen.

Die Gunneroffiziere blickten wie gelähmt auf das Ergebnis des Beschusses. Sie sahen, wie die Explosionen, die fast gleichzeitig erfolgten, den Weltraum erhellten. Sie sahen eigenartig geformte Energiegebilde, die sich mit unglaublicher Geschwindigkeit ausdehnten und dann, auf dem Höhepunkt ihres Strahlungsvermögens, wieder in sich zusammenfielen. Sie sahen geisterhafte Leuchterscheinungen, die später als Brüche im Raum-Zeit-Kontinuum gedeutet wurden. Hinter all diesem Geschehen sahen sie aber auch den Paratronschirm. Er hielt stand.

Die drei Uleb standen ein paar Meter von der Funkstation entfernt und unterhielten sich. Es war nicht zu erkennen, ob sie sich stritten oder in aller Ruhe ein Problem erörterten.

Atlan, der hinter einigen Bäumen am Boden kauerte, versetzte dem neben ihm liegenden Bysiphere einen leichten Stoß.

»Haben Sie den Translator eingeschaltet?« fragte der Arkonide.

»Ja«, flüsterte Bysiphere. »Aber wir müssen näher heran, wenn wir hören wollen, was die drei Uleb zu besprechen haben. Im Translator ist nur ein Rauschen zu hören.«

Atlan blickte sich um. Ein paar Bäume hinter ihm verbargen sich Tako Kakuta und Icho Tolot. Sie hatten die Deflektoren ihrer Spezialanzüge eingeschaltet.

Atlan streckte eine Hand in Bysipheres Richtung aus.

»Geben Sie mir das Gerät, Doc«, forderte er den Wissenschaftler auf.

Unwillkürlich zog Bysiphere den Translator aus Atlans Reichweite.

»Sie wollen doch wohl nicht etwa den Schutz der Bäume verlassen, Sir?«

»Genau das habe ich vor. Schließlich tragen wir Deflektoren.«

»Aber die Uleb werden Ihren Energietornister orten«, protestierte Bysiphere. »Und wenn Sie ihn ausschalten, ist der Deflektor ohne Energie, so daß Sie sichtbar werden.«

Atlan blickte den Plophoser an und streckte abermals die Hand aus. Widerwillig übergab ihm Bysiphere den Translator. Inzwischen war Tolot herangekrochen und fragte, was Atlan vorhätte.

»Sie sind zu leichtsinnig«, warf Tolot dem Arkoniden vor, als er von Atlans Plan hörte. »Wenn man Sie entdeckt, war der Trick mit der Space-Jet sinnlos. Die Uleb werden dann wieder Jagd auf uns machen, und wir haben auf dieser Welt noch weniger Fluchtmöglichkeiten als Danton und seine Begleiter auf Atlas.«

»Wenn wir die Uleb nicht belauschen, erfahren wir nie ihre Pläne«, entgegnete Atlan. »Das müssen wir aber, wenn wir herausfinden wollen, was sie zu tun beabsichtigen, wenn unsere Schiffe vor der Paratronblase auftauchen.«

Mit einer blitzschnellen Bewegung entriß Tolot dem Arkoniden den Translator. Atlan sprang auf. Er war wütend, aber er wußte, daß er gegen Tolot nichts unternehmen konnte. Es kam selten vor, daß sich der Haluter gegen die Anordnungen seiner Verbündeten sträubte, aber wenn er es tat, war er nur schwer umzustimmen.

Tolot verbarg das Gerät in seiner großen Hand.

»Wenn schon einer von uns gehen muß, werden das nicht *Sie* sein«, sagte er bestimmt.

Atlan lächelte verächtlich. »Wollen Sie vielleicht diese Aufgabe übernehmen? Bei Ihnen ist die Gefahr einer Entdeckung noch größer.«

»Richtig«, sagte Tolot. »Deshalb schicken wir Tako Kakuta, der bei einer Entdeckung sofort teleportieren und die Uleb auf eine falsche Spur locken kann.«

»Ich kann von Ihnen keine Befehle entgegennehmen«, sagte Kakuta zu dem Haluter. »Wenn Atlan nicht will, daß ich gehe, werde ich mich weigern.«

»Schon gut«, sagte Atlan versöhnlich. »Tolot hat nicht unrecht. Versuchen Sie an die Uleb heranzukommen, aber seien Sie vorsichtig, Tako.«

Tolot hängte dem Mutanten den Translator um. Der kleine Teleporter nickte seinen Begleitern zu und verschwand zwischen den Bäumen. Er würde sich der Funkstation von der anderen Seite nähern und versuchen, möglichst nahe an die drei Uleb heranzukommen.

Atlan ließ sich wieder auf den Boden sinken. Kakuta war ihren Blicken bereits entschwunden.

Die drei Uleb, die von ihnen beobachtet wurden, setzten sich plötzlich in Richtung auf das Funkgebäude in Bewegung.

»Sie gehen weg!« stieß Bysiphere ärgerlich hervor. »Kakuta kann nicht sehen, daß sie ihren Platz wechseln.«

»Wir können ihn nicht über Funk warnen«, sagte Atlan.

»Kakuta wird vorsichtig sein«, sagte Tolot. »Er wird sich erst über den Standort der Uleb orientieren, bevor er aus seinem Versteck herauskommt.«

Sie beobachteten, wie die drei Uleb durch den Haupteingang im Funkgebäude verschwanden.

Nach einer Stunde kam Tako Kakuta in das Versteck zurück. Kakuta gab den Translator an Tolot.

»Wir hatten Glück«, sagte der Mutant. »Es gelang mir, dicht an das Funkgebäude heranzukommen. Der Translator arbeitete einwandfrei.

Die Uleb rätseln noch immer daran herum, wer ihre Umformerstation zerstört haben könnte.«

»Was haben Sie außerdem noch gehört?« wollte Atlan wissen.

»Die Uleb glauben, daß der Paratronschirm ausreicht, um ihr System vor jedem Angriff zu schützen«, berichtete Kakuta. »Sie haben eine Abwehrwaffe gegen die Kontrafeldstrahler entwickelt.«

»Haben Sie gehört«, wandte sich Atlan an den Haluter. »Das bedeutet, daß Perry nicht in das Enemy-System einfliegen kann. Auch die mit Kontrafeldstrahlern ausgerüsteten Schiffe können die Paratronblase nicht zerstören.«

»Sie sollten optimistischer sein«, meinte Tolot. »Schließlich steht noch nicht fest, ob sich die Hoffnungen erfüllen, die die Uleb in ihre neue Defensivwaffe setzen.«

»Wir müssen noch mehr erfahren«, sagte Atlan. »Tako, trauen Sie sich zu, noch einmal an das Gebäude heranzukommen?«

»Natürlich«, erwiderte der Teleporter. »Es ist einfach.«

Er nahm den Translator in Empfang und ging davon. Atlan dachte angestrengt nach. Bevor die Flotte eintraf, konnten sie nichts unternehmen. Sie mußten abwarten, ob die terranischen Einheiten mit Erfolg angreifen würden. Wenn alle Bemühungen scheiterten, mußten Atlan und seine Begleiter einen Versuch machen, das Geschehen zu beeinflussen. Dazu war es wichtig, möglichst viele Informationen zu sammeln.

Die beiden Woolvers materialisierten fast gleichzeitig in einer kleinen Funkstation auf Uleb VIII. Sie hatten die Deflektoren ihrer Schutzanzüge eingeschaltet, aber diese Maßnahme erwies sich als unnötig, denn das kuppelförmige Gebäude war verlassen.

Rakal trat an eines der Fenster und blickte hinaus.

»Uleb Acht scheint eine der Agrarwelten zu sein«, sagte er.

Tronar trat hinter seinen Bruder. Das Land, das er sah, war fast vollkommen flach und bis zum Horizont mit maisähnlichen Pflanzen bewachsen. Die Stauden schwankten im Wind, so daß der Eindruck entstand, als würde die Oberfläche der riesigen Pflanzung von Wellen bewegt. Weit im Hintergrund kroch eine Erntemaschine über das Feld und spie tonnenweise Restbestände geernteter Pflanzen aus zwei Öffnungen.

»Ob es sich bei diesen Pflanzen um die Lieblingsspeise der Uleb handelt?« überlegte Rakal.

»Das glaube ich nicht«, gab Tronar zurück. »Ich nehme an, daß die Gurrads und alle anderen Sklaven der Bestien, die in diesem System leben, mit den hier geernteten Früchten versorgt werden.«

»Die Erntemaschine wird von hier aus programmiert«, sagte Rakal. »Wir können über die Funkimpulse dorthin springen.«

Sie fädelten sich ein und materialisierten kurz darauf auf dem Dach der großen Maschine. Von hier aus konnten sie das Land weit überblicken. Ein paar hundert Meter von ihnen entfernt lag ein künstlich angelegter See, von wo aus die Pflanzung mit Wasser versorgt wurde. Am Horizont waren die Silhouetten einiger Lagerhäuser zu erkennen.

»Ich glaube nicht, daß wir hier viel entdecken können«, sagte Rakal.

»Springen wir zurück zur Funkstation und von dort aus auf einen anderen Mond«, schlug Tronar vor.

In diesem Augenblick hörten die Erschütterungen der Maschine auf.

»Sie bleibt stehen«, sagte Rakal verblüfft. »Ich spüre auch keine energetischen Impulse mehr.«

Tronar konzentrierte sich einen Augenblick.

»Nichts«, sagte er. »Auch die Funkstation hat ihren Betrieb eingestellt.«

Sie blickten sich an. Tronar sprach aus, was sie beide dachten.

»Ob man uns entdeckt hat?«

»Hoffentlich nicht«, gab Rakal zurück. »Das würde eine große Suchaktion auf allen dreizehn Monden auslösen und unsere Freunde in große Gefahr bringen.«

»Ohne Grund schalten die Uleb die Funkstation bestimmt nicht ab«, sagte Tronar.

Er hoffte, daß der Ausfall der Funkstation nichts mit ihnen zu tun hatte. Vielleicht handelte es sich um eine routinemäßige Pause. Die beiden Woolvers kletterten vom Dach der Maschine herunter und entfernten sich von ihr. In einer Bodenmulde zwischen den Pflanzen ließen sie sich nieder.

»Wir könnten unsere eigenen Funkgeräte benutzen, um von hier wegzukommen«, sagte Rakal. »Dabei setzen wir uns jedoch der Gefahr aus, angepeilt zu werden.« Er schaltete seinen Energietornister ab und wurde sofort sichtbar. Dann öffnete er seinen Helm.

»Ich halte es für besser«, sagte er. »Das vermindert die Entdeckungsgefahr.«

Tronar folgte dem Beispiel seines Bruders. Er brach sich eine Frucht ab und biß vorsichtig hinein.

»Schmeckt süß«, sagte er. »Wahrscheinlich sind diese Früchte sehr nahrhaft.«
»Wir sind nicht hier, um das festzustellen«, sagte Rakal ärgerlich. »Unsere Beweglichkeit ist im Augenblick nicht größer als die eines normalen Menschen.«
Tronar deutete auf seinen Rückentornister. »Das läßt sich aber ändern.«
Rakal dachte nach, was sie unternehmen konnten. Im Augenblick drohte ihnen keine unmittelbare Gefahr, aber es war durchaus möglich, daß in wenigen Minuten eine Suchflotte am Himmel von Uleb VIII erschien. Sie mußten bei jeder Handlung daran denken, daß sich auf Uleb I Männer aufhielten, die nicht über parapsychische Fähigkeiten verfügten und deshalb keine große Fluchtchance besaßen. Von der Umsicht der beiden Wellensprinter hing es ab, ob Atlan und die anderen Männer unentdeckt bleiben würden.
Die nächste Stunde verstrich, ohne daß sich etwas änderte. Jedesmal, wenn einer der Woolvers mit seinen parapsychischen Sinnen nach einem Energiestrahl suchte, wurde er enttäuscht. Die Funkstation blieb ausgeschaltet. Zwar wurde Uleb VIII auch in diesem Gebiet von Energiestrahlen und Funkimpulsen getroffen, aber deren Reflexion war nicht stark genug, um die Woolvers auf einen anderen Mond zu tragen.
Nach einer weiteren Stunde begann es langsam dunkel zu werden.
»Die Nacht beginnt«, sagte Rakal. »Diese Ruhe gefällt mir nicht. Ich habe ein ungutes Gefühl.«
Tronar griff nach seinem Helm.
»Gehen wir zur Funkstation und untersuchen sie«, schlug er vor. »Vielleicht können wir sie wieder in Betrieb setzen.«
Auf einem schmalen Weg, der zwischen den Pflanzen hindurchführte, näherten sie sich dem Kuppelgebäude. Als sie es fast erreicht hatten, griff Tronar nach dem Arm seines Bruders.
»Halt!« zischte er. »Siehst du das Gleitfahrzeug vor dem Gebäude? Das war bei unserer Ankunft noch nicht da.«
»Ich kann es nicht sagen«, erwiderte Rakal. »Ich habe nicht darauf geachtet.«
»Jemand hält sich innerhalb der Kuppel auf«, behauptete Tronar. »Wahrscheinlich ein Uleb.«
»Was nun?«
»Nichts. Am besten, wir warten, bis er wieder herauskommt und davonfährt. Er wird es tun, sobald er die Reparatur abgeschlossen hat.«

»Wie kommst du darauf, daß er etwas repariert?« fragte Rakal.

»Sieh dir den Wagen an. Ein typischer Montagewagen. Wahrscheinlich wird er von einem Uleb gefahren, der für alle Stationen auf Uleb Acht zuständig ist.«

Rakal antwortete nicht. Es konnte sein, daß sein Bruder recht hatte, aber er konnte sich auch täuschen. Rakal hielt es nicht einmal für sicher, daß sich ein Uleb in der Station aufhielt.

»Diese Warterei gefällt mir nicht«, sagte er, nachdem es fast völlig dunkel war und noch immer niemand die Station verlassen hatte. »Ich schleiche mich jetzt heran und versuche, durch ein Fenster ins Innere zu blicken.«

Tronar zuckte mit den Schultern, als sein Bruder davonging. Er konnte Rakal nicht aufhalten.

Rakal war froh, daß die Pflanzen fast bis an das Gebäude reichten, so daß er sie als Deckung benutzen konnte. Das letzte Stück bis zum Fenster legte er flach an den Boden gepreßt zurück.

Als er sich aufrichtete, rechnete er damit, sofort angegriffen zu werden, und er bereitete sich auf eine blitzschnelle Flucht vor. Es geschah jedoch nichts. Vorsichtig spähte er über den Rand des Fensters. Im Innern der Station sah er einen Uleb stehen, der zwei Gurrads beaufsichtigte. Die Gurrads arbeiteten an einem der Funkgeräte. Rakal atmete auf.

»Die Reparaturmannschaft wird sich jetzt bald zurückziehen«, sagte er. »Aber so lange brauchen wir nicht zu warten. Verlassen wir Uleb Acht.«

Sie beschlossen, auf dem schnellsten Weg nach Uleb I zurückzukehren und mit den anderen Kontakt aufzunehmen.

Als sie sich konzentrierten, wurde es plötzlich taghell. Rakal Woolver zuckte zusammen und ließ sich zwischen die Pflanzen sinken.

»Was bedeutet das?« fragte Tronar verwirrt.

Der Boden, auf dem sie standen, wurde von Erschütterungen durchlaufen.

»Die Flotte!« rief Rakal. »Die Flotte ist eingetroffen und greift den Paratronschirm an.«

»Ein Grund mehr für uns, nach Uleb Eins zu springen«, sagte Tronar.

Sekunden später entmaterialisierten sie. Sie sahen nicht mehr, wie der Uleb und die beiden Gurrads aus der Station stürzten und zum Himmel hinaufstarrten, der mitten in der Nacht so hell war, als würden hundert Sonnen gleichzeitig strahlen.

23.

Auf Uleb I begannen die Erschütterungen zum gleichen Zeitpunkt wie auf allen anderen Mondes des Enemy-Systems. Es gab keine Stelle des Paratronschirms, die nicht sonnenhell aufleuchtete.

Atlan und seine Begleiter erlebten die ersten Auswirkungen des Angriffs am Rande eines großen Sees. Sie hatten sich hier im Schilf verborgen, nachdem weitere Versuche, die Uleb zu belauschen, gescheitert waren. Auch Danton, Dr. Lieber und Gucky hatten sich in diesem Versteck eingefunden.

Atlan hatte seiner Gruppe eine Ruhepause gegönnt. Dr. Bysiphere schreckte hoch, als der Boden zu vibrieren begann.

»Unsere Schiffe sind da!« schrie Dr. Lieber begeistert und schlug dem neben ihm stehenden Tako Kakuta auf die Schulter. »Jetzt zerstören sie den Paratronschirm und holen uns hier heraus.«

Atlan und Danton wechselten einen Blick. Danton erkannte, wie skeptisch der Arkonide war. Nach den Worten der Uleb, die sie belauscht hatten, würde es nicht so einfach sein, die Paratronblase aufzubrechen. Atlan sagte jedoch nichts, was der Erleichterung seiner Begleiter ein Ende gemacht hätte.

»Wollen wir nicht einen Funkspruch absetzen, damit man uns schneller findet?« fragte Dr. Lieber.

»Nein«, lehnte Atlan ab. »Wir wissen nicht, wie lange es dauert, bis die ersten Einheiten ins Enemy-System einfliegen können. Wenn wir jetzt schon funken, hören uns bestenfalls die Uleb, und das ist keinesfalls in unserem Sinne.«

»Ja, daran habe ich nicht gedacht«, gab der Chefmathematiker der CREST V ernüchtert zu.

Die Bodenerschütterungen wurden noch stärker, und Atlan begann zu befürchten, daß es auf Uleb I zu ähnlichen Katastrophen wie auf Port Gurrad kommen würde. Offenbar ließ Perry alle mit Kontrafeldstrahlern ausgerüsteten Schiffe gleichzeitig angreifen.

Als ein paar Minuten später die Bodenbewegungen nachließen, wurden die Gesichter der Männer ernster.

»Der Paratronschirm hat dem Angriff standgehalten«, sagte der Haluter. »Es ist den Uleb tatsächlich gelungen, schnell genug eine Defensivwaffe zu entwickeln. Vermutlich ist es ihnen möglich, die von den Kontrafeldstrahlern ausgehende Energie in den Hyperraum umzuleiten. Eine andere Erklärung gibt es nicht.«

»Was können wir unternehmen?« fragte Bysiphere niedergeschlagen. »Wir haben keine Fluchtmöglichkeit. Früher oder später werden die Uleb uns finden und töten.«

Atlan antwortete: »Ich habe einen Plan, wie wir vielleicht den Paratronschirm schwächen können. Wir wissen, daß die Energiekuppel, die Atlas und alle dreizehn Monde umschließt, von dreizehn Kraftstationen versorgt wird. Auch auf Uleb Eins befindet sich eine solche Station. Wenn es uns gelingt, sie zu zerstören, entsteht vielleicht eine Lücke im Paratronschirm, durch die terranische Schiffe vorstoßen können.«

Atlans Plan fand ungeteilten Beifall. Die Männer hielten es für besser, einen gewagten Angriff auf die Kraftstation von Uleb I durchzuführen, als untätig auf eine Gefangennahme oder den Tod zu warten. Nur Bysiphere und Tolot konnten sich nicht darüber einigen, ob der Ausfall einer Energiequelle genügte, um die Paratronblase zu schwächen. Bysiphere glaubte, daß sich die Lücke schnell wieder schließen würde. Dagegen war Tolot der Ansicht, daß sie genügend Zeit gewinnen konnten, um zumindest einem Verband den Einflug ins Enemy-System zu ermöglichen.

Atlan beendete die heftige Diskussion zwischen Tolot und dem Hyperphysiker. »Das ist jetzt ein zweitrangiges Problem«, sagte er. »Jetzt müssen wir zunächst die Station finden und nach einer Möglichkeit suchen, wie wir sie zerstören können. Vermutlich liegt sie unter einem Schutzschirm und wird gut bewacht.«

Kakuta und Gucky erhielten von Atlan den Befehl, die Station zu suchen und dann zum Versteck am See zurückzukehren, um die Männer abzuholen.

»Ich möchte nicht, daß ihr auf eigene Faust etwas unternehmt«, sagte Atlan, bevor Gucky und der Teleporter aufbrachen. »Das gilt vor allem für dich, Kleiner. Du weißt, was auf dem Spiel steht. Für private Spiele ist jetzt nicht der richtige Zeitpunkt.«

Gucky versprach, sich nach den Anweisungen zu richten. Der Mausbiber wirkte ungewöhnlich ernst, seit sie sich auf Uleb I aufhielten. Ebenso wie die anderen wußte er, daß es um die Existenz der gesamten Menschheit ging. Das Schicksal des Solaren Imperiums wurde hier im Enemy-System entschieden.

Tako Kakuta und Gucky entmaterialisierten. Kurz darauf tauchten die Woolver-Zwillinge im Versteck auf. Sie berichteten von ihren Beobachtungen auf verschiedenen Monden des Systems. Ihre Enttäuschung über den fehlgeschlagenen Angriff der Flotte auf den Paratronschirm konnten sie nicht verbergen.

Atlan unterrichtete die beiden Wellensprinter von seinem Plan, und sie erklärten sich sofort bereit, ebenso wie Kakuta und Gucky nach der Station zu suchen.

»Ich bin einverstanden«, sagte Atlan. »Für Sie gilt das gleiche, was ich auch zu Gucky und Kakuta gesagt habe. Keine eigenmächtigen Handlungen. Kehren Sie hierher zurück, sobald Sie wissen, wo die Station liegt, und wie wir sie am besten angreifen können.«

Die beiden Woolvers verschwanden.

Tolot, der sich im Schilf niedergelegt hatte, erhob sich jetzt und zog den Translator aus seiner Gürteltasche.

»Ich werde mich ein bißchen umsehen«, sagte er. »Es ist bestimmt möglich, ein paar Uleb zu belauschen. Es interessiert mich, was sie zu dem Angriff auf ihr Heimatsystem zu sagen haben.«

Tako Kakuta materialisierte am Rande eines ausgedehnten Parks. In seiner unmittelbaren Nähe standen ein paar Uleb vor einem Kuppelgebäude und diskutierten. Auf der anderen Seite konnte Kakuta eine kleine Kraftstation sehen, vor der vier Fahrzeuge parkten. Dem Mutanten war sofort klar, daß es sich dabei nicht um das gesuchte Gebäude handeln konnte. Trotzdem wartete er mit dem nächsten Sprung.

Er hatte etwas Merkwürdiges entdeckt.

Von den fünf Uleb, die vor dem Kuppelgebäude standen, trugen vier je ein kleines Tier auf der Schulter.

Kakuta hatte selten Tiere gesehen, die auf den ersten Blick so vollkommen mißgestaltet wirkten. Als er sich jedoch näher heranschlich und hinter einem dichten Gebüsch einen Beobachtungsplatz bezog, konnte er erkennen, daß die Kreaturen von der Natur keineswegs so stiefmütterlich behandelt worden waren, wie es zunächst den Anschein erweckt hatte. Einer der Uleb wandte dem Mutanten den Rücken zu, so daß Kakuta sein Tier besonders gut sehen konnte. Der von einem hellblauen Pelz bedeckte Körper des Wesens glich in Form und Größe dem eines terranischen Eichhörnchens. Was dieses ulebsche »Eichhörnchen« jedoch von seinen Artgenossen auf der Erde unterschied, war ein sechzig Zentimeter langer buschiger Schwanz und ein dreißig Zentimeter durchmessender Riesenkopf. Kopf und Schwanz wirkten im Gegensatz zum übrigen Körper wie Anachronismen. Im Kopf saßen zwei Glotzaugen, die von ihrem Besitzer auf fingerlangen Nervenleitern aus den Höhlen geschoben werden konnten. Das Tier, das Kakuta beobachtete, machte von dieser Fähigkeit ständig Gebrauch. Unterhalb der Augen befand sich ein schlitzartiger Mund, der etwa ein Drittel des Kopfumfangs einnahm. Direkt unter den Lippen wuchs der Pelz länger und war von weißer Farbe, so daß es aussah, als würde die Kreatur einen Bart tragen. Das seltsamste Körperteil der Kreatur waren jedoch zwei sehr große, durchsichtige Flügel, die seitlich aus dem Kopf ragten.

Kakuta konnte sehen, wie eines der Tiere diese Flügel heftiger zu bewegen begann und sich von den Schultern seines Besitzers abhob. Die Flügel, die immer in Bewegung waren, um den im Verhältnis zum Körper übergroßen Kopf zu stützen, flatterten jetzt blitzschnell. Der lange Schwanz des in der Luft befindlichen Tieres war steil nach oben gerichtet, er diente offenbar als Flugstabilisator.

Nach ein paar Minuten landete das Wesen wieder auf der Schulter seines Besitzers und lehnte haltsuchend seinen schweren Kopf an. Ab und zu stießen die Flughörnchen schrille Töne aus. Auf diese Weise schienen sie sich zu verständigen. Tako Kakuta bedauerte, daß er keinen Translator dabei hatte, denn er wurde das Gefühl nicht los, daß die eigenartigen Tiere intelligent waren und nur deshalb von den Uleb herumgeschleppt wurden.

Kakuta entschloß sich, in das Versteck am See zurückzukehren und Atlan von seiner Entdeckung zu berichten. Danach konnte er noch immer nach der Kraftstation suchen. Wenn es auf den dreizehn Monden des Planeten Atlas tierähnliche Eingeborene gab, die mit den Uleb zusammenlebten, dann mußte das einen wichtigen Grund haben.

Kakuta beobachtete noch kurze Zeit das Geschehen im Park. Er hatte den Eindruck, daß sich die kleinen Tiere an dem Gespräch der Uleb beteiligten, aber das konnte auch eine Täuschung sein. Nur der Translator konnte darüber Aufschluß geben, welche Rolle die Flughörnchen spielten.

Kakuta kehrte mit einem Teleportersprung in ihr Versteck am See zurück. Dort fand er nur noch Atlan, Danton und die beiden Wissenschaftler vor.

»Schon zurück?« fragte der Arkonide erstaunt. »Hatten Sie denn Erfolg?«

»Das kommt darauf an«, erwiderte Kakuta. »Die Station habe ich nicht gefunden, aber dafür habe ich eine interessante Entdeckung gemacht.«

Er berichtete was er gesehen hatte.

»Ich habe vor ein paar Stunden ebenfalls einen Uleb gesehen, der eines dieser von Kakuta beschriebenen Tiere mit sich herumtrug«, erinnerte sich Bysiphere. »Ich maß der Sache jedoch keine Bedeutung bei.«

»Ich könnte mir vorstellen, daß es sich bei diesen Tieren um Berater der Uleb handelt«, sagte Atlan. »Ich vermutete schon, daß die Uleb eventuell nur deshalb friedlich zusammenleben können, weil sie sich bei allen Streitigkeiten den Beschlüssen anderer Intelligenzen unterordnen. Die seltsamen Flughörnchen müssen diese Intelligenzen sein.«

»Wir müssen eines dieser Tiere einfangen«, sagte Dr. Lieber.

Sein Vorschlag wurde von Atlan aufgegriffen.

»Diese Tiere, wir wollen sie Gohks nennen, sind wahrscheinlich die Eingeborenen eines dieser dreizehn Monde«, sagte er. »Ich frage mich, ob sie auch über die Vernichtungsfeldzüge ihrer Herren informiert sind. Wenn wir das herausfinden wollen, müssen wir uns mit einem Gohk unterhalten. Dazu müssen wir einen fangen.«

»Das kann ich übernehmen«, erbot sich Kakuta. »Während Gucky und die Woolvers weitersuchen, kann ich mich um die Gefangennahme eines Gohks kümmern.«

Atlan war einverstanden, schärfte dem Mutanten jedoch ein, keinerlei Risiko einzugehen. Kakuta teleportierte in den Park zurück, wo er seine Beobachtungen gemacht hatte. Dort war nur noch ein Uleb zu sehen. Er stand vor dem Kuppelgebäude und wartete anscheinend auf die Ankunft einer Flugmaschine, denn er blickte immer wieder in den Himmel. Auf seiner Schulter kauerte ein Gohk.

Kakuta sah, daß der Uleb keinen Schutzanzug trug. Das kam selten vor. Der Mutant vermutete, daß diese Bestie in der allgemeinen Aufregung nicht daran gedacht hatte, einen Schutzanzug anzulegen oder bisher noch nicht dazu gekommen war.

Kakuta dachte nach, wie er den Gohk fangen konnte, ohne die Aufmerksamkeit der Bestie auf sich zu lenken. Solange das Tier auf der Schulter saß, war ein solcher Versuch sinnlos. Vielleicht gab es eine Möglichkeit, den Gohk von seinem Besitzer wegzulocken.

Der Teleporter hob ein paar kleine Steine vom Boden auf und warf sie in Richtung des Uleb, wo sie zu Boden fielen. Die einzige Reaktion ging jedoch von dem Uleb aus, der sich herumdrehte, um die Ursache des

Lärms festzustellen. Kakuta erstarrte. Er atmete erleichtert auf, als der Uleb gleich darauf seine ursprüngliche Haltung wieder einnahm. Vielleicht glaubte er, sich getäuscht zu haben.

Am Himmel tauchte ein Fluggleiter auf, der ein paar Meter neben dem Uleb niederging. Die Flugmaschine hatte keinen Piloten an Bord.

Eine Automatik hatte sie hierhergebracht. Kakuta sah, wie der Uleb eine Seitenklappe öffnete und der Maschine einen kastenförmigen Behälter entnahm. Dann bewegte er sich auf das Kuppelgebäude zu, das offenbar seine Behausung war. Vor dem Eingang begann der Gohk zu flattern und verließ seinen Platz auf der Schulter des Riesen. Er flog auf den Boden und blieb dort sitzen. Kakuta nickte zufrieden. Die Uleb nahmen ihre Berater nicht mit in ihre Wohnungen. Dort wollten sie allein sein. Da offenbar kein Uleb auf den Gedanken kam, das Haus eines seiner Artgenossen zu betreten, war es auch unnötig, daß sich Gohks in den Gebäuden aufhielten. Nur wenn die Uleb im Freien oder in den einzelnen Gemeinschaftsstationen zusammenkamen, wurden die Flughörnchen benötigt.

Kakuta fragte sich, ob er es riskieren konnte, sich dem Gohk zu nähern und ihn vielleicht zu überfallen. Der Teleporter wußte nicht, wann der Uleb wieder ins Freie kommen würde. Außerdem war nicht sicher, wie sich das Flughörnchen verhalten würde. Es war durchaus möglich, daß es seinen Besitzer warnte, sobald Kakuta auftauchte.

Kakuta schaltete seinen Energietornister nicht ein, weil er befürchtete, daß die Bestie in ihrer Behausung Ortungsgeräte besaß und sofort herauskommen würde, wenn Kakuta angepeilt wurde. Das bedeutete, daß der Mutant auf den Schutz des Deflektors verzichten mußte.

Der Gohk, der vor dem Haupteingang des Hauses am Boden saß, machte einen schläfrigen Eindruck. Kakuta näherte sich dem Gebäude von der Seite. Zum Glück lagen die Fenster so hoch, daß er vom Innern aus nicht gesehen werden konnte, wenn er seine geduckte Haltung beibehielt.

Kakuta hielt an, um zu lauschen. Außer dem Summen des Windes in den Büschen und dem Singen einiger Vögel war nichts zu hören. Die Erschütterungen, die den gesamten Mond durchlaufen hatten, waren längst abgeklungen; ein sicheres Zeichen dafür, daß Perry Rhodan den Angriff auf den Paratronschirm aufgegeben hatte. Doch daran wollte Kakuta jetzt nicht denken.

Er war noch ein paar Schritte vom Eingang entfernt, als der Gohk plötzlich beide Augen ausfuhr, nach hinten drehte und ihn anstarrte.

Entdeckt! schoß es durch Kakutas Gedanken.

Mit zwei mächtigen Sätzen erreichte er das Wesen und riß es an sich. Es stieß einen schrillen Schrei aus und wollte sich frei machen. Es zappelte und versuchte Kakuta zu beißen.

In diesem Augenblick erschien der Uleb im Eingang seines Gebäudes. Er war unbewaffnet und trug noch immer keinen Anzug. Das, und die Tatsache, daß der Uleb eine Sekunde brauchte, um sich von seiner Überraschung zu erholen, rettete Kakuta das Leben.

Als der Uleb auf ihn zustürmte, um ihn zu zerschmettern, hatte Kakuta seine Waffe in der Hand. Der Schuß traf mit maximaler Energie den Kopf der Bestie, als sie noch vier Meter von Kakuta entfernt war. Mit einem Aufbrüllen ging sie zu Boden. Der Gohk zappelte wie verrückt in Kakutas freier Hand.

Der Mutant schoß noch mehrmals und überzeugte sich, daß sein Gegner nicht mehr am Leben war. Er blickte sich um. Kein anderer Uleb war in der Nähe, aber es würde nicht lange dauern, bis der Tote entdeckt wurde. Dann würde die Jagd auf die Terraner erneut beginnen. Kakuta wußte, daß er den toten Uleb nicht wegschaffen konnte.

Er mußte auf dem schnellsten Weg zu Atlan zurückkehren und die anderen warnen. Hoffentlich hatten Gucky und die Woolvers inzwischen die Kraftstation entdeckt. Angriff war jetzt die beste Verteidigung.

»Tut mir leid, mein Freund«, sagte Kakuta zu dem gefangenen Gohk. »Ich will dir nicht weh tun. Vielleicht können wir uns bald unterhalten, dann wirst du erkennen, daß ich nicht dein Feind bin.«

»Früher oder später wäre es sowieso passiert«, sagte Atlan grimmig, nachdem Kakuta von dem Zwischenfall im Park berichtet hatte. »Machen Sie sich keine Vorwürfe, Tako.«

Gucky, der inzwischen ebenfalls zurückgekehrt war, hatte die Kraftstation von Uleb I gefunden. Sie lag vierhundert Kilometer von ihrem derzeitigen Standort entfernt. Der Mausbiber war jedoch schon wieder unterwegs, um die beiden Woolvers zurückzuholen. Icho Tolot war zum See zurückgekehrt. Es war ihm gelungen, mit Hilfe des Translators ein paar Uleb zu belauschen, die sich über Rhodans vergeblichen Angriff auf die Paratronblase unterhalten hatten. Die Uleb triumphierten. Sie sprachen davon, daß die endgültige Entscheidung im Kampf gegen die Menschheit nun unmittelbar bevorsteht. Mit der Anti-Strukturpolung waren auch die Paratronschirme der Dolans unangreifbar. Das bedeutete, daß eine Dolan-Flotte bis ins Solsystem vordringen und dort jeden Planeten vernichten konnte.

Atlan, der mit einer solchen Entwicklung gerechnet hatte, verstand die Niedergeschlagenheit, die Tolots Bericht vor allem unter den beiden Wissenschaftlern auslöste. Bysiphere und Dr. Lieber wußten genau, was den Bewohnern des Sol-Systems nun bevorstand.

Atlan versuchte, die Stimmung der Männer wieder zu bessern.

»Es liegt an uns, ob es zu einer Katastrophe kommt«, sagte er. »Wir müssen den Paratronschirm unter allen Umständen zerstören, damit wir das Enemy-System angreifen können, bevor die Uleb zum entscheidenden Schlag ausholen können.«

Er nickte Tolot zu, der den Translator bereithielt.

»Jetzt wollen wir den Gohk verhören«, sagte er. »Vielleicht erfahren wir von ihm wichtige Neuigkeiten.«

Der Gohk hatte inzwischen seinen Widerstand aufgegeben und lag ruhig in Kakutas Händen. Seine Stielaugen beobachteten mißtrauisch die Männer. Noch mehr Interesse schien er jedoch für Icho Tolot zu zeigen, denn er erkannte die Ähnlichkeit des Haluters mit den Uleb. Ab und zu stieß das Flughörnchen wimmernde Töne aus.

Der Mutant begann sanft auf das kleine Wesen einzureden. Dabei streichelte er ihm den Rücken. Schließlich begann der Gohk mit seiner hohen Stimme zu antworten.

Die ersten Worte, die der Translator einwandfrei übersetzte, lauteten: »Warum kämpft ihr gegen unsere Herren?«

Innerhalb kurzer Zeit kam ein einwandfreies Gespräch zustande. Atlan erklärte dem Gohk, wie er und seine Begleiter ins Enemy-System gekommen waren. Er fand schnell heraus, daß das Flughörnchen keine Ahnung von den Greueltaten der Uleb hatte.

Der Gohk, der von Kakuta den Namen Jack erhielt, zeigte sich ungläubig. »Unsere Freunde sollen getötet werden«, sagte er. »Die Schiffe Ihres Volkes versuchen, ins Enemy-System einzudringen.«

»Das tun sie nur, um uns herauszuholen«, erwiderte Atlan. Er berichtete Jack von den Ereignissen der letzten Monate und verschwieg auch nicht, in welch kritischer Situation sich das Solare Imperium befand.

»Die Uleb führten einen gnadenlosen Kampf gegen zahlreiche intelligente Völker der Galaxis«, sagte der Arkonide. »Das beste Beispiel für die Rücksichtslosigkeit dieser Bestien ist das Volk der Gurrads. Es wurde in jahrelangen Kämpfen dezimiert und schließlich versklavt.«

Der Gohk blieb mißtrauisch. Er wollte nicht glauben, daß die Wesen, mit denen er und seine Artgenossen schon seit Jahrtausenden zusammenlebten, schlecht sein sollten.

»Die Tatsache, daß sie sich unserer bedienen, beweist doch die Friedfertigkeit der Riesen, die Sie Uleb nennen«, ereiferte sich Jack.

»Gerade das Gegenteil ist der Fall«, erwiderte Atlan. »Die Bestien sind unfähig, in friedlicher Gemeinschaft miteinander zu leben. Deshalb wohnt in jedem Gebäude auch nur ein Uleb. Damit sie sich nicht gegenseitig umbringen, haben sie sich darauf geeinigt, in innenpolitischen Dingen auf die Gohks zu hören.«

»Sie tun alles, was wir ihnen sagen«, bestätigte Jack.

»Das gilt aber nur für die Geschehnisse innerhalb des Enemy-Systems«, gab Atlan zurück. »Ich bin sicher, daß kein Gohk weiß, was die Uleb während ihrer Raumfahrten unternehmen.«

»Das ist richtig«, gab Jack zögernd zu.

Im weiteren Verlauf des Gesprächs stellte sich heraus, daß jeder im Enemy-System lebende Uleb ein Wesen wie Jack als Berater besaß. Die Gohks waren die Eingeborenen von Uleb I. Sie waren intelligente Wesen, die in Baumhöhlen lebten. Streitigkeiten zwischen den Bestien wurden stets von den Gohks bereinigt. Die Uleb hatten erkannt, daß ihre seltsame Zivilisation nur dann weiterbestehen konnte, wenn sie sich in Fragen des Zusammenlebens friedfertigen Intelligenzen unterordneten.

Die Gohks waren viel zu harmlos, um aus dieser Situation Nutzen zu ziehen. Sie hatten noch niemals erkannt, welche Macht sie über die Uleb besaßen.

Die Bestien hatten es meisterhaft verstanden, die Gohks irrezuführen und alle Feldzüge gegen andere Völker zu verheimlichen.

»Eine andere Frage«, wandte sich Atlan an den kleinen Gohk. »Wie viele Bestien wohnen auf Uleb I?«

»Acht Millionen«, antwortete Jack bereitwillig.

»Ich wünschte, Sie würden uns Glauben schenken und helfen«, sagte der Arkonide.

»Ich bin völlig verwirrt«, piepste Jack. »Sie haben innerhalb weniger Minuten meine Lebensauffassung zerstört. Wenn Sie recht haben, werden die Gohks nicht mehr glücklich sein können, denn wir hätten, ohne es zu wollen, mit Mördern zusammengelebt.«

Atlan entschloß sich, das kleine Wesen nicht länger unter Druck zu setzen. Er konnte sich vorstellen, welche seelischen Qualen Jack jetzt aushielt. Der Gohk mußte vor allem Ruhe haben, damit er über die neue Situation nachdenken konnte.

»Wir lassen Sie frei«, sagte Atlan zu Jack. »Sie können uns verlassen.«

Jack zeigte sich verwundert.

»Aber ich werde den Uleb verraten, wo Sie sich aufhalten«, sagte er.

Atlan mußte über die Offenheit des Gohks lächeln.

»Das ist unser Risiko«, sagte er. »Vielleicht warten Sie aber auch noch, wie sich die Dinge entwickeln, bevor Sie etwas gegen uns unternehmen. Ich bin sicher, daß sich bald herausstellen wird, welche Rolle die Uleb tatsächlich spielen.«

Tako Kakuta öffnete seine Hände, und der Gohk flatterte davon, den Schwanz steil nach oben gereckt und den Kopf in Fluglage haltend.

»Vielleicht warte ich wirklich noch ein bißchen!« rief er.

»Es war ein Fehler, ihn freizulassen«, meinte Dr. Bysiphere. »Er wird uns die Uleb schicken.«

»Kakuta hat einen Uleb getötet«, sagte Atlan. »Wir werden also früher oder später sowieso . . .«

Er unterbrach sich, weil Gucky und die beiden Woolvers im Versteck auftauchten. Atlan berichtete ihnen mit kurzen Worten vom Gespräch mit dem Gohk.

»Hier können wir nicht bleiben«, sagte der Arkonide anschließend. »Außerdem müssen wir uns beeilen, wenn wir noch eine Chance haben wollen, die Kraftstation zu zerstören. Sobald die Uleb von unserer Anwesenheit erfahren, werden sie die Vorsichtsmaßnahmen noch verstärken.«

Gucky berichtete von einem Versteck, das er in der Nähe der großen Station gefunden hatte. Dorthin wollte er mit Atlan und Dr. Lieber teleportieren. Kakuta sollte mit Danton und Bysiphere aufbrechen. Später wollte der Mausbiber noch einmal zurückkehren, um Icho Tolot zu holen. Die Woolver-Zwillinge würden das Ziel ohne Schwierigkeiten selbst erreichen.

»Liegt die Station unter einem Schutzschirm?« fragte Atlan den Mausbiber.

»Das war nicht zu erkennen«, erwiderte Gucky. »Es ist möglich, daß es innerhalb des Gebäudes Energieschirme gibt. Auf jeden Fall wimmelt es in der Nähe der Station von bewaffneten Uleb, die zum Teil in Körpern von Gurrads herumlaufen.«

»Es wird am besten sein, wenn wir jetzt aufbrechen«, sagte Atlan. »Wir sehen uns die Station aus der Nähe an und entscheiden dann, wie wir sie am besten zerstören können.«

Atlan und Dr. Lieber nahmen Gucky in die Mitte und warteten, bis die parapsychische Kraft des Mausbibers auf sie einwirkte und in Nullzeit über eine Strecke von vierhundert Kilometern in ein anderes Versteck trug.

Das von Gucky gewählte Versteck erwies sich gleichzeitig als ausgezeichneter Beobachtungsplatz. Die Bodenmulde, in der der Ilt mit den beiden Männern materialisierte, lag etwa hundert Meter von der großen Kraftstation entfernt und war ringsum mit Buschwerk bewachsen.
Unmittelbar nach Gucky kam Kakuta mit den beiden anderen Männern an. Der Mausbiber erholte sich einen Augenblick, dann teleportierte er zum See zurück, um Icho Tolot zu holen.
»Die Woolvers halten sich an anderer Stelle in Bereitschaft, um die Uleb von uns abzulenken, wenn man uns entdecken sollte«, sagte Tako Kakuta.
»Gut«, sagte Atlan.
Er kroch aus der Vertiefung und schob mit den Händen ein paar Äste zur Seite, damit er die Station genau sehen konnte.
Er erblickte ein großes Kuppelgebäude, an das sich eine lange Halle anschloß. An der Stelle, wo Halle und Kuppel miteinander verbunden waren, ragte ein quadratischer Turm hundert Meter hoch in den Himmel. Die Halle besaß weder Fenster noch Türen; jedenfalls konnte Atlan von seinem Platz aus keine erkennen. Vor dem großen Eingang der Kuppel parkten ein paar Dutzend Fahrzeuge. Etwa dreißig bewaffnete Uleb patrouillierten dort. Die Bestien rechneten also mit allem, obwohl sie nicht wissen konnten, wie nahe der Gegner schon herangekommen war. Atlan war überzeugt davon, daß sich auch im Innern der Station mehrere Uleb aufhielten. Ein Schutzschirm war nicht festzustellen.
Atlan merkte, daß jemand an seine Seite kam. Es war Roi Danton.
»Wie gefällt Ihnen das?« fragte der Freihändler.
»Wir beide hätten keine Chance, in das Gebäude einzudringen«, gab Atlan zurück. »Auch dann nicht, wenn wir unsere Deflektoren benutzen.«
»Zum Glück sind die drei Mutanten und Gucky bei uns«, sagte Danton.
»Sie können die Station nur zerstören, wenn es keine Schutzschirme gibt, die eine Teleportation verhindern«, sagte Atlan. »Aber auch ohne

Schutzschirm ist die Aufgabe für die Mutanten noch schwer genug. Man wird sie im gleichen Augenblick entdecken, da sie im Innern des Gebäudes materialisieren. Sie werden nicht viel Zeit haben, sich nach geeigneten Zielen umzusehen.«

Sie beobachteten weiter. Die vor dem Gebäude versammelten Uleb trugen ausnahmslos Gohks auf der Schulter. Die Bestien hatten ihren kleinen Helfern eine glaubhafte Geschichte über eine Bedrohung durch eine feindliche Macht erzählt.

»Die Uleb machen einen aufgeregten Eindruck«, stellte Roi Danton fest.

»Wundert Sie das?« fragte Atlan. »Nach zigtausend Jahren hat man sie zum erstenmal entdeckt. Ihr Zeitfeld, das sie vor jedem Angreifer schützte, wurde zerstört. Die Uleb wissen, daß ihr Leben bedroht ist. Sie, die so gut wie unsterblich sind, fürchten mehr um ihr Leben als jedes andere Wesen.«

»Die allgemeine Verwirrung kann unser Glück sein«, meinte Danton. »Wenn die Uleb so erregt sind, begehen sie früher oder später einige Fehler.«

»Darauf wollen wir uns nicht verlassen«, sagte Atlan.

Sie kehrten in die Bodenmulde zurück, wo inzwischen Gucky mit Icho Tolot eingetroffen war. Der Haluter machte einen ungeduldigen Eindruck. Er konnte es kaum erwarten, den entscheidenden Schlag gegen die Kraftstation auf Uleb I zu führen.

»Wir haben genügend Mikrobomben bei uns, um die gesamte Station zu sprengen«, sagte er.

»Ich bin auch dafür, nicht länger zu warten«, sagte Roi Danton. »Mit jeder Minute, die wir ungenutzt verstreichen lassen, wird die Gefahr größer, daß die Uleb ihren von Tako Kakuta getöteten Artgenossen entdecken. Dann wird es wahrscheinlich unmöglich sein, die Station zu zerstören, weil die Uleb sofort alle wichtigen Anlagen mit Schutzschirmen absichern werden.«

Gucky und Kakuta wurden mit allen vorhandenen Bomben ausgerüstet. Sie sollten in die Station teleportieren, die Bomben möglichst unauffällig ablegen und dann schnell in ihr Versteck zurückkehren, um alle anderen aus der Gefahrenzone zu bringen. Die Bomben sollten durch ein Funksignal gezündet werden. Atlan wußte, daß zwischen dem Auslegen und dem Zünden der Bomben nicht viel Zeit verstreichen durfte, da sonst die Uleb Gelegenheit erhielten, die gefährlichen Explosivkörper zu finden und aus der Station zu entfernen.

Es war überflüssig, Gucky und dem erfahrenen Mutanten detaillierte Befehle zu geben. Beide wußten genau, wie sie sich in solchen Situationen zu verhalten hatten.

»Viel Glück!« sagte Atlan.

»Hoffentlich geht alles gut«, sagte Danton.

Bysiphere, der die Station beobachtete, stieß einen Warnruf aus, der Atlan veranlaßte, die Mulde zu verlassen und zu dem Wissenschaftler hinaufzuspringen. Was Atlan sah, ließ ihn eine Verwünschung ausstoßen. Zehn Uleb hatten ihren Platz vor der Station verlassen und näherten sich dem Versteck.

»Man hat uns entdeckt!« rief Atlan. »Ausgerechnet jetzt, da uns die Mutanten nicht helfen können, kommen wir in eine solche Situation.«

»Was nun?« fragte Bysiphere nervös.

»Wir müssen fliehen«, entschied Atlan. »Vielleicht können wir uns bis zur Rückkehr Kakutas und Guckys retten.«

»Wir können unsere Flugprojektoren einschalten«, schlug Dr. Lieber vor.

Atlan lehnte diesen Vorschlag entschieden ab.

»Wir würden ein herrliches Ziel abgeben«, sagte er. »Nein, wir müssen unsere Füße benutzen. Ich hoffe, daß die Woolvers unsere Verfolger ablenken.«

Sie verließen das Versteck und rannten in Richtung des ausgedehnten Parks, der die Kraftstation umgab. Am Himmel tauchten die ersten Gleiter auf, die sich an der Jagd beteiligen würden. Atlan erkannte, daß sie kaum eine Chance hatten, ihren Verfolgern zu entkommen. Er überlegte, wie man sie entdeckt haben konnte. Wahrscheinlich war den Uleb diese Station so wichtig, daß sie überall in der näheren Umgebung Beobachtungskameras und Mikrophone angebracht hatten. Solche Vorsichtsmaßnahmen waren gegen entflohene Gurrad-Sklaven gerichtet.

Atlan sah ein, daß er einen entscheidenden Fehler begangen hatte. Gucky und Kakuta hätten vom Versteck am See aus operieren sollen. Das hätte die Entdeckung der vier Männer und des Haluters auf jeden Fall verzögert.

Doch es war zu spät, einer verpaßten Gelegenheit nachzutrauern. Sie mußten um ihr Leben laufen, das vielleicht nur noch nach Sekunden zählte.

Gucky materialisierte zwischen zwei hochaufragenden Maschinen. Vor ihm lag ein schmaler Gang, an dessen Ende ein runder Durchgang in einen anderen Raum mündete. Der Mausbiber drehte sich herum. Seltsam geformte Energiespeicher versperrten ihm den Blick in die andere Richtung. Gucky genügten jedoch seine telepathischen Sinne, um die Anwesenheit zahlreicher Uleb in unmittelbarer Nähe feststellen zu können. Kakuta war nicht zu sehen. Er war an einer anderen Stelle des Gebäudes herausgekommen.

Gucky löste drei Mikrobomben von seinem Gürtel und schob sie unter einen Maschinensockel. Pausenlos »lauschten« seine parapsychischen Sinne auf die Gedanken der Uleb.

Er ergriff eine vierte Bombe und warf sie auf einen der Speicher. Sie drohte wieder herabzufallen, aber Gucky hielt sie mit einem telekinetischen Impuls an ihrem Platz, bis sie zur Ruhe kam und sich nicht mehr bewegte. Nun hatte der Mausbiber nur noch eine Bombe.

Bevor er sie legen konnte, kam das Alarmsignal.

Gucky spürte, wie sich die Gedanken der Uleb schlagartig veränderten.

Sie hatten Tako Kakuta entdeckt, der auf der anderen Seite des großen Kuppelgebäudes seine Bomben ablegte.

Gucky ergriff seine letzte Bombe und rollte sie, ohne zu zielen, in den Gang. Sie kam am Rand einer Maschine zum Liegen. Am Ende des Ganges tauchten zwei Uleb auf. Sie stürmten auf Gucky zu, aber er entmaterialisierte, bevor sie ihn erreichten.

Als er in der Bodenmulde wieder stofflich wurde, fand er sich in einer Gruppe wütender Uleb wieder, die das von den Männern verlassene Versteck soeben erreicht hatten. Die Bestien waren genauso verblüfft wie Gucky. Das rettete dem Mausbiber das Leben. Bevor man ihn angreifen konnte, teleportierte er aus der Bodenmulde zurück in die Kuppel. Er mußte Kakuta warnen, damit dieser nicht in das Versteck zurückkehrte, das inzwischen zu einer Falle geworden war.

Im Innern der Station herrschte Aufruhr. Die Uleb rannten und schrien. Aufgeschreckte Gohks flatterten ziellos durch die Luft.

Gucky, der auf einer Maschine materialisiert war, wurde sofort unter Beschuß genommen. Die Uleb mußten jedoch vorsichtig sein, daß sie ihre eigenen Maschinen nicht trafen. So fiel es dem Mausbiber leicht, sich vorläufig in Sicherheit zu bringen. Seine telepathischen Sinne suchten nach Kakuta. Der Japaner befand sich jedoch nicht mehr innerhalb des Gebäudes.

Gucky entmaterialisierte und nahm zehn Meter über der Bodenmulde wieder Gestalt an. Ein Blick genügte ihm, um festzustellen, daß Kakuta nicht in das ehemalige Versteck zurückgekehrt war. Vielleicht hatten die Woolvers eingegriffen und ihn gewarnt.

Gucky teleportierte, bevor er abstürzen konnte. Mitten im nahegelegenen Park kam er wieder heraus. Auch hier wimmelte es von Uleb, und der Mausbiber mußte sofort hinter einigen Büschen Deckung suchen. Überall landeten Fluggleiter auf den großen Grasplätzen.

Wieder benutzte Gucky seine telepathischen Fähigkeiten. Diesmal konnte er Atlans Gedanken aufspüren. Sie waren von den Impulsen zahlreicher Uleb überlagert. Trotzdem stellte der Ilt fest, daß Atlan sich in höchster Not befand. Was für den Arkoniden galt, traf sicher auch für dessen Begleiter zu. Gucky konzentrierte sich und teleportierte dann in jene Richtung, aus der die gedanklichen Hilferufe kamen.

Atlan ließ sich schweratmend zu Boden sinken. Die Last des Energietornisters hatte ihn schnell erschöpft. Über ihnen kreisten ein paar Gleiter. Sie waren entdeckt. Von allen Seiten näherten sich die Uleb.

»Wir sind umzingelt!« stieß Danton hervor und zog die Waffe. »Bevor wir uns ergeben oder umbringen lassen, wollen wir kämpfen.«

In diesem Augenblick explodierte eines der Suchflugzeuge.

»Die Woolvers!« schrie Dr. Lieber.

Die Trümmer des explodierenden Gleiters fielen in den Park und setzten einige Büsche in Brand. Die anderen Suchflugzeuge zogen sich zurück. Auch die Uleb, die sich den Männern vom Park aus näherten, verlangsamten ihr Tempo.

Etwa fünfzig Meter von Atlan und seinen Begleitern entfernt wurde der Boden von einer heftigen Explosion aufgerissen. Drei Uleb, die in der Nähe gestanden hatten, wurden von der Druckwelle zu Boden geworfen, standen aber sofort wieder auf.

Atlan war jetzt sicher, daß die Woolvers eingegriffen hatten.

»Vielleicht können wir jetzt entkommen«, sagte der Arkonide.

Es zeigte sich jedoch schnell, daß die Uleb entschlossen waren, ihre geheimnisvollen Gegner unter allen Umständen auszuschalten. Die Möglichkeiten der Woolver-Zwillinge waren begrenzt. Wenn sie keine Bomben mehr hatten, konnten sie die Uleb nicht mehr angreifen.

Vor Atlan wurde ein Baumriese von den Strahlschüssen der Uleb gespalten und in Brand gesetzt.

Der Arkonide schaltete seinen Flugprojektor ein.

»Ich glaube, jetzt können wir riskieren, dicht über dem Park zu fliegen«, sagte er. »Sobald jedoch neue Gleiter auftauchen, müssen wir wieder landen.«

Bevor er sich vom Boden abheben konnte, materialisierte Tako Kakuta neben ihm.

»Die Bomben sind bereit!« rief der Mutant.

Atlan atmete erleichtert auf. »Ich bin froh, daß Sie nicht in unser Versteck teleportiert sind«, sagte er. »Die Uleb haben es entdeckt.«

»Ich sprang in die Nähe des Verstecks und sah, was dort los war«, berichtete Kakuta. »Dann habe ich mich an den Explosionen orientiert und bin hierher gekommen.«

»Sind Sie noch stark genug, um Bysiphere und Dr. Lieber von hier wegzubringen?«

»Ja«, sagte der Mutant und ergriff die beiden Wissenschaftler an den Händen. »Ich springe mit ihnen in unser altes Versteck und komme dann zurück.«

Bysiphere machte sich vom Griff des Teleporters los.

»Es ist besser, wenn Sie an meiner Stelle fliehen«, sagte er.

Atlan blickte ihn an. »Ich muß die Bomben zünden«, sagte er. »Verschwinden Sie jetzt, Doc.«

Kakuta packte den Hyperphysiker am Arm und teleportierte mit ihm und Dr. Lieber aus der Gefahrenzone. Fast im gleichen Augenblick erschien Gucky an Atlans Seite.

»Die Bomben sind gelegt«, sagte er.

»Gut«, nickte Atlan. »Du mußt Tolot und Danton jetzt in Sicherheit bringen. Ich zünde inzwischen die Bomben.«

Atlan war allein. Er ließ sich von seinem Flugprojektor zum Wipfel eines Baumes hinauftragen und landete sicher auf einem starken Ast. Von hier aus konnte er die Kraftstation sehen. Er verzog das Gesicht. Wenn die Bomben jetzt zündeten, konnte es passieren, daß er selbst von den Auswirkungen der gewaltigen Explosion getötet wurde. Wenn er sicher sein wollte, die Katastrophe zu überleben, mußte er sich noch weiter von der Kuppel entfernen. Doch dazu bestand keine Möglichkeit. Unter ihm tauchten die ersten Uleb auf. Schräg über ihm erschien ein neuer Verband ulebscher Gleiter.

Einer der Uleb unten im Park stieß einen lauten Schrei aus und deutete zu Atlan hinauf.

Sie haben mich! dachte Atlan.

Er sah, wie zwei Bestien auf ihn anlegten und betätigte hastig sein Armbandfunkgerät. Damit wurde der Impuls ausgelöst, der die Bomben zünden sollte.

Die Bomben detonierten gleichzeitig, so daß die Explosionen wie eine einzige wirkten. Die große Station zerbarst in einer gewaltigen Stichflamme. Tonnen von Erde und Trümmern wurden in die Luft gerissen. Dem Blitz der Explosion folgte eine riesige Rauchwolke, die sich rasch nach allen Richtungen ausdehnte.

Der Luftdruck riß Atlan von dem Ast, auf dem er sich festgehalten hatte. Die Schüsse der Uleb verfehlten ihn. Er prallte gegen den Stamm des Baumes und sank in die Tiefe.

Die Uleb, die zu Boden gefallen waren, sprangen schreiend wieder auf die Beine und rannten auf die zerstörte Station zu. Es machte ihnen nichts aus, daß Steine und Trümmer auf sie herabregneten. Als Atlan am Boden landete, war kein Uleb mehr in der Nähe.

Der Arkonide war unfähig, sich wieder zu erheben. Stechende Schmerzen im Oberschenkel und in der Brust machten ihm das Stehen unmöglich. Er sah, wie Gucky ein paar Meter von ihm entfernt erschien und auf ihn zurannte.

24.

Rhodan erhielt die Nachricht von der Entstehung eines Strukturrisses innerhalb des Schutzschirms, als er sich bereits dazu entschlossen hatte, die Flotte innerhalb der nächsten dreißig Stunden von dem Enemy-System abzuziehen.

Er war sich der Sinnlosigkeit weiterer Angriffe bewußt, und die Aussagen der Wissenschaftler unter der Führung von Dr. Geoffry Abel Waringer hatten ihn in dieser Einstellung bestärkt.

Über die Funkbrücke sprach er sofort mit den Kommandanten aller anderen Schiffe.

»Alle Schiffe, die sich in der Nähe der aufgebrochenen Stelle aufhalten, nehmen sofort Kurs auf den Strukturriß und beschießen ihn aus den Transformkanonen. Vielleicht können wir die Öffnung erweitern und mit der Flotte ins Enemy-System eindringen.«

Sein Befehl wurde bestätigt. Achttausend Raumschiffe begannen Sekunden später zu beschleunigen.

Alle diese Schiffe waren jedoch weit hinter der LABORA zurück, einem Leichten Kreuzer, der dem Schirm am allernächsten stand und in diesem Augenblick mit Höchstbeschleunigung durch die entstandene Öffnung raste und innerhalb der Paratronblase verschwand.

Vierhundert Kilometer von der zerstörten Kraftstation entfernt war von den Auswirkungen der Explosion nichts zu spüren. Die Flüchtlinge hatten sich im dichten Schilf am Ufer des großen Sees verkrochen, aber sie wußten, daß sie hier nicht lange bleiben konnten. In den letzten Minuten wurde der See immer häufiger von Suchmaschinen der Uleb überflogen. Allein dem Umstand, daß die beiden Woolvers die Uleb immer wieder irreführten, hatten sie es zu verdanken, daß man sie noch nicht entdeckt hatte.

»Wir müssen jetzt einfach das Risiko eingehen und Funksignale abstrahlen«, sagte Atlan. »Es ist die einzige Möglichkeit, terranische Schiffe auf uns aufmerksam zu machen, die die Lücke im Paratronschirm zu einem Eindringen genutzt haben.«

»Wir wissen nicht, ob tatsächlich so eine Lücke entstanden ist«, gab Icho Tolot zu bedenken. »Außerdem werden die Uleb ein Funkgerät sofort anpeilen.«

Atlan überlegte einen Augenblick, dann befahl er Tako Kakuta, sich mit einem Teleportersprung hundert Kilometer vom See zu entfernen, und dann Funksignale abzustrahlen.

»Kehren Sie hierher zurück, sobald es gefährlich wird«, sagte der Arkonide. »Die Uleb werden uns dann an der falschen Stelle suchen. Sobald eines unserer Schiffe auftaucht, bringen uns die beiden Teleporter an Bord.« Kakuta verschwand sofort.

»Solange er funkt, werden die Uleb den See in Ruhe lassen«, sagte Atlan. »Wir wollen uns jedoch absichern.« Er wandte sich an Rakal Woolver. »Major, Sie verschwinden in die entgegengesetzte Richtung und funken ebenfalls das Notsignal der Solaren Flotte. Das wird die Verwirrung der Uleb noch erhöhen und unsere Rettungschancen vergrößern.«

Innerlich war Atlan nicht so zuversichtlich, wie er sich benahm. Er wußte genau, wovon eine Rettung abhängig war. Wenn der Schirm tatsächlich an einer Stelle aufgebrochen war, hatte vielleicht keines der Schiffe schnell genug reagiert. Außerdem konnte man den Uleb zutrauen, daß sie den Schirm mit Hilfe einer Ersatzstation sofort wieder schlossen.

Die Lage der kleinen Gruppe war verzweifelt. Die Uleb würden sie gnadenlos töten, sobald sie eine Gelegenheit dazu erhielten. Atlan brauchte nur in die Gesichter der beiden Wissenschaftler zu blicken, um zu sehen, was diese beiden Männer dachten. Weder Bysiphere noch Lieber glaubten an einen Erfolg dieses Unternehmens.

Wenige Minuten später tauchte Tako Kakuta wieder im Versteck auf.

»Ich konnte mich nicht länger halten«, sagte er. »Die Uleb erschienen, kaum daß ich das Signal viermal abgestrahlt hatte.«

»Damit hatte ich gerechnet«, sagte Atlan. »Rakal Woolver wird es nicht besser ergehen, aber vielleicht reichen diese kurzen Signale aus, um Schiffe, die in die Paratronblase einfliegen konnten, nach Uleb Eins zu locken.«

Roi Danton, der es sich am Boden bequem gemacht hatte, blickte zu dem Arkoniden auf.

»Wir können nur warten«, sagte er.

Als die CREST V in einer Entfernung von einhunderttausend Kilometern vor dem Strukturriß ihren Flug verlangsamte, hatten sich bereits zweitausend Einheiten unmittelbar vor der Öffnung im Schutzschirm eingefunden und nahmen sie unter Beschuß.

»Die Öffnung droht sich wieder zu schließen, obwohl bisher nur die LABORA innerhalb der Paratronblase ist«, stellte Waringer fest. »Es wäre Wahnsinn, jetzt noch weitere Schiffe durch den Strukturriß zu schicken.«

»Das hatte ich auch nicht vor«, sagte Rhodan. »Ich bin zufrieden, wenn Major Rachley mit seinem Kreuzer zurückkommt.«

Im stillen hoffte Rhodan sogar, daß die LABORA die im Enemy-System verschollenen Männer retten konnte. Aber diesen Gedanken sprach er nicht aus, weil niemand glaubte, daß sie soviel Glück haben würden.

»Ich möchte wissen, warum der Schutzschirm an dieser Stelle aufgebrochen ist«, sagte Oberst Akran nachdenklich.

»Das kann nur auf Vorgänge im Innern der Paratronblase zurückzuführen sein«, erwiderte Waringer. »Wahrscheinlich ist eine der Energiestationen ausgefallen, die den Schutzschirm versorgen.«

Rhodan blickte auf.

»Das könnte bedeuten, daß Atlan oder Danton die Hände im Spiel haben«, sagte er.

»Ich hoffe es«, sagte Waringer. »Es gibt aber zahllose andere Erklärungen. Die Stabilität eines Energieschirms von solch gewaltigen Ausmaßen hängt von so vielen Einzelheiten ab, daß es schwer ist, die Ursache des Strukturrisses exakt zu bestimmen.«

»Wollen Sie noch weitere Schiffe hierher beordern?« fragte Kasom.

Rhodan schüttelte den Kopf.

»Wir dürfen nicht vergessen, daß es sich um eine Falle der Uleb handeln kann«, sagte er. »Vielleicht wollen die Bestien alle Schiffe an diese Stelle locken, um sich einen strategischen Vorteil zu verschaffen. Die in der Nähe der Öffnung versammelten Einheiten reichen aus.«

In der Zentrale der CREST V wurde es still, als die Männer auf dem Bildschirm sehen konnten, wie sich der Strukturriß allmählich zusammenzog. Das Feuer aus den Transformkanonen konnte diesen Prozeß nicht stoppen.

Und die LABORA befand sich nach wie vor innerhalb der Paratronblase.

»Ein Schiff!« schrie Dr. Armond Bysiphere und deutete zum Himmel hinauf, wo ein Kugelschiff aufgetaucht war, das aus seinen Bordgeschützen das Feuer auf die angreifenden Gleiter der Uleb eröffnete.

Atlan hoffte, daß es auf Uleb I keine Abwehrforts gab, die den Leichten Kreuzer unter Beschuß nehmen konnten. Vielleicht hatten die Bestien, die nie mit ihrer Entdeckung gerechnet hatten, auf solche Defensivwaffen verzichtet.

Gucky sprang mit Dr. Lieber und Armond Bysiphere an Bord des aufgetauchten Schiffes, während Kakuta zusammen mit Roi Danton und Icho Tolot teleportierte.

Atlan bestand darauf, das Versteck am See als letzter zu verlassen. Er war jetzt von ihrer Rettung überzeugt. Auch der Lärm der näher kommenden Suchmannschaften konnte ihn nicht beunruhigen. Die Schmerzen in seiner Brust hatten nachgelassen, aber sein Bein bereitete ihm noch Schwierigkeiten.

Kurz darauf erschien Gucky, um ihn abzuholen.

»Wir sind noch nicht in Sicherheit«, berichtete der Ilt. »In der Paratronblase, die das Enemy-System umschließt, ist nur ein kleiner Riß entstanden, den die Uleb bereits wieder zu schließen beginnen.«

Atlan ergriff eine Pfote des Mausbibers.

Gleich darauf wurden sie in der Zentrale der LABORA stofflich. Ein hagerer Major der Solaren Flotte begrüßte Atlan mit überschwenglichen Worten. Atlan sah, daß sich alle anderen Mitglieder des gefahrvollen Unternehmens ebenfalls in der Zentrale aufhielten.

»Vorwärts, Leutnant Brandon!« rief der Major einem jungen Offizier zu, der an den Kontrollen saß.

Die LABORA begann zu beschleunigen. Atlan warf einen Blick auf die Bildschirme. Was er sah, war nicht dazu angetan, seinen Optimismus zu erhöhen. Die LABORA wurde von mehreren hundert Konusraumschiffen der Uleb verfolgt. Der Strukturriß, auf den der Leichte Kreuzer zuraste, hatte sich fast geschlossen.

Danton trat neben den Arkoniden.

»Das sieht nicht gut aus für uns«, sagte er.

Atlan gab keine Antwort. Seine Blicke blieben auf den Bildschirm gerichtet.

»Sie riskieren Ihr Schiff, Major«, sagte er zu Kinsing Rachley.

»Wir schaffen es«, sagte Rachley. »Leutnant Brandon würde dieses Schiff auch aus anderen Gefahrenherden sicher herausfliegen.«

Die LABORA näherte sich schnell ihrem Ziel. Bereits jetzt konnte Atlan die terranischen Einheiten beobachten, die außerhalb des Schutzschirmes Stellung bezogen hatten und die Öffnung beschossen.

Rachley beugte sich über das Funkgerät.

»Die Schiffe vor dem Paratronschirm sollen das Feuer einstellen«, sagte er. »Wir kommen jetzt durch.«

»Es sieht so aus, als würde die Öffnung sich jetzt endgültig schließen«, warnte Bysiphere.

Rachley warf Atlan einen fragenden Blick zu.

»Weiterfliegen!« entschied der Arkonide.

Der Leichte Kreuzer erreichte jene Stelle, an der sich das Schicksal seiner Besatzung entscheiden würde.

Die Bildschirme blitzten auf. Das Schiff schien unter der Belastung zerbrechen zu wollen. Sämtliche Strukturtaster schlugen durch.

Ein paar Sekunden später war die LABORA in Sicherheit.

Hinter ihr schloß sich der Paratronschirm endgültig.

24. August 2437 – 9:45 Uhr

Über dreißigtausend Raumschiffe umkreisen die Paratronblase. Trotz ihrer Bewaffnung besaßen sie keine Möglichkeit, den Schutzschirm zu vernichten.

Die drei Millionen Raumfahrer, die sich an Bord dieser Schiffe aufhielten, konnten nicht in das so ungewöhnlich geschützte Enemy-System eindringen.

Auf der anderen Seite konnten die acht Millionen Uleb das Enemy-System nicht verlassen. Sie hatten allerdings den Vorteil, daß die Zeit für sie arbeitete.

25.

27. August 2437

»Ich frage mich«, sagte Perry Rhodan, nachdem ein weiterer Versuch, den Paratronschirm zu zerstören, gescheitert war, »warum die Bestien des neuen Typs, also die Uleb, sich weiterhin in einem solchen Maß defensiv verhalten. Wir wissen inzwischen, daß sie etwa achttausend der Konusraumschiffe voll bemannen könnten. Warum tun sie es nicht? Ich bitte, die Daten und die Fragen den Rechnern vorzulegen. Die Positroniken werden es vielleicht errechnen können.«

»Es gibt verschiedene Deutungsmöglichkeiten«, sagte Atlan nachdenklich.

»Ja? Welche?«

»Zum Beispiel könnten die Abwehranlagen der Raumschiffe noch nicht auf die neue Strukturpolung gegen den Kontrafeldstrahler ausgerüstet sein.«

Rhodan starrte Atlan bewegungslos an, dann murmelte er:

»Oder diese Retortenwesen haben etwas anderes im Sinn.«

Das erschreckende Stillhalten einer Großmacht, die aufgrund ihrer höchst überlegenen Waffensysteme durchaus in der Lage wäre, mit den fünfunddreißigtausend terranischen Schiffen zu konkurrieren oder sie unter Umständen zu besiegen, war unter Umständen tödlich für die Männer hier und für das Imperium.

Spielten die Uleb ein unglaubliches Spiel, in dem sie die Überlegeneren bleiben wollten?

»Irgendein logischer Fehler ist in dieser Situation verborgen, ganz einwandfrei«, sagte Rhodan. »Ich bitte, das Problem auch von dieser Seite zu beleuchten.«

Er überlegte laut:

»Warum wehren sich die Bestien nicht? Warum verlassen sie nicht ihre Welt, warum setzen sie nicht ihre hervorragenden Waffen ein und versuchen, uns zu vertreiben?«

Warum waren bis zur Sekunde nicht die Zweitkonditionierten mit ihren Dolans erschienen? Auch Icho Tolot konnte keine Antwort geben. Der Haluter war mit den bisher gesammelten Daten zur Auswertung zu seiner Heimatwelt zurückgeflogen.

Es gab wohl keinen Mann in der Flotte, der nicht wußte, welche schwere Last auf den Schultern Rhodans ruhte. Aber auch die besten Muskeln wurden irgendwann schlaff, auch der glänzendste Verstand versagte irgendwann einmal. Wie lange konnte dieser Mann noch mit dieser ungeheuren Verantwortung leben? Wie lange noch, ehe er zerbrach?

Während der Gegner nichts unternahm, wurden die verantwortlichen Männer des Imperiums von Minute zu Minute nervöser. Das Stillhalten des Gegners kostete Nerven.

Alle Verantwortlichen ahnten dunkel, daß sich hier irgendwo, verknüpft mit anderen Geschehen, eine Tragödie anbahnte.

Oberst Vivier Bontainer hatte von Perry Rhodan den Auftrag erhalten, mit dem Explorerschiff EX-8703 die Materiebrücke zwischen den beiden Magellanschen Wolken zu untersuchen. So viele Sonnen und Planeten wie möglich sollten katalogisiert werden – eine, wie es schien, äußerst langweilige Angelegenheit.

Doch es blieb nicht lange so.

Am 21. August fing die EX-8703 plötzlich Hyperechos und Schockwellen auf, die nur in einem bestimmten Gebiet in der Nähe der Außengrenze der GMW zu registrieren waren.

Nach mehreren solcher Beobachtungen war Bontainer sicher, daß die Hypererschütterungen daher rührten, daß aus dem Einsteinuniversum Transporte in den Hyperraum vorgenommen wurden, und zwar in großen Mengen.

Die Bordpositronik errechnete eine hohe Wahrscheinlichkeit dafür, daß an der inzwischen ermittelten Position Güter in gleicher Masse und sehr großer Zahl in schneller Reihenfolge durch einen Transmitter geschickt wurden.

Da hielt es den Draufgänger Bontainer nicht mehr länger. Er beschloß, auf eigene Faust die ermittelten Koordinaten anzufliegen, um herauszufinden, was dort vor sich ging.

Die EX-8703 beschleunigte mit Höchstwerten, nahe an den roten Bereichen der Zahlenuhren und der Instrumente. Der Spezialexplorer, dessen Feuerzentrale sich eben füllte, raste auf den Ursprungsort der schweren Hyperschocks zu.

»Das ist Wahnsinn, Vivier!«

John Sanda, der Erste Offizier, drehte seinen Kopf herum und musterte seinen Freund von der Seite.

»Ich bin nicht deiner Meinung«, erwiderte Bontainer leise.

»Die erste Auszeichnung«, sagte John Sanda zurückhaltend und so, daß niemand mithören konnte, »erhält man, weil man noch keine bekommen hat. Alle anderen, weil man schon welche besitzt. Willst du deine Verdienste ums Imperium ausweiten?«

Bontainer gab zurück:

»Raumschiffe ohne Raum sind wie Hosenträger ohne Hosen – ich versuche nur, mit größter Geschwindigkeit die Quelle der Schocks anzufliegen.«

Beide Männer waren etwas nervös, was sich in einer gewissen Angriffslust äußerte. Seit vielen Stunden hetzte das Schiff durch den Linearraum. Der erste Linearsprung lag schon einige Zeit zurück, und noch immer raste die EX-8703 mit ihren vierhundert Männern und Frauen Besatzung durch den Raum. Die Schirme waren leer, und die Positronik arbeitete mit den Steuermechanismen zusammen. Stunden angespanntester Wachen lagen besonders hinter den strapazierten Männern an den Schaltpulten der Kommandozentrale. Das zweite Linearmanöver stand unmittelbar bevor. Rund dreitausend Lichtjahre waren bereits zurückgelegt worden.

Bis zum Austritt aus dem Linearraum waren es dann wieder nur noch fünfzehn Minuten, und die meisten Männer der Schiffsführung waren in der nächsten Messe, um schnell etwas zu essen und einen Kaffee zu trinken. Sie würden rechtzeitig zurück sein.

Das Schiff schwang schließlich mit Lichtgeschwindigkeit in das normale Einstein-Kontinuum zurück, und die verschiedenen Abteilungen begannen zu arbeiten. Mit rasender Eile wurde eine Positionsbestimmung vorgenommen. Das Schiff änderte seinen Kurs um geringfügige Beträge und erhöhte die Antriebsleistung der Maschinen. Dann erfolgte wieder der Eintritt in den Linearraum.

Der Kugelraumer raste weiter, dem fernen Ziel entgegen, und in der Feuerleitzentrale blieb nur noch eine Doppelwache zurück. Langsam beruhigten sich die Spezialisten der EX-8703 wieder.

Bontainer sah auf die Uhr, legte einige Schalter herum und stand auf.

»Ich übergebe«, sagte er laut. »Ich bin in meiner Kabine zu finden.«

Als sich der Kommandant wieder in die Zentrale begab, trug sein Gesicht einen wachsamen, gespannten Ausdruck.

»Ich werde Alarm geben«, sagte er. »Was immer dort draußen auf uns wartet – es soll uns nicht überraschen können.«

Er preßte die unübersehbare rote und große Taste nieder und sagte dann in die Mikrophone:

»Bontainer an alle. In dreihundert Sekunden werden wir den Linearraum verlassen. Das Schiff wird daraufhin mit Höchstwerten abgebremst. Ich bitte sämtliche Stationen um äußerste Wachsamkeit. Es kann sein, daß wir schlagartig in einen Kampf verwickelt werden. Es besteht ab jetzt bis zum Widerruf Alarmzustand.«

Er schaltete ab.

Fünf Minuten lang fegte der Explorer durch den Linearraum.

Dreihundert Sekunden lang warteten vierhundert Männer und Frauen auf den entscheidenden Augenblick. Dann erschienen schlagartig die Sterne auf den Schirmen, weit voraus eine Sonne . . . und Tausende von Echos auf den Schirmen.

»Verdammt!« keuchte John Sanda aufgeregt und zog sämtliche Fahrthebel zurück. »Das ist mehr, als wir verdauen können!«

»Hier Ortung. Abstände zu der wartenden Flotte vier Lichtjahre!«

»Danke«, sagte Bontainer und sah zu, wie der Zeiger der Geschwindigkeitsmessung unablässig zurückging.

»Versuchen Sie festzustellen, was für Schiffe das sind!« sagte er laut ins Mikrophon.

»Wir sind gerade dabei, Kommandant.«

In den Schaltpulten der Feuerleitzentrale saßen die Männer, wachsam und feuerbereit. Die schweren Transformkanonen richteten sich auf die nächsten Ziele ein. Die Sekunden vergingen in atemloser Spannung.

»Ausweichen – zurück in den Linearraum?« fragte Sanda laut.

Bontainer erwiderte blitzschnell:

»Nein, abwarten, John.«

Bontainer deutete auf die Geschwindigkeitsanzeige und sagte kurz:

»Halbe Lichtgeschwindigkeit. Weiterfliegen ... der Flotte entgegen.«

»Sir!« sagte einer der Offiziere vorwurfsvoll. »Das ist Selbstmord!«

»Weiche aus, Vivier!« warnte Sanda leise, fast flüsternd. »Es sind zu viele!«

Bontainers Lippen waren eine harte Linie in seinem schmalen, langen Gesicht. Er schüttelte bedächtig den Kopf und näherte sich langsam dem Mikrophon.

»Bontainer ruft Ortung. Was haben Sie festgestellt?«

Die Antwort kam einige Sekunden später und etwas zögernd:

»Etwas unglaubwürdig, Kommandant, aber offensichtlich wahr. Dort vor uns stehen mindestens dreißigtausend Schiffe, vielleicht auch ein paar Tausend mehr. Sie scheinen sich um einen Riesenplaneten mit mehreren Monden zu konzentrieren ... eben höre ich: Mehr als zehn Monde.«

»Sind die Schiffe erkannt worden?«

»Nein. Wir sind nicht nahe genug, um die Typen feststellen zu können.«

Bontainer griff wieder nach den Fahrthebeln und zog sie bis zum Anschlag durch. Das Schiff beschleunigte aus halber Lichtgeschwindigkeit heraus, raste davon, genau auf die Hauptmasse der Echos zu. Langsam, unendlich langsam, begannen sich die Echos zu klären, während an Bord fast eine Panik ausbrach. Es hagelte Proteste, aber Bontainer schüttelte nur den Kopf. In seine Haltung war etwas Gespanntes gekommen, und John, der seinen Kommandanten besser kannte als jeder andere, wußte, daß Bontainer plötzlich rasend schnell würde handeln können.

»Du bist irrsinnig, Vivier!«

Bontainer starrte den Ersten an und erwiderte schneidend:

»Ich bin bereit, innerhalb von zwei Sekunden in den Linearraum zu gehen. Ich riskiere nichts, John. *Nichts!*«

Das Schiff raste immer noch mit knapp Unterlicht auf die wartende Flotte zu. Keines der fremden Schiffe hatte sich gerührt, nichts war geschehen, kein Angriff war erfolgt und kein Funkanruf.

Die Meldung von der Ortung kam wie eine Sirene, laut und schmerzend.

»Kommandant! Wir haben einen Funkspruch aufgefangen, das heißt, einen Teil davon. Dort vorn sind terranische Schiffe.«
»Ist ein Irrtum möglich?« erkundigte sich Bontainer scharf.
»Nein. Wenn Sie es möchten, geben wir Ihnen den Wortlaut des Funkspruchs durch.«
»Unnötig. Kursplanung?«
»Hier!«
Bontainer sagte, ohne seinen Tonfall zu ändern:
»Berechnen Sie einen sehr genauen Kurs, der uns mitten in die Flotte führt. Auf Abruf bereithalten.«
»Selbstverständlich.«
Dann grinste Bontainer seinen Freund an, und Sanda, der sich ziemlich schlecht gefühlt hatte, grinste zurück.
»Was werden wir dort sehen können?« fragte Sanda angriffslustig.
»Kommt es so sehr darauf an? Vermutlich jemanden aus der Spitze des Imperiums. Funkabteilung?«
Die Funkzentrale des Explorers meldete sich sofort.
»Funken Sie bitte sofort im Flottenkode eine Meldung mit vorangehender Identifizierung an die Schiffe, und bitten Sie darum, daß wir uns nähern dürfen. Womöglich hält uns ein Ortungsfachmann noch für einen Dolan und beschießt uns.«
Einige Zeit später wurde von den mächtigen Sendern des Explorers ein Identifikationsspruch abgestrahlt, dem die Meldung folgte. Daran schloß sich die Bitte an, näher kommen zu dürfen, ohne Angst haben zu müssen, unter Beschuß zu geraten.
Wiederum Sekunden später erdröhnte die Kommandozentrale. Die riesigen Lautsprecher gaben den Klartext der Antwort durch. Er lautete:
»Hier Wachschiff BONAPARTE II. Wir begrüßen Sie, EX-8703. Sie befinden sich im geraden Anflug auf das sogenannte Enemy-System. Perry Rhodan erwartet Sie. Kommen Sie bitte schnell näher. Ende.«
»Er hätte fragen sollen«, schnitt Bontainers Stimme durch den ausbrechenden Jubel in der Zentrale, »wie viele Schiffe sich dort vorn herumtreiben.«
Die Ortung sagte:
»Wurde inzwischen festgestellt.«
»Ich höre.«
»Fünfunddreißigtausend Einheiten, Sir!«
Bontainer und Sanda pfiffen gleichzeitig verwundert durch die Zähne.

»Los!« sagte dann Bontainer und sah sich um. Überall blickte er in Gesichter, aus denen deutlich die Erleichterung sprach. »Starten wir. Enemy-System! Da hat sich jemand etwas einfallen lassen . . . fast das gesamte terranische Schiffspotential um einen einzigen Planeten versammelt. Muß das ein schöner Planet sein.«

»Oder ein gefährlicher«, schloß Sanda.

Die exakten Koordinaten eines gezielten allerdings sehr gewagten Linearmanövers wurden programmiert. Die Automaten des Spezialexplorers begannen zu arbeiten, das Schiff verschwand im Linearraum und stieß kurz darauf wieder zurück ins Einstein-Kontinuum.

Dicht vor dem Explorer schwebte die CREST V.

Und neben der EX-8703 entstanden plötzlich riesige Feuersäulen. Zwei Schlachtschiffe, die ziemlich dicht aneinander vorbeifliegen wollten, um einen Positionswechsel durchzuführen, wurden durch das tollkühne Manöver gezwungen, mit erhöhter Fahrtstufe auszuweichen.

Über die Funkgeräte gelangten die Anrufe direkt in die Kommandoräume.

»Welcher Kadett fliegt derartige Manöver . . . das ist ja ein bodenloser Leichtsinn! Wenn ich den Burschen kriege, dann schlage ich ihn ohne Schutzanzug durch drei Decks!«

Sanda brach in ein wieherndes Gelächter aus, während das Schiff mit sämtlichen Maschinen abgebremst wurde und sich unaufhaltsam der CREST näherte.

Der andere Kommandant wurde unsachlich.

»Natürlich!« heulte es aus dem Bordlautsprecher. »Ein Explorer! Immer diese Explorer mit ihrer Disziplinlosigkeit! Wie heißt denn dieser Trottel am Pult?«

Bontainers Mannschaft war hervorragend eingespielt.

Vor dem Kommandanten leuchtete ein Signal auf. Es besagte, daß das Mikrophon direkt auf die Sender geschaltet war.

Bontainer erwiderte ruhig, aber sehr gut verständlich:

»Dieses Manöver wurde von den Mannschaften der EX-8703 unter Leitung von Oberst Vivier Bontainer geflogen. Ende.«

Dann schwebten beide Schiffe nur drei Kilometer voneinander entfernt im Raum. Der mächtige Metallkoloß der CREST V füllte die Schirme der Panoramagalerie fast völlig aus.

Wieder meldete sich das Funkgerät.

»Sir, ein Anruf vom Flaggschiff. Sie möchten am Empfänger bleiben. Sichtfunk.«

Bontainer drückte schnell vier Tasten hinein und vor ihm wurde der Schirm hell.

Perry Rhodan.

»Sir«, sagte Bontainer ruhig, »ich melde mich zur Stelle. Ich habe Ihnen einige ziemlich interessante Beobachtungen und Meßergebnisse mitgebracht. Sie werden sich wundern, warum wir hierher gerast sind, aber auch das ist aufklärbar.«

Rhodan betrachtete Bontainer mit wachem Interesse.

»Einverstanden. Ich bitte Sie, mit den Unterlagen schnell an Bord der CREST zu kommen. Benutzen Sie den Transmitter.«

Ohne den Schirm aus den Augen zu lassen, drückte Bontainer einen weiteren Kommandoknopf ein.

Ein Signal leuchtete auf.

»Transmitter fertig machen. Die Daten der CREST sind gespeichert. Ich bin in fünf Minuten im Transmitterraum.«

»Selbstverständlich, Kapitän.«

Bontainer ließ den Knopf los und fragte den Großadministrator:

»Wie sieht es aus, Sir?«

Er fragte sich, ob es das Verantwortungsgefühl war und die Last der langen Jahre, die eine strenge Zurückhaltung in Rhodans Blick legten und seinen Mund so fest und skeptisch erscheinen ließen. Rhodan war heute nicht der Mann des offenen Lachens.

»Schlecht sieht es aus, mein Lieber. Sehr schlecht. Kommen Sie schnell.«

Er hob grüßend die Hand bis in Schulterhöhe und schaltete ab.

»Ich werde vermutlich nicht lange bleiben«, sagte er. »Ich übergebe dir das Kommando über das Schiff. Wir bleiben hier neben der CREST. Ich werde mit Rhodan sprechen . . . und mir vorher aus der Ortungsabteilung die Unterlagen holen.«

Er wandte sich zum Ausgang, das offene Schott war ein dunkles Loch.

»Viel Erfolg!« rief ihm Sanda nach.

Bontainer ging in die Ortungsabteilung und ließ sich dort die Unterlagen in eine der Schiffsmappen verpacken, dann ging er in seine Kabine und wechselte Hemd und Socken. Wenige Minuten später stand er vor den beiden Säulen des Transmitters, tief innen im Schiff.

»Exakt justiert, Kit?« fragte er.

Der Verantwortliche nickte und erwiderte:

»Selbstverständlich, Sir. Sie kommen in der CREST und nicht in Terrania City wieder heraus.«

Bontainer ging die schräge Plattform hinauf und bewegte sich schnell zwischen den beiden Säulen. Er verschwand spurlos ...

... und rematerialisierte gleichzeitig in der Transmitterhalle der CREST V.

Er erschrak fast, so massiert war das Auftreten hoher Würdenträger des Imperiums.

Rhodan trat auf ihn zu und schüttelte ihm die Hand.

Hinter Rhodan standen Tifflor, Atlan, Bull und die anderen. Bontainer wurde vorgestellt, schüttelte Hände und verließ dann neben dem Großadministrator den riesigen Raum.

»Was bringen Sie, Vivier Bontainer?« fragte Rhodan.

Sie traten zu einem Antigravschacht und schwangen sich hinein.

»Ich weiß es nicht genau. Wahrscheinlich schlechte Nachrichten«, sagte Bontainer.

»Berichten Sie bitte.«

Bontainers Gesicht war unerwartet ernst; die Spuren des Sarkasmus waren verschwunden. Er sagte:

»Ich ahne, daß wir alle keine Zeit mehr zu verlieren haben.«

»Warum?«

Bontainer schlug auf die flache Mappe, die von den Papieren und Diagrammen ausgebuchtet wurde.

»Entschuldigen Sie, Sir«, sagte er, »aber ich bitte Sie, zuerst zu sprechen. Was hat sich in der Zwischenzeit alles ereignet? Ich habe nämlich einen gewissen Verdacht, mit dem ich Sie und die anderen Herren erst nachher überraschen möchte.«

»Einverstanden!«

Rhodan nickte und brachte Bontainer in den kleinen Sitzungssaal, der in der Nähe der Kommandozentrale lag. Dort versammelten sich auch die anderen führenden Männer des Imperiums.

»Zuerst zu Ihren ersten Beobachtungen, Sir«, bat Bontainer, während Tifflor schweigend die Gestalt des Explorerkommandanten musterte. Er hatte schon ziemlich viel von Bontainer gehört, ihn aber noch nicht persönlich lange genug kennenlernen können.

Rhodan begann:

»Am einundzwanzigsten dieses Monats war Atlan, der in der letzten Zeit die USO schmerzlich vernachlässigen mußte, per Transmitter mit einer Jet auf dem Planeten Atlas angekommen. Stunden vorher brach das Zeitfeld durch die Handlungen unserer Mutanten zusammen. Atlas wurde vernichtet. Atlan und seine Leute erreichten jedoch Uleb I, die

Wohnwelt der Bestien. Dieser Zeitpunkt müßte mit den Ortungsergebnissen von Ihrer Abteilung übereinstimmen.«

Während Rhodan sprach, hatte Bontainer schon zurückgerechnet. Ja, das schien eine durch und durch logische Erklärung zu sein.

»Ja, ich glaube, Sie haben recht. Darf ich nähere Einzelheiten hören?«

Rhodan berichtete kurz von dem uralten Raumschiff mit den toten Baramos, Gurrads und der Bestie und davon, wozu man dieses Schiff benutzt hatte. Auch der Grund, weswegen die riesige Flotte dieses System umkreiste, wurde geschildert . . . Bontainer erfuhr die erstaunlichen Dinge, die sich seit dem Start der EX-8703 nach der Materiebrücke ereignet hatten.

»Allerhand!« stellte er fest.

Rhodan hob seinen Blick von der Tischplatte und sah dem Explorerkommandanten in die Augen.

»Außerdem haben die Uleb eine konstruktive Antistrukturpolung des Paratronschirmes erreicht.«

Bontainer lehnte sich zurück und holte tief Luft.

Nacheinander sah er die anderen Männer an, die hier um den runden Tisch saßen. Julian Tifflor, der noch immer erstaunlich jung wirkte und seinen Kopf in die Hände stützte, als widme er sich einem besonders schwierigen Schachproblem. Atlan, der ruhig dasaß und kaum Zeichen einer inneren Beteiligung zeigte. Reginald Bull, der unruhig in seinem Sessel umherrutschte, und Rhodan, der den Kommandanten ruhig musterte. Dann sagte Bontainer:

»Es wird Sie schmerzen, wenn Sie hören, welche Idee ich entwickle, aber ich weiß, daß sie ziemlich stichhaltig ist.

Die von mir hier georteten Transportunternehmungen haben einen Sinn.«

Tifflor fuhr auf. »Hier umfliegen mehr als dreißigtausend Schiffe das System, und wir haben keinerlei Messungen vornehmen können. Wir haben ganz einfach nichts gehört und gesehen. Wie ist das zu erklären?«

»Wenn Sie sich an die Phänomene erinnern, die bei Wellen auftreten, bei Wellen jeglicher Art, dann werden Sie die Erklärung akzeptieren müssen. Von dem Ausgangspunkt aus zieht sich ein keilförmiger Pegel durch den Raum. Die Schiffe hier stehen alle in einem toten Winkel. Der Schuß aus einer lautlosen Waffe wird erst dort bemerkt, wo er auftrifft. Jemand, der neben dem Schützen steht, nimmt ihn nicht wahr.«

Tifflor sah Bontainer nicht an, sagte aber:

»Akzeptiert! Weiter, bitte.«

»Vermutlich haben die Bestien irgendwelche Zusatzgeräte verschickt«, erklärte Bontainer gelassen.

»Wohin?« fragte Atlan.

»In den Hyperraum.«

Ein fürchterlicher Verdacht stieg in den Männern hoch.

»Hyperraum . . . was gibt es dort? Nur eine einzige Gefahr für uns«, sinnierte Perry Rhodan.

»Diese Gefahr – wir beide meinen die gleiche!«

Bontainer graute es selbst vor dieser Erkenntnis, aber er sprach nüchtern aus, was er dachte.

»Dort ist die Parabasis der Zweitkonditionierten«, sagte er.

Rhodan wurde blaß und wiederholte:

»Die Parabasis der Zweitkonditionierten . . .«

26.

Das riesige Kraftfeld innerhalb des Hyperraums, in dem die Schwingungswächter, auch Zweitkonditionierte genannt, in einem hyperbiologischen Tiefschlaf lagen, bedeutete eine akute Gefahr für die Völker der Galaxis.

Nach exakten Schätzungen handelte es sich um rund zehntausend Zeitpolizisten, die dort schliefen. Sie warteten auf ihren Einsatzbefehl. Die gleiche Anzahl von Dolans wartete dort. Zehntausend dieser kombinierten Kampfmaschinen, schnell und wendig wie ein Raumschiff und furchtbar wie alle Dämonen der terranischen Geschichte, konnten Sonnensysteme vernichten und Kolonien verwüsten – was bereits geschehen war.

Aber man hatte sich gewehrt.

Bei den vergangenen Abwehrunternehmungen der Terraner waren rund eintausend Dolans und Zweitkonditionierte vernichtet worden. Also waren noch rund neuntausend Dolans übrig.

»Eine Frage: Kennen Sie die Zahl der Transportunternehmungen genau, Vivier?« fragte Perry Rhodan heiser.

Bontainer zog ein Blatt aus der Tasche und las einige Werte ab.

»Meine Ortungsabteilung sagt hier aus, achteinhalbtausend.«

Rhodan schien in seinem Sessel zusammenzufallen.

»Achttausendfünfhundert?« Er keuchte erschrocken auf.

»Richtig. Nicht weniger«, erwiderte Bontainer fest.

»Ich habe meine eigene Meinung, sehen wir, ob sie sich mit Ihrer Meinung deckt, Kommandant«, warf der Arkonide ein und strich mit beiden Händen das weißblonde Haar nach hinten, »aber was denken Sie darüber? Weshalb sind diese Bewegungen durchgeführt worden?«

Bontainer lächelte nicht und schob das Blatt in die Mappe zurück.

»Ich denke«, sagte er leise, »daß irgendwelche Zusatzgeräte verschickt wurden. Nein, ich muß mich korrigieren: nicht einfache Zusatzgeräte, sondern Geräte, die an die Generatoren der Paratronschutzschirme angeschlossen werden können. Was das bedeutet, brauche ich hier nicht mehr zu erklären.«

Atlan schüttelte den Kopf.

»Brauchen Sie nicht, Bontainer, wir wissen es auch so – leider! Das bedeutet für uns, daß auch die Schutzschirme der Dolans nicht mehr mit Hilfe der Kontrafeldstrahler aufgebrochen werden können.«

Bontainer rauchte mit einer deutlichen Nervosität.

»Das ist die Überlegung, die ich hatte«, sagte er. »Und ich behaupte, daß es so ist. Die Zweitkonditionierten und deren Dolans sind mit Zusatzgeräten ausgerüstet worden. Ich gehe noch weiter. Ich behaupte, daß unter günstigen . . .«

Bull warf dazwischen:

» . . . für uns leider extrem ungünstigen Umständen . . .«

» . . . Umständen jetzt bereits achttausend oder neuntausend Dolans starten. Und sie haben nur einen Befehl. Einen deutlichen Befehl!«

Atlan entgegnete tonlos:

»Sie haben den Befehl, das Solsystem zu vernichten.«

Perry Rhodan stand auf und blieb hinter seinem Sessel stehen.

»Meine Herren«, führte er aus. »Wir werden bis auf fünfzig Wachschiffe, die sich hier in sicherer Entfernung aufhalten, die gesamte Flotte auf Erdkurs schicken. Dort ist sie wichtiger – sie ist lebensnotwendig, wenn wir etwas retten wollen. Die Alternative ist die Vernichtung des Sonnensystems.«

»Einverstanden, Perry«, sagte der Arkonide. »Schicke sie dorthin. Aber in beachtlichem Tempo.«

»Ich fliege mit meinem Flottenkontingent zurück«, sagte Tifflor.

»Gut. Du hast recht.«

Auch Reginald Bull stand auf.

Atlan kam langsam um den Tisch herum und blieb vor Bontainer stehen. Die beiden Männer, die gleich groß waren, sahen sich in die Augen.

»Was werden Sie tun, Bontainer?«

Vivier drehte sich fragend zu Rhodan um.

»Mitfliegen. Nach Terra«, sagte Rhodan kurz.

Wortlos deutete Vivier statt einer Antwort nach hinten und nickte.

»Wie ist es mit der Funkbrücke, Perry?« fragte Bull dazwischen.

»Sie bleibt unbedingt bestehen«, sagte Rhodan. »Wir werden, schätze ich, sie noch sehr brauchen. Und jetzt – wir handeln. Bitte kommt alle in die Steuerzentrale. Wir schicken die Flotte weg. Bontainer?«

»Sir?« Bontainer nahm die Mappe in die Hand und hob die Brauen.

»Sie gehen durch den Transmitter und zurück auf Ihr Schiff. Folgen Sie der CREST V. Wir treffen uns auf Terra.«

»Einverstanden«, sagte Bontainer und sah auf die Uhr. Alles hatte nicht länger als eine Stunde gedauert. Er verabschiedete sich von Atlan, Bully, Rhodan und Tifflor und suchte den Weg bis zum Transmitterraum. Minuten später rematerialisierte er in der EX-8703.

Tage später.

Im System der Wega, nur siebenundzwanzig Lichtjahre von Sol entfernt, waren die ersten Dolans aus dem Hyperraum aufgetaucht. Die dort stationierte Flotte, rund tausend Schiffe, hatte sich mit dem Mut der Verzweifelten auf die schwarzen Raumschiffe gestürzt und die ersten zwanzig Dolans abgeschossen, ohne einen einzigen Verlust. Dabei hatten sie aber merken müssen, daß die Kontrafeldstrahler rettungslos versagten. Nur der konzentrierte Punktbeschuß vieler Schiffe konnte einen Dolan vernichten, und sehr schnell hatten sie das begriffen. Dann aber hatte man sie in die Flucht getrieben. Ein Schiff wurde als Totalverlust gemeldet. Die anderen Schiffe hatten sich zurückgezogen und griffen nur an, wenn sich ein Dolan in eine für ihn ungünstige Position vorwagte.

Die Paratronschutzschirme der Dolans waren durch die Anti-Strukturpolung abgesichert. Aber die lebenden Raumschiffe gingen nur langsam vor. Sie schienen den Terranern und deren Möglichkeiten nach den schweren Verlusten, die man ihnen zugefügt hatte, nicht zu trauen und krochen förmlich dahin. Aber sie krochen in die Richtung, die keiner von den Menschen besonders gern sah – auf das Solsystem zu. Es waren rund neuntausend.

Natürlich erreichten die Meldungen, daß siebenundzwanzig Lichtjahre entfernt Dolans aus dem Hyperraum gekommen waren, den inzwischen auf Terra angekommenen Großadministrator. Rhodan tat, was er konnte und er errichtete eine Sperrzone aus Schiffen und gab den Kommandanten einen genauen Verfahrensplan mit auf den Weg. Sie sollten wenig riskieren und nur dann zuschlagen, wenn der Erfolg sicher war. Aber auch andere Nachrichten erreichten ihn, und das waren gute Nachrichten. Er schüttelte verwundert und gleichzeitig erleichtert den Kopf.

»Die Posbis!« murmelte er.

Dreißigtausend Raumschiffe kamen plötzlich, ebenfalls mit rasender Fahrt, von der Hundertsonnenwelt. Die zuverlässigsten Freunde der Menschheit, die Posbis, schickten Schiffe – eine schöne Geste. Aber eben nicht mehr als eine Geste, wenn sie auch mithelfen würde, die Dolans noch länger aufzuhalten. Alles, was jetzt geschah, war eine weitere Möglichkeit, die Gnadenfrist zu verlängern.

»Aus«, murmelte Rhodan. »Verloren.«

Der einsame Mann an dem riesigen Schreibtisch, vor dem dreidimensionalen Modell der Galaxis, seufzte tief.

Es gab nur noch eine einzige Möglichkeit, dem Großangriff der Dolans zu widerstehen: die alte Methode, oft erprobt und selten von sehr großem Erfolg gekrönt. Sechs bis sieben Großkampfschiffe mußten Punktfeuer auf die Paratronschirme eröffnen. Diese Maßnahme, die sehr schwierig war und die Astrogatoren und Kommandanten vor schier unlösbare Aufgaben stellte, bot eine Gewißheit, einen Dolan vernichten zu können.

Aber nicht achttausend, neuntausend Dolans.

Hinter Rhodan ertönte ein Summen.

Rhodan drückte die betreffende Taste.

Eine Frauenstimme sagte:

»Großadministrator – Oberst Vivier Bontainer in Begleitung eines Freundes bittet, eingelassen zu werden.«

»Ja«, sagte Rhodan. »Lassen Sie ihn herein. Er wird nichts ändern können, auch nicht sein Freund.«

Die Tür öffnete sich, und der Freund Bontainers mußte sich bücken, um eintreten zu können.

Es war Icho Tolot.

»Ich habe auf Bitten von Dr. Tomcho Spectorsky einiges Material zu NATHAN geflogen und hörte vor einigen Stunden, daß sich die Lage zugespitzt habe. Daraufhin landete ich auf dem Flottenhafen. Dort stieß ich förmlich mit diesem Terraner hier zusammen.«

Icho Tolot lachte dröhnend und deutete mit beiden Handlungsarmen auf Bontainer. Vivier trat einige Schritte näher an Rhodan heran. Sein Blick schwang von diesem über den Schreibtisch hinweg und traf den Haluter.

»Als ich das schwarze Schiff Icho Tolots sah, nahm ich mir einen Roboterwagen und raste los. Ich traf Icho, der gerade aus der Schleuse trat. Und da kam mir ein Gedanke.«

Rhodan erwiderte höflich:

»Welcher, Oberst?«

»Wir haben die Haluter übersehen. Sie sind, wie mehrfach bewiesen wurde, unsere Freunde. Sie werden uns helfen. Und wenn sie noch zögern sollten, dann kann ich sie mit dem Wissen über ihre Vergangenheit einem gelinden Druck aussetzen – aber das wird vermutlich nicht nötig sein.«

»Sie meinen, daß uns die Haluter mit ihren schnellen Schiffen zu Hilfe kommen sollten?«

»Genau das meine ich. Tolot spricht sich ebenfalls dafür aus.«

»Hilfe von Halut . . . das wäre die letzte Möglichkeit. Aber ich zögere noch«, sagte Rhodan. »Wie soll es möglich sein, daß eine große Anzahl von Halutern, ohne auf eigene Verluste zu achten, in den Kampf gegen die Dolans eingreift?«

»Sir! Wir können sie überzeugen, uns zu helfen. Icho Tolot sagte, daß ungefähr fünfzehntausend Raumschiffe mit je drei Halutern bemannt werden könnten. Mit deren Hilfe wäre der Dolanangriff ein kleines Problem.«

Rhodan deutete auf die Uhr, deren Sekunden unbarmherzig verstrichen.

»Der Flug nach Halut, die Verhandlungen, der Rückflug, das kostet Zeit!«

Bontainer zuckte die Schultern.

»Aber jede kleine Chance ist besser als gar keine. Geben Sie mir Befehl, den Planeten anzufliegen und dort um Hilfe zu bitten. Unser Freund Tolotos wird uns helfen! Er hat es bereits zugesichert.«

Rhodan sah hinauf zu dem halbkugeligen Kopf des riesigen Wesens und starrte in die glühenden drei Augen.

»Ist das richtig, Icho Tolot?«

Tolot lachte kurz und sagte dann mit neunzig Phon Lautstärke:

»Natürlich. Bontainer hat recht. Ich lasse mein Schiff hier stehen und fliege mit dem Terraner und seinem Explorerschiff auf dem schnellsten Weg nach Halut.«

Rhodan entschloß sich.

Er wußte, daß die Dolans sehr langsam vorgingen. Die Gefahr für das Solsystem würde erst in einigen Tagen akut werden. Bis dahin konnte der Oberst Erfolg gehabt haben, und bis dahin konnten die Schiffe der Haluter hier sein und das System schützen.

Er sagte ruhig:

»Oberst Bontainer! Ich erteile Ihnen hiermit Generalvollmacht. Handeln Sie auf Halut in meinem Namen. Bitten oder überzeugen Sie die Haluter, uns zu helfen. Außerdem ist Spectorsky dort, der Sie vielleicht unterstützen kann; schließlich forscht und sucht er schon seit Wochen dort unten.«

Icho Tolot räusperte sich, mit dem Erfolg, daß die Glasflächen des Büros zu klirren begannen.

»Unsere Raumschiffe sind durchaus in der Lage, mit einem Dolan fertig zu werden, auch wenn dessen Paratronschirm umgepolt worden ist. Wir kennen ein paar Waffen dagegen, ich erwähnte Bontainer gegenüber die Spiralbomben. Wir besitzen sowohl den Paratronschutzschirm als auch die Intervallkanone. Ich muß sagen, ich bin optimistisch, was diesen Plan betrifft.«

Rhodan nickte und deutete in die Richtung, in der sich der Flottenhafen befand.

»Starten und fliegen Sie mit Höchstwerten, Bontainer. Und kommen Sie bitte mit einem Erfolg zurück. Und . . . bald!«

Bontainer hob die Hände und erklärte schnell:

»Ich fliege, sobald ich kann, und wenn Sie Ihrer Sekretärin sagen, daß sie im Flottenhafen anrufen, dort John Sanda verlangen und ihm mitteilen soll, er müsse das Schiff in Startbereitschaft bringen, dann starte ich auch in sechzig Minuten. Aber Sie haben nicht zufällig hier Harl Dephin mit seiner Riesenmaschine herumstehen?«

»Nein, das nicht. Brauchen Sie ihn?«

Bontainer sagte:

»Da er einem Haluter täuschend ähnlich sieht, werde ich ihn für meinen Plan brauchen, den ich leider vielleicht noch entwickeln muß. Geben Sie mir bitte den Paladin-Roboter mit, Großadministrator!«

»Sie erwarten eine Menge«, sagte Rhodan.

Bontainer erwiderte:

»Nicht viel, da es um das Imperium und das Solsystem geht. Sorgen Sie bitte dafür, daß der Paladin am Schiff ist, wenn ich dort bin!«

Rhodan streckte die Hand aus und sah abermals auf die Uhr.

»Ich verspreche es Ihnen. Er wird Sie begleiten. Und die kleinen Männer von Siga werden ihr Bestes tun.«

Die beiden Männer tauschten einen kurzen Händedruck aus, und dann verabschiedete sich Rhodan von einem der besten Freunde, die die Menschheit jemals hatte. Icho Tolot stampfte, in seinen Einsatzanzug gekleidet, auf seinen Säulenbeinen hinaus. Die beiden ungleichen Wesen, die ein gemeinsames Ziel hatten, verließen das Regierungsgebäude und nahmen ein Spezialfahrzeug des Imperiums, das unter der Last Tolots nicht zusammenbrach.

In dem runden, zylinderförmig geschnittenen Raum mit dem weichen, schallschluckenden Belag und den mehr als zwanzig Sesseln brannten nur die kleinen Punktlichter über den Schaltpulten und den kleinen Flächen, auf denen die Männer ihre Berechnungen durchführten, und die Instrumentenbeleuchtungen. Die Panoramagalerie war stumpfschwarz, und auf einigen gekippten Interkomschirmen sah man die Linien, die anzeigten, daß die Kommunikation eingeschaltet war. Stunden später raste das Schiff noch immer mit Höchstfahrt und unter Einsatz aller Maschinen durch den Linearraum. Einmal kam ein Mann von der Nachrichtenabteilung herein und legte eine bedruckte Folie vor Bontainer auf die Armaturen.

Bontainer schaute auf und dankte. Dann hob er das Blatt und las.

Eine Zeitangabe, dann der Schiffsname.

». . . soeben sind ziemlich genau neuntausend Dolans aus dem Wega-System verschwunden. Der Kurs läßt mit größter Sicherheit vermuten, daß das Solsystem ihr Ziel ist.«

Eine zweite Zeitangabe:

»Soeben sind neuntausend Dolans im Raum hinter dem letzten Planeten aus dem Linearraum aufgetaucht. Die Flotte, fünfzigtausend Schiffe, verstärkt durch dreißigtausend Fragmentraumschiffe der Posbis, wirft sich ihnen entgegen. Der Vormarsch konnte aufgehalten werden, aber die Verluste sind hoch. Eine Anordnung wird strikt befolgt: Alle Männer in sämtlichen Schiffen sind in Kampfanzüge gekleidet. So erhöhen sich die Chancen des Überlebens.*

Die Paratronschutzschirme der Dolans sind unverletzlich.«

Ein dritter Funkspruch, auf Flottenwelle kodiert ausgestrahlt und an Bord des Explorers entschlüsselt, lautete:

»Paratronschirme nicht zu durchschlagen. Selbst Punktfeuer von mehreren Großraumschiffen nur selten von Erfolg gekrönt. Die äußeren Planeten werden bereits angegriffen und verwüstet. Alarmzustand war gegeben, über die Höhe der Verluste ist noch nichts bekannt. Die Flottenbasen auf Pluto und Neptun sind unter schwerstem Beschuß. Intervallkanonen werden eingesetzt. Eben erreichen uns Meldungen, die besagen, daß Uranus und Saturn angegriffen werden. Die Verluste, die das Imperium erleidet, und die Schäden innerhalb des Solsystems sind ungeheuer . . .«

Bontainer preßte die Lippen aufeinander und dachte an den Unterwasserbungalow, in dem seine Frau vermutlich wartete – oder hatte man sie eingezogen und sie befand sich auf einem der äußeren Planeten?

Mühsam beruhigte Bontainer seine aufgeregten Gedanken, dann reichte er das Blatt dem Ersten Offizier hinüber.

Sanda las schweigend und ohne eine Regung zu zeigen. Dann drehte er den Kopf und sagte nur ein einziges Wort:

»Bitter!«

Die große Entfernung machte ein weiteres Auffangen von Nachrichten unmöglich. Die Männer des Explorers würden noch weniger gesprochen haben, wenn sie gewußt hätten, wie es wirklich im Solsystem aussah.

Die Dolans griffen schonungslos an und rasten um die Planeten wie die Vögel um alte Türme.

Die Flottenbasen der vier äußersten Planeten vergingen im Intervallbeschuß der schwarzen Raumschiffe.

Keiner der Monde und kein Planet wurde vernichtet, aber die Oberfläche wurde mehr oder weniger restlos zerstört, eingeebnet und in Staub, Asche und ausgeglühte und zerschlagene Reste von Bauwerken aller Art verwandelt. Noch nie hatte die Menschheit einen solchen Schlag einstecken müssen.

Dann eröffneten die sechzigtausend Transformstationen innerhalb des Solsystems das Feuer.

Die Stationen, die überall im System verteilt waren, konnten noch die vordringenden Dolans abwehren. Ihre enorme Bewaffnung konnte den modifizierten Paratronschirm teilweise durchschlagen.

Zuerst hatten die Stationen gewisse Erfolge.

Sie erledigten mit Fernschüssen einzelne Dolans. Die Verluste der dunklen Raumschiffe häuften sich. Von den neuntausend Zeitpolizisten lebten nur noch siebentausend – auf dem Weg, den sie seit dem ersten Erscheinen im Wegasystem bis hierher zurückgelegt hatten, waren sie pausenlos auf erbitterten Widerstand gestoßen. Aber nur einzelne Dolans wurden die Opfer des konzentrierten terranischen Abwehrfeuers. Die Kapazität der Transformstationen reichte in den ersten Stunden aus, um weitere Dolans zu vernichten. Diese fliegenden Plattformen waren mit überschweren Transformgeschützen bestückt und konnten von verschiedenen Planetenbasen gesteuert werden, aber sie arbeiteten auch ohne Fernsteuerung.

Ihre Programmierung war derart, daß sie auf eindringende und nicht angemeldete Schiffe das Feuer eröffneten. Keiner der Dolans war angemeldet.

Dann aber führten die Dolans selbst die Wende herbei.

Die Zweitkonditionierten sahen immer mehr der Feuerbälle, die einen Totalverlust anzeigten. Sie formierten sich zu Angriffsgeschwadern, rasten durch den Raum und griffen in Gruppen bis zu fünfzig Stück die Plattformen an. Sie vernichteten eine Plattform nach der anderen, trotz eigener großer Verluste.

Zwischen den Planeten tobte ein erbarmungsloser Kampf.

Terraner, Posbis und Plattformen arbeiteten zusammen, sonderten einzelne Dolans ab und zerstörten sie.

Nach und nach wurden die Fragmentraumer die Hauptopfer dieses Kampfes.

Dann detonierten die terranischen Schiffe. Nur die Schutzanzüge und eingeschalteten Schutzschirme verhinderten ein Massenblutvergießen, dem Millionen zum Opfer fallen würden. Trotz allem gab es Opfer, mehr und mehr. Und die Zahl der Opfer steigerte sich von Stunde zu Stunde. Die kosmische Nacht außerhalb der Lufthüllen war von Feuer und von Rauch, von detonierenden Atomblitzen, von dem Wabern auf HÜ-Schirmen und von explodierenden Schiffen aller drei Arten erfüllt.

Es schien, als sei die unwiderruflich letzte Stunde der Menschheit angebrochen.

27.

Der Spezialexplorer stürzte in den Einstein-Raum zurück und verringerte seine Fahrt nur langsam. Weit voraus, ein Lichtjahr, lag die rote Sonne Haluts.

»Wir sind da!« sagte der Haluter laut.

»Ja. Wir sind da und völlig am Ende. Und unsere Maschinen dürfen wir, wenn wir wieder im Solsystem sind, wegwerfen. Sie taugen nicht mehr viel.«

Bontainer dachte: Wenn wir noch einmal nach Terra zurückkommen. Und wenn wir zurückkommen, sehen wir dort eine tote Welt, mit kümmerlichen Resten von einstigem Leben?

»Sie haben den Planeten schon auf den Schirmen?« fragte Icho Tolot wieder.

»Ja«, entgegnete John Sanda, der seit zwei Stunden Dienst machte. »Wir kommen genau hin.«

Das Schiff flog eine kurze, exakt ausgeführte Linearetappe und kam eine halbe Astronomische Einheit neben dem Planeten Halut in das Einstein-Kontinuum zurück.

»Was macht eigentlich Tomcho Spectorsky auf Ihrem Planeten, Tolot?« fragte der Erste Offizier neugierig.

»Er und weitere acht Wissenschaftler untersuchen auf Anordnung Rhodans und mit unserer Hilfe den Tempel der Unberührbarkeit.«

Bontainer kannte die mächtige Halle noch; die Vorgänge des damaligen Einsatzes waren ihm gegenwärtig.

»Wen oder was sucht er dort?«

»Erkenntnisse«, antwortete der Haluter dem Ersten. »Die Forschungen über die Zusammenhänge zwischen Terra und Lemuria, zwischen Halutern und so fort. Ich habe ein dickes Bündel Dokumente und Diagramme, sowie Zeitlinien und historische Fakten zu NATHAN gebracht.«

»NATHAN!« stöhnte Bontainer.

»Was hast du?« fragte der Erste.

»Wenn die Dolans den Mond angreifen, wird auch einer der unersetzlichsten Werte des Imperiums vernichtet. Das biopositronische Gehirn in den Mondfelsen.«

»Schon möglich«, erwiderte Sanda. »Lieber dieses Gehirn als ein einziger Terraner.«

Sie schwiegen, bis der Planet sich näherte. Eine alte Welt, deren Halbkugel zwischen den Sternen schwebte: Die Panoramagalerie zeigte die Tausende winziger Lichtpünktchen, die zu vielfältigen Strukturen zusammengedrängt waren und das Zentrum der Galaxis andeuteten.

Minuten später erschien das Gesicht von Waxa Khana auf einem Bildschirm . . .

Rund dreißigtausend Lichtjahre entfernt, raste das Verderben durch das Solsystem.

Nach der Vernichtung von rund einundzwanzigtausend Transformstationen rasten die Dolans, die immer noch zahlenmäßig stark genug waren, um den Rest des Systems zu vernichten, bis in die Nähe des roten Planeten.

Sämtliche äußeren Planeten, angefangen vom Neptun, bis herunter zum roten Planeten, waren auf dem größten Teil ihrer Oberfläche Trümmerhaufen. Sämtliche Anlagen, Türme, Kuppelbauten und Verbindungsgänge, die Fabriken und die Raumhäfen, große und kleine, waren zerstört. Das Bild glich fatal demjenigen, das die Forscher und Einsatzgruppen damals in dem Museum des Schreckens in der Unterwelt von Halut gesehen hatten, als sie die Bilder betrachteten. Damals hatten Haluter die Kultur Lemurias vernichtet, jetzt vernichteten ähnliche Wesen die terranische Folgekultur.

Die Höhe der Verluste war immens.

Jeder Mensch, der sich auf der Oberfläche dieser Planeten oder Monde befunden hatte, als einer der fürchterlichen Angriffe hereinbrach, war tot. Darüber bestand kein Zweifel. Aber immerhin war die Chance groß, daß sich im Innern der Himmelskörper noch Leben befand – in den verzweigten Stollensystemen, die die Menschheit in die Krusten der Welten gebohrt hatte, um nicht die widrigen Verhältnisse der Oberflächen ausstehen zu müssen.

Die Solare Flotte focht ihren letzten Verzweiflungskampf aus.

Während sich der erste neue Angriffskeil formierte und langsam, aber mit der Unerbittlichkeit eines Naturereignisses auf die Erde zuglitt, von den Angriffen der Robotschiffe OLD MANS belästigt, konzentrierten sich die letzten Hoffnungen der Menschheit auf OLD MAN, den Riesenroboter selbst.

Er hatte alle fünfzehntausend Schiffe ausgeschleust und steuerte sie auf robotischer Basis den Angreifern entgegen. Da diese Automatenschiffe keine menschlichen Impulse kannten, also keine Furcht, keine Risikobereitschaft, rasten sie schlagartig, gerade und mit tödlicher Ausweglosigkeit in ihr Verderben.

Die Automatenschiffe hatten keine Chance.

Sie wurden abgeschossen, noch ehe sie sich in günstiger Angriffsposition befanden. Im Verlauf von zwanzig Stunden, in denen der Roboter sogar Rammflüge ausführen ließ und damit einige bescheidene Erfolge hatte, wurden die Schiffe restlos vernichtet.

Dann griffen die Trägerplattformen von OLD MAN ein.

Sie wurden losgeklinkt, rasten den schwarzen Schiffen entgegen und überholten sie. Sie arbeiteten mit sämtlichen Waffen, die in ihren Arsenalen waren. Aber auch die Kontrafeldstrahler versagten. Immerhin schafften es die Trägerplattformen, die Dolans zurückzuwerfen. Indem sie sich zwischen die bedrohte Erde und den angreifenden Keil schoben und pausenlos schossen und manövrierten, konnten sie weitere zweitausend Dolans vernichten. Die Nacht über der Erde war von dem Licht zahlloser kleiner Sonnen erfüllt, deren Leben nur nach Sekunden zählte. Die Sterne wurden für eine lange, erbarmungslose Nacht unsichtbar. Vom Feuer der Atomblitze verdeckt.

Dann waren die Plattformen an der Reihe.

Sie wurden angegriffen und vernichtet. Sie lösten sich in Detonationen auf, die man bis an die Grenzen des Systems sah; einige wenige Schiffe berichteten darüber.

Sogar die Trägerkuppel des Riesenroboters flog auseinander und verging in einer riesenhaften Wolke aus atomarem Feuer.

OLD MAN, die Hinterlassenschaft kluger, einsatzbereiter Terraner und verantwortungsbewußter Lemurer, hatte aufgehört zu existieren.

Und dann erschienen Dolans über der Erde.

Seit Tagen war für das gesamte System Alarm gegeben worden. Das ungeheuer große Abwehrpotential des Zentralplaneten griff jetzt ein und vernichtete sie nach einer Serie von schwersten Kämpfen. Aber die Dolans waren schon zu nahe herangekommen, und das Gesicht des kobaltblauen Planeten hatte einige Wunden, die nie wieder heilen würden.

In der Sahara, glücklicherweise in den unbesiedelten Zonen, zog sich ein tiefer und breiter Graben fast bis an den Ozean hin.

Im Norden Kanadas schmolzen die Eisberge.

In der russischen Taiga brannten die Wälder, und an einigen Stellen begann das Meer zu kochen.

Diese Lage bahnte sich an, während Bontainer mit Waxo Khana sprach.

»Was brauchen Sie, Oberst Bontainer?« fragte Khana.

»Ich brauche nichts – die Erde braucht aber jedes Raumschiff, das Sie entbehren können, Waxo Khana!«

Khana und Tolot verständigten sich schnell miteinander.

»Fünfzehntausend Schiffe!«

»Bemannt mit jeweils drei Halutern. Brauchen Sie diese Menge?«

Bontainer nickte und erwiderte:

»Ja. Und . . . es zählen Minuten!«

Waxo Khana sagte laut:

»Schalten Sie Ihre Direktschirme an und sehen Sie darauf.«

Bontainer rollte seinen Sessel zurück und sah nach oben, auf die Panoramagalerie. Dort sah man Schiffe starten; es waren die bekannten schwarzen Kugeln mit einem Durchmesser von hundertdreißig Metern.

»Zufrieden?« fragte Icho Tolot.

Bontainer nickte wieder, diesmal mit endloser Erleichterung.

»Ja. Ich danke Ihnen, Waxo Khana. Ich werde jetzt ebenfalls starten, mit dem terranischen Forschungsteam zusammen. Wir werden etwa gleichzeitig im Solsystem auftauchen.«

Waxo Khana sagte:

»Inzwischen liegen die Meldungen von weiteren eintausend Schiffen vor, die bereits startklar sind. Starten Sie – wir kennen unsere Ziele: Es sind die Dolans.«

Die drei Augen des alten Haluters und die des Terraners starrten einander an, dann stand der Oberst auf und grüßte.

»Ich habe keine richtigen Worte, aber vielleicht haben Sie nochmals Gelegenheit, mit Perry Rhodan zu sprechen. Er wird Ihnen in der richtigen Form danken.«

Dann gab Bontainer den Startbefehl.

Schotte schlossen sich, die Startsirene gellte, und der Erdkurs wurde programmiert. Fünf Minuten später hob die EX-8703 ab und raste in die fahle Kuppel des Himmels über Halut hinein.

Dolans sprangen in die irdische Lufthülle ein. Sie griffen an und wurden vernichtet. Der Kampf um die letzte Bastion war entbrannt. Rhodan leitete die Verteidigung.

Es geschah an der Grenze der Lufthülle zum Weltraum, direkt über der Wüste Gobi, über der Stadt Terrania. Zwei Dolans senkten sich in einer enger werdenden Spirale und wurden von dem wütenden Abwehrfeuer der Sperrforts empfangen. Die Männer an den Zieleinrichtungen verrichteten Heldentaten, von denen niemand jemals etwas erfahren würde: Sie verfolgten die Angreifer und lösten Schuß um Schuß aus ihren schweren Geschützen aus. Das konzentrierte Abwehrfeuer, das den beiden Dolans entgegenschlug, zwang sie, ständig auszuweichen – sie konnten in einer Zone von Feuer und Detonationen schwer manövrieren und noch schwerer zielen. Und ihr Auftrag war, diese Stadt zu vernichten.

»Da . . .«, schrie einer der Männer. »Ein drittes Schiff!«
Er deutete auf den Schirm seines Zielgerätes.
»Ein viertes . . . aber . . .«
Fassungslos starrten die Männer auf ihre Schirme, aber sie vergaßen nicht, die schweren Projektoren zu schwenken, neu auszurichten und pausenlos einzusetzen. Weitere Echos erschienen hoch über der Stadt, rätselhafte kleine Echos.
»Was ist das?« schrie jemand.
»Kleine Raumschiffe, nicht größer als hundertfünfzig Meter Durchmesser.«
Schlagartig füllten sich die Schirme mit diesen kleinen Echos, die sich wahnwitzig schnell bewegten, und dann plötzlich verschwand das Energieecho eines Dolans.
»*Weg*!« stammelte einer der erschöpften Männer fassungslos und brach dann in ein hysterisches Kichern aus.
»Jemand hat den Dolan vernichtet . . . das kann nur ein halutisches Schiff sein! Schaltet eure Kanonen ab. Bontainer und die Haluter sind gekommen!«
Ein aufgeregter Mann stürzte zum nächsten Visiphon, der über eine unterirdische Flottenverbindung lief, und gab mit sich überschlagender Stimme die Meldung durch.
Plötzlich waren etwa fünfzehntausend schwarze Raumschiffe im Solsystem.
Allein eintausend versammelten sich um die Erde und machten Jagd auf die Dolans. Die Haluter verfügten über gleichwertige Waffen und

Schirme, und die drei Haluter, die eines ihrer Schiffe steuerten, leisteten ganze Arbeit. Sie unterflogen die Dolans, verschossen seltsame hyperenergetische Spiralen, die in dem Augenblick, da sie auf die Paratronschutzschirme der Dolans auftrafen, zu einer Kugelballung wurden. Die Schirme, derart überlastet, brachen zusammen und wurden aufgelöst, die Energie verschwand in irisierenden Schläuchen im Hyperraum.

Dann schossen die Intervallkanonen.

Die getroffenen Dolans lösten sich in einer ungeheuren atomaren Explosion auf.

Binnen einiger Stunden war der Raum um die Erde leergefegt von Dolans.

Währenddessen rasten die halutischen Schiffe durch das gesamte System und vernichteten jeden Dolan, den sie ausmachen konnten.

Die Haluter, in denen der alte Kampfgeist für Stunden und Tage neu erwacht schien, durchkämmten praktisch das All.

Sie drangen bis in die Sonnennähe vor und säuberten die Umgebung von Merkur, dem sonnennächsten Planeten. Dort hatten die Dolans die Werke zerstört, die Bodenschätze unter Extrembedingungen abbauten.

Ein anderer Einsatzkeil raste zur Venus und lieferte dort den Dolans eine Schlacht, in der von hundertneunzig Dolans nur ein einziger entkam.

Eintausend Schiffe der Haluter bildeten ein Ringgitter um die Erde.

Eine schwere Staffel jagte um den Mond, den Trabanten Terras, und dort fegten sie alles aus dem All, was Dolan hieß. Stundenlang zuckten Blitze und erschienen Feuerkugeln über den verlassenen Kratern und über den Resten von lunaren Bauten.

Ein Kampfverband verstärkte das erste Kontingent, das den Mars erreicht hatte. Dort tobte um den Planeten selbst, um Phobos und Deimos, ein harter Kampf. Stunden später war auch dieser Kampf gegen die Dolans entschieden.

Die halutischen Schiffe kontrollierten den Asteroidenring, die Trümmer des verschwundenen Planeten Zeut, und spürten Dolans auf, die von dort aus manövriert und terranische Schiffe aufgespürt hatten.

Bis zum Asteroidenring war das Solsystem frei. Aber noch nicht außer Gefahr, denn die westlichen Dolans hatten sich auf Positionen hoch über der Ekliptik zurückgezogen und stießen von dort aus fallweise vor, in schnellen und selbstmörderischen Unternehmungen. Sie wurden alle von Haluterschiffen abgefangen, noch ehe sie in gefährliche Nähe der bewohnbaren Welten kamen.

Jupiter wurde von zweieinhalbtausend Haluterschiffen kontrolliert.

Der Riesenplanet mit seinen Monden war Schauplatz einer erbitterten Auseinandersetzung gewesen. Überall trieben die Trümmer von terranischen Schiffen, von Posbiraumern und von Robotschiffen OLD MANS herum.

Die elf Monde, darunter Io, Europa, Ganymed und Kallisto, wurden mit einem Schutzgürtel aus Raumschiffen umgeben. Die anwesenden Dolans wurden vernichtet, und auch über dem Riesenplaneten mit seinen elf Monden erschienen künstliche Sonnen, die nur Sekunden dauerten und in Form einer diffusen Wolke verschwanden . . .

Saturn . . .

Seine Monde.

In die Annalen der kleinen Kolonie auf Mimas ging der erbitterte Kampf ein, den sich sechs Dolans und acht Haluterschiffe lieferten. Die zerstörten Reste der Dolans rasten in ein Ruinenfeld von Enceladus hinein, und ein Intervallbeschuß streifte Thetis. Dione, auf dessen Oberfläche nichts mehr stand, das auch nur die Urform erkennen ließ, sah ebenfalls den zuckenden Widerschein eines schnellen, erbarmungslosen Kampfes. Die Zweitkonditionierten, die über die Mondbahn von Rhea flohen, wurden bei Titan abgefangen und bis zum letzten Schiff aufgerieben. Hyperion und Japetus konnten verfolgen, wie sich innerhalb des komplizierten Bahnensystems die Schiffe der beiden Völker bekämpften. Zwischen den Resten der Flottenschiffe, aus denen sich jetzt die Überlebenden in Space-Jets retteten, trieb Phoebe.

Etwa hundert Dolans flüchteten in den Raum um Uranus.

Dort ereilte sie zwischen den fünf Monden Miranda, Ariel, Umbriel, Titania und Oberon ihr Schicksal.

Neptun . . . Die Monde Triton und Nereide . . .

Das waren die letzten Stationen des erbitterten Kampfes. Es war gelungen, die akute Bedrohung des Systems in buchstäblich letzter Sekunde zu verhindern. Und jetzt machten sich die Haluterschiffe in vier gezielten Aktionen auf, auch die letzten Dolans zu vernichten. Sie rasten in schnellen Linearetappen mitten in die Positionen der wartenden Dolans hoch über und unter der Ekliptik hinein und begannen dort ihre tödliche Vernichtungsarbeit.

Es schien wie eine Ironie des galaktischen Schicksals:

Vor Jahrtausenden hatten hier die Haluter die Lemurer fast ausgerottet.

Jetzt retteten sie deren Nachfolger, die Terraner, vor dem Untergang.

28.

Der riesige Tisch war rund, mit einer Platte aus quergemasertem Edelholz ausgestattet. An zehn Stellen des Randes besaß dieser gewaltige Tisch Aussparungen, vor denen je ein Sessel stand. In die rechten und linken Kanten des Tisches waren kleine Bildschirmgeräte und Schaltknöpfe eingebaut. Die Sessel waren schwer und mit wertvollem weißem Leder bezogen. Zwei der Sitze hatte man durch Spezialkonstruktionen ersetzt, die in der Lage waren, die schweren Körper der Haluter zu tragen. Das Büro, in dem die zehn Wesen sich getroffen hatten, befand sich im obersten Stockwerk der Administration Perry Rhodans. Man hatte hier einen einmaligen Blick auf die gesamte Stadt, sofern sie nicht im Nebel des frühen Tages lag, und hinten, in der Nähe des Sichelwalles, schien ein abgestürzter Dolan oder dessen Reste zu brennen – eine dünne Rauchwolke erhob sich vom Boden in die stahlblaue Kuppel des Himmels. Hier schien es, daß die Erde und speziell diese Stadt keine Wunden davongetragen hatte – die zehn Wesen wußten es anders.

Der weißhaarige Arkonide, dessen Gesichtszüge seine innere Bewegung spiegelten, sagte halblaut und mit dem Ausdruck tiefen Ernstes:

»Wir stehen erschüttert vor den Trümmern des Solaren Imperiums. Speziell vor den Resten des irdischen Sonnensystems.«

Rhodan, der seinen Kopf schwer in die Hände gestützt hatte, nickte und erwiderte dann:

»Das ist richtig. Und wir alle würden nicht mehr leben, wenn es nicht der EX-8703 gelungen wäre, unsere Freunde zu Hilfe zu holen.«

Vivier Bontainer nickte.

»Es ist klar, meine Herren«, sagte Allan D. Mercant, »daß die Dolans allein den Befehl erhalten hatten, das Solsystem anzugreifen. Sie identifizierten es ganz richtig als das Zentrum und die Urzelle der Menschheit. Durch diesen Angriff und durch die damit verbundenen Konsequenzen hat sich die Lage grundlegend verändert – und wir alle, in deren Händen das weitere Schicksal der Menschen liegt, sollten uns Gedanken darüber machen, was ab jetzt geschieht. Dazu gehört in erster Linie die Rettungsaktion, die jetzt anlaufen muß; eine wahrhaft gigantische Sache.«

Er nickte und ließ sich wieder zurücksinken.

»Der Angriff ist vorbei«, erwiderte Reginald Bull. »Und ich ahne ungeheure Konsequenzen.«

»Welche?« erkundigte sich Waxo Khana.

»Konsequenzen von einer Tragweite, daß sie uns zum völligen Umdenken zwingen werden«, erwiderte der Großadministrator.

»Wir hören.«

Julian Tifflor saß neben Homer G. Adams, dessen Einflußbereich ebenfalls unersetzlichen Schaden erlitten hatte.

»Hunderte von Kolonialplaneten, die wir bisher im festen Griff hatten, befinden sich jetzt in der Lage, uns erpressen zu können. Unser Einfluß auf sie ist erschüttert, vermutlich sogar hinfällig geworden.«

Reginald Bull sagte:

»Das ist glücklicherweise die geringste Schwierigkeit, die in den nächsten Wochen und Monaten über uns hereinbrechen wird. Eine Sache der Diplomatie, und sie kostet uns weder Kapital noch wesentlich verstärkte Anstrengungen. Das ist jedenfalls kein vordringliches Problem. Etwas anderes macht mir noch viel mehr Sorgen.«

»Nicht nur dir, Bully«, sagte Rhodan schwach. »Mir noch viel mehr.«

Die acht Männer, die sich versammelt hatten, trugen trotz ihrer makellosen Kleidung die unverkennbaren Spuren der ungeheuren Anstrengungen, die sie in den letzten Tagen durchgestanden hatten. Hier und jetzt waren die Schranken zwischen Machthabern und Ausführenden verwischt worden – man saß buchstäblich im selben Boot und war gezwungen, mit aller Kraft zu rudern, um von den Klippen wegzukommen. Das galt sowohl für Rhodan als auch für Sanda, für Homer G. Adams wie auch für Vivier Bontainer.

»In der Materiebrücke zwischen den beiden Sternsystemen, der Kleinen Magellanschen Wolke und der Großen Magellanschen Wolke, existiert ein Sonnensystem. Dort leben die eigentlichen Machthaber, also schätzungsweise acht Millionen Bestien des neuen Typs. Sie sind für all das verantwortlich, was wir seit Jahren durchgemacht haben. Was soll mit ihnen geschehen? Haben wir ein Mittel oder ein Verfahren, sie so auszuschalten, daß sie niemals mehr zu einer Gefahr werden können?«

Langes Überlegen. Dann sagte Tifflor:

»Ich kenne keines – außer einem verlustreichen und sinnlosen Kampf.«

Reginald Bull fuhr fort:

»Den wir mit den traurigen Resten der Flotte, selbst wenn wir wieder verstärkt aufrüsten, niemals bestehen könnten. Und es ist alles andere weit wichtiger als der Bau eines einzigen neuen Kampfschiffes wie deiner CREST V, Perry!«

Rhodan erwiderte:

»Genau das ist meine Meinung, Bully. Was sagt Atlan?«

Atlan deutete an seine Stirn und sagte:

»Die Lösung liegt hier. *Denken*! Nicht kämpfen und schießen.«

»Haben Sie sich schon etwas ausgedacht?« fragte Adams.

»Ja und nein«, sagte Atlan, der diesen Planeten und dessen Kultur vom Steinbeil aufwärts kannte und für vieles verantwortlich zeichnete. »Ich schlage vor, die Lösung dieser Bestien-Frage auszuklammern.«

»Einverstanden.«

»Bevor wir anderes unternehmen und über andere Dinge reden«, sagte Rhodan, »ich danke Ihnen, Oberst, und Ihren Männern. Das gleiche gilt für Sie, Icho Tolot und Waxo Khana, und Ihr Volk. Ich fürchte, daß es uns Terranern niemals möglich sein wird, uns angemessen zu bedanken.«

Die Terraner verabschiedeten die beiden Haluter in aller Förmlichkeit, und Waxo Khana versprach, den Terranern auch weiterhin zu helfen. Inzwischen herrschte Chaos im Raum des Solsystems. Ein Chaos, das nach den Schlachten entstanden war. Eine Masse von Schiffen, die keinerlei Befehle hatten, gab sich ein Stelldichein größten Rahmens.

Es wimmelte von Einheiten aller Art.

Teilweise zerstörte, aber noch manövrierfähige Posbiraumschiffe schwebten neben den Terranern. Die Flottenschiffe mit vernichtetem Antrieb warteten auf jemanden, der sie in die Werften abschleppen konnte. Die Haluterschiffe hielten weiterhin nach Dolans Ausschau und begannen mit den ersten Transportaufgaben, wenn sie Gelegenheit dazu hatten. Schrott, ausgeglühte Schiffe, die Trümmer von OLD MAN und seinen Teilen . . . das alles raste kreuz und quer, auf spiraligen Bahnen und auf Kollisionskurs durch das System.

Eine furchtbare Gewißheit bestand für den Großadministrator:

Er hatte von den Halutern erfahren, daß die Konusraumschiffe der Uleb nicht so einfach zu vernichten waren wie die Dolans. Die hyperenergetischen Energiespiralen konnten den Schirmen nichts anhaben, denn sie besaßen eine andere Strukturschaltung als die Paratronschutzschirme der Dolans. Also war es sinnlos, auch nur ein halutisches Schiff gegen die Konusschiffe der Uleb einzusetzen.

Inzwischen liefen, von Adams und Sanda angeregt und gesteuert, die ersten Hilfsaktionen an.

Flottenschiffe, die noch manövrierfähig waren, wurden nach einem schnell entwickelten Schlüssel verteilt.

Sie landeten überall dort, wo Hilfe nötig war.

Die ausgebildeten Pioniere der Einheiten griffen mit den Fahrzeugen, die sonst nur für eine bewaffnete Auseinandersetzung verwendet worden waren, in die Hilfsmaßnahmen ein. Dann starteten die vorhandenen Tender und die halbleeren Schiffe und versuchten, die Wracks zu landen – mit Hilfe der Traktorstrahlen und der Antigravgeneratoren. Rhodan überlegte fast krampfhaft, wie er die latente Gefahr ausschalten konnte, die noch immer drohte.

Die Zelle der Gefahr war das Enemy-System.

Es bestand vorläufig keinerlei Aussicht, dieses System anzugreifen oder gar zu vernichten.

Und genau aus diesem System konnte jederzeit eine zweite Welle der Angreifer sich auf das halbzerstörte Solsystem stürzen.

Rhodan grübelte und grübelte, aber er kam zu keiner Lösung dieses Problems.

Ein Angriff von achttausend Riesenschiffen der Uleb, ausgerüstet mit einem Schirm, den kein bekanntes Volk dieser Galaxis aufspalten konnte, würde das Sonnensystem mit dem Zentralstern vernichten, in Gas verwandeln. Mit ihm Milliarden von Menschen.

Dieses Sonnensystem, in dem gerade die ersten gezielten Hilfsaktionen anliefen. Menschen wurden aus qualvollen Lagen befreit, eingeschlossene Gruppen wurden gerettet, indem die Schiffsgeschütze Öffnungen in den Schutt schnitten, der die Oberfläche fast aller Planeten bedeckte.

Man unternahm mit einer Kraftanstrengung, die einmalig war, einen Versuch, die alte Lage wiederherzustellen – wenigstens einen schwachen Abglanz davon. Der Verlust der Menschheit war hoch und wuchs mit jeder Stunde, in der weitere Opfer entdeckt wurden.

Niemals wieder, dachte Perry Rhodan, würde das Solsystem das werden können, was es einst war.

29.

23. September 2437

Zufrieden lauschte Major Eril Shukento dem gleichmäßigen Arbeitsgeräusch des Kalup-Konverters.

Sein Schiff, der Leichte Kreuzer PANTO PEA, befand sich seit einer halben Stunde wieder im Zwischenraum, auf dem Kurs, der es in zwei Lichtwochen Entfernung an der Sonne des Planeten Halut vorbeiführen würde.

Der Auftrag von Rhodan lautete, im Sektor Halut Naherkundung zu fliegen. Rhodans Gründe waren nicht nur für den Major rätselhaft.

Shukento stellte den Interkom zur Ortungszentrale durch. Das breite Gesicht Captain Nash-Nash Oglus erschien auf dem Bildschirm.

»Was macht die Energieortung?« fragte der Kommandant.

»Sie verheißt einige sorgenfreie Stunden, Sir«, meldete Oglu, der Ortungschef, grinsend. »Aber was besagt das in diesem launischen Raumsektor schon. Ein Eisbär macht noch keinen Winter. Die Lage kann sich jederzeit ändern.«

Der Major seufzte. »Ich wollte, Sie würden sich Ihre Sucht abgewöhnen, ständig Sprichwörter zu gebrauchen, noch dazu verstümmelt...«

»Lassen Sie einem armen, alternden Mann ein einziges Vergnügen, Sir«, bat Nash-Nash Oglu und blinzelte traurig.

Eril Shukento mußte unwillkürlich lachen.

»Sie ändern sich offenbar nicht mehr. Nun, lassen wir das. Sie benachrichtigen mich bitte beim geringsten Anzeichen eines Energiesturms!«

»Selbstverständlich, Sir. Aber vorerst rechne ich...«

Der Bildschirm flog in einer grellen Explosion auseinander. Major Shukento spürte einen heftigen Schlag in seinem Gesicht, dann wurde er von einer furchtbaren Gewalt aus dem Sessel gehoben. Etwas Riesiges, Dunkles streifte ihn und schlug mit Getöse durch den Boden der Kommandozentrale. Es gelang ihm, seinen Druckhelm zu schließen. Im nächsten Moment prallte er gegen die Decke und wurde wieder zurückgeschleudert.

Zu seinem Erstaunen verlor er nicht die Besinnung. In eigenartiger geistiger Klarheit kam er zu dem Schluß, daß dies kein Energiesturm sein konnte. In diesem Fall hätte Captain Oglu ihn rechtzeitig gewarnt. Nach einigen Sekunden bemerkte er, daß er gewichtslos mitten in der Zentrale schwebte. Der Raum war fürchterlich verwüstet. Trümmer bedeckten den Boden, und in Decke und Boden klaffte ein mehrere Meter durchmessendes, rechteckiges Loch. Ein Mann bewegte sich mit seltsamen Schwimmbewegungen dicht über dem Boden durch die Zentrale und ließ eine breite Blutspur zurück.

Dies alles aber schien sich für Eril Shukento in einem anderen Universum abzuspielen. Mit weit aufgerissenen Augen starrte der Major auf den intakten Frontbildschirm.

Die Sterne des galaktischen Zentrumssektors schienen wie rasend um die PANTO PEA zu kreisen. In Wirklichkeit drehte sich das Schiff. Doch auch das kümmerte den Kommandanten nicht.

Wie hypnotisiert starrte er auf die nachtdunklen Abgründe, die sich zwischen den dichtstehenden Sonnen aufgetan hatten und den Eindruck erweckten, als schaute man geradewegs in die wesenlose Ewigkeit, was auch immer das ein mochte.

Mit einem Ruck setzte die künstliche Schwerkraft wieder ein. Instinktiv federten Shukentos Knie durch; er rollte sich über die Schulter ab.

Als er erneut auf den Bildschirm blickte, waren die schwarzen Abgründe verschwunden.

Langsam kam Eril Shukento zum Bewußtsein, daß die PANTO PEA von einer Katastrophe getroffen worden war, die sie an den Rand der Vernichtung gebracht hatte. Mit dieser Erkenntnis erhielt er auch seine Tatkraft wieder.

Er sah sich in der Zentrale um. Oberleutnant Yuma Kitatse saß auf dem Boden und hielt die Hände auf den Leib gepreßt. Sein Gesicht wirkte grünlich. Ein Medoroboter verharrte schwebend über dem Ersten Offizier und dirigierte Sonden in sein Inneres hinein.

Einige weniger schwer verletzte Männer hatten damit begonnen, die Schaltpulte zu überprüfen.

Shukento schaltete die Rundrufanlage ein. Sie funktionierte nicht. Da er erkannte, daß es sinnlos gewesen wäre, durch alle Sektionen des Schiffes zu rennen, kletterte er über einen zertrümmerten Sessel und zwängte sich durch das halbgeöffnete, vorgewölbte Schott in die Ortungszentrale. Hier waren die Verwüstungen nicht so schlimm wie in der Kommandozentrale. Dennoch bedeckten Glassitsplitter und die

Bruchstücke des Strukturtasters den Boden. Zwei Männer fehlten. Wahrscheinlich waren sie von Medorobotern abgeholt worden.

Nash-Nash Oglu saß vornübergeneigt in einem Schalensessel und hantierte an der Feineinstellung des hyperschnell arbeitenden Fernbildtasters. Als er die Glassitsplitter unter Shukentos Stiefelsohlen knirschen hörte, wandte er sich um.

Sein Mund öffnete sich halb. In den Augen stand Erschrecken.

»Sir, wie sehen Sie denn aus?« stieß er hervor.

Mit zwei Schritten war er bei dem Kommandanten, packte mit eisernem Griff dessen Arm und dirigierte ihn zu einem freien Sessel. Dann schaltete er seinen Armbandtelekom ein und rief nach einem Medoroboter.

»Was . . . was soll denn sein?« fragte Eril Shukento benommen.

Captain Oglu wölbte erstaunt die Brauen, dann nahm er ein herumliegendes Stück Transplastmetall auf und hielt es mit der spiegelnden Seite vor Shukentos Gesicht.

Der Major sah verblüfft auf das gezackte Stück Metall, das tief in seiner linken Gesichtshälfte steckte. Es hatte eine klaffende Wunde gerissen. Erst jetzt kam dem Major allmählich der Schmerz zu Bewußtsein.

»Sie müssen sofort operiert werden, Sir«, erklärte der Cheforter.

Der Kommandant schüttelte behutsam den Kopf. Er blickte auf, als ein Medoroboter durch das Schott schwebte und seine Traktorstrahlprojektoren sich in seine Richtung drehten.

»Ich bin Kommandant Shukento«, sagte der Major langsam und mühselig akzentuierend. »Alles an Bord untersteht meinem Befehl. Ich befehle dir, mich nur provisorisch zu versorgen.«

Schlanke Metalltentakel krochen aus der Vorderseite des Roboters und tasteten prüfend die Wundränder ab. Kontrollampen leuchteten auf, und eine metallisch schnarrende Stimme erklärte:

»Ihr Befehl ist bindend für mich, Sir. Dennoch sollten Sie einer klinischen Sofortbehandlung zustimmen. Sie haben einen doppelten Oberkieferbruch, eine Jochbeinzertrümmerung links und eine Durchtrennung des linken Kaumuskels davongetragen. Wahrscheinlich außerdem eine schwere Gehirnerschütterung.«

Shukento versuchte zu grinsen, wobei er merkte, daß ihm die Gesichtsmuskulatur nicht mehr vollständig gehorchte.

»Na, und?« fragte er unwillig. »Es gibt Schlimmeres. Ich bestehe auf provisorischer Schnellversorgung. Die Lage erfordert es.«

Dagegen konnte der Medoroboter nichts mehr einwenden. Blitzende Instrumente tauchten auf, drei Injektionspistolen zischten gleichzeitig, eine kombinierte Plasmamasse aus Kosmo-Antibiotika und zellregenerierenden Substanzen legte sich über die Wunde, darüber wurde ein organplastischer Klammerverband geschossen.

Der ganze Vorgang dauerte nur wenige Sekunden.

»Anweisung ausgeführt, Sir«, sagte der Roboter. »Ich bitte trotzdem, folgende Empfehlungen . . .«

»Geschenkt!« unterbrach Eril Shukento ihn.

Nachdem der Medoroboter die Ortungszentrale verlassen hatte, blickte der Kommandant seinen Cheforter fragend an.

Captain Oglus Gesicht war sehr ernst, als er meldete:

»Ich habe mit der Ferntasterortung starke Raumschiffsverbände ausgemacht, die unmittelbar im galaktischen Zentrum materialisierten. Dabei entstand eine starke Hyperschockwelle.«

Shukento stemmte sich aus seinem Sessel hoch und ging aufrecht hinüber zum Wandelschirm des Fernbildtasters. Die Fäuste auf den Rand der Steuerkonsole gestützt, musterte er die Elektronenbilder dreier Schwärme sehr weit entfernter Objekte. Einzelheiten ließen sich nicht ausmachen. Die parallel laufende Diagrammauswertung zeigte jedoch eindeutig Anzeichen für Raumschiffsverbände an, die aus dem Hyperraum oder einem noch übergeordneten Kontinuum gekommen sein mußten.

Langsam setzte sich der Kommandant. Sein Geist klärte sich, offenbar eine Folge der Injektionen. Er erkannte, daß es sich niemals um terranische Raumschiffe handeln konnte, auch nicht um Schiffe der Haluter.

Bevor er die ermittelten Daten an die Bordpositronik weitergeben konnte, wurde die PANTO PEA von einer neuen Hyperschockwelle erschüttert.

Shukento zwang sich dazu, das Chaos an Bord vorläufig zu ignorieren. Wichtiger erschien ihm das, was sich im Zentrum der Galaxis abspielte. Der Fernbildtaster und die Diagrammauswertung zeigten weitere zwei fremde Schiffsverbände an, die scheinbar aus dem Nichts aufgetaucht waren.

Nash-Nash Oglu pfiff leise durch die Zähne. Er hielt die Auswertung eines der kleinen Pultrechner in den Händen.

»Was gibt es?« fragte der Major.

»Nur eine vage Vermutung, Sir. Die Hyperschockwellen weisen

geringe Abweichungen von denen auf, die bei der Rematerialisierung von Raumschiffen nach einer Transition auftreten müßten.«

Der Major horchte auf.

Ein unbestimmter Verdacht nistete sich in seinem Gehirn ein. Noch war er ungerichtet, aber im Unterbewußtsein erfaßte Eril Shukento bereits, daß sein Erkundungsauftrag mit dem Erscheinen der fremden Schiffe zusammenhängen mußte.

Unterdessen gab Captain Oglu die ermittelten Werte an die Bordpositronik durch. Major Shukento nahm, obwohl er geistesabwesend erschien, die ersten Auswertungsdaten der Positronik mit gläserner Klarheit in sich auf. Der Verdacht verdichtete sich.

Er kannte in groben Zügen die Erlebnisse Perry Rhodans innerhalb der fernen Galaxis M 87. Vor allem war er, wie alle Offiziere der Imperiumsflotte, darüber informiert worden, wie die geheimnisvollen Dimetranstriebwerke der okefenokeeschen und auch halutischen Bauart funktionierten. Sie waren ausschließlich für Fernflüge zwischen Galaxis und Galaxis zu gebrauchen, wobei hypertechnische Faktoren bedingten, daß der Wiedereintritt ins normale Kontinuum ausschließlich im Mittelpunkt einer Galaxis erfolgen mußte. Die dortige Massenkonzentration sowie der Hochenergieumsatz ließen keine andere Möglichkeit zu.

Major Eril Shukento schüttelte plötzlich seine Benommenheit gänzlich ab. Er glaubte zu wissen, wer die Unbekannten waren und weshalb sie zu diesem Zeitpunkt im galaktischen Zentrum erschienen.

Über die Helmfunkanlage setzte er sich mit allen Sektionen des Schiffes in Verbindung, was mit einigen Schwierigkeiten verbunden war, aber endlich doch gelang.

Seine Befehle waren absolut klar und kompromißlos.

Die PANTO PEA sollte unter Mißachtung aller Schäden an Schiff und Besatzung schnellstens Kurs auf die wiederverstofflichten fremden Raumschiffsverbände nehmen.

Eine neue Strukturerschütterung zwang den Kommandanten kurz darauf zum Abdrehen. Die schwer angeschlagene PANTO PEA wäre beinahe endgültig vernichtet worden. Mit höchsten Beschleunigungswerten raste das Schiff aus dem unmittelbaren Bereich der Hyperschockwellen heraus.

Die Männer in der Funkzentrale versuchten inzwischen, Hyperfunknachrichten über die Ereignisse im galaktischen Zwischenraum abzusetzen und Kontakt mit der Relaiskette zu bekommen, die die Verbindung zum Solsystem sichern sollte.

Die Verbindung kam nicht zustande.

Cheffunker Captain Tondo Hewitt forderte den Kommandanten auf, sofort Kurs auf Sol zu nehmen.

Shukento lehnte ab.

»Sie müssen es tun, Sir!« beschwor Hewitt ihn. Sein Gesicht war schweißüberströmt; die Hitzewelle einer Explosion hatte ihm Haupt- und Barthaar versengt. »Keine unserer Nachrichten ist durchgekommen. Das war auch nicht anders zu erwarten. Die Störfronten des Zentrumssektors schirmen uns praktisch ab.«

»Wir werden es auch tun, Hewitt«, erwiderte Shukento grimmig. »Sie können sich darauf verlassen. Zuvor aber müssen wir ermitteln, wer in den fremden Raumschiffen sitzt und was er in unserer Galaxis will.«

Tondo Hewitt schwieg einige Sekunden lang, dann schüttelte er den Kopf.

»Die Hälfte der Besatzung ist ausgefallen, Sir, und das Schiff ist so stark mitgenommen, daß es keine weitere Hyperschockwelle mehr überstehen würde. Es wäre unverantwortlich, erneut in die Vernichtungszone einzufliegen.«

Der Kommandant nickte.

»Sie haben recht. Deshalb warten wir auch, bis die Hyperschockwellen aufgehört haben. Ich bin mir übrigens über das Risiko klar, das ich eingehe. Aber der Großadministrator braucht mehr als nur die lapidare Meldung, daß Fremde in die Galaxis eingedrungen sind.«

Captain Hewitt stieß eine Verwünschung aus und schaltete ab.

Eril Shukento grinste Captain Oglu an.

»Unser Cheffunker ist ganz schön geladen. Nun, er wird einsehen müssen, daß wir nicht anders handeln dürfen.«

»Der Raumkadett säuft so lange, bis er bricht«, meinte Nash-Nash Oglu sarkastisch. »Falls die ›Leute‹ in den fremden Schiffen uns feindlich gesonnen sein sollten, werden sie die PANTO PEA in eine Gaswolke verwandeln.«

Der Major wußte darauf nichts zu erwidern. Er wußte nur, daß er um jeden Preis mehr Informationen erlangen mußte, bevor er diesen Raumsektor verließ.

Während im Schiff die Aufräumungsarbeiten langsam vorankamen, ausgefallene Aggregate und Leitungen repariert oder aus den Ersatzteilbeständen erneuert wurden, verfolgte Eril Shukento die weiteren

Hyperschockwellen aus dem galaktischen Zentrum. Sie erfolgten mit der Regelmäßigkeit eines Uhrwerks alle achtzehn Minuten. Darauf basierte Shukentos Planung.

Nachdem seit der letzten Erschütterung fünfundzwanzig Minuten verstrichen waren, ließ er die PANTO PEA Fahrt aufnehmen. In einer einzigen Linearetappe gelangte der Leichte Kreuzer bis auf neun Lichtstunden an die Raumschiffsverbände heran. Endlich waren genaue Ortungen möglich.

Nash-Nash Oglu holte mit der Sektorvergrößerung das Abbild eines der fremden Schiffe so deutlich heran, als schwebte es wenige Kilometer neben der PANTO PEA.

Shukento fühlte sein Herz bis zum Hals schlagen, als er den walzenförmigen Raumflugkörper auf dem Wandelschirm sah. Kurz darauf kamen die Meßergebnisse herein.

Das Walzenschiff hatte eine Länge von dreitausend Metern und durchmaß fünfhundert Meter. Sein Hecksektor verbreitete sich allerdings trichterförmig bis auf tausend Meter Durchmesser. Gewaltige Kuppeln saßen wie mächtige Warzen auf dem Rumpf des Schiffes. Konstruktionen dieser Art hatte der Kommandant noch nie gesehen – außer auf Abbildungen, die Perry Rhodan aus M 87 mitgebracht hatte.

Auch Captain Oglu erkannte die Konstruktion sofort.

»Einwandfrei ein schweres Kampfraumschiff der Zentrumskonstrukteure aus M 87, Sir«, flüsterte er mit vor Erregung bebender Stimme. »Was mögen die Okefenokees in unserer Galaxis wollen . . .?«

Major Shukento schluckte hörbar.

Fieberhaft arbeitete er zusammen mit Nash-Nash Oglu an der weiteren Auswertung. Die letzten Ortungsergebnisse kamen herein.

Demnach handelte es sich um mindestens sechzigtausend schwere und schwerste Kampfschiffe der Okefenokees, die sich in der galaktischen Zentrumszone mit peinlicher Genauigkeit zu einem typischen Angriffsverband formierten.

»Das bedeutet nichts Gutes«, flüsterte Captain Oglu. »Sir, wir sollten endlich umkehren und das Imperium alarmieren. Wenn man die PANTO PEA vernichtet, wird die Menschheit unvorbereitet von dem Angriff getroffen werden.«

Eril Shukento blickte seinen Cheforter aufmerksam an. Er erkannte, daß Oglu glaubte, was er sagte. Ein mattes Lächeln huschte über Shukentos Gesicht.

»Sie irren sich, Captain«, gab er zurück. »Die Beherrscher von M 87 können keinen Grund haben, die Menschheit anzugreifen. Ich vermute, sie sind von einem Ereignis angelockt worden, das außerhalb unserer Galaxis stattgefunden hat.«

»Wie meinen Sie das?«

»Das sollen Sie von den Leuten dort selber hören«, versicherte Shukento.

Sein Gesicht wurde zur bleichen Maske. In seine Augen trat das entschlossene Funkeln, das der Captain von anderen Risikoeinsätzen her zur Genüge kannte.

»Sie wollen doch nicht etwa näher herangehen, Sir!«

»Doch«, erwiderte der Kommandant gelassen. »Sie glauben hoffentlich nicht, man hätte uns noch nicht geortet, Oglu. Man hat uns längst geortet, oder man wäre sehr sorglos, was dem Charakter der Zentrumskonstrukteure widerspräche. Da man uns dennoch bisher nicht angegriffen hat, wird man es auch nicht tun, wenn wir dichter herangehen.«

»Wer mit dem Feuer spielt, wird bald nicht mehr singen«, verkündete Nash-Nash Oglu düster und blickte dem Kommandanten nach, der in die Kommandozentrale ging.

Shukentos Finger huschten mit traumwandlerischer Sicherheit über die Schalttastatur, während er über den reparierten Interkom Anweisungen an die Schiffssektionen durchgab. Die PANTO PEA nahm Fahrt auf, ging in den Zwischenraum und kehrte achtzig Lichtsekunden vor dem Flottenverband in den Normalraum zurück.

Kommandant Shukento beschleunigte und brachte die PANTO PEA in relativen Stillstand zu den Schiffen aus M 87. Da die Übertragungsanlage noch nicht wieder funktionierte, unterrichtete Captain Oglu ihn über die Reaktion der Fremden.

Der Verband behielt seine Formation bei; nur eines der größten Kampfraumschiffe scherte aus und näherte sich der PANTO PEA bis auf zehn Millionen Kilometer Entfernung.

Plötzlich meldete sich Captain Tondo Hewitt über Interkom.

»Jemand ruft uns über Hyperfunk an, vermutlich aus dem großen Walzenschiff dort drüben, Sir.«

»Ich komme!« erwiderte Shukento.

Er übergab die Steuerung dem Zweiten Offizier und begab sich schnellstens in die Funkzentrale.

Die Rufsignaltaste des großen Hyperkoms leuchtete in regelmäßigen Intervallen auf. Captain Hewitt machte den Platz vor dem Gerät frei, als der Kommandant erschien.

Shukento setzte sich, zögerte noch einen Augenblick, dann senkte sich seine Hand auf die Aktivierungstaste.

Über dem HF-Bildprojektor entstand ein fluoreszierendes Leuchten, ging in einen Tanz flimmernder Farben über und entwickelte sich zu einem stabilen Bild.

Shukento hatte den Eindruck, als stünde ihm die hochgewachsene Gestalt mit dem schmalen braunhäutigen Gesicht unmittelbar gegenüber. Sie war völlig humanoid, und der Glanz ihrer Augen machte sie dem Major sympathisch.

»Leichter Kreuzer des Solaren Imperiums PANTO PEA!« meldete er sich. »Hier spricht Kommandant Major Shukento. Sie wünschen mich zu sprechen, Okefenokee?«

Der andere war natürlich kein Okefenokee, jedenfalls nicht im Sinne der Wesen, die auf Pompeo Posar geboren worden waren. Es handelte sich bei ihm um einen Vertreter der Zentrumskonstrukteure von M 87, nur daß Wesen dieser Art direkt von hyperregenerierten Okefenokees abstammten. Eril Shukento wußte darüber Bescheid. Den Ausdruck »Okefenokee« gebrauchte er absichtlich, um dem anderen zu verstehen zu geben, daß er wußte, mit wem er sprach.

Der Zentrumskonstrukteur lächelte. Es war ein offenes, herzliches Lächeln, obwohl es ein wenig wirkte wie das Lächeln eines Menschen, das er seinem Hund entgegenbringt.

»Mein Name ist Eynch Zigulor, Major Shukento. Ich weiß nicht, ob mein Name Ihnen etwas sagt . . .?«

Der Major atmete auf. Und ob ihm der Name etwas sagte!

»Sie sind einer der Okefenokee-Wissenschaftler, die Perry Rhodan im Zentralsystem der Bestien innerhalb der Dunkelwolke befreite, nicht wahr?«

Er wußte aus den Instruktionen, daß es so war und auch, daß Eynch Zigulor den Terranern stets Sympathie entgegengebracht hatte.

Eynch Zigulor neigte den Kopf.

»So ist es. Man hat mich als Sonderbeauftragten der Neundenker in diese Galaxis geschickt.«

»Mit einer großen Kampfflotte!« warf Shukento vorwurfsvoll ein. »Es wäre gut gewesen, Sie hätten sich vorher angemeldet und um Erlaubnis ersucht, einen Kampfverband mitzubringen. Sie befinden sich im Interessengebiet der Menschheit.«

Der Okefenokee lächelte verstehend.

»Unsere Anwesenheit richtet sich nicht gegen das Solare Imperium,

Major Shukento.« Er wurde übergangslos ernst. »Andererseits ist das, was wir vorhaben, ausschließlich die Angelegenheit der Völker unserer Galaxis, die ihr M 87 nennt.«

»Ich befürchte, Perry Rhodan wird da anderer Meinung sein.«

»Das wäre nicht gut für die Menschheit«, erwiderte Eynch Zigulor. »Aber selbst, wenn ich Ihre Ansicht teilte, wäre ich nicht in der Lage, unsere Aktionen zu beeinflussen. Ich verfüge lediglich über unbeschränkte politische Vollmachten. Chef der militärischen Operation ist der Druisant Kibosh Baiwoff.«

Er trat ein wenig zur Seite. Offenbar veränderte er außerdem die Einstellung der Aufnahmegeräte, denn Eril Shukento konnte mit einemmal einen größeren Teil der fremden Schiffszentrale überblicken.

Ganz im Hintergrund sah er ein haluterähnliches Wesen in blütenweißer Kombination, das ein kegelförmiges Gerät auf dem Kopf trug. Der Major vermutete, daß es sich bei dem Gerät um einen Abschirmungsgenerator handelte, der im Notfall ein undurchdringliches Schirmfeld erzeugen konnte. Die blauleuchtenden Zentrumssteine auf der Brust dieses Lebewesens wiesen ihn als Druisanten aus.

Auf beiden Seiten des Bildes sah Shukento außerdem krötenähnliche Gestalten von massivem Körperbau. Das mußten Dumfries sein, Angehörige der Kampftruppe der Okefenokees.

Er bemerkte, wie der Druisant in einer fremden Sprache etwas zu Eynch Zigulor sagte. Gleich darauf verengte sich der Blickwinkel wieder. Zigulor trat in die Mitte des Bildes zurück.

»Major!« sagte der Okefenokee mit einer Stimme, die kompromißlos klang. »Nehmen Sie schnellstens Kontakt zu Perry Rhodan auf. Teilen Sie ihm mit, daß wir uns jede Einmischung in unsere Angelegenheiten verbitten. Es wäre besser für ihn, wenn er sich aus dieser Sache heraushielte. Ich wiederhole, wir planen keinen Angriff auf das Solare Imperium.«

Bevor Major Shukento protestieren oder weitere Argumente vorbringen konnte, erlosch die Bildprojektion. Eynch Zigulor hatte die Verbindung einfach unterbrochen.

Im nächsten Moment meldete sich Nash-Nash Oglu und teilte mit, der Kampfverband nähme Fahrt auf und wolle anscheinend in den Linearraum gehen.

Shukento stürmte in die Kommandozentrale zurück.

»Alarmstart!« rief er seinen Offizieren zu. »Kurs Solsystem!«

Eril Shukento nahm die Meldung des Zweiten Offiziers entgegen und setzte sich erneut auf den Platz des Kommandanten.

Nachdem es ihm beim dritten Orientierungsmanöver im Einsteinkontinuum gelungen war, über Relaisschiffkette eine verschlüsselte Nachricht an Perry Rhodan abzugeben, hatte er sich in der Bordklinik operieren lassen. Inzwischen war die PANTO PEA weiter auf das Solsystem zugerast. Nun leuchtete der gelbe Glutball Sols bereits kirschgroß im Zentralsektor des Reliefschirms.

Der Major verspürte nur noch geringe Schmerzen in der linken Gesichtshälfte. Die Operation war gelungen. Synthobiontische Musterstrukturen hatten die Lücken ausgefüllt, die die entfernten zertrümmerten Knochenteile und zerfetzten Muskeln hinterlassen hatten. Sie übernahmen provisorisch deren Funktionen und würden sich im Laufe der nächsten drei Wochen in dem Maße auflösen, wie der Körper sie allmählich durch eigene Substanzen ersetzte.

Yuma Kitatse, der Erste Offizier, war schlimmer dran. Er hatte starke innere Verletzungen erlitten, sowie mehrere Rückenwirbelfrakturen. Man würde ihn wahrscheinlich erst auf einem der terranischen Hospitalschiffe operieren und ausheilen können.

Unwillkürlich atmete Shukento etwas schneller, als die L-Automatik das Wiedereintrittsmanöver ankündigte. Dreißig Sekunden später verstummte der Kalup. Auf den Bildschirmen der Panoramagalerie erschien wieder das vertraute Bild der Galaxis. In fünfzehn Lichtstunden Entfernung stand die Sonne Sol.

Kurz darauf meldete sich ein Wachkreuzer über Hyperfunk.

Nachdem Eril Shukento erklärt hatte, daß die PANTO PEA wegen Ausfallerscheinungen der Impulstriebwerke nicht auf einem Planeten landen könne, wurde das Schiff umdirigiert. Mit den Koordinaten wußte der Major allerdings nichts anzufangen.

Er gab sie in den kosmonautischen Sektor der Bordpositronik, doch befriedigte ihn die Antwort keineswegs. Der Koordinatenschnittpunkt lag mitten im Planetoidenring, bezeichnete aber keinen der Himmelskörper, die am Ende des lemurischen Imperiums durch die Explosion des Planeten Zeut geschaffen worden waren.

Shukento zuckte die Schultern. Irgendeinen Sinn mußte der Befehl schließlich haben. Er brachte die PANTO PEA mit einem Linearkurzmanöver dicht an den Koordinatenschnittpunkt heran, steuerte sie durch die Planetoiden hindurch und erkannte voraus plötzlich ein seltsames Gebilde.

Es ähnelte einer Blastula, also einer kugelförmigen Anhäufung kugelförmiger Zellen, nur die Dimensionen stimmten nicht. Das Gebilde durchmaß rund vierhundert Kilometer.

»Das sind Schiffswracks, Sir!« meldete Nash-Nash Oglu erregt. »Kugelraumschiffe, die man miteinander verbunden hat.«

Aus zehn Kilometer Entfernung erkannte der Kommandant auch auf dem Frontbildsektor der Panoramagalerie Einzelheiten: Ultraschlachtschiffe, Superschlachtschiffe und Kreuzer der Solaren Flotte – oder vielmehr das, was von ihnen übriggeblieben war. Die Terkonitstahlhüllen waren rissig und durchlöchert, zerfetzte Geschütztürme hingen an ihnen, und blasenartig aufgewölbte Stellen deuteten auf Explosionen im Innern hin.

Ein gigantischer kosmischer Schrotthaufen.

Die zahlreichen kleinen Reparaturplattformen und das Licht, das stellenweise durch Lecks und Bullaugen fiel, wiesen allerdings darauf hin, daß die Überreste der stolzen Flotte einem neuen Daseinszweck zugeführt werden sollten. Vielleicht wurden sie zu einem Umschlagplatz oder einem Raumhospital umgebaut.

Die Meldelampe des Hyperkoms flackerte auf.

Eril Shukento aktivierte das Gerät und meldete sich.

»Hier SC-22, Captain Bolder. Ich habe Weisung vom Großadministrator, Sie an Bord zu nehmen und nach Luna-Port zu bringen. Um die PANTO PEA wird sich ein Spezialkommando kümmern, Major Shukento.«

»Wir haben hier rund hundert Schwerverletzte«, sagte Shukento. »Was wird aus ihnen?«

»Sie werden vorläufig in der Klinik innerhalb des Schrotthaufens da drüben untergebracht. Morgen erscheint das Hospitalschiff VIRCHOW hier und übernimmt sie. Also, machen Sie sich keine Sorgen, Major.«

Eril Shukento blickte das hellbraune, scharfgeschnittene Gesicht von Captain Bolder genau an und entschied, daß er dem Mann vertrauen konnte. Er übergab das Kommando an seinen Zweiten Offizier. Unterdessen hatte die Space-Jet Bolders an Tunnelschleuse G-8 angelegt.

Shukento verabschiedete sich von der Besatzung, dann ging er hinüber. Er warf keinen Blick zurück. Die PANTO PEA mochte nach den zermürbenden Hyperschockwellen kein schönes Schiff mehr sein; er hatte dreieinhalb Jahre auf ihr verbracht und sah sie beinahe wie ein lebendes und fühlendes Wesen an, obwohl er genau wußte, daß solche romantischen Gedanken Unsinn waren.

Die Begrüßung zwischen ihm und Captain Bolder war nur knapp. Während die Space-Jet mit Höchstwerten auf das Doppelsystem Terra-Luna zuraste, berichtete Bolder:

»Der Großadministrator hat auf so etwas gewartet, Major. Die gewaltige Strukturerschütterung, die durch den Zusammenbruch des Zeitfeldes über dem Enemy-System ausgelöst worden war, muß im halben Universum bemerkbar gewesen sein. Es handelte sich immerhin um eine Art Zeitfeld, wie wir es bisher nicht kannten, und auch nicht für möglich hielten: um ein Zeitfeld, das in die Zukunft gerichtet war.«

»Aber bei dem Zeitabenteuer des Großadministrators in der lemurischen Epoche gab es doch bereits Zeitverschiebungen in Richtung Zukunft. Anders hätte die CREST damals nicht in ihre Zeit zurückkehren können.«

Captain Bolder lächelte.

»Das war etwas ganz anderes, Major. Sie dürfen mir glauben, denn ich bin auf das Problem der Zeitreise spezialisiert. Damals kehrte die CREST lediglich in eine bereits vorhandene Zeit zurück, in ihre eigene Gegenwart, wenn Sie so wollen. Dabei bewegte sie sich zwar auf einer zukunftgerichteten Zeitlinie, doch war das nur möglich, weil sie zuvor den gleichen Weg in die Vergangenheit gegangen war.«

»Wenn ich Sie richtig verstehe, dann war der Zeitschirm um das Enemy-System etwas gänzlich Neues?« fragte Major Shukento interessiert. »Aber dann . . . müßte man ja mit entsprechenden Geräten auch weiter in die Zukunft reisen können, Tage, Monate, Jahre – oder Jahrhunderte!«

»Ihre Ableitung ist verlockend, Major«, erwiderte Captain Bolder. »Doch hat sie nur theoretischen Wert, denn selbst wenn die Geräte der Bestien so etwas zuließen – und wir wissen nicht, ob sie es überhaupt zulassen – würden unsere nahen und fernen Nachfahren es bestimmt nicht gern sehen, wenn ihre ›primitiven‹ Vorväter bei ihnen herumschnüffelten.«

Shukento lachte, amüsiert über die Vorstellung, wie verhältnismäßig primitive Menschen – im Verhältnis zur fernen Zukunft primitive Menschen – in eben jene ferne Zukunft reisten und die wichtigsten technischen Neuentwicklungen mit zurücknahmen, um so die technische Entwicklung ad absurdum zu führen.

Seine Überlegungen wurden jäh unterbrochen, als die Space-Jet auf dem Landefeld von Luna-Port aufsetzte.

Er blickte nach draußen und biß die Zähne zusammen, als er die verwüstete und fast völlig eingeebnete Oberfläche des Erdmondes sah. Die Intervallkanonen hatten die Oberflächenbauten zu Staub zermahlen. Um so erstaunter war der Major, als die Fläche unter der Space-Jet plötzlich abwärts sank und nach einigen hundert Metern in einem beleuchteten Hangar zum Stehen kam.

»Kommen Sie, Major!« sagte Captain Bolder und schnallte sich los. »Perry Rhodan erwartet Sie in der Hauptzentrale von NATHAN.«

Bei dem Gedanken an das hochempfindliche hyperinpotronische Gehirn im Innern des Mondes erschrak der Major.

Bolder bemerkte es und sagte beruhigend:

»NATHAN hat nicht den geringsten Schaden genommen, Major. Seit die Wirkungsweise der Intervallkanonen bekannt war, arbeitete das Gehirn an wirksamen Schutzmaßnahmen.«

Allmählich hörte Major Shukento auf, sich zu wundern. Anscheinend gab es noch mehr Dinge, die ihm bisher unbekannt geblieben waren – ihm und den meisten anderen Menschen.

Von der Hangarhalle aus fuhren sie mit einer Magnetschwebebahn tiefer in den Mond hinein. Anschließend passierten sie zu Fuß und in Antigravschächten die Kontroll- und Schutzanlagen.

Endlich standen sie vor dem Portal, das der Haupteingang in das größte bekannte künstliche Gehirn war. Der Energieschirm davor wirkte transparent; dennoch konnte Shukento nicht sehen, was sich dahinter befand. Erst als Captain Bolder und er fünf Minuten lang in einem Strukturtunnel marschiert waren, erkannte er, daß sich hier mehrere unterschiedlich dimensionierte Kontinua hintereinander staffelten. Kein Wunder, daß selbst der Intervallbeschuß der Dolans nicht hindurchgedrungen war. Nach dem Passieren dieses Multischirms brachte ein Transportband sie ins Zentrum des Gehirns.

Perry Rhodan stand inmitten einer Gruppe von Wissenschaftlern und diskutierte mit ihnen. Bei Shukentos Eintritt wandte er sich um und kam dem Major einige Schritte entgegen.

»Ich danke Ihnen für Ihren unerschrockenen Einsatz, Major Shukento«, sagte er und schüttelte ihm die Hand.

Eril Shukento lächelte unbefangen.

»Nun, wenn ich ehrlich sein soll, Sir, ich bin einige Male fast zu Tode erschrocken während dieses Einsatzes . . .«

Der Großadministrator lachte.

»Die Stimme hat es Ihnen jedenfalls nicht verschlagen.« Übergangslos wurde er wieder ernst. »Nun, fangen wir an!«

30.

Es dauerte fünfeinhalb Stunden, NATHAN alle neu ermittelten Fakten einzugeben und die Problemstellung exakt zu formulieren. Danach benötigte das hyperinpotronische Gehirn genau dreiundsiebzig Sekunden, die Fakten auszuwerten und mit logischen Gedankenschritten die wesentlichen Probleme zu lösen.

NATHAN führte zuerst aus, die starke Hyperschockwelle, die am 20. August beim Zusammenbruch des Zeitfeldes entstanden sei, hätte sich durch das gesamte Universum fortgepflanzt. Aber nur die Okefenokees, die über die technischen Möglichkeiten ihrer entarteten Zuchtprodukte entsprechende Extrapolationen vorgenommen hatten, hätten die ganze Bedeutung dieses Ereignisses erfassen können. Mit ihren ausgezeichneten Ortungsgeräten sei es ihnen außerdem möglich gewesen, die Quelle der Hyperschockfront genau anzupeilen.

Wahrscheinlich hatten sie mit einem solchen Ereignis gerechnet, da sie von Perry Rhodan wußten, daß die Menschheit im Kampf mit den Bestien und ihren Helfern stand.

Früher oder später mußte eine der kämpfenden Parteien den entscheidenden Schlag führen. Die Okefenokees hätten sicher längst eingegriffen, fuhr NATHAN fort, wenn ihnen der genaue Aufenthaltsort der Bestien bekannt gewesen wäre. Nachdem sie ihn nun kannten, wären die längst bereitgestellten Kampfverbände gesammelt und in Marsch gesetzt worden.

Nunmehr müsse sich die gigantische Flotte im direkten Anflug auf das Enemy-System in der Materiebrücke zwischen den beiden Magellanschen Wolken befinden. Die Anwesenden sahen sich bedeutungsvoll an.

Bereits während des Eingabeprozesses hatte Major Eril Shukento erfahren, daß auch Professor Dr. Arno Kalup, der Konstrukteur des Linearraumkonverters, und der Hyperphysiker Geoffry Abel Waringer zu der Wissenschaftlergruppe gehörten, die in der Hauptzentrale NATHANS versammelt war.

Nun meldete sich Waringer zu Wort.

»Wir sollten«, erklärte er mit einem Blick auf Perry Rhodan, »uns ernsthaft Gedanken darüber machen, wie wir uns gegen die Flotte der Okefenokees schützen können.«

Perry Rhodan blickte seinen Schwiegersohn prüfend an.

»Meinst du das im Ernst, Geoffry?« fragte er. »Ich kenne Eynch Zigulor sehr gut. Wenn er uns versichert, daß die Aktion sich in keiner Weise gegen uns richtet, glaube ich ihm. Außerdem: Welches Interesse sollten die Völker von M 87 daran haben, die Menschheit oder andere humanoide Völker unserer Galaxis anzugreifen! Wir sind für sie keine Gefahr. Die gewaltigen Entfernungen zwischen unseren Sterneninseln bieten die beste Garantie dafür, daß uns auch in Zukunft Konflikte erspart bleiben.«

»Manchmal . . .«, warf Captain Bolder ein, » . . . gibt es unvorhergesehene Weiterentwicklungen, Sir. Darunter könnten einige sein, die die Entfernung zwischen uns und M 87 in ihrer praktischen Bedeutung gegenstandslos machen.«

»Zweiunddreißig Millionen Lichtjahre werden nicht so schnell gegenstandslos, Professor!« widersprach Arno Kalup.

Shukento horchte auf. Es hatte ihn bereits verblüfft, daß der Captain überhaupt in die Diskussion eingriff. Und nun redete ihn Kalup sogar mit Professor an.

Der Major wandte sich an den Wissenschaftler neben ihm und erkundigte sich nach Bolders Bedeutung.

Der Mann lächelte. »Professor Dr. Lagness Bolder ist eines unserer aufstrebenden Genies, mein lieber Major.«

Shukento pfiff leise durch die Zähne.

Lagness Bolder setzte soeben zu einer Erläuterung seiner Hypothese an, als das starke Panzerschott sich öffnete und einen halutischen Giganten einließ.

»Tolotos . . .!« rief Rhodan und streckte dem Koloß beide Hände entgegen. »Mein lieber Freund! Endlich bekomme ich Gelegenheit, Ihnen für Ihre brüderliche Hilfe nochmals zu danken. Was wäre ohne Sie aus der Menschheit geworden!«

Der Haluter ergriff behutsam Rhodans Hände und schüttelte sie vorsichtig. »Über Selbstverständlichkeiten spricht man nicht, Rhodanos, mein Freund.« Er lachte verhalten. Die Menschen verzogen schmerzlich ihre Gesichter.

»Ich bin gekommen, weil ich die Meldung vom Einflug der Okefenokees erhielt, Rhodanos. Wir haben uns sofort beraten. Man schickt mich als offiziellen Sprecher meines Volkes.«

Rhodan wölbte die Brauen. »Warum so offiziell, Tolotos? Wir sind der Ansicht, daß uns von den Okefenokees keine Gefahr droht. Sie haben uns versprochen, sich nur um ihre ureigensten Probleme zu kümmern.«

Tolot schwieg einige Sekunden, dann sagte er grollend:

»Das glaube ich sogar, Rhodanos. Sie vergessen dabei nur, daß eines der okefenokeeschen Probleme wir sind!« Er schlug sich mit der Hand gegen die Brust.

Perry Rhodan blickte den Haluter bestürzt an.

»Weil Ihr Volk direkt mit den Bestien verwandt ist?« fragte er. »Aber das ist doch unwesentlich. Wesentlich allein für alles Leben im Universum ist das Gehirn, und das – verzeihen Sie den Vergleich – denkt bei allen Angehörigen Ihres Volkes durchaus menschlich.«

»Das ist Ihre Ansicht – und auch die meine«, erklärte Professor Bolder. »Leider können wir nicht voraussetzen, daß die Okefenokees im Hinblick auf die Bestien und auch auf die Haluter zu logischen Überlegungen fähig sind. Ihre grenzenlose Furcht vor ihren eigenen Zuchtprodukten hat sich zu einer unheilbaren Neurose entwickelt. Nein, Sir, wir sollten es als gegeben hinnehmen, daß eines der okefenokeeschen Ziele auch die Auslöschung der letzten Haluter ist.«

»Das kann ja sein«, murmelte Perry Rhodan betreten, »aber niemand – außer wenigen absolut vertrauenswürdigen Menschen – kennt die Position von Halut. Dies dürfte der beste Schutz für Ihr Volk sein, Tolotos.«

»Der beste Schutz für mein Volk . . .«, der Haluter sprach so leise und tonlos wie ihn noch niemand gehört hatte, » . . . wäre gewesen, die Dolans ihr Vernichtungswerk vollenden zu lassen.«

»Sie meinen die Auslöschung der Menschheit?« fragte Abel Waringer entsetzt. »Das kann doch nicht Ihr Ernst sein!«

»Es ist mein voller Ernst«, erklärte Tolot. »Natürlich nur in theoretischer Hinsicht. Mein Volk würde auch heute so handeln wie damals. Was ich damit sagen will, ist nur folgendes: Die Okefenokees, besonders aber der Druisant Kibosh Baiwoff, wissen sehr gut von den Beziehungen zwischen Vertretern Ihres und meines Volkes. Sie werden als sicher annehmen, daß einige Terraner die Position Haluts kennen.«

»Wir würden die Position niemals verraten!« rief Rhodan.

»Mein lieber Freund Rhodanos«, erwiderte Tolot. »Alle diese Überlegungen werden die Okefenokees mit Hilfe ihrer Positronengehirne bereits durchgespielt haben. Ich kann Ihnen sagen, wie der Schluß daraus logischerweise heißen muß: Erpressung der Menschheit. Was würden Sie tun, wenn Kibosh Baiwoff von Ihnen verlangte, unser Volk zu vernichten?«

»Ich würde dieses Ansinnen zurückweisen«, erklärte Perry Rhodan empört. »Was dachten Sie, Tolotos! Wie könnten wir dulden, daß ein Volk, das uns vor den Dolans gerettet hat, ausgerottet wird!«

»Ich danke Ihnen, Rhodanos«, sagte Tolot fast feierlich. »Immerhin sollten Sie inzwischen überlegen, wie die schwer angeschlagene Flotte des Solaren Imperiums mit sechzigtausend Superraumschiffen der Okefenokees fertig werden soll. Sechzigtausend Raumschiffe, die zudem alle über einen Paratronschirm verfügen!«

Die Menschen sahen sich betroffen an.

Nur Perry Rhodan meinte:

»Ich hatte mir bereits Gedanken darüber gemacht, Tolotos, wenn auch aus einem ganz anderen Grund. Ich dachte an die acht Millionen Uleb, die auf den Planeten des Enemy-Systems leben.«

»Wie, bitte . . .?« rief Professor Kalup. Sein cholerisches Temperament brach wieder einmal durch. Die blaugeäderten Hängebacken zitterten heftig. »Sie meinen, Sie hätten überlegt, ob wir etwas für die acht Millionen Bestien tun müßten! Ja, sind Sie denn von allen guten Geistern verlassen. Ha! Ich will Ihnen etwas sagen: Je eher diese Monstren ausgelöscht sind, desto wohler werde ich mich fühlen!«

Rhodan lächelte.

»Sie haben eines vergessen, mein lieber Professor: die Gohks, die mit den Bestien zusammenleben und von den brutalen Vernichtungsaktionen ihrer Partner keine Ahnung hatten. Noch weiß ich nicht, wie ich sie retten kann, aber wenn ich die geringste Möglichkeit dazu sehe, werde ich alles einsetzen, um ihnen zu helfen.«

»Daran hatte ich nicht gedacht«, gab Kalup kleinlaut zu. »Immerhin sprachen Sie zuerst von den Uleb.«

»Jawohl.« Rhodan zuckte die Schultern. Die Geste wirkte hilflos. »Ich weiß, daß ich sie weder retten kann noch darf, meine Herren. Dennoch schmerzt es mich, daß acht Millionen hochintelligente Lebewesen gnadenlos ausgelöscht werden sollen. Derartige Dinge werden mich immer erschüttern, ganz gleich, welchen Schaden ein Volk der Menschheit zugefügt hat.«

»In diesem Falle sollten wir unsere Gefühle zügeln, Sir«, warf Lagness Bolder ruhig ein. »Die Uleb gleichen einem Krebsgeschwür im Leib des Universums.«

»Außerdem«, fügte Icho Tolot mit dröhnender Stimme hinzu, »vergessen Sie offenbar die furchtbarste Waffe der Okefenokees, Rhodanos.«

Der Terraner sah den Haluter aus geweiteten Augen an.

»Sie meinen den Etatstopper ...?«

»Jawohl, diese Waffe, die den Zellzerfall jedes Lebewesens ums Milliardenfache beschleunigt, so daß es innerhalb von Sekunden altert und zu Staub zerfällt. Niemand von uns weiß, ob die Strahlung des Etatstoppers bei entsprechend starker Bündelung und Abgabeleistung nicht in der Lage ist, die HÜ-Schirme Ihrer Schiffe zu durchschlagen. Aber sollte das der Fall sein ...«

Icho Tolot verstummte. Doch sein Schweigen war beredter als noch so viele Worte.

Perry Rhodan blickte zu Boden. Nach einer Weile hob er den Kopf und sah die Anwesenden der Reihe nach an.

»Meine Herren«, erklärte er leise. »Tolotos' Worte haben den Ausschlag gegeben. Ich bin fest entschlossen, die Absichten der Okefenokees zu durchkreuzen, soweit sie Halut und die Menschheit betreffen. Professor Bolder, Sie bleiben bitte zusammen mit Tolotos hier und versuchen gemeinsam mit NATHAN alle Möglichkeiten durchzukalkulieren.«

Damit wandte er sich um und schritt elastisch federnd auf das Panzerschott zu.

Vor fünf Minuten war der Mausbiber im Hauptquartier unter der ehemaligen Wüste Gobi eingetroffen – das heißt, nach dem Dolan-Angriff war dieses Gebiet erneut zur Wüste geworden, über der in der Stratosphäre dunkle Staub- und Aschewolken dahinzogen.

Gucky kümmerte sich wenig darum, daß Perry Rhodan gerade eine Generalstabsbesprechung abhielt. Er teleportierte mitten auf den Tisch und rief mit seiner schrillen Stimme:

»Wie ich hörte, hast du das Enemy-System abgeschrieben, Perry!« Er stemmte die kleinen Fäuste in die Seiten. »Von mir aus können sämtliche Uleb zur Hölle fahren, aber wenn ihr auch die Gohks ihrem Schicksal überlassen wollt, mache ich nicht mehr mit!«

Perry Rhodan sah auf. Seine Augen waren gerötet. Seit einem Monat hatte er kaum einige Stunden Schlaf gefunden. Ohne den Zellaktivator wäre er längst zusammengebrochen.

»Bitte, Gucky!« sagte er gequält. »Störe uns jetzt nicht, ja! Wenn ich den Gohks helfen könnte, ich würde alles in Bewegung setzen. Aber vielleicht fällt dir etwas ein. Du darfst von mir aus zu NATHAN gehen und dort dein Glück versuchen.«

Der Mausbiber ließ seinen weißen Nagezahn sehen.

»Das erlaubst du mir wirklich?«

Als Rhodan nickte, teleportierte er auf dessen Knie, gab ihm einen schallenden Kuß auf die Wange, teleportierte auf den Boden und watschelte pfeifend zum Ausgang.

Eril Shukento hatte plötzlich einen Einfall.

»Gucky!« rief er leise und verbesserte sich dann. »Ich meine, Sonderoffizier Guck . . .«

»Laß den blöden Titel«, meinte Gucky und musterte den Major aufmerksam. »Du bist Major Shukento und möchtest, daß ich dich nach Port Elisa bringe?«

»Ja«, erwiderte Shukento errötend. »Hanna, meine Frau, und meine Kinder . . .«

»Schon kapiert.«

Der Mausbiber wandte sich an Rhodan.

»Chef! Du erlaubst doch, daß ich mit diesem jungen Mann kurz nach Port Elisa springe . . .?«

Perry Rhodan wölbte die Brauen, dann lächelte er.

»Wenn dieser Ort nicht zufällig in Andromeda liegt, ja, Kleiner.« Er nickte dem Major zu. »Viel Glück, Shukento. Bis bald!«

Eril Shukento atmete auf. Er ging zu Gucky und faßte nach dessen Hand, und bevor der Major es sich versah, rematerialisierten sie auf einer schmutziggrauen Sanddüne am Rand eines Ozeans.

Shukento blickte sich um. Überall entdeckte er nur Sand, Staub und vereinzelt Felsgeröll. Weiter im Landinnern ragte etwas in die Höhe, das dem Skelett eines präatomaren Segelschiffes glich.

»Es war ein Schwerer Kreuzer, Eril«, erklärte Gucky. »Er muß auf dem Raumhafen von Port Elisa gestanden haben, als die Dolans zuschlugen.«

Der Major atmete mühsam.

»Wie, du willst doch nicht . . .«

»Doch, Eril. Die Staubdünen und die Trümmerwüste sind alles, was von Port Elisa übriggeblieben ist. Moment, ich kenne die Lage des Bunkers nicht. Ich muß mich nach Gehirnimpulsen orientieren.«

Gucky stand einige Sekunden mit schräg geneigtem Kopf da und konzentrierte sich. Dann nickte der Mausbiber.

»Komm!«

Sie landeten in einem geräumigen Büro, das zum Bunkersystem gehören mußte, denn an der Oberfläche gab es keine Gebäude mehr.

Hinter den sechs Schreibtischen saßen zwei Männer und vier Frauen und führten Visiphongespräche. Sie erstarrten, als Shukento und der Mausbiber plötzlich materialisierten.

»Melde- und Erfassungsamt«, flüsterte Gucky dem Major zu, dann wandte er sich an einen breitgebauten Mann in gelber Kombination.

»Sie heißen McIntire und sind der Boß hier . . .«

Der Mann blinzelte verwirrt. Sein gerötetes Gesicht zuckte nervös. Endlich stieß er mit rauher Stimme hervor.

»Sonderoffizier Guck . . .!«

»Der bin ich.« Gucky ließ seinen Nagezahn sehen und fuhr fort: »Und dies hier . . .«, er deutete auf Major Shukento, » . . . ist mein Freund Eril Shukento. Er sucht seine Frau Hanna und seine Kinder. Wo sind sie?«

McIntire schluckte, dann faßte er sich.

»Hanna Shukento, nicht wahr?«

»Selbstverständlich«, antwortete der Major. »Wir haben einen Ehekontrakt auf Lebenszeit.«

McIntire nickte, dann glitten seine dicken Finger über die Tastatur eines Pulteingabegeräts.

»Ich muß die zentrale Erfassungspositronik befragen«, murmelte er dabei.

Seine Finger zogen sich zurück. Im nächsten Moment begann die Tastatur zu rattern und eine Plastonfolie zu bedrucken.

Eril Shukento hielt es nicht länger aus. Er ging hin und riß die Folie aus dem Ausgabeschlitz. Ein Seufzer der Erleichterung kam über seine Lippen.

»Hauptbunker, Quartier B-3800, Hanna Shukento, vier Kinder.«

McIntire strahlte. Sein Gesicht wirkte wie das eines pausbäckigen Weihnachtsengels.

»Meinen Glückwunsch, Major. Quartier B-3800, das ist nicht weit von hier, etwa zweihundert Meter tiefer. Ich werde Sie . . .«

»Nicht nötig«, erklärte der Ilt. »Schon erfaßt. Ich bringe Eril hinunter.«

Bevor der Major etwas erwidern konnte, stand er bereits auf einem langen, erleuchteten Flur, unmittelbar vor einer stählernen Tür.

Gucky kniff ein Auge zu.

»Den restlichen Weg kannst du allein gehen, Eril, denke ich.«
»Nein«, erklärte Shukento, »du hast mich hierher gebracht, noch dazu voller Zartgefühl vor die Tür und nicht gleich hinein. Du kommst mit. Außerdem wird sich meine Familie bei dir bedanken wollen.«
Er preßte den Daumen auf den Türmelder.
Sekunden später lag ihm seine Frau in den Armen. Abwechselnd mußte er sie und die Kinder drücken. Dann sah Hanna Shukento den Mausbiber und blickte ihren Mann fragend an.
Eril Shukento lachte.
»Gucky hat mich hergebracht. Ohne ihn wäre ich nicht so schnell aus dem HQ weggekommen.«
Hannas Augen wurden groß. Dann nahm sie den Ilt auf die Arme und küßte ihn mitten auf den blitzenden Nagezahn, während die Kinder ihn jubelnd umringten.

Länger als eine halbe Stunde hatte Shukento seiner Familie und sich nicht gegönnt. Aus Rhodans Worten war hervorgegangen, daß er bald wieder gebraucht würde.
In dieser Zeit hatte er erfahren, daß die gesamte Einwohnerschaft von Port Elisa sich hatte retten können, soweit sie sich zum Zeitpunkt des Alarms in der Stadt aufhielt. Das Bunkersystem war während des Angriffs zehn Minuten lang schwer erschüttert worden, hatte jedoch im großen und ganzen gehalten. Hanna und die Kinder bewohnten einen kleinen, einigermaßen kultiviert ausgestatteten Bunkerraum. Die Mahlzeiten wurden in Gemeinschaftsküchen zubereitet und in Speisesälen eingenommen. Es gab genügend Schulen, Ärzte, ein funktionierendes Visiphonnetz und ausreichend Verpflegung, wenn auch zumeist Konzentrate. Sobald die Flotte Maschinen und Ausrüstungen liefern konnte, würden die Aufräumungsarbeiten beginnen.
»Es sieht allerdings nicht überall so günstig aus«, erklärte der Mausbiber, während sie im Antigravschacht zum Gobi-Hauptquartier hinabschwebten. »Einige Stadtbunker sind vernichtet worden, andere so schwer beschädigt, daß die Überlebenden im Freien kampieren – wegen der Einsturzgefahr. Allerdings haben an solchen Stellen die Hilfsmaßnahmen sofort eingesetzt.« Er zuckte die Schultern. »Leider reicht die Ladekapazität der verbliebenen Schiffe bei weitem nicht aus. Millionen werden noch monatelang auf Hilfe warten müssen.«
Eril Shukento nickte. Seine Blicke ruhten auf den leuchtenden Tief-

anzeigen. Soeben glitt die Viertausendmetermarke vorüber. Sie befanden sich also bereits im eigentlichen Hauptquartier der Solaren Streitkräfte. Der Major wußte, daß es eigentlich nur eine neuntausend Meter durchmessende Kugel aus molekularverdichtetem Terkonitstahl, Plastikbeton und anderen Zwischenschichten war, mit einziehbaren Antigravschächten und Nottunneln, Transmittern, Positronengehirnen und Riesenkraftwerken in Kompaktbauweise. Innerhalb der Kugelschale befanden sich in Hohlschalen verschiedenartige Schutzschirme. Der Fels um den Kugelbunker war mit Vibratorstrahlen zu feinem Sand zerkleinert worden, damit es bei Angriffen mit Fusionsbomben zu keinem massiven Schiebedruck kommen konnte. Wie der Major gehört hatte, war hier auch während des Höhepunkts der Dolanangriffe keine einzige Sicherung durchgebrannt.

Bei achttausendvierhundert Meter Tiefe verließen Gucky und Shukento den Antigravlift.

Perry Rhodan befand sich in der Zentrale des Hauptquartiers, einem Amphitheater des 25. Jahrhunderts mit zahllosen Kommandopulten, Positronikanschlüssen und Kontrollwänden.

Über der kreisrunden Bodenfläche der Zentrale spannte sich flimmernd die dreidimensionale Projektion der Galaxis und der beiden Magellanschen Wolken.

Der Großadministrator verabschiedete gerade einige Flottillenchefs. Sein Haar war schweißverklebt, und die Stimme klang vom vielen Sprechen rauh.

»Ah, da sind Sie ja wieder!« sagte er, als er den Major und Gucky erblickte. »Major Shukento, ich habe mit Ihnen zu reden.«

Er führte sie in einen Nebenraum, bestellte Kaffee und belegte Brote und ließ sich dann schwer in einen Schalensessel fallen. Minutenlang verharrte er in dieser Stellung mit geschlossenen Augen. Das genügte ihm offenbar, um neue Kräfte zu sammeln, denn als er die Augen wieder öffnete, war sein Blick wieder klar.

»Wir, das heißt der Generalstab und ich, haben beschlossen, militärisch vorerst passiv zu bleiben. Natürlich werden augenblicklich alle verfügbaren schweren Einheiten der Flotte zusammengezogen, darunter die rund tausend Schiffe mit Kontrafeldstrahlern, die von den ursprünglich dreitausend übriggeblieben sind.«

Er unterbrach sich kurz, als eine Ordonanz mit einem Servierwagen auftauchte und Kaffee einschenkte. Dann bedeutete er Gucky und dem Major, sich zu bedienen.

»Es mag unfein sein, mit vollem Mund zu reden«, sagte er lächelnd, »aber Not kennt kein Gebot.

Von Professor Bolder aus NATHAN kam inzwischen eine sehr bedeutsame Nachricht. Er und Tolot hatten auf Waringers Empfehlung Erkundigungen darüber eingezogen, ob den Okefenokees bekannt sein könnte, daß wir über den Kontrafeldstrahler verfügen. Nach Durchrechnungen der Informationen verneinte NATHAN die Frage. Vielleicht ist dies der Faktor, der alles entscheiden kann.«

Gucky pfiff schrill auf seinem Nagezahn.

»Wenn die Okefenokees keine Ahnung von einem Kontrafeldstrahler haben, können sie auch kein Gegenmittel dafür besitzen. Ha! Die werden Augen machen, wenn wir ihnen die Paratronschirme klau ... eh ... stehlen!«

Rhodan räusperte sich. »Guckys Ausdrucksweise ist etwas unkonventionell, Major«, sagte er entschuldigend. »Überhören Sie die gröbsten Schnitzer nach Möglichkeit.«

Er wandte sich wieder dem Mausbiber zu.

»Ich hoffe, daß du recht behältst, Gucky. Allerdings habe ich nicht vor, gegen die Okefenokees zu kämpfen, ausgenommen in Notwehr. Vorerst werde ich nur politisch die Initiative ergreifen.

Major Shukento, Sie fragen sich wahrscheinlich, warum ich Wert auf eine direkte Zusammenarbeit mit Ihnen lege ...?«

Shukento nickte stumm.

»Verständlich. Aber Sie hatten den ersten Kontakt mit Eynch Zigulor. Deshalb sollten Sie dabei sein, wenn ich mit dem Wissenschaftler verhandle.«

Er unterbrach sich, als die Ruflampe des Interkoms aufleuchtete.

Ein Posten fragte an, ob der Großadministrator Solarmarschall Allan D. Mercant empfangen könnte.

»Schicken Sie ihn zu mir!« befahl Rhodan.

Mercant trat wenige Minuten später ein. Er wirkte bieder wie immer, äußerlich der Typ des Kleinbürgers aus dem 20. Jahrhundert. Ein Uneingeweihter hätte in ihm nie den Chef der Solaren Abwehr vermutet.

Unaufgefordert nahm der Solarmarschall Platz. Um seine Lippen spielte die kaum erkennbare Andeutung eines Lächelns.

»Ich sehe so etwas wie boshafte Ironie in Ihren Augen funkeln, mein lieber Allan ...«, sagte Rhodan gedehnt.

Mercant wölbte die Brauen, hüstelte und sagte ganz ruhig:

»Nicht ohne Ursache. Dreimal dürfen Sie raten, wer plötzlich eine

Abordnung nach Terra geschickt und uns ein umfassendes Hilfsangebot unterbreitet hat . . .!«

Perry Rhodan beugte sich vor. Seine Augen funkelten. Dann lachte er und verschränkte die Arme vor der Brust.

»Nun, wer schon. Die Akonen vermutlich. Sie werden vom Auftauchen der Flotte aus M 87 erfahren haben. Diese Leute können denken, Mercant. Ihnen wird sehr schnell klargeworden sein, was eine derart riesige Flotte für unsere Galaxis zu bedeuten hat.«

»Schade«, äußerte Mercant. »Sie haben den besten Gag bereits erraten.« Er lächelte wieder hintergründig. »Doch das ist nicht alles. Außer den Akonen trafen auch Abordnungen der Springer, der Arkoniden und ihrer Kolonialvölker, der Antis und sogar unserer Erzfeinde, der Antis vom Báalolkult, ein.«

Perry Rhodan runzelte die Stirn. Prüfend musterte er Mercants Gesicht.

»Die Nachricht vom Auftauchen der Okefenokees hat sich verdächtig schnell verbreitet, mein lieber Allan. Ich schätze, Sie haben ein wenig nachgeholfen. Ist es so?«

Mercant zuckte die Schultern und lächelte offen.

»Man tut, was man kann.«

Perry Rhodan nickte.

»Danke, Allan. Sorgen Sie bitte dafür, daß die Abordnungen standesgemäß empfangen werden. Das Verhandlungsergebnis sollte so ausfallen, daß alle dazu bereiten galaktischen Völker Flottenverbände zum Solsystem schicken.«

»Ich dachte es mir. Die Verhandlungen werden bereits von Leuten vorbereitet, die sich seit Jahren eingehend mit der Psyche der galaktischen Völker befaßt haben. Es wird ganz individuelle Verhandlungen geben – und sehr kurze.«

Eril Shukento hatte staunend den Ausführungen Mercants gelauscht. Ihm war zwar bekannt gewesen, daß der Chef der Solaren Abwehr ein überaus fähiger Mann war. Nun begriff der Major plötzlich, daß dieser »Kleinbürgertyp« mit dem schütteren Haarkranz viel mehr war, nämlich ein Genie.

Nachdem der Abwehrchef sich zurückgezogen hatte, erhob sich Perry Rhodan.

»Ich habe eine Einsatzbesprechung angesetzt.« Er sah auf seine Uhr. »Es ist soweit. Bitte, kommen Sie mit.«

31.

Der Leichte Kreuzer der Städteklasse YERKOLA war eines der fünfzig Raumschiffe, die Perry Rhodan bei dem überstürzten Abflug zum Solsystem vor dem Enemy-System zurückgelassen hatte. Über eine Funkrelaisbrücke aus Leichten Kreuzern und Korvetten stand der Kommandeur des Verbandes in permanenter Hyperfunkverbindung mit dem Hauptquartier der Solaren Streitkräfte.

Major Penta Schiroff war Kommandant der YERKOLA. Sein Schiff schwebte vor der Seite des gigantischen Paratronschirms, die der Heimatgalaxis zugewandt war.

Zur Zeit saß Schiroff in seiner Kabine. Ihm gegenüber hatte sich Ramdor Ochra niedergelassen, sein Erster Offizier. Die beiden Männer spielten 3-D-Schach.

Soeben hatte Penta Schiroff einen Zug getan. Nun lehnte er sich zurück, gähnte herzhaft und sagte: »Sie sind dran, Ramdor.«

Oberleutnant Ochra stützte den Kopf in die Hände und musterte grübelnd die Konstellation der Figuren. Dann schüttelte er bedauernd den Kopf.

»Können wir nicht für heute Schluß machen, Penta? Das dauernde Schachspielen geht mir auf die Nerven. Seit Wochen sitzen wir nun vor diesem verflixten Paratronschirm und warten darauf, daß etwas geschieht. Bisher ist nichts geschehen, außer daß ich bereits neun Partien verloren habe.«

»Immerhin haben Sie auch sechs Partien gewonnen. Na, schön! Schluß für heute. Ich gehe noch mal in die Zentrale, danach lege ich mich in die Falle.«

Ramdor Ochra seufzte erleichtert und stand auf. Er erstarrte, als die Ruflampe des Interkoms in alarmierendem Rot flackerte.

»Da muß etwas passiert sein!« stieß er hervor.

Penta Schiroff stand bereits vor dem Bildschirm.

»Kommandant Schiroff hier!«

Auf dem Schirm bildete sich das Gesicht des Cheffunkers ab.

»Meldung der Stufe Rot von HQ Gobi, Sir.«

»Funkübermittlung!« befahl der Major.

Kurz darauf hielt er eine Funkkopie in den Händen. Er überflog sie und pfiff durch die Zähne.

»Bald kriegen wir Abwechslung, Ramdor«, sagte er. »Das HQ meldet, ein Verband von sechzigtausend Großkampfschiffen der Okefenokees aus M 87, bemannt mit Dumfrie-Soldaten, hat Kurs auf die Materiebrücke zwischen den Magellanschen Wolken genommen. Ziel aller Voraussicht nach das Enemy-System. Wir sollen uns fünfzig Millionen Kilometer zurückziehen und jede Handlung vermeiden, die als feindselig eingestuft werden könnte.«

»Was . . .?« Der Erste Offizier war fassungslos. »Die Okefenokees? Das sind doch die Todfeinde der Bestien, oder?«

»Hm!« Schiroff kratzte sich bedächtig hinter dem Ohr. »Und sie müssen den ›Knall‹ gehört haben, mit dem das Zeitfeld zusammenbrach. Ich bin nur gespannt, ob es ihnen gelingt, diesen Paratronschirm zu knacken.«

Während er sprach, hatte er seinen Waffengurt umgeschnallt und die Kombination verschlossen. Ramdor Ochra folgte seinem Beispiel. Die beiden Männer verließen die Kabine, betraten das Transportband und stiegen vor dem Panzerschott zur Kommandozentrale wieder ab.

Als sie die Zentrale betraten, diskutierten die anwesenden Offiziere bereits über das neue Thema.

Penta Schiroff lächelte, dann sagte er laut:

»Meine Herren, ich bitte um Ruhe! Ich werde mich beim Kommandeur erkundigen, ob er etwa weitere, speziell verschlüsselte Anweisungen erhalten hat.«

Er mußte fast zehn Minuten auf die Hyperkomverbindung warten. Während dieser Zeit beobachtete er mit ausdruckslosem Gesicht das gigantische, matt schimmernde Feld, das sich über den gesamten Frontsektor der Panoramagalerie erstreckte.

Endlich meldete sich der Kommandeur.

Das kantige Gesicht von Oberst Malokow wirkte durch den mächtigen Schnauzbart so martialisch wie das eines römischen Gladiators. Die Vollglatze dagegen milderte den Eindruck wieder ab.

»Natürlich habe ich Spezialbefehle erhalten, Major Schiroff! Der Großadministrator versichert uns, daß die Okefenokees und Dumfrie-Truppen nicht beabsichtigen, das Solare Imperium anzugreifen.«

Penta Schiroff runzelte die Stirn.

»Das klingt fast zu gut, Sir. Es ist die Sprache desjenigen, der sich dem anderen haushoch überlegen fühlt. Gar zu leicht führt solche Überheblichkeit dazu, die eigene Stärke zu Erpressungen zu benutzen, wie die Geschichte beweist.«

»Ach, was! Geschichte!« sagte Malokow verächtlich. »Wenn der Großadministrator sagt, die Okefenokees greifen uns nicht an, dann greifen sie uns nicht an. Haben Sie das verstanden, Major?«

Major Penta Schiroff kochte innerlich; nach außen hin blieb er jedoch vollkommen ruhig. »Jawohl, Sir.«

Er trennte die Verbindung und wandte sich seinem Ersten Offizier zu.

»Haben Sie diesen sturen Bock gehört, Ramdor!« Er äffte den Tonfall Malokows nach. »Wenn der Großadministrator sagt, die Okefenokees greifen uns nicht an, dann greifen sie uns nicht an.« Er holte tief Luft. »Ich traue dem Frieden nicht. Und ich kann mir nicht vorstellen, daß Rhodan den Versicherungen der Okefenokees blindlings vertraut.«

Er schaltete den Interkom zur Funkzentrale durch.

»Hören Sie!« sagte er zum Cheffunker. »Mich interessiert alles, was Sie aus den Gesprächen aufgefangen haben, die über die Funkbrücke gehen, und nicht nur das, was direkt an uns gerichtet ist. Was haben Sie Besonderes zu bieten?«

Der Cheffunker grinste. Er kannte seinen Kommandanten.

»Nun, Sir, da wäre zum Beispiel eine geheime Anfrage aus der lunaren Hyperinpotronik NATHAN an alle Kommandeure und die Offiziere, die beim Einsatz M 87 dabei waren. Man möchte wissen, ob den Okefenokees oder den Dumfries bekannt sein könnte, daß wir über den Kontrafeldstrahler verfügen. Weitere Gespräche beschäftigten sich mit der Frage, über welche Waffen die Dumfrie-Schiffe verfügen. Speziell sorgt man sich darum, was mit dem sogenannten Etatstopper ist und ob er als Schiffswaffe eingesetzt werden könnte.«

»Vielen Dank«, sagte Schiroff. »Sie haben mir sehr geholfen.«

Er blickte Oberleutnant Ochra vielsagend an.

»Das klingt schon anders als Malokows Beschwichtigung, nicht wahr, Ramdor?«

Ramdor Ochra zuckte die Schultern.

»Es scheint tatsächlich so, als wollte der Großadministrator sich auf alle Fälle vorbereiten.«

»Es scheint nicht nur so, es ist so, Freund. Allerdings scheint Perry Rhodan in einer wenig beneidenswerten Lage zu sein. Scheußlich, wenn man nicht weiß, mit welchen gegnerischen Waffen man zu rechnen hat. Unter solchen Umständen ist keine vernünftige taktische Planung möglich.«

»Wie arbeitet ein sogenannter Etatstopper eigentlich, Sir?« fragte der Navigator, ein noch junger Mann.

Penta Schiroff erklärte es ihm.

Der Navigator erschauerte. »Furchtbar! Innerhalb weniger Sekunden zerfällt ein Lebewesen zu Staub, sagten Sie?«

Major Schiroff nickte schwer.

»Es dürfte allerdings kaum Schmerzen dabei empfinden. Wahrscheinlich verfällt es bereits im ersten Moment in eine Art Dämmerzustand, das Bewußtsein schwindet, und aus ist es . . .«

Sein Gesicht nahm einen grüblerischen Ausdruck an.

»Ich frage mich nur, ob ein Etatstopper in der Lage ist, unseren Hochenergie-Überladungsschirm zu durchdringen.«

Ramdor Ochra wollte etwas erwidern, das Heulen des Ortungsalarms schnitt ihm jedoch die Worte ab.

Major Schiroff sah auf dem Übertragungsschirm der Tasterortung eine Formation von mehreren hundert gigantischen Walzenschiffen auftauchen. Ihre trichterförmig geweiteten Hecks machten ihm klar, daß es sich nur um Dumfrie-Schiffe handeln konnte.

Aber diese Schiffe hätten noch längst nicht hier sein dürfen, überlegte er. Es sei denn, sie verfügten über Überlichttriebwerke mit unvorstellbaren Beschleunigungswerten.

Die nächststehenden Raumschiffe waren nicht mehr als zehn Millionen Kilometer entfernt. Keiner der terranischen Städtekreuzer hatte sich bisher auf die befohlene Außenlinie zurückgezogen; die Walzenschiffe waren zu überraschend aufgetaucht.

Oberst Stefan Malokow meldete sich über Hyperkom.

»An alle Kreuzer! Zurückziehen auf befohlene Linie. Es besteht kein Gefechtszustand. Die Okefenokees werden uns nicht angreifen. Ende!«

»Ihren Optimismus möchte ich haben, Oberst!« brummte Schiroff. Doch der Verbandschef hatte die Verbindung bereits unterbrochen.

Major Penta Schiroff kaute auf seiner Unterlippe und beobachtete die Schiffsungetüme aus M 87.

»Was ist mit Ihnen, Penta?« fragte sein Erster Offizier.

Der Major warf ihm einen seltsamen Blick zu.

»Rhodan müßte irgendwie erfahren, welche Waffen die Okefenokees einzusetzen haben . . .«, murmelte er halblaut. »Und außerdem sollte klargestellt werden, was die Zentrumskonstrukteure unter einer friedlichen Haltung gegenüber dem Imperium verstehen.«

Ramdor Ochra lächelte verkrampft.

»Tun Sie sich keinen Zwang an, Penta. Fragen Sie Oberst Malokow, ob wir eine Testannäherung fliegen dürfen!«

»Ach, Malokow!« Schiroff winkte geringschätzig ab. »Der geht kein Risiko ein.«

Er schwenkte mit dem Kontursitz herum.

»Meine Herren, ich habe vor, die Dumfrie-Flotte anzusteuern – mit der nötigen Vorsicht natürlich. Ich halte es für außerordentlich wichtig für die Taktik des Imperiums, daß wir die Kampfkraft und das Toleranzmaß der Okefenokees ausloten. Mein Plan verstößt natürlich gegen Oberst Malokows Befehle, und ich will niemanden zwingen, einen solchen Verstoß mitzumachen. Wer ist dagegen?«

Die Offiziere blickten sich stumm an, doch niemand meldete sich. Der Feuerleitoffizier sagte schließlich:

»Wenn Sie unsere Hände oben sehen wollen, müssen Sie fragen, wer dafür ist, Kommandant!«

Einige Leute lachten gepreßt.

»Nun, gut! Wer ist dafür?« fragte Schiroff.

Alle Hände flogen hoch. Die Gesichter der Männer waren ernst. Sie kannten das Risiko. Aber ihnen war auch klargeworden, daß es sein mußte.

Penta Schiroff nickte.

»Vielen Dank. Wir werden mit aktiviertem HÜ-Schirm langsam an die Flotte herangehen. Tangentialkurs, damit wir uns innerhalb kürzester Frist wieder entfernen können.«

Er schaltete die Rundsprechanlage ein und informierte die Mannschaft über die geplante Aktion. Danach nahm er mit geringen Beschleunigungswerten Kurs auf den oberen Rand der Dumfrie-Flotte.

Die Walzenschiffe schienen keine Notiz von dem terranischen Leichten Kreuzer zu nehmen. Sie gruppierten sich um, anscheinend für den Angriff auf das Enemy-System.

»Fünf Millionen Kilometer«, meldete der Cheforter über Interkom. »Wir werden von Tasterstrahlen getroffen. Ansonsten nichts.«

Penta Schiroffs Hände lagen auf dem Hauptsteuerpult. Langsam schob er den Beschleunigungshebel vorwärts. Die Geschwindigkeit der YERKOLA ging auf 0,15 LG, dann auf 0,20 LG. In der Sektorvergrößerung des Frontschirms wuchs eines der gigantischen Walzenschiffe über die Bildränder hinaus.

»Noch anderthalb Millionen Kilometer«, meldete die Ortung. »Wir werden jetzt nur noch von einem Schiff getastet, Sir.«

Major Schiroff schob in einem jähen Entschluß den Beschleunigungshebel bis zum Anschlag nach vorn und riß die YERKOLA nach oben. Mit aufbrüllenden Triebwerken entfernte sie sich von der Dumfrie-Flotte.

Sekunden später wunderte sich der Major, daß noch immer kein Beschuß erfolgt war. Er hatte daraus, daß plötzlich nur noch ein einziges Dumfrie-Schiff die YERKOLA tastete, auf einen bevorstehenden Angriff dieses Schiffes geschlossen.

»Kommandant an Ortung«, sagte er, »werden wir noch getastet?«

»Energetische Aktivität im Innern des einzelnen Schiffes, Sir«, meldete der Cheforter. Sein Gesicht blickte gelassen vom Bildschirm. Dann verzerrte sich sein Mund zu einem Schrei. »HÜ-Schirm-Leistung fährt automatisch hoch. Etwas trifft den Schirm.« Seine Stimme wurde zum Flüstern und brach ab.

Penta Schiroff sah voller Entsetzen, wie das Gesicht des Mannes rasend schnell verfiel, sich in einen fleischlosen Totenschädel verwandelte, der jäh als Wolke grauen Staubes zusammenbrach.

Er schlug mit der Faust auf den Aktivierungsschalter des Linearantriebs. Im Schiff heulten die Umformer des Kalups, dann versank das normale Universum. Draußen waren nur noch die seltsamen bizarren Lichtmuster des Zwischenraums.

Erleichtert wandte der Major sich um – und erstarrte.

Sein Erster Offizier, der Navigator, der Feuerleitoffizier, ein Kybernetiker: sie waren verschwunden. Nur grauer Staub auf ihren Kontursesseln verriet, was aus ihnen geworden war.

Schiroff blickte in die andere Hälfte der Zentrale.

Die Offiziere hier lebten. Aber in ihren Augen spiegelte sich das Grauen ...

Major Eril Shukento atmete hörbar ein, als die CREST V aus dem Linearraum ins Normalkontinuum überwechselte und in wenigen Millionen Kilometern Entfernung die gigantische Schlachtflotte aus M 87 auftauchte.

Er wandte den Kopf und blickte hinüber zum Kartentisch, an dem Perry Rhodan zusammen mit Atlan, Roi Danton und den Mutanten saß und ebenfalls die Bildschirme beobachtete.

Shukento schüttelte unbewußt den Kopf. Seine Verwunderung galt dem Freihändlerkönig, der Milliarden Menschen jahrelang über seine wahre Identität getäuscht hatte. Es war eine Art kosmisches Possenspiel gewesen, das Rhodans Sohn Mike getrieben hatte, allerdings mit ernstem Hintergrund. Seit sein Geheimnis vor allen Menschen enthüllt war, hatte Michael Reginald Rhodan seine exzentrischen Allüren abgelegt wie einen abgetragenen Mantel.

Auf den Übertragungsschirmen der Kommandozentrale leuchtete das Abbild eines Majors der Imperiumsflotte auf. Das Hyperkomgespräch konnte von allen Männern in der Zentrale verfolgt werden.

Das Gesicht des Majors auf dem Bildschirm wirkte grau und eingefallen. Er sprach leise und stockend.

»Hier Major Penta Schiroff vom Leichten Kreuzer YERKOLA. Ich habe eine wichtige Meldung zu machen, Großadministrator.«

Rhodans Antwort wurde ebenfalls von Lautsprechern verstärkt.

»Ihr Verbandskommandeur unterrichtete mich davon, daß Sie entgegen seiner und meiner Befehle die Flotte der Okefenokees angeflogen haben. Mich interessiert die Begründung für diese grobe Pflichtverletzung, Major . . .!«

Penta Schiroff nickte. Seinem Gesicht war nicht anzusehen, was er über den berechtigten Vorwurf dachte.

»Vor meiner eigenmächtigen Aktion wußten wir nicht, welche Waffen die Dumfrie-Schiffe gegen uns einsetzen können. Vor allem war unklar, ob die Okefenokees den Etatstopper an die Dumfrie-Truppen ausgeliefert haben.«

Rhodans Stimme schwankte leicht, als er fragte:

»Und nun glauben Sie es zu wissen, Major?«

Schiroffs Gesichtszüge strafften sich. Seine Augen funkelten in seltsamem Feuer.

»Jawohl, Sir. Die Dumfrie-Schiffe verfügen über den Etatstopper – und er durchdringt mühelos einen HÜ-Schirm.« Er senkte die Stimme. »Über die Hälfte meiner Besatzung fiel einem Angriff mit Etatstoppern zum Opfer, Sir.«

Ein überraschtes Murmeln hallte durch die Kommandozentrale und verstummte abrupt, als Perry Rhodan abwinkte.

»Oberst Malokow beantragte, Sie deshalb vor ein Kriegsgericht zu stellen, Major Schiroff. Was haben Sie dazu zu sagen?«

»Ich bin bereit, die volle Verantwortung für meine Handlungsweise zu übernehmen, Sir. Es war mir klar, welchem Risiko ich die YERKOLA aussetzte. Aber vielleicht helfen die dadurch gewonnenen Erkenntnisse, Millionen Menschen vor dem Tode zu bewahren.«

»Das ist durchaus möglich«, erwiderte Rhodan. »Ich würde sagen . . .«, er lächelte humorlos, » . . . Sie haben in einer Ausnahmesituation gegen den Befehl Ihres Vorgesetzten, aber entsprechend der Lage und im Interesse der Menschheit gehandelt. Ein Verfahren läßt sich natürlich nicht vermeiden, aber machen Sie sich darüber keine Sorgen. Sie behalten das Kommando über die YERKOLA. Ich danke Ihnen.«

»Ich betrachte die Handlungsweise der Okefenokees als Bruch ihrer Zusicherung, das Solare Imperium nicht anzugreifen«, erklärte Atlan. Der Arkonide wirkte älter als sonst; seiner Stimme waren die Sorgen anzuhören, die ihn quälten.

»Nicht ganz«, warf Mike Rhodan ein.

»Doch!« brauste Atlan auf. »Die YERKOLA ist ein Teil des Solaren Imperiums wie alle Schiffe der Flotte!«

»Wir sind nicht in der Lage«, sagte Perry Rhodan schleppend, »daraus harte Gegenmaßnahmen abzuleiten. Immerhin werden wir vorsichtiger als bisher sein. Offenbar dulden die Okefenokees keine Einmischung in das, was sie ›ihre ureigensten Angelegenheiten‹ nennen. Ob dies unserer Rechtsauffassung widerspricht oder nicht, bleibt gegenstandslos, solange wir keine Mittel haben, die Okefenokees zur Akzeptierung unserer Ansichten zu zwingen.«

Er schaltete die Verbindung zur Funkzentrale ein.

»Senden Sie den vorbereiteten Ruf an Eynch Zigulor ab!« befahl er dem Cheffunker.

Eril Shukento fröstelte plötzlich. Erst jetzt wurde ihm bewußt, wie schmal der Grat war, auf dem die Politik Perry Rhodans balancierte. Ein einziger falscher Schritt konnte der angeschlagenen Menschheit den Todesstoß versetzen.

Nur mit halber Aufmerksamkeit lauschte er den Hyperfunkmeldungen, die unablässig von Verbänden der Solaren Flotte einliefen. Staatsmarschall Reginald Bull berichtete, daß starke Kampfverbände der Akonen, Arkoniden und der Galaktischen Händler vor dem Solsystem eingetroffen seien und sich bedingungslos seinem Befehl unterstellt hätten.

»Man wird allmählich munter«, kommentierte der Doppelkopfmutant Iwan Iwanowitsch Goratschin diese Meldung. »Offenbar ist einigen Herren plötzlich klargeworden, daß das so sehr gehaßte Solare Imperium mit seiner Macht auch ihren Bestand garantiert.«

Atlan lachte trocken.

»Etwas Ähnliches spielte sich schließlich auch vor einigen Jahrhunderten auf der Erde ab, als Rhodan die Dritte Macht begründete. Er hatte sich einige arkonidische Machtmittel angeeignet und war dadurch allen anderen terranischen Mächten plötzlich überlegen. Folglich schlossen sie sich gegen ihn zusammen. So war es doch, Freund?« Er blickte den Großadministrator an.

Perry Rhodan nickte.

»Das ist ein Naturgesetz, Atlan. Man kann es schon bei Ameisen beobachten oder bei anderen Gesellschaftswesen. Nehmen wir ein Wolfsrudel, in dem sich ständig Rangkämpfe abspielen. Sobald die Wolfsrüden sich von einer gemeinsamen Gefahr bedroht fühlen, vergessen sie ihren Streit und unterstellen sich willig dem Leitwolf, den sie eben noch erbittert bekämpften.«

»Aber wehe, die Gefahr ist vorüber«, murmelte Mike Rhodan düster.

Erneut sprach die Hyperkomübertragung an. Die Gestalt Rhodans erstarrte. Der Okefenokee Eynch Zigulor meldete sich.

»Ich freue mich, Sie wiederzusehen«, erklärte Perry Rhodan. »Leider sind die Begleitumstände weniger erfreulich, Eynch Zigulor.«

Das braune Gesicht des Okefenokee wirkte kalt und abweisend.

»Sie brauchten es nicht zu sein, Perry Rhodan. Schließlich wollen wir nur eine Gefahr beseitigen, mit der Sie allein niemals fertig geworden wären.«

»Wir könnten unsere Aktionen koordinieren«, fühlte Rhodan vor.

»Ich kenne die Ansichten des Druisanten Kibosh Baiwoff darüber, Rhodan«, erklärte Zigulor. »Er hält nichts davon. Ich gebe Ihnen einen guten Rat: Ziehen Sie sich mit ihren Schiffen zurück und halten Sie sich aus unserer Angelegenheit heraus. Sie wissen ganz genau, daß die Völker von M 87 rund siebzigtausend Ihrer Jahre in Angst vor den Bestien leben mußten. Deshalb werden wir uns von Ihnen nicht hineinreden lassen.«

»Was haben Sie vor?« fragte der Terraner hartnäckig. »Sie können nicht einfach Millionen intelligenter Lebewesen vernichten. Außerdem leben im Enemy-System noch Millionen anderer Intelligenzen, die keine Schuld an den Aktionen der Bestien tragen. Vielleicht könnten . . .«

Eynch Zigulor unterbrach ihn brüsk.

»Kümmern Sie sich darum, daß Sie selbst überleben, Perry Rhodan. Wenn ich Ihnen gegenüber nicht zu Dank verpflichtet wäre, würde ich Sie nicht so geduldig warnen. Zum letztenmal: Ziehen Sie sich zurück!«

Verbittert starrte Rhodan auf den erlöschenden Übertragungsschirm.

Dann befahl er den Schiffen der Wachflotte, sich um fünfhundert Millionen Kilometer zurückzuziehen. Die CREST V dagegen blieb an Ort und Stelle. Drei Explorerschiffe tauchten Minuten später auf und verteilten sich auf Rhodans Weisung in sicherem Abstand rings um den Paratronschirm und die Dumfrie-Flotte.

Das Enemy-System war unterdessen völlig eingekreist worden. Nur vier Verbände zu je tausend schweren Einheiten schwebten außerhalb des Einkreisungsringes. Plötzlich setzten sie sich in Bewegung – und dann meldete die Ortungsstation eine Hyperschockwelle. Im gleichen Augenblick verschwanden die viertausend Dumfrie-Kampfschiffe.

»Die Schiffe sind nicht in den Linearraum gegangen, sondern haben ihre Dimetranstriebwerke benutzt«, meldete der Cheforter erregt.

Atlan und Rhodan sahen sich an.

»Wohin mögen sie fliegen«, murmelte der Arkonide. »Zurück nach M 87? Das kann ich nicht glauben. Andererseits führt ein Dimetransflug stets ins Zentrum einer Galaxis – oder sollten die Okefenokees andere Möglichkeiten gefunden haben?«

Die Ortungszentrale meldete sich.

»Energetische Instabilitäten in Richtung hyperdimensionaler Zustandsform.«

Noch bevor jemand mit dieser Meldung etwas anfangen konnte, liefen die Meldungen von drei Explorern ein, die sich auf der der Galaxis abgewandten Seite der Materiebrücke zwischen den Magellanschen Wolken befanden. Sie berichteten übereinstimmend vom Verschwinden eines ganzen Planetensystems und Erscheinungen, die sonst nur in der Librationszone des Linearraums beobachtet worden seien.

»Es sieht aus, als sollte unser Kontinuum in den Hyperraum gesogen werden«, äußerte einer der Explorer-Kommandanten.

Perry Rhodan erteilte den Befehl, die CREST V »über« die Materiebrücke zu bringen. Er erhoffte sich dadurch ein besseres Beobachtungsfeld.

Unterdessen hatten die Männer in der Ortungszentrale einen Begriff für die seltsame Erscheinung geprägt: Hyperimplosionen. Die große Bordpositronik begann mit der Auswertung.

Dann kam die zweite Meldung über eine Hyperimplosion.

Diesmal war der Vorgang sogar im normalen Panoramasektor der CREST V zu sehen.

Zuerst entdeckte Major Eril Shukento einen blassen, blauweiß schimmernden Reif vor dem schwarzen Hintergrund des Leerraums. Dieser

Reif strahlte zusehends heller, dann bildete sich in seinem Zentrum ein winziger Punkt, der rasch anwuchs, wobei er sich schneller und schneller drehte, eine kosmische Spirale formend, die vom Diesseits ins Jenseits führte, auf Kontinua bezogen.

Die Ortungszentrale stellte fest, daß der Ort des Geschehens zweitausendneunhundert Lichtjahre entfernt war, der Reif anderthalb Lichtjahre durchmaß und auf dem Höhepunkt stärker strahlte als der Kern einer Sonne.

Eine halbe Minute, nachdem die Erscheinung verschwunden war, beobachteten die Astronomen aus dem Observatorium der CREST V eine Nova in der Materiebrücke, zwei Novae in der Kleinen und drei in der Großen Magellanschen Wolke.

Aus der Großen Magellanschen Wolke wurde außerdem gemeldet, daß ein Explorerschiff spurlos verschwunden wäre.

Endlich meldete sich die große Bordpositronik. Sie hatte die Auswertungen soweit abgeschlossen, daß sie eine Logikberechnung anstellen konnte.

Das Ergebnis hieß: Die Dumfrie-Verbände, die mit Hilfe ihrer Dimetranstriebwerke verschwunden waren, hatten die Paraarsenale der Zweitkonditionierten gefunden und jeweils schlagartig vernichtet. Die dabei innerhalb des Hyperraums enstehenden energetischen Vakua hatten zu den Implosionen geführt, wobei jedesmal der Energiehaushalt des Normalraums angezapft und erschüttert worden war.

Kurz nach dieser Meldung erfolgten in geringen Abständen zwei weitere Hyperimplosionen. Danach blieb es ruhig. Eine halbe Stunde später tauchten die viertausend Dumfrie-Schiffe wieder auf.

»Anscheinend gab es nur vier Paraarsenale«, sagte Geoffry Abel Waringer sinnend. »Zwei davon kannten wir ja bereits. Ich gestehe, daß die zielsicheren und kompromißlosen Aktionen der Okefenokees mich beeindrucken.«

Der Großadministrator blickte seinen Schwiegersohn forschend an. Als er erkannte, daß Waringer tatsächlich gesagt hatte, was er dachte, nickte er.

»Gewiß. Du darfst nur nicht vergessen, daß die Okefenokees sich siebzigtausend Jahre lang auf diesen Schlag vorbereitet haben. Und nun werde ich mir den Mann mit den Zentrumssteinen noch einmal ansehen. Kommandant, nehmen Sie Kurs auf die Dumfrie-Flotte!«

Während die CREST V allein auf die sechzigtausend Kampfschiffe aus M 87 zuflog, orteten die Explorerschiffe neue energetische Entladungen.

Die Auswertung ergab, daß die Bestien versuchten, mit Hilfe von Großtransmittern zu flüchten. Sie mußten irgendwo noch geheime Gegenstationen besitzen, sonst wäre eine Flucht sinnlos gewesen.

Die Dumfries besaßen jedoch offenbar Mittel, jeglichen Transmittertransport zu verhindern. Ganz in der Nähe des Enemy-Systems flammten ununterbrochen Sonnen auf, wenn die Hypertransporte mit unbekannten Waffen vernichtet wurden.

»So weit, so gut«, murmelte Atlan. Der Arkonide ließ die Übermittlungsschirme für Ortung und positronische Auswertung nicht aus den Augen. »Die Okefenokees sind uns auf einigen Gebieten überlegen. Dennoch scheinen sie den Paratronschirm der Bestien nicht durchdringen zu können.«

»Bisher haben sie noch nicht angegriffen«, erwiderte Rhodan. »Vielleicht warten sie nur darauf, daß die Bestien die Vergeblichkeit ihrer Fluchtversuche einsehen.«

Der Lordadmiral schüttelte den Kopf. Plötzlich starrte er verwundert auf den Übertragungsschirm der Hyperortung. Eine Anzeigenlinie war plötzlich in den Bereich der Dimetransenergie hochgeschnellt und sofort wieder abgeflacht.

Er erkundigte sich in der Ortungszentrale, ob man den Abflug von Dumfrie-Schiffen beobachtet habe. Die Frage wurde verneint. Eine kurze Zählung, von den Pultpositroniken durchgeführt, ergab, daß sich alle sechzigtausend Dumfrie-Schiffe unverändert vor dem Paratronschirm aufhielten.

Dennoch wiederholte sich die Erscheinung noch dreiundzwanzigmal. Danach blieb sie aus.

»Irgend etwas geht vor, von dem wir keine Ahnung haben«, sagte Atlan leise. »Vielleicht haben wir den Abschuß von unbekannten Waffen bemerkt, die ihre Wirkung erst hinter dem Paratronschirm entfalten.«

»Kontakt zu Eynch Zigulor!« schrie jemand aus der Ortungszentrale.

Die Verbindung wurde sofort zu Rhodans Platz umgelegt. Vom Bildschirm sah wieder das Gesicht des Okefenokees herab. Diesmal wirkte es noch abweisender.

Der Großadministrator hob die Hand, um Zigulor am Sprechen zu hindern.

»Ersparen Sie sich Ihre Aufforderungen zum Rückzug«, erklärte er hart. »Ich appelliere noch einmal an Ihr Gewissen, Eynch Zigulor. Sie dürfen es nicht zulassen, daß Millionen vernunftbegabter Lebewesen vernichtet werden. Wir haben festgestellt, daß Sie über ausgezeichnete Machtmittel verfügen. Warum fordern Sie die Bestien nicht zur Übergabe auf? Sie könnten sie auf einen einsamen Planeten verbannen, wo sie keinen Schaden mehr anrichten würden.«

»Genug geredet!« entgegnete Zigulor scharf. »Von nun an werde ich nicht mehr mit Ihnen sprechen.«

Er schaltete ab.

Über Interkom meldete sich Oberst Merlin Akran und fragte an, ob er die CREST abstoppen oder weiterfliegen sollte.

»Halten Sie Kurs auf den nächsten Kampfverband der Dumfries, Oberst!« befahl Perry Rhodan.

»Was glaubst du damit zu erreichen?« fragte Atlan.

Rhodan blickte auf die Sektorvergrößerung des Frontbildschirms, auf dem mehrere schwere Dumfrie-Kampfschiffe zu sehen waren, die über dem Paratronschirm des Enemy-Systems kreisten wie hungrige Geier.

»Ich habe die Hoffnung, sie aus ihrer bisherigen Reserve zu locken, Freund. Etwas fehlt noch an dem Bild, meinst du nicht auch?«

Das Gesicht des Arkoniden verschloß sich.

»Man sollte nicht unnötig provozieren.«

Wie zur Bestätigung seiner Warnung meldete sich der Druisant Kibosh Baiwoff persönlich. Seine Augen glühten drohend, und trotz der absoluten Fremdartigkeit der Stimme spürten die Menschen die Kälte, die darin mitschwang.

»Sie konnten es offenbar nicht mehr erwarten, Perry Rhodan«, erklärte er. »Nun gut! Hören Sie genau zu und befolgen Sie meine Befehle!«

»Sie können mir nichts befehlen, Druisant!« erwiderte Rhodan.

»Streiten wir nicht um semantische Feinheiten«, wies Baiwoff ihn zurecht. »Meinetwegen nennen Sie es ›ultimative Forderung‹. Ich fordere also von Ihnen als Oberkommandierendem aller Streitkräfte des Solaren Imperiums und der verbündeten Mächte, daß Sie unverzüglich Maßnahmen ergreifen, die die totale Vernichtung der Bestien vom halutischen Typ zum Ziel haben.«

»Sie sind verrückt!« fuhr Perry Rhodan auf. »Was maßen Sie sich an! Ohne unsere Hilfe, damals in Ihrer Heimatgalaxis, wäre der Kristallplanet Monol von den Bestien vernichtet worden, und Sie hätten Ihre

Macht eingebüßt. Dabei haben auch sogenannte Bestien vom halutischen Typ mitgeholfen, Druisant. Kennen Sie eigentlich keine Dankbarkeit?«

»Ich kenne nur meine Befehle. Es ist eine unabdingbare Notwendigkeit, alles das restlos zu vernichten, was die Retortenanlagen der Okefenokees einst an monströsem Leben erzeugt haben. Wollen Sie uns das Recht absprechen, zu zerstören, was wir selbst schufen, Perry Rhodan?«

Der Terraner lachte voller Bitterkeit.

»Druisant«, sagte er langsam und scharf akzentuierend, »Sie sprechen von einem Recht, das Sie sich selber anmaßen. Ich aber meine das unveränderliche Recht, das auf den ewigen Gesetzen des Universums beruht. Sie und ich, wir können niemals ein Recht *besitzen*; wir haben nur die Pflicht, uns für das einzig wahre Recht einzusetzen. Das Wort ›für‹ ist entscheidend, Druisant! Kämpfen Sie meinetwegen für die Abwendung der Gefahr, die den Völkern von M 87 droht. Alles, was dafür notwendig ist, vereinbart sich mit dem ewigen Recht. Aber das, was darüber hinausgeht, verstößt gegen die Gesetze des Universums.«

Er hob die Stimme.

»Und die Vernichtung der Haluter ginge darüber hinaus, denn sie ist nicht notwendig. Die Haluter sind friedfertiger als Ihre und unsere Völker. Sicher, sie kamen als Bestien in unsere Galaxis; sie vernichteten auch das Imperium der Ersten Menschheit. Doch seit langem hat eine parapsychische Genumformung stattgefunden, und seitdem gleichen die Haluter zwar äußerlich noch den Bestien, geistig sind sie uns so verwandt wie Brüder. Warum also sollten wir etwas gegen sie unternehmen? Noch dazu wir Menschen, deren Ursprungssystem erst durch den Einsatz der Haluter vor der Vernichtung bewahrt blieb!«

»Du kannst ihn nicht überzeugen, Perry«, flüsterte Lordadmiral Atlan.

Kibosh Baiwoffs Antwort bestätigte es.

»Ich sprach von einer ›ultimativen Forderung‹, Großadministrator. Trotzdem wollte ich Ihnen das Schlimmste ersparen. Da Sie sich jedoch uneinsichtig zeigen, muß ich Ihnen erklären, daß meine Flotte Ihr Imperium schonungslos angreifen und restlos eliminieren wird, wenn Sie meine Forderungen nicht rückhaltlos erfüllen. Das ist mein letztes Wort. Überlegen Sie sich gut, was Sie tun, Perry Rhodan. Wir werden entweder in Frieden scheiden – oder Ihr Volk geht zugrunde.«

Rhodan starrte geistesabwesend auf den Übertragungsschirm, nachdem die Verbindung längst unterbrochen war.

»Ich hatte dich gewarnt, Perry«, sagte der Arkonide.
Rhodan entspannte sich etwas. Er schüttelte den Kopf.
»Gewiß, es ist furchtbar, vor dieser schrecklichen Alternative zu stehen, Freund«, sagte er leise. »Aber unbewußt habe ich so etwas erwartet. Meine Provokation hat lediglich bewirkt, daß der Druisant die Karten früher auf den Tisch legte.«
Er lächelte eisig. »Wahrscheinlich wollte er damit warten, bis er mit dem Problem fertig geworden war, die Bestien des Enemy-Systems zu vernichten. Dann hätte er nämlich augenblicklich massiven Druck ausüben können – durch die Tat und nicht nur durch Worte, wie er es eben tun mußte. Das gibt uns die Gelegenheit, Gegenmaßnahmen zu überlegen. Ich gebe mich noch lange nicht geschlagen, Atlan.«
Der Lordadmiral lachte trocken. »Nein, du kleiner, großartiger Barbar, wann hast du dich schon einmal geschlagen gegeben!«
Seine Miene verdüsterte sich.
»Leider ist es ein entscheidender Unterschied, ob du innerhalb von M 87 kämpfst, wo deine Menschheit nicht unmittelbar bedroht war – oder ob der Gegner die solare Menschheit als Faustpfand in die Waagschale wirft.«
»Man müßte Baiwoffs Flotte als Faustpfand benutzen können . . .«, murmelte Perry Rhodan nachdenklich.
Atlan lachte bitter auf. Plötzlich brach er ab und sah den Freund aus geweiteten Augen an.
»Verdammt!« Der Fluch klang ungewohnt aus Atlans Mund. »Welch ein Glück, daß ich nicht dein Gegner bin. Ja, man sollte die Dumfrie-Schiffe als Faustpfand benutzen! Und ich habe auch schon eine Idee, wie wir das anfangen könnten.«
Perry Rhodan lächelte zum erstenmal seit langer Zeit wieder sein ironisch-überlegenes Lächeln.
»Laß hören, Atlan!«
»Wir sind nicht in der Lage, die sechzigtausend Schiffsgiganten in offenem Kampf zu besiegen, folglich müssen wir bluffen, den Anschein erwecken, als könnten wir es doch.
Ich schlage einen Test vor, Perry. Versuchen wir, ob die Paratronschutzschirme der Dumfrie-Schiffe unseren Kontrafeldstrahlern standhalten oder nicht. Der Ausgang des Testes entscheidet darüber, ob dein Plan sich verwirklichen läßt.«
Rhodan nickte.
»Gut! So müßte es gehen, Freund. Wir wagen es.«

32.

Major Eril Shukento wischte sich den Schweiß von der Stirn, dann klappte er seinen Helm nach vorn. Klackend rasteten die Magnetverschlüsse ein.

Als das Signal, »Klarschiff zum Gefecht« verhallt war, setzte die CREST V sich in Bewegung.

Sie näherte sich den Dumfrie-Verbänden auf Tangentialkurs, wie es auch die YERKOLA getan hatte. Aber gegen den Leichten Kreuzer war das Ultraschlachtschiff ein Gigant.

Weder Kibosh Baiwoff noch Eynch Zigulor meldeten sich wieder, obwohl das Flaggschiff der Solaren Flotte sich bedrohlich näherte. Dafür jedoch scherte eines der größten Dumfrie-Kampfschiffe aus seinem Verband aus und drehte der CREST V die Breitseite zu.

Shukento fieberte vor Spannung. Er hatte keine Furcht; der Gedanke an die Entscheidung, die mit dem Ausgang des Testes fallen würde, ließ solche Gefühle nicht aufkommen. Schlug der Test fehl, würden die solare Menschheit und die Bewohner von Halut in einem letzten mörderischen Kampf aufgerieben werden, denn niemals würde Rhodan seiner Flotte befehlen, Halut zu vernichten.

»Dumfrie greift mit Etatstoppern an!« meldete Oberst Akran mit einer unerschütterlichen Ruhe, die nur der haben konnte, der dem Tod schon in vielerlei Gestalt ins Auge gesehen hatte.

»Feuer frei für Kontrafeldstrahler!« befahl Perry Rhodan.

Die Strahlbahnen der Kontrafeldwaffe waren unsichtbar. Ihre Wirkung jedoch wurde um so deutlicher erkennbar. Innerhalb von Sekundenbruchteilen riß das vierdimensionale Raum-Zeit-Kontinuum auf; der Paratronschirm des Dumfrie-Raumschiffes verformte sich zu einer schlauchartigen Fahne, die spurlos im Hyperraum verschwand.

Im nächsten Augenblick erbebte die CREST V unter dem Rückschlag der Transform-Breitseite.

Bomben im 1000-Gigatonnen-Bereich wurden entstofflicht, als unsichtbare Spiralen übergeordneter Energie abgestrahlt und unmittelbar vor dem Walzenschiff wieder in die alte Zustandsform umgewandelt. Dies alles erfolgte innerhalb eines unmeßbar winzigen Zeitraums. Anderthalb Sekunden nach dem Feuerbefehl verwandelte sich der Schiffsgigant aus M 87 in einen sonnenhellen sich rasch ausdehnenden Gasball . . .

Der Druisant Kibosh Baiwoff und Eynch Zigulor hatten mit unterschiedlichen Gefühlen die Annäherung des terranischen Flaggschiffs beobachtet.

Zigulor empfand noch immer eine starke Sympathie gegenüber den Menschen, wenn er auch glaubte, sie zugunsten lebensnotwendiger Erfordernisse unterdrücken zu müssen.

Als Baiwoff einem Kampfschiff befahl, das terranische Flaggschiff abzufangen und die Besatzung mit dem Etatstopper zu vernichten, versuchte der Beauftragte der Neundenker ein letztes Mal, den Druisanten umzustimmen.

Es gelang ihm nicht.

Die beiden Raumschiffe näherten sich unaufhaltsam. Langsam drehte der Walzengigant dem Terraner seine Breitseite zu.

»Nein!« schrie Eynch Zigulor.

Es war ein allerletztes Aufbäumen seines Gewissens und völlig zwecklos, denn in diesem Moment mußten die Strahlen der Etatstopper die Menschen dort drüben bereits erfaßt haben.

Doch plötzlich schrie Kibosh Baiwoff gellend auf. Dem Okefenokee verriet der Klang der Stimme helles Entsetzen.

Und dann sah er selbst den blauweiß strahlenden Glutball einer künstlichen Sonne dort aufgehen, wo eben noch das Dumfrie-Kampfschiff gestanden hatte.

Der Druisant schrie einige Befehle. Dumfries hasteten durch die Kommandozentrale. Die Ortung meldete sich.

Das terranische Flaggschiff hatte nach der Vernichtung des Walzenschiffes abgedreht und flog mit hoher Beschleunigung davon.

»Warum nur haben sie diese furchtbare Waffe erst jetzt angewandt?« murmelte Kibosh Baiwoff verstört. Der Druisant war fassungslos.

Eynch Zigulor aber starrte noch immer auf den verlöschenden Glutball. Seine Gedanken beschäftigten sich bereits mit einem Problem, an das der Druisant noch längst nicht dachte . . .

Der Jubel in der Kommandozentrale der CREST V klang allmählich ab. Eril Shukento wich geschickt einem Epsaler aus, der ihm vor Begeisterung immer wieder auf die Schulter klopfen wollte, ohne die katastrophalen Folgen zu bedenken.

Perry Rhodan schüttelte dem Arkoniden die Hände.

»Ich danke dir für deinen Einfall, Atlan!« rief er strahlend. »Endlich haben wir die Achillesferse der Okefenokees entdeckt.«

Er ließ von Atlan ab und setzte sich vor den Hyperkom. Nach wenigen Sekunden erreichte er Solarmarschall Julian Tifflor. Tifflor wartete in dreihundert Lichtjahren Entfernung mit zehntausend Einheiten der Imperiumsflotte, darunter den tausend Ultraschlachtschiffen, die noch über einen Kontrafeldstrahler verfügten.

Rhodans Gesicht wurde sekundenlang von Wehmut überschattet, als er daran dachte, daß diese zehntausend Schiffe praktisch alles waren, was das Solare Imperium noch an kampfkräftigen Einheiten aufzubringen vermochte. Vor etwas mehr als einem Monat waren es noch an die hunderttausend gewesen.

»Tifflor hier!« meldete sich der Solarmarschall. Sein Gesicht hatte viel von der früheren Jungenhaftigkeit verloren.

»Hören Sie zu, Tiff!« sagte Perry Rhodan. »Setzen Sie alle Ihre Schiffe in Marsch. Ich möchte, daß sie in Gefechtsformation vor dem Enemy-System herauskommen, also in Zehnerpulks, von denen jeweils ein Schiff den Kontrafeldstrahler besitzt. Provozieren Sie den Kampf nicht, aber vermeiden Sie ihn auch nicht. Die Paratronschirme der Dumfrie-Einheiten sind wehrlos gegenüber dem Kontrafeldstrahler. Die CREST hat soeben zur Demonstration eines ihrer größten Walzenschiffe vernichtet.«

Tifflors Gesicht blieb ausdruckslos, als er erwiderte:

»Wir haben die Explosion angemessen. Vorsichtshalber habe ich die Flotte bereits in Marsch gesetzt. Wir können in fünf Minuten in den Linearraum gehen. Gefechtsformation steht.«

Rhodan lachte. Sein Lachen drückte die Freude eines Mannes darüber aus, daß er über verläßliche und einsatzfreudige Mitarbeiter verfügte.

»Danke, Tiff! Bis bald!«

Er überlegte einige Zeit, dann beauftragte er die Funkzentrale, eine neue Hyperfunkverbindung zu Kibosh Baiwoff herzustellen. Rhodan war sicher, daß sich der Druisant melden würde.

Im letzten Augenblick überlegte er es sich anders und fertigte den

Text eines Funkspruchs an, der im Zentrumsidiom, der Verkehrssprache in M 87, abgestrahlt und zehn Minuten lang wiederholt werden sollte.

Darin wurde Kibosh Baiwoff aufgefordert, sowohl sein unsinniges Ultimatum zurückzunehmen als auch auf den Angriff auf das Enemy-System zu verzichten. Statt dessen sollte er sofort mit seiner Flotte nach M 87 zurückkehren. Die Menschheit verfüge über genügend Machtmittel, um selbst mit den Bestien des neuen Typs fertig zu werden.

Aber noch bevor der Funkspruch ausgestrahlt werden konnte, meldete die Ortungszentrale Veränderungen auf der Oberfläche der Sonne Enemy, die eindeutig darauf hinwiesen, daß Enemy sich zu einer Nova entwickelte.

Atlan nickte, als er die Meldung hörte.

»Darauf habe ich die ganze Zeit über gewartet, Perry. Die Okefenokees sind, wie wir wissen, Meister in der Beherrschung von Sonnenenergien. Es wundert mich nicht, daß sie zu dieser Methode greifen, um den Riesenplaneten Atlas und seine dreizehn Trabanten zu vernichten. Kein Paratronschirm vermag den Energien einer explodierenden Riesensonne zu widerstehen.«

»Weshalb hast du mir nichts von deiner Vermutung gesagt?« fragte der Großadministrator vorwurfsvoll. »Vielleicht hätte sich das noch verhindern lassen.«

»Genau das wollte ich nicht«, entgegnete der Arkonide bestimmt. »Was das Enemy-System betrifft, gehe ich mit Kibosh Baiwoff konform, mein Freund. Wir haben kein Mittel gegen die Bestien neuen Typs, auch wenn du das dem Druisanten gegenüber behauptet hast.«

Perry Rhodan erwiderte nichts darauf. Sein Gesicht wirkte geistesabwesend. Plötzlich blickte er auf und sagte:

»RAWANA!«

Atlan runzelte verständnislos die Stirn.

»Was soll das?«

»Du wirst schon sehen«, erklärte Rhodan. »Was die Okefenokees können, können wir noch besser . . .«

Der Aufruf zur Freiwilligenmeldung erreichte Major Shukento in der Sauna. Die Rundrufanlage übertrug die kurze Ansprache Michael Rhodans in alle Räume der CREST V.

»Es geht uns darum«, erklärte Roi Danton, »wenn schon nicht die Bestien, so doch die Gohks zu retten. Deshalb wurde beschlossen, einen Kommandotrupp zusammenzustellen, der mit einer Korvette zum Trabanten Uleb I gebracht werden soll, sobald sich im Paratronschirm die ersten Strukturrisse zeigen. Die große Bordpositronik berechnet die Wahrscheinlichkeit, daß ein solcher Risikoeinsatz gelingt, mit nur fünfzehn Prozent. Ich sage das, damit jeder Mann an Bord sich klar darüber ist, daß seine Überlebenschancen gering sind. Wer sich dennoch melden möchte, gibt seinen Namen innerhalb der nächsten Viertelstunde über den Personalkanal der Bordpositronik durch. Ende!«

Eril Shukento sprang impulsiv auf. Doch dann zögerte er und ließ sich auf den Plastikrost zurücksinken. Durch die Dampfwolken hindurch sah er zwei ältere Raumsoldaten, die sich über Dantons Durchsage unterhielten.

»Fünfzehn Prozent sind verdammt wenig«, erklärte der eine. »Ich habe wenig Lust, mir noch im letzten Moment das Lebenslicht ausblasen zu lassen, nachdem ich meine Haut zwanzig Jahre lang zu Markte getragen habe.«

»Von ›Lust‹ kann bei mir auch keine Rede sein«, erwiderte der andere, »aber sollte man nicht doch etwas tun, um die unschuldigen Gohks zu retten?«

»Mit einer einzigen Korvette . . .? Menschenskind, laß dich doch nicht für dumm verkaufen! Wie viele Gohks kann man denn in einer Korvette unterbringen: achthundert, vielleicht auch achttausend! Auf den Trabanten von Atlas leben aber acht Millionen! Nein, mein Lieber, ich sage dir: Die Narben, die ich mir bisher geholt habe, reichen vollkommen.«

»Na ja! Wenn du meinst . . .«

Leise erhob sich Major Shukento und ging hinaus. Er fühlte sich nicht wohl in seiner Haut, als er vom nächsten Interkomanschluß seine Meldung durchsagte. Eigentlich meldete er sich nur, weil er verhindern wollte, daß Roi Danton zu wenig Leute zusammenbekam. Er fragte sich immer wieder, ob er dumm gehandelt hätte, sein Leben für eine sinnlos erscheinende Aktion aufs Spiel zu setzen und möglicherweise Frau und Kinder allein auf einer verwüsteten Erde zurückzulassen. Dennoch bereute er seinen Entschluß nicht.

Während er darauf wartete, daß die Positronik die Freiwilligen überprüfte und aus den Meldungen die Namen der Männer aussuchte, die für einen voraussichtlich höllischen Einsatz am geeignetsten erschienen, hielt sich Eril Shukento in der Kommandozentrale auf.

Dabei erfuhr er, daß Perry Rhodan das Experimentalschiff RAWANA angefordert hatte und daß die RAWANA jenes Schiff war, das vor zweiunddreißig Jahren mit Hilfe des sogenannten Hyperinmestrons den Sechsecktransmitter im Zentrum Andromedas vernichtet hatte. Beim Hyperinmestronbeschuß sollte der Kern einer Sonne zu Antimaterie umgewandelt werden, wobei die anschließende heftige Reaktion mit der Normalmaterie einen Hypernovaprozeß auslöste.

Er begann zu ahnen, welchen Plan Rhodan verfolgte. Das Enemy-System würde dadurch allerdings nicht mehr zu retten sein. Immer stärker flammte die blaue Riesensonne Enemys bereits auf; die ersten schwarzen Strukturrisse überliefen den gigantischen Paratronschirm um Atlas und seine Trabanten.

Endlich wurden die Namen derer aufgerufen, die für den Kommandoeinsatz ausgewählt worden waren. Verwundert bemerkte der Major, daß das Mutantenkorps geschlossen teilnahm. Diese Tatsache stimmte ihn wieder optimistischer. Perry Rhodan würde die wertvollen Mutanten kaum opfern wollen: folglich mußten realisierbare Überlebenschancen bestehen.

Die Teilnehmer versammelten sich schließlich alle im Schleusenhangar der Korvette, nachdem sie ihre Kampfanzüge angezogen und neuartige Waffen erhalten hatten. Es handelte sich bei diesen um schwere, kombinierte Säure- und Raketenwaffen, regelrechte kleine Geschütze.

Roi Danton stieg auf die Schleusenrampe der Korvette und wartete, bis Ruhe eingetreten war. Dann sagte er:

»Wie bekannt, stoßen wir zum Trabanten Uleb I vor. Unser Auftrag lautet, so viele Gohks wie möglich zu retten, daneben aber – und das ist nicht weniger wichtig – aus den Speichersektoren der auf Uleb I stationierten Riesenpositronik an technischen Daten herauszuholen, was nur irgendwie erreicht werden kann. Das wird die Aufgabe der Mutanten sein; die anderen Männer geben ihnen Feuerschutz und werden als Nachhut eingesetzt. Bitte, denken Sie daran, daß alles sehr schnell gehen muß. Wir wissen nicht genau, wann die Sonne Enemy endgültig zur Nova wird, das kann in fünf Stunden sein, aber auch erst in einem Tag. Beim Kampf mit den Uleb werden die Kombiwaffen eine wirksame Waffe sein. Es sollten sich im Gefecht jedoch stets zwei Männer zusammentun und möglichst Rücken an Rücken kämpfen, denn die Uleb sind schneller, kräftiger und intelligenter als die Zweitkonditionierten, vor allem verfügen sie über einen freien Willen. Ich hoffe allerdings darauf, daß das Chaos im Enemy-System Verwirrung und Panik hervorgerufen hat, so daß wir auf keinen organisierten Widerstand stoßen werden.«

Er legte eine Pause ein, dann lächelte er und hob die Rechte, deren Daumen nach oben zeigte.

»Wir schaffen es, Leute!«

»Fragt sich nur, was«, murmelte ein Captain neben Shukento und grinste verzerrt.

Der Major zuckte die Schultern, hängte sich die schwere Waffe über und reihte sich in die Kolonne ein, die schweigend die Schleusenrampe hinaufstieg.

»Die Dumfrie-Verbände ziehen sich langsam zurück«, meldete die Ortungszentrale der KC-11. »Wahrscheinlich hat man dort Angst vor den Riesenprotuberanzen der Sonne. Es sollte mich nicht wundern, wenn der Stern bald auseinanderfliegt.«

Eril Shukento stand dichtgedrängt mit anderen Männern in einem Laderaum. Da die Durchsagen über Helmfunk erfolgten, konnte jedermann an Bord sie mithören.

Nach einer Weile meldete sich Roi Danton.

»Unmittelbar voraus ein neuer Strukturriß. Mann, da könnte bequem ein kleiner Flottenverband durchfliegen! Los, volle Pulle! Hinein!«

Die Klimaanlage in Shukentos Kampfanzug summte stärker in ihrem Bemühen, die durch Schweißabsonderung erhöhte Luftfeuchtigkeit zu regulieren.

Am schlimmsten, fand der Major, ist es immer, wenn man nicht sieht, was außerhalb des Schiffes vorgeht.

»Wir sind durch!« meldete Danton wenig später. »Kein Abwehrfeuer. Auf den Trabanten erfolgen laufend schwere Explosionen. Ortungszentrale, welcher Art sind die Explosionen dort unten?«

»Offenbar materiell instabile Rückschläge in Großtransmittern«, erwiderte der Cheforter. »Die Uleb scheinen noch immer mit Transmittern fliehen zu wollen. Dabei geraten die Transporte in den Bereich okefenokeescher Hyperwaffen und werden zurückgeschleudert, wodurch der betreffende Transmitter explodiert. – Übrigens nimmt man von uns keine Notiz.«

»Wir setzen jetzt zur Landung auf Uleb I an«, meldete Roi Danton zehn Minuten später. »An Landekommandos. Machen Sie sich auf schwerste Beben gefaßt. Ich erkenne in der Oberfläche tiefe Spalten, aus denen glutflüssige Magma quillt. Soeben versinkt eine Stadt.«

Eril Shukento merkte, wie sein Magen sich zusammenkrampfte. Er hörte das Pfeifen der Atmosphäre an der Außenhülle der Korvette. Einige Männer versuchten sich durch Witzeleien von der ungeheuren Spannung zu befreien.

Ein heftiger Ruck lief durch das Schiff.

»Ansammlung von Uleb durch Transformbeschuß vernichtet«, meldete Rhodans Sohn lakonisch. »Achtung, in einer Minute setzen wir auf. Die Landekommandos verlassen unmittelbar danach das Schiff und sammeln sich zugweise außerhalb der Landestützenzone. HÜ-Schirme der Kampfanzüge aktivieren.«

Major Shukento blinzelte, als ihm einige Schweißperlen in die Augen rannen. Die Klimaanlage summte stärker. Die Männer schwiegen jetzt. Jeder bereitete sich innerlich auf den Kampf und aufs Sterben vor. Es war nicht gut, unvorbereitet zu sterben.

Mit sanftem Ruck setzte die Korvette auf. Die Schotthälften der Ladeschleuse glitten auseinander. Feuerschein leuchtete herein und spiegelte sich in den Helmscheiben der Männer. Die Kommandos der Zugführer hallten in den Helmempfängern.

Shukento stürmte als einer der letzten die Rampe hinunter und aus dem Bereich der Landestützen hinaus. Sein Arm fuhr in die Höhe.

»Achter Zug zu mir!«

Zehn Männer stapften schwerfällig auf ihn zu, in die flirrenden Sphären ihrer HÜ-Schirme gehüllt.

Roi Danton erteilte seine Befehle.

Shukentos Zug wurde zu einer schwarzen Kuppel geschickt, die sich unversehrt aus dem Chaos erhob. Die Teleporter verschwanden. Sie versuchten, sich in der Kuppel und darunter zu orientieren. Dort sollte sich das gigantische Speichergehirn befinden.

Eril Shukento und seine Männer schwebten mit Hilfe der Antigravtriebwerke auf die Kuppel zu. Einmal sah der Major etwa hundert eichhörnchenähnliche Wesen, die sich mit ihren seltsamen Ohrenflügeln taumelnd durch die tobende Atmosphäre bewegten. Die runden Köpfe wandten sich den Terranern zu; tiefrote große Augen starrten herüber. Dann war Shukento vorbei.

Der Beschreibung nach mußten die »Eichhörnchen« jene Gohks gewe sen sein, von denen es im Enemy-System ebenso viele gab wie Uleb, nämlich acht Millionen.

Plötzlich entdeckte Shukento zwei gigantische, grüngeschuppte Wesen in schwarzen Kombinationen vor der Kuppel: Uleb!

»Ausschwärmen!« befahl der Major seinen Leuten. »Erst angreifen, wenn wir auf hundert Meter heran sind oder bemerkt werden!«

Er umklammerte seine Raketenwaffe fester. Noch hatten die Bestien des neuen Typs die Terraner nicht bemerkt, aber die überschweren Waffen in ihren Händen zeugten davon, daß sie einen hohen Kampfwert besaßen.

Nun waren die Terraner auf hundert Meter heran.

»Feuer!« schrie Shukento.

Elf schwere Kombiwaffen eröffneten das Feuer auf die Uleb. Eine Bestie sprang hoch in die Luft, wurde erneut erfaßt und gegen die Kuppel geschleudert, wo sie zusammenbrach. Die zweite Bestie entkam mit wilden Zickzacksprüngen, warf sich herum und erwiderte das Feuer. Der HÜ-Schirm von Shukentos Nebenmann brach zusammen. Der Major preßte die Lippen zusammen, als er den Todesschrei hörte. Er raste in weitem Bogen aus der Feuerlinie des Uleb und griff die Bestie von der Seite an. Noch zwei weitere Männer starben, bevor auch dieser Uleb ausgeschaltet war.

Sekundenlang materialisierte der Mausbiber neben Shukento, rief »Niemand geht in die Kuppel«, und verschwand wieder.

Eril Shukento ließ die restlichen Männer seines Zuges neben dem Haupteingang der Kuppel in Stellung gehen. Die HÜ-Schirme wurden ausgeschaltet, damit die Männer in den Ruinen der Nebengebäude untertauchen konnten. Beim Auftauchen von Bestien würden sie erst aus ihren Deckungen feuern und diese nur im Notfall verlassen, um die Schutzschirme aktivieren zu können.

Major Eril Shukento machte sich keine Illusion über den Ausgang eines Kampfes mit einem ganzen Trupp Uleb. Die erste Gefechtsberührung hatte ihm gezeigt, wie diese Wesen zu kämpfen verstanden.

Eine heftige Bebenwelle lief durch die Oberfläche und brachte den Raum zum Einsturz, in dem Shukento sich verkrochen hatte. Mühsam befreite er sich aus den Trümmern und suchte sich eine neue Stellung.

Über der Atmosphäre des Trabanten entstanden einige künstliche Sonnen. Offenbar schlug das Transformgeschütz der KC-11 einen Angriff aus dem Raum zurück. Die Helligkeit dieser Kunstsonnen wurde Sekunden später vom Aufflackern des Paratronschirms übertroffen. Neue Strukturrisse entstanden. Durch sie brach die blauweiße Glut der Sonne Enemy herein.

»Die Nova wird uns alle rösten«, murmelte einer der Männer.

»Bestien!« schrie ein anderer plötzlich.

Eril Shukento kroch ein Stück aus seiner Deckung. Da sah er sie.

Zwölf Uleb stürmten von links heran, ihre Strahler schußbereit in den mächtigen Fäusten.

Der Major fühlte, wie sein Körper erstarrte. Seine Kehle war wie zugeschnürt. Dann überwand er die Todesangst. Mit der Todesgewißheit kam seine kalte Überlegung zurück.

»Achter Zug an Korvette!« sagte er ruhig ins Mikrophon des Helmfunks. »Werden von überlegenen feindlichen Kräften angegriffen. Versuchen Kuppeleingang zu halten, können es jedoch allein nicht schaffen.«

Er hob seine Waffe, visierte den ersten Uleb an und zog durch. Die Bestie brach zusammen, sprang wieder auf und rannte zur Seite. Aber Shukento folgte ihr beharrlich mit dem Lauf der Waffe. Neben und über ihm wurden die Plastikbetonmauern der Ruine von Treffern der Gegner zu Staub zermahlen.

Endlich brach die Bestie zusammen und rührte sich nicht mehr. Auch die anderen Männer hatten inzwischen das Feuer eröffnet. Zwei Bestien waren gefallen, die anderen schwärmten zangenförmig aus und griffen wütend an.

Sie mußten die Deckungen verlassen, um die HÜ-Schirme einschalten zu können, wußte der Major. Er wußte aber auch, daß sie ohne Deckung höchstens eine Minute lang standhalten konnten.

Plötzlich explodierte eine der Bestien in einer grellen Glutwolke. Dann die zweite, die dritte und so weiter. Glühendheiße Druckwellen tobten über das Land, ließen die Ruinen schwanken und teilweise einstürzen.

»Das ist Goratschin!« schrie Shukento, als auch der letzte Uleb in einer kleinen Kernexplosion verging.

»Das war er!« erscholl Iwan Goratschins Stimme. »Ich muß weiter.«

Eril Shukento kletterte aus seiner Deckung und rief auch die übrigen Männer heraus. Er wurde blaß, als nur zwei kamen. Mit belegter Stimme rief er nach den anderen. Doch niemand antwortete. Nur der Sturm heulte heran und brachte Vulkanasche, Staub und irgendwelche glühenden Fetzen mit.

Erneut materialisierte Gucky.

»Aktion beendet!« schrie er Shukento zu. »Alles zum Schiff zurück!«
Der Major atmete auf. Die Männer seines Zuges waren wenigstens nicht umsonst gefallen.

Mit höchster Geschwindigkeit flogen die drei Überlebenden zurück. Über ihnen wetterleuchtete der Paratronschirm. Der Boden bebte stärker. Einige Stoßwellen hoben ihn bis zu zehn Metern an.

In etwa fünfhundert Meter Entfernung entdeckte Eril Shukento einige Uleb, darunter drei Pseudo-Gurrads, die mit rasender Geschwindigkeit auf ein unbekanntes Ziel zujagten. Zuerst machte sich der Major nichts daraus, bis er menschliche Schreie und Gefechtslärm hörte.

»Da stecken einige von uns in der Klemme«, rief er seinen Männern zu. »Wir helfen ihnen. Los.«

Er änderte den Kurs, und flog auf den Kampfplatz zu. Einer seiner beiden Männer folgte ihm, ohne zu zögern. Der zweite setzte seinen Flug zur Korvette fort, kehrte jedoch nach einigen hundert Metern wieder um und schloß sich an. Major Shukento sagte nichts; er konnte verstehen, was in dem Mann vorgegangen war.

Von oben herab stießen sie auf etwa sechs Uleb zu und eröffneten das Feuer. Shukento erkannte vor den Bestien das ausgeglühte Wrack eines Gleiters und mehrere gefallene Raumsoldaten. Vier Soldaten wehrten sich verzweifelt gegen die Übermacht.

Im Helmtelekom vernahm der Major plötzlich Roi Dantons Stimme. Rhodans Sohn gehörte also zu den vier hart bedrängten Männern. Das spornte Shukento noch mehr an.

Aber auch die Bestien kämpften wie die Berserker. Ein Streifschuß ließ Shukentos HÜ-Schirm zusammenbrechen. Er taumelte, riß sich aber zusammen und sprang in einen Explosionstrichter.

Dann wurde er von drei Uleb zugleich angegriffen. Offenbar hatten die Bestien Verstärkung erhalten. Die Lage wurde aussichtslos. Dennoch wehrte der Major sich verbissen.

Plötzlich erschienen zwei Männer am Rande des Trichters. Unter ihrem Feuer brach eine der Bestien zusammen.

»Kommen Sie heraus, Major!« schrie eine heisere Stimme. Es war Roi Danton.

Eril Shukento kroch aus dem Trichter, warf sich zur Seite, als ein Uleb die Waffe auf ihn richtete, und verspürte einen glühenden Schmerz am linken Oberarm. Er sprang auf, seine schwere Waffe nur mit der Rechten haltend und feuernd.

Das Geschehen um ihn schien in Zeitlupe abzulaufen. Mit schrecklicher Klarheit nahm der Major jede Einzelheit in sich auf. Er sah den Titanenkörper des Paladin-Roboters durch Rauch und Feuer heranstürmen, vernahm Roi Dantons gellenden Schrei, als sein HÜ-Schirm erlosch und die Strahler dreier Bestien seinen ungeschützten Körper trafen.

Rhodans Sohn knickte in den Knien ein, brach zusammen und rollte, sich überschlagend, in den Trichter.

Eril Shukento sprang ihm nach. Ein Schuß streifte glühend sein rechtes Bein. Aber er kroch noch bis zu Dantons Körper, drehte ihn um und starrte in die blicklosen Augen des Freihändlers.

Dann verließ ihn das Bewußtsein.

Mit unbewegtem Gesicht hatte Perry Rhodan die Nachricht vom Tod seines Sohnes aufgenommen. Es schien, als hätte das Leid jählings alle seine Gefühle einfrieren lassen.

»Ich bin zu spät gekommen«, klagte Harl Dephin sich selbst an. »Wenige Sekunden eher, und er lebte noch.«

Rhodan schüttelte den Kopf.

»Weder Sie noch sonst jemand ist schuld daran, Dephin.«

Er richtete sich auf.

»Die Zeit zum Trauern ist noch nicht gekommen, meine Herren!« Seine Stimme klang so fest wie immer; doch es schwang mehr Kälte und Härte darin mit als sonst. »Gucky, berichte bitte weiter!«

Der Mausbiber wischte sich die Tränen aus den Augen und erklärte mit schwacher Stimme:

»Wir, das heißt die Teleporter, haben so viele Mikrospeichereinheiten erbeutet, wie in der kurzen Zeitspanne zu schaffen war. Ob sich die Unterlagen über das zukunftsgerichtete Zeitfeld der Uleb, den Paratronschirm und die Dimetranstriebwerke darunter befinden, wird erst die genaue Auswertung ergeben. Ras hat lediglich die Daten über die Intervallkanone erkannt.«

Er schluckte.

»Die Gohks konnten nicht gerettet werden. Sie weigerten sich, in die Korvette zu steigen. Wahrscheinlich wären sie ohnehin nicht durchgekommen, denn das Schiff lag unter schwerem Sperrfeuer. Nachdem Mike . . . gefallen war, starteten wir. Es gelang uns gerade noch, in den Linearraum zu entkommen, bevor die Nova den Planeten Atlas und die Trabanten verschlang. Von den rund hundert Raumsoldaten sind bis auf dreizehn alle gefallen. Der Rest wurde mehr oder weniger schwer verwundet.«

»Danke«, sagte Rhodan knapp. »Hoffen wir, daß der Einsatz sich gelohnt hat.«

Er preßte die Lippen zusammen.

»Vor einer Stunde ist die RAWANA mit dem Hyperinmestron angekommen. Ich habe sie zu der roten Riesensonne in zwei Lichtjahren Entfernung beordert. Jeden Augenblick erwarte ich Icho Tolot. Er wollte mit seinem eigenen Raumschiff kommen. Sobald er hier ist, werde ich den Okefenokees ein Ultimatum stellen. Professor Kalup hat Anweisung, die rote Sonne in eine Nova zu verwandeln, sobald ich mein Ultimatum gestellt habe. Das wird den Okefenokees hoffentlich beweisen, daß wir ihnen waffentechnisch gleichwertig – bezüglich des Kontrafeldstrahlers sogar überlegen – sind.«

Er blickte zum Bildschirm des Hyperkoms, der soeben aufgeflammt war. Das ernste Gesicht von Solarmarschall Julian Tifflor war darauf zu sehen.

»Bitte«, sagte Tifflor mit belegter Stimme. »Gestatten Sie mir, Ihnen mein Beileid auszudrücken. Ich . . .«

»Vielen Dank, Tiff!« erwiderte Perry Rhodan tonlos. Sofort wurde seine Stimme wieder fest. »Ihre Meldung, bitte!«

»Zehntausend Einheiten wie befohlen zur Stelle«, erklärte der Solarmarschall. »Wir formieren uns um die CREST zum Gefecht.«

»Danke! Dazu wird es hoffentlich nicht kommen. Haben Sie Tolots Schiff geortet?«

»Ja, es überholte uns im Linearraum. Eigentlich . . .«

Er verstummte, als das Panzerschott sich öffnete und der Haluter eintrat.

»Ich bin per Transmitter hereingekommen«, erklärte Tolot mit seiner dröhnenden Stimme.

»Rhodanos, Ihr Plan ist genial. Wir werden ihn zu einem triumphalen Erfolg gestalten!«

Er lachte brüllend, bis John Marshall ihm erklärte, daß Rhodans Sohn gefallen sei. Da brach sein Lachen ab. Stumm stand der Gigant da; die Handlungsarme hingen wie leblos herab.

»Ich finde die Worte nicht«, sagte er schließlich tonlos, »die meinen Schmerz ausdrücken könnten, mein Freund Rhodanos.«

»Wir haben kein Recht, uns dem Schmerz hinzugeben!« erklärte der Terraner. »Millionen Menschen sind in den letzten Wochen ums Leben gekommen. Die anderen machen weiter. Wir werden auch weitermachen.«

Nach kurzem Schweigen fragte Tolot:

»Sind Sie absolut sicher, daß kein einziger Uleb der Vernichtung entronnen ist, Rhodanos?«

»Absolut«, antwortete Perry Rhodan. »Kurz vor dem Ende versuchten tausend Konusraumschiffe durch die Strukturrisse zu fliehen. Sie wurden von Dumfrie-Einheiten vernichtet. Die anderen Uleb ergaben sich danach in ihr Schicksal.«

»Sie kannten ihre Erzeuger . . .«, murmelte Atlan.

Rhodan nickte. Er sah den Haluter an.

»Bitte, treten Sie mit mir vor die Aufnahmegeräte des Hyperkoms, Tolotos. Ich wünsche, daß Sie von Eynch Zigulor und Kibosh Baiwoff gesehen werden.«

Icho Tolot trat schweigend neben Perry Rhodan. Innerhalb weniger Sekunden war die Verbindung zum Flaggschiff der Dumfrie-Flotte hergestellt. Die Projektion zeigte den Okefenokee und den Druisanten.

»Hören Sie mir gut zu!« sagte Perry Rhodan mit einer Stimme, die keinen Widerspruch duldete. »Ich lehne hiermit Ihre unmoralische Zumutung ab, mich gegen die befreundeten Haluter zu stellen. Sie haben beobachten können, wie leicht es uns fällt, die Paratronschirme Ihrer Schiffe zu zerstören. Das ist aber noch nicht alles.«

Seine Stimme war voller Sarkasmus, als er fortfuhr:

»Wahrscheinlich glauben Sie jetzt, uns mit der Vernichtung der Sonne Enemy beeindruckt zu haben. Sie täuschen sich. Wir besitzen seit einiger Zeit eine vollausgereifte Waffe ähnlicher Art, nur wirkt sie schneller und besser als die Ihre. Beobachten Sie die rote Riesensonne in zwei Lichtjahren Entfernung . . .!«

Er schwieg.

Die letzten Worte waren das Stichwort für Professor Arno Kalup gewesen. Auf der RAWANA würden nun die Energiespeicher des Hyperinmestrons geöffnet werden. Eine Flut modifizierter Hyperenergie würde sich in die rote Sonne ergießen und die Masse ihres Reaktionskerns zu Antimaterie umwandeln. Die Materie der äußeren Sonnenzonen blieb normal. Wo Antimaterie mit Normalmaterie zusammentraf, begann der vollkommenste Prozeß der Umwandlung von Masse in Energie abzulaufen. Praktisch fand eine hundertprozentige Umwandlung in reine Energie statt.

Die Bildschirme der Panoramagalerie waren bereits abgefiltert worden, sonst wären die Männer in der Kommandozentrale der CREST erblindet.

Wo eben noch als rötlicher Lichtpunkt der ferne Stern gestanden hatte, blähte sich ein gigantischer blauweißer Glutball auf. Teile der Sonnenoberfläche wurden davongeschleudert. Im Umkreis von acht Lichtjahren wurden die Sonnen zum Novaprozeß angeregt. Hyperschockwellen rasten durch das Universum und ließen auf sämtlichen Raumschiffen innerhalb der Materiebrücke die Strukturtaster durchschlagen.

Es war eine Demonstration unvorstellbarer Gewalten. Gewalten wie sie die Menschheit noch nicht gesehen hatte.

»Sie haben gesehen«, erklärte Perry Rhodan, nachdem die Hyperfunkverbindung wieder stand, »wie *unsere* Waffe arbeitet. Neben mir steht mein halutischer Freund Tolotos. Er kann bezeugen, daß sein Volk neuartige Dimetranstriebwerke entwickelte, denen das blaue Zentrumsleuchten Ihrer Galaxis nichts anhaben kann. Falls Sie sich nicht vertraglich verpflichten, sofort in Ihre Galaxis zurückzufliegen und sich nie mehr in unsere Angelegenheiten zu mischen, werden halutische und terranische Flotten nach M 87 aufbrechen und dafür sorgen, daß wir von dort aus niemals mehr bedroht werden können.«

»Das stimmt«, warf Icho Tolot ein. »Damit Sie mir glauben, einige Daten.«

Er erklärte in überzeugender Form, daß sich die halutischen Wissenschaftler seit langem damit beschäftigt hatten, die Dimetranstriebwerke ihrer Raumschiffe gegen das blaue Zentrumsleuchten abzuschirmen, das ansonsten jedes Schiff mit aktiviertem Dimetranstriebwerk vernichtete.

Kibosh Baiwoff und Eynch Zigulor, die zu Anfang noch versucht hatten, Gegenforderungen zu stellen, wurden plötzlich sehr still. Schließlich erbaten sie Bedenkzeit. Perry Rhodan gewährte ihnen eine Stunde.

Anschließend wandte er sich an den Haluter.

»Ist das wahr, was Sie über die Abschirmung von Dimetranstriebwerken berichteten, Tolotos?«

»So wahr wie Ihre Versicherung, eine Großoffensive gegen M 87 starten zu können«, entgegnete Tolot. »Wir haben geblufft, und hoffentlich mit Erfolg. Übrigens arbeiten Wissenschaftler meines Volkes tatsächlich am Abschirmungsproblem. Die endgültige Lösung steht allerdings noch in weiter Ferne.«

»Ich bin überzeugt«, mischte sich Atlan ein, »die Okefenokees haben den Bluff nicht durchschaut. Da sie die Haluter für Bestien halten, dürften sie ihnen nahezu alles zutrauen.«

Der Arkonide behielt recht.

Nach Ablauf einer halben Stunde meldete sich der Okefenokee Eynch Zigulor und erklärte, er habe den Oberbefehl über die Dumfrie-Flotte übernommen, da er die Angelegenheit nunmehr als eine Sache von höchster politischer Tragweite betrachte.

Er stimmte dem sofortigen Abzug der sechzigtausend Einheiten zu. Über Hyperkom wurden die Bedingungen eines Vertrages ausgehandelt und in Bild und Ton aufgezeichnet. Es wurde praktisch ein Nichtangriffspakt auf Gegenseitigkeit, und der größte Erfolg von Rhodans Diplomatie war der, daß in den Pakt auch das halutische Volk mit einbezogen werden konnte.

Die Dumfrie-Verbände sammelten sich zum Abflug. Zehn Stunden nach Vertragsschluß setzten sie sich in Bewegung und verschwanden wenig später im Linearraum, eskortiert von dreißig Leichten Kreuzern der Imperiumsflotte.

Eine Stunde danach brachen auch die terranischen Verbände auf. Während des dritten Orientierungsmanövers im Normalraum registrierten die Hypertaster eine starke Energieentfaltung im galaktischen Zentrum, gefolgt von mehreren Hyperschockwellen.

Die Flotten der Dumfries hatten die Milchstraße verlassen und würde nicht mehr wiederkehren.

33.

Zehn Tage nach diesen Ereignissen zog Perry Rhodan vor einem Gremium seiner engsten Vertrauten Bilanz.

Die letzte Dolan-Offensive hatte die solaren Planeten und Monde verwüstet, den Mars seines Beharrungsfelds und damit seiner künstlich aufgebauten erdähnlichen Lufthülle beraubt. Vierzig Prozent des Rüstungspotentials waren vernichtet. Auf den zivilen Sektoren der Produktion dagegen sah es verheerend aus. Die Wirtschaft würde bei Mobilisierung aller Reserven der stärksten Siedlungswelten ein halbes Jahrhundert brauchen, um auf den alten Stand zu gelangen. Während dieser

Zeit mußte der Aufbau einer neuen schlagkräftigen Flotte weitgehend zurückgestellt werden.

»So groß diese Probleme Ihnen, meine Herren«, führte Perry Rhodan weiter aus, »auch erscheinen mögen, es sind nur die, die sichtbar an der Oberfläche liegen. Die Dolan-Offensive mag uns großen materiellen Schaden zugefügt haben, viel größer und umfassender ist der Schaden, der sozusagen als Nebenprodukt abfällt. In den letzten Tagen erhielt ich Nachrichten von Sonderagenten der Solaren Abwehr und Spezialisten der USO. Danach scheinen mindestens vierhundertzehn Siedlungswelten die derzeitige Schwäche des Solsystems als willkommene Gelegenheit anzusehen, sich aus dem Verband des Imperiums zu lösen.

Wahrscheinlich wird es keine bewaffneten Auseinandersetzungen geben. Die maßgebenden Leute in den Administrationen der Siedlungsplaneten wissen nur zu gut, daß die Flotte noch immer mit offenen Revolten fertig würde.

Sie wissen aber auch, daß die solaren Welten auf ihre wirtschaftliche Hilfe angewiesen sind, auf ihre Lieferungen von Nahrungskonzentraten, Maschinen, Rohstoffen und vor allem auf die Bereitstellung ihrer Handelsflotten. Man wird uns das zwar alles geben, aber die Erfüllung verschiedener Bedingungen voraussetzen.«

Lordadmiral Atlan erhob sich.

»Wir könnten die Posbis bitten, uns auf Kredit ganze Industrien zu liefern, neue Planeten mit schnellwachsenden Hefe- und Algenkulturen zu ›impfen‹, deren Produkte von riesigen Erntemaschinen abgebaut würden. Innerhalb eines Jahres könnten wir dadurch wirtschaftlich unabhängig von den Siedlungswelten werden.«

Perry Rhodan nickte. Ein feines Lächeln umspielte seine Mundwinkel.

»Gewiß, das könnten wir tun, Atlan. Aber was würde die Folge sein? Die Siedler hätten kein wirtschaftliches Druckmittel mehr gegen uns in der Hand; sie wüßten, daß ihre Pläne in spätestens einem Jahr unrealisierbar wären und würden in einer Art Panikstimmung zu militärischen Mitteln greifen. Ein Bruderkrieg mit allen seinen Grausamkeiten wäre die Folge. Wer immer auch diesen Krieg militärisch verlieren würde, er würde nach Revanche dürsten. Haß- und Rachegedanken müßten die Zukunft der Menschheit bestimmen.

Nein, da ist es schon besser, wir lassen uns zu einigen Zugeständnissen zwingen und erhalten dadurch im großen und ganzen die Einheit der Menschheit.«

»Für wie lange?« fragte Atlan voller Bitterkeit.

Der Großadministrator überhörte die Frage absichtlich. Er erteilte Allan D. Mercant das Wort.

Der Chef der Solaren Abwehr erhob sich.

»Meine Herren, es gibt noch ein anderes Problem. Und es scheint mir vordringlich zu sein. Sie alle wissen, daß die Akonen, Antis, Springer und Arkoniden nach dem Auftauchen der Dumfrie-Flotte plötzlich ihr Herz für die solare Menschheit entdeckten. Damals war ich froh, als sie mit starken Flottenverbänden vor dem Solsystem erschienen und sich bedingungslos dem Befehl von Staatsmarschall Bull unterstellten, womit wir nicht rechnen konnten.«

Er lächelte ironisch.

»Ich sehe, mein Freund Bully zieht eine saure Miene ...«

Reginald Bull sprang auf und hieb mit der Faust ungestüm auf die Tischplatte.

»Ich bin auch sauer, Allan! Seitdem die Dumfries verschwunden sind, haben die Befehlshaber der Hilfsflotten sich wieder für selbständig erklärt. Sie werden von Tag zu Tag dreister. Erst gestern ›bat‹ mich ein Admiral Kaizoran, Befehlshaber des inzwischen vereinigten akonisch-arkonidischen Kontingents, um Überlassung von Flottenstützpunkten auf dem Mars, um, wie er sagte, den Schutz des Solsystems organisieren zu können.«

»Mich wundert, daß er nicht um Überlassung des Erdmondes gebeten hat«, warf Atlan sarkastisch ein.

Staatsmarschall Bulls Gesicht lief rot an.

»Wenn wir ihnen nicht energisch Halt gebieten, werden sie auch das eines Tages verlangen!«

Perry Rhodan lächelte hintergründig. Er räusperte sich und warf seinem Stellvertreter einen forschenden Blick zu.

»Keine Sorge, Bully. Ich habe die Kommandanten der verbündeten Flotten für morgen zu einer gemeinsamen Siegesparade über der Erde eingeladen ...«

»Siegesparade ...?« stammelte Reginald Bull fassungslos. Er fuhr sich mit der Hand durch seine roten Haarborsten. »Und noch dazu über der Erde! Akonenschiffe, Springer und Konsorten über Terrania oder so, wie?«

Rhodan nickte ernsthaft.

»Genau! Bei dieser Gelegenheit wird unser Freund Icho Tolot mit fünfzehntausend halutischen Kampfschiffen im Schutz ihrer Paratronschirme demonstrieren, wie ein angenommener Feind blitzartig aus dem Solsystem geworfen und vernichtet wird.«

Bully stutzte, dann grinste er breit.

»Das wird sogar die Akonen beeindrucken. Wie ich vermute, hältst du im Anschluß an das halutische Manöver eine Rede, in der du dich bei den ›teuren Freunden Terras‹ für ihre Hilfsbereitschaft bedankst und sie sehr nett und sehr liebenswürdig wieder nach Hause schickst, wie?«

»Du erstaunst mich«, erwiderte Perry Rhodan gelassen. »Hast du etwa meine Gedanken gelesen?«

Das Tosen der Triebwerke über Terrania war verhallt. Man schrieb auf der Erde den 15. Oktober des Jahres 2437 nach Christi Geburt.

Die Sonne ging als trübroter, schmutziger Ball hinter den Asche- und Staubwolken auf, die langsam über den Himmel wanderten. Staub und Asche wirbelten auch unter den Füßen des einsamen Mannes empor, der müde, mit gesenktem Kopf durch die zerstörten Bezirke der Stadt schritt.

Rhodans Fuß stieß gegen etwas Hartes. Er bückte sich und betrachtete die aufgewölbte Terkonitstahlplatte, deren Material zerfiel, wenn man sie berührte.

Hier und da entdeckten Rhodans forschende Blicke einen Schimmer von Gold und Spuren der Beschriftung.

Jäh überkam ihn die Erinnerung.

Er legte den Kopf in den Nacken und blickte zu dem zerfaserten Stahlplastikskelett auf, das von einem der imposantesten Bauwerke Terranias übriggeblieben war: der Solar Hall, in dem in glücklicheren Zeiten die Administratoren der Siedlungswelten unter dem Vorsitz des Großadministrators getagt hatten.

Rhodan lenkte seine Schritte nach Südosten, während seine Gedanken um die Frage kreisten, wie die Zukunft der Menschheit aussehen würde.

Gewiß würden die Städte der Erde sich in neuem Glanz aus der Asche erheben, wie jener sagenhafte Vogel Phönix, der immer wieder neu und schöner als zuvor geboren wurde. Neue Wälder würden herangezogen werden.

Aus einem sauberen Himmel würde die Sonne auf Wiesen, Blumen und Felder leuchten.

Aber würde es jemals wieder wie vorher sein – konnte es das überhaupt . . .? Die Erfahrungen vieler Jahrhunderte und die Geschichte zahlreicher Zivilisationen sagten dem einsamen Mann, daß es sinnlos sei, das Rad der Geschichte zurückdrehen, einen faden Abklatsch des alten Glanzes restaurieren zu wollen.

Sicher, für den Anfang würde es so scheinen, als käme das, was Dolans und Zweitkonditionierte vernichtet hatten, wieder. Doch das würden nur Äußerlichkeiten sein. In Wirklichkeit war bereits der Keim einer neuen Entwicklung gelegt.

Rhodan seufzte.

Seine Füße wirbelten Staub und Asche auf. Eine fast unversehrte Puppe rief die Erinnerung an seinen Sohn Michael wach, riß die frische Wunde erneut auf.

Erst vor Wochen war der Bra-Extrakt in Mikes Adern wieder durch Normalblut ersetzt worden. Er war kein Paraplant mehr gewesen, als er starb. Aber auch als solcher hätte er nicht überlebt.

Nach einer Weile klärten sich Rhodans Gedanken. Er erhob sich von dem Mauerrest, auf den er sich gesetzt hatte. Sein Blick fiel auf einen Grashalm, der seine Spitze aus dem Staub reckte, der Sonne entgegen.

Perry Rhodan verharrte ehrfürchtig vor diesem Ausdruck des unbeugsamen Lebenswillens der Natur.

Tief sog er die Luft in die Lungen, mochte sie auch Staub und Asche enthalten. Er schritt schneller aus.

Die Sonne war bereits über den Zenit gewandert – als er eine Lichtung inmitten des Trümmerfeldes erreichte.

Rhodans Augen weiteten sich.

Der hohe Marmorfelsen auf dem weiten Platz war in Stücke zerborsten. Aber die schlanke Konstruktion des Raumschiffes darauf war wie durch ein Wunder nahezu unversehrt geblieben und reckte trotzig den spitzen Bug in den Himmel.

Die STARDUST, konserviert und als Denkmal im Gobi-Park ausgestellt, zur Erinnerung an jene Mondexpedition Perry Rhodans, vor vierhundertsechsundsechzig Jahren, mit der alles begonnen hatte . . .

Rhodan schreckte aus der Wanderung durch die Erinnerung auf, als er das Geräusch von Schritten vernahm.

Hinter dem STARDUST-Denkmal kam eine Gestalt hervor, hochgewachsen, das lange weiße Haar vom Wind bewegt: Atlan.

Lange standen sich der Arkonide und der Terraner gegenüber, sahen sich in die Augen, bis ihrer beider Blicke sich auf das schlanke Raumschiff richteten.

Worte waren überflüssig, sie hätten gegenüber dem, was die beiden Männer bewegte, doch nur wie banale Redensarten gewirkt. Perry Rhodan und Atlan wußten beide, daß sie auf den Trümmern ihrer Träume standen, daß nichts auszulöschen vermochte, was in den letzten Jahren geschehen war.

Sie wußten aber auch, daß die Blicke der Menschheit weiterhin voller Sehnsucht in den Himmel und darüber hinaus gerichtet bleiben würden wie die Spitze jenes Raumschiffs, das der Menschheit zum erstenmal das Tor zum Kosmos geöffnet hatte . . .

ENDE

Forschungskreuzer der BAF

Technische Daten:

1. Doppelwerfer mit Abwehrraketen
2. Thermoenergiegeschütz
3. Beiboothangar (insgesamt 12) mit Antigrav-Start-Projektor
4. Ersatzteillager für Beiboote
5. Obere Ortungszentrale mit Funkabteilung
6. Mannschaftsräume
7. Hochdrucktanks mit flüssigem Wasserstoff
8. Energiespeicher mit Transitionsantrieb
9. Transitionsantrieb für 5-D-Sprünge von maximal 5000 Lichtjahren
10. Hyperfunkantenne
11. Hauptzenrale mit darunterliegendem Positronikraum
12. Astronomische Abteilung mit Teleskopkuppel
13. Hangarräume mit Schleusen Atmosphärengleiter
14. Wulst mit Ortungsantennen
15. Beiboot zur Planetenforschung m Durchmesser)
16. Wissenschaftliche Abteilungen
17. Personenschleuse
18. Montageraum für 12 m durchm sende Raumsonden
19. Startschleuse mit darunterlieg dem Antigrav-Start-Projektor
20. Technische Werkstätten und satzteillager
21. Desintegratorgeschütz
22. Verstellbare Magnetklappen in rader Stellung
23. Verstellbare Magnetklappen schlossen
24. Kuppelförmige Fusionsreakto

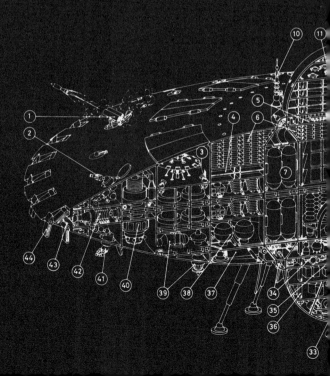